генри Миллер

Этот мир маниакально **одержим** идеей прогресса — **поддельного прогресса,** зловонного прогресса. **Этот мир** завален бесполезными вещами, и они идут **нарасхват** у мужчин и женщин, которым **вдалбливают,** что эти вещи полезны и необходимы. В таком мире поэт — **отщепенец,** мыслитель — **сумасшедший**, художник — **изгой,** а ясновидящий — **проклят.**

henry Miller

THE AIR-CONDITIONED NIGHTMARE

Генри Миллер

АЭРО-КОНДИЦИОНИРОВАННЫЙ КОШМАР

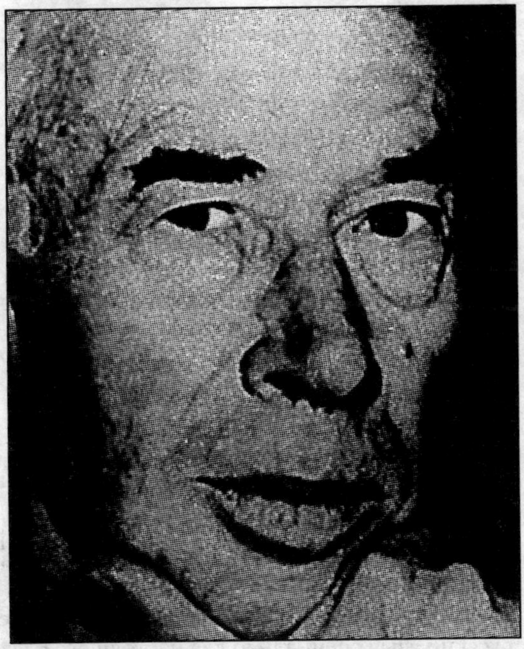

Б.С.Г.-ПРЕСС
НФ «ПУШКИНСКАЯ БИБЛИОТЕКА»
МОСКВА 2001

ББК 84(7Сое)—44
М60

Перевод с английского

Составление
Алексея Зверева

Комментарии
Алексея Зверева и Евгения Храмова

Макет и художественное оформление
Александра Коноплева

Редактор
Наталья Осьмакова

Миллер Генри

М60 Аэрокондиционированный кошмар: Эссе, рассказы/ Пер. с англ.; Составление А. Зверева; Комментарии А. Зверева и Е. Храмова. – М.: Б.С.Г.-ПРЕСС, НФ «Пушкинская библиотека», 2001. – 430 с. – (Камертон)
ISBN 5-93381-036-3
ISBN 5-94643-002-5

Содержание книги Генри Миллера “Аэрокондиционированный кошмар” составляют размышления писателя о современной ему цивилизации, о роли и месте художника в перманентно меняющемся мире. В сборник также включены лучшие рассказы и эссе Миллера. Почти все произведения переведены на русский язык специально для настоящего издания.

ISBN 5-93381-036-3
ISBN 5-94643-002-5

Генри Миллер

АЭРОКОНДИЦИОНИРОВАННЫЙ КОШМАР

ФАЭТОН

Посвящается
Маргарет и Гилберту Найманам[1]

«Величайшие люди мира прошли незамеченными. Мы знаем Будду и Христа, но они герои второго порядка в сравнении с теми величайшими, о которых мир не знает ничего. Сотни таких неведомых героев жили в каждой стране, трудясь в молчании. В молчании живут и в молчании уходят; наступает время и их мысли находят свое выражение в учении Будды или Христа, и вот эти, пришедшие позже, становятся известными нам. Наиболее возвышенные люди не гонятся за тем, чтобы прославляли их мудрость, они не создают себе имен. Они оставляют свои идеи миру; они ничего не хотят для себя, не создают ни школ, ни систем своего имени. Это было бы противно их природе. Они чистые Саттвикасы, которые никогда не возбуждают общего интереса, но просто растворяются в любви…

В жизнеописании Будды Гаутамы мы обращаем внимание на его слова, что он двадцать пятый Будда. Двадцать четыре его предшественника остались неведомыми истории, хотя двадцать пятый, которого мы знаем, должен был строить на заложенном ими фундаменте. Наиболее возвышенные из людей живут в молчании и неизвестности. Это люди, знающие истинную силу мысли; они знают, что, если они войдут даже в пещеру, замкнут за собою дверь и продумают пять подлинных мыслей, а затем исчезнут, эти их мысли останутся жить в вечности. И в самом деле, эти мысли преодолеют горы, пересекут океаны и обойдут весь мир. Они проникнут глубоко в сердца и умы людей и разбудят мужчин и женщин, которые найдут им практическое осуществление в делах человеческой жизни… Будды и Христы пойдут по градам и весям, проповедуя эти истины… Но Саттвикасы слишком близки к Богу, чтобы активно действовать и бороться, работать и добиваться, проповедовать и творить, как говорят на земле, добрые дела…»

Свами Вивекананда[2]

Вступление

ЖЕЛАНИЕ НАПИСАТЬ КНИГУ ОБ АМЕРИКЕ ВОЗНИКЛО у меня еще в Париже несколько лет назад. Тогда осуществление этой мечты казалось очень отдаленным. Чтобы написать книгу, надо было вернуться в Америку, проехаться по ней без всякой спешки, с хорошими деньгами в кармане и все такое прочее. О том, когда наступит это время, ни малейшего представления у меня не было.

Но, если нет физической возможности отправиться в дорогу, можно пережить такое путешествие в воображении, чем я и занимался время от времени. Это предварительное путешествие началось, помню, с унаследованной от Уолтера Лоуэнфелса[3] объемистой записной книжки. Лоуэнфелс накануне своего отъезда из Франции пригласил меня присутствовать при сожжении огромной груды рукописей, на которые он потратил годы.

Часто, вернувшись в мою мастерскую где-нибудь за полночь, я останавливался у стола и заносил в этот великолепный гроссбух бесчисленные мелочи, из коих и состоит вся писательская бухгалтерия: сны, планы наступления и обороны, воспоминания, названия книг, которые мне предстояло написать, имена и адреса потенциальных кредиторов, привязавшиеся словечки, имена издателей, которым предстояло подвергнуться набегу, поля сражений, памятники, монашеские обители и тому подобное. Отчетливо вспоминаю тот трепет, с которым я записывал такие слова, как Мобил, Саванна-ривер, Навахо, пустыня Пэйнтид[4], линчеватели, электрический стул.

Печально, что я так и не описал это воображаемое путешествие, начинавшееся в Париже. Какая отличная книга могла получиться!

Была, однако, еще одна причина реально совершить это путешествие, сколь бы бесплодным оно ни оказалось. Я чувствовал необходимость примириться с отчей землей. Эта необходимость была тем настоятельней, что, в отличие от многих блудных сыновей, я возвращался не с целью остаться в лоне семьи; совсем наоборот, я собирался снова отправиться странствовать и, может быть, без возврата. Мне хотелось бросить прощальный взгляд на мою страну и покинуть ее без неприятного привкуса. Не хотелось удирать, как это было в первый раз. Я хотел прижать ее к груди, почувствовать, что по-настоящему исцелился от всех старых ран, и отправиться к неведомому с благословением на устах.

Я покидал Грецию[5] в безмятежном настроении. Если и был кто-то на земле свободен от ненависти, предубеждений, горечи, так это я. Я был уверен, что впервые в жизни смогу смотреть на Нью-Йорк и на все, что за Нью-Йорком, без малейшей примеси отвращения и раздражения.

С таким настроем было покончено, как только наше судно вошло в гавань Бостона. Возможно, остановка эта не предусматривалась и произошла по какой-то несчастливой случайности, но для меня она обернулась великолепной проверкой. Я никогда не бывал в Бостоне и, скорее, обрадовался, что судьба выкинула такой фокус. Я приготовился полюбить Бостон.

Но сразу же разочаровался, выйдя на палубу и бросив первый взгляд на прибрежную линию. Разочаровался – не то слово, меня, можно сказать, просто ошарашило. Берег Америки смотрел на меня мрачно и неприветливо. От внешнего вида американского дома я никогда не приходил в восторг. Что-то холодное, строгое, скучное и стерильное есть в архитектуре американского жилища. Это именно *жилище* со всеми мрачными, зловещими, грозными для бездомной души оттенками этого слова. От бесстрастной добропорядочности таких сооружений просто мороз продирает до костей.

Был холодный день, море штормило. Я сошел на берег с одним из пассажиров. Даже припомнить теперь не могу, ни кто он был, ни как выглядел – выразительное свидетельство моего тогдашнего состояния. По какой-то неведомой причине мы потащились через железнодорожный вокзал, мрачное место, наполнившее меня ужасом; в памяти сразу ожили точно такие же вокзалы в точно таких же городах – тягостные, гнетущие душу воспоминания. А отчетливей всего из увиденного на Бостонском вокзале я вспоминаю горы книжонок и журналов, точно такое же дешевое, вульгарное дрянцо, как и во время оно. И утробное тепло этого места – такое американское, такое незабываемое.

Был воскресный день, и двигалась людская толпа, подкрепленная компаниями буйных студентов. От этого зрелища меня чуть наизнанку не вывернуло. Надо было возвращаться на корабль как можно быстрее. За час с небольшим я досыта налюбовался Бостоном. И мне стало невмоготу.

Обратный путь проходил по каким-то мосткам, рельсам, мимо заводиков, пакгаузов, причалов и прочей прелести. Мы двигались словно в кильватере обезумевшего гиганта, усеявшего землю плодами своих бредовых фантазий. Если бы я мог увидеть хоть какую-нибудь клячу, коровенку или даже ошалелого козла, жующего консервную банку, мне бы здорово полегчало. Но ничего из животного или растительного мира не было поблизости. И ни единой человеческой души. Это была огромная беспорядочная свалка, навороченная каким-то доисторическим или допотопным чудищем, сожравшим в исступленной алчности все живое. Это было ничто, где ничего не было и ничего не могло быть. Это был страшный сон и к концу его я припустился рысью: мало того, что меня тошнило от отвращения, тут еще все свирепей выла буря, превращая округу в замороженную запеканку, покрытую ледяной корочкой. Добравшись до корабля, я молился, чтобы каким-то чудом капитан решил изменить курс и мы двинули бы обратно в Пирей.

Это было дурное начало. И потом вид Нью-Йорка, гавани, мостов, небоскребов не стер моих первых впечатлений. К образу застывшего, угрюмого безобразия Бостона добавилось лишь знакомое ощущение ужаса. Проплывая в надвигающихся сумерках вдоль Баттери[6], переходя из одной реки в другую, медленно приближаясь к причалу, к улицам, усеянным копошащимися насекомыми, я чувствовал то же, что и всегда чувствовал в Нью-Йорке, — что во всем Божьем мире это самое гиблое место. Сколько бы раз я ни сбегал отсюда, меня всегда, как беглого раба, пригоняли обратно, и с каждым разом я ненавидел этот город все сильней и сильней.

Обратно в крысоловку. Я стараюсь прятаться от своих старых друзей; не хочу вновь переживать с ними прошлое, слишком многое там, в прошлом, мне опротивело. Я думаю только о том, как бы рвануть из Нью-Йорка и испытать что-нибудь неподдельно американское. Навестить те места, где бывал когда-то. Хочу на чистый воздух.

Но, чтобы что-то предпринимать, нужны деньги. Я прибыл в Америку так же, как отбывал из нее много лет назад, – без гроша. В «Готамском книжном центре» меня ждала некоторая сумма, мисс Стелофф[7] собрала ее с постоянных клиентов. Этот приятный сюрприз меня тронул, но все равно с такими деньгами долго не протянешь. Надо было искать. Может быть, придется поступить на службу – вот что меня угнетало больше всего.

Тем временем у меня умирал отец. Он болел уже три года, и болезнь была неизлечима. А у меня не хватало духу явиться к нему с пустыми руками. Положение становилось отчаянным. Что-то должно было произойти, какое-то чудо. И оно свершилось. Я случайно встретил человека, которого числил в своих врагах. Первое, что он сказал, было: «Ну, как устроился? Могу я тебе помочь чем-нибудь?» Я опять был тронут и чуть не прослезился.

Несколько месяцев я провел на Юге в гостях у давнего приятеля, пробыл там бо́льшую часть лета, а потом вернулся в Нью-Йорк. Отец еще был жив. Теперь я регулярно навещал его в его доме в Бруклине, мы говорили о былых годах в Нью-Йорке (80-е и 90-е), встречались с соседями, слушали радио (всегда эта чертова «Получи информацию!»), обсуждали свойства предстательной железы, особенности мочевого пузыря, «Новый курс»[8], который для меня был не столько новым, сколько бестолковым и бессмысленным. «Ох, уж этот Рузвельт!» – говорили соседи так же, как они говорили: «Ох, уж этот Гитлер!» Большие перемены произошли с Америкой, тут не о чем было спорить. Но я чувствовал, что приближаются еще бо́льшие. Мы были свидетелями только прелюдии к чему-то невообразимому. Все скособочилось и кренится все больше и больше. Может быть, мы вообще закончим на четвереньках, гугукая и взвизгивая, как бабуины. Что-то страшное держалось про запас – каждый это чувствовал. Да, Америка изменилась. Ослабла сопротивляемость, появилось ощущение безнадежности, смирение перед судьбой, скептицизм, пораженчество – я сначала не поверил своим ушам и глазам. И над всем этим та же маска идиотского оптимизма, только теперь заметно расползающаяся по швам.

Отец мой все еще держался, и я начал метаться. Бог знает, сколько еще мне предстоит околачиваться в Нью-Йорке. Я решил вплотную заняться своими планами. Раньше или позже поездка состоится — чего ждать? Опять же денег, разумеется. Чтобы путешествовать по стране год или около того, нужны деньги. И, надо думать, деньги немалые. Сколько мне потребуется, я понятия не имел, знал лишь, что либо уеду очень скоро, либо застряну здесь навсегда.

После возвращения с Юга я нередко захаживал в мастерскую Эйба Раттнера[9] поупражняться в письме акварелью. Как-то в разговоре я затронул тему моей будущей поездки. К моему удивлению, он сразу же загорелся желанием отправиться вместе со мной. Вскоре мы уже обсуждали, какого типа книгу мы с ним сотворим — колоссальная штука с цветными вклейками и все прочее. Что-то роскошное, люкс, вроде тех прекрасных французских книг, на которые мы на своем веку нагляделись вдоволь. Кто захочет издать эту вещь, нам было неведомо, главное — сделать ее, а издатель потом отыщется. И даже если ничего из этого не выйдет, поездка все равно должна состояться.

Мало-помалу мы эволюционировали до идеи, что надо брать машину. Единственный способ увидеть Америку — проехать по ней в автомобиле, это вам все скажут. Конечно, это неправда, но звучит восхитительно. У меня никогда не было автомобиля, я не знал, с какой стороны к нему подступиться. Теперь, думаю, я бы предпочел каноэ.

Первый же автомобиль, на который мы бросили взгляд, стал тем самым, который мы выбрали*. Оба мы ничего не смыслили в автомобилях, мы просто поверили на слово, что нам предлагают отличную, надежную машину. С учетом всех обстоятельств так оно и было, хотя у нее имелись и свои слабые места.

За несколько дней до окончания нашей подготовки я встретил человека по имени Джон Вудберн из «Даблди, Доран & Ко». Наш проект его заинтересовал необычайно, и к моему изумлению через несколько дней я уже подписывал в его конторе договор на книгу. Одного из подписавшихся, представьте себе, звали Теодор Рузвельт[10]. Обо мне он никогда не

* Был выбран бьюик 1932 года; подробнее о нем в главе «Автомобильная пассакалья». (Здесь и далее примечания переводчика.)

слышал и имя свое ставил не без колебаний. Но тем не менее подписался.

Я надеялся на пять тысяч долларов аванса, но получил лишь пять сотен. Все равно эти деньги улетучились еще до того, как я проехал Голландский туннель. Раттнера в договор не включили. Оказалось, что издание такой книги, какую мы замыслили, слишком дорого. Я был смущен и раздосадован из-за Эйба, тем более, что он отнесся к этому с большим тактом и самообладанием. Он, нет сомнений, рассчитывал на многое, такой уж он оптимист, зато я всегда ожидаю, что ангелы пописают в мое пиво. «Главное, — сказал Раттнер, — повидать Америку». Я согласился. Втайне я лелеял надежду, что на часть моего будущего гонорара я смогу напечатать раттнеровскую версию Америки в рисунках и в цвете. Решение компромиссное, компромиссы я ненавижу, но это Америка. «В следующий раз все будет по-вашему» — известная песня. Это гнусная ложь, но, чтобы ты не взбрыкивал, тебе немного приплатят.

Вот так начиналось наше путешествие. Как бы то ни было, мы покидали Нью-Йорк в отличном настроении. Немного нервничали, должен признаться, потому что прошли от силы полдюжины уроков в автошколе. Я знал, как править, как переключать скорость, как тормозить — чего еще надо? Итак, дух наш воспарил, и в полдень субботы мы взяли курс на Голландский туннель. В эту чертову дыру я никогда не попадал, если не считать одной давнишней поездки в такси. Так вот, это оказалось кошмаром. Началом бесконечного кошмара, вернее сказать.

Когда стало ясно, что мы без толку кружим по Ньюарку, я уступил руль Раттнеру. Час пребывания за рулем вымотал меня вконец. Въехать в Ньюарк легко, а вот выбраться из него под дождем, в субботу вечером и снова найти эту придурочную трассу — совсем другая штука. Еще через час мы все-таки выехали на свободу. Никаких пробок, острый свежий ветер, пейзаж, подающий надежды. Мы на верном пути! Наша первая остановка — Нью-Хоуп.

Нью-Хоуп! Курьезно, что мы выбрали для первого привала город с таким названием*. Впрочем, это было прелест-

* New Hope в переводе на русский: Новая Надежда.

ное место, напомнившее мне чем-то сонный европейский городок. И Билл Най, к которому мы нагрянули в гости, был истинным символом новых надежд, новых страстей, нового курса. Это был превосходный старт; атмосфера дышала обещаниями.

Нью-Хоуп – одна из американских художнических колоний. Я очень ясно помню, в каком настроении уезжал я оттуда. Оно выразилось следующим образом: «*Оставь надежды всяк входящий сюда художник!*» Удобно устроились здесь только коммерсанты от искусства: у них были прекрасные дома, лучшие кисти, красивые натурщицы. Остальные вели здесь собачью жизнь. И это мое впечатление подтвердилось и окрепло в дальнейшем путешествии. Америка – не место для художника: быть здесь художником значит быть морально прокаженным, неудачником в деловом отношении и социальным изгоем. Откормленная кукурузой свинья наслаждается жизнью куда больше, чем творящий писатель, живописец или композитор. Кролику и то живется лучше.

Когда я в первый раз вернулся из Европы, мне часто напоминали, что я «эмигрант», и, бывало, в этом слове ощущался неприятный душок. Эмигрант выглядел как сбежавший. Пока не разразилась война, мечтой каждого американского художника было отправиться в Европу и прожить там как можно дольше. В те давние дни никто не сказал бы о таком человеке, что он сбежал – это было так естественно, так укладывалось в нормальный порядок вещей. С началом войны пробился на поверхность какой-то ребяческий, наглый шовинизм. «Ну что, рад очутиться опять в старых добрых Штатах?» – таким стало обычное приветствие. «Лучше Америки места нету, *так ведь?*» В ответ от вас ждали чего-нибудь вроде: «В самую точку попали!» За пределами такого обмена мыслями присутствовало, конечно, неосознанное чувство разочарования; художник-американец, вынужденный в поисках убежища опять очутиться на родине, не очень-то жалует своих европейских друзей за то, что они лишили его привилегии вести ту жизнь, которой он страстно желает. Его раздражает, что они позволили начаться такому мерзкому и ненужному делу, как война. Америка, как всем известно, была создана людьми, бежавшими именно от такой гнусной ситуации[11]. Америка, по преимуществу, страна эмигрантов, беглецов, а если выразиться покрепче, страна *ренегатов*. Дивный мир могли бы создать мы на новом континенте, если б на самом деле бежали от наших ближних в Европе, Азии и Африке. Прекрасный новый мир получился бы, наберись мы смелости повернуться спиной к старому, выстроить все заново, вытравить из себя яд, накопившийся за столетия жестокого соперничества, зависти и распрей.

Новый мир не создать всего лишь стараниями забыть о старом. Новый мир создается новым духом и новыми ценностями. Наш мир мог начаться именно так, но сегодня все окарикатурено. Наш мир – мир *вещей*. Он составлен из комфорта и роскоши или из желаний добиться комфорта и роскоши. Чего мы больше всего боимся перед лицом близящейся катастрофы, так это того, что нам придется отказаться от наших побрякушек, наших технических новинок, от всех этих мелких удобств, без которых нам станет жуть как неуютно. В нашей позиции нет ничего смелого, рыцарственного, героического и великодушного. Мы вовсе не миролюбивые люди; мы самодовольны и робки, у нас слабые желудки и трепещущие души.

Я заговорил о войне потому, что по возвращении из Европы у меня постоянно допытывались, что я думаю о тамошней ситуации. Будто бы простой факт, что я прожил там несколько лет, мог наполнить мои слова глубочайшим смыслом! Кто может разгадать загадку такого все расширяющегося конфликта? На это претендуют журналисты и историки, но они задним умом крепки, сравнишь их нынешние суждения с их же предсказаниями и поймешь, как трудно верить анализу этих людей. А вообще-то я хочу сказать вот что – я, урожденный американец, ставший тем, кого называют эмигрантом, смотрю на мир глазами приверженца ни этой страны, ни той, но как обитатель всего шарика. Оттого, что мне случилось здесь родиться, я не обязан считать американский образ жизни наилучшим; то, что я предпочел жить в Париже, вовсе не значит, что я должен расплачиваться своей жизнью за ошибки французских политиканов. Быть жертвой собственных ошибок достаточно плохо, но отвечать за ошибки этих типов – нет уж, увольте. Пуще того, я не вижу причин терять *мое* равновесие из-за того, что буйнопомешанный по имени Гитлер сорвался с цепи. Гитлер уйдет, как ушли Наполеон, Тамерлан, Александр и многие другие. Величайшие бедствия не приходят в мир беспричинно. Существуют тысячи превосходных резонов для появления европейских и азиатских диктаторов. Ведь и у нас есть свой собственный диктатор, только у него голов, как у гидры. Те, кто верит, что единственный способ избавиться от этих воплощений дьявола – это их сокрушить, пусть сокрушают. Я ничуть не верю в такого рода разрушения. Я верю лишь в разрушение, которое естественно, свойственно творению и заложено в нем. Как сказал Джон Марин в письме к Стиглицу[12]: «У одних душа поет, когда они губят себя, а у иных, когда губят других».

Теперь, когда путешествие закончено, должен признаться, что за это время самый глубокий след в моей душе оставило чтение двух книг Ромена Роллана о Рамакришне и Вивекананде*. С вашего позволения поспешу добавить еще несколько подобных же замечаний...

Самой прекрасной женщиной, встреченной мною, королевой в любом смысле слова, была жена одного негритянского поэта. Самой совершенной личностью, единственным человеком из встреченных мною людей, которого я без преувеличения могу назвать «великой душой», был тихий индусский свами из Голливуда. Человеком с самым прозорливым видением будущего был еврейский профессор философии, чье имя почти неизвестно американцам, хотя он прожил среди нас не менее десяти лет. Самой обещающей в будущем книгой должна стать книга одного художника, который за всю свою жизнь не написал ни строчки. Единственную стенную роспись, достойную называться стенной росписью, я видел в Сан-Франциско и автором ее был эмигрант. Восхитительнейшей и с

* Рамакришна (настоящее имя Гададхар Чаттерджи) (1836–1886) – индийский религиозный мыслитель и общественный деятель, проповедник духовного родства всех религий и установления единой религии. Миллер относил Рамакришну наряду с Христом, Буддой, Эхнатоном и Лао-Цзы к «единственным настоящим революционерам».

Вивекананда, Свами (1863–1902) – ученик и последователь предыдущего. Книги о них Р.Роллана вышли в русском переводе в 1930-х годах.

самым большим умом и вкусом собранной коллекцией было собрание современной живописи Уолтера Аренсберга в Голливуде. Единственным человеком, которого я нашел удовлетворенным своей судьбой, вполне адаптированным к окружению, влюбленным в свою работу, представлявшим собой все лучшее, что есть в американских традициях, оказался почтительный, скромный библиотекарь из UCLA* по имени Лоуренс Кларк Пауэлл. Сюда же я должен включить и друга Джона Стейнбека Эда Рикеттса из «Тихоокеанской биологической лаборатории», человека исключительного характера и темперамента, излучающего мир, радость и мудрость. Самый юный и полный жизни мужчина, с которым я столкнулся, был семидесятилетний доктор Мэрион Сушон[13] из Нового Орлеана. Из рабочего класса лучшими показались мне парни с бензозаправок Дальнего Запада, особенно те, что работают на станциях «Стандард Ойл». Совершенно другой породы в сравнении с теми, на Востоке. Лучший английский язык был у проводника в Массапутенских пещерах в Вирджинии. Сильнее всех из публичных ораторов зажигал аудиторию теософ по имени Фриц Кунц. Единственный город, вызвавший у меня радостное изумление, называется Билокси, штат Миссисипи. Среди сотен книжных магазинов в Америке наберется едва ли дюжина таких первоклассных, как «Аргус» в Нью-Йорке, «Готамский книжный центр» там же и «Сатир» в Голливуде. Самый интересный колледж, который я посетил, был «Блэк Маунтин Колледж»[14] в Северной Каролине. Интересными там были студенты, а не преподаватели. Самая занудная группа в нашем обществе – университетские преподаватели и их жены. Особенно жены. Джемстаун, Вирджиния[15], показался мне самым трагичным местом во всей Америке. Самая таинственная часть страны, на мой взгляд, прямоугольник, заключенный в границах четырех штатов: Юты, Аризоны, Колорадо и Нью-Мексико.

Я совершил путешествие примерно в десять тысяч миль, прежде чем выжал из себя единственную строчку. Все, что я мог сказать стоящего об американском образе жизни,

* University of California, Los Angeles, – Калифорнийский университет, Лос-Анджелес.

уместилось на тридцати страницах. Топографически наша страна величественна – *и ужасающа*. Почему ужасающа? Потому что нигде в мире нет столь полного разрыва между человеком и природой. Нигде не сталкивался я с такой унылой, монотонной фактурой жизни, как здесь, в Америке. Скука достигает здесь своего пика.

Мы приучены думать о себе как о свободном народе; мы говорим, что мы демократичны, свободолюбивы, лишены предубеждений и ненависти. Наша страна – гигантский тигель, где осуществляется великий человеческий эксперимент. Прекрасные слова, полные благородного, идеалистического чувства. На деле же мы вульгарная, наглая толпа, страсти которой легко могут направить на что угодно демагоги, газетчики, религиозные кликуши, агитаторы и тому подобная публика. Кощунственно называть это сообществом свободных людей. Что можем мы предложить миру, кроме превышающей наши потребности добычи, которую мы безрассудно вырываем у природы в маниакальной уверенности, что эта безумная деятельность представляет собой прогресс и просвещение? Страна возможностей превратилась в страну бессмысленного изнурительного труда и борьбы. Цель всех наших устремлений давно забыта. Не долго продержалась и наша готовность оказывать помощь униженным и бездомным; нет в этой огромной пустынной земле места для тех, кто, подобно нашим предкам когда-то, ищет теперь прибежище для себя. Миллионы мужчин и женщин осуждены, или были осуждены совсем недавно, жить на пособие, жить, как морские свинки, в вынужденном безделье. Между тем остальной мир смотрит на нас с отчаяньем, какого не знал никогда прежде. Так где же дух демократии? Где наши лидеры?

Для проведения великого человеческого эксперимента прежде всего нужны *люди*. За концепцией ЧЕЛОВЕКА должно таиться величие. Никакая политическая партия не способна ввести в Царство Человека. Пролетарии всех стран, если они прекратят слушаться своих осатанелых вожаков, *могут* однажды организовать братство людей. Но нельзя стать братьями, не став равными, причем равными в царственном смысле. Людям мешает стать братством их собственная фундаментальная неадекватность. Рабы не могут объединиться;

малодушные не могут объединиться; невежды не могут объединиться. Объединиться мы можем, только руководствуясь высочайшими мотивами. Желание подняться над собой должно рождаться инстинктом, а не теоретическими умствованиями или верой. Пока мы прилагаем усилия, чтобы *реализовывать* правды каждого из нас, мы будем терпеть неудачи снова и снова. Как демократы, республиканцы, коммунисты, фашисты – все мы на одном уровне. Здесь одно из объяснений, почему мы так великолепно ведем войну. Мы защищаем, рискуя жизнью, мелочные принципы, разъединяющие нас. Ради общего принципа – *установления на земле империи человека* – мы палец о палец не ударим. Мы опасаемся любой попытки вытащить нас из дерьма. Мы боремся лишь за сохранение статус-кво, *нашего излюбленного статус-кво.* Сражаемся с опущенной головой и зажмуренными глазами. Да, собственно, статус-кво не существует нигде, кроме как в головах политических кретинов. Все течет. И те, кто держит на этом рубеже оборону, борются с фантомами.

Что есть тягчайшая измена? Такой вопрос предполагает, что ты сражаешься за что-то. Вот здесь безумие и измена действуют рука об руку. Война – это форма болезни, благородной или позорной – это зависит от вашей точки зрения. Поскольку болезнь эта массовая, разум здесь бессилен. Но есть и еще один фактор, могущий объяснить возникновение войны, – это смятение, растерянность, неразбериха. Когда ни к чему не привели все остальные средства – прибегают к силе. Но в этих средствах, от которых мы так легко и охотно отказались, нет ничего дурного, просто их надо было усилить, увеличить дозу или же искусней пользоваться ими, а то действовать и так и этак. Лезть в драку значит согласиться с тем, что деваться некуда; это свидетельство отчаяния, но не силы. Когда крысу загонят в угол, она великолепно сражается. Неужели кому-то охота соревноваться с крысой?

Чтобы постигнуть блага мира, человеку приходится испытать тяжесть конфликта. Прежде чем стать мудрым, он должен пройти героическую стадию. Он должен побывать игрушкой страстей прежде, чем сможет подняться над ними. Будить страстную природу человека, предавать его дьяволу, подвергать тяжелейшему испытанию – вот конфликт, где речь идет о чем-то большем, нежели страна, политические принципы, идеологии и т.д. и т.п. Человек, бунтующий против собственной сладострастной натуры, — вот что подлинная война. Это те бескровные битвы, что идут вечно под невинным именем эволюции. В *такой* войне человек раз и навсегда встает на сторону ангелов. И хотя он может потерпеть поражение как отдельная личность, пусть не сомневается в исходе, потому что с ним весь мир.

Есть эксперименты, проводимые с ловкостью и тщательностью, но результат их предугадан заранее. Ученый, к примеру, всегда ставит перед собой разрешимые задачи. Но эксперимент с человеком совсем другого порядка. Реакция на этот великий эксперимент происходит в сердце, исследование должно вестись в человеческой душе. Нам страшно довериться сердцу. Мы живем в мире интеллекта, а это лабиринт, в его мраке прячется чудовище, и оно ждет нас, чтобы сожрать. До сих пор мы движемся в череде мифологических видений и не находим решений, потому что ставим неправильные вопросы. Мы находим, что ищем, но ищем-то не в том месте. Мы должны выйти из этого мрака, бросить эти копанья, перестать ползать на четвереньках, выпрямиться и предстать во весь свой рост.

А эти войны нас ничему не научат, даже тому, как одолеть наши страхи. Мы все еще питекантропы. Демократические питекантропы, может быть, но это хилое утешение. *Наша борьба идет за то, чтобы выбраться из пещер.* И когда мы сделаем последнее усилие на этом пути, мы вдохновим весь мир.

Если мы собрались играть роль Вулкана, давайте выкуем новое светоносное оружие, которое уничтожит цепи, опутывающие нас. Давайте любить землю истово и искренне. Давайте перестанем убивать друг друга. Земля не скотский загон и не тюрьма. Земля — это Рай, единственный, который мы когда-либо узнаем. Мы поймем это в тот самый момент, когда откроются наши глаза. Нам не надо строить Рай — Рай *уже есть*. Мы только должны научиться жить в нем. А человек с камнем за пазухой, с пистолетом в кармане, человек-убийца никогда не сможет распознать Рай, даже если ему его покажут.

Как-то вечером в доме своего приятеля, родом из Венгрии, я завел с ним дискуссию об изгнанниках и эмигрантах.

Я как раз подробно излагал ему свои впечатления об Америке, закончив тем, что поездка полностью подтвердила мои ожидания. Он ответил на это, что я, вероятно, слишком любил Америку. И тут же подвел меня к окну, усадил за свой письменный стол и сказал: «Полюбуйся этим видом! Разве он не прекрасен?» Я увидел Гудзон, увидел мост, мигающий бегущими огоньками. Я понимал его чувства при взгляде на этот пейзаж; понимал, что в нем было воплощено его будущее, мир, который унаследуют его дети. Для него это была Земля Обетованная. А я смотрел на мир, который я знал очень хорошо, и он нагонял на меня беспредельную тоску.

«Странно, — сказал я, — что ты подвел меня к этому окну. Знаешь, о чем я подумал, сидя за твоим столом? Я думал о другом окне, в Будапеште, откуда я однажды вечером в первый раз взглянул на город. Тебе Будапешт отвратителен, ты из него сбежал. А мне он показался волшебным местом. Я тут же влюбился в него. Я был там, как дома. Правда, я везде чувствую себя, как дома. Кроме моей родной страны. Вот здесь я ощущаю себя иностранцем, особенно в Нью-Йорке, там, где родился».

А он, оказывается, всю жизнь мечтал приехать в Америку, и особенно в Нью-Йорк.

«Ну, и как он тебе показался, — спросил я, — с первого взгляда? Что-нибудь было в нем, похожее на твои мечты?»

Он ответил, что все было так, как он себе и представлял, даже недостатки не задели его — они были частью общей картины, которую он заранее принял.

Я подумал о другом городе Европы — о Париже. Чувства мои к нему были точно такие же. Я был влюблен в Париж. Не знаю ни одной его части, которая бы мне не приглянулась, разве только мрачные, наводящие уныние буржуазные кварталы Пасси. А в Нью-Йорке я люблю только гетто. Там у меня возникает ощущение жизни. Люди гетто — иностранцы; когда я среди них, я больше не в Нью-Йорке, я среди жителей какой-то европейской страны. И меня это волнует. А Нью-Йорк, такой современный, такой американский, такой прогрессивный, мне отвратителен.

Обманут ли я был, разочарован ли... Полагаю, что да. Себе на горе я был вскормлен грезами и пророчествами великих американцев, поэтов и провидцев. Но победила какая-то другая порода людей. Мир, фабрикуемый ими, вселяет в меня страх. Я вижу, как он набирает силу; я могу читать его, как читают чертежи. Я не хочу в нем жить. Этот мир маниакально одержим идеей прогресса — поддельного прогресса, зловонного прогресса. Этот мир завален бесполезными вещами, и они идут нарасхват у мужчин и женщин, которым вдалбливают, чтобы легче было одурманить их и ими распоряжаться, что эти вещи полезны и необходимы. Мечтателю, чьи мечты никак не могут пойти в дело, нет места в таком мире. Выбраковывается любой, кто не предался миру купли-продажи, предпочтя ему творчество, идеи, принципы, фантазии и надежды. В таком мире поэт — отщепенец, мыслитель — сумасшедший, художник — изгой, а ясновидящий — проклят.

***

С тех пор, как были написаны предшествующие страницы, прошло время и мы вступили в войну[16]. Некоторые люди посчитали, что с объявлением войны все изменится. Если б это оказалось правдой! Если б только мы могли надеяться на радикальные, широкие перемены сверху донизу! Но перемены, принесенные войной, не идут, однако, ни в какое сравнение с теми переменами, что принесли нам, скажем, открытия и изобретения Эдисона. Все же, к добру или к худу, война както изменила настрой людей. Вот это меня больше всего и интересует — что же изменилось в душах людских, произошло ли преображение.

Мы сейчас в таком положении, когда определяющими стали слова «национальная безопасность». Пусть законодателям и политикам позволено вовсю разглагольствовать, газетному племени неистовствовать и нагнетать истерию, генералам грозить всякими карами и принимать строжайшие меры против всего, что им не по душе, рядовой гражданин, ради которого и чьими силами эта война и ведется, обязан помалкивать. Поскольку у меня нет ни малейшей почтительности к такой позиции, раз уж она никак не способствует делу свободы, я оставляю без внимания все эти утверждения, они и в мирное время вызывают чувство досады и раздражения. Я соглашаюсь с Джоном Стюартом Миллем[17] в том, что «государство, принижающее своих граждан, чтобы, пусть даже в самых благородных целях, превратить их в более послушное орудие в своих руках, обнаружит в конце концов, что с маленькими людьми никакой большой замысел не может осуществиться». Я не возражал бы, пожалуй, чтобы мои мнения и оценки были опровергнуты рождением нового жизнетворного духа. Если такое великое бедствие, как война, сможет пробудить и изменить нас, что ж, да будет так. Но давайте посмотрим теперь, получит ли безработный работу, а бедняк оденется пристойно, найдет подходящее жилье и будет сытым; давайте посмотрим, отберут ли у богача награбленное добро, чтобы облегчить нужду и страдания рядового гражданина; давайте посмотрим, можно ли убедить *всех* рабочих Америки, невзирая на класс, квалификацию или способности, согласиться на одинаковую для всех зарплату; давайте посмотрим, сможет ли народ выражать свои желания напрямую, без посредничества все искажающих и путающих политиков; давайте посмотрим, сможем ли мы создать демократию истинную взамен лживой, на защиту которой нас с вами призывают; давайте посмотрим, сможем ли мы быть справедливыми и беспристрастными к нашему собственному народу, не говоря уже о врагах, которых мы несомненно победим.

Хорошие новости! Бог есть любовь!

КНИГУ РОМЕНА РОЛЛАНА О РАМАКРИШНЕ Я ЗАКОНчил читать в питтсбургской гостинице. Питтсбург и Рамакришна – может ли быть более разительный контраст? Один – символ грубой силы и богатства, другой – истинное воплощение любви и мудрости.

Итак, мы здесь, в самом центре кошмара, в тигле, где все ценности превращаются в шлак.

Мой маленький номерок в этом современном, претендующем на комфорт отеле оборудован по последнему слову гостиничного сервиса. Чистая и мягкая постель, душ действует идеально, сиденье в уборной продезинфицировано после моего предшественника, если верить тексту, отпечатанному на бумажной полоске поперек стульчака. Мыло, полотенце, лампы, почтовая бумага — всего хватает с избытком.

А у меня тоска, не выразимая словами тоска. Если бы пришлось остаться в этой комнатке подольше, я бы сошел с ума. Или удавился. Гений местности, дух людей, создавших такой страшный город, пропитывает стены. В воздухе пахнет убийством. И мне трудно дышать.

Несколько минут назад я вышел прогуляться. И попал в прошлое, в Россию времен царей. Я увидел Ивана Грозного во главе кавалькады звероподобных всадников. Все были вооружены дубинками и револьверами. Видно было, что по малейшему знаку своего повелителя они с радостью перестреляют кого угодно.

Никогда мое положение не казалось столь ужасным. Понятно, есть места и похуже этого. Но я-то был именно здесь, и все, что я увидел, поразило меня со страшной силой.

Мне повезло, наверное, что не с Питтсбурга, Янгстауна, Детройта я начал путь по Америке; повезло, что не выбрал начальным маршрутом Байон-Беттлехем- Скрантон и далее в таком же роде. Я бы никогда не смог добраться даже до Чикаго. Я бы превратился в человека-бомбу и разлетелся бы на куски в любой точке этого маршрута. Но по какому-то мудрому инстинкту самосохранения я начал с Юга, я захотел изучить сначала так называемые «отсталые» штаты Союза. Будь мне по большей части скучно, я по крайней мере успокоился бы. Разве я не видел и на Юге страдания и нищету? Конечно, видел. Страдания и нищета существуют повсюду, на всем пространстве огромной страны. Но есть страдания и страдания. Так вот, самые страшные страдания, на мой взгляд, те, с которыми сталкиваешься в самом центре прогресса.

Итак, мы говорим об обороне нашей страны, наших институтов, нашего образа жизни. Не требует доказательств, что они *должны* быть защищены, независимо от того, подверглись ли мы на самом деле вторжению или нет[18]. Но есть вещи, которые мы не обязаны защищать, наоборот, мы обязаны не препятствовать их гибели; есть вещи, которые мы уничтожим сознательно, своими собственными руками.

Давайте перейдем, хотя бы в воображении, к некоторым итогам. Давайте попробуем заглянуть в те дни, когда наши предки впервые пришли на эти берега. Начнем с того, что было нечто важное, от чего они бежали; подобно беженцам и эмигрантам, на которых мы привычно обрушиваем брань и поношения, они тоже покинули родину в поисках того, что отвечало их самым заветным стремлениям.

Одно из любопытных обстоятельств, связанных с нашими предками, состоит в том, что, хотя они по их собственному признанию стремились к миру и процветанию, к политической и религиозной свободе, начали они с грабежей, травли, убийств и почти поголовно истребили ту расу, которой принадлежал весь этот громадный материк. А позже, когда началась золотая лихорадка, они творили с мексиканцами то же самое, что прежде творили с индейцами. А когда возникли мормоны[19], то они оказались такими же жестокими и нетерпимыми гонителями по отношению и к белым собратьям.

Я думал об этих мрачных фактах по дороге из Питтсбурга в Янгстаун, по дороге через ад, превосходящий все, что мог вообразить Данте. И вдруг мне пришла в голову мысль, что рядом со мной должен был бы сидеть американский индеец, он должен был бы участвовать в этом вояже, делясь со мной, безмолвно или как-нибудь иначе, своими чувствами и мыслями. Хорошо, если б он оказался потомком одного из бесспорно «цивилизованных» индейских племен, скажем, семинолом, который провел всю жизнь в почти непроходимых болотах Флориды.

Представьте, как мы оба застыли в созерцании перед устрашающей громадой одного из сталелитейных заводищ, обступивших с обеих сторон железнодорожное полотно. Я почти слышу его мысли: «Значит, ради этого вы лишили нас права первородства, отобрали наших рабов, сожгли наши дома, перебили наших женщин и детей, отравили наши души, нарушили все договоры, заключенные с нами, и оставили подыхать в джунглях и топях Болотистого штата?»*

Как вы думаете, легко ли будет уговорить его поменяться местами с кем-нибудь из наших потомственных рабочих?

* Каждый штат США имеет шутливое прозвище. Болотистый штат (Everglade State) — Флорида, названная так из-за обширного болотистого района Эверглейдов на юге штата.

Какие средства убеждения вы пустите в ход? Что пообещаете ему, чтобы он действительно соблазнился? Подержанный автомобиль, чтобы добираться до работы? Наспех сколоченную дощатую лачугу, которую он мог бы, останься достаточно невежественным, считать своим домом? Обучение для его детей, которое вытащит их из невежества и суеверий, но так и не выпустит из рабства? Чистую здоровую жизнь среди нищеты, преступлений, грязи, болезней и страха? Заработок, который позволяет с трудом сводить концы с концами, да и то не всегда? Радио, телефон, кино, газеты, скандальные журнальчики, вечные перья, наручные часы, пылесосы и прочие блага цивилизации? Сделали ли все эти финтифлюшки нашу жизнь стоящей? Сделали ли они нас счастливыми, не обремененными заботами, великодушными, благожелательными, отзывчивыми, миролюбивыми и благочестивыми? Или мы сейчас безмятежно процветаем и дурацкие мечтания многих наконец-то исполнились? Разве кто-нибудь из нас, даже самый богатый и могущественный, уверен, что его собственность, которой он так дорожит, и власть, которую он так почитает, не будут однажды унесены внезапно налетевшим ветром?

Эта бешеная деятельность, охватывающая всех нас, богача и бедняка, слабого и сильного, — куда она ведет нас? Есть две вещи в мире, к которым, как мне кажется, стремятся все люди, да мало кто достигает, потому что эти вещи лежат в области духовного — здоровье и свобода. Аптекарь, врач, хирург-костоправ не в силах сделать вас здоровыми; деньги, власть, безопасность и сила не дадут вам свободы. Образование не одарит вас мудростью, так же, как проповеди в церквах и деловые успехи. Тогда какой же смысл во всей этой суетне? К чему она?

Мы столь же невежественны, суеверны и порочны, как «невежественные кровожадные дикари», которых мы гнали и уничтожали с тех самых пор, как появились здесь, — мы даже хуже их намного. Мы выродженцы; мы опошлили и изгадили жизнь, которую стремились устроить на этом континенте. Производя больше всех в мире товаров, мы тем не менее неспособны должным образом одеть, накормить и дать пристанище чуть ли не трети нашего населения. Огромные участки плодородных земель из нерадивости, безразличия, жадности и вандализма обращены нами в пустоши. Восемьдесят лет прошло уже со времен истерзавшей нас самой кровавой в истории человечества гражданской войны, а мы, победители и освободители, до сих пор неспособны ни убедить побежденные области страны в справедливости нашего дела, ни дать освобожденным нами рабам подлинную свободу и равенство; вместо этого мы ввергли в рабство и унизили наших белых братьев. Да, индустриальный Север одержал победу над аристократическим Югом – теперь мы видим плоды этой победы. Любой индустриальный центр – это уродство, нищета, гнет, мрак и отчаянье. Банки, выросшие на том, что, поверив их лицемерам-зазывалам, мы стали вкладывать в них свои деньги, теперь просят нас не нести им наши сбережения, грозя сократить даже тот смехотворный процент, каким они нас заманивали ради своих барышей. Три четверти мирового запаса золота лежат похороненными в Кентукки[20]. Изобретения, из-за которых выбросили бы с работы миллионы людей, поскольку по странной иронии нашей системы каждое потенциальное благо для человечества обращается во зло, праздно лежат на полках патентных бюро или скуплены и уничтожены властями, управляющими нашей судьбой. Земля, отнюдь не страдающая от перенаселения, со слепой расточительностью производящая огромное количество всякого рода товаров, неспособна, по мнению ее хозяев – всего лишь горстки людей, – помочь не только миллионам голодающих в Европе, но и своим собственным голодным ордам. Страна, как бы в насмешку над самой собой, посылающая в самые далекие уголки земного шара своих миссионеров клянчить по грошику на поддержку дела Христова, на чьем поприще трудятся дьяволовы оборотни, стоящие к Христу не ближе, чем я к Папе Римскому; это та страна, что неспособна у себя дома при помощи своих церквей и миссий спасти слабого и потерпевшего крах, униженного и отверженного. Больницы, сумасшедшие дома, тюрьмы переполнены. Округа, иные из которых по размерам не уступают европейским странам, захвачены таинственными корпорациями; эти корпорации нечто невидимое, неосязаемое, их ответственности никто не может сформулировать или прояснить, но щупальца их простираются всюду. Человек, сидящий в уютном кресле где-нибудь в Нью-Йорке, Чикаго или Сан-Франциско, человек, окруженный всяческой роскошью и все-таки не избавившийся от страха и тревоги, контролирует жизни и судьбы тысяч мужчин и женщин, которых он никогда не видел и увидеть не стремится и чья участь ему совершенно безразлична.

Вот это все и зовется прогрессом сейчас, в 1941 году, здесь, в Соединенных Штатах Америки. Поскольку я не происхожу от индейцев, негров или мексиканцев, я не испытывал никакой мстительной радости, набрасывая картинку цивилизации белого человека. Оба мои деда сбежали со своей родины, потому что не хотели идти в солдаты. Но моим потомкам, по иронии судьбы, не долго удастся уклоняться от исполнения этого долга: весь белый свет превратился в военный лагерь.

Итак, как уже было сказано, Питтсбург я покидал, переполненный Рамакришной. Рамакришна, который никогда не осуждал, который никогда не читал проповедей, который признавал все религии и видел Бога повсюду и во всем: более возвышенной жизни я себе не представляю. А потом пошли Корьюполис, Аликиппа, Вампум. А потом Найлс, родина президента Мак-Кинли, и Уоррен, где родился Кеннет Патчен[21]. Потом Янгстаун и две девушки, спускающиеся по откосу железнодорожной насыпи в самых фантастических декорациях из всех, что попадались мне на глаза с тех пор, как я уехал с Крита. И я тотчас же вернулся назад, на тот древний греческий остров, в толпу на окраине Гераклиона, всего в нескольких милях от Кносса. На этом острове нет железной дороги, никудышные водопровод и канализация, всюду пыль и мухи, отвратительная еда, но это самое дивное место во всем мире. Так же, как возле Янгстаунского вокзала, там был откос и по нему медленно сходили вниз греческие крестьянки, и они держали на голове корзины, и у них были босые ноги и прямая осанка. *Здесь сходство кончается...*

Всем известно, что Огайо дал стране президентов больше, чем какой-либо другой штат. Таких президентов, как Мак-Кинли, Хейс, Гарфильд, Грант, Гардинг — все люди слабые, бесцветные. Но Огайо дал и таких писателей, как Шервуд Андерсон и Кеннет Патчен. Один из них во всем выискивал поэзию, а другого едва не свели с ума порок и грязь окружающего мира. Один бродил в одиночестве по ночным улицам и рассказывал потом, какой ему видится жизнь, идущая за закрытыми дверями. Другой так мучился и страдал от всего увиденного, что создал заново космос из крови и слез; перевернул в нем все вверх тормашками и бросил с ненавистью и омерзением. Я рад, что мне выпал случай увидеть эти города Огайо и реку Махонинг, в которую как будто вылили всю ядовитую желчь человечества, хотя на самом деле нет в ней ничего страшного, всего-навсего химикалии и прочие отходы заводов и фабрик. Я рад, что мне посчастливилось увидеть цвет этой зимней земли, и не дряхлость и смерть окрасили ее, а всего лишь болезни и скорбь. Рад, что видел насыпи цвета носорожьей шкуры, которые простираются от кромки реки и в тусклом свете зимнего дня отражают безумие планеты, брошенной на произвол зависти и ненависти. Рад, что бросил взгляд на кучи шлака, выглядевшие, словно дерьмо страшных доисторических чудовищ, бродивших здесь всю ночь. Это помогло мне понять жуткую черную поэзию младшего из тех двоих, пытавшегося с ее помощью спасти себя от потери рассудка; помогло понять, почему старший писатель должен был симулировать сумасшествие, чтобы вырваться из тюрьмы, куда сам себя определил, нанявшись рабочим в красильный цех. Это помогло мне понять, каким образом Огайо достиг такого процветания, при котором выращивают президентов и губят гениальных людей.

Самое печальное зрелище во всем этом – стоянки автомобилей возле фабричных и заводских корпусов. Автомобиль стал в моих глазах истинным символом иллюзорности и тщеты. Их здесь тысячи тысяч, при таком изобилии может показаться, что ограничиться одной машиной может только очень бедный человек. Со слезами на глазах взирают трудящиеся массы Европы, Азии и Африки на этот рай, где рабочий позволяет себе катить на работу в собственном автомобиле. Вот мир, где каждому выпадает удача, думают они (или нам нравится думать, что они так думают!). Они никогда не спрашивают себя, а что же надо сделать, чтобы получить все эти блага. До них не доходит, что, когда рабочий выходит из своей отполированной жестяной тачки, он предается телом и душой самому бессмысленному труду, какой только может выпасть на долю человека. Им невдомек, что даже при наилучших из возможных условий можно лишиться всех прав, дарованных человеческому существу. Они не знают, что «наилучшие из возможных условий» (на американской тарабарщине) означают наивысшую прибыль для босса, предельно тяжкое рабство для рабочего и величайшее разочарование для общества в целом. Они видят поблескивающий, по-кошачьи урчащий красавец автомобиль; видят бесконечные бетонированные дороги, так безупречно выглаженные, что водителю трудно не задремать на этой убаюкивающе ровной трассе; видят похожие на дворцы кинотеатры; видят витрины универсальных магазинов с манекенами, одетыми по-королевски. Они видят блеск и краски, побрякушки, технику, роскошь; и они не видят душевной горечи, скептицизма, циничности, пустоты существования, утраченных надежд, отчаяния, пожирающих американского рабочего. Да они и не хотят видеть этого — они по горло сыты собственной нищетой. Им нужен выход: они хотят смертоносного благополучия, комфорта, роскошной жизни. И они идут по нашим следам — слепо, бездумно, опрометчиво.

Разумеется, не вся Америка ездит на работу в автомобилях. Всего пару недель назад в Бофорте, Южная Каролина, я увидел на главной улице человека в двуколке, которую тащил вол. Человек этот был, конечно, чернокожим, но по лицу его я сразу понял, что он куда состоятельней, чем бедняга-сталевар, разъезжающий в собственном автомобиле. В Теннесси я видел белых людей, трудившихся, как вьючная скотина; я видел, как отчаянно они борются, пытаясь наскрести из тощего слоя почвы на горных склонах средства для своего существования. Я видел их лачуги и при виде всего этого подивился, можно ли собрать вместе что-нибудь более примитивное. Но не могу сказать, что испытывал чувство жалости. Нет, они не внушали никаких горьких чувств. Наоборот, ими можно было восхищаться. Если уж такие люди считаются «отсталыми» людьми Америки, значит нам нужно подыскать еще более отсталых. В нью-йоркской подземке я мог наблюдать другой тип — газетного наркомана. Он упивается социальными и политическими теориями, живет жизнью поденщика и глупо тешит себя тем, что, раз ему не приходится работать руками (он и мозгами, по правде говоря, не работает), он куда выше жалкой белой швали с Юга.

Те две девицы в Янгстауне, спускавшиеся по скользкому откосу, – это было похоже, скажу я вам, на дурной сон. Но мы же постоянно видим такие дурные сны наяву, и когда кто-то высказывает это, мы говорим: «Правильно, так оно и получается!» – и возвращаемся к нашим делам или тянемся к наркотику, который намного вредней опиума или гашиша, – я имею в виду газеты, радио, фильмы. Настоящий наркотик показывает вам сны, которые вы сами выбрали для просмотра. Американская же разновидность заставляет вас терпеть извращенные видения людей, чья единственная цель – делать свое дело, не считаясь ни с чем, кроме платы за него.

Самая ужасная вещь в Америке – в ней не спастись от тягомотины, созданной нами самими. Здесь нет бесстрашного борца за правду в издательском мире, нет кинокомпаний, думающих об искусстве, а не о прибылях. У нас нет театров, достойных этого имени, а те театришки, что имеются, сконцентрированы в одном городе. У нас нет музыки, о которой стоит говорить, за исключением той, что подарили нам негры, и мы с трудом наберем горстку писателей, чьи книги можно назвать творчеством. Стенные росписи, украшающие наши общественные здания, на уровне эстетического развития ученика средней школы, а иногда и ниже этого уровня и по замыслу, и по исполнению. Наши музеи битком набиты мертворожденным хламом. В наших городах стоят памятники жертвам войны, которые заставляют погибших, в честь которых они воздвигнуты, смущенно поеживаться в своих гробах. Наш архитектурный вкус максимально приближен к точке исчезновения. За десять тысяч миль, что я проехал, я могу назвать лишь два города, на некоторые кварталы которых я бы взглянул еще раз – я имею в виду Чарлстон и Новый Орлеан. Что касается других городов, городков и поселков, попадавшихся мне на пути, всей душой надеюсь никогда не увидеть их снова. Некоторые из них носят такие чудесные имена, что разочарование становится тем более горьким. Такие названия, как Чаттануга, Пенсакола, Таллахасси; как Манча, Фибьюс, Вифлеем, Паоли; как Алджерс, Мобил, Натчез, Саванна; как Батон Руж, Сагино, Покипси: названия, возвращающие славное прошлое или пробуждающие мечты о будущем. Посетите их, очень вас прошу. Вы увидите все сами. Попробуйте думать о

Шуберте или Шекспире, когда попадете в Фибьюс*, Вирджиния. Попробуйте поразмышлять о Северной Африке в Алджерсе**, Луизиана. Попробуйте представить себе жизнь племен, селившихся здесь, когда попадете на берег реки или озера или в горы, носящие имена, заимствованные нами у индейцев. Ведя машину по старой Испанской дороге, постарайтесь подумать о том, о чем мечтали здесь когда-то испанцы. Прогуляйтесь вокруг Вьё-Карре, французского квартала в Новом Орлеане, попытайтесь воссоздать в воображении жизнь, которой когда-то жил этот квартал. Меньше, чем сто лет прошло, как потускнел этот бриллиант Америки. А кажется, что-то вроде тысячи. Все, что было красотой, смыслом, надеждой, снесено и погребено под лавиной мнимого прогресса. За тысячелетие почти непрекращающихся войн Европа потеряла меньше, чем мы за сто лет «мира и прогресса». Не чужеземный враг разгромил Юг. Не варварское племя вандалов превратило великие пространства этой земли в безжизненный лунный пейзаж. Мы не можем приписать индейцам превращение мирно почивавшего острова Манхэттен в самый ужасный город мира.Так же, как не можем свалить коллапс нашей экономической системы на толпы мирных трудолюбивых эмигрантов, от которых теперь мы стремимся загородиться. Нет уж, это народы Европы могут винить других в своих несчастьях, а у нас нет такого извинения — виноваты мы сами.

Менее двух столетий назад на девственном континенте начался великий социальный эксперимент. Индейцы, которых мы грабили, истребляли и низвели до статуса изгоев, как когда-то арии поступили с дравидами Индии, относились к земле с благоговением. Леса оставались нетронутыми, почвы богатыми и плодородными. Они жили в единении с природой, то есть, по-нашему, на самом низком уровне жизни. У них не было письменности, но они слагали удивительно поэтические легенды и были глубоко религиозны. Наши отцы-основатели собрались вместе в поисках убежища от своих угнетателей и начали травить индейцев алкоголем и венеричес-

* Фибьюс — американское произношение имени античного бога Феба.

** Алджерс — так звучит для американцев название города Алжир.

кими болезнями, насиловать их жен и убивать детей. Житейскую мудрость, которой обладали индейцы, они презирали и всячески чернили. И когда они в конце концов завершили дело завоевания и истребления, они согнали жалкие остатки великой расы в концентрационные лагеря и приступили к следующему этапу: им надо было сломить дух, который еще оставался в индейцах.

Не так давно я проезжал по территории маленькой индейской резервации племени чероки в горах Северной Каролины. Контраст этого мира и нашего был почти неправдоподобным. Крохотная резервация чероки — это подлинные райские кущи. Покой и тишина разлиты вокруг, словно и в самом деле поля счастливой охоты, куда отважные индейцы попадают в загробной жизни, спустились на землю. Только раз еще за время моего путешествия наткнулся я на подобное место, в округе Ланкастер в Пенсильвании среди амманитов[22]. Эта небольшая религиозная община, упорно следующая заветам предков в поведении, одежде, вере и обычаях, превратила свою землю в цветущий уголок покоя и достатка. Говорят, что с тех самых пор, как они здесь поселились, они не знали, что такое неурожай. В прямой противоположности с жизнью большинства американского народа живут они — и результат налицо. А в нескольких милях от них адовы кузни, где как бы в доказательство, что чужестранные идеи, теории, всякие там «измы» никогда не найдут здесь, за что уцепиться, с крыш и дымовых труб бесстыже насмехается американский флаг. Но до чего же убого выглядят флаги, выставленные напоказ заносчивыми и фанатичными хозяевами этих мест! Вы подумаете, что такой горячий патриотизм никак не вяжется с демонстрацией драной, износившейся, почерневшей национальной эмблемы. Вы подумаете, что из своих баснословных барышей эти люди могли бы отложить на покупку нового, яркого, переливающегося символа свободы. Но нет, там, где индустрия, там все осквернено, унижено, заляпано грязью. Так уж сталось сегодня, что, когда вы видите гордо и величественно развевающийся флаг, то сразу чуете что-то неладное. Флаг превращен в мантию, под которой прячут беззаконие. У нас всегда имеются два национальных флага — один для богатых, другой для бедных. Когда поднимает флаг богач, это означает, что все под контролем, все схвачено; флаг бедняка означает угрозу, революцию, анархию. Меньше, чем в два столетия, страна свободы, очаг вольности, убежище угнетенных так изменила значение «звезд» и «полос», что теперь, когда человеку удается сбежать от ужасов Европы и он наконец стоит перед барьером, осененным нашей славной национальной эмблемой, первый вопрос, который ему задают: «*А сколько у вас денег?*» И если у вас нет денег, а только любовь к свободе и только мольба о сострадании на губах, от вас тут же отпрянут, как от прокаженного, а потом повернут кругом и отправят обратно, к палачам на бойню. Вот в такую жуткую карикатуру превратили потомки наших свободолюбивых отцов-основателей национальный символ.

Все здесь окарикатурилось. Чтобы успеть на похороны отца, я отправился самолетом. И вот там, в облаках, при страшной болтанке, случайно услышал, как двое сидящих сзади мужчин обсуждали грандиозную сделку; речь шла о бумажных пакетах, вот так вот. Стюардесса, обученная выступать и матерью, и сиделкой, и подругой, и поварихой, и служанкой, никогда не позволяющая себе быть распустехой, ни один завиток не выбьется из прически, никакого признака усталости, огорчения или грусти, это улыбчивое созданье прикладывает свою лилейную ладошку к челу одного из тех торговцев пакетами и голосом ангела-хранителя произносит: «Не устали ли вы? Не болит у вас голова? Может быть, предложить вам немного аспирину?» Мы пробиваемся сквозь облака, а она выполняет все эти штуки, как какой-нибудь выдрессированный тюлень. Самолет внезапно ухнул в воздушную яму, и она упала, показав пару соблазнительных ляжек. А два коммивояжера теперь толковали о пуговицах, как их подешевле купить и подороже продать. Другой пассажир, по виду утомленный жизнью банкир, читал новости с театра войны. Где-то шла крупная забастовка, мы собирались строить целый торговый флот, чтобы помочь Англии – к *следующему декабрю*. Буря бушевала вовсю, девушка оступалась и падала снова, и вся в синяках продолжала разносить кофе, жвачку, не забывая справляться о самочувствии того или другого пассажира. Я спросил, довольна ли она своей работой. «Все лучше, чем быть медсестрой», – ответила она. Коммивояжеры внимательно присматривались к ней, как присматриваются к приглянувшемуся товару. Они покупают и продают, продают и покупают. Для них лучшие номера в лучших гостиницах, самые скоростные и устойчивые самолеты, самые плотные, самые теплые пальто, самые тугие бумажники. Нам не обойтись без их бумажных пакетов, без их пуговиц, искусственных мехов, их изделий из каучука, трикотажа, без их пластмассы, без того и этого. Нам нужен банкир с его талантом забирать у нас деньги и богатеть. Страховой агент, его полисы, его разговоры о надежности, о дивидендах – все это тоже нам нужно. *Нам?* Я что-то не вижу, что мы нуждаемся в ком-нибудь из этих стервятников. Не вижу, что нам нужны эти города, эти свинюшники, в которых мне довелось побывать. Не думаю, что нам так уж нужен флот на двух океанах. Недавно в Детройте я видел в кинохронике Линию Маннергейма[23] и как русские крушили ее. Я усвоил урок. *Хотите?* Скажите мне, есть ли что-то, сооруженное человеком для своей защиты, чего другой не мог бы разрушить? А мы-то что стараемся защитить? Да только старое, бесполезное, отжившее, не оправдывающее свое существование. Всякая защита – провокация нападения. Попробуй, тронь! А вот возьму и трону! А почему бы не сдаться? Почему бы не уступить – отдать все? Это чертовски практично, вполне эффективно и обезоруживающе. Вот мы, мы, народ Соединенных Штатов*, величайшая на земле нация, так мы думаем. У нас есть все, чтобы осчастливить людей. У нас есть земля, вода, небеса и все, что к ним полагается. Мы могли бы стать ослепительным примером для всех; мы бы излучали мир, радость, силу и доброту. Но вокруг нас повсюду призраки, призраки, которых мы не можем приструнить. И потому мы несчастны, недовольны, ничего мы не излучаем и всего боимся.

Мы творим чудеса, и вот сидим под облаками, принимаем аспирин и рассуждаем о бумажных пакетах. А по другую сторону океана сидят под облаками они и сеют без разбора смерть и разрушения. Мы этого не делаем, *пока не делаем*, но мы уже обязаны поставлять те самые средства разрушения. Бывает, по нашей алчности, мы их поставляем совсем не той стороне, какой надо. Но это ничего – все в конечном счете

* Начальные слова Конституции США.

наладится. В результате мы поможем стереть с лица земли или поставить на колени значительную часть человечества, не дикарей на этот раз, но цивилизованных «варваров», короче говоря, таких же людей, как мы, но только с другими взглядами на мир, с другими, как мы говорим, идеологическими принципами. Разумеется, если мы их не сломаем, они сломают нас. Это логично – никто и сомневаться не может. Это политическая логика, согласно которой мы живем и умираем. Прекрасно идут дела. Полное процветание. Просто, понимаете ли, дух захватывает. Мы живем в такие захватывающие времена. И вы этим недовольны? Мир так стремительно меняется – разве это не великолепно? Подумайте, что было сто лет назад. «Время идет без остановок»*.

Один мой знакомый, гениальный человек, предпочел бы избежать тяжкого испытания бессмысленными убийствами. Ему было не интересно наводить в мире порядок. Ему было интересно навести порядок в своих мыслях и изложить их на бумаге. Но у него были отличные зубы, он не страдал плоскостопием, сердце и легкие в полном порядке и никаких нервных расстройств. Он был совершенно здоров и в придачу гений. Он никогда не говорил о бумажных пакетах, пуговицах и технических новинках. Он говорил о поэзии и Боге. Но он не принадлежит ни к какой секте и потому лишен статуса освобожденного по религиозным мотивам. Решено, что он должен быть готов погрузиться на корабль и отправиться на фронт. Он должен защищать наши идеологические принципы. Банкир слишком стар, чтобы быть призванным, те мои торгаши слишком умны, так что придется послужить гению. А кому же еще?

Надеюсь, что Уолт Дисней от воинской повинности освобожден; он ведь тот человек, хотя сомневаюсь, что ему самому это ясно, который иллюстрирует то, что я хочу сказать. Специалист по кошмарам. Гюстав Доре[24] мира «Henry Ford & Co, Inc.». Линия Маннергейма – это всего лишь поверхностная царапина. Правда, слишком необычной была там температура – в среднем около сорока градусов ниже нуля. (Поразительно, как можно выдрессировать человека, чтобы

* Фраза из популярной радиопередачи 1930-х годов.

он убивал при любой температуре. Понятлив почти как лошадь.) Но, как я уже говорил, у Диснея имеются всякие температуры – лишь бы годились каждому свежему ужасу. Ему и думать не надо – газеты всегда под рукой. Разумеется, это не реальные мужчины и женщины. Да что я! Они куда реальней настоящих мужчин и женщин: они рождены снами. Они показывают нам то, что для нас только проглядывает под оболочкой плоти. Восхитительный мир, а? В самом деле, если вы вдумаетесь в него, он даже восхитительней взбитых сливок Сальвадора Дали. Дали слишком много думает. Кроме того, у Дали только две руки, а у Диснея их миллион. Вдобавок у Диснея есть голоса – голос гиены, голос осла, голос динозавра. Советский фильм, к примеру, достаточно пугающ. Но он медленный, тяжеловесный, неуклюжий, скучноватый. Как в реальной жизни, у него немало уходит времени на то, чтобы взорвать все эти бетонированные гнезда, перекусить всю эту колючую проволоку, убить всех этих солдат, спалить все эти поселки. Дисней работает быстро – как хорошо смазанная молния. Скоро мы все будем такими же сноровистыми. О чем мечтали, тем и станем. Научимся, как уничтожить целую планету в мгновение ока, – просто жди и смотри.

Столица этой новой планеты, той, что, думаю, сама покончит с собой, без всякого сомнения Детройт. Я установил это в тот же момент, как прибыл туда. Сначала я намеревался сунуться к Генри Форду, принести мои поздравления. А потом подумал, а что толку? Он же ничего не поймет из того, о чем я скажу. И мистер Камерон*, вероятно, не больше. Но как восхитителен этот вечерний час у Форда! Каждый раз, когда я слышу, что он наступил, я вспоминаю о Селине[25] – Фердинанде, как он себя величает. Да, я представляю себе Селина в толпе у заводских ворот (с. 222–225 «Путешествия на край ночи»**). Возьмут ли его на работу? Конечно, возьмут. И его берут. Он проходит крещение, крещение своей смешной беспомощностью среди оглушительного грохота и гула. На нескольких страницах он поет чудесную песню о машине, свое

* Ближайший сотрудник Генри Форда-старшего; долгие годы был его личным секретарем.

** В русском издании (издательство «Прогресс», М., 1994) с. 195–200.

благословение тому, что это счастье пролилось ливнем на человечество. А потом он встречает Молли. Молли – простонапросто шлюха. Ну, вам знакома другая Молли, из «Улисса», но детройтская проститутка Молли куда лучше. У Молли есть душа. И душа Молли полна благостного млека. Селин воздал ей хвалу в конце главы об Америке. И это примечательно, потому что со всеми другими своими персонажами он рассчитался совсем иначе. Молли отмыта добела. Верьте или не верьте, но Молли выглядит величественней и грознее, чем гигантское заведение мистера Форда. Да, самое прекрасное и неожиданное в главе Селина о Детройте – то, что он заставил тело шлюхи восторжествовать над духом машины. Вы и не подозревали, прибыв в Детройт, что здесь может иметься такая штука, как душа. Слишком уж здесь все ново, блестяще и безжалостно. Души не растут на заводах. Их тут вытаптывают – даже самые маленькие. За неделю Детройт может так управиться с белым человеком, как Югу и за сто лет не управиться с негром. Вот почему я люблю час окончания работы у Форда – такой успокаивающий, такой вдохновительный.

Конечно, Детройт не худшее место – ни в коем случае. Я то же самое сказал и о Питтсбурге. Я скажу это и о других местах тоже. Нету худших или наихудших. Худшее находится в процессе становления. Оно внутри нас, только для нас это еще не очевидно. Дисней мечтает об этом и, что самое любопытное, получает за это плату. Люди притаскивают своих детишек, те смотрят и покатываются со смеху. (Десятью годами позже нет-нет да и случится, что они не смогут узнать маленького монстра, весело бившего когда-то в ладоши и визжавшего от удовольствия. Всегда ведь трудно поверить, что Джек Потрошитель – ваш отпрыск.) Однако... В Детройте холодрыга. Дует резкий ветер. По счастью, я не из безработных, не из голодающих, не из бесприютных. Я остановился в «Веселом детройтце», Мекке всех шнырких, убежденных в тщете человеческих надежд коммивояжеров. Здесь, в вестибюле, имеется шикарный галантерейный магазинчик. Коммивояжеры любят шелковые рубашки. Иногда они покупают и прелестные штанишки – для ангелов-хранителей из обслуги авиационных компаний. Они покупают все и вся – важно обеспечить циркуляцию денег. А детройтские жители, те, что остались снаружи, замерзают насмерть в своих шерстяных подштанниках. Температура зимой в отеле – прямо субтропики. Здания стоят себе торчком и им ни до кого нет дела, прямые, беспощадные. А ветер острый, как выкидной нож. Если вы везунчик, то попадете вовнутрь, там тепло и можно посмотреть на Линию Маннергейма. Веселенькое представление. Смотрите, как идеологические принципы могут торжествовать даже в лютые морозы. Смотрите, как люди в белом ползут на брюхе по снегу; у них в руках ножницы, огромные ножницы, и, когда они добираются до колючей проволоки, они ее режут, режут, режут. Время от времени они получают пулю, и тогда они превращаются в героев, а на их место приползают с ножницами другие, которых всегда хватает у них за спиной. Очень поучительно. Очень ценный опыт. Вдохновляющий, я бы сказал. Там, на улицах Детройта завывает ветер и люди разбегаются по норам. А здесь тепло, уютно и кино. После представления чашка горячего шоколада в вестибюле гостиницы. Люди толкуют там о пуговицах и жвачке. Не те, что были в самолете, – другие, но такие же. Их всегда найдешь там, где тепло и уютно. Они всегда продают что-то и покупают. И, конечно, у них полны карманы сигар. Здесь, в Детройте, дела идут в гору. Знаете ли, оборонные заказы. Я ехал в такси, и таксист сказал мне, что надеется скоро вернуться на работу. На завод, разумеется. Не могу представить себе, что произойдет, если вдруг кончится война. Тут у многих случится разрыв сердца. Может быть, наступит новый кризис. Люди не будут знать, что им с собой делать, если вдруг объявят о заключении мира. Начнутся увольнения. Возникнут очереди за хлебом. Странно, что мы ухитряемся кормить мир и не знаем, как накормить самих себя.

Вспоминаю, как появилось радио и каждый думал – ах, как чудесно, мы теперь будем слышать весь мир! А телевидение... Как потрясающе – мы скоро сможем увидеть, что происходит в Китае, в Индии, в самых далеких уголках света! Я сам размечтался, как приобрету однажды маленький аппарат, покручу какой-нибудь диск в нем, и мне покажут китайцев, идущих по улицам Пекина и Шанхая, или дикарей, совершающих в дебрях Африки свои ритуалы инициации. Ну и что же мы видим и слышим сегодня? Да только то, что нам позволяет видеть и слышать цензура. Индия так и осталась далекой, даже, думаю, она сейчас подальше от нас, чем была пятьдесят лет назад. В Китае продолжается страшная война – а их революция имеет для рода человеческого куда большее значение, чем все эти европейские дела. Видите ли вы что-нибудь из этого в кинохронике? Да даже газеты говорят об этом совсем мало. Пять миллионов китайцев могут погибнуть от наводнений, голода, эпидемий, будут изгнаны оккупантами из своих домов, а новости (во всяком случае, заголовки новостей) ничего об этом не скажут, и нам не придется волноваться о китайцах. В Париже я видел один раз в кинохронике бомбежку Шанхая – и это было все. Потому что таких ужасов французскому желудку не переварить. По сей день нам не показали подлинных картин первой мировой войны. Вы должны быть влиятельным человеком, чтобы получить возможность взглянуть на эти совсем недавние ужасы. А пока есть только «учебные» фильмы. Видели вы их? Просто поэмы, миленькие, однообразные, усыпляющие, гигиеничные, да еще статистика – все полностью выхолощено и спрыснуто лизолом. В таком виде войну и баптисты, и методисты одобрят.

Кинохроника вовсю показывает дипломатические похороны, крестины военных кораблей, пожары и взрывы, авиакатастрофы, спортивные состязания, конкурсы красоты, моды, косметику и речи политиков. А в образовательных фильмах крутятся сюжеты о машинах, фабриках, товарах ширпотреба и преступлениях. Войну мы можем увидеть только в иностранных декорациях. Из кинохроники и по радио нам известно столь же много о других народах, сколько марсианам известно о нас. И эта бездонная пропасть сказывается на физиономии американца. В больших и малых городах вы повсюду встречаете типичного американца. Выражение лица у него лишено суровости, оно вежливое, якобы серьезное и безусловно глупое. Обычно на нем дешевый костюм из магазина готового платья, его ботинки начищены до блеска, в кармане вечное перо и карандаш, в руках портфель и, конечно же, он носит очки, фасон их меняется согласно моде. Он выглядит так, словно произведен университетом при содействии магазинов верхней одежды от одной фирмы. И все они почти неотличимы друг от друга так же, как автомобили, радиоприемники и телефоны. Таков мужской тип в возрасте от 25 до 40 лет. За пределами этого возраста мы встречаемся с другим типом – средних лет мужчина, которому пора уже подумывать о вставной челюсти, который пыхтит и отдувается, носит бандаж, хотя утверждает, что это ремень. Он слишком много ест и пьет, слишком много курит, слишком мало двигается, слишком много говорит и всегда что-то в нем требует починки. Умирает он чаще всего от сердечного приступа. Город вроде Кливленда – апофеоз подобных типажей. Такие же строения, такие же рестораны, такие же парки, такие же воинские мемориалы. Самый типичный большой американский город из всех, попадавшихся мне до сих пор. Процветающий, преуспевающий, энергичный, чистый, просторный, с отлично поставленной санитарией, постоянно черпающий бодрость из обширных вливаний иностранной крови и озона с озера, он предстает в моей памяти коллажем из многих американских городов. И все-таки, несмотря на все свои добродетели, на всё необходимое для жизни, роста, процветания, он остается мертвым местом – убийственно скучным, дохлым местом. Я предпочел бы почему-то умереть в Ричмонде, хотя, видит Бог, Ричмонд мало чем может похвастать. Но в Ричмонде и в любом городе Юга нет-нет да и встретишь человека, выпадающего из нормы. Юг полон эксцентричных людей, он все еще сохраняет способность производить индивидуальности. Причем самые яркие среди них – разумеется, люди «от земли», из захолустья. Когда вы проезжаете по негустонаселенному штату вроде Южной Каролины, вы знакомитесь с очень интересными людьми – общительными, вздорными, жизнелюбивыми и независимо мыслящими созданиями, которые принципально не соглашаются ни с чем и ни с кем, но именно они делают жизнь блаженством и радостью. Вряд ли найти более разительный контраст между двумя регионами, чем между штатом, похожим на Огайо, и штатом, похожим на Южную Каролину. И нет в этих штатах более несхожих городов, чем Кливленд и, к примеру, Чарлстон. В Чарлстоне вам, как это ни удивительно, придется сначала припечатать собеседника к ковру, а уж потом приступить к разговору о делах. И если он окажется хорошим бизнесменом, этот парень из Чарлстона, он, скорее всего, будет малость свихнувшимся на чем-то очень уж необычайном. Вот он: выражение его лица постоянно меняется, глаза сияют, волосы стоят дыбом, голос полон страсти, галстук сбился на сторону, подтяжки сброшены с плеч, он плюет и чертыхается, вкрадчиво воркует и поднимается на дыбы, даже пируэты иногда разрешает себе. Единственная вещь, на которую он не соблазнится в вашем присутствии, – взглянуть на свои часы. У него есть время, у него уйма времени. И он выполнит в должный час то, что наметил выполнить, и обойдется при этом без пыли в воздухе, без вони машинного масла и щелканья кассовых аппаратов. Величайшие транжиры времени встречены мною не на Юге, а на Севере, среди суетливых, сующих всюду свой нос торопыг. Вся их жизнь, можно сказать, есть напрасная трата времени. Одутловатый, страдающий одышкой, с двумя подбородками человек, превратившийся к сорока пяти годам в существо бесполое, это грандиозный монумент тщеты, созданный Америкой. Он нимфоман, но только его пыл растрачивается впустую. Он человек из палеолита, привидевшийся в галлюцинации. Он сумма жиров и истрепанных нервов, обращаемых страховым агентом в пугающие тезисы. Он оставляет после себя на земле процветающих, неугомонных, пустоголовых, бездельничающих вдовиц, сбивающихся в отвратительные бабьи шайки, где толкуют то о политиках, то о диабете.

Я, было, совсем забыл о Детройте. Да, именно здесь взбунтовался Свами Вивекананда. Тот из вас, кто достаточно стар, может помнить переполох, поднявшийся после его выступления в Парламенте религий в Чикаго в начале девяностых. История скитаний этого человека, разразившегося электрическим разрядом над американским обществом, читается, как легенда. Вначале никем не признаваемый, отверженный, вынужденный, чтобы не умереть с голоду, просить подаяние на улицах, он в конце концов был провозглашен крупнейшим духовным вождем нашего времени. Самые разные предложения посыпались на него со всех сторон. Богачи хотели залучить его к себе и превратить в паяца, но в Детройте, после шестинедельного пребывания в Америке, он поднял мятеж. Все контракты были порваны, и с того момента он стал странником, перебираясь из города в город по приглашению того или иного общества. Но вот слова Ромена Роллана:

«Первое впечатление изумления и восторга перед потрясающей мощью молодой республики рассеялось. Вивекананда почти сразу же наткнулся на грубость, бесчеловечность, умственную ограниченность, узкий фанатизм, колоссальное невежество, на подавляющую наивную и самоуверенную неспособность видеть всех тех, кто думает, верует, живет иначе, чем избранный народ рода человеческого... Терпеливым он не был. Он не скрывал своих чувств. Он клеймил пороки и преступления западной цивилизации с характерными для нее чертами насилия, хищничества, разрушения. Однажды в Бостоне, когда ему предстояло говорить на прекрасную религиозную тему (о Рамакришне), он почувствовал такое отвращение при виде аудитории, хитрой и жестокой толпы светских и деловых людей, что не пожелал допустить их в свое святилище, внезапно переменил предмет и с негодованием обрушился на цивилизацию, представителями которой были эти волки и лисицы. Скандал получился ужасный. Сотни слушателей покинули зал, и пресса пришла в неистовство. Особенно он был беспощаден к ложному христианству и религиозному лицемерию: «Прекратите вашу похвальбу! Где преуспело ваше христианство, не прибегая к оружию? Вашу религию проповедуют во имя роскоши. Проповеди, которые я слышал в этой стране, — сплошное лицемерие. Вся эта груда богатств, говорящая от имени Христа! Да Христос не нашел бы у вас камня, чтобы преклонить голову... Вы не христиане. Вернитесь к Христу!»

И для контраста с этой реакцией Роллан говорит о впечатлениях Вивекананды об Англии: «Он шел туда как враг и оказался покоренным». Вивекананда сам признается, что в его представлениях об Англии произошла революция. «Никто, — говорит он, — никогда не высаживался на землю Англии с большей ненавистью к ее народу, чем моя ненависть... Никто из вас не любит английский народ больше, чем я его люблю сейчас».

Знакомый поворот темы — с ним сталкиваешься опять и опять. Сколько, думаю я, замечательных людей, побывавших на этих берегах, вернулись в свои родные страны с чувством горечи, обманутыми ожиданиями и утраченными иллюзиями. Единственная вещь, которую может дать Америка, — и они все сходились на этом – ДЕНЬГИ. Мне на память, пока я пишу, приходит судьба одного малоизвестного художника, с которым я был знаком в Париже. Родом он был из России, прожил в Париже двадцать лет и за все эти годы мог вспомнить не больше двух-трех дней, когда ел досыта. На Монпарнасе он считался в некотором роде знаменитостью – всем любопытно было, как он умудряется так долго существовать без денег. Наконец, он встретил одного американца, который устроил ему поездку в Америку. Он давно мечтал об этой стране, мечтал обрести в ней новую родину. Целый год провел он, путешествуя, делая на заказ портреты, гостил и в богатых домах, и в бедных. Впервые в жизни он узнал, что значит иметь в кармане деньги, спать в чистой удобной постели, жить в тепле, есть, когда захочется, и – самое важное – видеть, что твой талант оценили. Как-то, через несколько недель после его возвращения, я столкнулся с ним в баре. Мне было страшно любопытно, что он скажет об Америке. О его успехах я уже был наслышан и удивлялся, что он возвратился.

И он начал рассказывать. О городах, в которых побывал, и где там останавливался, и как его кормили, и каких людей встречал, и какие музеи видел, и сколько зашибал денег. «Сначала, – говорил он, – я был просто ошарашен. Думал, что в раю очутился. А потом прошло полгода, и я заскучал. Я словно все время общался с детьми, но со *злыми* детьми. Что толку, что ты при деньгах, если тебя это не радует? Что толку в славе, если никто не понимает, что ты делаешь? Ты же знаешь, как я здесь жил. Я был человеком без родины. Случись война, и я загремел бы в концлагерь или же меня погнали бы сражаться за Францию. А в Америке ничего такого не могло быть. Я мог бы стать американским гражданином и жить себе поживать. Но я лучше рискну здесь. Даже если мне всего несколько лет осталось, эти несколько лет здесь большего стоят, чем целая жизнь в Америке. Да там для художника и нет настоящей жизни, так, существование, пока смерть не придет. Слушай, а ты не мог бы одолжить мне немного франков? Я опять на мели. Но я доволен. Снова занял мою мастерскую, теперь-то я оценил эту вшивую дыру. Может быть, хорошо, что я съездил в Америку, – только так я мог понять, какая здесь прекрасная жизнь. А раньше мне она казалась невыносимой».

Сколько же писем получал я в Париже от американцев, вернувшихся домой, – все пели одну песню: «Если бы я мог снова оказаться в Европе. Руку правую дал бы на отсечение, только бы вернуться. Я же не понимал, от чего отказывался». И так далее, и так далее, и так далее. И никто ни разу не написал мне, как он счастлив, что вернулся домой. Когда кончится война, начнется такой исход в Европу, какого старушка никогда не видела. Мы сейчас пытаемся объяснить катастрофу Франции ее вырождением. Есть в нашей стране художники и художественные критики, которые, пользуясь ситуацией, стараются с абсолютным бесстыдством внушить американской публике, что нам уже нечему учиться у Европы, что Европа, и в особенности Франция, умерла. Что за беспардонное вранье! Разгромленная и покоренная Франция сейчас жива более, чем когда-либо. Ни военное поражение, ни экономическая катастрофа, ни политическое потрясение не могут прикончить искусство. Умирающая Франция дает и сейчас больше искусству, чем юная и могучая Америка, фанатичная Германия или обращаемая в новую веру Россия. А от мертвых народов искусство не рождается.

Есть основания предполагать, что история большого искусства в Европе насчитывает двадцать пять тысяч лет. А если говорить о Египте, то говорить приходится чуть ли не о шестидесяти. Деньги не имеют никакого отношения к созданию этих сокровищ. И они ничего не сделают для искусства в будущем. Деньги исчезнут. Да и сейчас мы можем убеждаться в бесполезности денег. Не превратись мы во всемирный арсенал, притормозив тем самым грандиозное крушение нашей экономической системы, мы могли бы наблюдать великолепное зрелище богатейшей страны на земле, подыхающей с голода на мешках собранного со всего мира золота. Война всего лишь заминка в грозном приближении неминуемого краха. Еще несколько лет у нас впереди, а затем все сооружение рухнет и поглотит нас. Миллионы вернувшихся в цеха по производству средств уничтожения проблемы не решат. Когда закончит свою разрушительную работу война, начнется другая работа, более радикальная и страшная, чем то, чему сейчас мы свидетели. По всей планете прокатятся революционные бури. Пожары будут свирепствовать, пока не обрушат сами основы нынешнего миропорядка. Вот тогда и посмотрим, кто окажется жизнеспособней. Увидим, одно ли и то же уменье делать деньги и уменье выживать. Тогда-то мы и поймем значение слов «по-настоящему богатый».

Я должен был исколесить огромное пространство нашей страны, прежде чем ощутил желание засесть за эту книгу. Представляя себе, что мог бы я увидеть на протяжении этих десяти тысяч миль в Европе, Азии или Африке, я чувствую себя так, будто мне подсунули пустышку. Иногда мне думается, что лучшие книги об Америке написаны теми, кто никогда не бывал в этой стране, книги представлений о ней. До того, как я ввязался в эту поездку, я подумывал о том, чтобы описать некоторые места в Америке так, как они возникали перед моими глазами еще в Париже. Мобил был одним из таких мест.

А пока – вот вам хорошие новости – я беру вас с собой в Чикаго, в Мекку на Саут-Сайде[26]. Утро субботы, и мой чичероне нанял автомобиль, чтобы показать мне достопримечательности. По пути мы остановились у блошиного рынка. Мой приятель объяснил мне, что он вырос здесь, в этом гетто и хотел бы найти место, где стоял его дом. Теперь там пустырь, участок на продажу. Акры и акры таких участков встречаешь на Саут-Сайде. Похоже на опустошенную Мировой войной Бельгию. Если не хуже. Я сравнил бы это с изъеденной кариесом челюстью: что-то выдрано, что-то искрошилось само по себе, что-то обугленно чернеет. Здешний блошиный рынок вызывает воспоминание скорее о Кракове, чем о Клиньянкуре, впрочем, все барахолки в каком-то смысле одинаковы. Мы на заднем дворе цивилизации среди обломков и осколков имущества, от которого отказались наследники. Тысячи, сотни тысяч, может быть, миллионы американцев все еще настолько бедны, что вынуждены копаться в такой требухе в поисках самых необходимых предметов. Ни ветхость, ни изъеденность ржой, ни явная залежалость не отпугивают этих голодных покупателей. Вы скажете, что двадцатипятицентовый магазин может удовлетворить самые скромные запросы, но двадцатипятицентовые магазины на самом деле дороги, вы очень скоро убедитесь в том, как недолговечны тамошние товары. Толчея ужасная, приходится как следует работать локтями, продираясь сквозь это скопище. Это как берега Ганга, захваченные тысячами паломников, только запах здешний совсем не напоминает о священных местах. Мы кое-как проталкиваемся сквозь толпу, и вдруг мои ноги отказываются идти – настолько я поражен открывшимся зрелищем. Американский индеец во всех своих регалиях прямо на середине улицы. Он продает «змеиный жир». И тотчас же забываешь о других несчастных изгоях, мающихся вокруг среди грязи и паразитов. «Этот мир я никогда не создавал», – написал Джеймс Фаррел[27]. Ну так вот, он здесь стоит, подлинный автор этой книги, – пария, чудище, торговец шарлатанским снадобьем. На том самом месте, где когда-то паслись бизоны; теперь оно устлано треснувшими горшками, ржавыми кастрюлями, дряхлыми часами, разломанными люстрами, сапогами, настолько изношенными, что от них даже игорот[28] отвернется с презрением. Конечно, стоит пройти несколько кварталов, и вы увидите другую сторону медали – великолепные фасады Мичиган-авеню наводят на мысль, что весь мир состоит из миллионеров. Ночью вы можете посмотреть на освещаемый прожекторами огромный монумент в честь Жевательной Резинки и подивиться, что к столь монструозной архитектуре стараются привлечь ваше особое внимание. А если вы отклонитесь от верного пути и спуститесь по ступеням, ведущим к тыльной части сооружения, и, прищурив глаза, напряжете свое воображение, вы увидите себя опять в Париже, на рю Брока. Правда, здесь нет Бубу[29], но вы, возможно, напоретесь на кого-нибудь из экс-дружков Аль Капоне. Это должно быть потрясающе – быть ограбленным в сиянии ярких прожекторов.

Едем дальше по Саут-Сайду, иногда выходя из машины размять ноги. Интересную эволюцию претерпевают эти места. Шеренги старых домов охвачены с флангов незастроенными пустырями. Гостиница сомнительной репутации торчит, как руина цивилизации майя среди пожелтелых клыков и белых, как мел, зубов. Некогда респектабельное местообиталище уступлено теперь темнокожему люду, «освобожденному» нами. Нет отопления, нет газа, нет водопровода, нет ничего, кое-где нет даже стекол в окнах. Кто же владеет этими домами? Лучше слишком не допытываться. Что будут с ними делать, когда черные съедут отсюда? Снесут, разумеется. Федеральная Жилищная Программа. Проекты многоквартирных домов... Я думаю о старой Генуе, одном из последних портов Европы, увиденных мною по пути в Америку. Она очень стара, эта часть города. Ничем особенным она не может похвастаться. Но какая разница между трущобами Генуи и трущобами Чикаго! Даже армянский район в Афинах лучше этого. За двадцать лет беженцы из Армении сделали своим квартал, в котором осели эти ставшие козлами отпущения люди. Там не было ни старых домов, где бы они могли поселиться, ни хотя бы заброшенных фабричных зданий. Был просто кусок земли, на котором они возводили свои жилища из всего, что попадется под руку. Люди типа Генри Форда и Рокфеллера, сами того не зная, содействовали созданию этого рая, потому что в дело шли ошметки продукции их предприятий. Я вспомнил об армянском квартале, когда мы пробирались сквозь трущобы Чикаго и мой спутник показал мне на цветочные горшки на подоконниках нищенских хибарок. «Видишь, — сказал он. — Даже у самых бедных среди них есть свои цветники». Но в Афинах я видел голубятни, солярии, веранды, державшиеся без всяких подпорок, кроликов, греющихся на солнышке, забравшись на крышу, козлов, склонявших рога перед иконами, индюшек, привязанных к дверным ручкам. И у каждого были цветы, именно цветы, а не горшки с цветами. Дверь могла быть сделана из крыльев фордовского автомобиля, но она приглашала войти в нее. В кресле, сооруженном из пустых канистр, было удобно сидеть. Были там и книжные лавки, а в них и Буффало Билл[30], и Жюль Верн, и Гермес Трисмегист[31]. Это сказывался дух, не уничтоженный тысячами лет нищеты. Чикагский же Саут-Сайд представляет собой огромный, без всякого порядка, сумасшедший дом. Ничего не может здесь расцвести, кроме порока и болезней. Хотел бы я знать, что сказал бы великий освободитель[32] при виде этой свободы, сияющей теперь черному человеку. Мы таки сделали их свободными — свободными, как крысы в мрачном подполье.

Итак, мы здесь, в Мекке квартиронанимателей! Четырехугольное скопление зданий, когда-то, допускаю, вполне сносных с точки зрения тогдашнего архитектурного вкуса. Тотчас же после того, как белые отсюда выселились, а цветной люд поселился. Прежде чем дойти до нынешнего состояния, эти дома прошли через что-то вроде индейского лета*. Каждая вторая квартира была притоном. Проститутки пригрелись на этом месте. Здесь и в самом деле была Мекка для черномазого одиночки, ищущего заработка.

А вот странное здание. Замки выломаны, двери сорваны с петель, от шаров-фонарей в подъезде и воспоминаний не осталось. Кажется, вы входите в коридор какого-то зловещего католического заведения, в богадельню для глухонемых или в лечебницу где-нибудь в закоулках Бронкса, где втихаря делают аборты. Доходите до поворота и оказываетесь во дворе, окруженном несколькими ярусами балконов. В центре двора заброшенный фонтан, накрытый огромной проволочной сеткой, похожей на те штуки, какими в старину накрывали сыры. Вы можете представить себе, какое это было очаровательное местечко в те дни, когда здесь царили дамы легкого поведения. Вам может послышаться звонкий смех, некогда наполнявший этот двор. А теперь над этим двором натянут полог тишины, а если что и услышите, это будет отдаленный рокот роликов, сухой кашель да приглушенная ругань в темноте. Мужчина и женщина, опираясь на перила, свесились над вами с балкона. Они смотрят на вас без всякого выражения. Просто смотрят. *Размечтались?* Едва ли. Слишком измотаны их тела, слишком затюканы души, чтобы позволить себе это самое дешевое из всех роскошеств. Они просто стоят на балконе, как стоят коровы в поле, пережевывая жвачку. Вот мужчина плюнул вниз. Смачный плевок тяжко шлепнулся оземь. Шлеп! Может быть, человек таким способом подписался под Декларацией Независимости. Может быть, он и не заметил плевка, это плюнул его дух, невидимый призрак из-за его спины. Я снова смотрю на фонтан. Он давно уже сух. И может быть, его накрыли, словно кусок старого сыра, чтобы люди не плевали в него и не вернули бы его к жизни. Вот будет ужас для Чикаго, если вдруг начнется извержение этого черного источника жизни! Мой приятель говорит, что здесь такой угрозы нет. Я не так уж в этом уверен, но, может быть, он прав. Может быть, негры готовы навсегда оставаться нашими друзьями, несмотря на то, что мы с ними сделали. Вспомнился разговор с цветной служанкой в

* Indian Summer — американский аналог русского «бабьего лета».

доме одного из моих друзей. Она сказала: «Думаю, мы вас любим больше, чем вы нас». Я удивился: «Да разве у вас нет ненависти к нам?» «Упаси, Боже! Мы вас жалеем. У вас столько силы и богатства, а счастья нет», — ответила она.

Мы возвращались к нашей машине, когда услышали сильный голос, словно кто-то громко кричал, взобравшись на крышу. Прошли еще квартал, голос звучал так же мощно. Озадаченные, мы повернули обратно. Голос становился все сильней и сильней. Это оказался проповедник, возглашавший во всю мощь своих бычьих легких: «Иисус — это светоч мира!» И ему вторили другие голоса, поскромнее: «Иисус! Иисус! Светоч мира!» В недоумении мы озирались вокруг. Ничего, кроме еврейской синагоги, не увидели наши глаза. Оттуда, казалось, и шел этот голос, сами стены вещали об Иисусе и светоче мира. Приглядевшись, мы заметили нескольких негров, входивших в молельню, пристроенную к стене здания, и громкоговорители на карнизе, похожие на водосточные раструбы. Три квартала еще преследовал нас ясный, как колокол, звук этого голоса. Словно какой-то сумасшедший поднялся во весь рост на обезлюдевшей земле и кричит: «Мир!» Садясь в машину, я поднял глаза и увидел потрясающую цветную красавицу. Она свесилась из окна чего-то, смахивающего на разоренный, брошенный людьми дом. Какая перспектива открывалась ее глазам с пятого этажа этого почернелого морга! Даже оттуда, сверху, она могла слушать проповедника, толковавшего о светоче мира. Была суббота, и ей нечего было делать. Внизу маленький оборвыш ставил зеленым мелком метки на дверях — номера, чтобы почтальон мог доставить письма по адресу. В нескольких кварталах отсюда на той стороне располагалась скотобойня, и в ясный день, при подходящем ветре, до окна этой красавицы доносился запах крови ягнят, тысяч ягнят, миллионов ягнят. «Здесь раньше одни бардаки были вокруг», — сообщил мой приятель. Ясли, ясли*. О чем он говорит, подумал я. Мне-то виделся Агнец Божий, лежащий в яслях Бетлехемского[33] сталелитейного завода. «Эй, погляди-ка», — он подтолк-

* В оригинале «Cribs, cribs» — на литературном английском языке «ясли, кормушка», а на американском сленге публичный дом самого низкого пошиба.

нул меня локтем, взгляд его был устремлен вверх, к негритянке на пятом этаже. Она приглашающе кивала нам. Она нашла Бога на своих негритянских небесах. Думала ли она еще о чем-нибудь, сказать не могу, но выглядела она отлично – в совершенном экстазе. Нет отопления, нет газа, нет воды; окна разбиты, у мышей пир горой, всюду мусор. А она кивает нам, приговаривая: «Приидите! Я Светоч Мира! Я не плачу за жилье, у меня нет работы, я не пью ничего, кроме крови».

Мы сели в машину, проехали несколько кварталов и снова вышли, чтобы посетить еще одну дыру. Улица была пустынной, если не считать нескольких цыплят, что-то старательно клевавших между плитами разваливающегося тротуара. Больше пустырей, больше распотрошенных домов; пожарные лестницы, шатающиеся, как пьяные акробаты, цепляются своими железными зубьями за стены домов. Здесь атмосфера субботы. Все мирно и тихо. Это Лувен или Реймс между двумя бомбардировками. Или Фибьюс, Феб из Вирджинии, мечтающий пригнать своих коней к воде. И тут я вдруг вижу мелом сделанную на стене дома надпись десятифутовыми литерами:

ХОРОШИЕ НОВОСТИ! БОГ ЕСТЬ ЛЮБОВЬ!

Прочитав эти слова, я бухнулся на колени прямо в сточную канаву, очень удобно устроенную здесь именно для таких целей, и вознес краткую безмолвную молитву такой дальнобойной силы, что ее должны были бы зарегистрировать в Моунд-Сити, Иллинойс, где мускусные крысы выстраивают свои хатки. Было самое время хватануть хороший глоток крепкого рыбьего жира, но так как все лакокрасочные фабрики были уже закрыты, пришлось заскочить в ближайшую открытую скотобойню и поправиться, тяпнув по стаканчику крови. Никогда кровь не казалась мне такой восхитительной! Ощущение, будто принял подряд витамины A,B,C,D,E и зажевал палочкой ледяного динамита. Хорошие новости! Ха, великолепные новости – для Чикаго. Я приказал шоферу немедленно везти нас в Мандалей, чтобы успеть благословить кардинала и все совершившиеся операции с недвижимостью. Но доехали мы только до храма бахаистов[34]. Служитель, разметавший песок, отворил нам двери и повел по храму. И все твердил нам, что Бог один для всех и все религии сходятся в главном. Он сунул нам в руки тоненькую брошюрку, и я узнал из нее, что и Предтеча Веры, и Творец Веры, и Толкователь и Ревнитель учения Баха Алла – все пострадали за исповедание Бога как всеобъемлющей Любви. Даже в наш век достаточно просвещенной цивилизации мир этот мог показаться эксцентрическим. Бахаистский храм строился уже лет двадцать и все еще не был закончен. Архитектором был, хотите верьте, хотите нет, мистер Буржуа. Интерьер храма в своем незавершенном состоянии походил на помост, предназначенный для Жанны д'Арк. Место собраний в цокольном этаже напоминало слабо вогнутую раковину, дышало миром и спокойствием и располагало к медитированию, а это присуще совсем немногим культовым сооружениям. Благодаря преследователям и хулителям движение это довольно широко распространилось по планете. У них нет цветного барьера*, как в наших христианских церквах, и можно молиться там, где тебе нравится. И это одна из причин, по которой бахаизму суждено продержаться дольше других религиозных организаций на нашем континенте. Христианство со всеми своими причудливыми ответвлениями и периодами расцвета мертво, как гвоздь в двери; оно исчезнет, когда политические и социальные системы, в которые оно включено, рухнут. Новая религия будет основываться на деяниях, а не на вере. «Религия не для пустого брюха» – так сказал Рамакришна. Религия всегда революционна, более революционна, чем все «бутербродные» философии. Священник всегда в союзе с дьяволом, так же, как политический вождь всегда в союзе со смертью. Люди, мне кажется, стремятся объединиться, но их так называемые представители, независимо от рода их занятий или положения в обществе, удерживают людей на расстоянии друг от друга, внушая ненависть и страхи. Исключения крайне редки; когда они случаются, их стремятся выделить из общего ряда, видя в этих исключениях сверхчеловеков, богов, все, что угодно, но только не обычных мужчин и женщин. И вот, перемещенная таким образом в надземные, эфирные сферы революция любви, которую явились проповедовать эти самые исключения, гибнет на корню. И все-таки хорошие новости всегда существуют, прямо здесь, за уг-

* Цветной барьер – отделяющий белых от цветных.

лом, начертанные мелом на стене полуразрушенного дома: **БОГ ЕСТЬ ЛЮБОВЬ!** И я уверен, что, когда граждане Чикаго прочитают эти строки, они встанут всей массой и отправятся пилигримами к тому самому дому. Его легко найти, он стоит посреди пустыря на Саут-Сайд. Вы спуститесь в люк на Ласейл-стрит, а дальше сточные воды понесут вас самотеком. Вы не пропустите этой надписи, потому что она сделана белым мелом буквами в десять футов. Все, что вам нужно будет сделать, когда вы ее найдете, это встряхнуться, как вымокшая крыса, и почиститься как следует. А Бог сделает все остальное...

Vive la France!

КАК НИ СТРАННО, Я В МАЛЕНЬКОМ ПАРКЕ – МЕЖДУ Джун-стрит и Мэнсфилд-стрит. Это место навеет черные мысли даже в самый солнечный день. Я вообще не встречал в Америке парка, внушавшего мне что-нибудь, кроме чувства уныния и скуки. В тысячу раз охотнее посидел бы я в абстрактном парке, таком, какие изображал Хилари Хилер[35] на своих ранних холстах. Или же в таком, где оказывался Ганс Райхель[36], когда писал в полубессознательном состоянии свои акварели. Американский парк – это огороженный вакуум, заполняемый цепенеющими в каталепсии придурками. Как в архитектуре американского дома, в американском парке нет ни на унцию индивидуальности. Он то, что очень точно назвали «кусочком пространства, где можно дышать», оазис среди асфальтовой вони, испарений химии и выхлопной гари. Бог ты мой, как вспомнишь о Люксембурге или Пратере!* У нас таких не встретишь, у нас существуют лишь естественные парки – обширные территории с какими-нибудь удивительными выкрутасами природы, где обитают одни призраки.

Из всех рукотворных парков, думаю, парк в Джексонвилле, Флорида, – самый жалкий, скучный, захудалый. Ему самое место на картине Георга Гросса[37]. Он отдает туберкулезом, гнилыми зубами, варикозными венами, паранойей, лжи-

* Люксембургский сад в Париже и парк Пратер в Вене.

востью, онанизмом, оккультизмом. Кажется, со всей Америки стекаются сюда все неудачники, духовно искалеченные, и все «бывшие», и все безнадежно опустившиеся на дно, и все надеющиеся кое-как все-таки выкарабкаться. Это высасывающая чувства топь, через которую надо пробраться, чтобы попасть в Эверглейды. Пятнадцать лет назад, когда я в первый раз попал в этот парк, я приписывал свои ощущения тому, что был жутко измотан, голоден и не знал, где буду ночевать. И вот при новом визите мне еще хуже. Ничего не изменилось! Скамейки, как в былое время, засижены человеческим отребьем – не теми подозрительными типами, что попадаются в Лондоне или в Нью-Йорке, и не колоритными оборванцами с набережных Парижа, а дряблой, подпорченной американской разновидностью, которую выплюнул почтенный средний класс в процессе, так сказать, *очищения организма от слизи.* Того сорта, что пытаются воспарить разумом, хотя воспарять-то нечему. Мусор и хлам, который несут сточные канавы по церквам «Христианской науки»[38], по розенкрейцеровским молельням, кабинетам астрологов, бесплатным больницам, собраниям евангелистов, филантропическим комитетам, бюро по трудоустройству, дешевым меблирашкам и т.д. Того сорта, что готов натощак читать «Бхагавадгиту»[39] и приниматься за упражнения даже в платяном шкафу. Типично американская разновидность, верящая во все, что напечатано в газетах, даже в приход мессии. Ни крупицы человеческого достоинства не осталось. Респектабельный червь.

Временами меня так задевало за живое, что я должен был мчаться на такси, чтобы присесть к машинке и попробовать объяснить это идиотское, жуткое несоответствие между мною и всем, что я наблюдал. Причем дело не только в американском парке. Это могло случиться и в такие минуты, когда вдруг мне придет на память корова, увиденная давным-давно. Или совсем недавно, как та, из Дуктауна, Теннесси. У нее были видны все 97 ребер и жевала она не что иное, как обрывки оловянной фольги. А то я могу неожиданно вспомнить какой-нибудь случай, вроде моей беседы с кочегаром в Алджерсе, Луизиана. Кочегар говорил мне: «По нынешним временам чудное дело, что в городишке не сыскать ни одного отеля. Да ведь у здешних людей нет этих самых... как это... амбиций».

Слова «отель» и «амбиции» как-то странно соединились в моем мозгу, и в те самые минуты, когда я силился понять, что же странного в этих двух словах, мимо нас прошел автобус в направлении на Винис* и все сразу соединилось во что-то удивительно нереальное. Алжир на Миссисипи, Венеция в Луизиане, металлоядная корова, испаряющаяся в лучах убийственного солнца, синагогальная музыка в Джексонвилле, доводившая меня (по причине, видно, моего голода) до слез, мои ночные хождения взад и вперед по Бруклинскому мосту, средневековые замки на берегах Дордони, статуи королев в Люксембургском саду, шесть уроков русского языка с истеричной княжной в тесной комнатенке на задах бюро по трудоустройству, беседа с доктором Визителли, из которой я выяснил, что мой словарь обязан насчитывать по меньшей мере семьдесят пять тысяч слов, хотя Шекспир неплохо обходился пятнадцатью. Тысяча и одна таких причудливых картинок промелькнули передо мной за несколько мгновений.

Корова никак не выходит из головы — и я никогда не смогу объяснить себе это наваждение. Может быть, в американском парке я сам всего-навсего корова, пережевывающая все ту же изодранную фольгу. Может быть, все, из-за чего я так волнуюсь, давно уже разрушено, а я просто сухопарый, костлявый идиот, потрескивающий суставами под южным солнцем. А может быть, я попал, как в фантастическом фильме, на мертвую планету и все мне так непривычно и ново, что я не в состоянии увидеть ее красоту. Может быть, мои желания чересчур земные, чересчур материальные, и к тому же мне подавай все немедленно. Надо быть терпеливым, надо уметь ждать, и не тысячи лет, а миллионы. Надо обрести способность пережить и солнце, и луну, продержаться дольше, чем Бог или идея Бога, превзойти космос, перехитрить молекулу, атом, электрон. Надо сидеть в американском парке, словно в общественной уборной, выполняя свою функцию, как та ребрастая корова на рыжем холме. И не думать вообще об Америке как таковой, Америке per se, Америке ad astra[40]. Думать о небе без атмосферы, каналах без воды, жителях без одежд,

* Винис — так звучит по-американски Венеция; американские «Венеции» есть не только в штате Луизиана, но и в Иллинойсе и Флориде.

жизни без смерти, думать о чем-то таком, что длится бесконечно, не имеет ни имени, ни складу, ни ладу и все-таки обладает смыслом, огромным смыслом; только чтобы постичь его, тебе надо избавиться от одержимости временем и пространством, забыть о судьбе, о причинной связи, о логике, об энтропии, об аннигиляции, о нирване и майе.

Ты сидишь в парке под толстоногими пальмами и вокруг миллионы листьев травы, и здесь тепло, и скамейки окрашены в зеленый цвет, и, может быть, собачка задирает ногу под деревом. А вокруг тебя другие представители твоего вида, у них такая же, как у тебя, одежда, и внутри их так же неустанно день и ночь работают те же самые жизненно важные органы, как и внутри тебя. Но ты говоришь себе, что они совсем другие, настолько другие, что тебя мутит от одного взгляда на них. И тогда ты отправляешься на другую планету во взятом напрокат недорогом автомобиле, и, оставшись один на один с маленькой стрекочущей машинкой, ты выборматываешь слова, какие только приходят на ум, и выстреливаешь фейерверки, и они взлетают, и рассыпаются, и падают вниз, превратившись в подобие растоптанных сигаретных окурков. А ты представляешь себе человека на лекторской трибуне, монстра из мира теософов, помесь овоща с гиппогрифом, занудного демона, загипнотизировавшего самого себя еще за кулисами. Он готов, не моргнув глазом, говорить целых три часа без всяких пауз, не отвлекаясь даже на глоток воды. Без всяких усилий взбирается он к тому недвижно застывшему в небесах дракону, который все продолжает заводить звездные часы, вопреки всем толкам о божественной энтропии или космической шизофрении. Три долгих часа будет звучать его замогильный голос, голос медиума, погребенного на дне пещеры. А в конце концов ты снова сидишь в парке, среди опавших листьев и обрывков фольги, и понимаешь ровно столько же, что и раньше, но чувствуешь себя счастливым, как человек, только что проспрягавший неправильный глагол, протащив его даже сквозь диссонансы сослагательного наклонения.

А потом, как по свистку, к тебе являются мысли о еде и сексе, шесть минут мечтаний, когда ты колеблешься между «Фостером» в Кливленде и усыпанным опилками полом в заведении на улице Ля Шаплэ (entre la rue Helene et la rue des

Dames*) по соседству с авеню Клиши. Ведь как раз у «Фостера» я вдруг почувствовал, что мне совсем расхотелось есть. Не то, чтобы еда была скверная, не то, чтобы там попахивало или обслуга выглядела неподмытыми распустехами. Наоборот, все было совершенно — *американское ресторанное совершенство.* Официантки казались ангелами, только что принявшими ароматическую ванну; блюда являли собой нечто безупречное, приготовленное без прикосновения грубых человеческих рук; кухня не выдавала себя никакими запахами, она была упрятана надежнее, чем прячут сортиры в первоклассных борделях, чтобы там не разило остывшей мочой. Белые льняные скатерти на столах, великое разнообразие салфеток, изящные графинчики для масла и уксуса и такие же изящные солонки и перечницы, может быть, еще были и вазочки с цветами. Возможно, играл орган — я теперь не слишком в этом уверен. Но если и не играл, то вполне мог играть. Он мог бы исполнять какую-нибудь каватину, во время которой хозяин, полностью включенный в сервис, ковырял бы в зубах серебряной зубочисткой. Следовало там быть и хору сопранистых юнцов, сновавших туда и сюда с подносами. Во всяком случае, помещение было кондиционировано, плотно устлано коврами, изысканно загромождено, освещено сдержанно и великолепно отделано в деталях. О пище невозможно было подумать, что она приготовлена из таких вульгарных, грубых вещей, как части мертвых животных или выросшие в хорошо унавоженной земле овощи. Тут подавали, скорее, некий сорт синтетического нектара, сдобренного взбитыми сливками, нечто такое, что надо глотать, закрыв глаза и затаив дыханье, как облатку на причастии; это была как бы маленькая проповедь, специально приготовленная, чтобы выслушавший ее мог, причастившись, вернуться в свою контору и написать вдохновенные послания о канализационных трубах и противогазах. В подобной обстановке чаевые превращаются в дар, который официантка принимает со снисходительностью кинозвезды, выслушивающей комплименты газетных репортеров. Она словно извещает вас, что условия ее работы превосходно превосходны, что при малейшем признаке усталости ее отведут в

* Между улицей Элен и улицей Де Дам (*фр.*).

комнату отдыха, где она сможет прилечь на обтянутую атласом кушетку, что, если она почувствует хотя бы легкое недомогание, ей строго предпишут воспользоваться мраморным кегельбаном, специально устроенным для персонала. Она скользит от стола к столу поступью балерины, и улыбка на ее лице вызывает смутное воспоминание о Моне Лизе. Ни в коем случае не должна она спешить и суетиться — это может довести ее до испарины, а там, глядишь, и до влажных пятен под мышками. Она призвана оказывать личные услуги, но тело ее должно оставаться безличным. А помимо прочего у нее всегда должен быть наготове стакан, набитый льдом.

По-моему, это было в Рестоне, Луизиана, когда я проснулся ночью в думах о ресторанчике на улице Ля Шаплэ. В местном кафе возле бетонной дороги меня накормили какой-то дрянью. Раза три или четыре обошел я этот городок, прикидываясь любующимся местными достопримечательностями: железнодорожной станцией, редакцией газеты, водонапорной башней и т.д. Несколько юнцов играли в теннис на бетонированной площадке при электрическом освещении; их шикарные машины были пришвартованы рядом. Вообще-то они могли начать и в полночь, и в четыре утра, и в шесть вечера накануне. Заговаривать с ними мне как-то не хотелось. И хотя в моем распоряжении было несколько стоящих книг, читать тоже не хотелось. В отвратительном настроении отправился я снова в постель и промучился почти до рассвета. Но потом мне приснился очаровательный сон — отрывки из одной книги Жионо[41], и проснулся я с ощущением, что нахожусь во Франции, возможно, где-то в провинции. Тут же до меня дошло, что я ошибся, и тогда, ощутив реальность и больше уж не смыкая глаз, я погрузился в сон наяву о моей жизни в Париже. Начал я с самого начала, с моей первой трапезы в Париже, на тротуаре бульвара Сен-Жермен, когда по-французски я знал два слова: oui и non. Как заглянешь в те времена сейчас, кажется, что тысячу лет вместило это краткое десятилетие, окончившееся войной.

Я неслышно скользнул в те времена в Клиши, когда с моим другом Фредом мы снимали квартиру на авеню Анатоль Франс. Времена велосипедных гонок, вечерних прогулок по бульвару от Батиньоля до Обервилье, времена, когда я был настолько заведен, что писал по пять книг сразу. Но самый яркий образ, встающий в памяти, – маленький ресторанчик, который я благоговейно посещал в любое время от полудня до полуночи. Ресторан был дешевый, темноватый даже в светлое время суток и определенно пахучий. В меню ничего экстраординарного, но на него смело можно было положиться, как на друга, которого знаешь с детства. Официантки были неряшливы, не чересчур вежливы и очень нацелены на чаевые. Приплатив франк или два, можно было рассчитывать на настоящий деликатес, вроде жареного цыпленка.

Преимущества места определялись двумя обстоятельствами – надежной клиентурой, состав которой практически не менялся, и видом сквозь дверной проем, напротив которого располагался уютный маленький maison publique*. На углу обычно стояли две проститутки; даже в часы дождя можно было видеть их, терпеливо выстаивающих под своими зонтами, стараясь и тут выглядеть бодрыми и соблазнительными. Улица была неприметной, но, думаю, не такой уж скучной при тщательном изучении; человек типа Карко[42], окажись он завсегдатаем этого ресторана, написал бы, наверное, целый роман о ней.

Итак, там было и то, и другое – и еда, и секс. Иногда преобладало одно, иногда – другое. Никак нельзя не упомянуть и тамошнего горбатого карлика, испанца с длинными седыми волосами и зверским аппетитом. Каждый вечер я проходил мимо его столика. Каждый вечер приветствовал его словами: «Bon soir, monsieur», на что неизменно следовало: «Bon soir, monsieur». Ни слова больше. С год, наверное, держались мы на этой репризе, пока однажды не сломали барьеры и не перешли к «Bon soir, monsieur, comment ca va ce soir?»**. Не помню, чтобы я разговаривал с кем-нибудь другим из клиентов. Я ел в великолепном одиночестве к полному своему удовольствию. Время от времени возникал хозяин и заговаривал со мной. Обычно мы говорили о погоде и о росте цен на провизию. Иногда он спрашивал, скоро ли я собираюсь опять посетить Осер. Он был родом из Осера, а я как-то рас-

* Публичный дом *(фр.)*.

** Добрый вечер, сударь. Как себя чувствуете сегодня? *(фр.)*

сказал ему, что побывал там, путешествуя на велосипеде по Франции. Если мы касались этого предмета, то беседа всегда заканчивалась его словами: «Да, это вам не Париж! Это просто тихое спокойное местечко». И я всегда улыбался и кивал головой, словно только сейчас услышал эти слова. А бывало, если я находился в благодушном настроении, то после того, как хозяин заканчивал свою маленькую каденцию, я приступал к длинному монологу наедине с собой об идиллическом великолепии Осера. Сам с собою я всегда изъясняюсь на изысканном французском языке, и какая жалость, что хозяину не приходилось слушать эти доклады, потеплело бы у него на душе.

Уже надвигались сумерки, когда мы приехали в городок Осер, расположенный, если не ошибаюсь, на реке Ионне. Мы долго стояли на мосту, похожем на все мосты во французских городах, и смотрели вниз на деревья, отражавшиеся в речной воде. Мы были так растроганы, что говорить не хотелось. Я посмотрел на свою жену и увидел в ее глазах слезы. Это был один из самых счастливых наших с нею дней во Франции. Мы выехали за день или два до этого на велосипедах из Парижа и были полны надежд. Ехали, стараясь не отклоняться от узкой пешеходной тропки, идущей по кромке канала. Жена моя только-только научилась ездить на велосипеде и занервничала, когда мы поехали по этой тропе. Иногда мы спешивались и медленно брели вдоль насыпей канала, мы никуда не торопились. В Америке мы знали только лишения и нужду. И вдруг стали свободными, и вся Европа лежала перед нами. Мы поедем в Италию и Австрию, и в Румынию, и в Польшу, и в Чехословакию, и в Германию, и в Россию. Мы увидим все. Да, начало было чудесным. Из-за ее нервозности не обходилось, конечно, без маленьких размолвок, но по-настоящему все было покой и красота. Для начала скажу, что мы ели каждый день.

В первый вечер в Осере мы ужинали возле речной дамбы в скромной гостиничке, почти что на постоялом дворе. Был наш праздник, и мы позволили себе выпить хорошего вина. Я вспоминаю вид на церковь с того места, где мы сидели, и как вино струилось в мою глотку. Вспоминаю зеркальную гладь реки и высокие деревья, раскачивающиеся под ласковым французским небом. Вспоминаю, что на душе у меня был покой, такого покоя я никогда не знал в своей стране. Я взглянул на жену: она стала совсем другим человеком. Даже птицы выглядели по-другому. Хочется, чтобы такие мгновения навсегда остались с тобой. Но ведь часть той глубокой радости, которые они приносят, происходит именно от сознания, что все это ненадолго. Может быть, уже завтра вспыхнет одна из тех ссор, что заставят позабыть о всей красоте ландшафта и именно оттого, что ты в чужой стране, придавят тебя к земле сильнее, чем обычно.

Хозяин ресторана на улице Ля Шаплэ не ошибся — конечно, это был не Париж! Но в некотором смысле это было куда лучше Парижа. Здесь было больше Франции, больше подлинности. И это порождает особый вид ностальгии, ностальгии, открывавшейся мне и в книгах некоторых французских писателей, и в постельных беседах со шлюхами, когда отдыхаешь, безмятежно покуривая сигарету. Эта ностальгия — не оккупант, берущий тебя за горло. Она нечто неосязаемое, смутное, непостижимое, как то, что разлито в небе Франции. Это оккупант, который хочет быть побежденным.

В каком-то смысле мы *были* оккупантами. На свои грязные американские доллары мы покупали все, что нам приглянулось. Но с каждой покупкой мы получали что-то даровое, что-то, о чем мы не договаривались, и оно въедалось в нас и изменяло так, что в конце концов мы оказывались полностью покоренными.

Последнее, о чем я подумал, отправляясь в этот печальный вояж по Америке, что надо бы захватить план Парижа и карту Франции. Я знал, что в какой-нибудь Богом забытой дыре мне вдруг приспичит поискать глазами названия улиц, городов, рек, начавших уже тускнеть в моей памяти. Я ехал поездом из Канзас-Сити в Сент-Луис, когда пейзаж за окном стал принимать знакомый облик департамента Дордонь. Если быть точным, это началось примерно за час до Сент-Луиса. Думаю, поезд шел вдоль Миссури. Мы проезжали мимо мирных холмистых равнин с разбросанными на них усадьбами фермеров. Была ранняя весна, и земля меняла свои цвета с соломенно-желтого на светло-зеленый. Вдали торчали крутые, с причудливыми выступами скалы и утесы все больше пепельно-серого цвета, и вид этот вызывал в памяти замки и шато Дордони.

Но где же то, что приходит вместе с почвой, тот союз небесного и земного, суперструктура, возделываемая человеком, чтобы углубить и сделать еще прочней ту красоту, что создана природой? Я как раз читал Роллана о Вивекананде, но тут отложил книгу, такое волнение меня охватило. И все из-за того места, где Роллан описывает триумфальное возвращение Вивекананды из Америки. Никакой монарх не удостаивался такой встречи со стороны подданных — эта осталось единственным примером в истории. Что же совершил Вивекананда, чтобы заслужить подобный прием? А он просто дал Индии возможность узнать Америку. И сделал это так, что у его соотечественников открылись глаза на собственные свои слабости. Индия встречала его со всей щедростью души, миллионы людей простирались ниц перед ним и взирали на него, как на святого и избавителя. Да он таким и был. В этот момент Индия стояла так близко к полному единству, как никогда за всю свою долгую историю. Это был триумф любви, благодарности, преклонения. Я вернусь еще к нему попозже, к его блистательной, сильной речи; он говорил не как поборник прав Индии, а как защитник всего рода человеческого. Но пока мне приходится мчаться сквозь прекрасные грезы о Дордони прямиком к гробнице Сент-Луиса, который только зовется городом, а на самом деле отвратительный смердящий труп, поднявшийся из земли и торчащий над этой равниной, как реклама Дюреровой «Меланхолии». Так же, как и его брат-близнец Милуоки, этот огромный американский город убеждает, что сама архитектура тоже может спятить. Вся болезненность американской души вылезает здесь наружу и не только ужасает, но и душит. Кажется, что на отделку здешних домов пошли ржавчина, кровь, слезы, пот, желчь, сопли и слоновье дерьмо. Легко представить, что за жизнь внутри таких сооружений — жизнь a la Теодор Драйзер в его наихудшем варианте. Самое страшное, что может произойти со мной, — это если меня приговорят к пожизненному проживанию в таком месте.

И все-таки в Сент-Луисе у меня был один чудесный момент. Пробираясь по старой части города, где продолжались работы по реконструкции гигантского квартала, я шел мимо чего-то похожего на скотобойню, поставленную на попа то ли землетрясением, то ли торнадо. И здесь омерзение и злость выросли во мне до такой степени, что просто из чувства самосохранения их надо было чем-то уравновесить. И вот, среди этого ужаса и мерзости мне на помощь пришло воспоминание о волшебной ночи в Сарлате. Сарлат наравне с Осером тоже отмечен в моей памяти, как начало славного путешествия. Это мои последние французские впечатления на пути в Грецию. Поздним вечером я сел в Париже в поезд и к рассвету доехал до Рокамадура. Я оставался в Рокамадуре несколько дней и посетил знаменитую Подриакскую пропасть. Никогда не забуду, как вкусно я там поел, зависнув между дном пещеры и земной поверхностью. Выбравшись наверх, я сел по какому-то внезапному наитию в автобус, следовавший в Сарлат; название это мне ни о чем не говорило, никогда я его даже не слышал прежде.

Было что-то между четырьмя и пятью часами, когда, выйдя из автобуса, я остановился перед книжным магазином и стал рассматривать книги в витрине. Я скользил по ним рассеянным взглядом, пока мое внимание не привлекла одна из них: это был новый труд о пророчествах Нострадамуса. Цена явно превышала мои возможности на тот момент, так что я не зашел в магазин и продолжал стоять на улице, вглядываясь в эту книгу так пристально, словно хотел сквозь обложку узнать, что же там написано интересного. В этом состоянии сосредоточенности я постепенно осознал, что кто-то стоит у меня за спиной, смотрит на ту же книгу и вслух разговаривает. Наконец до меня дошло, что человек разговаривает *со мной.*

Он оказался владельцем магазина и близким другом автора, живущего, как тотчас же выяснилось, здесь, в Сарлате. Его привело в восторг и то, что я американец, и то, что так долго жил в Париже, и то, что, выехав из Парижа, решил заглянуть в Сарлат. Он сказал, что скоро закроет магазин и был бы рад посидеть со мной в бистро напротив. Очень уж ему хотелось, чтоб наша беседа продолжилась.

Перейдя улицу, я уселся на террасе бистро и осмотрелся. Улица как улица, без особого шарма, обыкновенная главная улица французского провинциального городка. А вот *книжник* мне понравился. Он был само радушие, его переполнял энтузиазм, и был он явно помешан на американцах, что нередко встречается среди французов. Я наблюдал, как он закрывает свой магазин. Он делал это с пылом школьника, поспешно сворачивающего домашние дела, чтоб поскорей присоединиться к шайке своих приятелей. Он помахал рукой и крикнул: «Dans un moment!»*

Едва он успел сесть, как обрушил на меня водопад воспоминаний – и все о войне, о войне 1914 года. Он знал нескольких американцев на фронте, замечательных ребят, по его словам. Они были так ребячливы, так наивны, так добродушны и полны боевого духа. «Не то, что мы, – сказал он. – Мы прогнили, нас съела ржавчина. Франция потеряла свой дух». Потом он поинтересовался, из какой я части Америки. Когда я назвал Нью-Йорк, он уставился на меня так, словно не мог поверить ушам своим. «В самом деле? – воскликнул он. – Вот счастливчик! Я всю жизнь мечтал побывать в Нью-Йорке. Но теперь уж...» И он безнадежно махнул рукой. Да, теперь на нас надвигалась новая война. На самом деле это он окажется счастливчиком, если пройдет через это и во второй раз. Ну, ладно, а как мне нравится Париж? Где я там жил? Узнал ли его как следует или так себе? Я кое-что рассказал ему о том, как начиналась моя парижская жизнь. «Tiens! – откликнулся он. – Да вы молодец! Все-таки вы, американцы, – романтические ребята».

После второго аперитива он стал рассказывать о себе, о своей жизни в Сарлате, где он родился и где надеется умереть, если, конечно, его не убьют на войне. Любопытно, кстати, как французы говорили о приближающейся войне. Они никогда не говорили о разгроме врага, никогда не проявляли особенной ненависти к немцам; они говорили о войне как о работе, которую надо выполнить, неприятной работе, конечно, но от нее нельзя уклоняться, потому что они помнят, что они граждане Франции. Но главное, что держалось у них в мозгах при обсуждении этой темы, было возвращение домой, возвращение к нормальной жизни, к их маленькой нише, когда бы это ни произошло. Мне такое их отношение всегда каза-

* Одну секундочку! *(фр.)*

лось высшей формой мужества: это был пацифизм в высочайшем смысле. Они шли воевать из чувства долга и без всякой ненависти. Вот в чем сила Франции, и вот почему она поднимется и вернет себе свое место в мире. Францию победили, но ее невозможно уничтожить.

В самый разгар нашего оживленного собеседования мы вдруг услышали звуки оркестра и через минуту-другую процессия детишек во главе с клоунами и шутами продефилировала мимо нас. Новый знакомец объяснил, что шествие в честь какого-то католического святого. И спросил, не окажу ли я ему честь отужинать с ним? Он хочет показать мне город после наступления темноты — это должен быть замечательный вечер именно своим карнавальным духом. Я был только счастлив принять это приглашение.

Было уже совсем темно, и уличные фонари быстро превратили скучноватый, провинциальный вид в нечто более обещающее. «Я в этом городе каждый дом знаю, — торопливо рассказывал мой спутник, пока мы шли к ресторану. — Мой отец был плотником и каменщиком. Я мальчишкой работал вместе с ним. Это замечательное занятие — куда лучше, чем торговать книгами. Делать что-то своими руками и с любовью, ах! Да я и сейчас в душе остаюсь плотником».

Мы ужинали в маленьком скромном ресторане и запивали еду «petit vin du pays»*, удивительно приятным. Потом надо было вернуться к гостинице, взять ключ, потому что в десять часов двери запирались. Ключ, как и сама дверь, был громаден, настоящий ключ от крепости. Мы постояли перед дверью, тщательно изучая ее. Он показал мне следы ремонта, который когда-то давно сделал его отец, и большой шарнир, приделанный им самим попозже. «А теперь пойдемте, — он подхватил меня под руку. — Я покажу вам *старый* Сарлат, такие улочки, о которых парижане и думать забыли». И он начал мне рассказывать о Карле Великом, о Ронсаре и Вийоне, о Герцоге Бургундском и Орлеанской Деве. Он говорил о прошлом не как школяр или студент-историк, он был современником всех, о ком рассказывал, он видел все собственными глазами. «Та книга, которую вы приглядели нынче днем, — ска-

* Скромным местным вином *(фр.)*.

зал он после паузы, — мы попозже вернемся за ней в магазин. Я хочу вам подарить ее на память о Сарлате. Может быть, вы ее переведете когда-нибудь...» И тут он начал рассказывать об Авиньоне и Монпелье, Ниме и Оранже, о провансальском языке, о великих женщинах Франции, о розенкрейцерах[43], о мистериях Нотр-Дам, о Парацельсе и Данте. «Мой дорогой друг, — сказал он, когда мы остановились в тени огромной средневековой двери, — Франция для меня единственная страна на свете. Она испытала все. И есть мелочи, в которых она велика — в отзывчивости, в терпимости, в уважении к другим. Она не жаждет господства над миром. Она, скорее, похожа на женщину, желающую вас очаровать. И с первого взгляда она вовсе не красавица. Но она знает, как переплести свои чувства с вашими. Она раскрывает себя не спеша, осмотрительно, держа про запас свое истинное очарование, пряча настоящие сокровища до того момента, когда их смогут оценить по справедливости. Она не бросается к вам, как это делают проститутки. Душа Франции целомудренна и чиста, как цветок. Мы люди сдержанные не из робости, а потому, что нам есть, что дать. Франция — неиссякаемый кладезь сокровищ, и мы, французы, — смиренные хранители этого великого богатства. Мы не так щедры, как вы, — может быть, оттого, что все, чем владеем, досталось нам ценой великих страданий. За каждый клочок нашей земли надо было бороться снова и снова. И если мы любим нашу землю, как мало кто на свете, то это оттого, что она щедро полита кровью наших отцов и дедов. Вам наша жизнь кажется мелкой, но для нас она полна глубокого смысла и богата, особенно для нас, провинциалов. Да, с нами порой бывает скучно — пусть! Каждый из нас остается французом — вот что самое важное».

Мы повернули назад, к древним стенам города, в самое сердце и нутро Средневековья. Время от времени он брал меня за руку и вел, потому что в узких извилистых проходах была тьма кромешная. Один раз на такой тропке он нащупывал дорогу, не отрывая своей руки от стены, и, приведя меня к нужному месту, чиркнул спичкой и попросил потереть рукой деревянную панель какого-то гигантского портала. Зажигая спичку за спичкой, мы исследовали всю эту дверь и после такой процедуры я запомнил ее на всю жизнь. Дверь дверей! А потом снова тьма, смоляная чернота, и в ней слышались звуки веселья, там, внизу, где праздник невинных душ был в полном разгаре.

Глаза мои были на мокром месте. Прошлое ожило. Оно жило в каждом фасаде, в каждом портале, в тех самых камнях, по которым ступали наши ноги. Детишки в белом были тоже из прошлого. Я нащупал его рукав:

«Скажите, – спросил я. – Вы помните "Большого Мольна"?»[44]

«Бал?» – он сжал мою руку.

«Ну да, бал. *Детей!*»

И больше ни слова. Оба мы погрузились в глубокое молчание. Пришедшая на память книга говорила за нас в тишине средневековой улочки, и она просила нас не прерывать видение и не мешать детям играть в их игры.

Пока мы спускались по широким ступеням к парапету и потом шли вниз по подковообразной лестнице, я ничего не видел, кроме мельтешащих огоньков, скачущих через перила, прыгающих с подоконников. Вся площадь была заполнена этими пляшущими огнями, и в их отсветах лица гуляк качало, кидало из стороны в сторону, как в театре теней. И снова слезы навернулись мне на глаза. Это было так изящно и так не похоже на американскую манеру веселиться. А к тому же еще этот фон – угрюмый, тяжелый, почти зловещий. Почему-то это напомнило мне о геральдической лилии на тяжелом гербовом щите странствующего рыцаря – о том контрасте между сердцем и кулаком, о последнем мгновении в старинном поединке, когда смертельный удар становился актом милосердия и избавления. Это напомнило мне также об эпидемиях чумы и праздниках, устраиваемых среди отблесков погребальных факелов. Напомнило о той манере, с какой мой мясник с улицы Томб Иссуар обращался с мясом, изящество и даже нежность его манипуляций с ножом, почти материнское чувство, с каким он выносил четверть телятины и укладывал товар на мраморный прилавок. Да, Франция снова ожила перед моими глазами, Франция давних времен, Франция вчерашнего дня и Франция завтрашняя. Прекрасная, славная Франция! Видит Бог, с какой любовью и уважением вспоминаю я о тебе сейчас. О моем последнем, наверное, взгляде на тебя. Каким счастливчиком я был! Сегодня ты повержена, лежишь под сапогом победителя. С трудом я могу поверить в это. Кажется, только сейчас, в этот момент, снова переживая ту, полную очарования ночь, осознаю я всю чудовищность сразившего тебя злодеяния. Но даже если все разрушено, если все значительные города сровняли с землей, Франция, о которой я говорю, будет жить. И если великий факел духа погаснет, то те маленькие огоньки неугасимы, они пробьются сквозь землю тонкими язычками пламени, и родится другая Франция, и новый праздничный день будет отмечен в ее календаре. Нет, то, что я увидел, не может быть раздавлено сапогом завоевателя. Говорить, что Франции больше нет, значит клеветать на человеческий разум. Франция жива. *Vive la France!*

Дух анестезии

«Власть, правосудье, история – прочь!»
Артюр Рембо

Я БУДУ НАЗЫВАТЬ ЕГО БАД КЛАУЗЕН, ПОТОМУ ЧТО ЭТО не настоящее его имя. Также не хочу говорить, где я встретился с ним, потому что не хочу ему ничем навредить. Он уж и так под завязку натерпелся от наших, отмеченных садистским комплексом блюстителей порядка. И чего бы он ни натворил в этой жизни или в следующей, я всегда смогу найти для него оправдания.

Я совсем не хочу делать из него героя. Я хочу написать его правдивый портрет.

В ту пору мы с Раттнером еще не разъехались. Мы проделали долгий путь в поезде. Уже оплатили визит в знаменитое исправительное учреждение, названия которого я предпочитаю не упоминать. Начальник тюрьмы продемонстрировал нам всю возможную для него вежливость. Но есть одна деталь, врезавшаяся в мою память, отличная интродукция к истории Бада Клаузена.

Чтобы проникнуть за ворота этого прославленного учреждения, вам не избежать встречи с караульным, нависающим над вами с какого-то подобия эстрады. Вам придется пройти через допрос с пристрастием, прежде чем он просигналит, что путь свободен. В руках у него карабин, на поясе кобура с револьвером и, вероятно, парочка гранат в кармане брюк. До зубов вооружен. А за плечами у него Закон, закон, говорящий, что сначала надо стрелять, а уж потом спрашивать. Он тщательно осмотрел меня, по той причине, что в телефонном разговоре с начальником я забыл сказать, что со мною будет мой друг Раттнер. Стражу трудно было понять, как можно забыть такую важную мелочь.

Здесь не место жаловаться на строгость тюремного режима. Я понимаю, что они должны соблюдать сугубую осторожность. Все, что я хочу, – это передать то впечатление, какое этот тип произвел на меня. Немало времени прошло с того инцидента, а я все еще не могу забыть его лица, его манер, всего облика. Вот уж кого, говорю это в полном уме и здравии, я совершенно хладнокровно убил бы. Я бы пристрелил его где-нибудь в темном углу и спокойно пошел бы заниматься своими делами. Словно мошку прихлопнул, севшую мне на руку.

Он был убийцей, существом, выслеживающим человечью дичь и получающим за это деньги. Он был поганью, его нельзя было причислить ни к какому сорту людей, даже к тем бедолагам за решетками. До конца дней своих буду я помнить это жестокое, пепельно-серое лицо, эти ледяные сверлящие глаза, взгляд охотника на человеков. Ненавижу его и все, что он символизирует. Ненавижу неугасимой ненавистью. Я в тысячу раз охотнее стал бы неисправимым каторжником, чем этим наймитом тех, кто силится поддерживать закон и порядок. Закон и порядок! Когда под конец вы увидите, как этот тип вглядывается в вас сквозь винтовочный прицел, то поймете, что они означают, закон и порядок. *A bas puissance, justice, histoire!** Если обществу надо защищать себя при помощи таких человекообразных монстров, пропади оно пропадом, это общество! Если в основе закона и порядка есть только человек, вооруженный до зубов, человек без сердца и разума, тогда закон и порядок лишены всякого смысла.

* Цитата из А.Рембо, взятая эпиграфом к этой главе.

Но вернемся к Клаузену... Бад не был бессердечным убийцей. Если верить его рассказу, убийство не было его специальностью. Он был безвольным и тщеславным, как большинство из нас. Поначалу он малость подворовывал, конечно, не столько, чтобы сравнивать его с операциями наших прославленных промышленных магнатов, наших банкиров, политиков и колониальных чиновников. Нет, он был обыкновенным жуликом, но честным, так сказать, жуликом с преувеличенным чувством верности и чести. Что касается женщин, он был до наивности романтичен и рыцарствен, куда больше, чем борец-профессионал или исстрадавшийся по сексу служитель церкви. И были две вещи, которым он никогда не находил оправдания, – жестокость с детьми и неуважительное отношение к женщине. Здесь он был как кремень.

Он говорил, что никогда не стрелял в человека, кроме случая самообороны, и я верю ему. Был он немножко щеголем, хвастуном и фанфароном, качества, которые часто встретишь и среди наших воротил. И вралем он был виртуозным, но разве не таким же бывает дипломат, политик, законник? Наихудшее в нем, хотя я старался спокойно смотреть на это, было то, что он ни на грош не доверял ближнему своему. Веру эту вышибли из него те, кто любит разглагольствовать о доверии к ближнему, никогда не позволяя себе такого доверия. К тому моменту, как наши пути пересеклись, он уже оттрубил по крайней мере пять сроков и, вполне вероятно, находился под надзором.

За свои преступления он расплатился сполна, в этом я твердо убежден. Соверши он еще одно, я обвинил бы в этом полицию, законодателей, воспитателей, духовенство, всех тех, кто верит в пользу наказания, кто отказывает в помощи попавшему на дно человеку и не в состоянии понять его, когда в бессильной ярости он восстает против всех. Мне нет дела до того, какие преступления записаны за Клаузеном, все мы, находящиеся снаружи, вышедшие сухими из воды, совершили более тяжкие. Если мы фактически и не понуждали его превратиться в преступника, то, уж во всяком случае, поспособствовали ему таковым остаться. Говоря о Клаузене, я говорю обо всех, кому выпадет такая же судьба, кто пойдет по его следам и останется неисправим до тех пор, пока мы, по другую сторону тюремных стен, не сделаемся более просвещенными и более гуманными.

Встретились мы с ним в поезде. Он был продавцом, «разносчиком», как их называют. Одетый в униформу, выданную ему компанией «Новости», он через определенные промежутки времени проходил по нашему вагону, предлагая сладости, сигареты, жевательную резинку, газеты, содовую воду и все прочее. Никак нельзя было принять его за уголовника. Он был мягок, учтив, речь его была абсолютно литературна – в худшем случае можно было подумать, что опустился из более высоких слоев человек, как говорится, знавший лучшие времена. Он мог заседать в Сенате и ничем не отличаться от большинства сенаторов. Мог сойти за банкира, профсоюзного босса, политика или главу солидной фирмы. Никогда я не заподозрил бы в нем человека более интересной судьбы, если бы он не обронил несколько слов, когда мы уже выходили из поезда. Мы ехали долго, и никакого общения у нас не возникло: я ничего у него не купил. Только один раз, когда он нечаянно прервал мою дремоту, перегнувшись через меня, чтобы опустить шторку. Я почувствовал себя неловко, но ощущение это тут же прошло. Он сказал, что хотел всего лишь защитить меня от солнца.

Поезд приближался к нашей станции, и мы с Раттнером стояли в тамбуре, возле кучи нашего багажа. В тамбур вышел и наш разносчик, эта станция была концом его участка. Он взглянул на нас и пожелал удачи. В этот же миг поезд резко дернулся, и все трое мы вцепились в поручни.

«Хорошо вам. Вы скоро будете дома», – сказал я, как бы благодаря его за добрые пожелания.

«Вот дома-то у меня как раз и нет», – ответил он, както странно взглянув на меня. Последовала тягостная пауза, а потом спокойным, без всякого выражения голосом он рассказал, что совсем недавно вышел из тюрьмы и все еще не может привыкнуть к свободе. Что касается мысли о доме, о женщине, которая его ждет... как вам сказать... ну да... он даже забыл теперь, как женщин обнимают. Слишком жирно надеяться на это. Ведь как чудесно просто быть свободным, видеть белый свет, разговаривать с людьми. Тут поезд остановился, и, спускаясь по ступенькам, мы еще раз услышали пожелание удачи.

На станции нам надо было позвонить по важному делу, и в этих хлопотах Клаузен как-то выпал из нашего сознания. Но, когда мы собирались спать, Раттнер о нем вспомнил. Жаль, сказал он, что мы позволили человеку ускользнуть из наших рук. Я обрадовался, услышав эти слова. Я ведь и сам подумал об этом, подумал, что мы оставили что-то важное недоделанным.

«Давай завтра с самого утра займемся этим, — сказал Раттнер. — Мы сможем его разыскать через контору «Новостей». Может быть, мы для него что-нибудь сделаем».

Утром на станции мы нашли человека, нанимавшего Клаузена. Это был довольно неприятный тип, да к тому же явно в тот день встал не с той ноги. Он сказал нам, что парень уволился. Все, что интересовало нашего собеседника, — получит он обратно униформу или нет. Кажется, он решил, что мы переманили Клаузена и собираемся его нанять на работу.

«Он ведь, знаете ли... только что из тюряги. А волка, как ни корми... Может стащить все, что плохо лежит. Но раз вы хотите взять его на работу — ваше дело. А мне бы только форму казенную обратно получить. Он, похоже, об этом и не думает. Никому сейчас нельзя доверять».

И он бубнил в том же духе, не давая нам шанса ввернуть словечко. В конце концов мы изловчились сообщить ему, хотя как будто он нам не поверил, что мы не собираемся брать Клаузена на работу, вообще не занимаемся бизнесом, просто хотим помочь человеку, чем сможем. От такого бескорыстия подозрительность его только увеличилась. Но, хотя и неохотно, он нам дал-таки адрес меблирашек, где остановился Клаузен. «Смотрите только, чтоб он ничего с вами не выкинул», — предупредил этот тип напоследок. А потом выскочил на крыльцо и прокричал нам вслед: «И скажите ему, что я скоро приду за униформой, слышите!»

Мы поспешили по указанному адресу. Это было закопченное, ужасное, да к тому же и подозрительное местечко, сильно смахивающее на воровскую малину. Клаузен, сказали нам, только что вышел, отправился купить себе шляпу и подстричься. Человек, объяснявшийся с нами, спросил, не друзья ли мы Клаузена. Нет, мы только что познакомились в поезде, но хотели бы стать его друзьями. Он кивнул головой, словно все отлично понял.

Мы пошли прогуляться, вернулись через час, Клаузена все не было. Из наших попыток завязать разговор с тем человеком ничего не вышло, он был некоммуникабельный. В конце концов я решил написать Клаузену записку и пригласить его повидать нас. Вышло очень теплое дружеское послание, и я был уверен, что он обязательно прореагирует на него. Я дал ему номер нашего телефона и сообщил, что мы могли бы зайти к нему, если он захочет. Остановились мы в нескольких милях от города в коттедже для туристов.

День прошел, а о Клаузене ни слуху ни духу. Но назавтра около двенадцати нам передали по телефону, что он отправился к нам вместе позавтракать.

Было довольно холодно, но Клаузен явился на удивление легко одетым, без шляпы, без пальто, словно на дворе стоял прекрасный весенний денек. Мне сразу же бросилась в глаза его прическа – аккуратный пробор посередине решительно изменил его внешность. Обратил я внимание и на безупречно накрахмаленную сорочку и аккуратно повязанный галстук. Свежеотутюженный костюм из голубой саржи дополнял это впечатление чистоты и аккуратности. Можно было подумать, что перед вами матрос, сошедший на берег. А еще его можно было принять за биржевого маклера или агента солидной фирмы. Движения его были неспешны, обдуманны, осторожны, слишком, пожалуй, осторожны, слишком нарочиты. Может быть, он старался скрыть от нас, что нервничает; может быть, стеснялся своих подлинных чувств. Так я подумал сначала. Но вскоре до меня дошло, что маска стала частью его самого и понадобится нечто по-настоящему экстраординарное, чтобы заставить его ее сбросить. Но не очень-то, правда, мне этого и хотелось – видеть его разоблаченным. От самой мысли об этом мне стало не по себе.

Было в его манерах еще что-то, что показывало, что он оказывает нам честь своим визитом. В нем ничего больше не было ни от вагонного торговца, пробегающего мимо, перечисляя свой ассортимент, ни от того человека, который общался с нами несколько коротких минут в вагонном тамбуре. Теперь он играл совсем другую роль. И вошел в образ, надо сказать. Перед нами был спокойный, уравновешенный, довольный жизнью человек с твердым, чуть ли не властным характером. Но пальцы его были в бурых пятнах от табака и портили всю картину. За едой я все время смотрел на его руки. Ногти не подстрижены и не вычищены, одна рука как будто искалечена.

Задержку со своим визитом он объяснил тем, что навещал своего приятеля в военном лагере довольно далеко отсюда. Говорил он, пристально глядя в глаза собеседнику, что могло иного даже смутить. Слишком пристально. Чувствовалось, что этот взгляд отрепетирован перед зеркалом.

Закончив трапезу, мы вернулись назад в коттедж, чтобы поговорить без стеснения. «Полагаю, что вы хотели бы услышать мою историю», — степенно проговорил он, когда мы уселись в удобные кресла. И вдруг добавил: — А нет ли у вас еще сигаретки?»

И этот вырвавшийся у него вопрос сразу объяснил мне тот покровительственный вид, который он напустил на себя с самого начала. Это означало, что он ни капельки не верит в наше желание помочь ему просто за так. Это означало, что он знает себе цену как интересному человеческому материалу и хотел бы заключить сделку. Никто не помогает бывшему заключенному из чистой любви к ближнему. Разве только олух какой-нибудь. Он спокойно изложил нам, что, поскольку мы из газеты или журнала, он готов обсудить наши условия, за тем и пришел. Из того, что он пережил, кто-нибудь может сделать целую книгу, если терпеливо дослушает его до конца. Он и сам написал бы, да только он не по этому делу. «Я только положил на вас глаз, сразу понял, что вы писатель», — сказал он, повернувшись ко мне. — А про него, — и он ткнул бурым пальцем в сторону Раттнера, — каждый скажет, что художник. А я еще и видел, как в поезде он рисовал что-то».

Как же он был удивлен, когда узнал, что мы вовсе не журналисты, что мы никак не собирались использовать его историю, что денег у нас совсем мало, что мы заняты тем, что не сулит большого дохода. Мы сказали ему, что путешествуем прежде всего потому, что хотим увидеть, что сталось с нашей страной. Мы много лет прожили за границей. Нет, нам, конечно, будет интересно послушать то, что он расскажет нам о пережитом, но это для нас вовсе не главное. Мы хотели, чтобы он понял, что мы очень по-дружески относимся к нему. Мы не знаем, чем можем помочь, но помочь хотим, если, конечно, он нуждается в помощи.

Он явно помягчел, узнав все это. Да, он нуждается в помощи. А кто в ней не нуждается? Особенно, когда жизнь твоя – полное дерьмо. Он только что расстался с работой; по правде говоря, и работа была никудышная, но что было делать – никто не брал человека, только что вышедшего из тюрьмы. Но он не думал так и оставаться разносчиком, у него были другие планы. Он собирался добраться до Нью-Йорка. У него там есть друзья, которые вытащат его из ямы. Особенно он надеется на одного приятеля, владельца музыкального магазина на Бродвее. Они вместе тянули срок там-то и там-то. Клаузен был почти уверен, что приятель этот, не отходя от кассы, отвалит ему несколько сотен.

Даже если мы вывернем все карманы, объяснили мы ему, этого не хватит на автобус до Нью-Йорка. Прозвучало, я уверен, не слишком-то убедительно в комнате, заваленной нашим багажом, с автомобилем, стоявшим снаружи, и с десятком тысяч миль на спидометре. Я чувствовал себя подлым лгуном, когда обрисовывал ему нашу ситуацию.

Несмотря на неожиданный от ворот поворот, Клаузен продолжил рассказ о себе. Он явно облегчал свою душу, вываливая все, даже если он от этого ничего не будет иметь. Мы были *сочувствующими* слушателями, а это само по себе значило для него немало.

Не моя цель – пересказывать историю его жизни. В ней нет ничего необычного, она традиционна. В момент слабости, в момент, когда казалось, что любой человек враг ему, он переступил черту. Каждый день существования в том, новом мире, *за чертой*, делал все более и более трудным возвращение в общее стадо. Преступления, рожденные необходимостью, очень скоро приводят к преступлениям единственно из бравады. Досрочно освобожденный после своей первой отсидки, он совершил преступление, от которого никакой выгоды не предвиделось, – что-то вроде упражнения для игрока, чтобы не потерять сноровки. Разумеется, тюрьма есть школа профессиональных преступлений, par excellence. Пока ты не прошел эту школу, ты – любитель. В тюрьме завязываются дружеские отношения; часто достаточно пустяка, доброжелательного слова, сочувственного взгляда, куска хлеба из передачи – и ты стал преданным другом дающему. И потом, на воле, можно пойти на все в доказательство своей верности. Даже тот, кто всей душой и всем сердцем стремится жить по-честному, в критический момент, когда на орле лежит вера в закон и порядок, а на решке – верность дружбе, выбирает решку. Он уже отведал вкус закона и порядка, он знает, что от них нечего ждать справедливости и милосердия, и он не может забыть дружеского отношения, проявленного к нему тогда, когда он больше всего нуждался в этом. *Взорвать тюрягу?* Да что тут спрашивать, если это поможет другу бежать! *Но это может означать пожизненное или смерть на стуле!* Ну и что? Долг платежом красен. Тебя унизили, тебя мучили, тебя низвели до уровня дикого зверя. Кто вступился за тебя? Никто. Никто там, снаружи, даже сам Бог, знающий, как мучается человек там, за стенами. Никакой язык не способен передать это. Это за пределами человеческого понимания. Это настолько огромно, настолько беспредельно и глубоко, что даже ангелы с их способностью все понимать и всюду проникнуть никогда не могли постичь этого. Нет уж, если друг твой взывает к тебе, ты обязан откликнуться. Ты должен совершить для него то, в чем сам Бог ему отказал. Иначе ты свихнешься и превратишься в пса, завывающего в ночи.

Как я уже говорил, правонарушения Клаузена не относились к разряду тяжких. Ничего чересчур необычайного в них не было. Не буду останавливаться и на наказаниях, которым его подвергали. В них тоже, по нынешним временам, нет ничего особенного, хотя от некоторых из них у меня волосы вставали дыбом. Узнавая, на что способен человек, вы восхищаетесь его взлетами и ужасаетесь его падениям. И там и тут он не знает предела.

Меня все больше и больше поражало, с какой достойной сдержанностью описывал Клаузен свои преступления и наказания. Я отбросил мысль, что все это обдумано и отрепетировано. Отрешенность его стала казаться мне неподдельной, я начал верить в нее. Я верил, что за долгие годы заключения, часто проводимого в карцере или одиночке, он столько раз пересматривал все, что с ним происходило, столько раз снова и снова проживал свою жизнь, столько раз становился попеременно то кающимся грешником, то сумасшедшим, что, когда освободился, дисциплина, которую могут выдержать только святые или посвященные, помогла ему найти верную выразительность. В его словах не было ни злобы, ни омерзения, ни желания отомстить своим истязателям. Он говорил о них – а они, само собой для него разумелось, были дьяволами в человечьем обличии; – так вот он говорил о них, если не в духе свойственного праведникам всепрощения, то очень близко к этому. Впрочем, не уверен, точен ли я в этом определении. Вероятней всего, он *был* готов простить – хватило бы только уверенности, что и он будет прощен. Он-то к этому был расположен. Он был похож на старое дерево с обнаженными, узловатыми корнями, чудом держащееся на краю обрыва, несмотря на все великие бури и великую сушь, как бы из чистого упрямства. Ведь старым иссохшим корням не станет силы вечно держать дерево на весу – остается только воля.

Что можно поделать с такой падающей, но упрямо держащейся башней? Представим на минуту, что в наказании есть своя благодать. Но где чаши, из которых причащаются этой благодати? Кто из наказывающих другого готов на себе испытать такое же наказание? Какой исполнитель священного долга защиты общества согласен платить ту же цену, какую платит каждая жертва? Мы вслепую наказываем и вслепую отодвигаем искупительную чашу. Есть люди, изучающие преступников; есть люди, разрабатывающие более гуманные методы обращения с ними, есть люди, которые кладут свои жизни на то, чтобы возвратить в общество тех, кого общество отвергло. Они знают такое, что нормальному обывателю и во сне не снилось. Они расскажут вам, как великолепно изучена ими ситуация, и вы им поверите. Но все-таки, скажу я вам, месяц тюрьмы стоит десяти лет на свободе, проведенных за изучением ситуации. Искаженное, покореженное суждение малограмотного арестанта точнее вывода самого просвещенного стороннего наблюдателя. Осужденный добивается и, может быть, добьется в конце концов признания своей невиновности. А сторонний наблюдатель даже не сознает, что он сам виновен, не чувствует за собой никакой вины. На одно преступление, искупленное тюрьмой, приходится десять тысяч бездумно, бессознательно совершенных теми, кто выносит приговор. В этом списке нет ни начала ни конца. Все включены туда, даже самый праведный из праведников. Преступление начинается, когда человек возомнит себя богом. Оно кончится, когда он станет человеком, вновь обретшим Бога. Оно повсюду, во всех жилках и клеточках нашего существа. Каждая минута каждого дня добавляет к этому реестру новые преступления, как изобличенные и наказанные, так и еще не открытые. Преступник выслеживает преступника. Судья осуждает судью. Невиновный мучает невиновного. Повсюду, в каждой семье, в каждом племени, в каждом роду, в каждой социальной общности – преступления, преступления, преступления. В сравнении с этим война – сама добродетель, палач – кроткий голубок, Аттила, Тамерлан, Чингиз-хан – равнодушные автоматы. Ваш отец, ваша дорогая мать, ваша милая сестра – известно ли вам, какие отвратительные замыслы таят они в своем сердце? Если зеркало у вас под рукой, отважитесь ли вы взглянуть в него, чтобы увидеть зло? Заглядывали вы когда-нибудь в лабиринт своей жалкой души? Завидовали когда-нибудь хладнокровной решимости гангстера? Изучение преступления начинается с познания самого себя. Все, что вы презирали, ненавидели, отвергали, все, чему вы объявляли приговор, надеясь поправить дело наказанием, явлено в вас самих. Источник этого Бог, помещенный вами вокруг, вверху и позади. Сначала отождествление с Богом, а потом со своим собственным образом – вот что такое преступление. Преступление – это все, что лежит по ту сторону, все, чему вы завидуете, к чему стремитесь, чего вожделеете. Оно сверкает миллионом лезвий днем и ночью является вам во снах. Это такой жесткий, такой необъятный брезент, растянутый между бесконечностью и бесконечностью. Где они, уроды, не знающие преступлений? В каком краю они обитают? Что защитит их от дыхания вселенной?

В одну из своих отсидок Клаузен влюбился в женщину, сидевшую в той же тюрьме. Им ни разу не удалось перекинуться хотя бы одним словом, ни разу они не прикоснулись даже кончиками пальцев друг к другу. Только время от времени они обменивались записками. Так продолжалось пять лет. Женщина эта отбывала срок за убийство – она зарубила топором своих детей. Она была красивой, эта женщина, и у нее была душа. Да ведь не она убила своих детей, их убило острое лезвие топора. Общаться они могли только на расстоянии, только взглядами. День за днем, месяц за месяцем, год за годом встречались их глаза, несмотря на все преграды. Постепенно глаза стали их языком, их губами, их ушами; глаза отражали, как в зеркале, каждую мысль, каждое желание. Какой дикой, безнадежной, мучительной агонией была их любовь! Оставшаяся без телесной оболочки, побродяжка, своевольно скитающаяся по миру, пробирающаяся всюду, свободная. Свободная, как сумасшедший в своем бреду. Двое убийц полюбили друг друга до смертного часа своего. Но встречаются любящие только взглядами. Разве можно себе представить более утонченную пытку, чем эта? Кто ее придумал? Что он там доказывает этим? Где наметки, чертеж этого изобретения? Да есть где-то... где-то в пустоте, под огромным брезентом, растянутым от бесконечности до бесконечности, где-то там есть точный чертеж неутоляемой любви. И где-то парит вверх ногами изобретатель ее, ангелическое чудовище, незнакомое с таким словом, как преступление. Но есть слово, очень хорошо знакомое Клаузену, и слово это — динамит. Подходящее, надежное слово. Никакой двусмысленности, никакой раздвоенности. Динамит! Сам дьявол относится с уважением к этому слову. С этим словом можно делать дела. Оно взрывается. И когда это происходит... о-го-го! Сам Христос будет разнесен в клочья. Да, тюремная любовь – логарифмическая иррациональность. Но динамит! Динамит — вещь простая. Динамит берешь в руки и делаешь дело. В динамите то неуничтожимое счастье, которого не найти в человеческой душе. Но он не только причина разрушения, он и то, что рушит. Динамит — это утоление отчаяния. Когда вы взрываете тюремные корпуса, динамит сообщает вам, что у вас в руках остро отточенный топор и вы можете рубить направо и налево, рубить, рубить, рубить. Что за прекрасный кровавый денек настает, когда вы взрываете северную часть тюрьмы! Повсюду руки и ноги, а иногда уши и носы, головы, вырванные с корнем, туловища, насаженные на вертел. Канун Святого Варфоломея в духе Франкенштейна[45]. *Да, брат, ты просил об этом. Вот моя рука, мы повязаны кровью. Мы это сделали!* А поверх этого ада кромешного человек с пулеметом сидит в клетке, подвешенной к потолку; клетка движется, искря, как трамвай, и разбрызгивает по камерам пули. Это мир изнутри, на пределе безумия. А где-то в другом месте кто-нибудь спрашивает слабым голосом, горячи ли лепешки и не остыл ли кофе. Может быть, в полной темноте кто-нибудь нечаянно наступает на жука и одна из бескостых тварей Божьих испускает дух. В большой операционной, под яркой лампой, человек с идеально чистыми руками начинает копаться во взрезанном теплом человеческом теле; он хочет найти загнивающее мясо и отсечь его. Спасают одну жизнь для того, чтобы тысячи были уничтожены. Людей, которым тошно жить на свете, кормят и содержат за счет государства. А самых здоровых, самых умных, понятливых и обещающих собирают вместе, присваивают им номера и отправляют на скотобойню под открытым небом, на все ее шестьдесят девять фронтов. Дети умирают от голода на руках у своих матерей, потому что слишком трудная задача спасти их, хотя они ни в чем не виноваты. Таков мир снаружи. Но изнутри или снаружи перед вами все равно ад, и с крыши мира сыплются пули вместо манны небесной. Значит таков он, мир, в который вводят Бада Клаузена, или меня, или вас, или еще кого-нибудь? Ворота всегда на замке, и даже если вы прорветесь сквозь них на многосильном автомобиле, вас поймают и водворят обратно. И тогда дьяволы в человеческом облике возьмутся за вас со всей изобретательностью, какая только есть в арсенале этих извергов. Из всех форм отношений между людьми какую можно назвать самой устойчивой? Жестокость к другому. Глубокой ночью, когда вы думаете, что не перенесете таких мучений, настоящая пытка только начинается. Все, что вы пережили, всего лишь прелюдия к тому, что вам предстоит. Человек, истязающий человека, – злодей неописуемый. Вы сворачиваете в темноте за угол, и он тут как тут. И вы сжимаетесь в комок неживого страха. Вы превращаетесь в настоящий дух анестезии. Теперь настала ваша очередь...

Опять любовь. Давайте послушаем, как поет начальник тюрьмы. Это же сама любезность, вы помните. К вашим услугам, сэр, мы ничего не скрываем. Здесь проявляется гуманизм во всех отношениях, даже в приготовлении пищи... *Ну, а как насчет секса?* Секс? Вот уж о чем мы стараемся не думать. Заключенный – существо без пола. Он, так сказать, личный

Божий евнух. И потому все идет мирно, и он может блаженствовать, не так ли? Похоже на двадцать третий псалом? Нет, не совсем так. Отсутствие секса усиливает его роль; дети не рождаются по причине отсутствия матерей, которые могли бы их родить. В тюремных стенах даже гиена женского пола табу. Если у вас долгий срок, простейшее для вас – дать полную волю своему воображению. При пожизненном лучше всего немедленно стать подданным владыки Онана; никто не собирается отпереть дверь вашей камеры и подать вам на блюде голую женщину. Можете также закрутить любовь с вашим коллегой и вообще забыть о существовании женщин; можно со столом или с башмаками. Здесь законен любой голод, за исключением сексуального. Вам может не понадобиться еда или прогулка, но вожделение будет вас мучить постоянно, а утолить этот голод вам не позволят. Если вы отличаетесь хорошим поведением, вы нет-нет да и увидите женщину, но только издали, и она будет в одежде. Она может сказануть вам такое, что вы целый месяц будет пылать, и никто не кинет вам огнетушитель. Вы выглядите как животное, но до животного вам далеко. Для вас лучше было бы быть обезьяной в зоопарке. Что проку в том, что у вас все еще есть имя и профессия, что вы гражданин той или этой страны? Вы не мужчина и не животное; равно как не ангел и не злой дух. Вы даже не филадельфийский каплун. Какое облегчение вы бы почувствовали, если бы к вам среди ночи явились с острым ножом, как когда-то явились к Абеляру[46]. Вот это было бы актом милосердия. Но такая вещь, как милосердие, здесь не предусмотрена. Здесь предусмотрена только монотонно повторяющаяся пытка.

Пытка. Вот среднее имя человека. Человек-пытка-человек. Среди всей этой пустоты, где даже ритм вечности еле ощутим, имеется промежуточная вещь, называемая пыткой. Это краеугольный камень мужского мира, скала, на которой воздвигнута гробница мировой утробы. Таков этот мир, его концы и начала, его смысл, его развитие, его причина и следствие. *Пытка.* Таков мир! И пока вас не затолкнут за тюремные решетки, вам не уяснить себе, как все просто, что все можно свести к одному слову. Но есть только одно слово, которое стоит помнить, проходя по жизни. И слово это для каждой большой души – ЛЮБОВЬ. Но в тюрьме, куда заталкивают жизнь, любовь оборачивается насмешкой, превращается в издевательство. *Страдаешь ли ты, маленький человек?*

Страдаю ли я? О, Иисус, кто спрашивает это у меня?
Но ведь ты, я думаю, страдал больше, чем другие?
Кто смеет спрашивать меня обо этом? *Кто ты?*
Как именно ты страдаешь, маленький человек?
Боже! Боже мой! *Как* я страдаю?
Да, *как*? Можешь рассказать нам, как именно?
МОЛЧАНИЕ

И вот он размышляет, может ли он объяснить, как именно и что это вообще такое – страдание. И спрашивает себя, есть ли на всем белом свете кто-нибудь с душой, настолько широкой, чтобы вместить то, что он хочет рассказать. И перво-наперво хватит ли терпения дослушать до конца перечисление множества всяких мелочей? Страдание совсем не простая вещь: оно содержит в себе бесконечность невидимых атомов и каждый из них – галактика в великом макрокосме боли. Он мог бы начать, где угодно и с чего угодно, даже с какой-нибудь глупости, с полнейшей чепухи, и мог бы воздвигнуть собор ошеломляющих размеров, но, конечно, меньше, чем какая-нибудь щель в самом крохотном атоме. Нечего и говорить об окрестных землях, о все обволакивающей ауре, о таких деталях, как изломы берега, вулканические кратеры, бездонные лагуны, перламутровые запонки и кучи куриных перьев. У музыканта есть его инструмент, у хирурга его скальпели и долота, у архитектора его чертежи, у генерала его пехтура, у идиота его идиотизм, у того, кто страдает, есть все, что имеется во вселенной, кроме одного – облегчения страданий. Триллионы раз он может пробегать по окружности, но круг никогда не разомкнется. Он знает каждый раз диаметр, но не знает выхода. Все выходы закрыты, находятся ли они в одном дюйме от вас или за миллиарды световых лет. Перед вами заграждения, вас держат и руками и ногами, и когда вам кажется, что вы прорываетесь сквозь эти ворота, вы получаете точный удар прикладом в затылок. А потом вам удается встать и вы плететесь, словно на кровавых обрубках, по бесконечному ущелью. И вот сидите в самом центре пустоты, поскуливаете еле слышно, и на вас смотрят звезды. Вы впадаете в беспамятство, и именно тогда, когда подумаете, что отыскали путь назад, к материнской утробе, до вас добираются с кайлами, лопатами и ацетиленовыми факелами. Даже если вы обрели место упокоения, они сумеют вытащить вас и оттуда. Вам знакомо время со всеми его изгибами и изменами. Вы прожили дольше, чем отпущено бессчетным частицам тысячи новых вселенных. Вы могли наблюдать, как они развивались и снова распадались, но вы оставались все еще целым, как музыкальная пьеса, которую играют уже давным-давно. Инструменты изнашиваются, музыканты тоже, но ноты вечны, а вы ведь и сотворены только из этих невидимых глазу нот, из которых даже легчайший зефир может извлечь мелодию.

Но это лишь мелодическое начало, имеющее дело с жизнью и с несочетаемыми с нею налетами и порывами. Есть еще и форма, призрачная форма, включающая всю эволюцию, все метаморфозы, все ростки, живые и мертворожденные, дифракцию и деформацию, смерть и воскресение, семя и околоплодную воду, матку и плаценту. Есть еще настроение и атмосфера, передний и задний план, водные глубины и астральные провалы; есть времена года, климаты, температуры, категории и разделы; есть логика в пределах логики и выходящая из них; несомненность, твердая, как паковый лед, оборачивающийся туманным берегом, илом и водорослями. И еще есть озон, текущий из незакупоренной бутылки.

И вдобавок, будто всего этого мало, есть еще фантастические ноумены*, плейстоценные** воспоминания, плацентарные уловки и ухищрения. Воспоминания, висящие на волоске; умирая, они порождают перхоть; лица, обожженные истерическим люминисцентным светом; имена, восходящие к летальному началу, откликающиеся звуком усталой арфы; слова, вмурованные в лимфу и цисту так, что не взорвать их никаким динамитом; слезы, капающие на жаркие плоды и вызывающие водопады в далекой Африке; птицы, садящиеся меж бровей лишь для того, чтобы опалить свои крылья и рух-

* Ноумен – введенное Платоном понятие умопостигаемого, в отличие от феномена, постигаемого чувствами.

** Плейстоценный – четвертичного периода.

нуть наземь, как сломавшиеся костыли; пары меланхолии, поднимающиеся из артерий и замораживающиеся в слюдяную паутину; дьяволы, хохочущие, как антилопы, то появляясь, то исчезая, спасаясь бегством от притупившихся клыков истертых в лохмотья снов; морские чудища, ревущие, как рожающие бабуинихи; молоточки клавиш, сплошь покрытые цветками герани, и герань, источающая зловоние, легкие дымки и бредовые видения. И много всякого другого того же рода, и еще, и еще, а потом ничего, кроме куба на кубе, столба на столбе, могилы на могиле, насколько способен постигнуть разум и даже чуть побольше. Будто это возможно, будто есть, наконец, предел всему, но его нет, нет и нет, уж поверьте мне, нет, нет и в помине. Чуть подальше неясной тенью вырисовывается любимое лицо. Вырастает мало-помалу, все крупней и крупней, все отчетливей, ближе: лунный свет наполняет пустое небо. Медленно, постепенно, как страх замкнутого пространства, наползают туманы. Усеянная созвездиями крошечных медальонов паника затягивает облаками жерла страха. Глубоко врезанные геммы мерцают с крутых стен сердец нового мира. Смеющиеся уста океанов радуются жизни и страдания мертворождения вновь заглушены. Чудеса пустоты гордо выставляют напоказ свою скверну – эмбрионы, которым не суждено развиться до полного великолепия. Эхолалия* поднимается на свой трон. Паутина затягивается все туже, ограбленный ограблен. Перекладина не выдержала, топор палача упал; дети – цветы семейного очага – подброшены у отворенной двери. Это день после ночи, и он обречен повторяться еще и еще. Он впору тебе, словно серебряный браслет твоему запястью.

«Шедоус»**

БЫЛО ЭТО В ПАРИЖЕ, А ЕСЛИ ТОЧНЕЕ, В КАФЕ «ВЕРсаль» на Монпарнасе, когда я впервые загорелся мыслью посетить Новую Иберию. Эту блоху в ухо запустил мне Эйб Рат-

* Эхолалия – термин психологии: неосмысленное повторение слов детьми или слабоумными.

** Название усадьбы, которое можно перевести и как «Тени», и как «Сумерки».

тнер, весь вечер повествовавший о своей службе художником по маскировке во время Мировой войны. А потом без всякого перехода начал рассказывать о своем друге Уиксе Холле. Этот Уикс, рассказывал Раттнер, живет в удивительном месте, которое называется Новая Иберия, вблизи Эйвори-Айленд. Раттнер описывал своего друга, и дом, где он живет, и окрестности так живо, что, казалось, ничего подобного на свете и нет. Конечно, я сразу решил, что обязательно побываю как-нибудь в Луизиане и своими глазами увижу эти чудеса.

Из Парижа я уехал за три месяца до начала войны и провел в Греции чуть ли не год, саббатикальный год*. В те дни мне и во сне не снилось, что я встречусь с Раттнером в Нью-Йорке, равно как и то, что именно с ним буду заканчивать путешествие, начавшееся с посадки на корабль в Греции. И удивительное совпадение, что Эйб смог сопровождать меня даже в такую даль, как Новая Иберия! Оглядываясь на все это, я начинаю думать, что тут не обошлось без вмешательства некой незримой силы.

Мы прибыли в «Шедоус» в сумерках январского дня. Хозяин ждал нас у бензоколонки, расположенной напротив его дома. Знакомство с усадьбой он собирался начать с тылу и потому решил нас перехватить до того, как мы постучимся в главные ворота. С первого же взгляда я увидел в нем характер, щедрую и доброжелательную личность, именно так его и описывал Раттнер. Все должно совершаться по его предписанию, и не потому, что он был мрачным деспотом или капризным тираном, — ему надо было, чтобы гости извлекли максимум возможного из посещения его дома.

В «Шедоусе» — так назывался дом — не было ничего от традиционных луизианских построек. Он был выстроен, если прибегать к профессиональным терминам, в романско-дорическом ордере. Но говорить архитектурным языком об этом живом, чувствующем, трепещущем, как многолиственное дерево, доме, значит убивать всю его органическую прелесть. Мне он, может быть, из-за какой-то интенсивно розовой окраски кирпича, заставлявшего всю атмосферу вокруг лучиться теплым сиянием, сразу же напомнил Коринф, куда

* Здесь: каникулярный год.

мне посчастливилось прибыть тоже в конце зимнего дня. И сейчас я смотрел на удивительные кирпичные колонны, такие прочные и в то же время такие изящные, полные простоты и достоинства, и вспоминал Коринф. Этот греческий город так и остался для меня синонимом роскоши, веселой и хитроумной роскоши, благоухающей всеми цветами южного лета.

Во все время пребывания на Юге он снова и снова позволял мне осознать великолепие своего недавнего прошлого. Время грандиозных плантаций завещало унылому и холодному складу нашей жизни цвет и тепло, наводящие на мысль об огненной, страстной эпохе, известной в Европе как Ренессанс. В Америке, объяснил нам Уикс Холл, богатые дома начинали строиться после богатых урожаев: в Вирджинии – табака, в Южной Каролине – риса, в Миссисипи – хлопка, в Луизиане – сахара. Все это процветание держалось, как на огромных черно-мраморных колоннах, на рабском труде негров. Этим самым кирпичам, из которых сложены стены прославленных особняков и дворцов, придавали форму черные руки. Ландшафт вдоль рукавов и проток дельты Миссисипи усеян сбившимися в кучки дощатыми халупами тех, чьим потом и кровью создавался мир расточительного великолепия. Претензии, рожденные этим необыкновенным блеском и широкой щедростью, кое-как еще держатся среди рушащихся колоннад, но большие дома чахнут, а вот хибарки живут себе и живут. Негры вросли в эту почву; их стиль жизни едва ли изменился со времен Великой Катастрофы. Они подлинные хозяева этой земли, сколько бы номинальных владельцев у нее ни сменилось. Что бы ни утверждали белые, Юг не может существовать без черных рабов, без их услуг, пусть теперь не столь тяжких и более случайных. Они – бессильный, но живучий и гибкий позвонок этого обезглавленного региона Америки.

Удивительной была эта поездка из Нового Орлеана в глубь Луизианы мимо городков и поселков со странными французскими именами Парадиз, Дезалеман; сперва петляя по опасным поворотам дороги у подошвы береговых дамб, а потом следуя за изгибами то одного рукава по имени Байу Блэк, то другого – Байу Тек[47]. Январь только начинался, а жарко было, как на пожаре, хотя парой дней раньше мы стучали зубами от холодного пронизывающего ветра в Новом Орлеане. Новая Иберия лежит в самом сердце округа Акадия, в нескольких милях от Сент-Мартинсвиля, где памятью о Эванджелине[48] пропитана вся атмосфера.

Январь в Луизиане! Первые признаки весны уже угадываются в хилых палисадниках: белые, словно бумажные, нарциссы, германские ирисы, чьи серо-зеленые острые листья венчаются цветными хвастливыми султанами. По колено в черно-прозрачных водах стариц стоят несокрушимые кипарисы, символы молчания и смерти. И повсюду небо, оно царит надо всем. Но какие разные небеса видишь, переезжая из одного края в другой! Как различны небеса Чарлстона и Ашвилла, Билокси и Пенсаколы, Айкена, Виксбурга и Сент-Мартинсвила! Но повсюду – вирджинские дубы, кипарисы, мыльные деревья; всюду болота, дренированные участки, джунгли; хлопок, рис, сахарный тростник; заросли бамбука, банановые деревья, эвкалипты, магнолии, огуречные деревья, болотный мирт, сассафрас. Первозданное изобилие цветов: камелии, азалии, розы всех видов, шалфей, гигантские традесканции, аспидистры, жасмин, поповник; змеи, совы, еноты; луны пугающего размера, мертвенно-бледные, круглые, тяжелые, как ртуть. И как лейтмотив этого великолепия под безмерным небом – опутывающие все переплетения бородатого испанского моха. Это растение, родственник ананаса, водится только на Юге. Оно скорее эпифит, а не паразит: все необходимое для жизни – воздух, влагу – оно добывает самостоятельно и может так же триумфально расцветать на умерших деревьях и даже на телеграфных столбах, как и на вирджинском дубе. «Никто, кроме китайцев, – сказал Уикс Холл, – пусть и не надеется написать этот мох. В его контурах и объемах скрыт какой-то обескураживающий секрет. Он в руки не дается, это потруднее вероники*. Дубы как будто его только терпят, не сливаясь с ним, а вот кипарисам, кажется, он нужен как телохранитель. Странный феномен!» Но феномен не только странный, но и прибыльный: пользуется большим спросом как набивочный материал для матрасов и мебели.

* Вероника – один из труднейших приемов в арсенале тореадора.

Иные обитатели Севера или Среднего Запада буквально трепещут, приближаясь к заслуженному ветерану, старому вирджинскому дубу, – от него веет чем-то зловещим и грозным. Но потом, когда северяне видят эти знающие себе цену деревья, величавыми рядами стоящие вокруг больших поместий в Бофорте, Южная Каролина, или в Билокси – в Билокси их особенно много, – им приходится склоняться в низком поклоне перед вирджинскими дубами, если не как перед монархами в царстве деревьев, то уж как перед его старейшинами и мудрецами – это точно.

Вот в тени одного из таких великанов стояли мы втроем и любовались тыльной стороной дома. Я сказал «втроем» потому, что наш хозяин – и это была еще одна черта, понравившаяся мне в Уиксе Холле, – мог застыть, наслаждаясь видом места, где он живет, в любое время дня и ночи. Он мог часами рассказывать о каждой подробности дома или сада; он говорил об этом, как говорят о своем собственном творении, хотя и дому, и саду более ста лет от роду. Это все, что осталось от тысячи с лишним акров, включавших в себя и остров Уикс, пожалованных в 1792 году бароном Каронделем Дэвиду Уиксу от имени короля Испании. Парадный въезд в поместье, сократившееся теперь до трех акров, выходит на Мэйн-стрит, улицу, представляющую собой отрезок федерального шоссе №90. Проезжающий на машине мимо вряд ли догадывается, какая красота скрыта от него за живой изгородью густого бамбука.

Так мы стояли и разговаривали, пока не появился Теофил с сообщением, что несколько дам у входа просят позволения осмотреть усадьбу. «Скажи им, что меня нет дома», – прореагировал наш хозяин. – Туристы! – скривился он, повернувшись к Раттнеру. – Они здесь повсюду, как муравьи. Расползаются по округу тысяча за тысячей – просто чума какая-то». И он начал рассказывать о настырных посетительницах, норовящих всюду сунуть свой нос: «Если б им позволили, они бы за мной и в ванную полезли. Это ужас быть собственником и жить в таком месте». Все эти гости, подумал я, наверное, прибывают со Среднего Запада. Таких типажей можно увидеть в Париже, Риме, Флоренции, Египте, Шанхае – безвредные существа, одержимые манией повидать мир и получить сведения обо всем, что увидели. Любопытная вещь с этими достопримечательностями, а я их повидал немало, состоит в том, что их владельцы, несмотря на муки, претерпеваемые от постоянных нашествий туристских орд, не решаются отказать публике. Возможно, они чувствуют себя несколько виноватыми в том, что единолично пользуются этим старинным великолепием. Конечно, некоторые из них не могут пренебречь и скромным доходом, который несет с собой этот поток, но в большинстве случаев здесь действует сознательное или бессознательное ощущение долга перед людьми.

У Уикса Холла был составлен реестр посетителей (позже я расскажу об этом реестре подробнее), и там я встретил немало интересных имен, в том числе и Поля Клоделя[49]. «Клодель, о да! Он рассказывал удивительные вещи о камелиях, о том, как в Японии, когда цветок камелии опадает, об этом говорят, словно об обезглавливании». И сам Холл заговорил о камелиях. В его коллекции было множество замечательных сортов, в том числе легендарная, с огромными цветами, Леди Хьюм розовая американская. По своей редкости Леди Хьюм можно сравнить, скажем, с черным жемчугом. У Леди Хьюм, объяснял он, цветы бледно-бледно-розовые, почти как слоновая кость; а вот у Мадам Стрекалофф персиково-розовые цветы с красноватыми прожилками. Он говорил и о мелких крепеньких цветах, их начали разводить в комнатах, под стеклянными колпаками, и они выглядят как восковые. Эти новые сорта красивы, но совершенно бесчувственны, никак не реагируют на похвалу, на восхищение. У них холодная красота. «Розовая капуста – вот что они такое!» – воскликнул он. И пошел, и пошел. Вот человек, подумал я, потративший всю свою жизнь, не говоря уж о деньгах, на изучение камелий. Но чем дольше я слушал его, тем больше понимал, что он обладает энциклопедическими знаниями в самых разных сферах жизни. Энергия в нем бьет ключом, и потому он может, если в настроении, говорить, не умолкая, с утра до ночи. Я узнал, что он всегда был великим говоруном, а теперь, когда искалечил руку и не может заниматься живописью, как прежде, и подавно. В тот первый вечер я залюбовался им: после того, как со стола убрали посуду, он расхаживал по комнате взад и вперед, куря сигарету за сигаретой – он их за день не меньше сотни выкуривает, – и говорил, говорил. Он рассказывал нам о своих путешествиях, о своих мечтах, о своих слабостях и пороках, о своих страстях, своих предрассудках, своем честолюбии, о своих наблюдениях и штудиях, о своих провалах. В три часа ночи мы, наконец, взмолились отпустить нас с миром, а он – сна ни в одном глазу – налил себе чашку крепкого черного кофе (причем поделился напитком со своей собакой) и отправился прогуляться по саду, чтобы на свежем воздухе поразмышлять о прошлом и будущем. Одна из его слабостей, позволю себе так это назвать, заключалась в том, что нередко на него накатывала блажь и он принимался в ранние утренние часы названивать кому-нибудь в Калифорнии, или в Орегоне, или в Бостоне. Анекдоты об этом утреннем энтузиазме ходили по всей округе, но телефономания была не единственной его причудой, были и другие, более фантастические. Он мог, к примеру, начать разыгрывать роль своего слабоумного брата-близнеца, которого у него отродясь не было.

Когда гости удалялись, он общался с собакой. Какой-то мистический союз был заключен между ними, что-то совершенно необычное. Как ее звали, я уж и не помню: Споут, или Квини, или какое-то другое обычное собачье имя. Сука из английских сеттеров, она была довольно неказиста на вид и очень вонючая. Только не дай Бог услышать эти мои слова хозяину – у него случится разрыв сердца. Уикс Холл был убежден, что эта Алиса или Эльси собакой себя не считает. Как он говорил, она не любит других псов, даже знаться с ними не желает. И еще он утверждал, что у нее самые прекрасные манеры – осанка истинной леди. О собаках я судить не могу, но в чем я с ним полностью согласен – у нее были совершенно человечьи глаза. В том, что ее шерсть будто бы шелковиста, что уши ее заставляют вспомнить портрет госпожи Браунинг[50], во всех этих тонкостях я не разбираюсь, но, взглянув в ее глаза, хорошо ли плохо знаете вы собак, вы должны будете признать, что это загадочное творение не имеет ничего общего с обычными суками. С ее морды на вас смотрели глаза жившего когда-то человека, обреченного в другой жизни передвигаться на четырех лапах в образе общительного сеттера. Холл объяснял печаль в ее взгляде тем, что она мучается от невозможности разговаривать, но мне сдается, что причина ее печали была в том, что ни у кого, за исключением ее хозяина, не хватает интеллекта понять, что она человеческое существо, а не собака. Я ни разу не мог выдержать ее взгляда больше нескольких секунд. Такое выражение глаз мне случалось ловить у писателя или художника, когда в разгар вдохновенного труда его внезапно отвлекают каким-нибудь пустяком. Это выражение путника, заблудившегося между двумя мирами. Это взгляд человека, желающего только одного – незаметно скрыться, пока разрыв между телом и душой не стал непоправимым.

На следующий день после завтрака, закрывая за собой дверь, я вдруг с изумлением увидел, что вся она испещрена карандашными подписями сотен знаменитостей, выписанными всевозможными каракулями, какие только можно вообразить. Конечно, мы добавили и наши подписи в эту коллекцию. Свою я поставил под неким венгром по имени Блур Шлеппаи, восхитительное имя*, сразу же вызывающее в памяти историю, достойную пересказа. Все нынешние подписи были, совершенно явно, недавнего происхождения, хотя дверь была превращена в книгу для регистрации давным-давно. Это было блестящее собрание имен, но после появления Блура Шлеппаи, то ли оттого, что на Уикса Холла так странно подействовало это необычное имя, то ли по другой причине, но однажды, после затянувшейся на несколько дней попойки, он ужаснулся тому состоянию, в какое пришел дом, и отдал слугам приказ немедленно произвести генеральную уборку, пройтись по всему дому от крыши до подвала. «Чтобы здесь все блестело, когда я проснусь!» Слуги попробовали объяснить, что вдвоем невозможно все это сделать за столь короткий срок. «Хорошо, тогда наймите людей со стороны». Так они и поступили. И когда хозяин отоспался, дом и в самом деле был безукоризненно чист. Кое-что, правда, оказалось утраченным из-за усердия уборщиков. Настоящий же удар был нанесен Уиксу Холлу, когда он обнаружил, что пресловутая дверь начисто отмыта и нет на ней ни единой подписи. Да, это было ужасное потрясение. Он бушевал, сыпал проклятьями, потом несколько успокоился, и тут его осенило. Он снимет дверь с пе-

* Фамилия «Шлеппаи» созвучна американскому сленговому *shleppy* – глупый, неуклюжий.

тель, упакует и отправит в круиз, чтобы его достойные визитеры восстановили свои подписи. Вот это путешествие! И – новая идея: он сам отправится вместе с дверью, будет, как странствующий монах, ходить с нею от одного места к другому и собирать подписи. Кто-то из его визитеров прибыл из Китая, другой – из Африки, третий – из Индии. Куда надежнее заняться этим самому, чем довериться почте и транспортным агентствам. Никто еще, насколько ему известно, не совершал кругосветного путешествия с дверью на спине. Это же будет мировая сенсация! Вот только где найти Блура Шлеппаи, одному Богу ведомо, откуда он взялся. Другие-то, представлялось ему, на постоянных местах, как звезды на небе. Но Блур Шлеппаи... Уикс Холл не имел ни малейшего представления, куда мог отправиться этот проклятый венгр. И вот, пока Уикс Холл обдумывал предстоящее путешествие – а тешил он себя этими мыслями уже несколько недель, – в одну прекрасную ночь, без всякого предупреждения, прибыл с тремя огромными датскими догами на поводке Блур Шлеппаи собственной персоной! Короче говоря, дверь вернулась на свои петли, Блур Шлеппаи воскресил свою подпись, а идея кругосветного путешествия с дверью тихо скончалась, как и все эксцентрические идеи. Но всего удивительней то, что многие, обозначившиеся на этой двери, как бы отвечая на молчаливый призыв из «Шедоуса», возвращались, чтобы восстановить свои подписи. Впрочем, это загадочное обстоятельство вполне можно объяснить теми самыми утренними звонками. Кто знает.

Естественно, за столетье с лишним в таких отдаленных идиллических поместьях происходило немало любопытных событий. Ночью, лежа под пологом на широкой четырехспальной кровати, я рассматривал медные украшения над собой в центре балдахина и мне стало казаться, что вокруг меня так тихо не оттого, что дом просто пуст, а оттого, что большое семейство спит здесь глубоким непробудным сном смерти. Я задремывал, меня будило жужжание москитов, и я думал о статуях в саду, о той текучей безмолвной общности, установившейся между этими стражами четырех времен года. Иногда я вставал и выходил на просторный балкон, глядевший в сад, стоял там, пыхтя сигаретой, загипнотизированный тихой теплой ночью, обступавшей меня. Так много странных поразительных фраз услышал я за день, и теперь они возвращались ко мне в ночи и не давали покоя. Короткие фразы, вроде той, которую он обронил об усадебном прудике: «Двенадцать квадратных футов этого водоема значат больше, чем вся здешняя земля. Это – прозрачная тайна». Пруд! Он вернул мою память к высохшему мертвому фонтану, украшавшему когда-то вход в заброшенный теперь приют для умалишенных в Миссисипи. Я знаю, что вода, как и музыка, действует на душевнобольных успокаивающе. Маленький водоем в замкнутом пространстве завороживающего сада – неиссякаемый кладезь чудес и волшебства. Как-то вечером, блаженствуя в саду, я вспомнил о существовании машинописного описания усадьбы, заключенного в рамку и помещенного возле пруда. Чиркая спичками, я прочел всю эту штуковину, еще и еще раз перечитал параграф, относящийся к саду, словно повторяя магическое заклинание:

> *«Прямоугольной формы сад к востоку от дома огражден живой оградой из бамбука, вдоль которой идет дорожка из кирпичной крошки. По четырем углам сада поставлены мраморные статуи, представляющие четыре времени года; статуи находились ранее на бывшей плантации Хестер. В центре сада находится купа камелий, посаженных во время строительства дома. На мраморном цоколе солнечных часов выбита французская пословица «Изобилие – дочь бережливости и труда» и дата – 1827».*

Понизу плыл густой туман. Осторожно ступая по скользкому от облепившего его моха толченому кирпичу, я приблизился к самому дальнему углу прямоугольника. Сквозь облака прорвалась луна, полная и ясная, и свет ее лежал на бесстрастном лице богини, хранительницы сада. Сам не зная зачем, я потянулся к ней и поцеловал мраморные губы. Непонятное ощущение. Я двинулся от одного изваяния к другому, целуя холодные строгие губы, потом побрел назад, к решетчатой беседке на самом берегу Байу Тек. Передо мной предстало что-то, напоминавшее китайскую живопись. Небо и воды слились, мир струился туманной дымкой. Описать красоту и магию этой картины невозможно. Но в то, что находишься в Америке, поверить было трудно. Вот неясно вырисовывается речное суденышко, превращая своими цветными огнями туман в какое-то подобие осколков света в испорченном калейдоскопе. Завывает сигнальная туманная сирена, и ей откликается уханье невидимых сов. С левой стороны разводной мост неспешно поднимает свои пролеты, очерченные мигающими огнями, красными и зелеными. Как большая белая птица, пароходик медленно скользит мимо меня и туман смыкается у него в кильватере, поглощая небо с пригоршнями испуганных звезд, тяжелые мокрые ветви замшелых дерев, самое ночь с ее густотой и влажные душные звуки. Я вернулся в дом и лежал в постели, не только не засыпая, но с обостренным сознанием всего себя, живой каждой клеточкой и порой своего существа. Фамильный портрет смотрел на меня со стены, портрет красавицы, чье пышное платье с трудом втискивалось в раму. Я смотрел на нее, и мне слышался низкий голос Уикса Холла: «Я хотел бы создать такой сад, чтобы он был не просто каталогом растений для дневных посетителей. Нет, мой сад надо было бы показывать не столько днем, сколько ночью. Необычные, крупной лепки цветы, а на деревьях висят всякие предметы, раскачиваясь, как метрономы; прозрачная пластика, подсвеченная так, что ее очертания меняются с каждой минутой. Сад надо смотреть. Так почему же не превратить его в грандиозное шоу?» И я лежу, думая теперь о нескольких тысячах писем и других документов, которые он раскопал на своем чердаке или извлек из архивных запасов Батон-Ружа*. Поразительные истории скрыты там! Да и сам чердак – огромное помещение на третьем этаже, – и там сорок сундуков! Сорок сундуков, в которых медвежьи шкуры целехоньки все до единого волоска. Сорок сундуков, где хранятся высокие шляпные коробки для цилиндров из пятидесятых годов, красного дерева стереоскопы с картинками, подобранными для них в шестидесятых, фехтовальные рапиры, футляры от дробовиков, старый телескоп, дамские седла прошлого века, корзинки для комнатных собачек, льняные бальные платья, банджо, гитары, цитры. А еще игрушечные сундучки и игрушечный домик, точ-

* Батон-Руж – столица штата Луизиана.

ная копия большого усадебного дома. И от всего этого исходит легкое сухое благоуханье. Это не запах пыли, так пахнут годы.

Необычной была и мансарда – двадцать гигантских стенных шкафов под покатым потолком, идущим по всей длине здания. Странный дом. Чтобы попасть в любую комнату, надо было обязательно пройти через другую. Наружу вели девять дверей – такого я не встречал даже в общественных зданиях. И две лестницы пристроены снаружи – довольно дикая идея. Нет центрального холла. И ряд деревьев, посаженных так, что каждое приходится точно напротив двери, размещенной в крайней точке резного фасада, украшающего цокольный этаж.

И этот удивительный мистер Персак, странствующий художник; это ему принадлежат тщательно выписанные акварельки в черных эмалевых с позолотой рамках на стенах гостиной, висят они и слушают нашу болтовню о том о сем. За несколько лет до начала Гражданской войны мистер Персак скитался из конца в конец этого края, чаще всего задерживаясь на берегах Тека. Писал картины для местных плантаторов и жил себе припеваючи. Честный труженик, он, если задача оказывалась выше его сил, простодушно вырезал какую-нибудь фигуру из журнала и приклеивал ее к своему произведению. Таким образом один из его шедевров, изображавший девочку возле садовой калитки, исчез, отклеился, но написанный им шарик в руке девочки все еще виден. Я – страстный поклонник таких странствующих художников. Насколько милей и разнообразней была их жизнь в сравнении с сегодняшними живописцами. Насколько их работы искренней и органичней претенциозных потуг наших современников! Представьте себе простую утреннюю трапезу, которую им предлагали в старые плантаторские времена. Я взял наугад в одной из книг Лайла Сэксона о старой Луизиане такое меню: «ломтик хлеба с маслом, намазанный мармеладом или желе из гуайябы в сопровождении ююбовой пасты. Все это пропитано лимонадом или апельсинным сиропом или тамариндовым соком». Вообразите радость такого художника, когда ему посчастливится получить приглашение на бал. А балы, как сообщает та же книга, выглядели примерно так:

«...Пышные платья из настоящих кружев... драгоценности, перья. Все три лестничных марша украшены гирляндами из роз. Вазы на каминных досках и на консолях заполнены благоухающими цветами... Джентльмены, пробующие шотландский или ирландский виски... Около полуночи объявлено, что кушать подано, и гости тянутся в столовую. В меню – холодное мясо, салаты, салями, галантины, покрытые дрожащим желе, и бесконечное разнообразие прочих закусок на столиках в стороне, а посредине огромное пространство резного дубового стола, посеребренное посудой, украшенное льном скатертей и кружевами платьев. И цветы, извлеченные из высокой серебряной вазы и ставшие букетиками в каждом корсаже. Фрукты, пирожные, уставленные пирамидой и уложенные слоями, заварной крем, желе, пироги, русские шарлотки, глазурованные домашние печенья, сдобренные малиновым джемом; целые Монбланы взбитых сливок, усыпанные бусинками вишен, башни нуги и карамели, шербет, мороженое в маленьких корзиночках, сплетенных из засахаренных апельсиновых корочек... Разные вина в граненых графинах, а на горлышке у каждого виноградный серебряный лист с указанием сорта вина, ледяное шампанское в хрустале из Богемии... Освещение – восковые свечи в хрустальных канделябрах по стенам и в серебряных шандалах на столе... А потом танцы, и уже совсем на рассвете гостям предлагают суп из стручков бамии и чашку крепкого кофе».

Ну, что ж, мсьё Персак или Перса, как бы ни произносилось ваше имя, поздравляю вас с удачей родиться и жить в такие времена! Надеюсь, и там, в загробных эмпиреях, вы все еще ощущаете на своих губах вкус этих сладких воспоминаний. Наступит утро, я опять отправлюсь в гостиную и опять увижу шарик, висящий над калиткой. Если буду в хорошей форме, я порыскаю вокруг и найду девочку, подходящую для такого великолепного шарика, и верну ее в вашу картину. Понимаю, что вы этого и ждете, так что покойтесь с миром!

Подозреваю, что не найдется в Америке другого края, где можно так хорошо беседовать, как на старом Юге. Здешние люди охотнее просто потолкуют с тобой, чем будут спорить и что-то доказывать. И здесь, представляется мне, больше эксцентричных людей, больше чудаков, чем в любой другой части Соединенных Штатов. Юг плодит характеры, а не стерильных интеллектуалов. И эти люди излучают силу и обаяние, их разговор остроумен и увлекателен, они живут богатой, спокойной, независимой жизнью, в гармонии с окружающим, свободные от мелких амбиций и суеты конкуренции. Истинный южанин, на мой взгляд, более одарен от природы, он дальновидней, динамичней, изобретательней и несомненно обладает большей любовью к жизни, чем уроженец Севера или Запада. И если он решает удалиться от мира, это вовсе не потому, что он потерпел поражение, это, как у французов и китайцев, та самая любовь к жизни, исподволь внушенная ему мудростью, которая выражается в самоотречении. Для эмигранта, вернувшегося на родину, самое трудное – приспособиться к стилю разговора. Поначалу мне казалось, что здесь вообще нет такого понятия, как беседа. Мы не беседовали, мы лупили друг дружку фактами и теориями, почерпнутыми из просмотренных нами газет, журналов, справочников. А беседа – дело личное, она должна быть созидательной. Чтобы услышать такую беседу, мне надо было приехать на Юг. Я повстречал многих людей, чьи имена никому не известны, людей, живущих в глухих местечках, прежде чем смог насладиться тем, что я называю настоящим разговором.

Особенно мне запомнился один вечер. К тому времени наш друг Раттнер уже покинул нас, а я взялся сопровождать Уикса Холла в гости к его старинному приятелю. Человек этот сдал свой дом и на задах прежнего жилища выстроил себе новое – дощатую хибару. Ничего лишнего, все чисто и аккуратно, будто живет здесь отставной моряк. Человека этого обучала сама жизнь. Был он охотником, потом решил на время сесть за руль грузовика. Я незаметно присматривался к нему и почувствовал, что он пережил какое-то большое горе. Но внешне он производил впечатление человека мягкого, в себе уверенного и явно примирившегося со своим жребием. Страстью его были книги. Читал он все, что попадало под руку, но отнюдь не для того лишь, чтобы пополнить свои знания, и, уж конечно, не затем, чтобы убить время. Скорее, как я заключил по его словам, чтение переносило его в какие-то другие сферы, может быть, оно заменяло ему юношеские грезы, словом, это был способ подняться над миром.

Встреча наша, помнится, началась почему-то с разговора о ядовитых змеях Луизианы, тех самых, с кошачьими зрачками. От этого предмета мы перешли к свойствам сассафраса и к обычаям индейцев чокто, потом к различным видам бамбука, в том числе и съедобным, а от бамбука еще к одному представителю флоры – к коралловому моху, очень редкому, очень красивому, растущему только на одной стороне дерева, всегда на одной и той же. И тут я переменил тему и спросил его, в надежде получить интересный ответ, читал ли он что-нибудь о Тибете. «Читал ли я что-нибудь о Тибете? – он сделал паузу, обменявшись понимающим взглядом со своим другом. – А как же! Я прочел все, что мне удалось достать». Вопрос о Тибете почему-то так подействовал на Уикса Холла, что он извинился и отправился облегчить свой мочевой пузырь. И вслед за ним мы тоже потянулись во двор, разволновавшись в не меньшей степени.

Я всегда радостно удивлялся – хотя чему уж тут так удивляться, – когда узнавал, что кто-то интересуется Тибетом. Скажу также, что не было никого из тех, кто стремился проникнуть в чудеса и загадки этой страны, с кем у меня не завязались бы тесные связи. Тибет как бы служил паролем для допуска во всемирное сообщество людей, которые по крайней мере догадываются, что в этой стране должно храниться нечто более важное для жизни, чем вся сумма эмпирических знаний высоколобых жрецов логики и прочих позитивных наук. Такая же встреча, как здесь, в Луизиане, была у меня, помню, и на острове Гидрос в Эгейском море. Вообще любопытно, что как только касаешься этой темы, для чего достаточно упомянуть имена Рудольфа Штейнера, или Блаватской, или графа Сен-Жермена[51], моментально происходит раскол, и вскоре в комнате остаются лишь те, кто проявляет интерес к таинственному и мистическому. Чужак, окажись он в эту минуту в таком обществе, попадет в положение человека, не знающего языка, на котором здесь говорят. Не раз случалось так, что меня превосходно понимали люди, едва знавшие английский, тогда как англоязычные мои приятели ничего уразуметь не могли. Однажды в присутствии Бриффо, автора «Европы», я всего лишь произнес слово «мистика», и он пришел в неописуемую ярость.

Тот визит к приятелю Уикса Холла как-то нас воодушевил. На обратном пути в «Шедоус» Уикс заметил, что и не подозревал такого красноречия в своем друге. «Он так долго живет один, — сказал Уикс, — что превратился в молчуна. Знакомство с вами его разбудило». Я усмехнулся, прекрасно понимая, что я-то здесь ни при чем. Этот случай, по-моему, просто еще раз доказал, что прикосновение к таинственному не оставляет никого равнодушным, его либо восторженно принимают, либо яростно отвергают.

Я уже собрался отправиться в свою комнату, когда Уикс позвал меня в мастерскую, единственное место в доме, в котором я еще не бывал. «Вы очень устали?» — спросил он. «Да нет, не слишком», — ответил я. «Тогда я вам кое-что покажу, — продолжал он. — Думаю, сейчас самое время». Он привел меня в помещение, казавшееся герметически закрытым, там не было ни окон, ни какой-либо вентиляции и освещалось оно искусственным светом. Он выдвинул на середину комнаты мольберт, укрепил на нем холст и чем-то вроде волшебного фонаря бросил на холст пучок света, который тут же дал проекцию на стене. Передвигая мольберт, то расширяя, то сужая рамки светового пятна на холсте, Уикс Холл заставил цветное фотоизображение являть нам самое фантастическое разнообразие форм и оттенков. Я словно присутствовал на тайном сеансе самого доктора Калигари[52]. Обыкновенный пейзаж, безобидный натюрморт, подвергнутые этим прихотливым манипуляциям, превращались в самые невероятные, несочетаемые узоры. На стенах бушевал мятеж цветных рисунков, исполнялся мощный органный концерт, где вместо музыки, то утешая, то будоража чувства, звучали краски.

«Так зачем же писать картины, — проговорил Уикс Холл, — когда можно творить такие чудеса? Возможно, живопись вообще не будет больше занимать меня, не знаю. Но эта штуковина доставляет мне радость. С ней я могу за пять минут сделать то, на что требуется десяток лет живописи. Видите ли, с живописью я расстался сознательно. Дело вовсе не в этой моей руке, я повредил ее позже, уверяю вас, я просто ушел — как уходят люди глухие, или слепые, или душевнобольные, когда не могут больше выносить это. Поверьте, я неплохой художник, я и сейчас, если б захотел, мог бы работать больной рукой. Я мог бы выставляться, и мои картины нет-нет да покупали бы музеи и собиратели. Это ведь совсем не трудное дело, если у тебя имеется хоть какой-нибудь талант. Да, да, это очень легко, да только что в этом толку... Картины в выставочном зале – все равно, что товары на прилавке. Если уж картины выставляются, их надо показывать по очереди, каждую в свое время и при подходящих условиях. Картины сегодня не должны находиться дома, дом – это не то место. Думаю, что никогда не возьмусь снова за краски, если только не приду к убеждению, что живопись для чего-то служит. Станковая живопись вообще не имеет никакой цели, кроме получения полудохлых комплиментов. Это как искусственная наживка на рыбной ловле. Живцом не полакомишься, вот и станковая живопись не накормит, а только поманит. «Послушайте, – сказал он после небольшой паузы, – а ведь я сейчас сформулировал что-то важное. Запомните это, ладно?»

«Конечно, – продолжал он, – парень вроде Раттнера – дело другое. Он просто обязан писать, для того он и родился. На одного такого приходятся тысячи, которым больше пристало бы плотничать или водить грузовики. Разница между замыслом и его осуществлением, я полагаю, составляет девять месяцев. Но для творца срок этот – вся жизнь, в непрекращающемся труде, изучении, наблюдении. Ему нужно не просто намалевать картину или даже тысячу картин, он хочет проникнуть в отношения между живописью, да это можно сказать и обо всех искусствах, и жизнью. Всю свою жизнь вложить в холст – вот что надо уметь. Это высшая форма посвящения, и наш друг Эйб ее добился. Не знаю, счастлив он или нет, да это и не важно. Не думаю, что художник стремится к тому счастью, о каком думает обычная публика...»

Он закурил новую сигарету. Нервно прошелся из угла в угол. Он хотел сказать... много чего хотел он сказать, лишь бы я оказался терпеливым и не сбежал. И он начал снова. Сбивчиво, неуклюже, оступаясь, словно человек, пробирающийся в полной темноте по петляющему коридору.

«Смотрите, – и он сунул мне под нос свою правую руку. – Эта рука искалечена, и ничем ее не поправишь. Жуткая вещь...

Только что у тебя была рука, и вдруг — раз! и вместо нее кровавое месиво. А может быть, нет худа без добра. Эта рука, может, была чересчур быстрая, чересчур легкая, я работал так же, как записной игрок тасует и сдает карты. Может быть, и мыслил я слишком быстро, слишком нервно, взвинченно. Дисциплины не хватало. И я понимаю, что моя маниакальная страсть к исследованиям, к поиску не поможет мне стать лучше. Это только предлог оттянуть тот момент, когда я должен начать писать по-настоящему. Понимаю все это, но что поделаешь? Вот я живу здесь, в огромном доме, который меня даже подавляет. А мне хочется жить в таком месте, где не лежали бы на мне все эти заботы и обязанности, которые я должен, как мне кажется, принять от моих предков. Так что же мне делать? Запереться в этой комнате? Это не выход. Даже если я никого не вижу и не слышу, я все равно знаю, что у ворот толпится народ, жаждущий пройти сюда. И может быть, я *обязан* видеть их, слушать, волноваться из-за тех же пустяков, из-за каких волнуются они. Откуда мне знать? В конце концов, не все же они дураки. Может быть, если я тот человек, каким хочу быть, я не должен держать дверь запертой — пусть они придут ко мне. Может быть, мне придется рисовать в наихудших условиях, не здесь, а в саду, в окружении толпы зевак, задающих тысячи бессмысленных вопросов. Правда, если я буду убийственно серьезен, весь погружен в работу, они, возможно, и оставят меня в покое и удалятся, не произнеся ни слова, а? Ведь так или иначе люди могут уважать чужой труд. Вот, к примеру, Сведенборг[53]. Тот никогда не запирал свою дверь. К нему входили свободно, но, увидев его работающим, тихо уходили, не желая мешать. А ведь многие из этих людей приезжали иногда за сотни миль, чтобы получить от него помощь или наставление». Здоровой рукой он поддерживал искалеченную и смотрел на нее так, словно она принадлежала кому-то другому. «Может ли человек изменить свою природу — вот в чем вопрос! Ладно, в конечном счете, эта рука может пригодиться, как шест канатоходцу для баланса. *Баланс!* Если вы не можете удержать равновесие, если у вас в душе нет *баланса*, отыщите его на стороне. Я рад, что вы приехали сюда... вы принесли мне огромную пользу. Боже мой, послушав ваши рассказы о Париже, я ясно представил себе все, что я упустил за эти годы. А вы в Новом Орлеане не слишком много откроете для себя, пожалуй, только прошлое. У нас там есть *один* художник — доктор Сушон. Я очень хочу, чтобы вы с ним встретились... Но полагаю, что уже довольно поздно. Вы, наверное, спать хотите, не так ли? Я-то могу болтать всю ночь. Я вообще сплю мало, а с тех пор, как вы приехали, и совсем перестал. Мне надо задать вам тыщу вопросов. Надо наверстать время, которое я потерял».

Да, было бы слишком жестоко с моей стороны отправиться в постель и оставить человека в таком экстатическом состоянии. Раттнер подготовил меня к избытку энергии в Уикс Холле, но не к такой неистребимой жажде общения. И это меня всерьез тронуло. Вот уж, действительно, человек, не знающий угомону! Ему требовалось многое, но сам он готов был отдавать свое с той же щедростью и беззаботностью, с какою брал. В том, что он художник по самой своей сути, сомневаться не приходилось. И задачи, поставленные им перед собой, не были ординарными. Ему было важно докопаться до самых глубин. Для такого человека слава и успех ничего не значат. Он искал нечто такое, что не поддается определению. И в некоторых областях он уже был сведущ не меньше какого-нибудь ученого мужа. Мало того, он умел разглядеть связь разных явлений. Ну и естественно, он не мог удовлетвориться просто созданием мастерских картин. Он хотел революционизировать это дело. Хотел вернуть живопись к ее исконному назначению — живопись ради самой живописи. В каком-то смысле можно было сказать, что свой главный труд он уже завершил. Его творческая страсть превратила принадлежащие ему дом и сад в самое разительное художественное произведение, каким только может похвастаться Америка. Он жил и дышал в своем шедевре, не понимая этого, не сознавая масштабов своего творения. Щедростью и энтузиазмом он вдохновил и других художников — породил их на свет, так сказать. И все еще не мог успокоиться, все жаждал выразить себя уверенно и полно. Я восхищался им и жалел одновременно. Его присутствие я ощущал во всем доме, как мощные, почти магические флюиды. Он создал то, что в свою очередь создавало его. Наглухо загерметизированная мастерская, что это было, как не символ его «я», сосредоточенного на самом главном. Но она не вмещала его, да и дом весь не вмещал, он перерос рамки этого места, он выплеснулся за пределы его. А здесь он был узником, приговорившим самого себя к пребыванию в ауре своего творчества. Когда-нибудь он пробудится, освободится от всех искусов и иллюзий, неминуемо сопряженных с творческими терзаниями. Когда-нибудь он оглядится и до него дойдет, что он свободен; и тогда обдуманно и не торопясь он решит, оставаться ли ему или уходить. Надеюсь, что он останется, что как последнее звено в родовой цепи он замкнет собою круг, вполне осознав все значение этого поступка, расширяющего его жизнь до бесконечности.

Я уезжал два или три дня спустя после этого разговора и в том взгляде, какой он остановил на мне, я увидел, что он, кажется, уже пришел к этому решению. И я расстался с ним, понимая, что по первому же его зову я отыщу его, где бы он ни находился и в какое бы время ни позвал меня.

«Можете не звонить мне среди ночи, Уикс. Пока вы останетесь в центре этого творения, я всегда буду на вашей стороне. Не буду говорить вам «до свиданья» или «будьте счастливы». Просто будьте таким, какой вы есть. Мир вам!»

Доктор Сушон: хирург-художник

СРЕДИ ВСЕГО, С ЧЕМ Я СТАЛКИВАЛСЯ, ПУТЕШЕСТВУЯ по Америке, меня особенно поразило, что наиболее многообещающими людьми, людьми мудрого жизнелюбия, вселяющими надежду в этот самый зловещий период нашей истории, оказались либо мальчишки, едва вступившие в возраст юности, либо те, кому было под семьдесят, а то и за семьдесят.

Французскими стариками, особенно старыми крестьянами, можно залюбоваться: они, как деревья-великаны, выстоявшие под всеми бурями. И от них веет умиротворением, покоем и мудростью. В Америке же старые люди имеют, как правило, жалкий вид, а уж тем более те преуспевающие личности, что продлили свою жизнь далеко за пределы естественного срока путем, так сказать, искусственного дыхания. Отвратительный живой пример искусства бальзамирования являют собой эти ходячие мертвецы, подпираемые сворой хорошо оплаченных наймитов, позорящих свою профессию.

Исключение из правила, причем разительное исключение, представляют художники. Под художниками я подразумеваю всех творческих людей, независимо от того, в какой сфере они действуют. Многие из них начинают развертываться, проявлять свою индивидуальность, перешагнув через сорокапятилетний рубеж, тот возраст, который для большинства промышленных корпораций нашей страны считается предельным для найма на работу. Что ж, с этим можно согласиться, раз речь идет о среднем рабочем, превращенном в робота с юношеского возраста; ему к сорока пяти годам на самом деле впору только на помойку. И то, что верно для рядового робота, в не меньшей мере относится и к роботам-командирам, так называемым промышленным магнатам. Только их деньги позволяют подкармливать слабенький, еще мерцающий в них огонек и не давать ему погаснуть. Так что, если говорить об истинной способности к жизнедеятельности, мы после сорока пяти лет – нация никуда толком не годящихся людей.

Но существует класс людей другого закала, старомодных настолько, что каждый из них остается сильной личностью, открыто презирает расхожую моду, страстно поглощен своей работой и недоступен ни для какого соблазна. Они трудятся долгими часами, не ожидая ни наград, ни славы, им знакома только одна радость – радость творить так, как тебе нравится. Людей, о которых я говорю, определишь с первого взгляда: в их лицах гораздо больше живости, они гораздо более впечатляющи, чем у тех, кто одержим жаждой власти, славы или богатства. Им не нужно чувствовать себя выше когонибудь. На чем-то другом основана их деятельность. И их стоит благодарить просто за то, что они такие, какие есть.

Как соотносятся житейская мудрость и жизненная активность – эта тема мне интересна, потому что, вопреки общепринятому мнению, я никак не мог смотреть на Америку как на пример молодости и энергии; я, скорее, видел ее преждевременно состарившейся, плодом, сгнившим до того, как ему созреть. И если выразить одним словом общенациональный порок Америки – это слово будет «расточительство». А расточителей никак не назовешь мудрыми, да и молодыми и сильными им не век оставаться. Чтобы энергетически восходить на более высокие и более тонкие уровни, надо прежде всего научиться сберегать энергию. Расточитель быстро истощается, становясь жертвой многих сил, с которыми он глупо и беспечно заигрывается. Ведь и с машинами, чтобы добиться от них максимального эффекта, надо обращаться умело. Если только не иметь в виду Америку: мы выпускаем такое количество машин, что позволяем себе выбрасывать их на свалку задолго до того, как они износятся и станут бесполезными. Но совсем другая история, когда речь идет о человеческом существе. Человека не выбросишь на свалку, как машину. Есть любопытная связь между способностью к деторождению и свалкой. Инстинкт продолжения рода как будто умирает, когда срок использования человека ограничен сорокапятилетним возрастом. Рано, но так уж получается.

Немногим удается ускользнуть от этого потогонного конвейера. Просто выжить, вопреки системе, ничем из нее не выделяясь. Выживают ведь животные и насекомые там, где высшим организмам грозит полное исчезновение. Жить без ограничительной черты, работать ради той радости, что может дать работа, стареть с изяществом, не только сохраняя свои способности, свой пыл, чувство собственного достоинства, но и утверждая ценности, недоступные пониманию толпы. Вот так художник проделывает брешь в стене. Художник в первую очередь верит в себя. На него не действуют нормальные стимулы: он и не рабочая лошадка, и не паразит. Он живет, чтобы выразить себя и тем самым обогатить мир.

Человека, которого я имею сейчас в виду, доктора Мариона Сушона из Нового Орлеана, никак нельзя считать типическим случаем. На самом деле он любопытная аномалия и именно поэтому мне наиболее интересен. Сейчас ему семьдесят, он известный и всеми почитаемый хирург, начавший всерьез заниматься живописью в шестидесятилетнем возрасте. Но практику свою он при этом не бросил. Пятьдесят лет назад, когда он, следуя по стопам своего отца, только приступил к изучению медицины, он установил для себя спартанский режим и с тех пор не давал себе никакой поблажки. Режим этот позволял ему работать за троих, а то и за четверых и при этом оставаться полным жизненных сил и оптимизма. Он вставал в пять утра, слегка завтракал и отправлялся в операционную, затем в свой офис, где исполнял административные обязанности чиновника страховой компании, читал почту, принимал пациентов, наведывался в клиники и так далее. Ко времени ланча он успевал уже наработать столько, что другому хватило бы на целый день. Но последние десять лет он ухитрялся выкроить при этом время на то, чтобы заниматься живописью, смотреть работы других художников, общаться с ними, словом, изучал новую профессию с пылом двадцатилетнего юноши, только начинающего свою карьеру. Мастерской у него не было, он писал в своем офисе. В углу маленькой комнаты, по стенам которой разместились полки с книгами и скульптурными миниатюрами, стоял некий предмет, похожий на музыкальный инструмент под чехлом. В те минуты, когда доктор Сушон оставался один, он открывал этот предмет и принимался за работу: в таинственном черном музыкальном сундучке хранились все необходимые живописцу принадлежности. В сумерках или при пасмурной погоде доктор Сушон работал при искусственном освещении. Иногда он проводил за мольбертом час, иногда по четыре-пять часов. Но в любую минуту он мог отложить в сторону кисти и провести искусную хирургическую операцию. Не очень-то обычное для художника свойство.

Когда я спросил его, почему бы ему не сосредоточиться теперь на одной живописи, ведь у него впереди лишь несколько лет, он ответил, что отказался от этой мысли потому, что «я должен заниматься чем-нибудь другим, чтобы разнообразить удовольствие от работы и не чувствовать усталости». Позже, встречаясь с ним уже много раз, я отважился снова расспросить его. Мне казалось невозможным, чтобы человек, так страстно увлеченный живописью, да притом явно стремящийся втиснуть в несколько лет жизни то, что он не успел за два десятилетия, не страдал бы от такой раздвоенности. Добро бы он был плохим художником, или плохим хирургом, или великим мастером в одном своем деле и дилетантом в другом, я тогда не приставал бы к нему. Но он был всеми признан как лучший на нынешний день хирург, да и его художнический дар не вызывал сомнений, особенно среди других уважаемых художников, считавших, что он растет с каждым днем и его работы с поразительной быстротой становятся все серьезнее и интересней. В конце концов он мне признался, что только-только начал понимать, что «эта штука, называемая живописью, настолько задевает душу, будоражит мозги, настолько требовательна, что захватывает все твое существо и подавляет другие интересы». А потом, после некоторого размышления, добавил: «Да, должен сознаться, что она перебаламутила все мою прежнюю жизнь и заставила пуститься опять в новые путешествия».

Вот это я и хотел услышать. Не будь такого признания, я бы держался совсем другого о нем мнения. А что касается причин, побуждающих его продолжать и вторую свою жизнь, я почувствовал, что мне туда лезть не надо.

«Если бы вы могли начать жизнь заново, – спросил я, – отличалась бы она от той, которую вы прожили? То есть я хочу спросить, не поставили бы вы на первое место искусство вместо медицины?»

«Я бы повторил все в точности, – ответил он, не помедлив и секунды. – Хирургия – это моя судьба. Отец мой был хирургом от Бога, удивительным представителем своей профессии. Ведь хирургия соединяет в себе и науку, и искусство, она может до поры до времени удовлетворять человека, имеющего тягу к искусству».

Я полюбопытствовал, не обострило ли занятие живописью его интереса к метафизическим сторонам жизни.

«Отвечу вам так, – сказал он. – Поскольку существование человека в разных его аспектах было делом всей моей жизни, живопись только расширила эти сферы. Каковы бы ни были мои успехи в медицине, я их объясняю моим знанием человеческой природы. Но не в меньшей степени, чем тело, я лечу и разум человека. Живопись, видите ли, очень и очень сродни медицинской практике. Хотя и то, и другое обращено к физике, куда сильнее их воздействие на психику. Само слово «картина» для пациента значит так же много, как цвет, линия, форма для живописца. Трудно поверить, но просто слово, или цветовое пятно, или линия могут формировать жизнь личности и влиять на нее. Разве не так?»

Во время наших встреч и разговоров я сделал еще одно открытие, подтвердившее мои смутные догадки. Его с детства томило желание писать красками и рисовать. Лет в двадцать он пробовал баловаться акварелью. Через тридцать лет принялся за скульптуру: лепил из глины и вырезал из дерева. Образцы этого увлечения разбросаны по его крохотному офису, все это фигурки исторических личностей, с которыми он подружился над страницами прочитанных им во множестве книг. Это была еще одна иллюстрация его страсти и стремления к доскональности. Готовясь к путешествию вокруг света, он принялся за исторические труды и романизированные биографии. Кругосветка сорвалась по не зависящим от него причинам, но книги стройными рядами замерли вдоль стен, и он читал их с тем рвением и тщательностью, какие вкладывал во все, за что брался.

Такие люди, думал я, распрощавшись с ним в тот вечер, ближе всех в мире к мудрецам или святым. Они тоже упражняются в концентрации мысли, в созерцании, в преданности чему-то высшему. Они целеустремленно работают над своими задачами; их труд, чистый и бескомпромиссный, есть ежедневное жертвоприношение Творцу. Только сфера, где они действуют, и способ их действий отличают их от великих религиозных деятелей.

Знакомством с доктором Сушоном я обязан Уиксу Холлу из Новой Иберии. Он был его покровителем, защитником и в некотором смысле проводником и наставником с самого начала художнической карьеры доктора. Встреча наша состоялась буквально через четверть часа после того, как мы с Раттнером въехали в Новый Орлеан. Наш багаж находился еще в машине, оставленной у тротуара; мы еще не начали подыскивать комнату, но случай подвернулся сам собой. Было далеко после полудня, когда мы вошли в офис доктора Сушона в Уитни Билдинг. У него за плечами был невероятно напряженный рабочий день, но о таком приеме, какой он устроил нам, я и думать не мог. Само его присутствие электризовало атмосферу. С ясным умом и чистой совестью человека, наилучшим образом выполнившего свои обязанности, он предоставил себя в полное наше распоряжение, предупредительно и внимательно относясь к малейшему нашему желанию.

Раттнера он приветствовал так, что я этого вовек не забуду, для меня это было первым проявлением величия души доктора Сушона. «Я же двадцать лет мечтал вас увидеть!» —

объявил он, заключая Раттнера в объятья. «Ваши работы служили мне примером с тех самых пор, как я их узнал. Я знаю все ваши картины – я, можно сказать, прожил с ними долгие годы. Что вы за художник! Бог мой, обладай я вашим талантом, вашим зрением, знаете, куда бы я теперь добрался?» И он продолжал в том же духе, осыпая Раттнера комплиментами, искренность которых не вызывала никаких сомнений. «Вы должны будете мне многое рассказать, – говорил он. – У меня к вам сотни вопросов. Как долго вы намерены пробыть в Новом Орлеане? Взглянете ли на мои работы? Скажете мне, на верном ли я пути?» И он продолжал в том же духе, взрывы энтузиазма следовали один за другим, словно перед нами был юный ученик, потрясенный работами учителя.

Раттнер, воплощение скромности, привыкший к тому, что в этой по крайней мере стране его хулят и высмеивают, был совершенно сконфужен. Не думаю, чтобы когда-нибудь еще ему приходилось слышать такие искренние, горячие, безудержные восхваления, особенно от своего брата художника. Доктор Сушон не останавливался, как это часто бывает с профессионалами от живописи, на каких-то деталях, не понравившихся ему в картинах Раттнера. Наоборот, он на всю катушку воспользовался случаем поговорить о глубоком понимании Раттнером искусства и его интересных опытах. Он был олицетворением скромности и почтительности, черта, повторюсь, подлинно большой души. Хотя он и гордился своими работами, но отнюдь не преувеличивал их достоинств. В самом деле, учитывая дерзкую уверенность в себе, с какой доктор встречал каждую возникшую перед ним проблему, я был, пожалуй, удивлен тем, что, показывая нам свои холсты, он был так смущен и робок. Но и в искусстве, так же как в медицине, несомненно и очевидно проявлялась его открытость. Его «я», ничуть не стушевываясь, полностью подчинялось тем не менее той задаче, за решение которой он брался. Он катил к цели по прямой, словно маньяк, вставший на ролики. Его интересовали законы, управляющие явлениями и сутью вещей. И прежде всего он хотел знать собственные пределы. Когда я спросил, кто из великих исторических деятелей заслуживает его большего восхищения, он не задумываясь ответил: «Моисей». *А почему?* «Потому что десять заповедей лежат в основе законов цивилизованного общества и на них же зиждятся все религии».

При первом показе мы увидели, может быть, десятка полтора холстов, и такого небольшого числа оказалось вполне для меня достаточно, чтобы убедиться: перед нами был, если не считать Раттнера и великого кудесника Джона Марина, самый радостный, самый живой и интересный художник Америки. Эволюция от ранних картин, традиционных, с мрачноватым колоритом, написанных спотыкающейся кистью, проделана им молниеносно. У тех, кто видел его работы несколькими годами раньше в галерее Джулиана Леви в Нью-Йорке, в голове не уложится, как можно было совершить такой гигантский прыжок, какой совершил он, особенно в области цвета. Удовольствуйся доктор Сушон рангом любителя, куда его поспешно зачислил Джордж Биддл[54] в ту пору, он бы очаровывал и восхищал дилетантов, посещающих художественные галереи. Недавнее помешательство на американских примитивистах было всего лишь отражением снобистского, поверхностного отношения тех американцев, которые «увлекаются живописью» и хотят от нее, чтобы она украшала и развлекала, но никак не потрясала и не тревожила. Доктор Сушон не примитивист и никогда им не был, если не считать того, что, подобно нашим «мастерам народного реализма», он проявляет искренность, страстность, дерзновенность наравне с чистосердечной простотой, то есть именно те качества, которые и делают их неприемлемыми для выставок. Так же, как и в их работах, в холстах доктора Сушона чувствуется полет фантазии, юмористическая жилка и полное безразличие к политическим и социальным теориям. Кроме того, подобно тем художникам, доктор Сушон щедро привлекает свои воспоминания, черпает материал из богатства своего жизненного опыта, видений, снов; освобожденные из многолетнего заточения где-то на чердаке его жизни, они приобретают качества истинных плодов творческого воображения. Если считать его инстинктивистом, то он уж ни в коем случае не дикарь, не невежда. Там, где он наиболее естественен и раскован, он самый проникновенный и тонко чувствующий художник. В холстах, где обнаруживаются чьи-то незначительные влияния, доктор Сушон ближе всего к традициям большого европейского искусства. Хотя он признается, что среди художников нового времени больше всего восхищается Сезанном, в его работах, по моему непросвещенному мнению, нет ничего, напоминающего нам о духе этого неутомимого мрачного гения. И совершенно явно ощущается влияние таких мастеров, как Ван Гог, Тулуз-Лотрек, Руо, Матисс, Сёра, Гоген и, осмелюсь добавить, еще и Эйба Раттнера, если говорить о сочных, дьявольски ярких красках. Не родись доктор Сушон креолом, не побывай во Франции, не займись вплотную историей других эпох, он был бы тем не менее обходительным образованным человеком, живо воспринимающим все веяния современной цивилизации. Своей энергией и энтузиазмом он обязан прежде всего безграничной любознательности. Он не вянет, остается молодым, веселым, беззаботным, потому что нацелен в будущее, а не в прошлое. И каждый день он успевает закончить ту работу, какую наметил себе сделать, и каждый день начинает жизнь сызнова. После этого нет ничего удивительного в том, что он никогда не претерпевал неудач. Даже его живопись получила сразу же признание, хотя у него были все шансы услышать насмешки и презрительное фырканье.

У меня в памяти навсегда останется один его жест. Както вечером за обеденным столом зашел разговор о природе успеха. Кто-то стал допытываться у доктора более ясной формулировки его феноменального успеха. Вместо ответа он поднял обе руки, благоговейно приложился губами к кончикам пальцев и произнес: «Je dois tout a celles-ci»*. Хотя это и трудно было посчитать настоящим ответом, но в этом жесте проявилась характерная скромность и беспристрастность художника, который работает своими руками. В ту минуту он думал о своем искусстве хирурга, которому обучался так долго и напряженно. Но это умение с исключительной тонкостью использовать свои руки и пальцы в работе служило и показателем еще более интересной, духовной жизненной установки: с самого начала молодой человек понял, что на своем пути он должен рассчитывать только на свои силы, способности и мастерство, короче говоря, все делать своими руками.

* Всем я обязан вот им *(фр.)*.

С этим обедом связан еще один эпизод, поразивший меня сверх всяких слов. Когда официант с меню начал обходить стол, доктор Сушон повернулся к нам и сказал: «Да ну их, все эти штуки, не смотрите меню. Просто скажите, что вы любите, и вам подадут все, что захотите». Я что-то не припомню, чтобы кто-нибудь еще угощал меня подобным образом. Это был царственный жест, и даже закажи я что-нибудь отвратительное, уверен, что это имело бы восхитительный вкус после такого приглашения. В ту же минуту я принял решение, что, если когда-нибудь придет день, когда меня не будет интересовать стоимость еды, я обойдусь с самим собой так же великодушно, как доктор Сушон обошелся с нами. Мне ведь всегда хотелось как-нибудь сесть в такси и сказать шоферу: «Езжайте пока по кругу, я еще не знаю, где выйду».

Народ в Новом Орлеане поразительно гостеприимен. Обеды, которыми меня потчевали в тамошних домах, не забыть до конца дней моих. У этого города самая родственная мне душа из всех известных мне городов Америки, и это оттого, полагаю, что здесь, наконец-то, на нашем унылом континенте радости плоти играют ту важную роль, какую они заслуживают. Это единственный город Америки, где после долгой трапезы, сдобренной хорошим вином и интересным разговором, можно брести наугад по Французскому кварталу и чувствовать себя, как подобает цивилизованному человеческому существу.

После того обеда, о котором я рассказываю, доктор Сушон передал нас в руки своего хорошего приятеля Чарлза Грешэма, владельца любопытной маленькой художественной галереи на Роял-стрит. Показывая нам квартал, он вел себя как человек, увидевший все это в первый раз после многих лет. Его любовь к этому маленькому осколку прошлого мира живо напомнила мне мои собственные экскурсии по парижским улицам в те времена, когда я еще не наелся досыта такими приключениями. А Грешэм знал каждый дюйм нашего маршрута наизусть; такое дается только человеку, исходившему эти улочки ночь за ночью, погружаясь все глубже и глубже в потаенные пласты прошлого. Но, остановившись на минуту или две на перекрестке, чтобы дать ему возможность закончить очередную историю, я вдруг почувствовал, что теряю интерес к тому, что он рассказывает. Передо мной всплыла точно такая же вечерняя прогулка, когда я водил одного американца по Латинскому кварталу. Я сказал «я водил», но это неверно; на самом-то деле это он водил меня и еще давал пояснения. Американец этот по пути в Манилу в первый раз попал в Париж, и у него было отпущено на французскую столицу всего сутки. Это была самая необычная для меня прогулка по Парижу. Парень рассказал мне за обедом, что пишет пьесу о Французской революции и так тщательно изучил план Парижа, что может не хуже любого парижанина показать мне город. И правда, вскоре оказалось, что он знает город куда лучше обыкновенного парижского жителя. Но тот город, по которому он меня вел, был городом мертвых. Он, казалось, едва замечал живой современный Париж, открывавшийся его глазам на каждом повороте. При этом он сыпал датами событий и именами исторических фигур, встретившихся ему на страницах замусоленных книг. Признаюсь, никогда Париж не казался мне столь безжизненным и неинтересным, как тогда, когда я смотрел на него глазами этого фанатика истории. Возле алтарной стороны Нотр-Дам, в месте, где замолкает даже самый болтливый идиот, он все продолжал громким голосом извлекать из небытия марионеток Французской революции, и меня охватил подлинный ужас. Пришлось сообщить, что я слишком устал, чтобы следовать с ним дальше, и мы расстались холодно и равнодушно. Я понимаю, что можно писать захватывающую историческую драму, так и не побывав на месте ее действия. Но человек, столь невосприимчивый к драмам живой улицы, человек, который идет по нынешнему дню, а видит только прошлое, представляет для меня не больший интерес, чем схема маршрутов городского транспорта Вены для жителя Сьерра-Леоне.

При следующем посещении офиса доктора Сушона я еще более укрепился в высокой оценке его работ. Снова мы увидели около дюжины полотен, написанных за период в пять или шесть лет. Разговоры с Грешэмом, казалось, обострили мое зрение. Прогулка по Французскому кварталу накануне ночью воскресила ту Луизиану, великолепие которой еще не угасло окончательно. Стоя в Джексон-парке, чье ambiance*

* Обстановка, атмосфера *(фр.)*.

уникально для Америки, я внезапно понял, чем восхищает меня это место. Ряды доходных домов по бокам парка – первых в Америке, как мне рассказали, домов с квартирами внаем – ну, конечно же, это маленькие отели, обступившие самое мое любимое место в Париже – площадь Вогезов. Поблизости от парка знаменитый Французский рынок, поблизости от площади – знаменитая Бастилия. И парк, и площадь дышали покоем и уединением, и от обоих было рукой подать до улиц, где копошилась жизнь простых людей. Ничего не могло быть более аристократичным, чем атмосфера площади Вогезов, расположенной в самом сердце предместья Сен-Антуан. Джексон-парк наполнен таким же ароматом. Трудно было поверить в то, что он принадлежит Америке.

В этом смысле живопись доктора Сушона такая же, как вся Луизиана, – она американская и в то же время не американская. Многие из его полотен вполне могли быть работами современных французских художников. Не по содержанию, а по настроению и подходу к материалу. В них присутствует какая-то радостная мудрость, нечто такое, что приближает их временами к великому Духу природы китайских мастеров. И как далеко воображение доктора Сушона от мертвенной, стерильной стилизации Гранта Вуда или от судорожных неандертальских усилий Томаса Бентона! Каким же вылощенным, пустым, подражательным выглядит мир американской живописи! За исключением примитивистов, за исключением волшебного Джона Марина, само присутствие которого среди нас уже есть чудо, что есть ценного и заслуживающего внимания среди всех этих дерьмовых картинок, штампуемых, как подсвечники? Где прозрения, индивидуальность, дерзость и отвага европейцев? Где наш Пикассо, наш Ван Гог, наш Сезанн, наш Матисс или Брак, да даже простодушный скромняга Утрилло? Могли бы мы родить Руо или Пауля Клее, не говоря уж о гигантах прошлого из Италии, Испании, Голландии, Фландрии, Германии, Франции? На такие вопросы обычно следует стандартный ответ – *мы еще молодая страна!* Сколько же столетий будем мы опираться на эти костыли? Подумайте о том, чего достиг Будда за свою жизнь. Подумайте о том, как далеко шагнули арабы всего за несколько десятилетий после явления Магомета. Подумайте о том беспримерном выводке гениев, который дала Греция всего за одно столетие. Гению народа некогда ждать, чтобы политическая и экономическая жизнь обустроилась на манер счастливой Утопии. Положение масс, какое бы время мы ни выбрали, всегда достойно сожаления. Думаю, что не ошибусь, утверждая, что периоды величайших подъемов искусства совпадали с периодами величайшего обнищания и страданий большой части простых людей. Если сейчас четверть американского народа находится ниже нормального жизненного уровня, то около ста миллионов наслаждаются комфортом и жизненными благами, которые никому и не снились в прошлые времена. Что же мешает им проявить свои таланты? Или, может быть, наши таланты лежат в других плоскостях? Не в том ли дело, что для мужского населения нашей страны главная задача – стать преуспевающим бизнесменом? Добиться «успеха», а в какой области или каким образом, с какой целью или каким смыслом – не имеет значения. «Успех» самодостаточен. У меня нет ни малейшего сомнения, что искусство – самая последняя вещь, которая нас занимает. Юноша, который проявляет желание стать художником, выглядит чудаком или же никчемным лодырем и дармоедом. Осуществлять свое призвание он вынужден ценой голода, унижений и насмешек. И заработать он может, производя лишь такое искусство, которое сам презирает. Чтобы выжить, ему приходится малевать дурацкие портреты самых тупоголовых людишек или пойти в услужение к королям рекламы, а уж они-то, по моему глубокому убеждению, губят искусство куда успешнее, чем кто бы то ни было. Ведь стенные росписи, украшающие наши общественные здания, – в большинстве своем типично коммерческое искусство. Некоторые из них и по замыслу, и по исполнению лежат ниже уровня художников, рекламирующих воротнички «Эрроу»*. Большие концерны должны угождать публике, а публика, испортившая себе вкус на литографиях и афишах Максфилда Парриша[55], руководствуется лишь одним принципом: «Это имеет успех».

Появись доктор Марион Сушон со своими картинами, когда ему было двадцать пять или тридцать лет, да еще пона-

* Известная американская фирма, выпускающая текстильные изделия.

дейся зарабатывать на жизнь чистым искусством, он, скорее всего, жил бы впроголодь и его пинали бы ногами, как футбольный мяч. Критики посмеивались бы над его полотнами и советовали бы поступить в Академию и поучиться рисовать; торговцы говорили бы ему, что придется с десяток лет подождать. Ведь часть его успеха — не по его вине, прошу не забывать! — объясняется тем, что его рекламировали как аномалию, как сенсацию. Так же распродаются сегодня американские примитивисты — что-то вроде бурлескного спектакля под восторженный рев зрителей. Однако у некоторых из этих чудаков и уродов есть полотна, с которыми не может равняться по качеству, замыслу и исполнению ни один американский художник. То же относится и к творчеству больных в наших психушках: до многих из их холстов нашим академистам никогда не дотянуться.

Священник-ирландец в одной из федеральных тюрем, приведя меня в тамошнюю церковь, показал витражи, выполненные одним из заключенных, показал как забавный курьез. А восхищался он конфетными иллюстрациями к Библии работы тех узников, которые, как он выразился, «знают, как рисовать». Когда я напрямик сказал ему, что не разделяю его мнения, когда начал с восторгом говорить о простодушной искренности того, кто выполнил витражи, святой отец признался, что ничего не понимает в искусстве. Он лишь знает, что один человек знает, как рисовать, а другой не знает. «Значит, чтобы стать художником, надо знать, как правильно нарисовать руки и ноги, знать, как нарисовать человеческое лицо и уметь правильно прилепить шляпу к голове, так, что ли?» Он в растерянности поскреб в затылке. Видно, такой вопрос никогда не приходил ему в голову. «А что делает теперь этот парень?» — поинтересовался я. «Этот-то? О, сейчас мы учим его копировать журнальные иллюстрации». — «Ну и как, успешно?» — «Он не проявляет никакого интереса к этому, — сокрушенно проговорил патер. — Совсем нет склонности к обучению».

Идиоты, чуть было не сказал я вслух. Даже за решеткой они стараются погубить в человеке художника. Единственной вещью во всей тюрьме, заинтересовавшей меня, были именно эти витражи. Они являли собой манифестацию человеческого духа, свободного от жестокости, невежества и лжи. И этот свободный дух, этого простодушного, искреннего человека, влюбленного в свою работу, стремятся превратить в дрессированного осла. Прогресс и просвещение! Сделаем из хорошего заключенного будущего Гуггенхеймовского стипендиата[56]! Тьфу!..

«Не хочется и думать о том, через что приходится проходить художнику без средств, – сказал доктор Сушон. – Это страшнее ада». Как во всех других больших городах Америки, в Новом Орлеане полно голодных и полуголодных художников. Квартал, где они селятся, методично рушат и превращают в прах тяжелые орудия вандалов и варваров индустриального мира. Мы почем зря обличаем вандализм наших давних врагов немцев, мы честим их гуннами, а между тем у нас, в последнем архитектурном заповеднике Америки, уничтожается нашими собственными руками цветущий уголок планеты, продолжается подленькая, незаметная работа разрушения. Этак лет через сто, а то и меньше, едва ли останутся на этом континенте следы той единственной культуры, которую мы оказались способны создать, – богатейшей культуры рабовладельческого Юга. Новый Орлеан поклоняется славному прошлому, но безучастно наблюдает, как цинично и безжалостно варвары нового времени закапывают в могилу это прошлое. Когда неповторимый Французский квартал исчезнет, когда звенья, связывающие нас с минувшим, распадутся, тогда вылизанные стерильные дома офисов, чудовищные монументы и такие же общественные здания, нефтяные скважины, дымящие трубы, аэропорты, тюрьмы, психушки, богадельни, хвосты за хлебом, невзрачные лачуги цветных, надраенные жестянки Форда, обтекаемые паровозы, готовая жратва в консервных банках, аптеки, светящиеся неоном витрины будут вдохновлять художника. Или, что куда более вероятно, толкать его к самоубийству. Лишь немногим хватит мужества и терпения ждать, пока им стукнет шестьдесят, чтобы взяться за кисть. Еще меньше найдется тех, кому посчастливится стать хирургом. Когда у известного дантиста хватает наглости заявить, что для рабочего человека зубы – его собственные зубы – предмет роскоши, куда ж это мы идем? Так, глядишь, доктора и хирурги скоро скажут: «А к чему вообще сохранять здоровье тех, в чьей жизни нет ничего стоящего?» И объединятся, единственно из человеколюбия, в общество эвтаназии и начнут убирать за ненадобностью тех, кто не приспособлен к ужасам современной жизни. С полей сражений и из индустриальных битв им угодит в лапы достаточно пациентов. А художник, как индеец, может оказаться под опекой правительства; а может быть, ему и позволят слоняться где угодно, просто потому, что мы не настолько жестокосердны, чтобы убивать художников в открытую, как индейцев. А возможно, ему дадут заниматься своим искусством, но только после того, как достаточно времени он отдаст «общественно полезному труду». Сдается мне, что приблизительно в такой тупик нас и затягивает. Кажется, только творения умерших сохраняют для нас какую-то привлекательность или какую-то ценность. Богачей можно всегда склонить к поддержке нового музея*; на академии и тому подобные заведения можно всегда рассчитывать — они снабдят нас сторожевыми псами и гиенами; критики всегда могут быть куплены теми, кто готов прикончить все живое и свежее; всегда можно подобрать таких воспитателей, которые уведут молодых людей подальше от подлинного смысла искусства; громилу всегда можно науськать на то, что недоступно его пониманию и потому раздражает. Бедняки ни о чем, кроме еды и квартирной платы, думать не могут. Богатые тешат себя, надежно вкладывая деньги в коллекции, которые собирают для них упыри, кормящиеся кровью и по́том художников. Средний класс оплачивает право зайти в галерею, чтобы поглазеть да покритиковать сообразно своему недопеченому пониманию искусства; он слишком боязлив, чтобы защищать тех, кого в глубине души люди среднего класса опасаются, отлично зная, что их настоящий враг не какой-нибудь человек наверху, перед которым они лебезят и стелются, а именно этот бунтарь, словами или красками показывающий, насколько прогнило здание, которое бесхребетный средний класс обязан подпирать.

А те художники, что сполна получают награду за свои картины, всего-навсего шарлатаны и ловкачи; к ним относятся не только импортируемые разновидности, но и наши уроженцы, наловчившиеся пускать пыль в глаза, тогда как настоящее искусство находится в опасности.

Человеку, который хочет рисовать не то, что он видит, но то, что он чувствует, нет места среди нас. Ему место в тюрьме или в сумасшедшем доме. Если он не сумеет доказать свое здравомыслие и социальную адекватность, как в случае с доктором Сушоном за тридцать или сорок лет служения человечеству в роли хирурга.

Таково сегодняшнее положение искусства в Америке. Как долго оно останется неизменным? Может быть, война окажется тем злом, что оборачивается благом. Может быть, пройдя второй раз через кровавую баню, мы почувствуем нужду в людях, стремящихся наладить жизнь в иных понятиях, чем алчность, соперничество, ненависть, смерть и разрушение. Может быть... Qui vivra verra*, как говорят французы.

Арканзас и Великая Пирамида

АРКАНЗАС – БОЛЬШОЙ ШТАТ. ОН *ДОЛЖЕН* БЫТЬ ТАКИМ, иначе де Сото[57], открывший на Юго-Западе все, что стоило открывать, прошел бы мимо него, не заметив. За девяносто лет до пилигримов, высадившихся в Плимуте, испанцы, тоже белые люди, побывали в этом краю. Прошло больше ста лет со смерти де Сото, прежде чем белые люди снова вступили на эту территорию, которая была принята в союз на правах штата только в 1836 году. Тогда на весь штат насчитывалось не более 60 000 жителей, сейчас его население составляет 2 000 000 человек**. Арканзас сражался на стороне Конфедерации[58] – еще одно очко в его пользу. В Литтл-Роке до сих пор можно видеть здание Старого Капитолия, один из изящных образчиков американской архитектуры. Чтобы вполне оценить это здание, достаточно взглянуть на уродину, воздвигнутую в Де-Мойне. Уилл Роджерс[59], этот великий американец, чьи достоинства начинают теперь соперничать с Марком Тве-

* Поживем – увидим *(фр.)*.

** Двухмиллионного уровня население Арканзаса достигло к концу 70-х гг.

ном и Эйбом Линкольном, был достаточно высокого мнения об Арканзасе, чтобы найти себе жену из этого штата, уроженку городка, носящего его имя. Существует множество фактов и исторических личностей, заставляющих с почтением отнестись к Арканзасу. Остановлюсь лишь на следующих: на том, что самые большие дыни в мире, некоторые из которых весят по 160 фунтов, выращиваются в Хоупе, Арканзас; что единственные в Соединенных Штатах алмазные копи находятся вблизи Мёрфрисборо в юго-западном углу штата; что самый большой в мире персиковый сад (17 000 акров с полутора миллионами деревьев) расположен там же; что округ Миссисипи производит хлопка больше, чем любой округ во всей стране; что 99% жителей этого штата чистопородные потомки американских пионеров, многие из которых перебрались сюда с Аппалачских гор; что в простом бревенчатом домике, когда-то школе, а теперь музее в двух милях к югу от горы Гэйлор учительствовал в свое время Альберт Пайк. Скольжу по этим интереснейшим фактам и задерживаюсь на именах лишь двух людей, уже умерших, о которых многие американцы никогда не слышали. Один из них — бригадный генерал Альберт Пайк, бывший одно время Великим Командором «Древнего воспринятого шотландского обряда вольных каменщиков Южной провинции США», другой — «Серебряный» Уильям Хоуп Харвей, строитель так и не построенной Пирамиды вблизи Монти-Ни, штат Арканзас.

Впервые я услышал о нем в доме судьи Макханея в Литтл-Роке. «Серебряным» Харвея прозвали по ассоциации с Уильямом Дженнингсом Брайаном[60] той поры, когда тот ратовал за «свободную чеканку серебра». Харвей, по мнению многих, был одним из тех эксцентричных, независимых, свободомыслящих людей, которые отваживаются на собственные мнения, тип, почти начисто вымерший в нынешней Америке. Он, кажется, сколотил кое-какое состояние, торгуя написанной им самим книгой (бумажная обложка, 224 страницы с иллюстрациями, по цене четверть доллара за экземпляр), которую он без всяких-яких так и назвал «Книга». Книга трактовала проблему воздействия ростовщичества «на государственный организм с момента рождения цивилизации до настоящего времени и проблему разрушительной силы финансовой системы, базирующейся на Ростовщичестве (Ростовщичество —

всегда с большой буквы!), в Соединенных Штатах и во всем мире». В начале тридцатых годов Харвей, потеряв всякую веру и в демократов, и в республиканцев, стал готовить съезд для создания Новой партии. В газете, названной им «Трубный зов» (подписка всё те же 25 центов в год), есть любопытное сообщение импровизированного Национального комитета, который, правда, оказался, насколько я могу судить, мертворожденным плодом. Так вот, там Харвей предлагал, чтобы место для проведения Национального Конвента[61] его новой партии было выбрано только к *западу* от Миссисипи. Довольно знаменательное свидетельство все ширящегося раскола между Востоком и Западом этих самых Соединенных Штатов. Насчет делегатских мандатов на Конвент у Харвея имелась не менее оригинальная идея. «Заявление о приеме любой общины, любой организации, а также людей, находящихся на государственной службе, должно быть сопряжено со сдачей ими определенного экзамена», — объясняет он в своем «Трубном зове». «Хотя не будет времени для проведения обычных для желающих стать делегатами Конвента проверок, всё же практика, заменяющая подобные экзамены, должна заключаться в подаче письменного и подписанного заявителем подтверждения, что он осведомлен и имеет ясное представление о тех вещах, которые могли бы стать предметом личного экзамена». Тут Харвей и выдает свои блестящий замысел: упомянутые делегаты вместо экзамена обязаны прочитать его книгу «Книга» и тем самым оказаться пригодными. «Это, по нашему убеждению, единственная книга, — формулирует он, содержащая подлинные исторические данные (о Ростовщичестве и взлетах и падениях цивилизаций); если заявитель прочел «Книгу», это означает, что он владеет той суммой знаний, которая необходима для участия в Конвенте».

Нечего и говорить, что затея с Конвентом окончилась полным провалом. Но неудачником «Серебряного» Харвея я никак не считаю, хотя имя его уже забыто, а грандиозная идея Пирамиды погребена меж затрепанных страниц двадцатипятицентовой брошюрки под титлом «Книжка Пирамиды». Благодаря счастливому знакомству с неким любезным арканзасским джентльменом из городка Роджерс, я выкопал и приобрел один из трех или четырех уцелевших экземпляров этого удивительного документа. Я буду то и дело обращаться к тексту этой книженции, чтобы объяснить суть замысла Харвея, частично, добавлю, реализованного, хотя сама Пирамида так и не была воздвигнута.

Место, где предполагалось осуществить этот проект, я посетил ранним утром благоуханного весеннего дня. Там я и понял окончательно, что Харвея никоим образом нельзя считать ни дураком, ни городским сумасшедшим, ни пустым фантазером. Мне даже с некоторой грустью подумалось, что лет этак через сто смысл и значение этого оборвавшегося в самом начале предприятия будут восприниматься со всей подобающей серьезностью.

Так в чем же заключалась цель Пирамиды? Процитирую самого автора: «Пирамида создается для того, чтобы привлечь внимание всего населения планеты к тому факту, что рождение и гибель всякой цивилизации сопровождаются для сотен миллионов людей невыразимыми страданиями и что именно это и грозит нам теперь – наша цивилизация на грани гибели. Штормовое предупреждение, с которым Пирамида обращается к миру, достигнет, надеюсь, мыслящих людей и поднимет их на бескорыстный осознанный труд по спасению и совершенствованию этой цивилизации. Если этого не сделать как можно скорее, еще до наступления всеобщего хаоса, время безграмотными каракулями забвения и варварства начертает эпитафию на могиле нашего мира».

«Когда Пирамида будет завершена, – продолжает Харвей, – на ее вершине оборудуют радиостанцию, чтобы поддерживать постоянную связь со всем миром для привлечения людей мыслящих и с практической жилкой к созданию совершенной цивилизации».

Первоначально Харвей намеревался сам финансировать сооружение Пирамиды. Но, вложив в фонд строительства десять миллионов долларов, он понял, что его возможности почти исчерпаны. Пришлось обратиться к добровольным жертвователям. Суммы от одного до пятидесяти долларов стали приходить отовсюду, и их набралось ко времени выхода в свет брошюры чуть больше миллиона долларов. Полная же стоимость Пирамиды составляла по смете около семидесяти пяти миллионов.

Харвея впечатлял и подстегивал тот факт, что, как он излагал это, «нет больше неоткрытых стран и некуда бежать! Правда и Ложь, Добро и Зло, Бог и Сатана по всему миру сошлись в смертельном поединке. Такие же кризисы сметали с лица земли предыдущие цивилизации! Индивидуалистические инстинкты, эгоизм, выкристаллизовавшиеся в национальные законы, ведут к гибели демократий и республик и порождают монархию и деспотизм. Необузданный эгоизм, подобно раку, пожирает все жизненно важные органы страны, неся с собой коррупцию, предрассудки, тщеславие, фальсифицированную пищу, и превращает людей в анемичную вырождающуюся расу. Как должны мы встретить этот кризис? Как должны встретить его люди всего мира?»

Пирамида намечалась в 130 футов высотой* и 40 квадратных футов в основании. К северу от нее планировалось соорудить бетонную входную террасу, способную вместить до тысячи человек одновременно. Еще у основания Пирамиды проектировалось озеро с кристально чистой ледяной водой, посреди озера должен был возвышаться сооруженный из бетона островок, а на нем, как ни странно, скамьи из цемента. Некий эксперт из Портлендской Цементной ассоциации дал заключение, что после того, как поверхность пирамиды покроют водонепроницаемой пленкой, «она простоит миллион лет и даже дольше – до бесконечности».

Монти-Ни, место осуществления проекта, расположено у края долины в отрогах Озарковых гор. Харвей, установив, что в процессе эрозии Озарковы горы уже понизились с 14 000 футов до 1 400, предусмотрительно выбрал место в той точке, где высота горы составляла всего 240 футов. «Если, – писал он, – процесс эрозии будет продолжаться, размывая ложе долины и понижая горы, Пирамида высотой в 130 футов будет хорошим ориентиром, видимым со всех сторон. С геологической точки зрения установлено, что этому району не грозят ни землетрясения, ни вулканическая активность, так что безопасность Пирамиды обеспечена на вечные времена».

На пике пирамиды планировалось закрепить пластину из самого прочного на тот момент металла с выгравиро-

* Около 40 метров (фут = 0,3048 метра).

ванной надписью: «Прочти это, спустись вниз и ты узнаешь о причинах гибели предыдущей цивилизации».

Точно такие же пластины должны были украсить внешние грани Пирамиды у входа во внутренние помещения, только вместо «спустись вниз» будет написано «войди внутрь». В просторном зале в основании сооружения и в двух боковых камерах должны находиться экземпляры «книги, дающей представление о зарождении и расцвете этой цивилизации, об опасностях, грозящих ей гибелью, и подборка заключений о причинах надвигающейся катастрофы. Это будет книга в кожаном переплете, в 300 страниц или больше, напечатанная на самой лучшей бумаге, которую выберет нью-йоркский специалист по бумаге. Каждая страница будет прикрыта листом прозрачной бумаги, как это сейчас делается в дорогих изданиях, чтобы предохранить типографскую краску от выцветания; текст сквозь эту бумагу будет легко читаться».

Далее в брошюре рассказывается о герметических контейнерах, куда поместят экземпляры книги, о том, как использовать выручку от продажи книги на улучшение участка земли и содержание смотрителя. Кроме того, в Пирамиде должны быть замурованы и другие книги – о промышленности, науках, изобретениях, открытиях и так далее. Ну, и, конечно, Библия и различные энциклопедии и исторические труды. А также картинки, показывающие людей и животных, населявших Землю на разных стадиях развития нашей цивилизации. В особом помещении будут собраны «все предметы нашего быта, начиная от иголок и бельевых защепок до фонографа».

Разумная предусмотрительность была проявлена в том, чтобы снабдить хранилище и словарями, и учебниками английского языка, *ключами,* «которые помогут перевести наши тексты на тот язык, на котором будут говорить ко времени, когда Пирамида будет открыта». Особенно мне понравилось то, что следовало за этим пассажем.

«Можно с достаточной уверенностью предположить, что новая цивилизация, возникшая из пепла нашей, будет, подобно ей, развиваться медленно, совершая открытия и постепенно изобретая то, что соответствует потребностям людей. Они узнают и откроют не больше того, что знали мы о доисторических цивилизациях. Так что им придется дойти до выплавки стали и изобретения динамита, прежде чем они смогут проникнуть в Пирамиду. Что предполагает уровень интеллекта, достаточный для понимания и оценки по достоинству того, что будет ими найдено в Пирамиде. И в зале, и в обеих боковых камерах есть указание на наличие двух других отделений, так что, если при проникновении в первое помещение динамит частично разрушит содержимое, можно будет с большей осторожностью входить в два последующих.

Сведения о былых цивилизациях, получаемые при археологических раскопках, мало что говорят нам о достоинствах и дурных чертах этих цивилизаций, о борьбе их народов и причинах их падений. Пирамида, возведенная здесь, будет содержать все такие сведения. После ее открытия, после прочтения всех обнаруженных там документов человечество будущего узнает о том, что тысячу лет назад существовали железные дороги, телеграф, радио, звукозапись, телефоны, линотипы, летательные аппараты и была известна система кровообращения человека – словом, обо всех открытиях последних четырехсот лет. Наша цивилизация уже пять тысяч лет идет по пути эволюции, но только пятьсот лет назад было открыто, что Земля круглая. И гигантский глобус покажет нашу планету всем, кто войдет в Пирамиду.

Эта цивилизация совершила поразительные открытия в области строения вселенной, в прикладных науках, относящихся к индустрии и здоровью человека; но крайне мало в сравнении с этим сделано в искусстве управления государством и совсем ничего в научном изучении законов цивилизации. От умелого владения такой наукой зависит сохранение и совершенствование цивилизации. И нет ничего важнее этого знания.

Это цель Пирамиды, и потому не будет допущено ни малейшего потакания себялюбию и тщеславию. В Пирамиде не будет никаких персональных гробниц и ничье имя не появится на внешних гранях Пирамиды. Только то, что будет выгравировано на металлических пластинах».

Однако, горько усмехнувшись, наверное, неистребимости людской суетности и тревожась о скудности собранных средств, Харвей счел разумным пойти на некий компромисс: «Имена и *адреса* (ничего себе!) всех жертвователей в Фонд Пирамиды будут записаны на пергаментной бумаге и помещены в стеклянный контейнер с выкачанным воздухом, установленный в центре зала на специальном пьедестале. Их имена будут также занесены в вышеупомянутую книгу, которая будет распространяться среди публики. Таковое содействие в ускорении строительства Пирамиды и замуровывании ее помещений будет оценено по достоинству».

И в заключение следует декларация казначея всего предприятия, Первого Национального банка, Роджерс, Арканзас: «Мы полагаем, что исторически и археологически это предприятие имеет всемирное значение и с радостью принимаем участие в его осуществлении. Мы лично знакомы с мистером Харвеем. Он один из крупнейших вкладчиков этого банка, пользующийся заслуженной репутацией ответственного и надежного джентльмена». И далее в том же духе.

Мне кажется, что это заявленьице также должно быть отпечатано на прекрасном пергаменте, положено под стеклянный колокол, запломбировано и погребено вместе с другими важнейшими документами. Останется только восхищаться людьми будущего тысячелетия, если они, додумавшись опять до выплавки стали и производства динамита, окажутся еще и способными, с помощью тех чудодейственных книг-ключей, разгадать значение слова «джентльмен». Очень хорошо могу вообразить, как они ломают себе головы, пытаясь понять, что представляло собой это вымершее животное. Уверен, что за всеми этими трогательными заботами сделать как можно доходчивее фотографии и прочие изображения людей, машин, костюмов, четвероногих и птичек, мистера Харвея ни разу не посетила мысль, что термин «джентльмен» будет начисто лишен смысла для людей будущего. И очень сомневаюсь, что те, кто откроет Пирамиду однажды в далеком будущем, будут иметь хоть какое-нибудь представление о том разряде людей, к которому причисляли мистера Харвея. А было бы чертовски интересно, если бы мы только смогли, почитать научное исследование какого-нибудь ученого сухаря, анализирующего содержимое этого необычного хранилища времен цивилизации, существовавшей предположительно 250 000 лет назад. И мы, внимательно следя за всеми скачками этого мудрого дятла от сучка до сучка древа познания, могли бы в самом деле скептически отнестись к знаниям людей будущего о том, что происходило в смутном, не поддающемся определению периоде, свидетелем которого мог быть, вероятно, только портлендский цемент. Действительно, портлендский цемент! Первые мои годы после школы прошли в удушливой атмосфере цементной компании. Все, что я помню из той жизни, так это термин *f.o.b.**. Означало это то, что я должен был слезать с высокого насеста, на котором сидел, заполняя опросные бланки, бежать два пролета по лестнице вниз получать грузовые тарифы до Пенсаколы, до Нагасаки, до Сингапура или Оскалузы. За все время службы в цементной компании я так и не увидел ни одного мешка с цементом. Зато я видел фотографии цементных заводов на стенах вице-президентского кабинета, когда в крайне редких случаях получал доступ в это святилище. Мне некогда было поинтересоваться, из чего приготовляют цемент. Но, судя по письмам, которые мы время от времени получали от разгневанных клиентов, не все портлендские цементы были одинаково высокого качества. Некоторые из них не выдерживали мало-мальски приличного дождя. Ну, ладно, это к делу не относится. А вот что мне хотелось бы сказать, прежде чем закончить разговор о Пирамиде: по моему непросвещенному мнению, молодые пары, отправляющиеся в свадебное путешествие, поступали бы очень правильно, если бы благополучно пройдя положенную проверку на реакцию Вассермана, не покупали билеты до Ниагарского водопада, а поехали бы в Монти-Ни. И во время пребывания в Роджерсе, а пожить в Роджерсе логично, если ты собираешься посетить Монти-Ни, пусть остановятся в отеле Харриса, одном из лучших отелей из самых недорогих во всей Америке. Я рекомендую эту гостиницу без всяких оговорок!

В случае Альберта Пайка мы имеем дело с человеком, столь же озабоченным стремлениями и благополучием человечества в целом, но совершенно другого темперамента и мировоззрения. Я ничего не слышал о нем, пока не попал в Канзас-Сити, где встретился с одним художником, хорошо

* free on board — франко-борт, оплата расходов по погрузке фрахтователем.

знакомым мне еще по Парижу. Помимо прочего этот мой приятель был масоном. Обычно я узнавал от него о масонстве и других интересных вещах во время наших вечерних прогулок от кафе «Дом» к улице Фрудево. На этой улице, как раз напротив Монпарнасского кладбища, он жил, и я нередко получал там стол и кров в голодные и бездомные времена. Мне он казался в те дни странноватым малым. Разобраться во многом из того, о чем он тогда рассказывал, я не мог. Я предпочитал посмеиваться над ним втихомолку, о чем после очень сожалел; во искупление этого греха я и сделал крюк чуть ли не в тысячу миль для того, чтобы поприветствовать его в Канзас-Сити. Разумеется, я не обмолвился ни словом о своем раскаянии, предоставив моим поступкам говорить за меня. В награду я получил от него при прощании совершенно неожиданный подарок. Он одолжил мне на время книгу, которую мне страшно хотелось прочитать и с которой, думал я, он не расстанется ни на минуту. Тем более, как я понял, он всегда смотрел на меня как на довольно безответственную личность. «Феникс», так называлась эта книга, представлял собой иллюстрированный обзор теории и практики оккультизма, автора звали Мэнли Холл, издание 1931–1932 годов. Как бы то ни было, задолго до того, как я оказался в Литтл-Роке, где, кстати говоря, был с самым сердечным гостеприимством встречен другим крупным масоном, я проглотил книгу Мэнли Холла. Но, проскакав единым духом по ее очень неудобного формата страницам, — она больше напоминала какой-нибудь атлас, чем оккультный обзор, — я совершенно упустил из виду, что Альберт Пайк был родом из Литтл-Рока. Я едва не сбился с верного пути, сразу кинувшись в Консисторию[62], и лишь через несколько часов услышал от судьи Макхонея целую лекцию о небычайных достоинствах выдающегося гражданина вселенной Альберта Пайка. Еще повезло, что я не стал дожидаться сведений о таком человеке из уст гида, который водил меня по Консистории. Вместилище разума этого зануды — подозреваю, тоже масона, но уж верно самой низкой степени, — было загромождено кучей статистической рухляди. Китайскому епископу, которого он, обалдев от счастья, вел почетным эскортом по мрачным достопримечательностям, может быть, было интересно, но меня все это ничуть не трогало, даже подавляло. Особенно картинка какого-то шведского художника, по поводу которой именно потому, что это был швед, гид заметил, что вот, мол, более изысканная живопись, чем другие олеографии, украшающие стены. Мы пришли в зал заседаний, и наш проводник, осторожно хлопоча возле электрического щита, стал создавать некую, как ему казалось, поэтическую мистериальную атмосферу, включая и выключая самое разнообразное по цвету и яркости освещение. Эта печальная экскурсия сопровождалась сухими цифрами относительно количества братьев, которые могут одновременно присутствовать на общей трапезе, времени, отведенного правилами для подготовки к продвижению от третьей степени к тридцать второй, и так далее. Самое лучшее, что там было, – гардеробная комната с реквизитом, хранившимся в отдельных стенных шкафчиках. Поразительное разнообразие одежд и среди них уникальное одеяние «бедного человека». В самых великолепных костюмах было нечто азиатское, в других даже что-то от Тибета, если они только не были приготовлены для местной пожарной команды. Я узнал там кое-что и об Йоркском обряде для евреев «и прочих» (а кто они, «прочие»?), и о Шотландском, к которому принадлежал Альберт Пайк. Увиденные в этом хранилище маски немедленно пробудили во мне интерес. Но, как только я начал расспрашивать нашего гида, до него сразу же дошло, что я не масон, и он поспешно убрал маски с глаз долой, явно почувствовав себя виноватым в излишней откровенности. Какого черта, подумал я, Альберт Пайк с его талантом нашел в этой белиберде, во всех этих фокусах-покусах. Вслух формулировать мое удивление было бессмысленно – среди этой дешевой театральщины наш гид чувствовал себя, как дома. Он еще приберег для нас изящную шуточку – предложил заглянуть в «комнату клуба миллионеров». Так он назвал биллиардную, где очумевшие неофиты могли на несколько кратких часов отвлечься от бесконечной утомительной зубрежки.

Вернувшись в свою берлогу, я вытащил книгу Мэнли Холла и перечитал его искрометное, вдохновенное эссе о великом американском масоне. Мои глаза сразу же нашли этот замечательный отрывок:

«Франкмасонство Альберта Пайка слишком значительно и глубоко, чтобы в суть его могли проникнуть люди с подрезанными крыльями, которым не хватает вдохновения, чтобы взмыть ввысь в сферы разума. Альберт Пайк был истинно посвященный. Он чувствовал достоинство и величие неустанного труда во имя разума, науки и всечеловеческой справедливости. Ему было ведомо то высокое призвание, которому посвятили себя мастера-строители. Провидческими очами пронзая завесу над будущим, он вместе с Платоном и Бэконом мечтал о царстве правды на земле, о возвращении золотого века».

Холл утверждает, что Пайк без устали стремился донести до мира понимание того, что масонство – это не *одна из* религий, а *единственная* религия. «Для различных вероисповеданий, – пишет Холл, – характерно по большей части стремление заявить ошибочность других догматов. Масонство отвечает естественным побуждениям человека поклоняться Богу, Творцу мироздания, и добру в мире. Поэтому оно не противоречит никаким религиозным догматам, оно выше всех вероучений. Масоны предостерегают людей против напрасных пререканий и споров из-за каждой буквы вероучения и зовут их соединиться во всеобщем поклонении перед Великим Архитектором Вселенной. Масонство увлекает человека от бесплодных умствований к практическому применению той великой морали и этических истин, которыми достигается нравственное самоусовершенствование».

О Пайке говорили, что он был гигантом и физически, и духовно, велик и телом, и разумом, и сердцем, и душой. Вся чаша суетных земных почестей была им испита до дна. За тридцать два года своего служения Великим Командором он принял множество важных персон, приезжавших к нему со всего света за советом и помощью. «Кто знает, – высказался один из его почитателей, – может быть, Альберт Пайк – реинкарнация Платона, который обходил наши края стороной девятнадцать столетий?» Его называли и Альбертом Великим, и Гомером Америки, Великим Мастером-строителем, Истинным Хозяином Покрывал, Оракулом масонства и Зороастром современной Азии. Зная греческий и латынь, он впоследствии научился множеству языков и наречий, включая санскрит, древнееврейский, арамейский, халдейский, персидский и языки американских индейцев. Санскриту он выучился в семидесятилетнем возрасте. «Его неопубликованные манускрипты, хранящиеся в библиотеке Верховной великой ложи, – пишет Мэнли Холл, – представляют собой самое значительное из известных собраний по изучению символики масонского Братства».

Я выберу несколько цитат из самого Пайка – лучшее свидетельство его характера и воззрений. Взяты они из его исследования «Масонская символика».

«Установители Степеней* восприняли от самых древних времен священнейшие и наиболее значимые символы, коими пользовались еще до возведения Соломонова храма. Символы эти наполнены для них содержанием, скрытым от профанов. В символах этих выражены самые сокровенные и таинственные учения, касающиеся Бога, Вселенной и человека. И те, кто установил Степени и воспринял эти символы, пользовались ими для выражения того же сакрального и святого учения, толкуя их совсем по-другому, чем теперь толкуют в наших ложах. По крайней мере к такому убеждению я пришел после многих лет изучения и размышлений. У меня также нет сомнений, и я готов объяснить эту свою убежденность, что главнейшие символы франкмасонства, именно те, что относятся к подлинно древним, согласуются с фундаментальными принципами великой и широко распространенной религиозной философии и иероглифически выражают некоторые глубочайшие идеи относительно бытия Божия, знамений и деяний Божиих, всеобщей гармонии, Творящего Глагола и Божественной Премудрости, единства божественного и человеческого, духовного и материального в человеке и в природе, те самые идеи, что воскресали во всех религиях и были предметом изложения великих философских школ во все времена. Древние символы франкмасонства ведут к познанию истин, лежащих в основе всех великих религий; это и есть франкмасонство *истинное.* И только тот истинный франкмасон, кто правильно истолковывает для себя эту систему знаков».

Как подчеркивает Мэнли Холл, «Пайк здесь опирается на неизменный постулат метафизики и оккультизма: под внешней символикой и догмами религии таится эзотеричес-

* Имеется в виду масонская иерархия.

кий ключ к таинствам природы, к тайным глубинам и скрытым способностям человеческого сознания».

Я читал дальше и, наконец, наткнулся на завет (и ответ на мой непроизнесенный вопрос в Консистории), оставленный Пайком членам Братства. Это послание должно быть обращено и к художникам, особенно к художнику слова, который, хотя и редко осознает это, гораздо ближе к посвященным, чем иные представители Бога на земле.

«Религии подвергаются порче, истлевают в формах пустого лицедейства, в заученных обессмысленных словах. Символы остаются, они, как раковины, вынесенные из морских глубин и лежащие недвижимыми и мертвыми на прибрежном песке; и, подобно раковинам, они безгласны и безжизненны. Уподобится ли навсегда им масонство? Или же эти древние символы, унаследованные от первозданных верований и самых первых посвященных, будут вырваны из рабства плоских банальностей и ложных истолкований, им будет возвращено их былое положение и они наполнятся смыслом, снова станут святыми оракулами философской и религиозной истины, вещателями Божественной Премудрости, тем, чем были они для наших внимающих и зрящих прародителей? И тогда станет ясно все превосходство масонского Братства над прочими современными союзами, эфемерными, подделывающимися под чужие формы и искажающими чужие символы».

Кажется почти невероятным, что в такой глухомани, как Озарковы горы, в веке, отданном грубому материализму, появилась фигура, подобная Альберту Пайку. Научившийся всему самостоятельно, обязанный всем лишь самому себе, он сочетал в одной колоссальной блестящей личности замечательные качества поэта, квалифицированного юриста, военачальника, эрудированного ученого, знатока каббалы, герметической философии и старейшины масонского Братства. Его фотографии поражают сходством с Уитменом, еще одним великим патриархом XIX столетия. По обоим видно, что плотским радостям они явно не чужды. Пайк, рассказывают, был большим гурманом. «Шести футов и двух дюймов* ростом, он обладал пропорциями Геракла и грацией Аполлона. Лицо его

* 185 см.

и массивная львиная голова вызывали в памяти образ Зевса, изваянный каким-нибудь греческим скульптором». Так пишет о нем один из современников. А другой описывает его так: «Его широкий открытый лоб, спокойное и уверенное выражение лица и могучее телосложение сразу же вызвали во мне представление о давно прошедших временах. Обычная одежда рядового американца казалась неподходящей для такой величественной фигуры. Куда более его внешности пристало бы одеяние древнего грека – он должен был быть одет, как Платон, когда он вел беседы о божественной философии со своими слушателями среди рощ Академии в Афинах, под лучезарным небом Греции».

Удивительно, что край, бывший в представлении других американцев краем примитивных невежественных тугодумов, породил воистину царственную фигуру человека, который мог и мудро, и остроумно рассуждать об учениях Пифагора, Платона, Гермеса Трисмегиста, Парацельса, Конфуция, Зороастра, Элифа Леви, Николя Фламеля, Раймона Люлля и прочих[63].

Удивительно, что в обстановке, по внешнему виду враждебной всякому изучению таинственного и постижению его, этот человек в своей книге «Мораль и догмы» сумел изложить в нескольких строках то, на что знаменитым ученым не хватило толстых томов. «Преисполняешься восхищением, проникая в святая святых каббалы и постигая доктрину столь логичную, столь простую и в то же время столь абсолютную. Необходимое слияние понятий и знаков; освящение наиболее фундаментальных реальностей простыми буквами; триада слов, букв и чисел; философия простая, как азбука, бездонная и бесконечная, как Слово; теоремы более полные и понятные, чем теоремы Пифагора; теология, для суммирования принципов которой хватит пальцев одной руки; бесконечность, умещающаяся в детской ладошке; десять цифр, двадцать две буквы*, треугольник, квадрат, круг – вот и все элементы каббалы. И здесь основные законы писаного Слова, отблески сказанного Слова, того самого, что создало небо и землю!»

* По числу букв еврейского алфавита.

Письмо Лафайету

Я И ДУМАТЬ НЕ ДУМАЛ, ЧТО КОГДА-НИБУДЬ ПРИОБРЕТУ автомобиль, если бы не Дадли и Фло[64]. Дадли — один из тех гениев, о которых я уже пообещал рассказать в этой книге. О Дадли и Лейфе, потому что не будь Лейфа, Дадли мог скончаться еще в колыбели и «Письмо Лафайету» никогда не было бы написано.

Дадли говорит, что все это началось с гребного тренажера: «Снится мне империя» и т.д., и т.п. Для меня же началось это в самом сердце Юга[65], незадолго до прибытия туда Сальвадора Дали с его кабинетом Калигари. Нет, это началось даже чуть раньше, с «Поколения» — хлопоты вокруг этого мертворожденного плода очень нас сдружили. Это произошло, как... Ладно, будем конкретнее... Часа в четыре утра в доме одного моего приятеля раздался телефонный звонок. Звонили из Кеноши (а может быть, из Де Мойна). Молодой человек по фамилии Дадли (не путать с ударником Джо Дадли) и другой юноша Лафайет Янг, оба из хороших семей, вроде бы здоровые духом и телом, несколько взволнованные или же слегка под мухой, спрашивали, не уехал ли из города Генри Миллер и могут ли они с ним встретиться. Через месяц с небольшим они прибыли в еле ковыляющем форде, побывавшем во многих переделках, с черным чемоданчиком, фонографом и другими необходимыми причиндалами. Чтоб долго не рассказывать, мы подружились тут же. Они имели при себе совместно зачатый плод — рукопись под названием «Поколение». Думаю, что это происходило где-то поздней зимой или ранней весной. Еще у них в запасе имелась пока что не написанная книга «Письмо Лафайету». Лафайет был некто иной, как малыш Лейф, Лафайет Янг из Де Мойна. Через несколько недель «Поколение» благополучно скончалось, но «Письмо Лафайету» сумело выжить. В самом деле, оно начало развилисто ветвиться, словно печеночный мох. Летом мы снова сошлись вместе под одной крышей в большой южной усадьбе. Мы — это Дадли, его жена Фло и я. Лейф отсутствовал, но обещал вот-вот появиться. Он и появился однажды, в третьем часу ночи, когда мы его никак не ждали. Нам пришлось стремительно спасаться бегством. Но это совсем другая история, и я могу ее описать только, так сказать, посмертно, чтобы меня не притянули за диффамацию и клевету.

Следующая наша встреча произошла в Кеноше, в доме Дадли и Фло. Лейф в то время сосал лапу у себя в Де Мойне. К великой моей радости Дадли уже приступил к «Письму Лафайету». Огрызком карандаша в пухлом гроссбухе писал он эту вещь своим микроскопическим почерком. Мечта превращалась в неопровержимую увесистую реальность. Я как раз тот самый гребной тренажер и увидел на чердаке, где повсюду валялось содержимое таинственного черного чемодана Дадли. «У меня теперь другой транспорт, – объяснил хозяин. – Брошенный автомобиль, я его раскопал на автомобильном кладбище, *в своей империи.* Я ведь все еще шарю повсюду. Ищу не колеса, не двигатель, не сцепление, не фары. Ищу совсем другое. Перехожу реки, болота, джунгли, пустыни – в поисках следов майя. Мы все пытаемся найти что-нибудь. Кто своего отца, кто свое имя, кто свой адрес».

Я чуть не подпрыгнул, услышав эту сентенцию. Всего несколько месяцев назад он выглядел совсем запутавшимся, растерянным, пробовал освободиться от человека за фортепьяно; этот навязчивый параноидальный образ он воплощал в сотнях рисунков и говорил о нем так вдохновенно, что эта одержимость чуть было не перешла и на меня.

«Это как тяжелая болезнь, – говорил Дадли о наконец-то начатом «Письме». – Мне надо теперь отбросить прочь свою жизнь, да и литературу тоже. Книга открывается кошмаром, эвакуацией, *безудержным расточительством образов*».

И опять ошарашившая меня фраза. Вообразите, что молодой человек из Кеноши, еще ни одной строчки в жизни не написавший, объявляет, что начнет с «*безудержного расточительства образов*»!

Лейф, как я уже сказал, находился все еще в Де Мойне, засел в сортире, превращенном им в рабочий кабинет. Лейф был мастером писать письма, как говорится, руку на этом набил. Вот он и писал: «Все это уйдет в песок. Я отрекаюсь, отказываюсь, отваливаю». Или вот еще: «Я обрел веру – я верю *в смерть*». Слова его рассыпались по страницам, как листья, разметанные бурей. В них всегда присутствовали зеленый ветер, зеленые ветви, журчанье ручья, удары там-тама, клацанье счетной машинки, храп сумасшедшего. «Все это надо выбросить», — пишет он и продолжает говорить о Ставрогине, или Де Саде, или о Вийоне, или о Рембо, или о маленьких соломенных гномах, живущих подо льдом, которые промелькнули перед ним, когда он путешествовал по Аду с Данте и Вергилием. «Что такое письмо? — спрашивает Лейф. — Несколько сотен слов, стопы бумаги, кормушка от правительства да блевотина тут, там или в любом месте на людях. Не нужны вы мне. Я подаю в отставку. Я отваливаю». И так далее, и тому подобное. Он точно человек, подбрасывающий вам в штаны горячие угли. И ему ничего не остается, кроме как жить жизнью великого князя в дурдоме, в городе, населенном призраками, потакающими каждой его причуде, каждому капризу, что взбредет ему в голову, когда он реализует в своих действиях поведение персонажей обожаемых им книг, которые он пожирает, словно червь-паразит. Но совсем скоро Лейф упакует свой багаж и отправится в Мексику писать книгу о Нормане Дугласе[66] или Генри Миллере. Издаст он эту книгу в двух экземплярах — один для героя книги, другой для своей семьи. Просто чтобы показать, что он не совсем никчемное создание.

«Дорогой Лафайет» — вот так начинается книга Дадли. Начинается следующим утром в мастерской. *Что еще за мастерская?* Да не спрашивайте меня! Фло свалилась с температурой. Она бредит, превратилась в пророчицу. Аннигилируется по всем статьям. А тут монологи в большом стиле. «Вот я и начинаю, — говорит Дадли, — на самой низшей точке своей жизни. Я двигаюсь и вспять, и вперед — полифонично. Да, бесконечная импровизация. Я всю жизнь буду писать и никогда не закончу. Это книга длящейся жизни. *Процесс* – вот что это такое». (Представляете, как это захватывающе интересно слушателям «Информацию — пожалуйста»!)

За всем этим пианист, с которым он познакомился както вечером в одном из кабаков Чикаго. Я видел наброски Дадли с него, и мне было мучительно на них смотреть. Он еще делал гравюры на ту же тему — всегда «одинокое эго». Он одевал его на гравюрах в маленькие одежки, гравировал маленький стул, маленький туалетный столик, крохотную любовницу — все для маленького человечка, его эго. Пианист стал для

Дадли символом последнего артиста на этом свете. «Он еще с колыбели придушен, – говорит Дадли. – Наркотиками накачан, загипнотизирован, одержимым стал. *Все этапы эволюции также прошел.* (Это «также» – еще одна характерная особенность Дадли.) И он продолжает возиться с одиноким эго, возвышать пасынка судьбы, в котором есть что-то обезьянье и что-то негритянское, пианиста, играющего в подводном мраке среди рудиментов эволюционного механизма. Временами он скелет – или аристократ, излучающий флуоресцентный свет. Иногда он нервная система. Или он снова становится Богом, богом умозрительного мира Дадли. А в финале, когда не остается ничего, только песок, и зеленый ветер стихает повсюду, он превращается в осьминога, перебирающего щупальцами жемчужные раковины. Главное, как излагает это Дадли, что этот тип делает мечту процессом. Совершенный артист, последний артист на земле, он превращает грезу в реальность... Как сказал бы Лейф: «Бог ты мой, вот оно что!» Тем временем, пока развертывается форма, пока загадочные слова оракула незаметно переходят в предсказания, пока чахнут и исчезают образы, кто-то, кажется, спит себе наверху, погруженный в сон, глубокий, как у каталептической фигуры на переднем плане знаменитой картины Марка Шагала. Мужчина (может быть, и женщина) по дороге в Верону* ночует в Гэри на обочине шоссе, в кармане – сэндвич, к губам поднесен револьвер. Человек пишет письмо тому, кого он может никогда больше не увидеть, человек без адреса, человек, отца которого не спасла даже вызванная пожарная команда с аппаратом для искусственного дыхания. Дело в том, что человека этого только что выпустили из психиатрички. И потому сейчас ему позарез необходимо разобраться, определить и переоценить всё: жизнь, искусство, человеческие отношения, повадки птиц и собак, роды и виды растительного мира, водоплавающих животных, морские приливы и отливы, океанские течения, деформацию Земли, метеорные потоки и так далее. Должны в перспективе получить свою долю и болотная трава, и руд-

* Два городка в США одноименны итальянской Вероне, один в штате Пенсильвания, второй в штате Нью-Джерси. Гэри – большой индустриальный город на озере Мичиган.

ничный газ, и ржавчина, и перегной. «Я же не писатель, – не перестает он повторять. – Я просто рассказываю. Потерянная душа. Общаюсь только с одним человеком, которого знаю. А вообще-то рассказываю вслепую, без адреса». Рассказ движется то вспять, то вперед, мечется от прошлого к будущему, от мастерской, где лежит пророчествующая Кассандра, к яме в глухом лесу, которую он вырыл для себя, чтобы исчезнуть после кражи всех книг из публичной библиотеки в Чикамауга. Присутствует также и сшитый портным костюм, а этот пункт имеет совершенно непредсказуемые последствия: он приводит во времена Дэниэла Буна[67], уникальные и целеустремленные времена. Есть там также и ностальгические сценки на траве из жизни парикмахеров, когда крошка Фло орудует усердно большими ножницами и Самсон лишается своих локонов. Это упорно продолжается двадцать четыре часа в сутки, неизменно со дня на день уменьшаясь в размерах и доходя до мыльной пены под деревом сикомора.

Есть пассажи ясные и четкие, как витражи. Вот, например, Нелли, Нелли из Аркадельфии готовится в некоем городе поиграть в бридж с богатыми вдовами. Или Американский легион[68] проходит парадом мимо здания какого-то банка, и Лейф и Дадли в первый раз по-настоящему знакомятся друг с другом. Или приезд Лейфа в Кеношу. Как он выходит из обтекаемого вагона скоростного поезда: голубой хлопчатобумажный костюм, огромные башмаки, роговые очки, длинные волосы и эспаньолка. Опускает трость и прохаживается, поглядывая по сторонам. «*Ну, что ты об этом думаешь?*» (не важно, к чему относится вопрос). И Лейф отвечает: «Это прекрасно. Это *необъяснимо прекрасно!*» Или другой случай, когда Лоуренс Вайл принес голубя с кровотечением из гузки. И Лейф, преисполненный сострадания, благоговейно принял птицу, осмотрел ее и потом совершенно необъяснимо свернул ей шею и произнес необъяснимое слово: *Геморрой!*

Насколько я понимаю, это «Письмо Лафайету» будет и потопом, и ковчегом вместе. Погодные условия вполне подходящие. Кто-то должен выдернуть затычку, и небесные шлюзы разверзнутся. Думаю, что это сделает Дадли. А если не он, то какой-нибудь другой гениальный человек. Кто? Молодые американцы впадают в отчаянье. Они понимают, что шансов у них уже нет. И не только потому, что война с каждым днем все ближе. Война не война, а добром все равно это не кончится.

Человек, родившийся в Кеноше, Ошкоше, Уайтуотере или Тускалузе, имеет те же привилегии, что и рожденный в Москве, Париже, Вене или Будапеште. Но белый американец (не будем говорить об индейцах, неграх или мексиканцах) не имеет ни малейшего шанса. Даже если у него есть какой-то талант, он все равно обречен. Талант этот задавят так или иначе. По американскому способу, так его соблазнят взяткой и превратят в продажную тварь. Или же вообще не будут замечать, а, заморив голодом, приведут к повиновению и сделают из него тупого поденщика. И это не стихия уносит нас от берегов, просто таков американский взгляд на вещи. Здесь ничего не приносит плодов, кроме утилитарных проектов. Вы можете проехать тысячу миль, и ничто вам не напомнит о существовании на свете искусства. Вы узнаете все о пиве, сгущенном молоке, резиновых изделиях, консервированной пище, надувных матрасах и так далее. Но вы не увидите и не услышите чего-то, имеющего отношение к шедеврам искусства. Мне покажется просто-напросто чудом, если молодой американец даже слышал такие имена, как Пикассо, Селин, Жионо и им подобные. Он должен из шкуры своей вылезти, чтобы познакомиться с их произведениями, но что ему делать, когда он встретится с работами мастеров Европы? Как сможет он понять, что, собственно, предстало перед ним и какое отношение это к нему имеет? Если он человек впечатлительный, чувствующий, к тому моменту, когда он соприкоснется со зрелыми работами европейцев, он уже будет наполовину помешанным. Большинство одаренных молодых людей, попадавшихся мне в этой стране, производили впечатление слегка тронутых. А что ж вы хотите? Они прожили среди существ с интеллектом гориллы, жили с фанатиками жратвы и выпивки, продавцами успехов, изобретателями технических финтифлюшек, гончими из рекламных свор. Боже мой, если бы я был молодым человеком в теперешние времена, если бы я только вступал в мир, который мы сотворили, я бы вообще отключил свои мозги или, подобно Сократу, отправлялся бы на рыночную площадь и там на глазах у всех изливал бы свое семя на землю[69]. И, уж конечно, никогда и в мыслях у меня не было бы написать книгу, или создать картину, или сочинить музыкальную пьесу. Кто, кроме горстки отчаянных душ, может распознать произведение искусства? Что вам делать с самим собой, если ваша жизнь посвящена красоте? Согласитесь ли вы с перспективой провести остаток жизни в смирительной рубашке?

«Отправляйтесь на Запад, юноша!» – так говорили когда-то. Сегодня нам приходится говорить: «Застрелитесь, юноша, здесь вам не на что надеяться!» Я знал кое-кого, кто сумел выстоять и добраться до вершины (я подразумеваю Голливуд), правильнее сказать, под купол дешевого цирка. Только на днях я разговорился с одним парнем, он однажды так изголодался, что пришиб молотком теленка, приволок домой, чтобы съесть втихаря. Мы прогуливались с ним вдоль пляжа в Санта-Монике. Эту историю он рассказал мне как раз тогда, когда мы проходили мимо особняка одной экс-звезды. Она в заботах о своем любимом пекинезе снабдила собачью конуру настилом из паркета, чтобы песик не испачкал лапки и не подхватил чесотку. А наискосок стоял дом богатой вдовушки, которую так разнесло, что она не может ходить вниз и вверх по лестнице и потому лифт проносит ее прямо от кровати к столу и обратно. Тем временем один юный литератор сообщает мне в письме, что нашел работу, его издатель нанял его на роль прислуги на все. Он пишет мне, как работает по четырнадцать часов в сутки, печатая на машинке, продавая книги, отправляя на почту пакеты, выгребая золу, шоферствуя и т.д. и т.п. А издатель, который богат как Крез, провозглашает его гением. И говорит, что молодым людям все эти занятия во благо, ибо любой труд чтим Господом.

Что мне нравится в Дадли и некоторых других, так это то, что они достаточно умны, чтобы не желать для себя никакой чтимой Господом работы. Они лучше будут просить милостыню, брать в долг или воровать. Полгода повседневной штатной работы – и они получили хороший урок. Дадли мог бы быть арт-директором, если б захотел. Лейф мог бы возглавить страховую компанию, если б захотел. Они не захотели. Была не была – вот их девиз. Нагляделись они на отцов своих и дедов, на все блистательные успехи в мире американской трепотни. Они предпочитают быть бездельниками, раз уж полагается кем-то быть. Молодцы! Мои поздравления. Они знают, чего хотят.

«Дорогой Лафайет, я сижу здесь с трупом моей юности...» Не помню теперь уже, так ли это начиналось, но начало очень неплохое. Так и надо начинать – с гуано, с черного ящичка, наполненного останками прошлого. Начинайте прямо с безхозного пустыря на окраине Гэри. Начинайте со смрада химикалиев, рухнувших надежд, заплесеневелых обещаний. Начинайте с нефтяных вышек, выступающих из моря. С оборонной программы и с флота слепленных из цемента суденышек[70]. С облигаций Займа Свободы и гибели филиппинцев. Начните где-нибудь в пустыне беспросветной нищеты, угнетения, уныния и тоски. Запускайте динамо-машину. Посадите своего пианиста на его табуретку и дайте ему косячок. Верните 58 946 искалеченных и убитых в этом году на городской асфальт и соберите для них страховые деньги. Позвоните Западному Союзу и спойте им «Хэппи бёртдэй ту ю»*. Купите шесть паккардов и один старый студебеккер. Включайте стартер. Наберите 9675 и настройтесь на Бинга Кросби или Дороти Ламур[71]. И пусть вам почистят ваше канотье и отгладят ваши белые штаны. Если вы правоверный еврей и едите только кошерное, проследите, чтобы у вас была еврейская похоронная контора – право, она ничуть не дороже всех прочих. И, конечно, купите жвачку, чтобы освежить ваше дыхание. Делайте все, что хотите, будьте кем угодно, говорите все, что взбредет в голову, потому что все сдвинулись и никто не заметит ничего странного. У нас теперь 9567 журналов лежат на прилавках вдоль и поперек всей страны. Одним голосом больше, пусть визгливым голосом и истеричным, не имеет значения, никто и не заметит. Ходовой товар продолжает расходиться. Рождество в этом году нам устроят пораньше по причине войны. А на следующий год у вас есть шанс заиметь платиновую искусственную ногу, если только правительство не реквизирует платину для самолетных крыльев. Пойте, пляшите и веселитесь, ведь времени-то мало. Мы ринемся в атаку в 1943-м или даже раньше, если эти «чертовы коммунисты» позволят. Покупайте британские ценные бумаги, этим

* Песенка, исполняемая на дне рождения: «Happy Birthday to You».

вы поможете спасти жизнь еще одному индусу. Будете обучаться штыковому бою, помните, что метить надо в мягкие части, а не в кости и хрящи. Если вы летите на пикирующем бомбардировщике, проверьте, в порядке ли ваш парашют. Если вам стало скучно, забегите в киношку по соседству и посмотрите, как бомбят Чунцин – это довольно красиво, несмотря на грохот и дым. Но вам, конечно, надо будет принять меры, чтобы бомбы ваши падали правильно: на япошек, а не на китаёз, на гуннов, а не на томми, ну и так далее. И когда до вас донесутся вопли боли и ужаса, не обращайте внимания: *это всего лишь вопят ваши враги, помните это.* Нынешний год будет хорошим годом для бизнеса в Америке. Это утешает. Заработки подскочут до потолка. Будет написано 349 новых романов и намалевано 6000 новых картин, одна другой лучше. А еще в этом году откроют несколько новых сумасшедших домов. Так что, Дадли, садитесь в свой гребной тренажер и работайте веслами во всю мочь. Это рекордный во всех отношениях год.

Последнее известие, полученное мной от Дадли, касалось велосипедного путешествия, которое он собирался совершить, чтобы окончательно не спятить от «Письма Лафайету». Фло с ним не ехала, она готовилась к открытию лечебницы для невротиков. Я уже говорил вначале, что, если б не Дадли, я ни за что не купил бы автомобиль. Передвигаясь с места на место, я буквально привязался к форду Дадли модели 1926 года. Особенно после рекордного рейса, когда он вез нас встречать великого Сальвадора Дали со всеми его пожитками; мы их доставили в полном порядке, за исключением клетки для птиц и музыкальной чернильницы. По вечерам, когда нам ничего не оставалось делать, кроме как прогуливаться взад и вперед по шоссе, я разговаривал с Дадли обо всем. То есть мы обсуждали и вселенские проблемы, и механизмы действия зубчатых передач. Тогда-то мне и стало ясно, что Дадли художник с головы до ног. Тем более в сравнении с великим Сальвадором Дали. Дали работал, как одержимый. Когда он заканчивал работу, он был измочален так, что из него уже нельзя было выжать ни капельки. Дадли казался совсем неспособным работать – *в то время.* Он созревал, наливался соком. Когда он начинал разговаривать, его пот прошибал. Некоторые наши знакомые считали его просто неврастеником. А Дали его и не замечал почти. Дали вообще ничего не замечал. Он сам сказал как-то, что ему все равно, где он находится в данный момент; он с таким же успехом мог работать и на Северном полюсе. А Дадли впечатлителен. Все вокруг его удивляет и вызывает любопытство. Иногда, чтобы совсем не закиснуть, мы отправлялись в Фредериксберг отведать тамошней итальянской кухни. Ничего особенного. Мы просто ели и болтали. Болтали обо всем. У нас было приподнятое настроение. Мы ничего не решали. Назавтра к полудню температура, как обычно, повышалась до 110 градусов в тени*. Мы, бывало, сидели и прохлаждались кока-колой в одних подштанниках, пока Дали наверху работал. Поглядывали на травку, на стрекоз, на великаны-деревья, на работающих негров да слушали жужжанье всяких летучих тварей. На завтрак, ланч и обед у нас был Каунт Бейси[72]. К вечеру мы переходили на джин с тоником и виски с содовой. Опять разговор. Опять вялость и безделье. И снова о Вселенной. Мы разбирали ее до винтика, копошились, как в швейцарских часах. А Дали между тем уже покрывал краской по меньшей мере три квадратных дюйма холста. Сидел как приклеенный на своей скамеечке. А когда присоединялся к нам за столом, считал своим долгом забавлять нас. Дадли с трудом заставлял себя улыбаться ужимкам и кривлянью Дали. Такого рода психом ему быть не хотелось. Куда лучше мы проводили время в гостях у Шепа и Софи в их хижине. У них было восемь или девять детишек, и они всегда хотели есть и пить. Иногда мы приносили с собой патефон, и дети пели и танцевали вволю. Там мы имели дело не с параноидальными образами, а просто с Шепом и его семьей. На обратном пути Дадли говорил без умолку. И всегда гарниром к его разговору подавались «безудержно расточительные образы». Слушая его, мы просто пьянели. А когда он уставал, он спускался вниз, в подвал, где была его мастерская, и там снова принимался за своего пианиста, изображая его в десятках разных ракурсов. Так рудокоп спускается в рудник. Дадли копал все глубже и глубже в поисках драгоценного металла. И все ценное, что находил, прятал, вероятно, в карманах своего широченного пиджака, сшитого лет десять назад. Все ценное он держал в карманах своего пиджака. А когда ему решительно нечем было заняться, он при-

* По шкале Фаренгейта; по Цельсию — примерно 30 градусов.

нимался очинять свои карандаши, их у него было великое множество. Или выходил к машине, поднимал капот, чтобы просто убедиться, что все жизненно важные части в порядке. А то, взяв кирку и лопатку, шел на шоссе и ремонтировал какой-нибудь кусочек пути. Дали должен был принимать его за придурка. Но придурком он не был. Он созревал, он пребывал в предродовом состоянии. Когда нам становилось совсем скучно, мы садились друг напротив друга и разыгрывали сценки, изображая, как Лейф приходит в какой-нибудь городишко и спрашивает почтовые марки. Дадли досконально знал душу Лейфа, все ее трещины и щели. Он мог даже уменьшиться в росте на шесть-семь дюймов и окончательно перевоплотиться в Лейфа, просящего дать ему самое точное, самое последнее расписание поездов. Ну, а когда и это надоедало, Дадли мог изобразить отсутствие боковых зубов и чавкал, как Дали, поедающий картофельное пюре по-испански. Или он мог вытянуться на земле во весь свой рост и закидать себя листьями – так он поступил когда-то в Санкт-Петербурге, Флорида, когда решил покончить с собой. Он мог делать все, только что не летал, но не потому, что Бог не дал ему крыльев – у него просто не было желания летать. Он хотел зарываться в землю, все глубже и глубже. Он хотел превратиться в крота, прорыть однажды туннель сквозь всякие магнезированные и хлоридные известняки. Все это, конечно, чтобы добраться до своего отца, бывшего когда-то звездой футбола. И вот так, потихоньку-полегоньку пришло время начинать... И он начал: «Дорогой Лафайет...» Я понимал, что это письмо окажется лучшим из всех писем, которые один человек писал когда-нибудь другому, превзойдет даже письмо Нижинского Дягилеву[73]. Как он сам говорил, он будет продолжать письмо вечно, потому что такие письма не напишешь ни за неделю, ни за месяц, ни за год; оно бесконечно, безмерно мучительно и безгранично поучительно. Лафайет может и не дожить до последних строк. Никто не доживет. Письмо будет продолжаться, оно будет писаться само, безостановочно, как автоматический пистолет. Оно уничтожит все, что попадется ему на глаза. Сделает чистыми, как стеклышко, мрачные, наполненные призраками пространства, и тем, кто придет вслед за нами, будет, где разгуляться, будет вволю корму, полно ясного неба и свободной фантазии. Раз и навсегда избавит оно всех от фирмы «Убийства,

Смерть, Болезни и компания». Освободит всех рабов. Удачи тебе, Дадли, и тебе, крошка Лейф! Давайте-ка сядем теперь вместе и напишем новое «Письмо Лафайету». Аминь!

С Эдгаром Варезом в пустыне Гоби

Мир пробуждается. Человечество на марше. Ничто не может его остановить. Осознавшее себя, не подавляемое никем, не вызывающее жалости. Марш, марш! Пошли! Они идут! Миллионы ног с бесконечным громким топотом, наступая,продвигаясь вперед, прибавляя шаг. Ритмы меняются. Быстро, медленно, стаккато,волоча ноги, наступая, с трудом продвигаясь вперед, прибавляя шаг. Иди! Финальное crescendo создает впечатление, что уверенное, безжалостное движение никогда не кончится... Оно спроецировано в пространстве...

Голоса в небе, будто их заставляет невидимая магическая рука, нажимающая кнопки волшебного радио, заполняют все пространство, переплетаются, звучат в унисон, проникают друг в друга, раскалываются, разбегаются, отталкиваются один от другого, накладываются друг на друга, сшибаются и заглушают друг друга. Отдельные фразы, лозунги, обрывки речей, прокламации: Китай, Россия, Испания, фашистские государства и противостоящие им демократии все взрывают свои парализующие средства...

ЧЬЕ ЭТО ВОЗЗВАНИЕ? АНАРХИСТА, ОДЕРЖИМОГО амоком? Туземца с Сандвичевых островов, вышедшего на тропу войны?

Нет, друзья мои, эти слова принадлежат композитору Эдгару Варезу[74]. Он излагает замысел своего будущего опуса. У него и еще есть, что сказать...

«Вот чего следует избежать: пропагандных интонаций, равно как и всяческих журналистских спекуляций по поводу современных событий и доктрин. Надо дать эпический сгусток нашей эпохи, очистив ее от манерничанья и снобизма. Для этого я предлагаю разбросать кое-где обрывки фраз, стилизованных в духе Американской, Французской, Русской, Китайской, Испанской, Германской революций: взрывы метеоритов и слова, повторяющиеся, как мерные грохочущие удары тяжелого молота. Мне хотелось бы найти торжественную, даже пророческую интонацию – заклинание, и тем не менее обнаженное произведение, готовое к бою, так сказать. И также какие-то фразы из фольклора, для придания человеческого, земного характера. Хочу, чтобы это «человеческое» включало в себя все, от самого примитивного до самых последних научных открытий».

Предвижу реакцию на то, что он создаст. Скажут: «Да он псих». Или: «Он что, с зайчиком в голове?» Или: «Откуда он взялся, этот Варез?»

Миллионы невежественных американцев способны вполне правдоподобно кивнуть понимающе головой при упоминании таких имен, как Пикассо, Стравинский, Джойс, Фрейд, Эйнштейн, Блаватская, Дали, Успенский, Кришнамурти, Нижинский, Бленхайм*, Маннергейм, Мессершмитт и так далее. И, уж конечно, каждый знает, кто такая Шерли Темпл[75], а многим даже знакомо имя Райму. А вот Рамакришна – наверное, не найдется и одного из сотен тысяч, кто бы когда-нибудь слышал это имя, и уж не услышит до конца дней своих, если только эта книжка не станет бестселлером, в чем я очень сомневаюсь.

К чему я это клоню? Да к тому, что есть что-то несуразное в подаче жизненно важной информации в этом лучшем из демократических миров. Такой человек, как Андре Бретон[76], признанный отец сюрреализма, ходит по Манхэт-

* Бленхайм – марка английских бомбардировщиков времен второй мировой войны.

тену и никто его не узнает, никому он практически не известен. Миллионы американцев, благодаря случаю «Бонуита Теллера»[77], знакомы теперь со словом «сюрреализм». Сюрреализм, если вам захочется спросить первого встречного, означает у нас Сальвадор Дали. Вот это и есть золотой век информации. Если вы хотите понять, что такое смерть, найдите на радио программу «Приглашаем на урок». А если хотите, чтобы вам наплели с три короба о том, что происходит в мире, покупайте газеты или послушайте президента Рузвельта во время его «бесед у камелька»[78]. А уж если вам сразу не усвоить этот избыток информации и дезинформации, почему бы вам не купить «Дайджест» – некоторые так и поступают.

Для получения информации об Эдгаре Варезе, да еще поданной удивительно поэтически, рекомендую вам статью Пола Розенфелда в последнем номере «Твайс э Йеа»[79], альманаха, выпускаемого дважды в год Дороти Норман в Нью-Йорке, Мэдисон-авеню, 509. По этому адресу вы найдете стоящего на страже крепости Альфреда Стиглица. С таким часовым тревожиться нет причины.

Розенфелд написал о музыке Вареза так полно и так понятно, что какие бы слова я ни захотел сказать, они покажутся лишними. Интересным в Варезе кажется мне то, что он как будто лишен способности слушать. В таком же состоянии пребывал бы сегодня, после пятидесяти лет работы и Джон Марин, если бы не преданность и любовь его друга Альфреда Стиглица. Что касается ситуации с Варезом, то здесь все более непонятно, поскольку музыка его есть безусловно музыка будущего. И будущее это уже с нами с тех пор, как музыка Вареза стала известна немногим избранным. Разумеется, это не та музыка, которая сразу же привлечет внимание толпы.

Иные люди, и Варез относится к их числу, подобны динамиту. Думаю, что уж этого одного достаточно, чтобы объяснить, почему к ним подходят с такими предосторожностями и опасениями. Пока еще мы не знакомы с музыкальной цензурой, хотя я помню какое-то сочинение Хунекера[80], где он удивлялся, почему у нас нет цензуры для некоторых музыкальных пьес. Я совершенно серьезно считаю, что если бы

Варезу была предоставлена полная свобода действий, его не только подвергли бы цензуре, но и побили камнями. Почему? Да по очень простой причине – он пишет *не такую* музыку. Эстетически мы, наверное, самый консервативный народ в мире. Нам надо напиться до чертиков, чтобы почувствовать себя свободными. Вот тогда-то весело и от души мы проламываем друг другу черепа. Мы так хорошо – или так по-дурацки – воспитаны, что в обычном состоянии неспособны радоваться ничему новому, ничему непохожему, пока нам все об этом не расскажут. Мы не доверяем своим пяти чуствам, мы полагаемся лишь на наших критиков и воспитателей, а они всего лишь неудачники в искусстве.

Короче говоря, слепой ведет слепого. Это и есть демократический путь. А будущее, которое всегда рядом, заканчивается неудачей, разочарованием, задвигается за угол, оказывается пришибленным, искалеченным, а иногда и вообще уничтожается, создавая привычный мираж эйнштейновского мира, мира, который ни рыба, ни мясо, мира конечных кривых, ведущих к могиле, или в богадельню, или в психушку, или в концлагерь, или в теплые, уютные стойла демократическо-республиканской партии. И тут поднимаются маньяки, стремящиеся восстановить закон и порядок при помощи топора. Когда миллионы жизней будут загублены, когда, наконец, мы их схватим и оттяпаем головы, нам будет немного легче дышаться в наших обитых войлоком клетках. При таких условиях очень освежающе, поверьте мне, действует Моцарт в исполнении великого гипнотизера Тосканини[81]. Если вы можете позволить себе нанять за десять, или двадцать пять, или пятьдесят долларов какую-нибудь терпеливую душу, чтобы выслушивала ваши сетования на судьбу, вы сможете снова приспособиться к этому безумному миру и обойтись без унизительной потребности приобщиться к «Христианской науке». Вы можете привести в порядок, тетешкать свое эго, а то и вообще избавиться от него, как избавляются от бородавки или бурсита. И тогда вы сможете наслаждаться Моцартом еще полнее, чем прежде – так же, как трелями Тетраццинни[82] или колыбельными Бинга Кросби. Музыка – отличный наркотик, если только не принимать его слишком всерьез.

МИР ПРОБУЖДАЕТСЯ!

Просто повторять эту фразу про себя по пять раз на дню вполне достаточно, чтобы вы превратились в анархиста. Но как вы разбудите этот мир, если вы музыкант? Сонатой для ржавых консервных открывалок? Никогда не задумывались над этим? Или, может быть, вам лучше оставаться спящим?

СОЗНАТЕЛЬНОЕ ЧЕЛОВЕЧЕСТВО!

Пробовали ли вы когда-нибудь представить себе, что это может означать? Только отвечайте честно. Хоть на одну минуту в вашей жизни вы задумывались, что может значить для человечества стать сознательным полностью, *не уступающим эксплуатации и не вызывающим жалость?* Ничто не может помешать прогрессу осознавшего себя человечества. Ничто.

Как стать сознательным? Это не очень-то безопасно, знаете ли. Это вовсе не означает, что у вас появятся два автомобиля и свой собственный дом с музыкальным органом. Это означает, что вы будете страдать еще больше – вот что надо уяснить себе прежде всего. Вы же не хотите умереть, не хотите быть безразличным, бесчувственным; вы не хотите тревожиться и впадать в панику, не хотите испуганно оглядываться, не хотите швырять тухлые яйца в то, чего вы не понимаете. Вы хотите понимать все, даже неприятные вещи. И вы захотите вобрать в себя все больше и больше – даже то, что кажется враждебным, злым, угрожающим. Да, вы будете становиться все больше и больше, расти до Бога. Вам не придется откликаться на газетные объявления для того, чтобы узнать, как надо общаться с Богом. Бог будет с вами все время. И если я кое-что в этом смыслю, вы станете больше слушать и меньше говорить.

КОНЦЫ ПУТЕЙ – ЭТО ИХ НАЧАЛА

Как долго вам оставаться в компании мистера Джордана*, зависит от вас. Одни эволюцинируют стремительно, другие плетутся черепашьим шагом. «Существует только дви-

* Эвфемизм времен детства Миллера – ночной горшок.

жение» – как говорит Варез. Это вселенский закон. Если вы не приноровите свой ритм к ритму универсума, вы замрете, попятитесь к исходной точке, превратитесь в овощ, в амебу или в воплощенного сатану.

Никто не просит вас выбрасывать за окно Моцарта. Сохраняйте его. Дорожите им. Сохраняйте и Моисея, и Будду, и Лао-Цзы, и Христа. Берегите их в своем сердце. Но дайте место и для других, приближающихся, тех, кто уже скребется у ваших дверей.

Нет ничего убийственнее статус-кво, как бы это ни называлось: демократией ли, фашизмом, коммунизмом, буддизмом или нигилизмом. Если вы как-то представляете себе будущее, знайте, что таким оно в один прекрасный день и предстанет перед вами. Мечты сбываются. Они-то и есть подлинное содержание реальности. Реальность не пестуют и не поддерживают законами, официальными декларациями, указами*, бомбардами и армадами. Реальность – то, что все время прорастает из смерти и разложения. Вы ничего не можете с этим поделать, ни прибавить, ни убавить; вы только можете все более и более познавать ее. Те, кто познает ее частично, – творцы; те же, кому ведомо все, суть боги, живущие среди нас в молчании и неизвестности. Назначение художника, а это один из типов творца, пробуждать нас. Художник подстегивает наше воображение. «Вображение – вот решающее слово», – говорит Варез. Они делают доступными для нас куски реальности, отпирают двери, которые мы привыкли держать закрытыми. С ними беспокойно, с одними больше, чем с другими. Я вспоминаю русских, выходящих в одиночку навстречу наступающим танкам. Такими маленькими и беззащитными кажутся эти солдаты, но, когда они попадают в цель, они причиняют не поддающиеся оценке разрушения. Таковы и некоторые художники и среди них Варез. У нас есть веская причина бояться их, у тех из нас, кто спит. Они несут с собой огонь, который не только светит, но и сжигает. Одинокие фигуры, вооруженные только идеями, зачастую даже одной идеей, они разносят вдребезги целую эпоху, в которой мы были запеленуты, словно мумии. У некоторых из них хватает сил, чтобы

* В оригинале употреблено русское слово – *ukases*.

воскрешать мертвых. Другие, застигнув нас врасплох, околдовывают нас, и требуются столетия, чтобы мы могли стряхнуть их чары. Третьи обрушивают на нас проклятья за нашу тупость и косность, и тогда кажется, что и сам Бог не в силах снять эти проклятья.

За каждым творческим актом, поддерживая его, как колонна, стоит вера. Вдохновение – ничто, оно приходит и уходит. Но с тем, кто *верит*, случаются чудеса. Вере нечего делать с процентами прибыли; уж если на то пошло, она должна иметь дело с провидцами. Люди, которые знают и верят, могут провидеть будущее. Они не хотят предложить нечто, что выше нашего понимания, – они хотят подложить нечто *под* нас. Нашим мечтам они дают надежную опору. Миру не дают остановиться не потому, что это прибыльное предприятие (Бог, кстати говоря, ни цента не вложил в дело). Мир продолжает существовать потому, что в каждом поколении находится несколько человек, верящих в него безоговорочно, абсолютно; они подтверждают это своими жизнями. И они стремятся еще глубже постичь этот мир, и из этих усилий рождается музыка; из диссонирующих элементов жизни они ткут узоры, полные гармонии и смысла. Не будь этой постоянной борьбы нескольких творческих личностей за расширение чувства реальности в людях, мир наш попросту говоря, протянул бы ноги. Совершенно ясно, жизнь в нас поддерживают не законодатели и генералы, а люди веры, люди предвидения. Они, как живительные бактерии, подпитывают бесконечный процесс становления. Так освободим же место для этих жизнетворцов!

«Этот революционный век, в котором мы живем, – говорит наш современник*, – отмечен не только переходом между двумя непродолжительными культурными циклами, между так называемой эпохой Рыб и эпохой Водолея. Он представляет собой гораздо более значительное явление, он – начало, канун, первый шаг к эре, которая объемлет собою сотни тысяч лет...»

И вот что говорит тот же автор о «музыкальном пространстве»:

* Из книги «Искусство как высвобождение энергии» Дэна Рудьяра[83] *(примеч. автора)*.

«Западная классическая музыка обращала все свое внимание на структуру музыки, на то, что называют музыкальной формой. Полностью пренебрегали изучением законов звуковой энергии, проникновением в языковые средства реального звукового бытия. Развивались по большей части роскошные абстрактные системы, не воплощавшие в музыке звуковых явлений реального мира. Потому-то музыканты востока часто говорят, что наша музыка есть музыка пробелов, дырявая музыка. Наши ноты, по их словам, пограничные знаки интервалов, между ними пустота пропасти. Мелодии прыгают от края одной пропасти к краю другой, не текут, не скользят. Они едва касаются живительной почвы. Это музыка мумий, заспиртованных натуралий, искусно набитых чучел – они могут казаться живыми, но на самом деле они безжизненны и недвижимы. *Внутреннее ее пространство – пустота.* Звуковые реалии мертвы, потому что не наполнены звуковой энергией, звуковой кровью. Только кожа да кости. Мы называем их «чистыми» звуками. Да, они настолько чисты, так безгрешны, что от них никогда не будет никакого беспокойства – истинный религиозный идеал: певцы Сикстинской капеллы, мужчины, лишенные репродуктивной способности. Вот он, символ европейской музыки, чистой музыки...»

«Но теперь, с появлением так называемой атональности, со все расширяющимся претворением в жизнь того, о чем сказал Варез – «Музыка должна *звучать*», того, что является нечем иным, как подлинным выражением переживания живого человеческого существа, – мы медленно и нерешительно приходим, вопреки европейским реакционерам от музыки, именующим себя неоклассиками, к новому восприятию музыки, основанному на ощущении звуковой полноты, к тому, что русские назвали «пансоноризмом», а мы несколькими годами раньше «звукоплеромой»; ее и пытается осуществить Генри Коуэлл при помощи придуманных им «звуковых кластеров»[84].

С особенной выразительностью в этом исследовании музыкального пространства говорится о звуке. «Каждый дошедший до нашего уха звук представляет собой сложную сущность, состоящую из разных элементов, расположенных в том или ином порядке и связанных между собою известными типовыми отношениями. Другими словами, звук — это молекула музыки и как молекула может быть расщеплен на атомы и электроны, которые в конечном счете можно представить себе как волны всепроникающих излучений *звуковой энергии*, пронизывающих все мироздание. Они подобны недавно открытым космическим лучам; профессор Милликен[85] дал им достаточно занимательное определение: *родовые крики* простых элементов — гелия, кислорода, кремния, железа».

Но музыка ли это? Такой вопрос неизбежно возникает, когда речь заходит о Варезе. Он уходит от этого вопроса таким манером — цитата взята из его недавней статьи «Организованный звук для звукового фильма».

«Поскольку содержание термина «музыка», как мне кажется, постепенно сужается, я предпочитаю обходиться выражением «организованный звук» и уклоняюсь таким образом от надоевшего вопроса: «Но музыка ли это?» «Организованный звук» мне представляется более подходящим термином, схватывающим двойственность музыки как искусства-науки, со всеми последними лабораторными открытиями, позволяющими нам надеяться на безусловное высвобождение музыки, равно как и на безоговорочное признание моей собственной работы как отвечающей требованиям прогресса».

Но музыка ли это? Называйте это как хотите, у людей вообще ум за разум заходит, когда они не могут назвать вещь и отнести ее к какой-нибудь категории. Испуг, чуть ли не паника при встрече с новым. Разве мы не слышали тот же самый вопль в других искусствах? Но *литература* ли это? Но *скульптура* ли это? Но *живопись* ли это? И да, и нет. Понятное дело, это не водопровод, не железнодорожная инженерия, не хоккей, не игра в «блошки». Когда вы каталогизируете все вещи, исключая новое произведение искусства или новую форму искусства, вы в конечном счете приближаете блаженный конец того, что в зависимости от случая может быть или музыкой, или живописью, или скульптурой, или литературой. Когда судья Вулси принимал свое памятное решение по делу джойсовского «Улисса»[86], на горизонте маячила каталажка. Об этом мы помним, но склонны забывать, что защищавший книгу достопочтенный старый чудак напирал на тот факт, что она обращена к очень незначительному меньшинству общества, что в целом книга очень трудна для понимания и вследствие этого вред от ее непристойных пассажей ограничится ничтожно малым числом наших добропорядочных граждан. Этот робкий осмотрительный подход к устранению препятствий, когда противостоят работе со спорными достоинствами, он не служит, сказал бы я, просвещению умов. Вместо того, чтобы задаваться вопросом: «Как много вреда принесет обсуждаемая книга?», почему бы не спросить: «А сколько добра?», «А сколько радости?» В табу, хотя и не узаконенном, могущественная сила. Что же так пугает людей? *То, чего они не понимают.* В этом отношении цивилизованный человек ничуть не отличается от дикаря. Новое всегда несет с собой ощущение оскорбления чувств, святотатства. То, что отжило, священно; то, что ново, то, что *не такое,* всегда несет зло, опасность, грозит гибелью.

Я очень ясно помню свою первую встречу с музыкой Вареза. Я услышал ее в великолепной записи и был потрясен. Словно получил нокаутирующий удар. Придя в себя, я снова поставил пластинку. На этот раз я смог разобраться в эмоциях, которые пережил в первые минуты; настолько ошеломила меня новизна, эта длящаяся, непрерывная новизна, что определить, как назвать то, что я чувствую, было невозможно. Чувства шли крещендо, сгустившись до плотности кулака, врезающегося в твою челюсть. Позже, в разговоре о своей новой работе Варез спросил, не согласился ли бы я дать ему несколько фраз для хора. «Магических фраз, заклинаний», – сказал он, и все, что я слышал прежде, вернулось ко мне с удвоенной силой и смыслом. «Мне надо как-то передать ощущение пустыни Гоби», – сказал еще Варез.

Пустыня Гоби! У меня голова пошла кругом. Более точного образа, чем этот, невозможно было придумать, чтобы описать первичный эффект его организованного в музыку звука. Любопытная вещь: после прослушивания музыки Вареза вы как-то притихаете. И это не растроганность, не переполненность чувствами, как обычно представляют себе, а благоговейный страх. Это оглушает, да, если для вас музыка – успокаивающее средство и ничего более. Это какофония, да, если вы полагаете, что мелодия – это всё. Это пытка для нервов, да, если вам непереносима сама мысль о диссонансах, не имеющих конечного разрешения. Ну и бегите от этой беспокоящей, тревожной, может быть, неприятной музыки. И что вы получите в результате? Несет ли наша музыка покой, гармонию, воодушевляет ли она? Можем ли мы похвастать перед новой музыкой чем-нибудь еще, кроме буги-вуги? Что предлагают нам из года в год наши дирижеры? Только свежие трупы. А над этими прекрасно набальзамированными сонатами, токкатами, симфониями и операми публика отрывает джаттербаг. Днем и ночью радио поит нас сивухой самых тошнотворных сентиментальных песнюшек. Из церквей к нам доносятся погребальные плачи по Христу, музыка, которая не более священна, чем сгнивший турнепс.

Варезу хочется вызвать настоящую космическую пертурбацию. Если б он смог управлять радиоволнами и одним поворотом рычажка взорвать кое-что на карте мира, думаю, он бы умер от счастья. Когда в разговоре о своей новой работе и о том, чего он хочет достичь, он упоминает нашу Землю и ее вялых, наркотически зависимых обитателей, вы можете видеть, как он пытается ухватить Землю за хвост и раскрутить над своей головой. Он хотел бы заставить ее вертеться, как волчок, как колесо в аттракционе, чтобы сбросить с нее раз и навсегда убийства, мошенничества и прочие паскудства. Кажется, он спрашивает: вы что, глухи, немы, слепы? Конечно, сегодня есть музыка, но у нее нет *звука.* Конечно, смертоубийство продолжается, но на него не обращают внимания. Конечно, газетные заголовки кричат о трагедиях, но где же слезы? Или это мир резиновых изделий стучит резиновой колотушкой? Это игра в крокет или космологическое очковтирательство? *Смерть – это одно, а отсутствие жизни совсем другое.*

Если мы не можем услышать крики убиваемых людей, способны ли мы вообще слышать? Каждый день хожу я мимо одного учреждения под названием «Сонотон» на Пятой авеню. Вывеска приглашает прохожих зайти и проверить свой слух. В конце концов, мы станем знатоками нашего слуха. Но это не значит, что наш слух улучшится, это просто означает, что к длинному списку наших хворостей прибавится еще один пунктик. Как бы то ни было, мы узнаем, что миллионы американцев глухи или на пути к полной глухоте. В том, что по статистике мы достаточно искалечены, хорошо отравлены, нормально изуродованы, нет никакого чуда. Что ж, теперь будем глохнуть. А скоро и дар речи потеряем.

Когда с неба валятся бомбы, даже тот могучий китайский гонг, который держит в руках Варез, не производит впечатления на присутствующих. Правда, имеется еще электрическая аппаратура, ее напряжение можно повысить и звук достигнет дьявольской интенсивности. Но даже тогда он не сможет соревноваться с воем пикирующего бомбардировщика. Кто смотрел и слушал документальный фильм «Кьюкэн», будет, уверен, до конца дней своих помнить рев японских самолетов, роящихся в небе над Чунцином. И грохот разрывов, а потом фонтаны огня тоже не забыть. А затем тишина — не похожая ни на что, что мы могли слышать раньше. Город лежит оглушенный и парализованный. И каким жутким безмолвием веет от него! Представьте себе, что Нью-Йорку, Сан-Франциско, Лос-Анджелесу уготована та же судьба. Вот уж тогда никакой музыки не услышать вашим ушам, это наверняка. Но звучать *это* будет. Даже безмолвие будет наполнено звуками. Межзвездная камерная музыка будет заполнять пустоту наших бесчувственных душ.

Назавтра все, это уж точно, изменится для нас. Нью-Йорк будет напоминать Петру, проклятый город древней Аравии. Наши кукурузные поля будут выглядеть, как пустыни. Жителям наших больших городов придется уйти в леса и добывать себе корм, передвигаясь на четырех лапах, как звери. Это вовсе не невозможно. Это даже весьма вероятно. Ни у одной части нашей планеты нет иммунитета против духа саморазрушения. Гигантский организм под названием «общество» распадется на молекулы и атомы, и у них не будет ни малейшего признака того, что могло бы их объединить. То, что мы называем «обществом», может превратиться в один прерывистый диссонанс, разрешающий аккорд которому никогда не будет найден. Это очень даже возможно.

Мы знаем совсем маленькую часть истории человечества. Это длинный, утомительный, тягостный протокол катастрофических перемен, приводивших иногда к исчезновению целых континентов. Мы трактовали историю так, будто бы человек был невинной жертвой, беспомощным свидетелем беспорядочных и непредсказуемых катаклизмов природы. Может быть, так и было в прошлом. Но теперь этого нет. Все, что происходит на земле сегодня, дело человека. Человек показал, что он хозяин всего, за исключением собственной натуры. Если вчера он представлялся дитем природы, то сегодня он существо ответственное. Он достиг такой ступени сознания, на которой непозволительно дальше лгать самому себе. Катастрофы теперь совершаются обдуманно, целенаправленно, их подготовляют. Мы – на распутье: можем идти вперед или повторять старое. У нас все еще есть свобода выбора. Завтра мы можем ее лишиться. И в том, что мы отказываемся от выбора, мы все виноваты, все, и те, кто начал войну, и те, кто ее не начинал. *Мы все наполнены убийством.* Мы отвратительны один другому. И нам противно видеть себя такими, какими мы выглядим в глазах других.

Какое же слово может стать магическим в этот час? Что я могу предложить Варезу для партитуры его звучащей пустыни Гоби? Мир? Мужество? Терпение? Вера? Мы вконец истрепали их, бездумно изрекая по всякому поводу. Что проку в словах, если из них выветрился дух?

Все наши слова мертвы. Очарование умерло. Бог умер. Вокруг нас громоздятся мертвые. Скоро они завалят реки, переполнят моря, хлынут потоком в долины и на равнины. Может быть, только в пустыне человек сможет дышать, не ощущая смертного удушья. Вы ставите меня в трудное положение, Варез. Все, что я могу сделать, – это дать маленькое примечание к вашей новой вещи. Вот такое...

> Пусть хор будет хором уцелевших. Пустыня Гоби пусть станет убежищем для них. По ее краям черепа сложены в устрашающие баррикады. В мире воцаряется тишина. Никто и вздохнуть не осмеливается. Не слышно ни звука. Все смолкло. Абсолютное безмолвие. И только бьется сердце. Бьется в полнейшем молчании. Пусть какой-нибудь человек поднимется и попытается что-то сказать. Он не сможет и рта раскрыть. Точно так же не получится и у другого. В это время белый жеребец спускается с неба. В мерт-

вом молчании он встает на дыбы, он скачет, взмахивает хвостом.

Молчание становится глубже. Молчание становится почти невыносимым...

Выпрыгивает дервиш и начинает вертеться волчком. Небо становится белым. Воздух делается ледяным. И вдруг — сверкает нож, и в небе возникает луч света. Голубая звезда все ближе и ближе — яркая, слепящая звезда.

Встает и кричит женщина. За ней другая, и еще, и еще. Воздух наполнен пронзительными криками. Внезапно с неба падает огромная птица. Мертвая птица. Никто не шевельнется, чтобы подойти к ней.

Чуть слышится стрекот цикад. Потом пенье жаворонка, за ним пересмешник. Кто-то хохочет, душераздирающий хохот безумца. Рыдает женщина. Другая испускает дикий вопль.

Громкий возглас мужчины: «Мы погибли!»

Женские голоса: «Мы спасены!»

Стаккато голосов: «Погибли! Спасены! Погибли! Спасены!»

Молчание

Звучит, все заглушая, гигантский гонг.

Опять, опять и опять.

Потом оглушительная тишина. Когда ее уже нельзя переносить, слышится флейта — дудочка невидимого пастушка. Сиротливая, монотонная, бредущая по кругу, почти потерявшая разум музыка все тянется и тянется. Чуть шевельнулись духовые.

И в тот момент, когда замирает звук флейты, грянул во всю мощь огромный хор медных.

Явление мага

Воздев руки к небу, он начинает чистым ровным голосом, ни высоким, ни низким, ни пронзительным, просто влекущим и успокаивающим душу голосом. И вот что он говорит:

«Нечему больше верить! Не на что больше надеяться! Некому больше молиться! Откройте шире глаза свои. Распрямитесь. Отбросьте весь страх. Грядет новый мир. Он – ваш. С этого мига все меняется. В чем заключается волшебство? В знании, что вы свободны. *Вы все свободны!* Пойте! Пляшите! Летайте! Жизнь началась!

Гонг!

Выключается свет.

Когда выходишь из концертного зала, погружаешься в привычный уличный шум. Это не звук босых ног, карабкающихся по золотой лестнице; это и не позвякиванье золотых цепей, которыми украшены высокие иерархи. Это погремушки смерти. Те, кто не рискнул кинуться вперед и застолбить поджидающие их участки, испускают дух. Это хрипят их глотки, это всхлипы утопающего, от которых мурашки по коже, это камерная музыка потерпевших крах.

Теперь мы слушаем каденцию. *Музыка?* Да, что-то вроде странного, анахронического погребального марша. Называется он «Mort a Credit»[87].

Я прохожу к свободному месту справа от меня, и это оказывается пустыня Гоби, и, думая о последнем миллионе или двух, умирающих под холодной луной, я говорю Варезу: «Теперь трубите в свой горн!»

Какой звук должен раздаваться в поверженном мире, холодном и мертвом? *Музыка ли это?* Не знаю, да мне и знать не надо. Последний снаряд разорвался. Все тихо теперь и на востоке, и на западе, и на севере, и на юге. Мы, наконец, в пустыне Гоби. Остался только хор. И простейшие элементы: гелий, кислород, азот, сера и так далее. Время развеялось. Пространство свернулось. От людей остался только безупречный ЧЕЛОВЕК. Постепенно замирает радиостанция Окленда, хотя все еще слышится «Долог путь до Типперери». Варез чихает. «Будьте здоровы!» – говорю я, и мы уходим...

Мне снится Мобил [88]

НА ДНЯХ, НЕ ИМЕЯ НИ ЦЕНТА НА ОБЕД, Я РЕШИЛ ЗАЙти в публичную библиотеку и отыскать одну главу из книги, которую обещал своему приятелю в Вашингтоне обязательно прочитать. Книга эта «Путешествия Марко Поло», а глава посвящена описанию города Кинсай, или по-современному Ханчжоу, в Китае. Приятель, попросивший меня познакомиться с этим блистательным городом, – человек образованный, он прочитал тысячи книг и до конца дней своих успеет наверняка прочитать еще тысячи. Так вот, однажды за ланчем он сказал мне: «Генри, наконец я нашел город, в котором мне хотелось бы жить. Это Ханчжоу тринадцатого века». Разговор наш состоялся год назад, и только теперь, мучимый голодом, я о нем вспомнил. Так вместо наслаждения физического я решил вкусить наслаждения духовного.

Должен признаться, Марко Поло меня разочаровал. Скучным он мне показался. Помню, что лет тридцать назад я тоже пытался его читать и пришел к такому же выводу. Но что меня заинтересовало на этот раз, так это предисловие Джона Масфелда[89] к книге. «Когда Марко Поло пошел на Восток, – пишет Масфелд, – вся Центральная Азия, столь полная великолепия и блеска, столь впечатляющая многообразием народов и властителей, была словно сон для многих людей». Несколько раз я перечитал эту фразу. Она волновала. Мне бы хотелось самому написать такую фразу. Несколькими движениями пера Масфелд создал картину, какую Марко Поло, человек, видевший все это своими глазами, не сумел написать *для меня*.

Хочу процитировать еще несколько строк из этого блистательного предисловия. Они имеют прямое отношение к моему путешествию по Соединенным Штатам – и к моему сну о Мобиле.

«Считается романтичным скитаться среди чужеземцев, есть их хлеб у бивачных костров на другой половине света. Действительно, в этом есть романтика, но ее слишком высоко оценивают те, кому сидячий образ жизни привил обманчивый вкус к действию. Марко Поло странствовал среди иноземных народов, но такая возможность открыта перед каждым, были бы только мужество и энергия. Сама по себе страсть к странствиям попросту форма потворства своим желаниям. Если это не добавляет ни грана к сумме человеческих знаний, если это не дает другим возможность воображаемого владения каким-нибудь уголком света – это пагубная склонность. Приобретение знаний, накопление фактов прекрасно и благородно лишь у немногих, познавших алхимическое искусство превращения такой глины в божественное золото. ...Великим путешественником можно счесть только очарованного странника, который видит чудо. Таких в мировой истории всего пятеро. Остальные видели птиц и зверей, реки и пустыни, землю (в локальном смысле) со всем, что ей причитается. Пятью великими были Геродот, Гаспар, Мельхиор, Балтазар* и сам Марко Поло. Чудо Марко Поло вот в чем: он создал Азию для европейской мысли...»

Вместе со своими дядьями Марко Поло отправился из Венеции, когда ему было семнадцать лет. Семнадцатью годами позже нищим оборванцем он вернулся в родной город. Почти сразу же его погнали на войну с Генуей, а там он оказался в генуэзском плену и в заточении написал книгу, обессмертившую его путешествия. Любопытно, правда? Представьте себе состояние духа этого человека, брошенного в темницу и переживающего вновь виденные им блеск и великолепие. «*Когда Марко Поло пошел на Восток...*». Как рефрен неотвязна эта фраза. «*Словно сон для многих людей...*». Подумайте о Бальбоа, Колумбе, Америго Веспуччи. О людях, сумевших осуществить свою мечту. Об одержимых, наполненных жаждой чуда, экстатических людях. Плывущих в неведомое, открывающих его, осуществляющих мечту и возвращающихся в смирительных рубашках. Или умирающих от лихорадки среди миражей. Кортес, Понсе де Леон[90], де Сото! Безумцы. Мечтатели. Фанатики. В погоне за Непостижимым. В поисках чуда. Убийство. Насилие. Разбой. Источник вечной молодости. Золото. Боги. Империи. Блеск и великолепие, да! Но вместе с тем лихорадка, голод, жажда, отравленные стрелы, миражи, смерть. Посев ненависти и страха. Распространение яда бе-

* Вслед за «отцом истории» Геродотом названы имена трех царей (трех волхвов), пришедших поклониться новорожденному Иисусу Христу.

лого человека. Распространение страхов и суеверий белого человека, его алчности, его завистливости, его коварства, его нетерпеливости.

«*Когда испанцы плыли на Запад...*». Это совсем другая история.

Золотая лихорадка. Бред Эльдорадо. Стэмпид[91]. И вот продолжение этого, его разыгрывают пришедшие испанцам на смену американцы. Утратившее блеск и величие начала. Наполненное теперь гулом динамо и фабричными гудками. Чудеса ликвидированы. Золото мы закопали назад в землю, так глубоко запрятали, что никакая бомба не доберется. И никто из нас ничего не имеет от этого золота и меньше всего те, кто его закапывал, и те, кто его стережет, готовые заплатить за его сохранность своими жизнями.

«*Когда Марко Поло пошел на Восток...*». Вы должны произносить эту фразу как заклинание, и сокровища земли откроются вам. Азия. Только одно слово – Азия, и душа трепещет. Кто может нарисовать всю картину Азии? Марко Поло подарил нам тысячи деталей, но это ведь капля в море. Неважно, чего человек добился с тех пор, неважно, какие чудеса еще увидел, – Азия наполняет его память великолепием и блеском. Пророки, ученые, мудрецы, мистики, мечтатели, безумцы, фанатики, тираны, императоры, завоеватели, и все они, более величественные, чем те, кого знала Европа, вышли из Азии. Религии, философии, храмы, дворцы, великие стены, крепости, живопись, ковры, драгоценности, наркотики, напитки, благовония, одежды, пища, кулинарное искусство, металлы, великие изобретения, великие языки, великие книги, великая космогония – все это из Азии. Даже звезды пришли из Азии. И оттуда же боги и полубоги – их тысячи и тысячи. Богочеловеки. Аватары[92] Предтечи. Азия была вдохновляющей, такой она и остается. Если в тринадцатом столетии она была словно сон для многих людей, то сегодня тем более. Азия неисчерпаема. Есть Монголия, есть Тибет, есть Китай, есть Индия. О пространствах Азии, о людях, их населяющих, о мудрости, которой они обладают, о духе, которым они живут, об их борьбе, об их целях и свершениях мы не имеем почти никакого представления. Наши авантюристы и путешественники-исследователи затерялись в ее глубинах, наших ученых она сбивает с толку, проповеди наших миссионеров, ревностность наших зилотов и биготов сводятся там к нулю, наши товары гниют там, наши машины выглядят там жалкими и ненужными, тамошние джунгли и пустыни поглощают наши армии. Бескрайняя, разная, многоязыкая, кипящая необузданной энергией, то вялая и апатичная, то вздымающаяся на дыбы, но всегда таинственная и грозная, Азия больше всего остального мира. Мы, словно пауки, пытающиеся опутать гигантский кедр. Мы плетем наши петли, но пошевелится спящий великан, и работа нескольких столетий летит к чертовой матери. Мы суетимся, из кожи вон лезем, из сил выбиваемся, копошимся где-то на дне, а азиаты плывут себе, несет их океан на своей могучей груди, и они неостановимы, неутомимы, бесконечны. Они пробиваются, как блуждающие токи, и ничего не можем мы с ними поделать. Мы жертвуем всем для разрушения, они – ради жизни.

Ну, ладно, стало быть, о *Мобиле*. Предположим теперь, что вы – это я. Вы живете в Париже и были бы рады жить там до конца дней своих. Предположим, что каждый вечер, вернувшись домой, вы стоите еще несколько минут в пальто и шляпе и толстым жирным карандашом записываете в большую книгу все, что пришло вам в голову. Естественно, если вы легли в постель со звякающими в ваших мозгах названиями разных городов, вам будут сниться фантастические сны. А иногда вы вдруг обнаружите, что грезите с широко открытыми глазами, не соображая даже, то ли вы лежите в кровати, то ли сидите за столом. А бывает, когда вы надеетесь, что вот-вот сомкнете веки и предадитесь сладким сновидениям, вы проваливаетесь в кошмары. Вот классический кошмар.

Кто-то, кого вы принимаете за себя, смотрит в зеркало и не может понять, чье лицо глядит на него оттуда. Лицо идиота. Он приходит в ужас и затем сразу же видит себя в концентрационном лагере, где его перебрасывают от одного к другому, словно играют в какой-то жуткий футбол. Он уже не знает, кто он такой, забыл свое имя, откуда он, он даже не знает, как выглядит. И понимает, что сошел с ума. И после годов страшных мучений вдруг оказывается у выхода, и его не гонят штыками назад в кутузку, а выталкивают вон. Да, каким-то чудом он снова на свободе. Описать его чувства невозможно.

Но, оглядевшись, он понимает, что не имеет ни малейшего представления, куда попал. Это может быть Квинсленд, Патагония, Сомали, Родезия, Сибирь, Стейтен Айленд, Мозамбик, а то и уголок какой-то чужой незнаемой планеты. Ему страшно, как никогда: он потерял самого себя. Приближается какой-то человек, он хочет объяснить этому человеку, каково ему сейчас, но звуки не складываются в слова, и он с ужасом видит, что и свой язык позабыл. Но тут, к счастью, он просыпается...

Если вы никогда не испытывали эту особенную форму кошмара, попробуйте как-нибудь: у вас волосы станут дыбом, а то и еще что-нибудь случится.

Сон о Мобиле – совсем другое дело, и я не понимаю, почему я соединил эту пару, но по каким-то таинственным причинам и тот, и другой встретились в моем мозгу. Всезнайки фрейдисты, наверное, объяснили бы эту странность. Они могут распутать все, но не свои личные трудности.

Думаю, что причиной моих снов о Мобиле и других местах Америки, где я никогда не бывал, стало неумеренное любопытство, которое мой старый друг Альфред Перле проявлял всякий раз, когда заходил разговор об Америке. Он вцеплялся в меня и чуть ли не со слезами на глазах умолял торжественно поклясться, что, когда я соберусь обратно в Америку, возьму его с собой. Почему-то он особенно сходил с ума по Аризоне. Вы могли весь вечер говорить о глубинках Юга, или Великих Озерах, или о бассейне Миссисипи, и он сидел с выпученными глазами, с открытым ртом, с испариной на лбу, казалось, совершенно погруженный в эти захватывающие рассказы. Но как только они заканчивались, слышался его бодрый, ясный голос: «*А теперь расскажи мне об Аризоне!*» Бывало, проговорив полночи, устав молоть языком, выпив не меньше бочки, я отвечал: «Да черт с ней, с Аризоной. Я иду спать». «Хорошо, – говорил он, – ложись спать. Но ты ведь и лежа в кровати можешь рассказывать. Я не пойду домой, пока ты не расскажешь мне об Аризоне». «Да ведь я рассказал тебе все, что знаю», – отбивался я. «Это неважно, Джой, – следовал ответ. – Я хочу послушать все с самого начала». Это напоминало стейнбековский дуэт[93] между Ленни и другим парнем. Перле не мог насытиться Америкой, подавай ему еще и еще.

Сейчас он «где-то в Шотландии», в саперно-строительных частях, но я могу поклясться на Библии, что если в этой дыре он натолкнется на американца, первое, что он скажет, будет: «Расскажите мне об Аризоне!»

Естественно, что, когда человек с таким яростным энтузиазмом относится к давно знакомой вам стране, которую, как вы думаете, вы отлично знаете, вы начинаете спрашивать себя, а так ли уж хорошо на самом деле вы ее знаете. Америка велика, и я сомневаюсь, что найдется человек, знающий ее всю насквозь. Да ведь можно жить в каком-нибудь месте и ничего о нем не знать, потому что и знать-то не хотелось. Вспоминается один мой приятель, приехавший в Париж провести медовый месяц. Ему все в Париже не нравилось, и в конце концов он явился ко мне с просьбой давать ему что-нибудь перепечатать на машинке, потому что он совершенно не знал, чем можно заняться в этом городе.

Есть некоторые места, вроде того же Мобила, которые я никогда не упоминал в присутствии Перле. Мобил я видел только в воображении, и это была моя личная, принадлежащая только мне радость. С превеликим удовольствием, должен сказать, я втайне противился назойливому любопытству моего друга. Я вел себя, как молодая жена, которая не спешит сообщить мужу, что скоро станет матерью. Я носил Мобил в своей утробе запертым на ключ, и он рос во мне день ото дня, обретал ножки и ручки, волосы, прорезывались зубы, появлялись ресницы, все, как у настоящего ребенка. Это были бы чудесные роды, окажись я способным к такому. Только представьте себе вполне оперившийся город, рождающийся на чресла мужчины! Разумеется, ничего не получилось. Плод начал умирать во мне от недостатка питания, но вероятней всего, оттого, что я полюбил другие города: Домм, Рокамадур, Сарлат, Геную.

Так как же представал в моем воображении Мобил? Сказать по правде, очень смутно, расплывчато, беспорядочно, крошась на кусочки. Чтобы прочувствовать это снова, я должен упомянуть имя адмирала Фэррагата. *Адмирал Фэррагат на всех парах устремился к заливу Мобил.* Эту фразу я, должно быть, вычитал где-то в детстве. Она засела в моей голове, и до сих пор я не знаю, так ли это было или нет, устремлялся ли адмирал Фэррагат на всех парах к заливу Мобил. Я принял это на веру и, кажется, поступил правильно. Адмиралу Фэррагату больше нечего было добавить к такой картине. Он исчез *тотчас же.* От образа осталось только слово Мобил. Мобил – обманчивое слово. Оно звучит энергично и все же наводит на мысль о *немобильности* – его зеркальном двойнике. Текучее, меняющее лицо зеркало, равно отражающее и вспышки молний, и сонные деревья, и пригревшихся на солнцепеке змей. От этого имени тянет водой, музыкой, светом и ленивой дремотой, а если говорить о цвете, то оно определенно белого цвета. Музыкально – это гитара, хотя если прислушаться, то, скорее, отдает мандолиной. Как бы то ни было, это пощипыванье струн в сопровождении звука лопающихся персиков и тоненькой светлой струйки дыма. И никаких танцев, только пляска пылинок в луче под затухающие такты восхождений и исчезновений. И всегда сухая кожа, несмотря на избыточную влажность. Шлепанье комнатных туфель по ковру, и фигуры, вырисовывающиеся на фоне полуопущенных жалюзи. Колеблющиеся, рифленые силуэты.

И ни разу в связи с Мобилом у меня не возникало мысли о работе. *Никаких работающих.* Город, окруженный раковинами, пустыми выеденными раковинами былых пиров. Повсюду ломкие останки вчерашнего карнавала. Веселье навсегда отступает, навсегда исчезает, как будто изморозь затуманивает зеркало. И среди всего этого глиссандо сам Мобил, очень аккуратный, очень правильный, южный и не южный, вялый, апатичный, но старающийся держаться прямо, неряшливый, но все же респектабельный. Моцарт на мандолине, а не Сеговия[94] в париках Баха. Не так грациозный и утонченный, как анемичный. Лихорадочная холодность. Мускус. Благоухающий прах.

В мечтах я никогда не въезжал в Мобил на автомобиле. Я видел себя устремляющимся в Мобил, подобно адмиралу Фэррагату, на всех парах, генерируя мою собственную энергию. Но я никогда и не думал, что буду проходить такие места, как Панама-Сити, Апалачикола, Порт Сент-Джо, что для меня в пределах досягаемости окажутся Вальпарайсо и Багдад или что, переправляясь через Миллерс-Ферри, я буду идти путем Понсе де Леона. Грезившие о золоте испанцы были моими предшественниками в этих краях. Как ошалевшие от запаха крови клопы, они упорно ползли через заросли и болота Флориды. Добрались они до Бон Сикурс зверски измученными, думаю, что этим и объясняется, почему они дали этой местности французское название*. Путь вдоль залива может одурманить любого. Залив – это драматическое действо света и водяных паров. Разбухшие, словно на последнем месяце беременности, тучи всегда цветут какими-то странными цветами, похожими на цветную капусту. Иногда они лопаются, словно пузыри в небе, и извергают сверкающие ртутно-хромовые потопы; иногда расхаживают по горизонту на тонких ходулях клочковатой дымки. В Пенсаколе я попал в бредовый номер бредового отеля. Мне показалось, что я снова в Перпиньяне. Я выглянул в окно и увидел воздушный бой: тучи сталкивались друг с дружкой, как потерявшие управление дирижабли, и по небу повисали спутанные длинные ленты – вываленные потроха разваливающихся кораблей. Я как будто попал на границу между двумя совершенно разными мирами, борющимися за господство. На стене номера я увидел чудовищную афишу времен, полагаю, появления швейных машинок. Я снова вытянулся на кровати и перед глазами моими поплыла вереница уморительных, кричащих уродств афишно-плакатного художества, насиловавших мое неискушенное младенческое восприятие искусства в годы детства. Неожиданно я подумал о Долли Варден – Бог знает, почему о ней, – а следом на меня обрушилась лавина имен, трогательных имен детства и театральных имен юности: Элси Фергюсон, Фрэнсис Старр, Эффи Шеннон, Джулия Сандерсон, Сирил Мод, Джулиан Элтинг, Мэри Кэйхил, Роза Коглэн, Кристал Хирн, Минни Маддерн Фиски, Арнолд Дэйли, Лесли Картер, Анна Хелд, Бланш Бэйтс, Элси Джэнис, Уилтон Лакки, Кирл Белью, Уильям Колльер, Роза Шталь, Фрицци Шефф, Маргрет Энглин, Вирджиния Харнед, Генри Миллер, Уолкер Уайтсайд, Джули Опп, Ада Рехан, Сесилия Лофтус, Джулия Марлоу, Айрин Франклин, Бен Эми, Берта Калиш, Лулу Глезер, Ольга Незерсол, Джон Дру, Дэвид Уорфелд, Джемс К.Хакетт, Уильям Фавершем, Джо Джексон, Weber & Fields, Валеска Суратт, Снуффи-кэбмен,

* Bon Secours (*фр.*) – здесь: «своевременная помощь».

Ричард Кэрл, Montgomery & Stone, Ив Танги, великий Лафайет, Максин Эллиот, Дэвид Беласко, Веста Виктория, Веста Тилли, Рой Барнс, Чик Сейлс, Назимова, Моджиевска, Дузе, Ида Рубинштейн, Элеонора Ульрик, Ричард Беннет и его красавица жена, имя ее позабыл, единственная актриса, которой я написал любовное письмо[95].

Было ли это в отеле «Талафакс»? Не могу вспомнить. Но, во всяком случае, это была Пенсакола, а в следующий миг опять не Пенсакола. Наверху, на рубеже двух миров разыгрывалась грандиозная воздушная драма, а внизу, перед моими сомкнутыми веками двигались туда и сюда театральные звезды. Одни в туго затянутых длинных платьях, другие глубоко декольтированы, некоторые в пламенеющих рыжих париках, некоторые в кружевных корсетах, другие в панталонах; некоторые в экстазе, некоторые меланхоличные, иные прокопченные, как хорошие окорока, некоторые вызывающе дерзки, другие игривы и усмешливы, но все они, выставляя себя, жестикулируя, декламируя, напирали друг на дружку, стараясь вытолкать со сцены.

Мечтая о том, как буду подплывать к заливу Мобил, я и думать не думал о таком роскошном угощении, как это. Словно пребывание в чистилище, этакий акт левитации на пороге сна. За день-два до этого мы переправились через реку Саванна. В Париже я мечтал взять здесь лодку и поплыть прямо к болотам Окефиноки, там как раз истоки этой реки. Бесплодная фантазия. Если бы у меня оставалась еще сотня лет жизни, а не пятьдесят, я мог бы на это решиться, но времени мало, а есть множество других мест, которые надо бы повидать. Остров Пасхи, удивительная страна Папуа, Яп, Джохор, Каролинские острова, Борнео, Патагония, Тибет, Китай, Индия, Персия, Аравия. И – Монголия. Духи предков зовут меня; больше откладывать я не могу[96]. «*Когда Генри Миллер уехал в Тибет...*». Я так и вижу эту фразу моего будущего – лет через сто – биографа. Да что же с ним приключилось, с Генри Миллером? Исчез он. Сказал, что отправляется в Тибет. Добрался ли он туда? Никто не знает... Вот так это и будет. Таинственное исчезновение. Исход с двумя чемоданами и полным сундуком идей. Но в один прекрасный день я вернусь в другом телесном обличье. Вернусь очень скоро, на удивленье всем. Кто-то остается вдали достаточно долго, пока не усвоит все уроки. Другие обучаются быстрее, чем прочие. Я обучаюсь стремительно. Все мои домашние задания выполнены. Я знаю, что Земля круглая, и также знаю, что это наименее важный факт из всех, что следует упоминать в рассуждениях о Земле. Я знаю, что существуют географические карты, на которых обозначена страна, зовущаяся Америкой. И это тоже не имеет особого значения. А вот *мечтаете ли вы?* Готовы ли вы бросить ваше маленькое locus perdidibus* и оказаться в гуще обитателей других земель? Бываете ли в других странах, когда вас туда поманит? Рветесь ли вы к звездам? Кажется ли вам, что аэроплан летит слишком медленно? Вы странник, играющий под сурдинку[97], или кокосовый орех, тяжко шлепающийся оземь? Мне бы хотелось составить список страстных человеческих желаний и сравнить с тем, как они осуществляются. Стать хотя бы на один день владыкой небесным лишь для того, чтобы осыпать землю всеми людскими желаниями, мечтами, стремлениями, а потом смотреть, как они укореняются, дают ростки, расцветают, и не на протяжении целых исторических эпох, *а немедленно.* Боже, спаси Америку! Вот это я тоже должен буду сказать, потому что кому же другому под силу такой фокус? А теперь, прежде чем перескочить от Мобила на дорогу на Паскагулу, я дарю вам приветствие из «гостиницы-люкс», из «Лафайета» в Новом Орлеане:

> «Вас, вошедшего в этот номер нашего гостя, мы, служащие этого отеля, приветствуем самым сердечным образом.
>
> Мы, может быть, никогда не узнаем Вас, но тем не менее мы хотим, чтобы Вы почувствовали, что это «человеческий дом», а не казенное учреждение.
>
> Это Ваш Дом, пусть лишь на одни сутки. И Вас здесь, в Вашем, пусть всего лишь на одни сутки доме, будут окружать люди, относящиеся к Вам по-человечески.
>
> Люди заботятся о Вас здесь, готовят Вам постель, отвечают на телефонные звонки, спешат

* Здесь: «пропащее место», захолустье *(лат.)*.

по Вашим поручениям. Мы держим человека за стойкой портье, он принесет Ваши чемоданы. Как и Вы, наши служащие сотворены из плоти и крови. У них есть свои интересы, свои пристрастия и неприязни, свои амбиции, свои надежды и разочарования — все, как у Вас.

Разумеется, Вы должны платить за это. Так водится везде и с каждым. Но главное во всяких деловых отношениях заключается в учете человеческого интереса с обеих сторон.

Мы намерены взять на себя заботу о Вас. Все установленные здесь правила имеют целью обеспечить Вас лучшими условиями жизни и ни в коем случае не докучать Вам и не беспокоить. В нашей гостинице, как, впрочем, и везде, мы руководствуемся золотым правилом: «Поступай так, как ты хотел бы, чтобы поступали с тобой».

Мы пытаемся ставить себя на Ваше место. Мы спрашиваем себя: «Чего бы я хотел от служащих отеля, если был бы его постояльцем?»

И мы просим Вас поставить себя на наше место. Прежде чем осудить нас, спросите себя: «А что бы я делал, будь я служащим отеля?»

Если же Вы не в состоянии руководствоваться таким стандартом, просим поставить нас об этом в известность.

Мы предполагаем, что каждый наш гость — джентльмен и каждая гостья — леди. Мы убеждены, что средний американец вежлив, законопослушен, стремится избегать неприятностей, не доставляет их другим и аккуратно расплачивается по счету, прежде чем уехать.

Желаем Вам благополучно здравствовать под нашим кровом, и да минует Вас всякая беда.

Желаем Вам найти здесь комфорт и радостную, бодрящую атмосферу, и пусть успехом завершатся Ваши дела здесь, чтобы о пребывании в этом отеле Вы вспоминали с теплым чувством».

(Каких мы заимели братьев во Христе! Я смахиваю с очей жемчужные слезы, отхаркиваюсь как следует и мирно стираю из памяти прусаков, оставленных мною в плевательнице номера 213. Не забыть только перечитать «Tertium Organum»[98] Успенского. И — направо кругом!)

Я возвращаюсь назад в Четырнадцатый арондисман* на раскладушку, лежа на которой на всех парах устремляюсь в бухту Мобила. Вытяжная труба открыта, румпель повернут до отказа. Подо мною ракообразные цинковой и оловянной эры, всепожирающие актинии, растаявшие айсберги, устричные отмели, шток-розы и розовые окорока на крючьях. «Люфтганза» организует паломничество в Геттисберг. Адмирал Фэррагат уже почти сто лет как умер. Скорее всего он в Девахане[99]. Все здесь так привычно: мандолинные рикошеты, ясеневый аромат, колеблющиеся силуэты, стеклянная гладь бухты. Ни тягот, ни волнений, ни вскипающих пузырей, ни взвывающих зверей. Пушки сверху вниз смотрят на ров, а ров ничего не говорит. Город как гроб повапленный. Вчера был День Всех Душ**, и тротуары усеяны конфетти. Те, кто на ногах, все в белой парусине. Тепловые волны вздымаются не так резко, звуковые волны можно уловить только сейсмографами. Никакой барабанной дроби, никаких тра-та-та-та, только шлеп-шлеп-шлеп. В бухте покачиваются утки, их клювы — золото, их перья — радужные переливы. На верандах подают абсент с булочками и сочной, чуть ли не лопающейся папайей. Вороны, грачи, иволги подбирают крошки. Как было во времена Саула, в дни колоссян и ночи египтян, так и сейчас. К югу от мыса Горн, на восток от Босфора. Восток, запад, по часовой стрелке, против нее, Мобил вращается, будто кольца сонной астролябии. Люди, знакомые с тенью баобабов, лениво покачиваются в своих гамаках. Бедрастые и узкобедрые бескостные бронзовые женщины экваториальных краев идут своей танцующей походкой. Что-то от Моцарта, что-то от Сеговии разлито в воздухе. От Мэна его девственная природа, от Аравии пряности. Это карусель, утихомирившая свой зверинец,

*Arrondisement *(фр.)* — единица административного деления Парижа.

**День поминовения усопших — 2 ноября.

львы улыбаются, фламинго готовы к полету. Смешайте млечный сок алоэ с бренди, добавьте гвоздики, и вы получите спиритуалистический эликсир Мобила. Час не отличается от часа, сегодняшний день такой же, как и вчерашний. И упрятано в мешок что-то испещренное сотами света, трепещущее, как вырванная струна. Оно ни за что не отвечает и ни о чем не спрашивает. Оно мило, с приятной улыбкой сбивает с толку, словно первый урок китайского или первый сеанс гипнотизера. События происходят во всех склонениях сразу, и они никак не сопрягаются. То, что не Гог, это Магог[100] – в урочный час Гавриил протрубит в свою трубу. *Музыка ли это?* А не все ли равно? Утка ощипана, воздух влажен, коза привязана в надежном месте. Ветер приходит с бухты, устрицы – из ила. Нет ничего увлекательного настолько, чтобы заглушить мандолинное треньканье. Вечером в бухте плавает полная луна. Львы любезны до одури. Всякие рыки, шипенье, фырканье усмирены.C'est la mort du carrousel, la mort douce des choux-bruxelles*.

День в парке

ГОЛЛИВУД ЖИВО НАПОМНИЛ МНЕ ПАРИЖ ОДНОЙ своей стороной – и здесь, и там на улицах не увидишь детей. По правде сказать, теперь, когда я думаю об этом, не могу припомнить, чтобы мне на глаза попадались дети, разве только в негритянских кварталах некоторых южных городов. В Чарлстоне и в Ричмонде особенно. Вспоминаю одного мальчишку, цветного мальчишку лет восьми, поразившего меня своей нахальной развязностью. Это был коротконогий, какой-то расплющенный карапуз в длинных штанах и с незажженной сигаретой в углу рта. Я зашел в аптеку утолить жажду[101], а он там и оказался; выглядел прямо-таки карманным изданием Сэма Лангфорда. Я принял, было, его за лилипута и не сразу разглядел, что передо мной просто шпаненок лет семи-восьми, не больше. Головой он не доставал даже до прилавка, несмотря на то, что на нем была

* Это смерть карусели, нежная смерть брюссельской капусты (*фр.*). Можно перевести, не теряя рифмовки.

вполне взрослая шляпа. Хотя он смотрел на нас снизу вверх, но взгляд его как бы нисходил к нам, он разглядывал нас, как разглядывают свежие овощи у торговца или еще что-нибудь в этом роде. Потом он прошел вдоль стойки к тому месту, где продавец орудовал с шейкером, и совершенно невозмутимо попросил прикурить. Человек за стойкой, казалось, рассердился и попробовал отмахнуться от него, как от назойливого слепня. Но малыш не отступил, а смотрел на продавца с насмешливым вызовом. Одна рука у него была в кармане, а другой он небрежно вертел связкой ключей, нанизанных на обрывок шпагата. Когда человек за стойкой принял более угрожающее положение, мальчишка спокойно повернулся к нему спиной и проследовал к полкам, где были свалены разные журналы. На нижней полке, той, что была как раз вровень с его головой, лежало огромное количество так называемых «комиксов». Негритенок пошел вдоль полки, читая названия: «Планета», «Герой», «Вызывающий трепет», «Стремительность», «Удар», «Джунгли», «Возбуждение», «Схватка», «Крылья», «Потрясающий», «Истина», «Волшебник», «Чудотворец» и т.д. и т.п. – неисчерпаемые вариации на одну и ту же тему. Наконец, он вытащил одну книжонку и стал не спеша перелистывать страницы. Посчитав, что именно это ему и надо, со своей добычей под мышкой он направился снова к стойке, но по пути нагнулся и поднял с пола оброненную кем-то большую гостиничную спичку. Подойдя к стойке, ловким щелчком высоко подбросил монету; звеня и подпрыгивая, она прокатилась по стойке и свалилась с нее. Проделал он это с наигранным бахвальством шоумена, готового к восторгам публики. Но человека за прилавком это, кажется, еще больше остервенило. Мальчишка между тем, окинув нас нахальными глазами, чиркнул спичкой о мрамор стойки и прикурил свою сигарету. Затем протянул руку с раскрытой ладошкой за сдачей; на продавца он и не поглядел, словно изображал занятого бизнесмена, не интересующегося такой мелочью. Почувствовав в своей ладони пенни, он слегка повернул голову и смачно плюнул на пол. Тут уж продавец не выдержал и сделал резкий выпад, но промахнулся. Мальчишка резво кинулся к дверям. Там на мгновенье обернулся, нагло ухмыляясь, и вдруг показал всем нам нос. И припустился без оглядки, как вспугнутый кролик.

Позже, когда мы с Раттнером прогуливались по Негритянскому кварталу, я снова увидел того злодея: прислонившись к фонарному столбу, он читал только что купленный комикс и весь ушел в него, отгородился от остального мира. Шляпа у него была сдвинута на затылок, во рту зубочистка. Выглядел он, словно дилер после горячего денька в зале биржи. Я был бы не прочь заказать ему сейчас скоч с содовой и поставить с ним рядышком, не потревожив его. Интересно, что за увлекательное чтиво так полностью его захватило? Комикс «Джунгли», на жуткой обложке которого изображена полуголая девица в лапах ошалевшего от похоти самца-гориллы! Мы стояли в нескольких шагах от мальчика. Он ни разу не взглянул на нас; был абсолютно непроницаем для внешних раздражителей.

Какой контраст с Брюсом и Жаклин, моими друзьями по Альбукерке! Брюсу было шесть, Жаклин, пожалуй, около четырех. Они были детьми Лоуэлла и Лоны Шпрингеров, в чьем кемпинге я остановился на несколько дней. Лоуэлл работал на станции «Стандард Ойл» в западном конце города, а Лона управлялась с киоском у въезда во двор кемпинга. Бесхитростные, очень естественно держащиеся люди, счастливые просто тем, что живут на этом свете. Разговаривать с ними было одно удовольствие. Они были умные, отзывчивые и такие добрые, какими в нашем мире могут быть только простые, обыкновенные люди. Молодой муж Лоуэлл был мне в особенности интересен. Думаю, что никогда раньше не встречалась мне такая добродушная личность. Неважно, какими еще качествами он мог обладать, его добросердечие действовало, словно тоник. Я восхищался, как терпеливо и ласково обращается он с детьми. Не имело значения, насколько он занят — у него, по-моему, ни одного часа не было пустого, ни днем, ни ночью, — он всегда находил время ответить на бесконечные детские вопросы, починить игрушку или принести воды, когда среди ночи детям захочется пить.

Дети весь день играли во дворе. Через малое время, привыкнув ко мне, заметив, что дверь моего домишки всегда открыта, стали по-дружески наведываться. При каждом удобном случае сообщали мне, что поблизости имеется парк со львами, тиграми, качелями и песочницами. Они были слишком благовоспитанными детишками, чтобы в открытую просить меня отправиться с ними туда, – на свой, детский лад они делали мне ясные намеки. «А ты работаешь каждый день весь день?» – бывало, спрашивали они. «Нет, – ответил я наконец, – один день будет у меня выходным и тогда я возьму вас с собой поглядеть на львов и тигров». Это привело их в дикий восторг. Минут через десять маленькая Жаклин просунула голову в мою дверь и спросила, буду ли я сегодня работать весь день. «Давай поедем на твоей машине, – сказала она. – У тебя очень красивая машина».

Страшновато было везти их в автомобиле, так что я спросил у Лоны, могу ли я пойти с ними в парк, дойдут ли они так далеко. «Бог ты мой, конечно, – ответила Лона. – Они получше меня ходят».

Я вернулся назад и сказал малышам, чтобы они готовились в поход. «А мы уже готовы, – сказал Брюс. – Мы тебя ждем». И с этим оба протянули мне свои ручонки, и мы двинулись в путь.

До парка, казалось, миля с лишним, и мы часто притворялись, что сбились с пути и пробуем снова найти дорогу. Детишки по большей части бежали впереди; шли мы напрямик, через густую высокую тропу. «Скорей! Скорей! – вопили дети. – Скоро начнут кормить львов!»

Никак не ожидал встретить в Альбукерке такую замечательную, залитую золотым светом рощу. Этой своей золотистостью она напомнила мне пейзаж Дерена[102]. Я плюхнулся на траву, вытянулся во весь рост, а дети закувыркались вокруг меня, словно маленькие акробаты. Издалека послышалось львиное рыканье. Жаклин захотелось пить, и она все тянула меня найти фонтанчик. Брюс рвался помогать в кормежке львов. А мне хотелось вечно валяться в этой пронизанной светом роще и любоваться, как зеленый с золотом живительный сок льется сквозь свежую листву. А дети трудились надо мной, как прилежные гномы вокруг бегемота. Выводя меня из транса, они щекотали мне ухо травинкой, тянули за руки, толкали в бока. И я подбрасывал их, возился с ними, как с щенятами.

«Хочу попить водички, Генри», – продолжала клянчить Жаклин.

«Он не Генри, – сказал Брюс. – Он мистер Миллер».

«Можно Генри, – сказал я. – Ведь меня так и зовут».

«А знаешь, как меня зовут по-настоящему? – сказал Брюс. – Брюс Майкл Шпрингер».

«А у тебя какое настоящее имя?» – спросила Жаклин.

«Настоящее имя у меня Генри Валентин Миллер».

«Валентин! Это красивое имя, – сказал Брюс. – А у папы моего имя Лоуэлл, а у мамы Лона. Мы вообще-то жили в Оклахоме. Это было давно-давно. А потом переехали в Арканзас».

«А потом в Альбукерке», – сказала малышка Жаклин, потянув меня за рукав, чтобы поднять на ноги.

«А у вас здесь есть какие-нибудь верблюды и слоны?» – спросил я.

«Слоны? А кто это такие, слоны?» – спросил Брюс.

«Я хочу поглядеть на тигров!» – заявила Жаклин.

«Да, давай посмотрим на слонов, – сказал Брюс. – А они ручные?»

Мы двинулись к игровой площадке. Ребята прыгали впереди, радостно хлопая в ладоши. Жаклин захотелось на качели. И Брюсу тоже. Я посадил их и начал осторожно раскачивать. «Выше! – завопила Жаклин. – Выше! Выше!» Я метался от одного к другому, раскачивая их сильнее, но все-таки с осторожностью. Боялся, что у Жаклин сорвутся руки. «Толкай сильней!» – кричала она. «Толкай *меня!*» – кричал Брюс.

Я уж думал, что никогда не стащу их с качелей. «Я чуть до неба не достал, ты видел? – сказал Брюс. – Спорим, что мой папа может достать до неба. Мой папа берет нас сюда каждый день. Мой папа...» И он продолжал о своем папе. Мой папа то, мой папа сё.

«А Лона? – спросил я. – Что скажешь о Лоне?»

«Она моя мама», – сказал Брюс.

«Она и моя тоже», – вступила Жаклин.

«Да, – сказал Брюс, – мама тоже иногда приходит. Но она не такая сильная, как папа».

«Она очень устает», – объяснила Жаклин.

Мы приближались к птицам и зверям. «Я хочу орешков», – сказала Жаклин и уж больше никуда не сворачивала. – «Пожалуйста, купи мне орешков, Генри».

«У тебя есть деньги?» – спросил я.

«Не-а, – протянула она. – А разве у тебя нет денег?»

«У моего папы куча денег, – сообщил Брюс. – Он дал мне вчера два пенни».

«А где же они?» – спросил я.

«Я их потратил. Он мне каждый день дает деньги. Сколько захочу. Мой папа делает много денег. Больше, чем Лона».

«Хочу орешков», – Жаклин топнула ножкой.

Мы купили орешки. И несколько стаканчиков мороженого, и мармелад, и жвачку. Дети набросились на все это, словно вконец изголодались.

И вот мы перед загоном с дромадерами. «Дай-ка ему немножко твоего мороженого», – предложил я Жаклин. Ей этого явно не хотелось. Она сказала, что дромадера от мороженого обязательно стошнит. Краем глаза я заметил, как Брюс торопливо доедает свою порцию.

«А если мы дадим им пива?» – спросил я.

«Да, да, давай дадим им пива», – живо отозвался Брюс. Словно самая обычная вещь на свете накачивать дромадеров пивом. Потом он поразмыслил немного и спросил:

«А они не напьются пьяными?»

«Еще бы, – ответил я. – Они здорово напьются».

«И что же они будут делать?» – глядя с восхищением на дромадеров, задал он еще один вопрос.

«Тогда они, может быть, встанут на руки или...»

«А руки-то у них где? – прервал он меня нетерпеливо. – Это, что ли, его руки?» – и он показал на передние ноги дромадера.

«Сейчас он держит руки в карманах, – объяснил я. – Он деньги свои считает».

Эта мысль позабавила Жаклин. «А где у него карман?» – спросила она. «А что он хочет делать с деньгами?» – спросил Брюс.

«А что *ты* делаешь с деньгами?» – вопросом на вопрос ответил я.

«Конфеты покупаю».

«Ну вот, а почему ты не подумал, что *ему* тоже хочется купить конфеты, хотя бы один разок?»

«Но он же не может разговаривать! – воскликнул Брюс. – Он же не сумеет спросить».

«Он тоже может разговаривать!» – закричала Жаклин.

«Вот видишь, – повернулся я к Брюсу. – И еще он свистеть может».

«Да, он *может* свистеть, – поддержала меня Жаклин. – Я сама один раз слышала».

«Заставь его сейчас посвистеть», – сказал Брюс.

«Он сейчас устал», – увернулся я.

«Да вовсе он не может свистеть», – определил Брюс.

«Очень даже может», – стояла на своем Жаклин.

«Не может!» – крикнул Брюс.

«Может! – крикнула Жаклин. – Ведь, правда, он может, Генри?»

Мы пошли дальше, к медведям, лисицам, пумам и ламам. Мне пришлось останавливаться и читать Брюсу каждое пояснение.

«А где Индия?» – спросил он, когда я прочитал ему о бенгальском тигре.

«Индия в Азии», – ответил я.

«А Азия где?»

«Азия на той стороне океана».

«Очень далеко?»

«Да, очень».

«А сколько туда ехать?»

«О, месяца три», – сказал я.

«На пароходе или на самолете?» – спросил он.

«Послушай, Брюс, – повернул я разговор. – Как ты думаешь, до Луны долго добираться?»

«Ну, не знаю, – сказал он. – Может, и две недели. А что, люди туда ездят иногда?»

«Не очень часто», – сказал я.

«И приезжают обратно?»

«Не всегда».

«А на что похожа Луна? Ты когда-нибудь там был? Там холодно? А звери там есть, такие же, как у нас, и трава, и деревья?»

«Там есть все, Брюс, совсем, как у нас. И орешки тоже».

«А мороженое есть?» – спросил он.

«Есть и мороженое. Только другое на вкус».

«А какое?»

«По вкусу оно больше похоже на жвачку».

«И ты, может, скажешь, что оно не тает?»

«Нет, никогда не тает».

«Смешно, – сказал он. – А почему не тает?»

«Потому что оно из резины».

«Я бы все-таки наше мороженое ел, – сказал Брюс. – Мне нравится, как оно тает».

Двинулись дальше, туда, где сидели арестованные птички. Нестерпимо жалко стало мне орлов и кондоров, удрученно нахохлившихся на своих насестах. Они словно понимали, что крылья их атрофировались и никогда не взлететь им над землею снова. Были там и птицы с удивительным оперением, неуклюже, как с похмелья, ковыляющие по земле. Из самых далеких частей мира доставили их сюда, из мест столь же экзотических, как и сами они. Имелись там и павлины, существа невероятного самомнения и самодовольства, подобно светским дамам, которым общество требуется лишь для того, чтобы выставить напоказ их вульгарность. А вот страусы были куда интересней (крутые ребятки, можете вы сказать) своей определенной индивидуальностью и изрядной злобностью. Один только взгляд на их длинные мускулистые шеи вернул мои мысли к «наперсточникам», срезанным часам, разбитым стеклам и прочим несъедобным штучкам. Я пропустил кенгуру и жирафа, существа столь одинокие и столь близко связанные с нашим внутриутробным развитием. Были там, разумеется, и лисы, создания, которые почему-то никогда не производили на меня впечатление подлинных диких зверей, может быть, потому, что я видел их только в зверинцах. И наконец мы подошли к царям дикой природы, расхаживающим без устали взад и вперед, словно мономаны. Львы и тигры, запертые в тесных клетках, – самое жестокое для меня зрелище на свете. Лев выглядит всегда невыразимо печальным, скорее сбитым с толку, чем разъяренным. Появляется жуткое желание открыть львиную клетку, и пусть пленник рванет на все четыре стороны. Лев в клетке так или иначе выставляет род человеческий мелочным и убогим. Всякий раз, когда я смотрю в зоопарке на львов и тигров, я начинаю думать, что нам следовало бы обзавестись клетками и для людей тоже, для каждого сорта людей в присущей им обстановке: священник со своим алтарем, юрист с толстыми томами нелепых законов, доктор со своими орудиями пыток, учитель с дурацким колпаком*, политикан с денежным мешком и фантастическими посулами, полицейский с дубинкой и револьвером, судья в бабьем одеянии и с молотком. Надо будет предусмотреть и отдельные клетки для семейных пар, так, чтобы мы могли изучать супружеское счастье со всей беспристрастностью и непредвзятостью. До чего ж потешно мы будем выглядеть при таком показе. Человекопавлин! И никакого роскошного веера, чтобы малодушно прятать свое лицо! Посмешища творения – вот какими мы окажемся.

Наступило время возвращаться домой. Пришлось со всей доступной мне мягкостью оторвать детей от лакомого развлечения. И снова мы идем под свежей листвой пронизанной золотом рощи. Невдалеке текла Рио-Гранде, и поблескивали крупные голыши, устилавшие речное ложе. В закатных лучах холмы, окружавшие широкую долину Альбукерке, меняли один фантастический оттенок красного на другой. Волшебный край, полный чудес не столько видимых, сколько невидимых, скрытых среди его сухих пустошей. Оставшись с двумя детьми в этом безграничном пространстве, я вдруг представил себе другой поход, описанный одним южноамериканским писателем: описанное пером поэта таинственное, фантастическое путешествие. После совершения киднэппинга похитители вместе с похищенными детьми движутся по бескрайней пампе, залитой лунным сиянием. Я подумал, что было бы неплохо завершить мое путешествие с Брюсом и Жаклин, взятыми на буксир, именно в такой атмосфере. Но как бы отличался мой эксперимент! И какие восхитительные беседы мы бы вели! Чем больше я думал об этом, тем сильнее меня обуревало желание одолжить на время этих двух человечков у их родителей.

Размечтался и не заметил, что Жаклин притомилась. Только когда она присела на большой камень и посмотрела вокруг погасшими глазами, я это понял. А Брюс между тем шел впереди, прокладывая, так сказать, тропу. «Хочешь, я возьму

* В старых школах англоязычного мира на ленивых учеников в виде наказания надевали высокий колпак.

тебя на руки?» – подошел я к Жаклин. «О, Генри, пожалуйста, понеси меня, я так устала», – сказала она, потянувшись ко мне. Я поднял ее, и тоненькие ручонки обвились вокруг моей шеи. В следующую минуту на глазах у меня выступили слезы. Это была смесь радости и печали. Но больше всего незнакомое мне прежде желание самопожертвования. Тот, кто прожил жизнь без детей, лишил себя целого царства чувств. Однажды я вот так же нес собственную дочь. Как Лоуэлл Шпрингер, я был готов потакать любому ее капризу. Разве можно сказать «нет» ребенку? Как можно не хотеть стать рабом своей собственной плоти и крови?

Обратный путь выдался долгим. Мне пришлось опустить Жаклин на землю, чтобы перевести дыхание. Теперь она стала жеманничать, чуть ли не кокетничать со мной. Явно уразумела, что имеет надо мной власть.

«Может, дальше ты пойдешь сама, Жаклин?» – спросил я для проверки.

«Ой, что ты, Генри, я так устала», – и она опять воздела ко мне руки.

Ее крохотные ручонки! Они обвились вокруг моей шеи, и я окончательно растаял. Конечно, она вовсе не так уж устала. Просто испытывала на мне свои женские чары, вот и все. Когда мы дошли до дома и я опустил ее на землю, она как ни в чем не бывало запрыгала по двору этаким жеребеночком. На задах дома нам попалась на глаза выброшенная игрушка. Эта неожиданная находка вещи, о которой она давно забыла, произвела на Жаклин магическое действие. Старая игрушка куда лучше новых двух. Даже для меня, никогда не игравшего с нею, был в этой игрушке какой-то таинственный шарм. Память о счастливых часах, казалось, была включена в нее. Ободранная, облупившаяся кукла порождала ощущение теплоты и нежности. Теперь Жаклин была совершенно счастлива. Я был забыт. Она обрела старую любовь.

Я любовался ею. Это казалось таким бесхитростным и искренним поступком – бросить одно ради другого без обдумывания, без всяких сомнений. Это особый дар, которым дети обладают наравне с самыми мудрыми взрослыми. Дар забвения. Дар полного отречения. Я пошел в свой домик и прилег подремать. Тут-то и подоспел посыльный с денежным переводом для меня. Пришлось вернуться к жизни, к мировому обезьяннику прав и обязанностей человека. Деньги! Само звучание этого слова меня бесит. В сломанной игрушке из мусорной кучи заключено для меня куда больше ценности и смысла. И тут до меня дошло наконец, что в Альбукерке есть и магазины, и банки, и кинематограф. Город как город. Магия исчезла. Холмы приобрели открыточно-туристский вид. И начался дождь. Здесь в это время никогда не бывает дождей, и вот — на тебе. Полило. В дверном проеме, в котором только что мелькали играющие дети, теперь была видна одна огромная лужа. Явились мысли о санаториях, простуженных легких, маленьких чашках, предусмотрительно поставленных авиакомпанией возле твоего сиденья. Косо натянутая простыня дождя завесила все пространство между коттеджами. Детей не видно, не слышно. Пикник окончился. Не осталось ни радости, ни печали — только ощущение пустоты.

Автомобильная пассакалья[103]

Я БЫ НЕ ПРОЧЬ ТЕПЕРЬ ЗАНЯТЬСЯ МАЛЕНЬКОЙ ПАССАКАЛЬЕЙ о делах автомобильных. С тех самых пор, как я решился на покупку машины, она работает — просто красота. Как кокетливая женщина ведет себя, однако, эта адская штучка.

Начиная с Альбукерке, где я встретился с тем самым автомобильным искусником Хьюгом Даттером, все с ней пошло наперекосяк. Временами я валил всю вину на попутный ветер, пронесший меня через Оклахому и Техасскую сковородную ручку[104]. Упоминал ли я случай с пьянчугой, который чуть было не сбросил меня в кювет? Он очень убедительно объяснил мне, что я потерял свой генератор. Конечно, я стеснялся спрашивать у людей, в самом ли деле у моей машины потерян генератор, но всякий раз, когда мне удавалось разговориться с автомехаником, я старался, чтобы разговор крутился вокруг темы генератора. Прежде всего я надеялся, что автомеханик покажет мне ненароком, где прячется эта треклятая деталь, а во-вторых, что он мне скажет, может ли вообще автомобиль обходиться без нее или нет. У меня была смутная мысль, что генератор как-то связан с аккумулятором. Может быть, я заблуждаюсь, но я до сих пор держусь этого заблуждения.

Меня в автомеханиках радует то, что один как бы опровергает другого. Это очень похоже на медицину или на критические статьи в литературе. Как раз тогда, когда вы поверили, что знаете ответ, вы тут же обнаруживаете, что ошибаетесь. Какой-нибудь невзрачный человечек за час на скорую руку починит вашу машинерию и, скромно потупясь, попросит десятицентовик за работу. Правильно ли он все сделал или нет – автомобиль ваш все равно поедет, а вот в роскошном автосервисе вашу машину загонят в теплый бокс на пару дней, разберут на молекулы и атомы, а потом, вполне вероятно, проедет она несколько миль, встанет и никакими силами вы ее не сдвинете с места.

Есть одна вещь, которую я должен посоветовать каждому, кто намеревается совершить трансконтинентальное путешествие: позаботьтесь, чтобы у вас были домкрат, разводной ключ и монтировка. Вероятно, вы обнаружите, что ключ никуда не годится, но это не важно; продолжайте возиться с ним, делать вид, что вы заняты починкой, и какая-нибудь сердобольная душа остановится предложить вам свою помощь. Я однажды застрял посреди Луизианских болот и только через полчаса, обыскав всю машину, понял, что инструментов у меня нет: были бы, лежали бы себе преспокойно под передним сиденьем. Но если человек пообещает, что он доедет до ближайшего городка и оттуда пришлет кого-нибудь взять вас на буксир, – не верьте. Обращайтесь к следующему, а за ним к следующему, и еще, и еще. Не опускайте рук, иначе вы проторчите на обочине до второго пришествия. И никогда не говорите, что не захватили с собой инструментов, – сразу же подумают, что имеют дело с краденой машиной. Скажите, что потеряли их или же что их у вас украли в Чикаго*. Второй совет. Если вы только что плотно приладили передние колеса, не считайте само собой разумеющимся, что колеса пригнаны плотно. Остановитесь на следующей станции и попросите, чтобы проверили их развод и все такое: тогда вы будете уверены, что

* В 1930–1940-е годы Чикаго слыл столицей гангстерского мира.

переднее колесо не укатится от вас во мрак ночи. Но, поверьте мне на слово, что никто, даже гениальный механик, не может гарантировать, что ваш автомобиль не развалится через пять минут после проверки. Автомобиль – вещь деликатная, более деликатная, чем швейцарские часы. И куда более зловредная, просто дьявольская, надеюсь, вы понимаете, что я имею в виду.

Если вы совсем слабо разбираетесь в машине, вполне естественно, когда что-то в ней не заладится, обратиться в автосервис. Серьезная ошибка, конечно, но лучше учиться на горьком опыте, а не понаслышке. Откуда вам знать, что человечек, двигающийся как во сне, на самом деле великий маг и волшебник?

Как бы то ни было, вы направляетесь на такую станцию. И прямо тут же, у входа натыкаетесь на человека в халате мясника, с блокнотом в руке и карандашом за ухом. Держится он профессионально и уверенно, он не станет уверять вас, что машина ваша выйдет из их рук в наилучшем виде; он лишь упомянет вскользь, что сервис здесь поставлен безупречно, на самом высоком уровне. Так-то вот. Что-то в них есть от хирургов, в этих антрепренерах автоиндустрии. Видите ли, намекают они, вы обратились к нам поздновато, чуть ли не в последний момент; мы не можем творить чудеса, но мы работаем уже несколько десятков лет и имеем самые благоприятные отзывы. И совсем как с хирургом вы чувствуете, вверяя машину его безупречным рукам, что он собирается после того, как машину разберут на части и подшипники будут валяться тут и там, разбудить вас среди ночи телефонным звонком, чтобы сказать, что положение оказалось куда серьезнее, чем можно было подумать при первом взгляде. Очень серьзное! И он начнет с никуда не годных легких и закончит удалением аппендикса, желчным пузырем, печенью и яичками. Счет будет неоспоримо точен, а итоговая сумма, мягко говоря, оглушительна. Все будет перечислено, подсчитано, учтено, кроме качества мозгов механика. Инстинктивно вы запрячете в надежное место этот документ, чтобы он был с вами, когда придется обращаться в следующую лечебницу, надо же все-таки показать, что вы знаете все болячки вашего автомобиля вдоль и поперек.

После нескольких экспериментов подобного сорта до вас, даже если вы такой же тугодум, как я, дойдет, что надо быть осмотрительней. Остановившись на какое-то время в каком-нибудь городе, осмотревшись и поопривыкнув, заведя хорошие знакомства, вы начинаете зондировать почву; узнаете, что сразу за углом большого автосервиса, в каком-нибудь с трудом отыскиваемом закутке, имеется некий малый, просто чудодей по части ремонта машин, берущий за свои услуги смехотворную плату. Вам расскажут, что он делает *все*, причем справляется даже с иностранными марками.

Точно так и случилось со мной в Альбукерке, благодаря дружбе, которую я свел с доктором Петерсом, выдающимся хирургом и таким же выдающимся бонвиваном. Однажды, когда мне решительно нечем было заняться, в один из тех дней, когда принимаешься названивать друзьям или отправляешься на чистку зубов, я решил, несмотря на ливень, отправиться за консультацией к великому умельцу, безболезненному Паркеру автомобильного мира, Хьюгу Даттеру. Дело-то было пустяковое: у меня постоянно грелся мотор. В автосервисе особого значения этому не придали — виновата, мол, высота, возраст автомобиля и так далее. Я думал, что там нет ничего такого, что нужно отремонтировать или заменить. Но, когда в холодный дождливый день мой автомобиль выдал температуру в 180 градусов*, я понял, что дело обстоит серьезнее. Если мотор так температурит на высоте 5000 футов, что же будет с ним на высоте в 7000 или 10 000?

Почти час дожидался я у входа в автомастерскую возвращения Даттера. Никак не ожидая, что в такой ливень появится какой-нибудь клиент, он отправился перекусить. Его помощник, родом из Канзаса, потчевал меня канзасскими историями о переправах через разлившиеся реки. Из его рассказов становилось ясно, что людям в Канзасе нечем себя занять в дождливую пору, кроме как поупражняться в рискованных маневрах на дешевых фордовских жестянках. Однажды, рассказывал он, во вздувшийся от дождей рукав реки ухнул целый автобус, его перевернуло вверх колесами, подхватило

* По Фаренгейту.

и понесло; так этот автобус и не нашли. Канзасцу дождь нравился, он напоминал ему о родных местах.

Но вот явился и Даттер. Мне пришлось подождать, пока он подойдет к полке, покопается там, готовя необходимые аксессуары. После того, как я почтительно доложил ему о своих трудностях, он не спеша поскреб в затылке и, даже не взглянув в сторону машины, произнес:

«Есть куча причин, из-за которых случается перегрев двигателя. У вас кипел радиатор?»

Я сказал, что это было в Джонсон-Сити, Теннесси.

«А когда это было?» – спросил он.

«Месяца три назад».

«Понятно. Я-то думал, вы скажете года три...»

Машина моя все мокла под дождем. «А вы не хотели бы посмотреть машину?» – робко осведомился я, боясь, как бы он не потерял интереса к моему случаю.

«Можете загнать ее сюда, – согласился он. – Вреда не будет. В девяти из десяти случаев это радиатор. Может быть, напортачили ребята в Кливленде».

«В Джонсон-сити», – поправил я.

«Ладно, где бы это ни было», – и он приказал помощнику подогнать машину.

Особого энтузиазма от предстоящей работы он, сразу было видно, не испытывал; словно я пришел к нему с лопнувшим желчным пузырем или с ногами, пораженными слоновьей болезнью. Я подумал, что лучше было бы на время оставить его одного, а не торчать над душой; может быть, тогда он немного разохотится. Так что я извинился и отправился перекусить.

«Я скоро вернусь», – сказал я.

«Ничего, ничего, не беспокойтесь, – ответил он. – Тут могут часы понадобиться, чтобы найти болячку».

Я заправился чоп-суи* и потащился обратно, ничуть не торопясь, чтобы дать ему время поставить точный диагноз. Чтоб убить время, забрел в Торговую палату выяснить состояние дорог до Меса Верде[105]. Я уже знал, что в Нью-Мексико, чтобы узнать, как куда проехать, одних дорожных карт недо-

* Китайское мясное рагу с грибами и острым соусом.

статочно. Прежде всего дорожная карта ничего не скажет о том, сколько вам придется заплатить, если вы завязнете в глубокой глине где-нибудь и вас придется тащить на буксире миль пятьдесят, а то и все семьдесят пять. И о том, что между гравийным шоссе и асфальтовым целый океан различий. Вспоминаю человека в Автомобильном клубе в Нью-Йорке. Жирным красным карандашом он прочерчивал мой маршрут на карте и одновременно отвечал на звонки двух телефонов и выдавал деньги по чекам.

«Меса Верде официально откроется не раньше середины мая, – сказал этот малый. – Я бы все же не рисковал. Если пойдут теплые дожди, никто не скажет, что может с вами случиться».

Я решил ехать в Аризону. Конечно, было жаль миновать Скалы-корабли и Ацтеков[106], но ничего не попишешь.

Вернулся в гараж. Даттер склонился над машиной; приложив ухо к двигателю, он выслушивал его, как врач выслушивает больного воспалением легких. Из жизненно важных внутренних органов машины свисала электрическая лампочка на длинном проводе. Вид горящей лампочки всегда меня успокаивает: он означает, что дело идет. Во всяком случае, Даттер был во внутренностях занедужившей и что-то там двигал и проверял – так мне показалось, по крайней мере.

«Выяснилось, в чем там дело?» – осмелился я поинтересоваться.

«Нет еще», – ответил он, погружая руку по запястье в путаницу переплетенных кишок, в которых что-то жужжало и фыркало. Не знаю, как называлась эта штуковина, но выглядела она как вполне способная к самостоятельной жизни часть автомобиля. Кажется, я в первый раз видел то, что заставляет автомобиль двигаться. И это было красиво, на свой, механический лад. Словно паровая каллиопа[107], исполняющая Шопена в грязной засаленной трубе.

«Вам зажигание неправильно выставили, – сказал Даттер, повернув голову, чтобы взглянуть на меня, продолжая, однако, как искусный хирург, орудовать своей умной правой рукой. – Я это понял еще до того, как увидел ее. Оттого и двигатель греется». И голосом, звучавшим из глубин машины, он начал объяснять мне, как работает зажигание. Насколько мне помнится, суть была в том, что в восьмицилиндровом двигателе зажигание происходит во втором, третьем, пятом, седьмом цилиндре от одного кулачка и в третьем, четвертом, шестом, восьмом от другого. Могу ошибиться в цифрах, но слово «кулачок» меня заинтересовало. Красивое, ласковое такое слово, а когда Даттер попытался показать мне эту деталь, я просто полюбил это слово — *кулачок.* Рассчитано на совсем неподготовленного слушателя, так же, как поршень и привод. Даже такой невежда, как я, выведет из самого звучания слова «поршень», что это нечто «порхающее», то есть двигающееся в разных направлениях, и значит тесно связано со способностью автомобиля двигаться.

Он возился с зажиганием еще некоторое время. Объяснил мне, что может сотворить разница даже в четверть градуса. Работал с карбюратором, если не ошибаюсь. Я смиренно впитывал эти его объяснения, как и другие, не задавая вопросов. А тем временем познакомился с маховиком и с прочими более или менее необходимыми частями таинственного механизма. Да, все части автомобиля более или менее необходимы, за исключением разве гаек под шасси; эти могут ослабнуть и выпасть, как зубы у старика, без всякого видимого повреждения. Я не говорю об универсале — там дело другое. Но все эти ржавые гайки... Когда машину устанавливают на подъемник и вы видите, как они одна за другой вываливаются, по-настоящему это почти ничего не значит. В худшем случае может отвалиться подножка, но и это невелика беда.

Касаясь то того, то этого, Даттер вдруг спросил меня, какую температуру ставить на термостате. Я ничего не мог ему сказать. О термостате я много слышал и знал, что он должен быть в машине, но где именно должен быть и как он выглядит, не имел ни малейшего понятия. С величайшим искусством избегал я разговоров о термостате, снова стыдясь признаться, что ничего не знаю об устройстве своей машины. Отправляясь из Нью-Йорка, получив беглое объяснение о принципах действия и бездействия термостата, я рассчитывал, что створки радиатора открываются автоматически, когда индикатор температуры показывает 180 или 190. Термостат для меня был чем-то вроде кукушки в настенных часах. Я не сводил глаз с индикатора, чтоб не пропустить цифру 180. Раттнера, тогда еще мы путешествовали вдвоем, немного раздражало это неотрывное наблюдение за индикатором. Из-за этой моей одержимости мы несколько раз съезжали с дороги. Но я по-прежнему ждал, что вот-вот, и невидимый человечек откроет клетку, вылетит кукушка и – бац! створки раскрываются, воздух циркулирует, и мотор начинает мурлыкать, точно кот-музыкант. Конечно, эти чертовы створки и не думали открываться, и, когда указатель добирался до 190, первое, что я представлял себе дальше, – кипящий двигатель и сорок миль пути до ближайшего города.

Итак, зажигание выставлено правильно, все узлы отрегулированы, карбюратор калиброван, акселератор отзывается тут же, все гайки, замки, винты и шурупы там, где им и надлежит быть, и Даттер приглашает меня составить компанию в испытательном полете. Он решил проехать через Тихейра-каньон – там большой градиент пути – и сразу же взял скорость в пятьдесят миль*. Я немного заволновался: механик автосервиса сказал мне, чтобы первую сотню миль я ехал не спеша, пока мотор не раскочегарится. Стрелка индикатора поползла к 180, а когда мы подъехали к самому перевалу, скакнула до 190 и продолжала лезть вверх.

«Не думаю, что он закипит, – произнес Даттер, закуривая сигарету. – Главное здесь правило – никогда не психовать, пока он не закипит вовсю. Машины, как взбалмошные люди, любой номер могут выкинуть. Это может быть погода, может и накипь в двигателе... много чего может быть. Ну и высота, конечно. Бьюики вообще делают со слишком маленькими для такой большой машины радиаторами». От этого разговора мне полегчало. Как после беседы с добрым французским доктором. Американский врач обычно сразу же говорит: «Лучше было бы просветить вас рентгеном; лучше было бы удалить все задние зубы; лучше было бы подумать о протезе для вашей ноги». Придете вы к нему с самой простой вещью – глисты у вас завелись. Он тут же найдет, что вы с детства страдаете наследственной перетяжкой роговичной филактерии. Лучше всего после такого диагноза напиться и махнуть рукой на глистов и прочие ваши хворости.

* 80 км/час.

В своей обычной манере, спокойно и по делу, Даттер продолжал говорить о старых и новых бьюиках, о слишком высокой компрессии и слишком малом пространстве, о том, что надо покупать запасные части целыми узлами, а не деталями узлов, как это делают с шевроле или доджем. Не то чтобы бьюик был плохим автомобилем, нет, это чертовски хорошая марка, но у всякой машины есть свои слабости. Он рассказывал о том, как он несколько раз «закипал» на дороге между Эспаньолой и Санта-Фе. Я сам «кипел» на той же дороге и потому с сочувствием слушал его рассказ. Вспомнил, как добрался почти до самой макушки холма и вынужден был повернуть и покатить вниз, чтобы освежить двигатель и снова стартовать. Быстро стемнело, и ни один чистый источник так и не попался мне на глаза. А потом начали шушукаться друг с дружкой ящерицы, и их шепот можно было слышать на мили вокруг – так все было тихо и совершенно пустынно.

На обратном пути Даттер все говорил об узлах и частях узлов, что было для меня совсем непонятно, особенно когда он начал сравнивать узлы понтиака с частями узлов плимута или доджа. Он считает, что додж – великолепная машина, но для себя лично он предпочел бы старика студебекера. «И что ж вы не купили старый добрый студебекер?» – спросил я. Он как-то странно посмотрел на меня. По-видимому, старые добрые студебекеры уже много лет, как исчезли с рынка. Тогда я немедленно заговорил о ланчиях и пирсэрроу. Я не был уверен, выпускают ли их сейчас, но знал, что когда-то они пользовались хорошей репутацией. Мне хотелось показать, что я охотно поддержу разговор об автомобилях, раз уж такие правила игры. В ответ на мои ремарки он пустился в пространные технические объяснения, предпринял экскурс в трансмиссии и дифференциалы, предмет, настолько для меня темный, что я не имел даже слабого понятия, о чем речь. Стрелка индикатора между тем спустилась до 170. Как было бы отлично, подумал я, если б можно было бы подрядить такого человека, как Даттер, сопровождать меня на весь остаток моего путешествия. Даже если автомобиль окончательно выйдет из строя, как поучительно и интересно будет слушать его разговоры о деталях и узлах. Теперь я понял, почему люди так привязываются к своим машинам, узнав о них все до мельчайших подробностей.

Когда мы вернулись, Даттер ушел в мастерскую и вернулся с термометром. Открыл капот и сунул термометр в кипящий радиатор. Потом он вынимал его через определенные интервалы и считывал показания термометра и индикатора, сравнивал их – так теолог-компаративист проводит сравнительное чтение Библии. Семнадцать градусов разницы оказалось между показаниями двух приборов. «Счет в мою пользу», – пробурчал он себе под нос. Смысла этих слов я не понял, но отметил, что счет в его пользу. А машина выглядела по-человечески трогательно с торчащим у нее в радиаторе градусником. Словно больному ангиной или свинкой мерили температуру.

Он все бормотал себе под нос, что-то о накипи и о том, какое это тонкое дело. Потом всплыли слова «соляная кислота». «Никогда не делай этого до самого конца», – как-то торжественно произнес он.

«Чего не делать?» – спросил я, но он будто не слышал моего вопроса.

«Никто не скажет, как на нее подействует дальше кислота», – проворчал он сквозь зубы.

«Теперь объясню вам, – явно удовлетворенный, он повернулся ко мне. – Я собираюсь заблокировать термостат деревянной плашкой, чтобы он был немножко более открыт, и вставить новый ремень вентилятора. Мы добавили ей для начала восьмифунтовую тягу, а после четырехсот миль вы сможете сами проверить, не соскальзывает ли она». Он задумчиво поскреб в затылке и продолжал: «На вашем месте я бы вернулся сейчас в тот автосервис и попросил бы их чуть-чуть отпустить толкатели клапанов. Это значит 10/1000 двигателя, но потом вы сможете ехать и на 8/1000, пока не услышите странный такой шумок, стук-перестук, вроде бы маленькие браслеты позвякивают. Я попробовал поймать его раньше, пока еще машина не разогрелась, но не получилось. Этот шумок я всегда стараюсь расслышать, тогда мне ясно, что там не слишком туго завинчено. А вот когда клапана завинтят до отказа, то там можно увидеть маленькое голубое пламя, и оно-то и спалит ваш двигатель. Так что запомните – *толкатели!*»

Мы еще поболтали дружески о кровопролитии, не кончающемся в Европе, о перспективах мировой сделки, а потом я пожал ему руку. «Не думаю, чтобы у вас были с ней проблемы, –

сказал он на прощанье. – Но все-таки почему бы вам не подъехать сюда после того, как они ослабят толкатели. Я посмотрю, что там слышно. А вообще тележка прекрасная. Она обязана выдержать и вторые двадцать тысяч миль – *по меньшей мере*».

Приехал я снова в автосервис и попросил заняться толкателями. Должен сказать, отнеслись они к этому чрезвычайно благосклонно. На этот раз никакой оплаты. Что-то странное, подумал я, и как раз в тот момент, когда собирался уезжать, дежурный механик в мясницком халате с дьявольской учтивостью сообщил мне, что, что бы мне ни наговорили, приятный шумок, о котором я так хлопочу, никак не связан с тем, туго или нет завинчены клапаны. Тут, мол, есть другая причина. «Мы не считаем, что завинтили их слишком туго, – сказал он, – но раз вы настаиваете, мы обязаны...»

Конечно, я не мог возражать ему, все познания Даттера не стояли теперь у меня за спиной. Так что я решил, пусть они моют и смазывают машину, а я как-нибудь окольным путем выясню потом, что имеет в виду этот тип.

Когда я снова садился в машину, появился менеджер и почтительно сообщил мне, что надо провести еще одну очень важную операцию, прежде чем я уеду.

«Что еще?» – спросил я.

«Промазать сцепление».

Я поинтересовался, сколько времени это займет. О, всего тридцать минут и обойдется не больше чем в доллар.

«Ладно! – сказал я. – Промажьте сцепление. Промажьте все, что захотите».

Полчаса я слонялся по кварталу, заглянул в таверну, а вернувшись, узнал от мальчишки-подручного, что сцепление не нуждалось в смазке.

«Какого черта! – удивился я. – Чего же он мне втолковывал, что необходима смазка?»

«А он всем это говорит», – ухмыльнулся мальчишка.

Когда я уже включил зажигание, он хитровато посмотрел на меня и спросил, очень ли меня мучает этот перегрев.

«Да есть немножко», – ответил я.

«Ну, и не обращайте на него внимания, – сказал он. – Просто дожидайтесь, когда тележка ваша закипит. А вообще-то это мощная, устойчивая машина, ваш бьюик. Самый приятный старичок из всех, кто мне до сих пор попадался. Заезжайте к нам еще».

Да, такие дела. Если вы когда-нибудь служили в береговой артиллерии, вы знаете, что такое брать азимут. Сначала надо пройти курс высшей тригонометрии, включая дифференциальное исчисление и всякие там логарифмы. Но самое главное: когда загоните снаряд в казенную часть, убедитесь, что убрали свои пальцы прежде, чем замкнете казенку. Так и с автомобилем. А вообще-то он как лошадь. Что повышает ему температуру? Волнения и беспокойство. Кормите его как следует, поите правильно, разговаривайте ласково, и он за вас умирать пойдет. Автомобиль был изобретен для того, чтобы научить нас быть терпеливыми и вежливыми с другими. И дело тут не в узлах и не в деталях узлов, не важно, какая модель, какого года выпуска, лишь бы с ним вели себя хорошо. Что машина высоко ценит, так это отзывчивость. Дифференциал может создавать или не создавать трение, и никакой автомобиль, даже роллс-ройс, без универсала не сдвинется с места, но это еще и существо, которому не так важно, есть давление или нет давления в выхлопной трубе, как важна манера обхождения с ним, ласковое словечко теперь и потом, дух терпения и прощения. Делать другому то, чего желаешь себе, — вот в чем основной принцип автомобилестроения. Генри Форд разобрался в этом с самого начала. Вот почему он платит хорошие деньги. Он выверил финансы, чтобы добиться невероятного успеха. И еще одну вещь надо запомнить и принять к сведению: когда ваша машина начинает двигаться так, будто у нее неизлечимый энцефалит, это значит пришло время вам спешиться и избавить ее от страданий выстрелом в голову. Мы, американцы, всегда хорошо относились к животным и другим земным тварям. Это у нас в крови. Отнеситесь так же к вашему бьюику или вашему студебекеру. Бог благословил нас на избавление от наших машин для того, чтобы богатели автомобильные заводы. Но он не имел в виду, чтобы мы так легко теряли самообладание. И потому продолжайте путь до Гэллопа*, а там обменяете машину на хромого мула...

* Город на западе Нью-Мексико, центр скотоводства; через него проходит дорога на Аризону.

ПУСТЫННИК

Я ОПРЕДЕЛИЛ, ЧТО ИМЕЮ ДЕЛО С ПУСТЫННИКОМ В тот же момент, как он сел за стол. Был он тих, сдержан, явно не охотник до общения. Водянистые голубые глаза, бледные губы. По воспаленным белкам глаз я решил, что человек этот немало времени проводит под слепящим солнцем. Но, когда немного спустя я спросил, что у него с глазами, оказалось, к моему удивлению, что это последствия кори. После болезни он, было, совсем потерял зрение, когда ему пришло в голову полечиться маслом. Он ел масла помногу, часто зараз съедал по четверть фунта и вот теперь ему куда лучше. Он считает, что натуральный жир масла оказывает целебное влияние.

Так завязалась наша беседа, и проговорили мы несколько часов. Официантка была несколько удивлена, видя, как мы увлеченно беседуем. Она ведь не без раздумий посадила его за мой стол – одет он был бедно, да и выглядел не очень-то умытым. Большинство гостей «Брайт Эйнджел Лодж»* было украшено новейшими дешевыми регалиями, причем мужчины перещеголяли женщин. Добравшись до Большого каньона, они все превратились в персонажей вестерна и явились к столу в широченных сомбреро, бутсах и ковбойках. Женщины выглядели потрясающе в брюках до колен, особенно потрясали жирные бабы с бриллиантами на каждом пальце и с прожилками и бурситными шишками на жирных ногах.

Должен предварить все последующее замечанием, что хозяева Светлого Ангела удивлялись моему долгому пребыванию. Большинство их гостей так надолго не задерживались – день, от силы два, а многие ограничивались и получасом, его хватало, чтобы подойти к краю великолепной бездны и потом сказать: «Бывали мы там!» Я же пробыл на постое целых десять дней. На девятый день я и познакомился с тем самым изыскателем из Барстоу. Ни с единой душой не разговаривал я после отъезда из Альбукерке, все общение – просил на бензоколонках заправить машину бензином и водой. Удивительная вещь столь долгое молчание! А теперь, во время ежедневных прогулок вдоль каньона мне доводилось подслушать стран-

* «Bright Angel Lodge» – Домик Светлого Ангела.

ные обрывки разговоров, поражавшие меня полным несоответствием месту действия. К примеру, оказавшись за спиной безвкусно разодетой девицы, отчаянно флиртовавшей с низеньким толстяком, индейцем из племени хопи, я услышал такой диалог:

Она: «Вот пойдешь в армию, так там ты не сможешь...»

Он: «Да я и не собираюсь идти в армию!»

Она: «Ну да, правильно, ты идешь во флот». И, хихикнув, добавила: «А тебе нравится вода... корабли... и все такое?» И это вроде бы значило: «Потому что, коли так, наши адмиралы и контр-адмиралы вволю обеспечат тебя водой... отличной соленой водичкой с волнами и всякой всячиной. Подожди, ты еще увидишь океан, вот где вода, так вода. И там, конечно, полно пушек, и они палят вовсю... и аэропланы и... ну ты знаешь, чего там только нет! Это совершенно потрясно, увидишь. У нас ведь война и надо держать наших ребят наготове. Тебе это понравится!»

В другой раз, когда я вернулся вечером с Явапаи-Пойнт, старая дева с вазочкой мороженого в руке, обращаясь к своему спутнику, с виду потрепанному жизнью университетскому преподавателю, произнесла, слизывая с ложки мороженое: «Ну и что здесь такого уж необычайного?» Она показывала вазочкой на каньон, а с ее ложки капала подтаявшая жижа. Очевидно, закат не оправдывал ожиданий дамы. Он не лил на землю расплавленное золото приготовленного в небесах роскошного омлета. Нет, это был скромный, замкнувшийся в себе закатик, едва выставивший тоненький ободок пламени над далекой кромкой каньона. Но если бы она взглянула вниз, она могла бы видеть, как земля у нее под ногами то цветет лиловым пламенем красавицы-лаванды, то рдеет розовой с сероватым оттенком «мертвой» розой. А если бы она подняла глаза кверху, она бы увидела на самой вершине утеса черную полосу — тонкий пласт той породы, которая сложила все эти плато, — и это был редкий тон черного, поэтический оттенок черного, который можно было бы сравнить с речным омутом или намокшим под грозой стволом вирджинского дуба или с тем великолепным федеральным шоссе, по которому я катил из Джеконсвила в Пенсаколу под небом, заполоненным эффектными театральными тучами.

Но, ей-богу, лучший монолог я услышал в последний день моего пребывания у «Светлого Ангела». Молоденькая девица, находившаяся там в компании трех юных громил, произнесла голосом, который был, наверно, слышен и на той стороне каньона. «Видали сегодня газеты?» Она имела в виду преступление, в котором фигурировал какой-то таинственный горбун. «Просто умора, – говорила она. – Я-то не выхожу из дому, пока не выпровожу всех приятелей. Вы Вайолет помните? Я ее один раз прямо-таки вышибла за дверь». И низким, отчетливым голосом, словно в мегафон говорила, она продолжала о Вайолет, о Реймонде, о Джесси, как это было с ними. Ей все представлялось уморой, даже срок, который отбывал один ее дружок в Сан-Квентине[108]. «Ей-бо, он, верняк, чокнулся», – все повторяла она. За соседним столиком сидела облаченная в длинные штаны дама из общества, и я наблюдал за выражением ее лица. Шуточки и хихиканья девицы ее явно выводили из себя. «И откуда только берутся эти ужасные твари?» – казалось, спрашивала она. «Нет, в самом деле, надо что-то предпринимать. Я должна поговорить с управляющим». Можно было слышать, как в ней что-то клокочет и гудит, словно в засорившемся двигателе машины, задыхающейся посреди пустыни при 130 по Фаренгейту.

Потом я еще наскочил на сына хозяина сувенирной лавки. Он подстерег меня рано утром, решив, что я совсем свежий постоялец, и пристал с предложением осмотреть окрестности в телескоп. «Вон та рубашка, которая свисает со столба, – это же довольно интересный феномен». Я в этом феномене, как ни старался, не мог найти ничего интересного. Но для него все было феноменальным и интересным, в том числе и гостиница на той стороне каньона, потому что в телескоп все видишь гораздо яснее. «А не хотели бы взглянуть на панораму каньона у моего отца в магазине? – спросил он, когда я окончательно собрался отделаться от него. – Это потрясающее произведение искусства». Тут уж я напрямик выложил ему, что при всем уважении к его папаше и магазину, которым он заправляет, не имею ни малейшего желания взглянуть на панораму. Он был огорчен, обижен, ошеломлен, он не мог понять, как можно отказаться от зрелища великолепнейшей копии природы, исполненной рукой человека. «Вот, когда вы немножко больше поднаберетесь опыта, вам, может быть, и не покажется это таким уж интересным, – сказал я. – Сколько я вам должен за телескоп?»

Он совсем был сбит с толку. «Сколько должен? – повторил он в растерянности. – Да что вы! Вы мне ничего не должны. Мы рады услужить вам. Если вам понадобится, загляните к отцу в магазин. Вам не нужна фотопленка? Мы располагаем полным ассортиментом...»

«Никогда не пользуюсь фотоаппаратом», – снова огорошил я его.

«Не пользуетесь фотоаппаратом? Да как же так? Я ни разу не встречал...»

«Нет, не пользуюсь. И никогда не покупаю открыток, или индейских одеял, или обломков метеоритов. Я приехал просто посмотреть на каньон. И только. А теперь всего вам доброго и всяческих успехов». С этим я повернулся к нему спиной и двинулся дальше.

Что за бред, думал я, этому пареньку нечем заняться в такое прекрасное утро, кроме как заманивать туристов в лавочку своего батюшки. Суетиться у телескопа, устанавливать его, протирать линзу, а потом нести эту чушь насчет «человека, воссоздавшего творение Господне», и подсовывать кусок холста, когда перед его глазами сам Бог во всей своей славе разворачивает созданное им без всякой помощи и вмешательства рук человеческих. И все это для того, чтобы загнать вам ископаемую окаменелость или нитку четок. Как на торжище Лурда. Кони-Айленд[109], очень схожий с этим по омерзительности, все же честнее. Никто не восторгается там океанской солью и не пытается вам ее всучить. Туда приезжают позагорать, попотеть и быть по-честному одураченными самыми профессиональными в мире жуликами.

Ладно, вернемся к чему-нибудь более интересному. А интересное – это старый пустынножитель, с улыбкой рассуждавший о биче автомобильного нашествия. Он признавал, что эта штука приносит некоторую пользу: ломая клановые перегородки, разрушает человеческую обособленность. С другой стороны она лишает людей укорененности, делает их легковесней. Все становится нетрудным. Путешествия, требовавшие напряжения всех сил, превращаются в легкие прогулки.

Люди стали какими-то размягченными, мускулы одрябли. И все им приелось, ничто не может удовлетворить. Каждый миг подавай им что-нибудь щекочущее нервы. Кое-чего он не мог постичь вообще – как эти вялые и малодушные люди могут пренебрегать смертью. Лишь бы было поострей, а о том, что может случиться, они не задумываются. Вот он только что повидал компанию женщин, совершавших увеселительную прогулку. Одна из них сломала шею, не вписалась в крутой поворот... Он рассказывал об этом спокойно и буднично, как об обыкновенном дорожном происшествии. Ну да, он нагляделся в пустыне на перевернутые и разбитые машины, влетевшие в катастрофу на скорости ста, а то и более миль в час. «Кажется, что для них, кроме скорости, ничего не существует, – сказал он. – Никто не ездит по сорок пять миль в час, а ведь это лимит скорости в Калифорнии. Никак не могу понять, для чего устанавливать правила, которые люди все время нарушают, глупость это, на мой взгляд. Если в самом деле хотят, чтобы люди ездили осторожно, зачем же выпускать моторы, с которыми машина идет семьдесят, восемьдесят или сто миль в час. Где тут логика?»

А дальше он заговорил о преимуществах одинокой жизни в пустыне, о жизни среди звезд и скал, как нужно исследовать землю, вслушиваться в ее голоса, дивиться сотворенному Богом, и так далее, и прочее, и прочее. «Человек много и хорошо размышляет, когда он все время наедине с самим собой. Никогда я не был особенным книгочеем. Всему выучился из опыта, из того, что мне подсказали мои глаза и уши».

Я задал ему довольно дурацкий вопрос, откуда, по его мнению, начинается пустыня.

«Да что ж, – ответил он. – Насколько я понимаю, все здесь пустыня, вся эта земля. Здесь всегда что-то растет, это, знаете, не просто песок. Топорщится что-то всегда поверх песка, а под ним ведь почва, надо только провести воду и подкормить эти ростки. Люди чуть ли не в панику впадают, когда оказываются в пустыне. Думают, что погибнут тут от жажды и от лютого ночного холода. Конечно, и такое бывает, но по большей части из-за потери самообладания. Если вы отнесетесь к пустыне спокойно и не испугаетесь, она для вас не опасна. Гибнут-то оттого, что поддаются панике. Человек может прожить день-два без воды, это его не убьет, лишь бы он не начал волноваться из-за этого. Да что тут говорить, я не хочу жить нигде в другом месте. Обратно в Айову меня не заманите ни за какие деньги».

Я хотел узнать о бедлендах*, так ли уж они непригодны. Проезжая по пустыне Пэйнтид, сказал я, я был поражен видом этой земли, казалось, она умерла навеки. Можно ли хоть что-нибудь получить от этих краев?

Он полагает, что немного. Эти земли могут оставаться такими же еще миллионы лет. При подобном химическом составе почвы развитие в ней органической жизни почти невозможно. «Но должен вам сказать, — добавил он, — по моему убеждению, существует тенденция развития и в другом направлении».

«Что вы имеете в виду?» — спросил я.

«Имею в виду то, что развитие почвы в сторону жизни идет быстрее, чем в сторону смерти. Конечно, пройдут миллионы лет, прежде чем станут заметны кое-какие перемены, но это устойчивая тенденция. Есть в воздухе что-то, что подкармливает землю. Вы смотрите на солнечный луч... вам кажутся видимыми какие-то текучие, зыбкие элементы в воздухе. Что-то постоянно достается земле. Бесконечно малые частицы, питающие почву. Теперь о пустыне Пэйнтид... Я прошел почти всюду по ней. Конечно, она еще далеко не изучена. Даже индейцы всего о ней не знают. И он заговорил об окраске пустыни, о том, как в результате охлаждения земля принимала тот или иной цвет. Говорил о следах доисторической жизни, застывших в скалах. Рассказал о плато где-то посреди пустыни, его случайно открыл один авиатор, на этом плато ходят табуны карликовых лошадей. «Некоторые считают, — сказал он, — что этих лошадок сотни лет назад завезли сюда испанцы, но по моей теории их рост замедлила нехватка воды и растительности». Он рассказывал о лошадках этих с таким воодушевлением, что перед моими глазами вживе возникли все эти доисторические животные, эогиппусы или как их там называют, резвящиеся на равнинах древней Центральной

* Бедленды (букв. «плохие земли») — неплодородные земли, сильно расчлененные эрозией.

Азии. «Это не так уж необычно, – заметил он. – Возьмите Африку, там и пигмеи, и слоны, и все прочие». Слоны-то здесь при чем, спросил я себя. Может быть, он имеет в виду что-нибудь еще? Потом я понял, что он упомянул слонов, потому что незадолго до этого рассказывал о костях и целых скелетах гигантских животных, некогда скитавшихся в этих местах, о верблюдах, слонах, динозаврах, саблезубых тиграх. Он говорил о прекрасно сохранившихся в вечной мерзлоте Сибири, Аляски, Канады тушах мастодонтов, хоть сейчас жарить можно; он говорил о перемещениях Земли в незнакомые новые зодиакальные области и поворотах ее оси; о великих климатических изменениях, внезапных, катастрофических, погребавших заживо целые эпохи, превращавших в пустыни тропические моря, воздвигавших горные хребты там, где когда-то плескались волны. Он неспешно обволакивал меня своими рассказами, такими обстоятельными, словно он лично наблюдал с какой-нибудь недоступной высоты за всеми этими роковыми событиями.

«То же самое и с человеком, – продолжал он. – Мне представляется, что, когда мы слишком близко подойдем к раскрытию тайны, у природы найдется способ отделаться от нас. Конечно, мы с каждым днем становимся все сообразительней и хитрее, но до сути вещей мы так и не добрались и никогда не доберемся. Бог этого явно не имел в виду. Мы думаем, что много знаем, но мысли-то наши идут по проторенному пути. Ведь книгочеи не умней прочего люда. Они просто усваивают то, что написано в книгах, и действуют известным образом в известных обстоятельствах. Помести их в новые условия, и они теряются. У них нет гибкости, они прямолинейны, думают так, как их обучили. Не могу признать это умом».

И он рассказал мне о группе ученых, которых встретил когда-то на острове Санта-Каталина[110]. Были эти ученые археологами, специалистами по индейским могильникам. Он в это время раскопал на Санта-Каталине, у самого уреза воды, огромную груду скелетов и занимался их исследованием. И вот тут появились эти самые ученые. По их теории выходило, что здесь в очень далеком прошлом по какой-то случайности произошло массовое отравление окрестных индейцев съедобными моллюсками и умерших свалили вперемешку с раковинами в одну кучу.

«У меня совсем другое мнение!» – сказал он одному из профессоров, выслушав всю эту чепуху.

На него взглянули так, будто спрашивали: «А кому интересно твое мнение? Что ты вообще можешь знать о таком предмете?»

Но в конце концов один из них поинтересовался, в чем же заключается его мнение.

«Пока я вам этого не скажу. Хочу сначала посмотреть, что вы тут выудите».

Разумеется, раздражения у них после такого ответа не убавилось. А он тем временем стал потчевать профессоров вопросами в стиле сократовских вопросов, чем разозлил их еще больше. Ему хотелось знать: поскольку они всю свою жизнь посвятили индейским погребениям, попадались ли им когда-нибудь скелеты, сваленные таким образом. «Когда-нибудь вы находили вокруг них раковины моллюсков?» – спросил он. Нет, раковин они не находили, ни живых, ни мертвых. «Вот и я не находил, – сказал он. – Никаких раковин рядом».

На следующий день он заговорил с археологами о саже и пепле. «Вы полагаете, вся эта сажа от того, что индейцы пекли моллюсков, не так ли?» – спросил он у одного из них. От пустынника я узнал, что существует огромная разница между древесной золой и вулканическим пеплом. «Дерево, – объяснял он, – дает жирную сажу и золу. Не имеет значения возраст – жирность всегда остается. А на скелетах этих следы вулканического пепла». Его гипотеза основывалась на том, что здесь произошло извержение вулкана, от которого индейцы пытались спастись в море и были накрыты огненным дождем.

Ученые само собой подняли на смех его гипотезу. «Я не стал с ними спорить, – рассказывал он, – а то бы они остервенились окончательно. Я ведь просто прикинул что к чему и сообщил им. Через пару дней они пришли ко мне и сказали, что моя идея звучит убедительно и они примут ее во внимание».

А дальше он стал рассказывать вообще об индейцах. Ему довелось пожить среди них и немного узнать, каково быть индейцем. Мне показалось, что он относится к ним с превеликим уважением.

Я попросил его рассказать про навахо, о которых я много чего услышал с тех пор, как добрался до Запада. Правда ли, что их численность растет невиданными темпами? Некоторые представители властей, которых мне цитировали, утверждали, что лет через сто, если что-нибудь непредвиденное не остановит этот рост, число навахо достигнет сегодняшнего уровня белого населения нашей страны. Они, говорят, практикуют полигамию, каждому навахо позволяется иметь до трех жен. Во всяком случае, их прирост феноменален. Я надеялся, что он скажет мне, что индейцы непременно снова станут сильными и могущественными.

Вместо ответа он рассказал об индейской легенде, предсказывающей крушение белого человека из-за какой-то грандиозной катастрофы — пожара, голода, потопа.

«А почему не просто из-за алчности и невежества?» — вставил я.

«Более того, — сказал он, — индейцы верят, что, когда придут последние времена, в живых останутся только самые сильные и стойкие. Наш образ жизни потому они и не принимают. Как на высшую расу они на нас не смотрят ни в коем случае. Терпят нас и всё. Чему бы их ни обучали, как бы ни воспитывали, индейские дети всегда возвращаются к своему племени. Предполагаю, что они просто ждут, когда мы вымрем».

Меня его слова обрадовали. Вот было бы чудесно, я подумал, если бы они вдруг решительно поднялись во множестве и сбросили нас в море, вернули бы себе страну, которую мы у них украли, снесли бы наши города или использовали бы их как места обрядов и праздников. Как раз накануне этого нашего разговора во время обычной прогулки вдоль каньона я наткнулся глазами на газетную страничку юмора (я заметил название «Отважный принц»), лежащую на самом краю бездны. Странные чувства пробудила во мне эта находка. Что может быть более пустяшно, бесплодно, ненужно, чем присутствие в таком великом таинственном зрелище, как Большой каньон, этого жалкого юмористического субботнего листка? Вот он лежит здесь, беспечно оброненный каким-то равнодушным читателем, и малейшее дуновение ветра готово взвихрить его и бросить в никуда. А за этим аляповато раскрашенным листком, обязанным своим рождением энергии множества людей, разнообразным природным ресурсам, хилым желаньицам перекормленных детей, — вся история цивилизации Запада, приближающейся к своей наивысшей точке. Странички комикса, военный корабль, динамо-машина, радиостанция — разницу в их ценности я могу определить с большим трудом. Все они одного и того же плана, все они проявление неуемной, бесконтрольной деятельности, непостоянства, смерти и распада. Глядя на величественные амфитеатры, колизеи каньона, на храмы, которые природа за неисчислимый период смогла вырубить из дикого нагромождения скал, я спрашивал себя, почему столь же грандиозных творений не мог дать нам человек? Почему в Америке самые блестящие произведения искусства созданы природой? Да, у нас есть небоскребы, плотины, мосты, бетонные автострады. Все утилитарное. Но нигде в Америке не найти ничего, что может сравниться с соборами Европы, с храмами Азии и Египта, с бессмертными монументами, воздвигнутыми верой, любовью, страстью. Никакого вдохновения, пыла, энтузиазма, кроме как для активизации бизнеса, развития транспортных средств, расширения сферы жестокой эксплуатации. *А в результате?* Быстро изнашивающиеся люди, причем треть из них стремительно нищает, более интеллектуальные и богатые практикуют сокращение рождаемости, неудачники становятся все более неуправляемыми, криминализируются, всячески деградируют. Горстка крикливых, амбициозных политиканов старается убедить толпу, что это и есть, подумать только, последнее прибежище цивилизации!

Мой пустынножительствующий знакомец часто намекал на «великую тайну». Я подумал о замечательной фразе Гете об «общеизвестном секрете». Ученые не из тех людей, что могут разгадать его. Никуда они не добираются в своих попытках докопаться до разгадки. Они только заталкивают тайну все глубже, делая ее еще более непостижимой. Реликвии этой эпохи будут восприниматься людьми будущего так же, как мы воспринимаем сейчас артефакты каменного века. У нас ведь мышление динозавров. Неуклюжие, туго соображающие, медленно передвигаемся мы среди множества чудес, совершенно для нас непроницаемых. А все наши изобретения и научные открытия ведут лишь к аннигиляции.

Между тем, индеец живет так, как жил всегда, уверенный в том, что мы предлагаем ему совсем не лучший путь. И стоически ждет, когда полностью закончится работа нашего саморазрушения. Когда мы размякнем и выродимся, когда все рухнет и развалится на части, тогда он заберет себе страну, которую мы так отчаянно опустошаем. Он двинется со своих заброшенных, ни к чему не пригодных земель, превращенных нами в резервации для неприкасаемых, и вернет себе леса и реки, некогда ему принадлежавшие. Мир и тишина снова снизойдут на эту землю, когда мы исчезнем: исчезнут и уродливые громадины заводов и фабрик, исчезнут доменные печи, исчезнут трубы, исходящие паром и дымом. Человек снова станет ясновидцем и телепатом. Все наши инструменты, приборы, аппараты всего лишь костыли, которые превращают нас в паралитиков. Мы не стали более человечными, благодаря нашим изобретениям и открытиям, наоборот, они нас расчеловечили. И потому нам суждено исчезнуть, а на наше место придет «низшая раса», те, с которыми мы обращались как с париями. Они-то по крайней мере никогда не теряли связи с землей. Они вросли в землю корнями и расцветут, когда с нее удалят наросты цивилизации. Может быть, верно, что все мы находимся в большом плавильном тигле, да только реакция слияния еще и не началась. Лишь тогда, когда индеец и чернокожий, мулат и желтый соединятся с белыми людьми страны в полном равенстве и дружбе, гигантская плавильня сослужит свою службу. Тогда, возможно, мы и увидим – через тысячу лет – новое жизнеустройство этого континента. Но белому американцу придется сначала побывать в униженных и оскорбленных; ему придется лишиться собственного достоинства и молить о великодушии, ему придется признать свои грехи и заблуждения; ему придется смиренно просить, чтобы его приняли в это великое новое братство, создать которое он оказался неспособен.

Говорили мы и о войне. «Добро бы схватились лишь те, кто хотел войны, но заставлять человека, у которого нет ни к кому ненависти, кроткого, незлобивого человека участвовать в этой резне – ужасно. Войной же ничего не добьешься. Из двух неправд одну правду не скроить. Ну вот, я буду вас колотить, заставлю вас подчиняться, и на что же вам тут рассчитывать? Да вы будете дожидаться случая, когда я повернусь к вам спиной, и вцепитесь мне в загривок, так ведь? Силой не добиться прочного мира. Дайте людям то, что им нужно – даже больше того. Будьте великодушным и щедрым. Война может хоть завтра окончиться, если мы только захотим этого на самом деле.

Боюсь, однако, мы ввяжемся в драку меньше чем через месяц. Рузвельт хочет втянуть нас в это дело. А самому стать диктатором. Помните, он сказал, что будет последним президентом Соединенных Штатов? Что делали другие диктаторы, чтобы добиться власти? Перво-наперво, они склоняли на свою сторону профсоюзы, так ведь? Точь-в-точь как поступает Рузвельт, верно? Конечно, я не думаю, что его хватит на весь срок. Если только его убьют – а всякое может случиться, – нашим следующим президентом будет Линдберг[111]. Американский народ не хочет идти на войну. Народ хочет мира. И когда президент Соединенных Штатов старается представить такого человека, как Линдберг, изменником, он тем самым подталкивает народ к возмущению. Нашим людям ни к чему неприятности от чужих стран. Все, что мы хотим, – заниматься своим бизнесом да жить потихоньку на свой лад. А того, что Гитлер вторгнется в нашу страну, нам нечего бояться. И если отправлять наших солдат в Европу – ради чего мы это сделаем? Пусть Гитлер хозяйничает в Европе, надо всего лишь подождать, пока он, наконец, не скапутится от напряга, – вот так я смотрю на это дело. Я всегда говорю – дайте человеку веревку покрепче, а уж повесится он сам. Есть только один способ остановить войну – сделать то, что делает Гитлер: быстренько проглотить все малые нации, отобрать у них оружие и потом наблюдать за порядком в мире. *Мы* могли это сделать! *Если бы захотели быть бескорыстными.* Но нам понадобилось сначала наделить всех равными правами. Мы не смогли сделать этого как победители, вроде того, что пытается сейчас сделать Гитлер. Так у нас не вышло. Мы должны были думать обо всем мире и позаботиться о том, чтобы с каждым мужчиной, каждой женщиной, каждым ребенком обошлись по справедливости. Мы должны были предложить миру что-то *позитивное*, а не просто защищать себя под предлогом защиты всей цивилизации, как делают это англичане. Если б мы всерьез решились сделать для мира что-то *бескорыстно*, у нас бы, я уверен, получилось.

Но, думаю, мы этого не сделаем. У нас нет лидеров, способных вдохновить людей на такое усилие. Мы собираемся спасать большой бизнес, свободную международную торговлю и другие подобные штуки. А вот то, что мы обязаны сделать прежде всего, – уничтожить наших собственных гитлеров и муссолини. Обязаны очистить наш собственный дом, прежде чем отправимся спасать мир.Тогда мир, может быть, в нас поверит».

Такой пространный монолог его самого смутил, и он извинился за свое многословие. Не получил, мол, никакого образования и потому не умеет толково изъясняться. А долго живя в одиночестве, совсем отвык от разговоров с людьми. Сам не понимает, чего он так разболтался. Но, как бы то ни было, он сам пришел к своим идеям, верны ли они или ошибочны, плохи или хороши. И говорит то, что думает.

«Мозги – это все, – сказал он. – Если будете содержать свои мозги в порядке, тело ваше само о себе позаботится. Возраст – это лишь состояние вашего разума. Я себя сейчас чувствую молодым, может быть, даже моложе, чем двадцать лет назад. Потому что не волнуюсь по каждому пустяку. На многие вещи не обращаю никакого внимания. Дольше всех живут люди, которые живут проще всех. Деньги вам не помогут. От них только раздражение и беспокойство. Ведь самое лучшее быть одиноким, спокойным и молчаливым. Поступать по собственному разумению. Знаете, я верю в звезды. Наблюдаю за ними все время. Но слишком долго думать об одной какой-нибудь вещи – никогда не думаю. И по проторенной дорожке не пытаюсь ходить. Ведь все мы когда-нибудь умрем, чего ж делать то, чего не хочется? Если вы способны удовлетворяться малым, вы будете счастливым. Главное – суметь сжиться с самим собой, любить себя настолько, чтобы не нуждаться постоянно в людях вокруг. Во всяком случае, я так думаю. Потому-то и живу в пустыне. Может быть, я знаю не много, но тому, что знаю, выучился в одиночку».

Мы поднялись, чтобы распрощаться. «Моя фамилия Ольсен, – сказал он. – Был рад познакомиться с вами. Если попадете в Барстоу, загляните ко мне. С удовольствием поговорил бы с вами снова. Показал бы вам доисторическую рыбу – ее отпечаток я нашел в скале, и губки, и папоротники, которым пара миллионов лет».

от Большого каньона до Бербанка

БЫЛО ДЕВЯТЬ ЧАСОВ ЯСНОГО ТЕПЛОГО УТРА, КОГДА я простился с Большим каньоном и начал спускаться из-под облаков к уровню моря по безмятежному красивому тобоггану*. Теперь, оглядываясь назад, мне трудно вспомнить, что было раньше на моем пути – Барстоу или Нидлс. Смутно припоминаю, что до Кингмена я добрался ближе к заходу солнца. К тому времени успокоительный, будто тоненькие браслеты позвякивают, звук моего двигателя сменился пугающим лязганьем, словно и муфта сцепления, и задний мост, и дифференциал, и карбюратор, и термостат, и все гайки и подшипники разболтались и готовы в любую минуту вывалиться. Я двигался вперед медленно, останавливался каждые полчаса, чтобы дать мотору остынуть и залить свежую воду. Меня обгоняло всё: тяжелые грузовики, ветхие драндулеты, воловьи упряжки, пешие бродяги, крысы, ящерицы, даже черепахи и улитки. Выехав из Кингмена, я увидел перед собой гостеприимно распахнутую пустыню и дал газу, решив доехать в Нидлс прежде, чем начну клевать носом. Когда я добрался до подножья перевала вблизи Отмена, радиатор начал кипеть. Глотнул я в пятнадцатый или в двадцатый раз за день кока-колы и, присев на подножку, стал ждать, пока машина снова охладится. Остановился неподалеку от бензоколонки, возле которой слонялся старый алкаш. Ему очень хотелось поболтать. Для начала он сказал, что здесь самое трудное место на всем хайвэе №66.

* Тобогган – индейское слово, означает ледяную гору для санного спуска.

Всего двенадцать миль, но очень уж плохих миль. Опасна дорога или нет, меня не беспокоило, а вот не закиплю ли я снова прежде, чем взберусь на перевал, мне было интересно. Попробовал выяснить, долгий ли, короткий ли подъем и насколько он крут. «Да тут нет ни одного кусочка, который вы не могли бы пройти на высокой скорости», – повторял он. Для меня это не имело значения по той причине, что там, где другие машины шли на хорошей скорости, я часто шел на первой. «Конечно, на спуске будет ничуть не лучше. Но до макушки всего четыре мили. Если вы туда доберетесь, с вами все будет в порядке». Он не сказал *«когда»*, как говорят в таких случаях, и это его «если» мне очень не понравилось. «Значит, – спросил я, – это такой жуткий подъем?» Да нет, не такой уж он жуткий, этот подъем, он хитрый, мудреный, вот и всё. Зависнет человек на краю скалы, тут его страх и берет. Оттого все эти происшествия и случаются. Закат управлялся со своим делом быстро, и вот-вот должно было потемнеть. Желал бы я знать, хватит ли мне одной оставшейся в живых фары. Я пощупал капот, он был раскаленным, как железная печка. Восемь миль спуска, вычислил я. Если доберусь до вершины, просто покачусь вниз вхолостую, и двигатель снова охладится.

Я тронулся с места. Машина издала ужасный звук, просто человеческий звук, словно пытают какого-то гиганта и он скрежещет от боли. Дорожные знаки приказывали ехать медленно. Вместо этого я стал набирать скорость. Я шел на третьей передаче и намеревался так и держать, пока не достигну вершины. К счастью, навстречу мне попались лишь две машины. Краешком глаза я пытался заглянуть вниз. Там ничего нельзя было разглядеть, просто пространство вздыбленной суши, конца-краю которому не было видно, плыло в текучем пламени. На перевале стрелка показала 195 градусов. У меня имелись две банки воды по галлону, и меня не пугал предстоящий путь. «Ну, теперь мы спускаемся, – успокоил я себя, – и она мигом охладится». Наверное, там, на дне ущелья, и лежал Отмен, но с таким же успехом это могло быть и концом света. Фантастическое место, и я не мог понять, как может кто-то здесь жить. Но не было времени слишком долго размышлять об этом, хотя спускался я медленно и осторожно. Мне показалось, что зубцы проскальзывают. Хотя моя тележка шла на первой скорости, катилась она слишком быстро. Я пробовал на подковообразных изгибах пути и на спусках жать на тормоза. Ничего, однако, не могло удержать ее должным образом. Единственной нормально работавшей деталью был клаксон. Обычно звук сигнала был негромким, но тут он ревел густым низким голосом. Единственная фара давала слабый свет, и я непрестанно гудел изо всех сил среди обступившей тьмы. Склон, по которому я спускался, был длинный, отлогий, но развить скорость больше тридцати миль не позволял. Я думал, что я стремглав лечу – если бросал взгляд на обочину дороги, – но на самом деле иллюзия была другая: я плыл под водой, сидя за рулем какой-то странной, с раскрытой верхней палубой субмарины. Несмотря на все трудности спуска, я повеселел. Ночь была удивительно теплой, и тепло это проникало во все поры моего существа и успокаивало. Всего в третий или четвертый раз я был в машине один и вел ее ночью. Зрение мое было, скорее, слабым, а ночная езда – это искусство, которым я пренебрег, когда брал уроки в Нью-Йорке. Люди в других машинах как будто старались держаться от меня подальше по каким-то таинственным соображениям. Иногда они сбрасывали скорость чуть ли не до нуля, только бы пропустить меня вперед. Я забыл о своей единственной фаре. Вышла луна, и мне казалось, что свету вполне достаточно и можно фару не включать. Видел я вперед всего на несколько ярдов, но тогда мне это казалось вполне нормальным.

Подъезжая к Нидлсу, я вдруг почувствовал, что попал в теплицу. Воздух благоухал всеми ароматами, и стало еще теплее. Я как раз подъехал к чему-то, где было много воды, может быть, к озеру, когда перед машиной возник человек в форме и, взмахнув рукой, приказал мне прижаться к обочине. «Остановите ее», – негромко проговорил он, и я увидел, что пребываю в настолько блаженно-рассеянном состоянии, что, приткнувшись к обочине, не заметил, что автомобиль продолжает медленно катиться вперед. Поставьте ее на тормоз», – уже тверже и громче сказал человек в форме. Это была калифорнийская дорожная инспекция. «Так я уже в Калифорнии?» – осведомился я с довольной улыбкой. «Вы откуда прибыли?» – вместо ответа спросил он. На минуту я совсем перестал соображать. Откуда прибыл? Откуда я? Чтоб потянуть время, я спросил, что он имеет в виду: «Откуда я *сейчас* или вообще откуда я?» Конечно же, он имел в виду сегодняшнее утро, это можно было понять даже по раздраженному тону его вопроса. И вдруг я вспомнил — так я же рано утром покинул Большой каньон. Бог ты мой, какое счастье, что я это вспомнил! Только замешкайся с ответом, эти парни тотчас же станут вдвое подозрительней. «Один путешествуете?» — спросил он и, посветив карманным фонариком в пустую кабину, задал следующий вопрос: «Вы американский гражданин?» Это показалось мне полнейшим абсурдом — после всего, что я проделал за сегодняшний день. Я чуть было истерически не расхохотался ему в лицо. «Да, я американский гражданин», — ответил я спокойно, сдержав себя, чертовски обрадованный тем, что мне не надо предъявлять ни удостоверения личности, ни каких-либо других дурацких свидетельств моего статуса. «Наверное, родились в Нью-Йорке?» «Да, — сказал я, — родился в Нью-Йорке». «В Нью-Йорк Сити?» « Да, сэр, в Нью-Йорк Сити». Тогда мне показалось, что он задал мне кучу вопросов о насекомых, о капустной рассаде, о рододендронах, о некоем пахучем азиатском растении, называемом небесным деревом, о формальдегиде, о ядохимикатах. И на все это я механически отвечал: «Нетсэр, нетсэр, нетсэр!» Это было похоже на краткий экзамен по катехизису, но только это было в Калифорнии, и большое озеро или что-то в этом роде лежало рядом, и стрелка индикатора ползла к 200.

«У вас не горит одна фара, вы это знаете?»

«А как же, сэр», — ответил я совершенно ангельским голосом и, выключив мотор, поднял капот, чтобы посмотреть, как он там.

«Куда направляетесь теперь?»

«В Нидлс. До него далеко?»

«Всего несколько миль».

«Тогда я как-нибудь доковыляю. Премного вам благодарен, сэр!»

Я плюхнулся за руль и рванул с места с ужасающим жужжанием и лязгом. Но почти сразу меня опять остановили. Человек с сигнальным фонарем подошел нетвердой походкой к машине, оперся о борт, уцепился за мой локоть и, дохнув то ли виски, то ли джином, спросил, как ему лучше добраться до такого-то места. Название этого города я услышал в первый раз в жизни.

«Езжайте налево», — ответил я, не потратив и секунды на раздумье.

«А это точно?» — его голова плавно раскачивалась над моим рулевым управлением.

«Абсолютно», — сказал я, ставя ногу на газ.

«Не хотелось бы опять оказаться в Кингмене», — проговорил он.

«Никак не ошибетесь, — я нажал на газ, грозя снести ему голову. — Вниз и первый поворот налево!» — успел я крикнуть на прощанье.

Так я и оставил его, стоящего посреди дороги и что-то бормочущего себе под нос. Я молил Бога, чтобы парень не вздумал по пьяной лавочке последовать за мной и не сбросил бы меня в канаву. В Техасе, неподалеку от Веги, я уже встретился однажды с таким малым. Он все настаивал, что у меня неполадки с машиной, сказал, что я генератор потерял, и вызвался сопровождать меня до ближайшего городка, но на первой же миле чуть не разбил мою машину. Главной-то целью его было выпить на дармовщину. Забавно, ничего не скажешь, наткнуться среди ночи на томимого жаждой пьяницу. Но, конечно, лучше он, чем мамаша с пятью ребятишками, да еще беременная шестым. Именно так повезло одному моему другу.

В Нидлсе я лег спать сразу же после ужина, намереваясь подняться в пять утра. Но в три тридцать я услышал петушиное кукареканье и, почувствовав себя свеженьким, принял душ и решил тронуться в путь, как только рассветет окончательно. Позавтракал, заправился горючим и уже в половине пятого катил по шоссе. В этот час жары еще не было, градусов семьдесят пять или восемьдесят. Температурный индикатор показывал 170. Я рассчитывал попасть в Барстоу до того, как станет по-настоящему жарко, часам к девяти, это уж точно. Время от времени мне казалось, что какая-то обезумевшая птица летает по машине, издавая странное чириканье и стрекот, звук, который слышался мне с тех самых пор, как я выехал из Озарковых гор. Так стрекочут и дребезжат хомутики, когда их слишком туго затянут или, наоборот, чересчур ослабят. Но я так и не узнал наверняка, машина ли издает эти звуки или какое-нибудь живое пернатое. Но легко можно было себе представить, что где-то в районе заднего моста томится в заточении некая птичка и она вот-вот погибнет от тоски и печали.

Я выезжал из города, когда автомобиль с номером Нью-Йорка сбавил скорость, поравнявшись со мной, и высунувшаяся из окна женщина истошно завопила: «Привет Нью-Йорку!» Одна из тех восторженных бабенок, у которых по любому поводу, а чаще всего без повода может случиться истерический припадок. Но ехали они неспешно, миль сорок пять в час, и я надумал просто повиснуть у них на хвосте. Так я держался за ними мили три и тут увидел, что чертова стрелка переползла за 190. Я сбросил скорость до пешеходной и приступил к производению в уме неких расчетов. Еще в Альбукерке, побывав у авторемонтного гения Хьюга Даттера, я узнал о существовании разницы между показаниями индикатора нагрева и показаниями термометра непосредственно в цилиндрах. Разница доходила до пятнадцати градусов, и толковать ее можно было с большой долей вероятности в мою пользу, хотя на практике так никогда не выходило. Хьюг Даттер сделал все возможное, чтобы преодолеть проблему перегрева, за исключением кипения радиатора. Но в этом я был виноват сам. Сказал ему с перепугу, что у меня радиатор кипел еще за четыре тыщи миль до Альбукерке. А случилось это только, когда я докатил до Джозеф Сити в Аризоне. Там встретился мне старый коммерсант, занимавшийся торговлей с индейцами, и от него я узнал, что ничего мне не остается, кроме как снова заняться чисткой двигателя. Бушман – так звали этого человека – был настолько любезен, что поехал со мной в Уинслоу. Там он познакомил меня со своим зятем, еще одним магом-автомехаником, и прождал около четырех часов, пока радиатор выкипел, регулятор зажигания был отрегулирован, ремень вентилятора заменен, гайки затянуты, клапана отпущены, карбюратор откалиброван, пока, словом, машину привели в порядок. И за все это с меня спросили скромных четыре доллара. Восхитительно было после этой операции в самый послеполуденный зной въезжать во Флагстафф с цифрой 130 на индикаторе! Я просто глазам своим не верил. Но, конечно, когда примерно через час я остановился на пологом долгом спуске к Камерону, когда заметно похолодало, эта проклятая штука опять закипела. Но стоило мне только выбраться из леса на необжитые места, где горы были темно-красными, земля цвета молодого горошка, а плоские, приплюснутые холмы окрашены в розовое, голубое, черное и белое, все наладилось. Не думаю, что за сорок миль я проглядел какие-нибудь следы человеческого обитания. Такое нередко встречается на Западе даже вблизи больших городов. Но здесь это выглядело ужасно. Только три автомобиля попались мне навстречу, а потом открылось безмолвное пустое пространство, где спокойно, зловеще и неотвратимо шло угасание человеческой, животной, растительной жизни, да и самого света. Вдруг, невесть откуда, ярдах в пятидесяти от меня возникли трое галопирующих всадников. Они просто материализовались посреди дороги. На какой-то миг я подумал, что меня собираются грабить. Но нет, минуту, другую они прогарцевали на шоссе, помахали руками, приветствуя меня, и потом, пришпорив лошадей, поскакали в фантасмагорически пустые сумерки и растаяли в пространстве через несколько секунд. Мне показалось поразительным, что они определенно направились куда-то, хотя было абсолютно ясно, что здесь направляться некуда. А Камерон я чуть было не проехал. По счастливой случайности бросив взгляд в сторону, я увидел неподалеку от шоссе бензозаправку, кучку дощатых хижин, что-то вроде гостиницы и несколько мазанок индейцев навахо. «А где же Камерон?» — спросил я, полагая, что городишко прячется по ту сторону моста. «А вы в Камероне», — ответил человек у бензоколонки. Я был так потрясен мрачной торжественностью декора, что еще до того, как спросить комнату, отправился к берегу Литтл-Колорадо, чтобы как следует рассмотреть тамошний каньон. До следующего утра я так и не понял, что разбил лагерь рядом с той самой пустыней Пэйнтид, с которой распростился вчера утром. Я лишь подумал, что прибыл в какую-то точно определенную точку мира, к некоему потаенному пупу Земли, где реки прячутся под землей, а раскаленная магма прорывается сквозь граниты розовыми жилками, словно симптомы геодезического геморроя.

Ладно, как бы то ни было, надо возвращаться. Где же я в самом деле? Почему-то с того дня, как я побывал в Тукемкэри*, я совсем перестал ориентироваться. На номерных зна-

* Первый город штата Нью-Мексико, в который попадаешь, если следовать маршрутом Миллера — с востока на запад.

ках Нью-Мексико читаешь: «Земля Волшебства». И это так и есть, ей-богу! В огромном прямоугольнике, охватывающем части четырех штатов – Юты, Колорадо, Нью-Мексико и Аризоны, – нет ничего, кроме волшебства, очарования, иллюзии, фантасмагории. Может быть, тайна Американского континента заключена в этом диком, неприветливом и все еще до конца не исследованном крае. Это страна индейцев главным образом. Страна гипнотическая, хтоническая[112], неземная, сунеземная. Здесь природа изгнала «мамочку и папочку», здесь она не терпит детских проказ и сюсюканья. Человек здесь инородное тело, он не нужен, он, словно бородавка или прыщ. Человек здесь нежелателен. Кроме краснокожих людей, разумеется, но они так далеко отстоят от того, что нам кажется человеком, что представляются нам какой-то другой породой. Застыли в скалах их рисунки и иероглифы. Нечего и говорить о следах динозавров и других неуклюжих доисторических громадин. Вы прибываете на Большой каньон, как на великое богослужение, которое творит здесь природа. Ширина каньона от десяти до восемнадцати миль в среднем, но понадобится два дня, чтобы пройти от одного его края до другого пешим ходом или верхом. А почте, пересылаемой с одной стороны каньона на другую, требуется четверо суток, за которые ваши письма совершают фантастическое путешествие по четырем штатам. Животные и птицы очень редко пересекают эту бездну. Деревья и прочая растительность, разъединенные каньоном, отличаются друг от друга. Спускаясь с вершины на дно каньона, вы практически знакомитесь со всеми климатическими зонами земли, за исключением Арктики и Антарктики. Между двумя формациями горных пород существует, как утверждают специалисты, разница в пятьсот миллионов лет. Это безумие, совершенное безумие, и в то же время это так грандиозно, так возвышенно, так нереально, что, попав сюда в первый раз, вы не выдержите и расплачетесь. Я, во всяком случае, не выдержал. Подобно Кноссу, Микенам, Эпидавру[113], это одно из немногих мест на земле, которое не только оправдывает все ожидания, но и превосходит их. Мой новый приятель Бушман, проработавший много лет проводником в этих краях, рассказывал мне фантастические байки о Большом каньоне. Я готов поверить во все, что мне могут рассказать об этом, будь то сведения о геологических эрах и образованиях, об аномалиях животной или растительной жизни или индейские мифы. Если кто-нибудь станет мне втолковывать, что горные пики, амфитеатры и холмы, так удачно названные башней Сета, пирамидой Хеопса, храмом Шивы, храмом Озириса, храмом Изиды и т.д., творение рук беглых египтян, индусов, персов, халдеев, вавилонян, эфиопов, китайцев или тибетцев, я поверю в это без всяких сомнений. Большой каньон – великая загадка, и сколько бы ни узнавали о нем, мы никогда не узнаем окончательную истину.

Я как раз въезжал в пустыню, лежащую между Нидлсом и Барстоу, об этом, впрочем, я уже говорил. Было шесть часов прохладного, как полагается в пустыне, утра, и я сидел на подножке своего автомобиля в ожидании, когда охладится мотор. Эти остановки происходили с регулярными интервалами в двадцать или тридцать миль. Об этом я тоже уже говорил. Покрыв расстояние миль в сорок, машина моя сбавила скорость, будто бы сама подобрала нужный ритм, и что бы я ни делал, я не мог заставить ее прибавить ходу. Я был обречен ползти миль по двадцать-двадцать пять в час. Когда я доплелся до городка под названием Амбой, у меня состоялась спокойная, утешительная беседа с пожилым опытным жителем пустыни, воплощением мира, ясности, сострадания. «Да вы не беспокойтесь, – сказал он. – Попадете вы туда вовремя. Не сегодня, так завтра, никакой разницы нет». Кто-то спер у него ночью автомат, продающий арахис, а он ничуть не расстроился, отнес это на счет человеческой натуры. «Некоторые люди поднимают вас до королей, – сказал он, – другие ниже червя земляного опустят. Мы тут, наблюдая за проезжающими машинами, много чего узнали о натуре человека». Он-то и предупредил меня, что мне скоро выпадет участок в сорок миль, которые покажутся мне самыми длинными милями в жизни. «Я там раз сто проезжал, – сказал он, – и с каждым разом мили эти растягивались все больше и больше».

Как же он оказался прав! Так и должно было случиться вскоре после того, как я попрощался с ним. Только проехал я около пяти миль, как мне пришлось свернуть с дороги и погрузиться в состояние блаженного транса. Я угодил под некий навес из белой жести, и ничего мне не оставалось делать, как смиренно и терпеливо бездельничать. А на стене этого сооружения имелось написанное неразборчивыми каракулями что-то вроде номенклатуры автомобильного двигателя, тех его частей, неисправность которых приводит к повышению температуры. Судя по этому списку, вызвать у двигателя лихорадку или дизентерию могло такое количество вещей, что я удивлялся, как может даже прикоснуться к этому делу кто-нибудь, у кого нет диплома об окончании фордовской школы Автомобильной Чертовщины. Больше того, мне казалось, что все эти хрупкие, капризные, зловредные штуковины, упомянутые в списке, имеют отношение к моему шарабану. Все! И сослаться здесь можно только на их дряхлость; так мне, во всяком случае, казалось. Хотя ведь и мой организм не всегда ведет себя послушно, а меня к устаревшей модели, как они выражаются, никак нельзя отнести.

Ну ладно, потихоньку-полегоньку двинулись дальше. «Не беспокойся!» – непрестанно приказывал я себе. А новые модели просвистывали мимо со скоростью семьдесят пять или восемьдесят миль в час. И вероятней всего с кондиционером. Таким пересечь пустыню было делом плевым – каких-нибудь пару часов, а радио еще будет услаждать их все это время Бингом Кросби или Коунтом Бейси.

Я миновал Лудлоу в разобранном состоянии. Золото большими сияющими самородками лежало повсюду. Имелось еще и целое озеро замороженного за ночь сгущенного молока. А еще там были заросли юкки, а если не юкки, то финиковых пальм, а если не финиковых, то кокосовых – ну, и олеандры, и палисандры, и прочая, и прочая. Зной спускался с небес по наклонной, и выглядело это, словно лестница Иакова[114] в рифленом зеркале. Солнце превратилось в алый глазок поджаренной до хруста глазуньи. Цикады очумело стрекотали, а таинственная птица почему-то перебралась из заднего моста ко мне под ноги и устроилась между сцеплением и тормозом. Все звенело и ныло, включая и маленькое фортепьяно и каллиопу, застрявшую где-то в кардане. Это была великая какофония жары и тайны, кипящего в двигателе машинного масла, шин, раздувшихся, как сдохшие жабы, гаек, выпадавших подобно испорченным зубам. Первые десять миль показались мне сотней, вторые – тысячью, а уж вычислить остаток пути было выше человеческих сил.

Я добрался до Барстоу около часа дня, пройдя в Даггете или в другом таком же гиблом месте еще один инспекторский допрос насчет растений, вшей, овощей. С четырех утра у меня ни крошки не было во рту, но есть мне не очень хотелось. Заказал себе рубленый бифштекс, отщипнул от него кусок-другой и запил охлажденным чаем. Сидя там, вовсю работая над письмами на всех языках, я заметил двух дам, в которых тотчас же узнал недавних постоялиц «Приюта Светлого Ангела». Они простились с Большим каньоном рано утром и, может быть, думали поужинать в Калгари или Оттаве*. Я же чувствовал себя, как получивший солнечный удар слизень. Котелок мой не варил, в нем все выкипело и ушло паром. Об Ольсене я, разумеется, и думать забыл. Я даже не мог вспомнить, как ни старался, откуда же я стартовал, из Флагстаффа, Нидлса или Уинслоу. И вдруг в памяти всплыла моя экскурсия в тот день – а может, это было тремя днями раньше – к Метеорному кратеру. А в какой чертовой дыре находился этот кратер? Я почувствовал, что слегка галлюцинирую. Бармен набивал льдом стакан. Хозяин ресторана тем временем, взяв водяной пистолет, расстреливал мух, облепивших входную дверь. Сегодня был День матери**. Стало быть, сегодня воскресенье. Я надеялся в Барстоу отсидеться в теньке до захода солнца. Но нельзя же торчать долгие часы в ресторане, не заказывая ни еды, ни выпивки. Я забеспокоился и надумал сходить на телеграф и отправить поздравление с Днем матери из Барстоу. Меня обдало жаром, едва я вышел из дверей. Улица – жарящийся банан, разящий ромом и креозотом. Дома обмякли, подогнули колени, грозя потечь клеем или глюкозой. Только бензозаправки казались способными выжить. Холодные, знающие свое дело, приглашающие зайти. Они выглядели безупречно и, казалось, слегка ухмыляются. Каково живется людям, их не касалось. Это были не их беды.

Телеграфная контора была на вокзале. Я отправил телеграмму, присел в тени на скамейку и поплыл назад, в год 1913-й, в тот же месяц, а может быть, и в тот же самый день,

* Калгари и Оттава – города в Канаде; от Барстоу на юге Калифорнии их отделяет не менее 2000 километров.

** День матери празднуется в США во второе воскресенье мая.

когда я в первый раз увидел Барстоу из окна сидячего вагона. Поезд и сейчас стоит на путях так же, как двадцать восемь лет назад. Ничего не изменилось, кроме того, что я протащил себя уже полпути вокруг земного шара и вернулся туда же. Достаточно любопытно, что ярче всего живут в моей памяти запах и вид апельсинов на ветвях деревьев. Особенно запах. Это как приблизиться к женщине, на встречу с которой ты и надеяться не смел. И другие вещи вспоминаются тоже, но там приходится иметь дело больше с лимонами, чем с апельсинами. Работа, которую я нашел неподалеку от Чула-Висты, – целый день под палящим солнцем выжигать кустарники в саду. Афиша на стене в Сан-Диего, объявлявшая о цикле лекций Эммы Голдман[115], – нечто такое, что изменило весь ход моей жизни. Поиски работы на коровьем ранчо под Сан-Педро, мысли о том, чтобы стать ковбоем, книг о ковбойской жизни начитался. Стояние вечерами на крыльце ночлежки со взглядом, устремленным к Пойнт-Лома, в сомнениях, понял ли я ту странную книгу из библиотеки в Бруклине – *«Эзотерический буддизм»*. Я о ней вспомнил через двадцать лет в Париже и сдуру перечитал. Нет, радикально ничего не изменилось. Утверждения и подтверждения лучше, чем разочарования. Каким я был «философом» в восемнадцать лет, таким и останусь до конца дней своих. Душа анархиста, ум непредубежденный, свободный художник, вольный стрелок, флибустьер. Надежный в дружбе, надежный в ненависти, не терпящий всякие «ни вашим, ни нашим», половинчатость, компромиссы. Так вот, тогда мне не понравилась Калифорния, и у меня есть предчувствие, что она не понравится мне и теперь. Одна страсть уже испарилась – желание увидеть Тихий океан. К Тихому океану я равнодушен. Во всяком случае, к той его части, что омывает побережье Калифорнии. Венис, Редондо, Лонг-Бич – я ведь в них так и не побывал еще, хотя вот именно в этот хронологический момент нахожусь от них в нескольких минутах езды на машине, в целлулоидном городе Голливуде.

Итак, автомобиль мой охладился, а я малость размечтался. Вперед на Сан-Бернардино!

Миль двадцать после Барстоу вы движетесь по стиральной доске с песчаными дюнами, напоминающими о Берген-Бич или Кэнарси. Немного погодя вы замечаете фермы и деревья, могучие деревья с колеблющейся под ветром листвой. И сразу мир снова становится одушевленным, человеческим – все из-за деревьев. Медленно, постепенно вы начинаете спускаться. И деревья, и дома спускаются вместе с вами. Каждую тысячу футов попадается большой знак, обозначающий высоту над уровнем моря. Ландшафт становится измеряемым. Вокруг вас резкие, высоченные скалистые цепи постепенно сглаживаются, сходят почти на нет, тают среди пляшущих волн зноя. Некоторые из них полностью исчезают, оставляя лишь снежно-розовое мерцание в небесах, словно мороженое, оставшееся без стаканчика; другие выставляют картонные безжизненные фасады, чтобы просто обозначить свое существование.

Где-то, приблизительно на милю вверх ближе к Богу и его крылатым спутникам целое действо обрушивается на вас. Все линии вдруг сходятся в одной точке – как в рекламном трюке. И вы видите вспышку зелени, самой зеленой, какую только можно вообразить, зелени, вспыхнувшей словно для того, чтобы у вас ни тени сомнения не осталось, что Калифорния – это и в самом деле рай, а рай вправе похвастать собою. И кажется, что всё, кроме океана, набилось в этот горный цирк и вертится со скоростью шестьдесят миль в час. Нет, это не я охвачен нервным трепетом – человек, оказавшийся внутри меня, пытается сам пережить то волнение, которое, как он воображает, охватывало пионеров, добиравшихся сюда на своих двоих или верхами. Но, сидя в автомобиле, окруженном полчищами воскресных послеполуденных маньяков, невозможно ощутить те же эмоции, которыми это зрелище могло наполнить человеческое сердце. Я хотел бы вернуться сюда через то ущелье – Кайонский проход, – вернуться пешком, держа почтительно шляпу в руке и с благодарностью Создателю в сердце. Мне хотелось бы, чтобы это было зимой и легкий снежный покров устилал землю, а подо мной были бы маленькие саночки, на каких в детстве катался Жан Кокто[116]. И, плюхнувшись на них пузом, заскользить к Сан-Бернардино. А если бы уже созрели апельсины, может быть, Бог простер бы свою милость до того, что расположил немного дерев где-то поблизости, чтобы я мог срывать плоды со скоростью восемь миль в час и раздавать беднякам. Разумеется, апельсины есть и в Риверсайде, но сочетать их с тоненьким снежным одеяльцем и легкими санками было бы полнейшей географической несуразицей.

Но самое главное заключается в том, чтобы помнить: Калифорния начинается с повисшего в воздухе на высоте мили Кайонского прохода. Барстоу еще в Неваде, Лудлоу вообще приснился или был миражом. Что же касается Нидлса, то он лежал на океанском дне в другие времена – в третичный или мезозойский период*.

Я добрался до Бербанка, когда уже стемнело. Стайки молодежи из школы механиков усыпали тротуары Мейн-стрит, уплетая сэндвичи и запивая их кока-колой. Я попробовал вызвать в себе молитвенное чувство в память Лютера Бербанка[117], но движение было чертовски лютое, и нельзя было отыскать место для парковки. Никакой связи между Лютером и городом, носящим его имя, я не заметил. А может быть, город назвали в честь другого Бербанка, короля содовой, или жареной кукурузы, или ламинированных клапанов. Я остановился у аптеки и принял там бром-соду – «от головы». Подлинная Калифорния начала проявлять себя. Мне захотелось блевать. Но без разрешения вас не может стошнить в общественном месте. Так что я отправился в гостиницу и взял очаровательный номер с радио, очень похожий на ящик для грязного белья. По радио все продолжал мурлыкать Бинг Кросби; ту же самую песню я слышал и в Чаттануге, и в Чикамауге, и в других местах. Мне хотелось Конни Босвелл[118], но ее-то они как раз и отключили на это время. Я стащил с себя носки и обмотал их вокруг приемника, чтобы заткнуть ему глотку. Было уже восемь часов, а проснулся я на рассвете дней пять тому назад, так мне, во всяком случае, показалось. Не было здесь ни тараканов, ни клопов, а только равномерный рев транспорта на бетонной ленте шоссе. Да еще Бинг Кросби плыл ко мне на голубых волнах эфира из раскрытых дверей магазина «Все за двадцать пять центов».

* Хотя перечисленные населенные пункты находятся в пределах административных границ штата Калифорния, они лежат по одну сторону системы Сьерра-Невада, а Калифорнийская долина – по другую.

Суаре* в Голливуде

ПЕРВЫЙ МОЙ ВЕЧЕР В ГОЛЛИВУДЕ. ОН БЫЛ НАСТОЛЬко типическим, что я уж подумал, не сделали ли его таким специально ради меня. Тем не менее, по чистой случайности я оказался в черном красавце паккарде, прикатившем меня к дому миллионера. Пригласил меня на обед совершенно незнакомый человек. Я даже не знал имени хозяина. Да и сейчас не знаю.

Первое, что бросилось в глаза, едва я был введен в гостиную, – меня окружали явно состоятельные люди, люди, смертельно надоевшие друг другу, и все они, включая восьмидесятилетних старцев, были в крепком подпитии. Хозяин с хозяйкой с удовольствием исполняли роль бармена. За ходом разговора следить было трудно, все походило на игру в «испорченный телефон», где понять друг друга почти невозможно. Главное было хватануть как следует прежде, чем сесть за стол. Один милый старичишка, попавший недавно в жуткую автокатастрофу, принял уже пятый «олд-фэшнд»** и гордился собой – гордился самим этим событием, гордился тем, что пьет, как молодой, хотя от легкого паралича еще не отделался. И все находили это чудом.

Вокруг не было ни одной привлекательной женщины, за исключением той, что доставила меня сюда. Мужчины выглядели людьми бизнеса, кроме двух-трех, похожих, скорее, на престарелых штрейкбрехеров. И всего одна довольно молодая пара, на мой взгляд, лет тридцати. Муж был типичным удачливым дельцом, одним из тех бывших игроков в футбол, что пошли в рекламное дело, или в страхование, или в биржевые операции, чисто американское занятие, где вы не рискуете запачкать своих рук. Он окончил какой-то из университетов Запада и был нормальным шимпанзе с законченным высшим образованием.

Вот такая была обстановка. Когда каждый нализался должным образом, объявили, что кушать подано. Мы сели за длинный стол, элегантно обставленный, с тремя или четырь-

* Вечер, вечеринка *(фр.)*.

** Коктейль из виски, пива, сахара и лимонных корок.

мя бокалами перед каждым прибором. И, разумеется, в изобилии лед. Двенадцать ливрейных лакеев жужжали над нами, словно слепни в жаркий день. Это был избыток всего, бедняк мог вполне насытиться одним блюдом из разряда холодных закусок. За едой разговоры пошли еще более сбивчивые, перескакивали с одной темы на другую, и, вот что важно, возникли дискуссии. Преклонных лет душегуб во фраке, цветом лица напоминавший вареного омара, крыл на чем свет стоит профсоюзных агитаторов. Он напомнил мне религиозных пророков, но скорее смахивал на Торквемаду, чем на Христа. Рузвельт, Бриджес[119], Гитлер, Сталин – все они для него были одним миром мазаны и все заслужили анафему. При всем том, он обладал огромным аппетитом, вероятно, стимулировавшим работу его надпочечников. Как раз к тому времени, когда он добрался до жаркого, он говорил о том, что виселицы мало для такого народа. А хозяйка дома, расположившаяся слева от старика, продолжала между тем прелестную, абсолютно бессодержательную беседу с дамой, сидевшей напротив. Хозяйке только что пришлось оставить своих такс в Биаррице, а может быть, в Сьерра-Леоне, и это, если верить ее словам, страшно ее мучило. В такое время, сетовала она, люди совсем забывают о бедных животных. Люди могут быть такими жестокими, особенно во время войны. В Пекине слуги все разбежались и оставили ее одну возиться с сорока чемоданами – это ведь возмутительно! И как хорошо было вернуться в Калифорнию. Богом отмеченная страна, так она назвала Калифорнию. Она надеялась, что война не распространится на Америку. Боже мой, куда же теперь поедешь? Нигде нельзя чувствовать себя в безопасности. Разве что в пустыне.

Тем временем экс-футболист громким голосом обращался к кому-то за дальним краем стола. Он крыл почем зря, резал правду-матку в глаза англичанке, у которой хватило наглости обнаруживать в этой стране свои симпатии к англичанам. «Чего вы не вернетесь к себе в Англию? – возвысил он голос почти до крика. – Что вам здесь делать? Вы опасны. Мы не полезем в драку за сохранение Британской империи. А вы опасны. Вас надо выслать из страны».

Бедная женщина пыталась сказать ему, что она вовсе не из Англии, а из Канады, но и себя-то в этом гвалте трудно было услышать. А старикан, побывавший в автокатастрофе, потягивал шампанское и все говорил о том, что с ним случилось. Но его никто не слушал. Происшествия на дорогах – здесь это дело обычное, каждый за столом хоть раз да пережил их сам. И подолгу распространяться на эту тему могут только слабоумные кретины.

Хозяйка несколько раз хлопнула в ладоши – она хотела рассказать о маленьком приключении, случившемся с ней во время одного из сафари в Африке.

«Как это так, – не унимался футболист. – Я хочу выяснить, почему в нашей великой стране, в такой решающий момент...»

«Заткнись, – прикрикнула на него хозяйка. – Ты пьян».

«Какая разница, – проревел он. – Я хочу знать, все ли мы здесь стопроцентные американцы, а если нет, то почему. Думаю, что среди нас есть предатели». И поскольку я не принимал никакого участия в разговорах, он уставился на меня тяжелым пьяным взглядом, как бы требуя объяснений. Я мог ответить ему только улыбкой, и это разъярило его еще больше. Он обвел стол глазами, выбирая достойного противника, с кем можно было бы как следует схлестнуться, и наконец остановился на пожилом, с румяными щечками штрейкбрехере. Тот был занят беседой вполголоса с соседом по столу об их общем знакомом, кардинале Таком-то, и как раз в эту минуту говорил, что он, то есть кардинал, очень добр с бедняками, но терпимо, до абсурда, относится к этим грязным агитаторам, которые побуждают к революции, разжигают классовую ненависть и проповедуют анархию. И чем больше он говорил о кардинале, тем больше пены закипало в уголках его губ. Но гнев ничуть не мешал его аппетиту. Он вовсю ел, вовсю пил и притом был капризен, придирчив и ядовит, как змея. Можно было видеть, как по его варикозным венам растекается желчь. Этот человек потратил миллион долларов из государственных средств на помощь страждущим, как он их назвал. И все это для того, чтобы помешать беднякам сорганизоваться и начать борьбу за свои права. Да он и сам был похож на бедного подносчика кирпича, если бы только не смокинг, в который его облачили. Раздражаясь, он не только багровел лицом, все его тело начинало дрожать, как осиновые листья. Настолько был он отравлен своим собственным ядом, что в конце концов переступил все границы и принялся честить президента Рузвельта проходимцем и изменником, помимо всего прочего. Одна из женщин запротестовала, и это заставило снова вскинуться нашего футбольного героя. Он заявил, что никто не смеет в его присутствии оскорблять президента Соединенных Штатов. Вскоре и весь стол потонул в сплошном шуме и гаме. Официант, склонившись из-за моего локтя, наполнил сосуд отличнейшим коньяком. Я пригубил коньяку, откинулся на спинку кресла и с ухмылкой на губах стал ждать, чем все это кончится. Чем громче становилась перебранка, тем умиротворенней чувствовал себя я. «*Ну, как вам в вашем новом пансионе, мистер Смит?*» – услышал я слова президента Мак-Кинли, обращенные к его секретарю. Каждый вечер мистер Смит, личный секретарь президента, приходил в кабинет мистера Мак-Кинли и читал президенту вслух забавные письма, выбранные за день из корреспонденции Белого дома. Президент, безмерно к вечеру уstававший от государственных забот, молча сидел в глубоком кресле возле камина: это был его единственный отдых. И в конце он задавал всегда один и то же вопрос: «*Ну, как вам в вашем новом пансионе, мистер Смит?*» Настолько был заморочен своими делами, что так и не придумал другого финала для их встреч. Даже после того, как мистер Смит переехал в роскошный отель, Мак-Кинли продолжал ежевечерне интересоваться: «*Ну, как вам в вашем новом пансионе, мистер Смит?*» А потом подоспели Выставка и Чолгаш[120], который, понятия не имея, каким простодушным был президент Мак-Кинли, взял да и застрелил его. Что-то было несообразное и неприличное в убийстве такого человека, как Мак-Кинли. Я вспомнил об этом происшествии потому, что в тот самый день с лошадью, которую запрягала в свою одноколку моя тетушка, случился приступ вертячки, она понесла и разбила коляску о фонарный столб. Когда я спешил к тетушке в госпиталь, вышли уже экстренные выпуски, и каким бы юным я ни был, я понял, что в моей стране произошла великая трагедия. В то же самое время, странное дело, мне было жалко Чолгоша. Не могу понять, с чего бы это я пожалел его, разве что какое-то неопределенное ощущение подсказывало мне, что наказание ему придумают несравненно более тяжкое, чем он заслужил. Даже в том нежном возрасте я почувствовал, что наказание – это вообще преступная вещь. Я не мог понять, зачем людей надо наказывать, да и сейчас не понимаю. Я не мог понять, почему Бог присвоил себе право наказывать нас за наши грехи. Много позже я понял, конечно, что это не Бог, а мы сами наказываем себя.

Примерно такие мысли проплывали в моей голове, когда я вдруг осознал, что гости уже выходят из-за стола. Еда еще не кончилась, но гости начали раскланиваться. Пока я предавался реминисценциям, что-то произошло. Канун гражданской войны, подумал я. Такой же яростный инфантилизм. И если Рузвельт будет убит, из него сделают нового Линкольна. Только и на этот раз рабы останутся рабами. Тут я услышал, что кто-то говорит, каким замечательным президентом мог бы стать Мелвин Дуглас. Я прислушался. Уж не имеется ли в виду Мелвин Дуглас кинозвезда? Да, именно о нем и шла речь. Мелвин Дуглас, утверждала некая дама, человек большого ума. И характер имеет. И savoir faire*. «Интересно, – подумал я, – а кого они намечают в вице-президенты, можно спросить. Уж не Джимми ли Кэгни?» Но даму эту проблема вице-президента не заботила. А вот на днях она побывала у хироманта и узнала очень интересную вещь о себе. Ее линия жизни прерывается. «Подумать только, – квохтала она, – жила все эти годы и не знала, что у меня прерывается линия жизни. Как вы полагаете, к чему это? Может быть, к войне? Или же я попаду в аварию?»

Хозяйка металась среди гостей, как ошалевшая курица, сколачивала партию в бридж. Отчаявшаяся душа в обрамлении трофеев многих сражений. «Вы, как я поняла, писатель, – сказала она, пытаясь сыграть мной из угла в середину. – Что будете пить, хайбол** или что-нибудь еще? Бог мой, если бы я знала, что на этот вечер явится столько всякого народу. Терпеть не могу споров о политике. Тот молодой человек – жуткий грубиян. Я, разумеется, не могу одобрить, когда президента страны оскорбляют на публике, но можно было возразить на это немного тактичней. В конце концов, мистер Такой-то человек не молодой. Он имеет право на известную почтительность к себе, как вы считаете? Ох, там Такая-то!» И она устре-

* Умеет вести дела (*фр.*).

** Виски с содой и льдом, поданное в высоком стакане.

милась к знаменитой кинозвезде, которая как раз появилась в дверях.

Пошатывающийся старикан предложил мне хайбол. Я попробовал отказаться, но от него нельзя было никак избавиться, он настаивал, что я непременно должен с ним выпить. То, что он намерен мне сообщить, чрезвычайно конфиденциальная вещь.

«Меня зовут Харрисон, – сказал он. – Х-а-р-р-и-с-о-н», – произнес он так, словно это трудное имя действительно трудно запомнить.

«А могу ли я узнать ваше имя?»

«Мое имя Миллер, М-и-л-л-е-р», – ответил я ему, отстучав морзянку.

«Миллер! Ну, это легко запоминается. У нас по соседству есть аптекарь Миллер. Да, весьма распространенное имя».

« Так оно и есть», – согласился я.

«И чем же вы здесь занимаетесь, мистер Миллер? Вы ведь не здешний, я правильно понял?»

«Да, – сказал я, – я приезжий».

«И у вас здесь есть дела?»

«Нет, вряд ли. Я просто приехал в Калифорнию».

«Понятно. Хорошо... А откуда вы приехали, со Среднего Запада?»

«Нет, из Нью-Йорка».

«Из города Нью-Йорк? Или из штата?»

«Из города».

«И вы здесь давно?»

«Да нет, всего несколько часов».

«Несколько часов? Я, я... мда, это интересно. Весьма интересно. И надолго вы здесь остановитесь, мистер Миллер?»

«Не знаю. Это от многого зависит».

«Понятно. Зависит от того, как вам здесь понравится, не так ли?»

«Совершенно верно».

«Ну, что ж, это замечательная часть света, уж поверьте мне. Я всегда говорю, нет другого такого места, как Калифорния. Правда, сам я родился в других краях. Но здесь живу уже тридцать лет. Отличный климат. И отличные люди, скажу вам».

«Думаю, что это так». Я просто поддакивал ему в ожидании, когда он перестанет нести свою несусветную чушь.

«Вы сказали, что бизнесом вы не занимаетесь, не так ли?»

«Нет, не занимаюсь».

«Вы в отпуске, так ведь?»

«Не совсем так. Я, видите ли, орнитолог».

«Ах, вот что! Ну что ж, это интересно».

«*Очень*», – произнес я со всей серьезностью.

«Тогда вы можете побыть у нас и подольше, не так ли?»

«Трудно сказать. Я могу пробыть неделю, а могу и год. Все зависит... Зависит от того, какие мне попадутся экземпляры».

«Понятно. Интересная работа, что и говорить».

«*Очень!*»

«А прежде вы бывали в Калифорнии, мистер Миллер?»

«Да, двадцать пять лет назад».

«Да что вы говорите? *Двадцать пять лет назад!* И теперь, значит, приехали снова».

«Да, снова приехал».

«А вы занимались тем же самым, когда находились здесь раньше?»

«Вы имеете в виду орнитологию?»

«Да, ее».

«Нет, тогда я копал здесь канавы».

«Копали канавы? Это значит, здесь вы занимались *копаньем канав?*»

«Да, точно так, мистер Харрисон. Мне надо было копать канавы или подохнуть с голоду».

«Нда... Рад, что вам не надо больше копать канавы. Это ведь не слишком весело – *копанье канав*, а?»

«Совсем не весело, особенно если твердый грунт. Или если у вас слабая спина. И наоборот. Или, позвольте сказать, если вашу мать только что упекли в сумасшедший дом и сигнал тревоги пришел слишком рано».

«Прошу прощения, боюсь, что я не понял. *Что вы сказали?*»

«Если дела не идут гладко, вот что я сказал. Вы понимаете, что это значит – бурситы, люмбаго, золотуха. Теперь по-другому. У меня есть мои птицы и другие забавы. По утрам я обычно любуюсь восходом солнца. А тогда по утрам я седлал ослов, у меня их было два, а у моего напарника – три».

«Так это было в Калифорнии, мистер Миллер?»

«Да, двадцать пять лет назад. Я как раз отбарабанил срок в Сан-Квентине».

«*В Сан-Квентине?*»

«Да, неудавшееся самоубийство. Я был совершенно не в себе, но для них это не имело значения. Видите ли, когда мой отец поджег дом, одна из лошадей лягнула меня копытом в висок. С тех пор со мной начали случаться обмороки, а прошло какое-то время, и мной овладела мания убийства, а потом и самоубийства. Но я не знал, что револьвер заряжен. Я просто ради шутки пальнул в упор в сестру, но, к счастью, не попал. Пытался судье все это объяснить, но он и слушать меня не захотел. Я с тех пор зарекся брать револьвер в руки. Если приходится защищаться, пользуюсь выкидным ножом. А самое лучшее, конечно, дать коленом и...»

«Простите, мистер Миллер, мне надо на минутку отлучиться, поговорить с миссис Такой-то. Весьма интересно то, что вы рассказали. *Весьма интересно, в самом деле.* Вы должны мне рассказать побольше. Я только на минутку...»

Я выскользнул из дому незамеченным и пошел к подножью холма. Хайболы, красное и белое вино, коньяк, шампанское журчали во мне, как в неисправном унитазе. Я не имел представления, где я был, в чьем доме, кто меня туда привез. Может быть, кипятившийся душегуб был экс-губернатором штата. Может быть, хозяйка был кинозвездой, чей свет давно уже погас навеки. Я вспомнил, как кто-то из гостей шепнул мне на ухо, что Такой-то составил себе состояние на торговле опиумом в Китае. А возможно, это был Лорд Хау-Хау[121]. Англичанка с лошадиным лицом могла оказаться знаменитой романисткой. Или просто дамой из филантропического общества. Я подумал о моем друге Фреде Перле, теперь рядовом Альфреде Перле номер 13 802 023 в 137 саперном батальоне королевских инженерно-строительных войск. Фред мог за обеденным столом затянуть «Лореляй» или попросить, чтоб ему показали этикетку коньяка, который подают на стол, или просто скорчить гримасу хозяйке. А то мог подойти к телефону, позвонить Глории Свенсон и представиться или Олдосом Хаксли, или фирмой «Чатто энд Уиндус» из Уимблдона[122]. Фред никогда не мог позволить званому обеду закончиться ничем. В крайнем случае он запускал свою нежную лапу кому-нибудь за пазуху и приговаривал: «А вот левая куда лучше. Будьте настолько любезны, вывалите-ка все наружу».

В моем передвижении по стране я часто вспоминаю Фреда с его чертовской жаждой увидеть Америку. В том, как он рисовал себе Америку, сквозило что-то кафкианское. Жаль было бы лишать его иллюзий. А впрочем, кто может сказать? Он мог остаться и очень довольным. Ведь решение, *что* увидеть, принадлежало ему. Вспоминаю мой визит в его родную Вену. Конечно, она предстала предо мной не той Веной, которая мне снилась. И все-таки сегодня, когда я думаю о Вене, мне является Вена моих грез, а не та, которую я увидел: с клопами, расстроенными цитрами в захудалых концертиках и вонючими сточными канавами.

Плетусь, пошатываясь, вниз по ущелью. Так или иначе, это подлинная Калифорния. Мне нравятся эти поросшие кустарником холмы, эти плакучие дерева, холодок, веющий из пустыни. Правда, я ждал большего благоухания в воздухе.

Полный состав звезд выстроился в небе. На изгибе дороги я бросил взгляд вниз, на город. Феерическая иллюминация, такого я не видел ни в одном другом городе. Господствующий цвет – красный. Несколькими часами раньше, в сумерках, я смотрел на это из окна спальни одной женщины, живущей на вершине холма. Отражаясь в зеркале ее туалетного столика, этот вид представал еще более волшебным. Словно взгляд в будущее сквозь узкую бойницу тюремной башни. Представьте себе маркиза де Сада, смотрящего на Париж из-за решеток своей камеры в Бастилии. Лос-Анджелес говорил мне о будущем более ясным голосом, чем любой другой город. Скверном, впрочем, будущем, похожем на что-то из немощных фантазий Фрица Ланга[123]. *Good-by, Mr. Chips!*

Иду вдоль одной из залитых неоном улиц. Витрина с нейлоновыми чулками. В ней нет ничего, кроме стеклянной ноги, наполненной водой, и прыгающего в ней морского конька. Он то взмывает кверху, то падает вниз, словно перышко в воздушном потоке. Вот таким образом мы видим, как сюрреализм проникает во все углы и закоулки нашего мира. Тем временем в Боулинг-Грин, Вирджиния, Сальвадор Дали обдумывает, как выпечь гигантский хлеб в тридцать футов высоты и сто двадцать пять длины, вытащить его ночью, когда все спят, и со всеми предосторожностями установить на главной площади большого города, скажем, Чикаго или Сан-Франциско. Просто огромная буханка хлеба. И больше ничего. Никакой пропаганды. Никакого raison d'etre*. А на следующую ночь две буханки появляются одновременно в двух больших городах, скажем, в Нью-Йорке и в Новом Орлеане. Никто не понимает, зачем они здесь и кто их сюда приволок. А затем уже три буханки, одна в Берлине или Бухаресте на этот раз. И так до бесконечности. Потрясающе, а? Все военные новости исчезают с первых полос. Так, во всяком случае, думает Дали. Очень интересно. *Весьма интересно, в самом деле.* Простите меня, я должен поговорить с той леди на углу...

Завтра я буду открывать для себя бульвар Сансет[124]. Дансинг с ритмическими танцами, дансинг с бальными танцами, чечеточный дансинг, художественная фотостудия, обычная фотостудия, порнографическая фотостудия, электрошоковое лечение, лечение внутренними вливаниями, лечение ультрафиолетовыми лучами, уроки ораторской речи, уроки психоанализа, курсы по изучению религий, астрологические сеансы, чтение по руке, педикюр, массаж плечевого пояса, подтяжка кожи, удаление бородавок, избавление от лишнего веса, изготовление супинаторов, подгонка корсетов, коррекция бюста, удаление мозолей, окраска волос, подбор очков, газирование содовой, излечение похмелья, избавление от головной боли, рассеивание газов и вспучивания, консультации по бизнесу, прокат автомобилей, делаем будущее известным, делаем войну понятной, повышаем октановое число, снижаем бутан, снимаем изжогу, очистка почек, возьмите недорогую автомойку, бросьте возбуждающие таблетки и примите снотворные, китайские травы очень полезны для вас, а жизнь без кока-колы не имеет смысла. Из окна машины все это напоминает стриптизерку, исполняющую танец Святого Вита, очень жестокий танец.

* Здравый смысл (*фр.*).

Ночь с Юпитером

ЛАДНО, ТАК КУДА ЖЕ МЕНЯ ЗАНЕСЛО? АХ, ДА, ПОСЛЕ разговора с бродячим писателем я побрел по бульвару Кахуенга в сторону гор. Как раз в тот момент, когда за моей спиной автомобиль врезался в фонарный столб, я любовался звездами. Все погибли. «Независимо от этого», как говорится, я продолжал свой путь, и чем дольше я смотрел на звезды, тем яснее понимал, как мне повезло, что меня это происшествие ни капельки не коснулось. Ведь со мною уже так было однажды в Париже – залюбовался звездами и чуть не сломал себе шею. Присел на ступенях церкви, кажется, на Айвор-авеню, и погрузился в задумчивость. Стал вспоминать тот случай на Вилле Сёра[125], когда я был на волосок от гибели.

Время от времени, когда меня возносит на гребне эйфории, я убеждаюсь, что обладаю иммунитетом – против болезни, несчастных случаев, полного обнищания, даже против смерти. Однажды ночью я двигался домой после очаровательного вечера, проведенного с моим другом астрологом Мориканом[126]. Как раз тогда, когда я сворачивал с авеню д'Орлеан на рю д'Алезиа, мне пришли в голову одновременно две мысли: 1) хорошо бы присесть где-нибудь с кружкой пива; 2) хорошо бы взглянуть в небо и выяснить, где находится Юпитер именно в эту минуту. А в эту минуту я проходил мимо кафе «Букет д'Алезиа»; находилось оно прямо напротив церкви и до его закрытия еще оставалось кое-какое время. Я вполне резонно решил, что это именно то место, где я смогу посидеть на террасе и порадовать себя мирной кружкой пива. Церковь меня всегда восхищала розовым сиянием, исходившим от ее камней, а кроме того, с места, которое я выбрал, можно было наблюдать благорасположенный ко мне Юпитер. Именно Юпитер, меня никогда не интересовали ни Марс, ни Сатурн. Итак, я сидел там, вполне довольный и собой, и окружающей обстановкой, когда рядом со мной возникла пара, жившая со мной в одном доме. Обменялись рукопожатием, и они спросили, не буду ли я против, если они сядут за мой столик и мы вместе чего-нибудь выпьем. Я был в настолько блаженно-расслабленном состоянии, что, хотя мужчина, эмигрант из Италии, нагонял на меня смертельную тоску, воскликнул: «Ничего лучшего и придумать нельзя!» И тут же принялся объяснять им, как чудесно все вокруг. Итальянец взглянул на меня, словно решил, что я спятил, ведь мир-то весь прогнил, он это особенно чувствует, поскольку пишет об исторических событиях и процессах. Они пристали ко мне, спрашивая, по каким таким причинам мне кажется, что в мире все прекрасно, и, когда я ответил, что без всяких особенных причин, он уставился на меня, как на человека, нанесшего ему личное оскорбление. Но я вроде бы и не заметил этого, а просто заказал второй эшелон выпивки. Не для того, чтобы напиться, ведь пиво – напиток безобидный, да кроме того, я и так уж был пьян без вина. Мне хотелось, чтобы они выглядели чуть-чуть повеселее, как бы отвратительно ни выглядел мир. Выпил я, полагаю, три пива и предложил пойти домой. До Виллы Сёра было рукой подать, и в этот короткий промежуток времени я окончательно превратился в лучезарного идиота. Такого идиота, что поведал им, что в теперешнем состоянии даже сам Создатель, захоти испортить мне настроение, ничего не мог бы со мной поделать. На столь возвышенной ноте я пожал им руки и начал подъем к себе на второй этаж.

Пока я раздевался, мне пришла в голову блестящая идея: вылезти на крышу и бросить последний взгляд на Юпитер. Стояла теплая ночь, и на мне не было ничего, кроме комнатных шлепанцев. Лезть на крышу надо было по вертикальной железной лестнице, идущей от балкона моей мастерской. Юпитера в ту ночь я набрался досыта и уже готов был отправляться на боковую. Электричество не горело, но лунный свет хорошо проникал сквозь стеклянные галереи балконов. Все еще пребывая в трансе, я подошел к лестнице, как-то бессознательно опустил ногу на верхнюю ступеньку, промахнулся и полетел вниз. Только успел порадоваться ощущению полета, как шлепнулся на пол. Постарался встать на ноги и, встряхнувшись, как птичка, попробовал ощутить себя. Ничего из костей я вроде бы не сломал, но в спине словно торчало множество острых ножей. Ощупал себя, вынул здоровенный кусок стекла, вонзившийся в спину, и поспешил отбросить его в сторону. Потом извлек другие стекляшки из ягодиц и лодыжек. И рассмеялся. Я радовался тому, что остался в живых и даже могу по-птичьи двигаться вприпрыжку. Пол был весь в крови, и под ногами похрустывало стекло.

Надо было позвать снизу итальянца. Пусть придет, осмотрит меня, забинтует раны и вообще окажет помощь. Я открыл дверь, а он уже поднимается по ступеням. Он услышал страшный треск и шел поинтересоваться, что тут у меня стряслось. Тем более, что на днях, когда мы сидели за столом, с крыши свалился кролик и прямо нам на стол. Но на этот раз он понимал, что тут что-то потяжелее кролика.

«Лучше бы позвонить доктору, – сказал он. – Вы весь в порезах и синяках».

Я сказал, что, пожалуй, обойдусь без доктора, просто понадобится вата и немного спирту – промыть порезы. А потом пойду спать, ничего серьезного не случилось.

«Не случилось, – повторил он. – Да вы весь в крови, как свинья резаная».

В отчаянии всплеснув руками, он побежал через холл к моему соседу и попросил его позвонить врачу. Ничего не вышло. Один врач сказал: «Везите его в больницу»; другой врач сказал: «Сейчас очень поздно, я уже спать лег, позвоните Такому-то».

«Да ну их к черту, всех этих французских докторов, – сказал я. – Найдите спирту и ваты, перевяжите порезы и все будет в порядке».

В конце концов они нашли и спирт, и рулон абсорбирующей ваты; я встал в ванну, и они стали осторожно водить губкой.

«Ой, да из вас все еще кровь течет», – ахнул итальянец; он почему-то не переносил вида крови.

«Возьмите клейкую ленту и затампонируйте порезы ватой», – сказал я. А кровь все текла по моим ногам, и мне не нравилось, что ее так много.

Ну ладно, все они сделали наилучшим образом и уложили меня на кровать. Коснувшись постели, я сразу же почувствовал, что весь изрезан. Пошевелиться было невозможно. Все-таки я сумел заснуть, спал, думаю, час или чуть побольше и вдруг проснулся от ощущения чего-то липкого под собой. Провел рукой по простыне – она была мокрой от крови. Тут уж я испугался, присел в кровати, зажег свет, откинул одеяло и пришел в ужас: лужа крови, и я в ней лежал. Боже праведный! Моя собственная кровь хлещет из меня, как из дырявой трубы. Это привело меня окончательно в чувство. Допрыгал до соседской двери, постучал и завопил: «Вставайте скорей! Я сейчас кровью весь изойду!»

По счастью, у парня была машина. Ничего на себя надеть я был не в состоянии. Я окоченел, дрожал, все у меня саднило, и я начал волноваться. Накинул на себя купальный халат, и поехали мы с соседом в Нейи, в Американский госпиталь. Рассвет только-только начинался, и все, вероятно, еще спали. Казалось, прошли часы, пока к нам снизошел интерн и удостоил своим вниманием мои раны.

Пока он их зашивал, щупал мои кости и связки, у нас завязался довольно любопытный разговор о сюрреализме. Мальчик был из Джорджии и, конечно, ничего не слышал об этой штуковине, пока не приехал в Париж, и теперь хотел знать о ней всё. Да, довольно трудно объяснять принципы сюрреализма и в обычных условиях, а тут, когда ты потерял ведро крови, когда тебе вкололи противостолбнячную сыворотку и один пытается наложить тебе швы где-то в районе прямой кишки, а другой смотрит на тебя и удивляется, почему ты не орешь от боли и не падаешь в обморок, почти невозможно проявить свой педагогический дар. Попробовал я сформулировать несколько сюрреалистических постулатов, но сразу увидел, что для юного доктора они пустой звук, сомкнул веки и продремал до тех пор, пока медицина не закончила свою работу.

Но с сюрреализмом пришлось снова встретиться, когда мы двинулись в обратный путь. Мой молодой доброжелатель, который был швейцарцем и очень нервным швейцарцем, внезапно почувствовал, что ему пора завтракать. Он пожелал отвезти меня в какое-то кафе на Елисейских полях, где подавали великолепные круассаны, отличный кофе и можно было выпить капельку коньяку.

«Но как же я появлюсь в кафе в этом халате?» — поинтересовался я. На мне не было даже пижамных штанов — их разрезали напополам, как всегда поступают медики, не могу понять зачем. Разрезали и швырнули в большую корзину, хотя можно было просто вытащить их оттуда, вернуть мне и спасти для прачечной.

Арно, мой спутник, не видел ничего странного в том, что человек завтракает в одном халате в кафе на Елисейских полях. «Они ж поймут, что это несчастный случай, – сказал он. – Ведь халат весь в крови».

«И с ними будет все в порядке, так, что ли?» – спросил я.

«Все в порядке будет со мной, – сказал он. – А на них je m'en fous!*»

«Если вы не против, – я был слаб, но настойчив, – я бы подождал, пока мы окажемся в наших краях».

«Но ведь именно здесь самые хорошие круассаны», – он произнес это с интонацией избалованного ребенка, которому отказывают в любимом лакомстве.

«Да провались они пропадом, эти круассаны, – я не мог сдержаться. – Мне плохо, мне надо скорее в постель».

Он неохотно согласился. Но попробовал ударить на жалость. «Ведь у них такой изысканный вкус, у круассанов. А я просто умираю с голоду».

Мы затормозили возле бистро на рюделяТомб-Иссуар. Сидеть я не мог, так что мы завтракали, стоя у бара. Я проглотил половинку круассана и почувствовал, что вот-вот рухну. На нас поглядывали заскочившие в бистро рабочие, думая, что мы, наверное, после лихой пьянки. Один дюжий верзила приготовился уж дружески хлопнуть меня по спине, но передумал, слава Богу, а то я непременно бы хлопнулся в обморок. Арно поглощал круассан за круассаном. Они здесь, оказывается, вовсе не плохи, известил он меня. Я подумал, что тут-то мы и отправимся домой, но он попросил еще чашку кофе. И пока он неспешно прихлебывал кофе – слишком горячий, чтобы проглотить его одним махом, – я стоял рядом и медленно агонизировал.

Наконец мы добрались до дому. Я сбросил окровавленные простыни на пол и примостился на голом матраце. Ушибы мои жутко болели, и я с удовольствием позволил себе негромко стонать и кряхтеть. Стонал, пока не провалился в глубокий сон. В кому.

Очнулся и увидел у моей постели Морикана. Оказывается, Арно позвонил ему. Морикан удивился, когда выяснил, что я могу говорить.

«Это произошло между половиной второго и двумя, так ведь?» – спросил он.

* Мне плевать! (*фр.*).

Да, примерно в это время. Но *почему* – вот что мне хотелось узнать. Как он это вычислил?

С серьезным лицом и с некоей торжественностью он извлек из внутреннего кармана лист бумаги.

«Это, – произнес он, помахивая листом перед моим носом, – астрологическая картина происшествия. Ты показался мне в такой эйфории, когда уходил от меня. Ну вот, здесь...» – и он склонился над листом, объясняя мне значение черных и красных линий, имевших для него глубокий смысл.

«Тебе очень повезло, что ты остался в живых, – начал он. – Когда я пришел сюда и увидел повсюду кровь, я испугался, что ты уже мертв. Все складывалось против тебя в эту ночь. Если б ты сразу лег спать, с тобой могло и не случиться ничего. А так... Другой на твоем месте непременно бы загнулся. Но я уже говорил тебе, ты счастливчик. У тебя два рулевых весла: когда обессиливает одно, другое вступает в игру. Тебя спас Юпитер. Это единственная планета в твоем гороскопе, которая никогда не принесет тебе вреда». Он изложил мне ситуацию во всех деталях. Я был словно огорожен стеной. Если бы все двери захлопнулись, я бы окочурился. Он показал мне картину смерти Бальзака, потрясающую диаграмму фатума, изящную и неопровержимую, как шахматная задача.

«А можешь ты показать мне карту смерти Гитлера?», – слабо улыбнулся я ему.

«Mon vieux*, – живо откликнулся Морикан. – Я был бы так рад, если б мог ее составить. К несчастью, я не вижу перед ним ничего катастрофического пока. Но, когда придет ему время падать, он, запомни мои слова, погаснет сразу же, как выключателем щелкнут. Сейчас он все еще лезет вверх, когда доберется до высшей точки, побудет там немного, а потом – бам, и все кончено. Но впереди нас ждут тяжелые дни. Надо готовиться к великим бедствиям. Хотел бы я, чтобы у меня был Юпитер, как у тебя. Но у меня этот сатанинский Сатурн. Так что я надежд не питаю...»

* Старина (*фр.*).

Стиглиц и Марин

«ПЕРВАЯ НАША ЗАДАЧА, – УТВЕРЖДАЕТ РУДЬЯР, – ПОЛ*ное обновление самой субстанции искусства.*

Новая музыка звучит смешно и бессмысленно в концертном зале; новая драма требует нового театра; новый танец стремится к новому обрамлению, к свободному отношению к музыке и драматическому действу. Помимо этого, условия представления трагически абсурдны с социальной и финансовой точки зрения. Коммерциализация полностью покончила с духом посвященности в искусство, духом реального соучастия в представлении. Публика приходит к искусству в поисках сенсаций, а не для того, чтобы приобщиться к *незнакомому еще для нее опыту жизни через искусство.* Возможно, главное, в чем нуждается новое искусство, – новая публика; главное, в чем нуждаются люди искусства, – осознание подлинных отношений со своей публикой. Художник перестал смотреть на себя как на поставщика пищи духовной, как на возбудителя динамической энергии; перестал рассматривать свою позицию как «служение высшему», а себя как священнослужителя. Он думает лишь о том, как выразить себя, как освободить бродящие в нем силы, с которыми ему все труднее справляться. Зачем ему такое освобождение? Он не хочет задумываться над этим, он не обращается обдуманно и добровольно к исполнению своего нравственного долга перед народом. Следовательно, он не формирует народ, не сплачивает вокруг своего труда публику, достойную этого труда. Он просто продает свой товар. Он больше не Вестник жизни, притягивающий людей своим личным образом жизни и мироощущением к той Вести, которую он несет».

Иногда я представляю себе, что будет, если в нашу страну вторгнутся враги. И всегда при этом возникает передо мной образ Альфреда Стиглица, сидящего в своем «Америкен плэйс», на семнадцатом этаже большого административного здания в Нью-Йорке в окружении акварелей Джона Марина. Всю свою жизнь Стиглиц провел в ожидании публики, способной отмечать, прославлять и праздновать явление художника. Вся жизнь Стиглица была посвящена искусству, и он ему ревностно служил. Это ведь Стиглиц побудил

Марина писать акварели и продолжает помогать ему в этом занятии. Потрясающая история связана с этими двумя именами. Сейчас каждому из них более семидесяти. Марин все еще достаточно подвижен, может и прыгать, и летать, и писать шедевры. Стиглиц сидит в своей комнатенке, прилегающей к галерее. Голова у него ясная, как всегда, а вот сердце работает все хуже и хуже. Он отвел себе минимум пространства в «Американ плэйс». Просто комнатка, где можно двигаться от койки до мягкого кресла. А если б она была еще меньше, не думаю, что он стал бы волноваться по этому поводу. Он может сказать все, что он имеет сказать, в пространстве, достаточном для того, чтобы человек мог стоять выпрямившись или лежать вытянувшись. Не нужен ему и мегафон, у него хватит голоса, чтобы прошептать свои убеждения. И его услышат. Да мы будем слышать его и после того, как он умрет.

Попробую теперь представить себе эту сцену. Враг уже основательно укрепился в стенах нашего города – Стиглиц все еще за работой. Открывается дверь, и в галерею входит человек в военной форме. Стиглиц в соседней комнатке лежит, вытянувшись во весь рост, на своей койке. Обстановки никакой, только Марин на стенах. Стиглиц ждет визита подобного рода со дня на день, и просто удивлен, что этого не случилось раньше. Офицер быстро осматривается, убеждается, что здесь нет западни, потом подскакивает к двери комнатенки, где лежит Стиглиц.

«Здравствуйте! Что вы здесь делаете?» – говорит офицер.

«Я могу задать вам точно такой же вопрос», – отвечает Стиглиц.

«Вы что, сторож?»

«Думаю, что меня можно назвать и так. Да, я некоторым образом сторож, если вы хотите это знать».

«А эти картинки на стенах, чьи они?»

«Джона Марина».

«А где он сам? Почему он их оставил здесь? Они что, не имеют никакой ценности?» Стиглиц жестом предлагает офицеру сесть в кресло. «Мне нравятся ваши вопросы, – говорит Стиглиц. – Вы попали в самую точку».

«Хорошо, хорошо, – говорит офицер. – Я сюда пришел не для милой болтовни. Мне нужна информация. Я хочу знать, что это все значит. Вы один в совершенно пустом здании и стережете эти картинки – акварели, как я полагаю. Почему вы не сбежали со всеми? Как мы могли ничего не знать об этой коллекции?»

«Я не могу ответить сразу на все ваши вопросы, – слышится слабый голос Стиглица. – Мне уж помирать скоро. Говорите помедленнее, пожалуйста».

Офицер смотрит на него со смешанным чувством, тут и симпатия, и сомнение, и боязнь подвоха. «Спятил старикан», – думает он, а вслух спрашивает: «Ладно, где этот... собственник картин?»

«Думаю, что он сейчас дома, пишет картину», – устало произносит Стиглиц.

«Что? Он тоже художник?»

«Кто?»

«Ну, о ком вы сейчас говорите?»

«Я говорю о Джоне Марине. А вы о ком?»

«О владельце этих картин, вот о ком я говорю. Мне все равно, художник он или обойщик».

«Эти картины принадлежат тому, кто их написал, – Джону Марину».

«Слава Богу, кое-что выяснили. И во сколько он их оценивает?»

«Дорогой мой, есть нечто, что мы не в состоянии точно определить. Во сколько *вы* их оцениваете?»

«Но я же ничего не понимаю в таких вещах», – раздраженно говорит офицер.

«Я тоже, если быть честным. Некоторые люди считают, когда я это говорю, что я с ума сошел. Если они вам нравятся, назовите свою цену, и я вам скажу, получите вы их или нет».

«Послушайте, я ведь с вами не шутки шучу», – говорит офицер.

«Я абсолютно серьезен, – говорит Стиглиц. – Уже тридцать лет люди спрашивают меня о цене работ Марина. А я не могу сказать. Кто-то говорит, что я ловко уклоняюсь от того, чтобы назвать твердую цену на его картины. А я отвечаю очень просто: «А насколько вам нравятся работы Марина? Сколько вы готовы вложить в то, чтобы Марин продолжал писать? Вы отдаете два миллиона долларов за автомобиль. А как вы сравните Марина с бьюиком или студебекером? Люди говорят, что так картинами не торгуют. Но я не торгую картинами. Я хочу, чтобы люди узнали Джона Марина. Я верю в него. Я все на него поставил. Больше того, скажу вам, что есть люди, которым я не дам Марина ни за какую цену. Но тот, кому на самом деле хочется иметь Марина, – может его получить. Не чего-то хочется, а *именно* Марина. А я назначу цену в соответствии с бумажником покупателя. Никого не спроважу, кто придет с честным предложением.

«Все это очень интересно, старина, но я здесь не ради дискуссий о ценностях и ценах. Я здесь...»

Стиглиц прерывает: «И мне это, честно говоря, до смерти надоело. Я бы лучше поговорил о Джоне Марине». Медленно, кряхтя, Стиглиц поднимается со своего ложа. «Подойдемте-ка поближе, – говорит он, беря офицера под локоть. – Здесь Марин, который не уйдет отсюда, пока я жив. Посмотрите на него! Можете вы назвать цену подобной картине?»

Словно против воли, офицер внимательно рассматривает акварель. Он явно в замешательстве, сбит с толку.

«Не торопитесь, – говорит Стиглиц, довольный смущением офицера. – Двадцать пять лет я смотрю на эту вещь и всякий раз нахожу в ней что-то новое».

Офицер медленно отводит взгляд. Он будто разговаривает сам с собой. «Забавно, я ведь пробовал когда-то писать. И у меня, признаюсь, никогда не получалась вода. Это было так давно, кажется, совсем в другой жизни». Он заметно смягчился. Продолжает тем же манером бормотать как бы про себя. И, наконец, выпаливает: «Вы абсолютно правы. Что-то есть необычайное в этом Марине, как вы его называете. Он волшебник. Я должен привести сюда своего генерала. Он обалдеет от этого вашего Марина».

«Конечно, обалдеет, – тихо говорит Стиглиц, – если он человек с понятием. Приводите всю свою команду. Мне доставит удовольствие показать им работы Джона Марина».

«Вас, кажется, совсем не беспокоит, что мы можем сделать с вами. Вы разговариваете так, словно нет никакой войны. Странный вы человек. И начинаете мне нравиться».

«Естественно, – говорит Стиглиц без тени смущения. – Мне ни от кого не надо ничего скрывать. У меня ничего нет. Я прожил с этими картинами практически всю свою жизнь. Они давали мне столько радости, я понимал их, и они понимали меня. Я почти рад, что мой друг Марин не преуспел в житейском смысле слова. И он тоже, я думаю. Вы можете зайти к нему домой, у него там коллекция, которую он держит для себя. Попросите его показать вам».

«А вы не думаете, что мы можем увезти картины в нашу страну?»

«Думаю, конечно, – тут же отвечает Стиглиц. – Но меня это не волнует. Они принадлежат всему миру. Все, о чем я попросил бы вас, так это чтоб они были под хорошим приглядом. Видите, – он снова берет офицера под локоть, – ни одной царапины на этих рамках. Марин рамки делал сам. Мне хотелось бы, чтобы вы сохранили картины в таком же виде. Кто знает, где они будут висеть через десять лет. А через пятьдесят? Или через сто? Я, знаете ли, старый человек. Я повидал на своем веку много такого, во что и поверить трудно. Вы считаете, что хорошо бы забрать их в вашу страну. Бог с вами – берите. Но только не питайте никаких иллюзий насчет того, что они останутся у вас. Произведения искусства часто надолго переживают рухнувшие империи. Но даже если вы уничтожите произведение искусства, вам не уничтожить того воздействия, какое оно оказало на мир. Даже если никто, кроме меня, никогда не увидит их, их ценности это не повредит. Ваши пушки могут все разрушить, но они ничего не создают, так ведь? Вы не можете убить Джона Марина, уничтожив его произведения. Нет, меня не тревожит их судьба. Они уже что-то прибавили к этому миру. Вы можете пойти еще дальше – убить самого Джона Марина. И это тоже неважно. То, что символизирует Марин, неуничтожимо. Я думаю, он рассмеется, когда вы приставите револьвер к его виску и пригрозите смертью. Он крепок, знаете ли, как старый бойцовый петух. Конечно, вы не захотите его убивать, я прекрасно понимаю это. Но вы можете предложить ему хорошую работу, а это изощренный способ убийства. На вашем месте я бы его не трогал, пусть живет как хочет и где хочет. Смотрите только, чтобы он не умирал с голоду, ладно? Я больше не могу присматривать за ним, как вы сами видите. Все, что было в моих силах, я для него сделал. Теперь очередь ваша и тех, что придут следом... Как зовут вашего генерала? Почему бы вам и в самом деле не привести его сюда. Если он ценитель искусства и знаток, я уверен, мы найдем много общего. Может быть, мне удастся освободить его от некоторых идей».

Стиглиц поворачивается на каблуках и плетется к своей койке в маленькой комнате. Офицер остается стоять в зале, рассеянно глядя на картины Марина на стенах. И щиплет себя за руку, чтобы убедиться, что все это ему не снится...

Вот такую маленькую комедию разыгрываю я, когда думаю о последних днях Стиглица. Но есть и другая, которая вероятней всего может повториться в подлинной жизни. Стиглиц будет стоять лицом к лицу с Марином, разговаривая с ним в своей обычной манере, и вдруг, на середине фразы, упадет мертвым. Так, я думаю, и должно произойти. И я уверен, что Стиглиц тоже так думает.

Стиглиц, часто употребляющий местоимение «я», самый неэгоистичный человек из всех, кого я когда-либо знал. Это его «я» больше похоже на скалу, на которой он утвердился. Он никогда не бывает равнодушным, никогда не говорит бесстрастно, он всегда заинтересован, и забыть о местоимении «я» для него значит отказаться от того, что он личность. Личность, противостоящая персонажу, с которым она общается и который тоже представляет собой личность. Стиглиц – единственное, неповторимое человеческое существо. И ни перед кем он не проявляет притворной скромности, зачем это ему? Будете ли вы извиняться всякий раз, когда упомянете имя Бога? Все, что говорит Стиглиц, основано на его твердой убежденности. За каждым его словом стоит вся его жизнь, жизнь, не боюсь повториться, бескорыстно отданная служению тому, во что он верит. *Он верит!* – вот в чем вся суть. Он не излагает своих мнений – он говорит о том, что для него истина, выстраданная всем своим личным опытом. Можно не соглашаться с его взглядами, но нельзя доказать их несостоятельность. Они будут жить и дышать всегда, как и сам Стиглиц. Покончить с его взглядами – это значит постепенно прикончить и Стиглица. Каждая частица в нем утверждает его правду. Такие люди редки в нашу эпоху. Естественно, о нем высказываются самые разные мнения. Опять *мнения!* Разве стоят чего-нибудь все эти мнения? Чтобы ответить достойно Стиглицу, вы должны быть равного ему качества. *Вы такой?* Да и что в конце концов возразить человеку, который говорит: «Верю в это. Люблю это. Дорожу этим». Ведь Стиглиц только это и говорит. Он не просит вас с ним соглашаться. Он просто предлагает вам послушать, как он восхваляет дорогие его сердцу вещи, восхваляет людей, помощи которым он посвятил всю свою жизнь.

Он часто раздражает людей, потому что ведет себя не как другие торговцы живописью. Его называют то хитрым ловкачом, то донкихотствующим, то непредсказуемым сумасбродом, как только его не называют. Но никто из этих критиков не задает себе вопрос, а что произошло бы с Марином, с О'Кифф[127] и с прочими, попади они в другие руки. Несомненно, Марин мог получить куда больше денег, чем то, что когда-либо добывал для него Стиглиц. Но стал бы Джон Марин тем человеком, каким он стал сегодня? Писал бы он так же, как пишет сейчас, на семьдесят втором году жизни? Сомневаюсь в этом. Я своими глазами наблюдал практикуемый в этой стране процесс уничтожения художника. Мы все свидетели взлетов и падений на волнах «грандиозных успехов». Наши эфемерные идолы! Как мы их любим! И как мы их быстро забываем! И надо возблагодарить Бога, что среди нас все еще живет такой человек, как Стиглиц, каждым днем своей жизни демонстрирующий постоянство своей любви. Человек этот — законченное чудо стойкости, твердости духа, скромности, нежности, мудрости, веры. Он подобен утесу, о который напрасно бьются потоки вздорных, суетных мнений. Стиглиц непреклонен и неизменен. Он один такой. Вот почему я не побоялся изобразить его сидящим в своем крохотном офисе, совершенно равнодушным к тому, что вокруг него рушится мир. А почему он должен трепетать от присутствия врага? Почему он должен бежать? Разве он не был окружен, обложен врагами, не отступавшимися от него всю жизнь? Не столько могущественными и открытыми врагами, сколько мелкими, низкими, вероломными, норовящими ударить, когда к ним поворачиваются спиной. Нет хуже врагов, чем враги из наших ближних. Враги жизни, как я их называю, потому что, где бы ни проклюнулся новый нежный росток жизни, они затаптывают его. И часто даже не преднамеренно, а бессмысленно и бесцельно. Реального врага всегда можно встретить лицом к лицу и победить или оказаться побежденным. Реальный антагонизм, по сути, основан на любви, любви, не распознавшей себя. Но с этой липкой ползучей враждебностью, вызванной к жизни равнодушием и невежеством, бороться куда труднее. Она подкапывается под самые корни жизни. Единственный, кто может управиться с ней, — это волшебник, чудотворец. И вот таков Стиглиц, и таков же Марин. Только если поле деятельности Марина живопись, то Стиглиц действует в сфере жизни. Они постоянно и взаимно пробуждают творческую активность, взаимно вдохновляют и воодушевляют друг друга. Нет более прекрасного брака, чем этот союз двух родственных душ. Все, к чему они прикасаются, приобретает оттенок благородства. На них не отыщешь ни единого пятнышка. С ними мы достигаем царства чистой духовности. И позвольте нам там и остаться — пока не придет враг.

В первый раз я встретился со Стиглицем в прошлом году, сразу после моего возвращения из Европы. Я не знавал его в дни «291»[128]; познакомься я с ним тогда, как сделали это многие молодые писатели и художники, ход моей жизни мог измениться не менее решительно, чем после лекций Эммы Голдман за много лет до того.

«Чудеса все еще случаются. Я уверен в этом, более уверен сегодня, чем когда-либо. И уверен надолго». Вот что написал Стиглиц на форзаце небольшой книжки, подаренной мне по случаю нашего знакомства. Книжка была составлена из писем Джона Марина, по большей части адресованных Стиглицу.

Когда теперь я мысленно возвращаюсь к тем дням, я чувствую себя виноватым. Из-за моего тогдашнего намерения написать книжку о Джоне Марине, и — видит Бог — я и сейчас все еще мог бы этим заняться! Но тогда я вознамерился сделать это немедленно, загоревшись при виде работ Марина, увидеть которые я мечтал с давних пор.

Неважно, как много «Маринов» вы узнали, где-то обязательно есть еще. Я не уверен, что даже Стиглиц знаком со всеми его вещами. Марин, я думаю, уже давно наработал сверх того, что ему было назначено. Я думаю, что после его смерти мы увидим полный сундук картин, о существовании которых никто и не подозревает. Говорят, что он пишет обеими руками. Я подозреваю, что он пускает в ход и обе ноги, и локти, и даже то место, на котором сидит.

Как бы то ни было, усладив свое зрение работами Марина в «Американ плэйс», я был несказанно удивлен, посетив его дом в Клифсайде. Там я увидел большой ящик, наполненный его акварелями из Нью-Мексико. И Марин предстал предо мной в новом облике. В обличье человека, живущего среди традиционных, вполне привычных пейзажей. Тип элегантного золотоискателя, вернувшегося на окультуренный, изнеженный Восток с кучей золотых самородков; он хранит их где-нибудь на чердаке и в часы скуки поднимается полюбоваться ими, погладить, поиграть.

Говоря «Джон Марин», я всегда добавляю еще одно слово: «Волшебник». Волшебник из страны Оз? Может быть, но тем не менее волшебник. Это человек-феномен. Как Лао-Цзы[129] был перехвачен императорским гонцом с приказом императора записать все, что можно, прежде чем исчезнуть, так и Марин словно схвачен за ворот кем-то, выжимающим из него сок до последней капли в страхе, что художник исчезнет, не написав *всего*.

Характерно в этом смысле письмо Марина, написанное в 1928 году Ли Симонсон: «Я только что получил Вашу телеграмму. Не могли бы Вы мне объяснить, почему Вы попросили меня сотрудничать в Вашем журнале? Я никогда не просился в сотрудники. Если мои картины недоступны пониманию среднего ума, как можете вы или кто-либо еще ждать от меня сотрудничества? Просить меня приспособить мои работы для среднего уровня то же самое, что просить меня изменить мой почерк. Да будет Вам известно, что многие прочитанные мною книги так и остались недоступными моему пониманию. Так что я нахожусь на голову ниже среднего уровня... Но почему Вас так пугает появление совершеннейшего дурака? Не потому ли, что в конце концов может обнаружиться, что он не совсем последний дурак?»

Явление Марина в стране заурядностей — вещь почти необъяснимая. Марин — это каприз природы, природная аномалия. Шутка. Он должен был бы испытать самые жестокие удары судьбы, какими Америка подвергает художника, судьбы худшей, чем у Эдгара По или Мелвилла[130], если бы не произошла чудесная rencontre* со Стиглицем. Надеюсь, что Джон Марин простит мне эти слова, которые могут прозвучать так, будто я сомневаюсь в его мощи. Ни в малейшей степени. Я просто имел в виду, что Америка, когда в ней рождается такой человек, как Марин, должна расстараться безжалостно уничтожить его и как можно скорее.

Я верю Золеру, сказавшему мне, что Марин крепок, как бойцовый петух, так что убить его трудно. Марин и в самом деле бойцовый петух: подтянутый, стройный, подвижный, живой, острый и всегда готовый пустить в ход шпоры. Но это лишь с теми, кто ищет драки. А сам по себе Марин – человек мягкий, рассудительный, тихий, внимательный, любезный. Он говорит очень интересно, если вы сумеете разговорить его. Но разговаривать он не большой охотник. Все, что ему надо сказать, он предпочитает сказать кистью.

Выступая по поводу одной из акварелей Марина, мистер Э.М.Бенсон** говорит: «И вот, наконец, картина, которая не нуждается в раме, чтобы установить свои границы; все ее части так тонко оркестрованы, что создают иллюзию движения, *не боясь хаоса*. Наш глаз ведут вдоль смешавшихся потоков этих форм, похожих на множество камушков, прыгающих по воде по заранее намеченному плану. Во всем, кажется, читается еще что-то, каждая деталь ведет еще куда-то, все здесь часть великого замысла, отливы и приливы великолепного узора. И мы смотрим на эти формы и уже воспринимаем деревья, воду, небо не в предметно-изобразительном плане, а как их абстрактные символы. *Этот каллиграфический росчерк мы теперь признаем за действительность:* зубчатая линия – стремительное движение воды, треугольник – дерево, цветовое пятно – солнце или цветок. Эта пластичная метафоричность и есть кровь и плоть искусства Марина» (курсив мой. – *Г.М.*).

Каллиграфический росчерк! Вот квинтэссенция колдовства Марина, взмывающий ввысь знак его победы. Здесь

* встреча (*фр.*).

** *Бенсон Э.М.* Джон Марин как человек и его творчество (*примеч. автора*).

Марин сливается с лучшим в искусстве Китая, продолжает великую традицию живописной алгебры, знаменующей полное владение мастерством. Росчерк, которым отмечены даже его самые ранние работы – человек сразу берет с места в карьер, не делая ни шагу для разбега! – теперь распознается как вескость и обоснованность Евклида, Галилея, Коперника, Эйнштейна. Он не просто еще один большой художник. Он *американский* художник, одной крови со всеми большими художниками прошлого из Европы, Азии, Южной Америки, Африки. Джон Марин – звено в нашей связи с миром, который мы с такой бессмысленной легкостью отвергаем.

Хилер и его фрески

ГДЕ-ТО РАНЬШЕ В ЭТОЙ КНИЖКЕ Я УЖЕ ГОВОРИЛ ОБ Акватик Парк Билдинг в Сан-Франциско, где стены расписаны единственными в Соединенных Штатах фресками, о которых стоит говорить. По правде говоря, есть только две вещи, запомнившиеся мне в Сан-Франциско: фрески Хилера и фуникулер. Все остальное стерлось.

В тот день, когда я увидел фрески, я отправился прямо в гостиницу и написал Хилеру письмо. Я решил немножко помистифицировать его этим письмом; это было бесшабашное, веселое письмо бесшабашному, веселому художнику, мысли о котором всегда веселят мне душу. Хилари Хилеру, весельчаку*. Он прожил богатую жизнь, по большей части за границей. Он был любим всеми, в том числе и своими коллегами по артистическому миру, что говорит о многом. Время от времени он брал отпуск от живописи – играл на пианино в ночном клубе, сам держал ночной клуб, оформлял какой-нибудь бар или игорное заведение, писал ученую книгу по истории костюма, изучал американских индейцев, исследовал пропавшие

* Миллер обыгрывает имя Хилари Хилера: «hilarious» – веселый, шумный. В оригинале есть редакционное замечание: «Обращаем внимание читателей на работу Хилера, Миллера и Сарояна «Почему абстрактное?», где помещено раннее эссе Миллера о Хилере и его творчестве.

континенты Атлантиду и Му, занимался психоанализом, смущал сатану и сбивал с толку ангелов, впадал в запой, отыскивал новую любовницу, обучался китайскому или арабскому, писал трактат по технике живописи, готовился к занятию ковроткачеством, погружался в науку кораблевождения и так далее, и так далее. Он имел тысячу и одну страсть и друзей в каждом уголке мира, хороших, надежных друзей, ни разу его не предавших. Вдобавок к этому он был отличный комедиант. С ирландской кровью в жилах, это наверняка. Когда, заложив немного за галстук, он садился за фортепиано, то пел песни на самых невообразимых языках. Мало того, он пел песни своего собственного сочинения, которые на следующий день забывал начисто. Это было, конечно, не пение, а так, истерическая менопауза для барабана и цитры. Но первостепенным для него, его навязчивой идеей был ЦВЕТ. Я полагаю, что Хилер знал о цвете больше, чем кто бы то ни было из живущих на земле. Он пожирал цвет и запивал цветом. Да и сам он вмещал все цвета. Это не значит, что он просто был ярким и красочным, как мы говорим об оперении каких-нибудь очаровательных птичек, он был сущностью цвета. Это означает, что он в наивысшей степени отражал свет. Иногда он становился настоящим северным сиянием. Выражаясь столь изысканно, я пытаюсь сказать, что когда Хилер принялся расписывать стены, он вложил в это все, что пережил, что прочел, о чем мечтал и в чем отчаивался.

Попав в Акватик Парк Билдинг, я рассмеялся. Это была естественная реакция: я словно расшифровывал человека по его руке. Некоторые пугаются, читая линии на человеческой ладони, им видятся там несчастные случаи, жизненные неудачи, опасные путешествия, всякие болезни. Что ж, глядя на фрески Хилера, я тоже много чего увидел. Это было определенно подводное царство. И совершенно определенно, Хилер чувствовал себя там, как дома. Ничего удивительного, потому что он везде как дома, ему везде так же удобно, как птице в воздухе или чуду-юду морскому в черной глубине. Он как дома даже под психиатрической опекой. Какие чудесные часы он провел с безумными в больнице Святой Анны в Париже! Какими друзьями он там обзавелся — не среди врачей, упаси Боже, а среди обитателей этого заведения. Спасительное качество Хилера – он очень быстро сходится с любым человеком. Демократ в самом глубоком значении слова.

Фрески... Да, там были рыбы, которых я никогда не видел раньше; может быть, лишь немногие люди, те, кому посчастливилось насладиться белой горячкой, иногда встречались с ними. Хилер клянется, что он ни одной из них не выдумал, все они существуют, наименованы и имеют, я допускаю, сородичей и район обитания. Я не берусь оспаривать его эрудицию, она для меня подавляюще широка. Я-то знаю всего несколько рыб, главным образом из числа съедобных, таких, как морской окунь, пеламида, сардины, селедка и т.д. Да, еще филе из палтуса – это мое любимое блюдо. Но это все рыбы ординарные, и Хилеру, очевидно, было бы с ними скучно. Потому он выкопал некоторое количество редчайших экземпляров и приступил к воссозданию их естественной среды, которая, разумеется, уже сложилась в его воображении. Любопытно то, что, хотя декор был решительно фрейдистским, он был также и веселым, аппетитным и в высшей степени здоровым. Даже когда рыба представала совсем в абстрактной форме, она все равно выглядела осязаемо материальной, съедобной и весьма забавной. Рыба, с которой можно жить, если вы понимаете, что я имею в виду. В то время, как у Фрейда рыбам полагается быть отвратительными на вид, чаще всего ядовитыми и совершенно неудобоваримыми, Хилеровы не несли никакой идеологической нагрузки и не отвечали научным установкам. Они были пластичны, многоцветны, бодры и легко распознаваемы, как, к примеру, папуасы или патагонцы, или улитки, или слизняки. Они улыбаются вам при любой погоде. Они улыбались бы, даже если сам Гитлер пришел бы взглянуть на них. Они бесстрашны, естественны, раскованны. Они подобны нашим, так сказать, пращурам. И хотя они забальзамированы на веки вечные, в них нет ничего от музея, от кладбища или морга. Они плавают в своем собственном соку и добывают пропитание из воздуха. Такими их создал Хилер, и такими они собираются остаться.

Как я уже говорил, я написал Хилеру письмо, и через несколько месяцев до меня дошел его ответ. Я приведу выдержки из него для тех, кто хочет быть посвященным в эзотерический взгляд на стенную живопись:

«...Пока я еще в этом сюжете, возможно было бы интересно указать тебе на несколько важных моментов, связанных с ними (фресками)...

1. Они прежде всего «плавучие арабески» – в цветовом оформлении – или в композиции и цветовой пластике. (Я надеюсь.)

2. Прямые линии и прямые углы, вертикали и горизонтали *должны* быть включены во фрески, потому что они должны быть архитектурными – отсюда Атлантида и Му.

3. Большинство «влияний» и художественного материала пришли из Азии с островов Тихого океана. Никаких других линий соприкосновения.

Менее важное, побочное (joli prime cadeau*): Вода, символ рождения или возрождения, потопа, доверие к религии и мифу, биология, психоанализ и т.д. Мать буквально и фигурально. Суб-символы и заменители каури[131] и спирали – вульва – золото – вампумы – деньги-раковины – через Индийский океан к Венеции, к Лондону, к уличным лотошникам, к «жемчужным пуговицам» и т.д. Полинезийское влияние из Азии распространялось на тихоокеанское побережье через остров Пасхи, «который *был* одной из горных вершин континента Му» и циклические мотивы Бог-Жизнь-Смерть или мотивы водного рождения и водной смерти относятся к цивилизации вообще или *нашей* цивилизации и культуре? Не так далеко от твоей Гамлетовой книги[132], как ты думаешь! И мы можем убедиться со временем, что выражение «Маниту вышел из Азии» имеет под собой все основания. Шел ли маршрут через Берингов пролив или по атоллам Тихого океана, но индийцы или индейцы могли вполне добраться до юга Мексики...»

В том же самом письме Хилер сообщил мне, что собирается открыть в Голливуде клуб «Жокей»**, как я предполагаю, такую же *boite****, какую он держал на Монпарнасе. Я часто проходил мимо этого заведения во время утренних прогулок и всегда поражался, как живо и свежо выглядят

*Прелестный подарок вдобавок *(фр.)*.

**Краткая телеграмма: «Полный провал. Притон уже закрыт» (*примеч. автора*).

***Букв. «ящик, коробка»; переносное значение – кабаре, кабачок (*фр.*).

индейцы, которыми Хилер расписал наружные стены. Словно только вчера он нанес эти краски. И тем же самым отличались его холсты, особенно тот, над которым он работал в 1920 году – «Парк в полдень». На многих своих картинах, как и Хичкок в своих фильмах, Хилер помещал себя среди изображенной им толпы, чаще всего спиной к зрителю. Ему словно хотелось присутствовать там, вместе с людьми, наслаждаться своим шедевром изнутри. Что угодно отдал бы, чтобы посидеть сейчас с Хилером на парковой скамье где-нибудь на Юге. Все равно, какая бы ни была эта скамья, пластическая, абстрактная или идеологическая, лишь бы она выдержала нас и позволила нам ничего не делать. Я уже говорил о парках Америки, как они отвратительны. Но парки Хилера – дело другое, они принадлежат к «Абсолютной Совокупности», придуманной для людей будущего доктором Эрихом Гуткиндом. Тамошние деревья не настоящие деревья, даже не те, что снятся во сне, это вечные деревья, уходящие своими корнями в космическое сознание человека. Они даруют больше, чем тень и плоды: они даруют жизнь. Когда я думаю ностальгически о Хилере и его парках, я чувствую, что что-то растет во мне, словно сама реальность делается все шире и шире, и расширяется мир, и концепция Бога, и вся бескрайняя панорама нескончаемой жизни и смерти, и мне хочется сорваться с места, сбросить с себя транс и крепко-накрепко обнять Хилари Хилера.

(N.B. Это – бесплатное объявление вместо стипендии Гуггенхейма.)

Страна полдневного солнца

СТРАНА ПОЛДНЕВНОГО СОЛНЦА – ЭТО ОГРОМНОЕ пространство американского Юга, писать о котором можно всю жизнь. Едва ли я сказал что-нибудь путное о Юге, хотя Юг – и Юго-Запад, который представляет собой совершенно другой мир, – два района Америки, глубоко меня тронувшие. Старый Юг – сплошные поля былых сражений, вот одна из первых вещей, которые вас поражают. Югу никогда не оправиться от поражения, нанесенного ему Севером. Однако поражение это только военное поражение, хотя и переживаемое очень сильно. Но у жителя Юга другой ритм жизни и другое отношение к ней. Ничто не может его убедить в том, что он сражался за гиблое и несправедливое дело; в глубине души он хранит величайшее презрение к человеку с Севера. У него свой собственный комплект идолов — военачальников, государственных мужей, писателей и поэтов, чью громкую славу никакое поражение даже не затуманит. Юг продолжает твердо стоять против Севера во всем. Он ведет безнадежную борьбу, очень похожую на борьбу ирландцев против Англии.

На человека с Севера эта атмосфера действует странновато. Невозможно долгое время жить на Юге и не поддаться ему. Климат, ландшафты, манеры и обычаи, мягкий выговор — все излучает обаяние, противиться которому очень трудно. Мир Юга куда ближе к царству грез, в котором живут иные поэты, чем любая другая часть нашей страны. Мало-помалу этот сказочный мир пропитывается и отравляется духом Севера. Юг крошится под каблуком завоевателя. На старом гужевом тракте от Рима до Саванны все еще сохраняются следы армии Шермана, маршировавшей к океану. Это был путь варвара, путь солдата, сказавшего, что война — это ад, и подтвердившего свои слова огнем и мечом. Юг никогда не забудет Шермана. И никогда не простит его[133].

В Геттисберге, на берегу Бул-Ран, под Манассасом, Фредриксбергом, в Спотсильвании, на Миссионерском хребте, в Виксберге* я старался мысленно представить себе страшную смертельную схватку, которая терзала эту великую республику четыре долгих года. Я побывал на полях битв во многих частях мира, но нигде ужас войны так мучительно не представал предо мной, как возле могил тех, кто был убит на нашем собственном Юге. Не результаты этого великого конфликта, оправдывающие страшную жертву, которую призвали принести наш народ, видел я здесь. Я видел только огромное число понапрасну погубленных жизней, оправдание права силы и

* Перечисляются места важнейших сражений Гражданской войны 1861–1865 гг.

замену одной формы несправедливости другой. Юг – все еще открытая, зияющая рана. Новая Атланта, поднявшаяся на пепелище старой, представляет собой неописуемо мерзкий город, соединивший худшие черты и Севера, и Юга. Новый Ричмонд безжизнен и безлик. В Новом Орлеане жить можно только в крошечном Французском квартале, но и к нему уже подступаются со всех сторон. Чарлстон – прекрасное воспоминание, но он труп, у которого ожили только нижние конечности. Саванна – живой склеп, над которым еще держится чувственная аура, как в древнем Коринфе. Среди этих тлеющих угольков прошлого и держит свой путь непокорившийся южанин. В сравнении с человеком Севера он обаятельное, любезное, обходительное, обладающее достоинством существо. Но он же слишком чувствителен, обидчив и способен к яростным взрывам, которые позволят себе только самые непредсказуемые из северян. Некоторые из тех, с кем вы встретитесь, живут в пышности и великолепии времен Джефферсона*, другим приходится вести существование животных, в условиях, сравнимых лишь с теми примитивными племенами Африки и других отдаленных уголков света, кому благодеяния цивилизации навязаны белым человеком. То тут, то там вы будете натыкаться на ветшающие особняки, в которых проживают захудалые потомки славных когда-то фамилий, полубезумные человечки, окруженные увядшими реликвиями былого. Но там есть и красивейшие места, поблизости от Шарлоттвилла, например, где селятся как будто только миллионеры. Есть там и фабричные городишки, такие, как в обеих Каролинах, почти ничем не отличающиеся от шахтерских поселков Пенсильвании или Западной Вирджинии, при виде которых вас охватывает ужас и омерзение. Имеются и фермерские районы, к которым причислялся в былые времена Олд Доминион[134], с уголками природы, превосходящими все, что можно увидеть в Старом Свете. Есть аллеи, такие, как в Чаттануге, Харперс-Ферри, Эшвилле, или вдоль гребня Блю-ривер, или в самом

* Джефферсон, Томас (1743–1826) – 3-й президент США; автор проекта Декларации Независимости Соединенных Штатов; несмотря на исповедуемые им демократические взгляды, был крупным плантатором-рабовладельцем.

сердце Грейт Смоуки, само упоминание о которых надолго вселяет в душу глубокое умиротворение. Есть и болота, такие, как Окефеноуки и Большие Дисмолские в Вирджинии, внушающие невыразимый ужас и все-таки манящие к себе. Там есть деревья, растения, кустарники, цветы, каких не увидите нигде; они такой ошеломляющей красоты, что их образ неотступно преследует вас и вы заболеваете ностальгией. В Билокси, Миссисипи, есть роща вирджинских дубов, посаженных в прошлом веке каким-то греком и потрясающих очарованием и величием, так что вы затаиваете дыхание. Со ступеней «Блэк Маунтин Колледж» в Северной Каролине открывается вид на горы и леса, пробуждающий в человеке грезу об Азии. Участки луизианских байу так красивы, что китайский поэт непременно соблазнился бы, увидев их, написать чудесное стихотворение. А дом Уикса Холла в Новой Иберии, Луизиана, – материализовавшийся сон, о котором я писал уже!

В Миссисипи, на берегу великой реки я набрел на развалины Виндзора. Ничего теперь не осталось от этого огромного дома, кроме высоких, увитых диким виноградом колонн. По всему Югу разбросаны такие изысканные, таинственные развалины, наполненные смертью, отчаяньем и призраками. И всегда в красивейших местах, словно захватчик, целя в жизненно важные центры, наносил удар также по гордости и надеждам жертвы. И непременно начинаешь размышлять о том, что нужно было уберечь эту страну обетованную от ужасов войны, потому что в наших южных штатах рождалась культура, названная «рабовладельческой», которая успела показать нам только первые яркие цветы. Мы знаем, что завещали миру рабовладельческие культуры Индии, Египта, Рима и Греции. Мы с благодарностью приняли это наследство; мы не отвергли с презрением дара, «рожденного в грехе и несправедливости». Редкий человек, глядя на сокровища древности, подумает о том, какой чудовищной ценой за них заплачено. У кого хватит смелости (и дурости), стоя перед этими чудесами, подаренными нам прошлым, провозгласить: «Да лучше эти штуки вообще не существовали бы, чем хотя бы один человек лишился неотъемлемого права на свободу!»

Кто знает, какая красота и блеск могли бы родиться из таких зернышек, как Чарлстон, Саванна, Новый Орлеан! Однажды, читая давнюю книгу о путешествиях, я наткнулся на страницы о мертвом городе Пагане, древней столице Бирмы, и был потрясен. «Белея, как кости под лунным светом, лежали перед нами развалины того, что некогда было главным городом Бирмы, пять тысяч ступ*, пагоды, храмы, воздвигнутые начиная с 180 A.D.** и раскинувшиеся на сотню квадратных миль... Говорят, что в дни расцвета Пагана невозможно было сосчитать количество пагод, усыпальниц, монастырей; даже теперь видны следы по крайней мере пяти тысяч этих сооружений. Почва так густо усыпана ими, что нельзя пройти и трех футов, чтоб не наткнуться на какой-нибудь священный предмет, изделие искусных рук мастеров Пагана»***.

Сомнительно, чтобы этот континент когда-либо завещал миру нечто подобное бессмертному величию священных городов Индии. Скальные жилища на Юго-Западе – вот, пожалуй, единственная рукотворная вещь в Америке, которая может расшевелить в человеке эмоции, отдаленно напоминающие те, что руины других великих народов вызывают в путешествующем. Бродя по Эйвори-Айленд в Луизиане, я наткнулся на грандиозную статую Будды, привезенную из Китая и укрытую под стеклянной клеткой. Потрясающее зрелище представляло собой это ее обрамление. Оно доминировало над ландшафтом, который сам по себе был трудно поддающимся описанию произведением искусства. Эйвори-Айленд – экзотический кусок земли в центре округа Акадия. На Эйвори-Айленд находится соляная шахта, интерьер которой словно скопирован с убранства сказочных дворцов из «Тысячи и одной ночи». Бамбуковая роща на Эйвори-Айленд устилает землю солнечными бликами так, что сразу же возникают ассоциации с прозрачным ореолом «Пеллеаса и Мелисанды»****. А птичий заповедник на Эйвори-Айленд вызывает мысли о пурпурных страницах Уильяма Хадсона[135]. Эйвори-Айленд – это

* Ступа – индуистское культовое сооружение.

** A.D. – Anno Domini (*лат.*), христианская эра, здесь 180-й год нашей эры.

*** Из книги Хассолта Дэвиса «Страна, потерпевшая поражение» (*примеч. автора*).

**** Романтическая драма М.Метерлинка, положенная на музыку К.Дебюсси.

пристанище всего экзотического и волшебного. И посредине этого обширного, превратившегося в джунгли сада недвижимо и непроницаемо покоится на отлогом возвышении чеканный образ Будды, созданный восемью или девятью веками раньше в Китае. Если кто-то наткнется неожиданно на небоскреб, превышающий в два раза «Эмпайр Стейт билдинг», он, наверное, удивится меньше, чем при виде этого безмолвного могучего изваяния, властвующего над переплетением ветвей, корней и неба, которое называется Эйвори-Айленд. Почти угнетающую отрешенность и спокойствие излучает массивная фигура Будды. И окрестности, как бы соблазнительно они ни смотрелись, в присутствии этого идола становятся почти такими же хрупкими, как бренные и ненужные ему стеклянные стены. Уравновешенность и безмятежность фигуры вызывает уверенность в бесцельной недолговечности. Земля Луизианы кажется больше, чем когда-либо, неспокойной, возбужденной, чреватой жизнью, которая обречена расцвести и сгнить. Где бы ни стояло солнце, тень Будды лежит соразмерно и четко, тяжко и величественно, как бы устанавливая с безупречной точностью крайние пределы надежды, желания, отваги и веры.

На старом Юге отыщутся тысячи подобных уголков, о которых можно только мечтать. Вы можете сидеть на скамейке крохотного парка Конфедератов или валяться на береговом валу, или всматриваться с крутого обрыва в поселок индейцев – воздух будет мягким, спокойным, благоухающим, мир покажется спящим, но атмосфера заряжена магическими именами, судьбоносными событиями, изобретениями, исследованиями, открытиями. Рис, табак, хлопок – лишь из этих трех элементов Юг создал великую симфоническую поэму человеческого труда.

И все это кончается. Рождается новый Юг. Старый Юг выкорчеван. Но зола еще не остыла.

Генри Миллер

РАССКАЗЫ

9 «Аэрокондиционированный кошмар»

Воссоединение в Бруклине

Я НЕ МОГУ ВСПОМНИТЬ, ГДЕ Я ЭТО НАПИСАЛ, – ТО ЛИ В *Нью-Йорке, то ли в Беверли-Глен, в Калифорнии. Скорее всего, в Калифорнии, хотя, когда я перечитывал текст, мне казалось, что написан он по свежим следам. Одно я никоим образом не могу забыть – удивительную встречу с продавцом книг (в Нью-Йорке), который дал мне возможность помогать родителям в трудное время. Имя его Барнет Б.Рудер. Я ничего не слышал о нем с тех пор, как покинул Нью-Йорк и перебрался в Калифорнию. Надеюсь, что он жив, прочтет эти слова и узнает, что я никогда о нем не забывал.*

Время возвращения домой поистине было одним из худших периодов в моей жизни. Повествование правдиво отражает мою тогдашнюю тоску[1].

Я прибыл в порт практически при тех же обстоятельствах, при каких его покидал, то есть без гроша в кармане. Отсутствовал я ровно десять лет. Срок показался мне куда более долгим – лет этак двадцать или даже тридцать. Все время моего существования за границей меня поддерживала вера, что мне уже никогда не придется возвращаться в Америку.

Я, разумеется, постоянно переписывался с семьей. То была не слишком откровенная переписка, и я уверен, что мои родственники ни в малой мере не представляли, какова на самом деле моя жизнь. К концу моего пребывания в Париже я получил письмо, которое извещало меня о болезни отца; болезнь была настолько серьезной, что я почти не надеялся застать его в живых.

Сознание, что я не в состоянии помогать родным, терзало меня все годы моего отсутствия; терзания обрели новую силу, пока я пересекал океан. За пятнадцать лет, которые прошли с начала моей карьеры, я не только убедился, что не в силах содержать себя самостоятельно, но и значительно увеличил свои долги. У меня не просто не было денег, как и перед отъездом, но я еще глубже залез в дыру, попал в положение гораздо более скверное, чем тогда, когда я покидал страну. Весь мой кредит заключался в нескольких книгах, которые вряд ли издадут в этой стране, по крайней мере в том виде, как они написаны. Немногие привезенные с собой подарки я был вынужден оставить на таможне, так как заплатить за них пошлину не имел возможности.

Когда мы проходили иммиграционные формальности, офицер шутя спросил, уж не я ли тот самый Генри Миллер[2], и я в том же духе ответил, что тот, кого он имеет в виду, скончался. Он меня понял. Спрошенный далее, чем я занимался все эти годы в Европе, я ответил, что развлекался, и этот ответ заключал в себе два достоинства: во-первых, соответствовал истине, а во-вторых, предупредил дальнейшие расспросы.

Едва ли не первыми словами, которые я услышал из уст матери после того, как мы поздоровались, были следующие: «Неужели ты не можешь написать что-нибудь вроде «Унесенных ветром» и заработать хоть немного денег?» Я вынужден был признать, что не могу. Я от природы лишен способности писать бестселлеры. Помнится, в Бостоне, где у нас была первая остановка, я, прогуливаясь по вокзалу, испытал немалое удивление, увидев в продаже огромное количество книг и журналов. (Это было мое первое сильное впечатление от Америки, оно меня просто ошарашило.) «Унесенные ветром» лежали повсюду — по-видимому, дешевое адаптированное издание по киносценарию, которое заинтересовало меня, привыкшего во Франции к книжкам в бумажных обложках, больше, чем полный авторский вариант. Мне было любопытно, сколько же миллионов долларов пущено в оборот с помощью такой книжки. Обратил я внимание и на книги других писательниц, размещенные среди бестселлеров. Объемистые тома, способные удовлетворить аппетиты самых прожорливых читателей. Мне казалось вполне естественным, что женщины писательницы заняли в Америке столь заметное место. Америка, по существу, страна женщин, — так почему же представительницам этого пола не стать ведущими романистками?

Как же я страшился самого момента возвращения в лоно семьи! Мысль о том, что я снова пройду по знакомой улице, всегда была для меня кошмаром. Если бы в то время, когда я находился в Греции, кто-нибудь сказал мне, что два месяца спустя я это сделаю, я обозвал бы его психом. Тем не менее, выслушав в американском консульстве в Афинах повеление, что мне надо вернуться в Америку, я не пытался протестовать. Я воспринял это недозволенное вмешательство как голос Судьбы. Где-то в подсознании крылось ощущение, что в Америке я оставил нечто незаконченное. Более того, должен признаться, что, получив вызов, я почувствовал себя морально и умственно более сильным, нежели когда-либо в жизни. «Если так надо, – сказал я себе, – я могу вернуться в Америку. Я достаточно силен, чтобы встретиться лицом к лицу с чем угодно!»

Тем не менее в Нью-Йорке мне понадобилось несколько недель, чтобы подготовить себя к тяжелому испытанию. Само собой, я написал своим, что еду. Они, естественно, ждали, что я позвоню им немедленно после приезда. Было жестоко с моей стороны не сделать этого, но я был намерен сколько возможно облегчить свои страдания и потому отложил общение с семьей на неделю или больше. В конце концов я написал им из Виргинии, куда я смылся почти сразу, не в силах вынести вид моего родного города. Выигрывая некоторое малое время, я надеялся на внезапный поворот фортуны, который послал бы мне хоть несколько сотен долларов от какого-нибудь издателя, чтобы я почувствовал себя более или менее сносно. Увы, никакого поворота не последовало. Единственный человек, на которого я рассчитывал, подвел меня. Я имею в виду своего американского издателя. Он даже не захотел помочь мне вернуться в Америку. Опасался, что если пошлет мне деньги на дорогу, то я их пропью или промотаю еще каким-нибудь дурацким способом. Он, вероятно, хотел мне добра и, разумеется, прекрасно пишет о необходимости уважать людей искусства, обеспечивать их едой, выпивкой и всем прочим. «Добро пожаловать домой, Генри Миллер...» Я нередко вспоминал эту его фразу, которую он включил в предисловие к моей книге, в то время как я находился в безвыходном положении. Легко писать такие слова, но подкреплять их поступками совсем другое дело.

Время шло к вечеру, когда я отправился с визитом к своим. Вышел из подземки на новой Восьмой авеню и, хотя я хорошо знал окрестности, немедленно заблудился. Нельзя сказать, будто вокруг произошло много изменений; если что и изменилось, так это я сам. Изменился настолько, что не мог найти привычный путь в привычном окружении. Полагаю, это была последняя бессознательная попытка избежать тяжелого испытания.

Когда я шел по кварталу, где находился дом, мне казалось, что никаких изменений нет вообще. Улица, которую я так ненавидел, оставалась нечувствительной к ходу времени, и это приводило меня в бешенство. Впрочем, нет, произошла одна важная перемена. На том самом углу, где была немецкая бакалейная лавка и где меня, тогда еще мальчишку, однажды здорово вздули, теперь находилось похоронное бюро. Знаменательная трансформация! Но самое потрясающее заключалось в том, что владелец бюро был много лет назад нашим соседом в доме на Четырнадцатой улице, откуда мы давно съехали. Его имя я вспомнил в одну секунду. Проходя мимо, я вдруг ощутил, как по спине у меня забегали мурашки. Предвидит ли этот человек, что нам вскоре понадобятся его услуги?

Я подошел к воротам и увидел своего отца – он сидел в кресле у окна. Один только взгляд на него, сидящего вот так и ожидающего моего прихода, причинил мне острую боль. Казалось, он просидел в этой позе все прошедшие десять лет. И я почувствовал себя преступником, почти убийцей.

Железную калитку открыла моя сестра. Она сильно изменилась, сморщилась и высохла, словно китайский орех. Мать и отец встретили меня у порога. Оба ужасно постарели. На мгновение я испытал крайне тягостное ощущение, что вижу перед собой парочку мумий, которые были извлечены из саркофага и ожили при помощи гальванизации. Мы обнялись, а потом молча постояли несколько секунд, в течение которых меня словно вспышкой осенило осознание потрясающей трагедии их жизни, моей жизни и жизни любого живого существа на земле. Все силы, собранные мною для самозащиты, мгновенно оставили меня; ничего во мне не осталось, кроме невероятного сострадания. Когда моя мать вдруг произнесла: «Ну, Генри, как мы тебе?» – я застонал и разразился душераздирающими рыданиями. Я плакал так, как никогда не плакал раньше. Отец, чтобы скрыть собственные чувства, поспешил уйти в кухню. Я не снял пальто и все еще держал в руке свою шляпу. В ослепляющем потоке слез все плыло перед глазами. «Господь Всемогущий, – думал я, – что же я натворил! Это ничем нельзя оправдать. Я должен был остаться, я должен был пожертвовать собой ради них. Быть может, есть еще время. Быть может, я в состоянии чем-то доказать, что я не отъявленный эгоист...». Моя мать не говорила ничего. Никто ничего не говорил. Я стоял посреди комнаты в пальто, держа в руке шляпу и плакал до тех пор, пока у меня уже не осталось слез. Немного овладев, наконец, собой, я вытер глаза и огляделся. Комната была все та же – чистая, без каких-либо признаков житейского неблагополучия и разве что немного более светлая, чем раньше. Или мне так показалось из-за чувства собственной вины? Во всяком случае, она, слава Богу, не была отмечена печатью бедности, как я опасался. Такая же скромная и простая, как всегда. Она напоминала отполированный мавзолей, в котором их тоска и страдания поддерживали яркий огонь.

Стол был накрыт; через несколько минут мы уже сидели за едой. Видимо, это считалось само собой разумеющимся, хотя я не испытывал ни малейшего желания поесть. В прошлом наиболее эмоциональные сцены, свидетелем которых мне довелось быть в лоне семьи, совмещались с застольем. Мы легко переходили от печали к обжорству.

Мы уселись на привычные места и выглядели если и не слишком веселыми, то гораздо более оживленными, чем несколько минут назад. Буря прошла, дальше будут лишь слабые и отдаленные раскаты. Я едва успел взять в руку ложку, как все разом заговорили. Они ждали своего часа очень давно; им хотелось высказать за считанные минуты все, что накопилось за десять лет. Никогда в жизни я не был более прилежным слушателем. Пусть бы они говорили хоть двадцать четыре часа подряд, я сидел бы терпеливо, не произнося ни звука, не выказывая признаков утомления, до тех пор, пока не будет произнесено последнее слово. Ведь они наконец заполучили меня и могли рассказать обо всем. Они так стремились начать, так этому радовались, что речи их слились в нечленораздельную смесь. Они словно боялись, что я опять удеру куда-нибудь на десять лет.

Настало время передачи военных новостей; они включили радио, полагая, что мне это будет интересно. В разгар застольной болтовни и неразберихи тонули корабли, взлетали на воздух склады боеприпасов, и один и тот же хорошо поставленный, ровный голос переходил от сообщений о бедствиях к рекламе бритвенных лезвий, не меняя ни интонации, ни модуляций; в эту какофонию внезапно вмешалась мать и сказала мне, что они заранее думали о моем возвращении и рассудили, что спать я буду в одной постели с отцом. Сама она устроится вместе с сестрой в маленькой комнатке, где я спал в детстве. При этих словах я с трудом подавил новый приступ рыданий. Поспешил заявить, что им нет нужды волноваться по такому поводу – я уже устроился, мне есть где жить, и вообще все отлично. Попытался пошутить, мол, я теперь как-никак знаменитость, но это прозвучало неубедительно как для них, так и для меня самого.

«Разумеется, – продолжала мать, не обратив ни малейшего внимания на мое заявление, – тебе будет не слишком удобно, потому что отцу по ночам приходится время от времени вставать, но ты скоро привыкнешь. Я, например, даже не слышу, как он это делает».

Я взглянул на отца. «Да, – подтвердил он, – после операции, я имею в виду последнюю, я рад-радешенек, если мне удается поспать три или четыре часа подряд. – Он отодвинулся вместе со стулом от стола, поднял штанину и показал мне резиновый баллон, закрепленный у него на ноге. – Вот что я вынужден постоянно носить теперь. Я больше не могу мочиться естественным путем. Это ужасная нелепость, но что поделаешь? Они сделали для меня все, что могли. – И он принялся поспешно рассказывать мне, как добр был к нему доктор, причем человек совершенно посторонний и к тому же еврей. – Да, – прибавил он, – меня положили в Еврейскую больницу, и должен признать, что нигде со мной не обращались лучше, чем там».

Я поинтересовался, как же это вышло с Еврейской больницей, потому что мать всю жизнь до смерти боялась чего-либо хоть отдаленно связанного с евреями. Объяснение оказалось весьма простым. Они пережили своего домашнего врача и всех других врачей, которых знали по соседству. В самый последний момент им порекомендовали врача-еврея, а так как он был не просто специалист, но еще и хирург, они дали согласие. К их удивлению, он оказался не только хорошим врачом, но и добрым, сострадательным человеком. «Он обращался со мной словно родной сын», — сказал отец. Даже мать признала, что не встречала человека лучше. С немалым удивлением я узнал, что в больнице на них самое сильное впечатление произвела замечательная еда. Больной мог выбирать себе блюда по меню — все, чего только душа пожелает. Правда, медсестры не были еврейками. Эту работу выполняли по преимуществу скандинавские девушки. Евреи не любят заниматься такими делами. «Ты же знаешь, они чураются грязной работы», — пояснила мать.

Во время разговора отец, не в состоянии дождаться, когда мать кончит свое повествование, вдруг вспомнил, что записал несколько вопросов, которые хотел задать мне. Он попросил сестру принести ему этот листок. В ответ на это, к моему удивлению, сестра спокойно предложила ему подождать, пока она кончит есть. Отец бросил на меня выразительный взгляд: «Ты видишь, что мне приходится переносить!» Я поднялся и отыскал листок, на котором были перечислены вопросы. Отец надел очки и принялся задавать их по порядку.

«Прежде всего, к какому пирсу вы причалили?»

Я ответил.

«Так я и думал, — удовлетворенно заметил отец. — Далее — как вас кормили на пароходе? Это была американская кухня или греческая?»

Все прочие вопросы были в том же духе. Каждый ли день нам сообщали новости по беспроволочному телеграфу? Разделял ли я с кем-нибудь каюту? Не было ли по пути поломок или аварий? И наконец вопрос, совершенно меня потрясший: «Что такое Парфенон?»

Я коротко объяснил, что такое Парфенон.

«Так, все правильно, — сказал он, как бы утверждая, что незачем вдаваться в дальнейшие подробности, и добавил, глядя на меня поверх очков: — Я спросил только потому, что твоя мать уверяла, будто это парк. Я знал, что это не парк. Сколько ему лет, ты говоришь?.. Там, наверное, полным-полно всяких реликвий». Далее он заметил, что ему думается, в Греции очень интересно, но сам бы он хотел побывать только в Италии и еще в Лондоне. Он расспрашивал меня об улице Савил-Роу, где расположены ателье и магазины дорогих и модных портных. «Ты говоришь, портные там сплошь англичане? Не евреи или итальянцы? Те, кто работает по найму?» Я ответил, что нет, судя по их наружности, все эти работники англичане. «Это странно. Вообще Лондон, должно быть, странный город».

Он пересел в кресло у окна. «Я не могу сидеть здесь подолгу, — сказал он. — Сиденье слишком опустилось. Надо бы обзавестись более твердым креслом. Понимаешь ли, вся эта моя сбруя причиняет определенные неудобства. особенно в жаркую погоду. — Он прижал рукой длинный баллон, закрепленный на ноге. — В нем опять полно песка. Просто не верится, что с мочой выходит такое количество твердого вещества. Настоящее проклятие. Я самым добросовестным образом принимаю все предписанные мне лекарства, но эта чертова дрянь все равно собирается. Думаю, все дело в моем состоянии. Когда песка накапливается много, я должен идти к врачу, чтобы он сделал мне промывание. Примерно раз в месяц. *И это так больно*!. Ладно, не стоит больше говорить об этом сейчас. Иногда мне лучше, иногда похуже. Как-то я уж думал, что больше не выдержу. Орал на весь квартал. Когда дела у меня получше, я откладываю визит к врачу на пять или шесть недель. Каждое промывание обходится в пять долларов».

Я рискнул высказать предположение, что разумнее было бы ходить к врачу почаще, а не тянуть время.

«Именно так я и говорю, — живо отозвался он. — Но мать твердит, что нам надо экономить. Само собой, ей-то не приходится терпеть боль».

Я вопросительно посмотрел на мать. Она была явно недовольна таким поворотом разговора. «Незачем бежать к врачу каждый раз, как чуть-чуть кольнет, — проворчала она, как бы упрекая отца за то, что он затронул эту тему. — Я сто раз повторяла ему, что все дело в его состоянии здоровья».

Упоминая о состоянии здоровья, мать, очевидно, имела в виду, что отец должен терпеть страдания до тех пор... если бы она осмелилась произнести эти слова, ей пришлось бы сказать: *до конца.* Ему повезло остаться в живых после всего, что ему довелось перенести. «Если бы не этот проклятый мешок, — продолжала мать, словно размышляя вслух, — если бы не его недержание, наш отец был бы молодцом. Ты же видишь, какой у него аппетит, какой хороший цвет лица».

«Да, — вмешалась в разговор сестра, — он ест больше, чем кто-нибудь из нас. Мы делаем всю работу, а он только отдыхает».

Отец снова посмотрел на меня. Мать, перехватив этот немой призыв, решила обратить все в шутку, одну из тех грубых шуток, какие очень любили в нашей семье. «Да ты только погляди на него! — воскликнула она с немного истерическим смешком. — Ведь у него и в самом деле прекрасный цвет лица. Он у нас крепкий, как старый петух. Его и топором не зарубишь!»

Я был не в состоянии рассмеяться. Но сестра, которая привыкла заводиться с одного намека матери, внезапно побагровела от праведного негодования. «Погляди на нас! — воскликнула она, поворачивая голову из стороны в сторону. — Погляди, какие мы тощие! Я по семьдесят раз на день подымалась по лестнице, когда отец лежал в постели. Все только и твердят мне, что я плохо выгляжу, что я должна позаботиться о себе. Мы даже не можем позволить себе пойти в кино. Я больше года не была в Нью-Йорке[3]».

«И причиной всему я? — с горечью проговорил отец. — Хотел бы я поменяться с вами, вот все, что я могу сказать!»

«Ладно, успокойся, — обратилась к нему мать, словно к обиженному ребенку. — Ты не должен так говорить. Мы делаем все, что можем, и ты это понимаешь».

«Да, — произнес отец еще более желчным тоном, — а как насчет клюквенного морса, который мне предписано пить каждый день?»

Тут уж они обе — и мать, и сестра — набросились на него в полной ярости. Как он смеет говорить такие вещи, хотелось бы им знать, если они обе превратились в ходячие скелеты, ухаживая за ним! Досталось и мне. Я должен попытаться понять, объясняли они, что иногда бывает даже трудно отлучиться из дома, дойти хотя бы до угла.

«А почему бы вам не воспользоваться телефоном?» — спросил я.

Телефон уже давно отключен, сказали они. Видимо, это был один из придуманных матерью способов экономии.

«Ну а если ночью случится что-нибудь непредвиденное?» — осмелился я задать вопрос.

«Именно это я им и говорю, – вмешался отец. – Это мать придумала отказаться от телефона. Я этого не одобряю».

«Вечно ты со своими штучками! – вспыхнула мать и нахмурила брови, чтобы заставить отца замолчать. Она обратилась ко мне, словно к некоему вместилищу трезвого разума: – У всех соседей есть телефоны. Они даже не позволяют оплачивать звонки, но я, разумеется, компенсирую это так или иначе. К тому же на углу живет Тивз».

«Ты имеешь в виду владельца похоронного бюро?» – спросил я.

«Да, – сказал отец. – Видишь ли, когда погода позволяет, я совершаю прогулку до угла. Если Тивз у себя, он выносит мне складной стул, а если мне надо позвонить, я пользуюсь его телефоном. Денег за это он с меня не берет. Он вообще стал очень добрым, должен тебе сказать. – Отец принялся втолковывать мне, как это приятно посидеть на углу, наблюдая за прохожими, и вполне мудро заметил, что жизни там больше. – Ты ведь понимаешь, насколько тоскливо видеть изо дня в день одни и те же лица».

«Надеюсь, тебе не тоскливо смотреть на нас!» – с обидой заметила мать.

«Ты же знаешь, что я вовсе не это имею в виду», – возразил отец, явно утомленный перепалкой.

Я поднялся, чтобы пересесть на другое место, и только теперь увидел груду старых газет на кресле-качалке.

«На что вам они?» – спросил я.

«Не трогай их! – выкрикнула сестра. – Это мои газеты!»

Отец поспешил объяснить, что за время моего отсутствия сестра пристрастилась к чтению газет. «Это ей помогает, – сказал он. – Отвлекает от неприятных мыслей. Но она читает медленно. Запаздывает на месяц».

«Ничего подобного! – резко возразила сестра. – Всего на две недели. Если бы у нас не было столько дел, я успевала бы прочитывать их вовремя. Священник говорит...»

«Ладно, ладно, ты победила, – перебил ее отец. – В этом доме слова нельзя сказать, чтобы не наступить кому-нибудь на любимую мозоль».

По радио с минуты на минуту должна была начаться программа «Вокс Поп», то бишь «Глас народа». Отец с матерью поинтересовались, слышал ли я ее хоть раз, но прежде, чем я успел ответить, вмешалась сестра: она хотела послушать хор, исполняющий рождественские гимны. «Может, он предпочел бы узнать последние новости о войне», – сказала мать, видимо, полагая, что если я только что приехал из Европы, меня особо занимают события великой войны.

«Ты когда-нибудь слышал Реймонда Грэма Свинга?» – спросил отец.

Я собирался ответить, что нет, не слышал, но сестра объявила, что сегодня вечером он не выступает.

«А как насчет Габриэля Хиттера?» – последовал новый вопрос.

«В нем нет ничего хорошего, – сказала сестра. – Он еврей».

«Ну и что из этого?» – не уступал отец.

«Мне нравится Кальтенборн[4], – сказала сестра. – У него такой красивый голос».

«Лично я, – продолжал отец, – предпочитаю Раймонда Свинга. Он совершенно непредвзятый. Всегда начинает: «Добрый вечер!», а не «Леди и джентльмены» или «Друзья мои», как президент Рузвельт».

Весь этот разговор напоминал заезженную граммофонную пластинку из далекого прошлого. Внезапно вся Америка, отраженная радио, хлынула нескончаемым потоком. Жевательная резинка, политура для мебели, ключи для консервных банок, минеральная вода, слабительные средства, мази, пилюли для печени, средство от мозолей, страховые полисы; эстрадные певцы с голосами евнухов; комики с их избитыми остротами; викторины с их бессмысленными вопросами (сколько спичек можно изготовить из кубометра древесины?); воскресный вечерний час Форда; часовой бизнес Булова, ксилофоны, квартеты, сигналы охотничьего рожка, кукареканье петухов, трели канареек, звон колоколов, вызывающий слезы, вчерашние песни, горяченькие новости – прямо со сковородки, факты, факты, факты... Вот оно снова здесь, все это старье, и как мне пришлось вскоре убедиться, старье еще более нелепое, смешное и отупляющее, чем когда-либо. Человек по имени Фэдимен, которого я позже видел в кино, вместе с четверкой хорошо информированных кретинов организовал нечто вроде комитета викторин или головоломок – мне помнится, он носил название «Получи информацию» или вроде того. Это был, так сказать, coup de grace – последний удар вечернего увеселительного одурманивания. Как объяснили мне мои родственники, это было подлинное образование. Я ерзал на стуле и пытался изобразить на своей физиономии неподдельный интерес.

Когда они наконец выключили это чертово радио, наступило некоторое облегчение. Они утомонились и начали рассказывать мне о своих друзьях и соседях, о несчастных случаях и болезнях, которым, как видно, не было числа. Я, разумеется, помню миссис Фрелих? Она являла собой картину цветущего здоровья и вдруг угодила в больницу на операцию. Рак мочевого пузыря, представляешь? Протянула каких-нибудь два месяца. И перед самой ее смертью – «она об этом не знает», сказал отец, по рассеянности употребив настоящее время, – ее муж стал жертвой несчастного случая. Врезался на машине в дерево, и ему оторвало голову – словно бритвой срезало! В похоронном бюро голову, само собой, пришили, просто поразительно, как ловко они это сделали. Никто бы ничего не заметил, глядя на покойника в гробу... Да, вот такое произошло с миссис Фрелих. Никто бы не подумал, что они с мужем уйдут из жизни так рано, им было всего за пятьдесят.

Вслушиваясь в их перечень, я получил впечатление, что все люди по соседству были поражены тяжелыми болезнями. Каждый из тех, с кем мои родители имели дело, – друг, дальний родственник, сосед, мясник, почтальон, газовый инспектор, словом, без исключения каждый, постоянно носил с собой маленький цветочек, выращенный на почве собственного тела и поименованный по названию одного из всем известных недугов, таких, как ревматизм, артрит, пневмония, рак, водянка, анемия, дизентерия, менингит, эпилепсия, грыжа, энцефалит, мания величия, обморожение. диспепсия и так далее и тому подобное. Те, кто не был искалечен, болен или безумен, потеряли работу и жили на пособие по безработице. Те, кто еще владел ногами, выстраивались в очередь у кинотеатров, ожидая, когда же откроются двери. Я невольно вспомнил «Путешествие на край ночи». Разница между этими двумя мирами, во всем остальном очень похожими, заключается в жизненном стандарте: получающие пособие по безработице живут в условиях, которые показались бы роскошными рабочим из предместий – героям книги Луи Селина. В Бруклине, как я понимаю, люди умирали от голодного истощения души. Они вели растительное существование, дряблые, сонные, пораженные болезнями туши, интеллекта у них хватало лишь на то, чтобы покупать масляные отопительные котлы, радиоприемники, автомобили, газеты, билеты в кино. Один из них, которого я мальчишкой знал как игрока в шары, был теперь отставным полицейским и по вечерам занимался тем, что писал старым готическим шрифтом. Он изобразил этим шрифтом на небольшом кусочке картона Отче Наш, сообщили мне родственники, и, когда работа была кончена, обнаружил, что пропустил одно слово. Тогда он принялся писать молитву заново и работал над этим вот уже больше месяца. Жил он вместе с сестрой, старой девой, в большом мрачном доме, унаследованном от родителей. Они не хотели пускать жильцов, считая, что это слишком беспокойно. Никуда не ездили, никого не навещали и не принимали у себя. Сестра была завзятой сплетницей, и ей требовалось не меньше трех часов, чтобы дойти до аптеки на углу. Говорят, что деньги свои они намеревались завещать Дому престарелых.

Отец, казалось, знал наперечет всех обитателей соседних кварталов. Знал он, в частности, кто возвращается домой поздно ночью. Сидя по ночам в гостиной у окна и дожидаясь мочеиспускания, он стал осведомленным в подобных вещах как никогда. Видимо, больше всего его удивляло, как много молодых женщин являлось в любой час ночи домой в одиночку, некоторые сильно под хмельком. Люди больше не поднимались ранним утром, чтобы идти на работу, во всяком случае, по соседству таких не осталось. Когда он был юнцом, заметил отец, работа начиналась на рассвете и продолжалась до десяти вечера. В половине девятого утра, пока все эти бездельники валялись в постели, он уже ел второй завтрак – сандвичи с пивом.

Повествование было прервано, поскольку мочеприемник наполнился доверху. В кухне отец перелил его содержимое в старый кувшин для пива, проверил, не мутная ли моча и есть ли в ней песок, а потом вылил все в унитаз. Его внимание со времени появления мочеприемника было полностью сосредоточено на качестве и количестве мочи. «Люди здороваются, спрашивают о самочувствии, а потом – бац! – забывают о тебе», – заметил он, вернувшись на свое место у окна. То было замечание случайное, как бы между прочим, и, насколько я понимаю, необоснованное, но отец явно хотел сказать, что другие *могут позволить* себе забывать, а ему это не дано. Каждый вечер перед сном ему приходила в голову утешительная мысль, что через час или два он должен встать и перехватить мочу, прежде чем она потечет из отверстия, которое врач оставил у него на животе. Кругом были разложены тряпки, готовые задержать поток, и газеты, предохраняющие от безобразных пятен постельное белье и мебель. Иногда проходили часы, пока накапливалось значительное количество мочи, а иногда мочеприемник приходилось опорожнять два или три раза за самое короткое время; порой он мочился обычным путем, а порой жидкость вытекала из незашитой раны. Все это было унизительно и к тому же болезненно.

Ни с того ни с сего мать фальшиво естественным голосом предложила мне подняться с ней наверх – якобы для того, чтобы показать улучшения в доме, которые были сделаны за время моего отсутствия. Не успели мы подняться на лестничную площадку, как мать принялась на пониженных тонах объяснять мне, что болезнь отца неизлечима. «Он никогда не поправится, – сказала она, – ведь это...» И тут она произнесла слово, синонимичное всей нашей цивилизации и вызывающее такой же ужас у наших современников, какой вызывало у людей прошлого слово «проказа». Сказанное матерью не было для меня сюрпризом. Скорее, я был удивлен тем, что это всего лишь *оно* и не более того. Гораздо больше меня волновало, что мать шепчется со мной так громко, а двери везде открыты, и отец при желании легко может услышать, что она мне говорит. Я прошел с матерью по комнатам и выслушал ее объяснения, сделанные уже нормальным голосом, о различных новшествах, например, о термостате, который висел на стене под портретом дедушки. С термостата разговор естественно и очень удачно перешел на новый масляный отопительный котел, и, чтобы осмотреть его, пришлось спуститься в подвал.

Вид подвала меня потряс. Его освободили от разного хлама, убрали бункеры для угля, сняли полки, побелили стены. Словно некий средневековый прибор в лаборатории алхимика там стоял масляный котел, аккуратный, чистенький и бесшумный, если не считать спазматического тиканья, ритм которого был непредсказуемым. По тому благоговению, с которым мать говорила о котле, я понял, что это самый важный предмет в доме. Я взирал на него с восхищением и изумлением. Нет больше ни дров, ни угля, ни золы, которую приходится выгребать, ни угарного газа; нет грязи и дыма, не надо все время следить за топкой, суетиться, разжигать огонь и так далее. Температура постоянная – одна днем, другая ночью. Маленький прибор на стене в гостиной автоматически регулирует работу отопления. Вроде бы некий волшебник спрятался в доме, этакий новый электродинамический, супергетеродинный бог домашнего очага. Подвал, который когда-то был таким жутким местом, обрел в себе неведомые сокровища, сделался светлым и пригодным для обитания. При желании можно было позавтракать прямо на бетонном полу. Установка масляного котла уничтожила значительную часть моего детства. Больше всего мне не хватало полок, на которых хранились покрытые паутиной бутылки с вином. Не было больше вина, не было шампанского, не было даже ящика для бутылок с пивом. Ничего, кроме масляного котла, и этого особенного, с неправильным ритмом тиканья.

Когда мы поднялись по лестнице, я увидел еще один священный предмет, который тоже тикал механическо-эпилептически, – холодильник. Я не видел холодильников с тех пор, как уехал из Америки, а те, которые я знал, давно уже устарели. Во Франции я даже не пользовался ледником из тех, к каким мы привыкли дома. Покупал столько, чтобы съесть сразу. Что портилось, то портилось, а что прокисало, то прокисало, вот и все. Ни у кого из моих знакомых не было холодильника; никто из них и не думал о холодильнике. Что касается Греции, где в большом почете был уголь, там готовили на печках, которые топили углем. И любителям поесть еда казалась такой же вкусной, восхитительной и сытной, как и в любом другом месте. Я вспомнил о Греции, так как вдруг увидел, что нашей старой кухонной плиты, которую топили углем, уже нет. Ее место заняла сияющая белой эмалью газовая плита – еще один такой же необходимый, экономичный и священный предмет, как масляный котел и холодильник. Я начинал подумывать, что за время моего отсутствия мать сделалась немного сумасбродкой. Полюбопытствовал, все ли обзавелись такими удобствами. Почти все, ответили мне, даже те, кто не очень-то мог себе это позволить. Готический маньяк и его сестрица, правда, не обзавелись, но ведь они известные чудаки и ничего не покупают, пока совсем не подопрет. Моя мать — я не могу это отрицать — привела в свое оправдание вполне убедительный довод: они стареют, а все бытовые новшества сильно облегчают жизнь. Я, сказать по правде, был рад, что они способны так хорошо о себе позаботиться. Однако в то же время не мог не подумать о стариках в Европе: они не только умели обходиться без таких удобств, но, по моему мнению, оставались более здоровыми, разумными и веселыми, чем старые люди в Америке. Америка обрела комфорт; Европа обладала другими ценностями, в сравнении с которыми все эти удобства казались совершенно не важными.

В другом разговоре отец обратился к сюжету о портновском магазине, порог которого он не переступал больше трех лет. Пожаловался, что не слышал с тех пор ни слова от своего бывшего партнера. «Он неимоверно скаредный тип, ему жаль потратить никель на телефонный звонок, — сказал он. — Мне стало известно, что один человек заказал два выходных костюма[5]. Это было полгода назад, но я с тех пор не слышал о заказе ни слова». Я, естественно, вызвался зайти на днях в магазин и выяснить, как там дела. «О делах-то этому типу незачем особенно беспокоиться, — продолжал отец. — Его дочь стала кинозвездой, понимаешь ли. Возможно также, что клиент отправился в круиз, он вечно болтается где-то на своей яхте. А ко времени возвращения, глядишь, поправится на несколько фунтов или, наоборот, похудеет, и придется все переделывать. Может, не меньше года пройдет, пока он заберет свои костюмы».

Я выяснил, что в регистрационной книге записано человек десять-двенадцать постоянных заказчиков. Новых, само собой, ждать нечего. Это напоминало исчезновение бизонов. Владелец яхты, заказавший два дорогих костюма, за которыми не спешил явиться, в свое время заказывал по дюжине за раз, не говоря уже о визитках, пальто и смокингах. Почти все знаменитые портные прошлых лет либо удалились от дел, либо обанкротились, либо находились на грани банкротства. Крупные английские фирмы шерстяных тканей, которые когда-то обслуживали их, сократили свои поставки до минимума. И хотя у нас дополна миллионеров, все меньше мужчин склонно платить по две сотни долларов за обычный мешковатый костюм. Любопытно, что ни говори!

Было не только грустно, но и смешно слушать, как отец толкует об этих двух костюмах и настаивает, чтобы я не забыл попросить его партнера не оставлять костюмы на вешалках у самого окна, они могут выгореть к тому времени, как заказчик явится на примерку. Они сделались мифическими, легендарными, эти два костюма, заказанные миллионером в тридцать седьмом или тридцать восьмом году как раз перед отъездом в небольшой круиз по Средиземному морю. Если все сложится удачно, что ж, годика через два старик получит свою долю от этой сделки – десять или пятнадцать долларов. Великолепное состояние дел, ничего не скажешь! Каким-то образом два этих легендарных костюма сочетались с масляным котлом и холодильником – неотъемлемой частью той же системы излишних трат на роскошь. Обратимся, кстати, к одному почти случайно пришедшему на ум примеру. Ядовитый дым медеплавильного завода в Дактауне, штат Теннесси, превратил в мертвую пустыню целый регион на пятьдесят миль вокруг. (Увидеть этот район значит получить предостережение судьбы, во что может превратить всю планету – нашу Землю – бездумная практика человечества. Природа здесь сравнима с ободранным задом больного шимпанзе.) Директор предприятия, нимало не обеспокоенный таким запустением, не говоря уже о преждевременных смертях в шахте, возможно, готов заказать охотничью куртку для предполагаемой поездки в Нью-Йорк. Или же у него есть сын, который собирается поступить на службу в армию в чине бригадного генерала и по этому случаю намерен своевременно заказать соответствующий гардероб. Болезнь, поразившая владельца портновского магазина, может поразить любого человека, в том числе и директора предприятия «Коппер-Хилл», но для него она не так ужасна, поскольку к его услугам опытные медсестры, которые будут делать ему промывание каждые несколько часов, а врач-специалист примчится на такси в случае возникновения даже незначительной боли. Директор может вполне терпимо проводить время. Вероятно, ему не придется поглощать привычное количество изысканной пищи, однако ему будут доступны многие другие радости, включая ежевечернюю игру в карты или посещение кинотеатра в кресле на колесах.

Что касается моего отца, то он тоже имел свое маленькое ежемесячное удовольствие в виде поездки в клинику к врачу. Меня несколько коробила испытываемая им огромная благодарность к приятелю, который раз в месяц выступал в роли шофера. А когда мать взахлеб говорила о доброте соседей, позволяющих ей безвозмездно пользоваться их телефоном, я готов был взорваться. «Какого черта, – не удержался я, – не велика любезность! Любой негр сделал бы для вас то же, и, может быть, даже больше. Это самое малое, на что может рассчитывать друг».

Мать явно обиделась, Попросила меня не говорить так. И следующим заходом сообщила, как добры к ней люди, живущие в доме рядом, как они каждый вечер оставляют на окне утреннюю газету для нее. А другой сосед, дальше по улице, настолько заботлив, что собирает для них тряпки, необходимые отцу. Ну просто истинные христиане, скажу я вам. Щедрые души!

«А как Хелсингеры? – спросил я о старых друзьях, которые стали миллионерами. – Сделали они что-нибудь для вас?»

«Хелсингер! – начал, было, отец. – Ты же знаешь, что он всегда был вонючкой...»

«Как ты можешь говорить такое!» – перебила его мать.

«Я всего лишь сказал правду», – попытался оправдаться отец.

Мать с жаром принялась доказывать, как Хелсингеры добры и заботливы, и напомнила, что во время своего последнего визита – восемь месяцев назад – они привезли в подарок банку варенья из своего загородного имения.

«Ничего себе! – вспыхнул я – меня раздражало даже имя этих людей. – И это лучшее, что они могли сделать?»

«У них полно собственных забот, – сказала мать в оправдание Хелсингерам. – Ведь мистер Хелсингер слепнет».

«Отлично, – со злостью заявил я. – Надеюсь, он к тому же оглохнет, потеряет дар речи и его хватит паралич!»

Даже отец нашел, что это немного чересчур. «Впрочем, – добавил он, – я не могу назвать его человеком щедрым. Он всегда был прижимистым. Но сейчас он вроде теряет все – дело быстро идет к тому».

«Прекрасно, – откликнулся я. – Надеюсь, он потеряет все до последнего пенни, прежде чем загнуться. Надеюсь, он умрет в полной нищете, в страданиях и боли».

В разговор неожиданно вмешалась сестра. «Ты не должен так говорить. Бог накажет тебя за такие слова. Пастор Лидеркранц часто повторяет, что нам следует только по-доброму отзываться друг о друге». Упомянув имя пастора, она ни с того ни с сего заговорила о Греции, где его священство, епископальная шишка в епархии, побывал в прошлом году во время отпуска.

«А что они сделали для всех вас?» – спросил я, имея в виду церковь и обращаясь к отцу с матерью

«Ты же знаешь, мы никогда не принадлежали ни к какой церкви», – мягко возразила мать.

«Но *она-то* принадлежит, не так ли? – кивнул я на сестру. – Разве этого для них недостаточно?»

«Они должны прежде всего заботиться о своих собственных прихожанах».

«*О своих собственных*? – прорычал я. – Достойное оправдание!»

«Он прав, – вмешался отец. – Они должны были *хоть что-то* сделать. Возьмите лютеранскую церковь – ведь мы к ней не принадлежим, но они присылают нам какие-то вещи. И навещают нас к тому же. Как ты это объяснишь?» – обратился он к матери достаточно резко, давая понять, что ему надоели ее постоянные попытки оправдывать то одних, то других.

И тут сестра, которая всегда оживлялась, если речь заходила о церкви, напомнила, что строится новый приходский дом и к тому же установят новые скамьи со спинками, а это стоит дорого.

«Ладно, твоя взяла!» – рявкнул отец. Я рассмеялся. Прежде я как-то не осознавал, насколько настойчивое и упрямое создание моя сестрица. Она была не слишком умна, однако, как видно, сообразила, что больше незачем позволять отцу наезжать на нее. Она могла проявить жестокость – на свой, достаточно глупый манер. Могла заявить старику, что не станет покупать ему сигареты. «Ты слишком много куришь. Мы вот не курим и поэтому здоровы».

Когда мы на несколько минут остались с отцом наедине, он пожаловался, что для него серьезная проблема постоянно иметь в кармане хотя бы четверть доллара – на всякий случай. «Они, разумеется, желают мне добра, – сказал он, – но чего-то не понимают. Считают, например, что я должен отказаться от сигарет. Господи, ведь надо же мне как-то коротать время, верно? Правда, на это дело уходит пятнадцать центов в день, но...»

Я попросил его больше не говорить об этом. «В конце концов сигареты у тебя есть», – сказал я и, покраснев, сунул ему в руку пару долларов.

«Ты уверен, что можешь обойтись без них? – спросил он, поспешно спрятав деньги. – Лучше не говори им, что ты их дал, а то отберут. Они считают, что деньги мне не нужны».

Я почувствовал себя несчастным, доведенным до белого каления.

«Ты пойми, – продолжал он, – я не собираюсь жаловаться, но это вроде истории с посещениями врача. Мать хочет, чтобы я оттягивал их как только можно. Ты же знаешь, что это неправильно. Если ждать чересчур долго, боли становятся невыносимыми. Когда я говорю ей об этом, она отвечает, что *все дело в моей болезни*. И я долго не смею признаться ей, что у меня сильные боли. Не хочу ее тревожить. Но я считаю, что, если бы я ездил к врачу чаще, мне было бы легче».

Гнев и унижение душили меня до такой степени, что я не в силах был отвечать отцу. Мне казалось, что его медленно пытают и бесконечно оскорбляют. Они вели себя так, словно, заболев, он совершил преступление. Мало того, моя мать, зная, что отцу уже не выздороветь, расценивала каждый прожитый им день как неоправданный расход. Она с восторгом отказывала себе во всем, чтобы вбить отцу в голову мысль о необходимости жесточайшей экономии. Но ведь «сэкономить» он мог только на собственной жизни, то есть умереть. Так это представлялось мне, хотя, посмей я сказать об этом матери, она ужаснулась бы. Она работала не покладая рук, в этом сомнения не было. И вынуждала сестру делать ту же однообразную механическую работу. Но все это было глупо – по большей части ненужный труд. Они *придумывали* для себя работу. Если кто-то говорил им, как они бледны и измучены, обе с готовностью отвечали: «Кто-то должен обеспечивать существование. Мы не можем позволить себе заболеть», словно подразумевая, что болезнь – греховная роскошь.

Атмосферу в доме составляла смесь глупости, виновности и лицемерия. К тому времени, как я собрался уходить, у меня из-за необходимости постоянно сдерживать эмоции стиснуло горло. До предела дошло в тот момент, когда я принялся влезать в свое пальто, а мать вдруг рванулась ко мне, схватила за руку и слезливым голосом произнесла: «Ох, Генри, у тебя на рукаве ниточка!» Господи Иисусе, ниточка! Именно на это она должна была обратить пристальное внимание. Слово «ниточка» прозвучало так, будто мать увидела, что я вынул из кармана руку, пораженную проказой. Вся ее нежность проявилась в том, как она сняла с моего рукава эту белую нитку. Невероятно – и донельзя тягостно! Я быстро обнял по очереди всех троих и поспешил выйти из дома. На улице я позволил слезам пролиться свободно. Я всхлипывал и вытирал глаза не стесняясь всю дорогу до станции надземки. Я вошел в вагон, и, пока мы проезжали знакомые по названиям станции, с каждой из которых у меня было связано воспоминание о какой-нибудь старой ране или об унижении, я начал воспроизводить в уме только что пережитую сцену, начал описывать ее так, словно сидел за пишущей машинкой с вставленным в каретку листом чистой бумаги. «Господи, только не забудь о голове, которую пришили покойнику...» – говорил я себе, а слезы все лились у меня по лицу и ослепляли меня. «*Не забудь это... не забудь то*». Я вполне осознавал, что взгляды всех пассажиров устремлены на меня, но продолжал утирать слезы и сочинять. Едва я лег в постель, рыдания начались снова. Должно быть, я рыдал и во сне, потому что утром меня разбудил чей-то стук в стену, и, пробудившись, я обнаружил, что лицо у меня мокрое от слез. Рецидивы продолжались с неравными промежутками в течение тридцати шести часов; любая мелочь могла послужить поводом к возобновлению рыданий. То было полное очищение, после которого я остался совершенно измотанным и в то же время освеженным.

Отправившись за почтой на следующий день, я обнаружил среди писем, словно в ответ на мои молитвы, послание от человека, которого я считал своим врагом. Всего лишь короткая записка, в ней было сказано, что человек этот прослышал о моем возвращении и хотел бы повидаться со мной. Я отправился немедленно, и, к полному своему изумлению, был встречен как старый друг. Едва мы обменялись приветствиями, как он сказал: «Я хочу вам помочь. Что я могу для вас сделать?» Эти слова, совершенно неожиданные, вызвали новый поток слез. Передо мной стоял еврей, которого я видел до того всего один раз, с которым обменялся из Парижа полудюжиной писем, которого я смертельно обидел тем, что он называл моими антисемитскими писаниями, – и вот теперь он вдруг, ни словом не объяснив внезапную перемену, говорит, что он весь к моим услугам. *Я хочу вам помочь*! Эти слова, которые люди слышат так редко, для меня были не новы. Время от времени мне по соизволению фортуны доводилось получать помощь либо от врага, либо от совершенно постороннего человека. Это случалось так часто, что я почти начал верить, что Провидение ко мне благосклонно.

Короче говоря, я положил в карман кругленькую сумму на собственные нужды и получил заверение в том, что за нею последуют другие. Я перешел от мук внутренних сомнений и отчаяния к сияющему. бесконечному оптимизму. Я мог вернуться в дом печали и принести с собой луч бодрости.

Я немедленно позвонил, чтобы сообщить своим хорошие новости. Сказал, что нашел издателя для уже написанной мною книги и заключил договор на новую – ложь, которая в скором времени должна была стать реальностью. Они обрадовались, но в радости ощущался некий скепсис, всегда им свойственный. Что касается матери, то, очевидно, не в состоянии уяснить себе с ходу суть сказанного мною, она прямо по телефону уведомила меня, что если я не прочь, они готовы предложить мне кое-какую работу, а именно покрасить кухню и починить крышу. Это по крайней мере даст мне немного денег на карманные расходы, добавила она.

Едва я повесил трубку, как вдруг мне вспомнились старые, давно прошедшие времена, когда я только начинал писать и обыкновенно сидел у окна за портняжным столом, изо всех сил напрягая мозги для сочинения рассказов и эссе, которые издатели неизменно находили неприемлемыми. Я хорошо помню этот период, потому что он был одним из самых горьких, какие мне довелось пережить. Потому что из-за нашей крайней нищеты мы с женой решили на время расстаться[6]. Она вернулась к своим родителям (так я думал), а я — к своим. Я был вынужден проглотить свою гордость и попроситься назад в отчий дом. Разумеется, родителям и в голову не приходило отказать мне в моей просьбе, но, когда они обнаружили, что я вовсе не намерен искать работу, что я по-прежнему мечтаю зарабатывать на жизнь писательством, их недовольство вскоре превратилось в глубокое разочарование. Не имея других занятий, кроме как есть, спать и кропать свои произведения, я вставал каждое утро на заре и усаживался за портняжный стол, оставленный моей теткой, угодившей в сумасшедший дом. Я работал до тех пор, пока в дверь не звонил какой-нибудь сосед. Как только раздавался звонок, мать прибегала ко мне и лихорадочно умоляла меня убрать мои писания и спрятаться в шкафу для одежды. Она сгорала от стыда при одной мысли, что кто-нибудь узнает, на какое пустое занятие я трачу время. Более того, она боялась, что я малость тронулся умом. В результате, едва завидев, как кто-то входит в калитку, я собирал мою безраздельную собственность, бежал в ванную, прятал все в лохань и скрывался в одежном шкафу, где и стоял в темноте, задыхаясь от вони камфарных шариков, пока сосед не уходил. Ничего удивительного, что собственно творчество всегда ассоциировалось у меня с преступлением! Мне часто снится, что меня посадили в тюрьму и что там я немедленно пристраиваюсь где-нибудь поудобнее со своей машинкой и бумагой. Даже пробудившись, я иногда впадаю в задумчивость, приучая себя к мысли, что попаду на год или на два за решетку, и выстраиваю план книги, которую напишу в заключении. Обычно это сопровождается воспоминанием о портняжном столе у окна, на котором стоял телефон; о прекрасном столе с инкрустациями, весь облик которого словно выгравирован в моей памяти. В самом центре его есть заметное пятнышко; к этому пятнышку был прикован мой взгляд, когда однажды вечером раздался телефонный звонок и моя жена сказала, что готова броситься в реку. В самый пик собственного отчаяния, доведенный до того, что все мои чувства будто замерзли, я внезапно услышал ее плачущий голос, заявляющий, что она не в силах больше терпеть. Она позвонила, чтобы попрощаться, — короткая истерическая речь, а потом щелк! — и она исчезла, и адрес ее был: река. Испытанный мною ужас я тем не менее вынужден был скрывать. Меня спросили, кто звонил, и я ответил, что звонил приятель, ничего особенного. Минуту или две после этого я сидел, уставившись на то самое пятнышко, превратившееся в бесконечно малую точку на воде, и в эту воду медленно погружалось тело жены. Наконец я вскочил, надел пальто и шляпу и заявил, что иду прогуляться.

Очутившись на улице, я с трудом волочил ноги. Пережитое мною, когда я слушал голос жены, куда-то исчезло; я превратился в кусок шлака, в крохотный обломок мирового хаоса, лишенный надежды, желаний и даже страха. Не зная, что предпринять и куда обратиться, я брел беспомощно в том унылом мраке, который превращал Бруклин в царство ужаса. Дома стояли тихие, застывшие и едва заметно дышали, как дышат люди, когда они спят сном праведников. Я слепо шел вперед, пока не обнаружил, что нахожусь у забора старого соседского дома, который так люблю. И внезапно смысл сказанного моей женой по телефону поразил меня с новой силой. Я пришел в лихорадочное возбуждение и невольно ускорил шаги, как будто это могло чему-то помочь. И едва я это сделал, вся моя жизнь с самого раннего детства начала быстро разворачиваться передо мной в калейдоскопической пестроте. Мириады событий, составляющих ее, казались мне такими восхитительными, что я, неизвестно отчего и почему, ощутил мощный прилив энергии. К великому своему изумлению, я обнаружил, что смеюсь и плачу, мотаю головой из стороны в сторону, жестикулирую, что-то бормочу и шатаюсь, словно пьяный. Я снова вернулся к жизни — вот что это значило. Я стал живым созданием, человеческим существом, способным испытывать радость и печаль, надежду и отчаяние. Быть живым — как это прекрасно, только это и ничего больше! Быть живым и так много помнить. Если жена в самом деле бросилась в реку, с этим уже ничего не поделаешь. В то же время я начал подумывать, не стоит ли обратиться в полицию и сообщить о происшедшем. Едва такая мысль пришла мне в голову, я заметил на углу копа и, повинуясь импульсу, направился к нему. Но когда я подошел ближе и разглядел выражение его лица, импульс исчез так же быстро, как и возник. Тем не менее я заговорил с полицейским самым обыденным, спокойным тоном и спросил, не может ли он объяснить мне, как пройти на такую-то улицу, — хорошо мне известную, поскольку я на ней жил. Я слушал его пояснения, как слушал бы отбывающий наказание преступник, если бы справился о дороге к тюрьме, из которой сбежал.

Когда я вернулся домой, мне сказали, что только-только звонила моя жена. «Что она говорила?» – воскликнул я, вне себя от радости.

«Просила передать, что позвонит тебе завтра утром», – сказала мать, явно удивляясь, с чего это я так взвинтился.

Я лег в постель и вдруг начал громко смеяться. Я так хохотал, что кровать тряслась. Я услышал, как отец поднимается наверх, и пытался сдержать смех, но не мог.

«Что с тобой?» – спросил отец, останавливаясь у двери в мою спальню.

«Я смеюсь, – ответил я. – Вспомнил одну забавную историю».

«Ты уверен, что с тобой все в порядке? – Голос отца выдавал его беспокойство. – Мы подумали, что ты плачешь...»

Я иду к дому с карманами, полными денег. Сказать по правде, это чрезвычайное для меня событие. Я начинаю думать о праздниках и днях рождения в прошлом, когда я приезжал с пустыми руками, мрачный, подавленный, униженный и сокрушенный. Было как-то не совсем ловко после стольких лет полной отрешенности от их обстоятельств явиться бодренькой рысцой с пригоршней денег и сказать: «Вот, возьмите, я знаю, вы в этом нуждаетесь». С одной стороны, такой жест выглядит театрально, а с другой, он создает иллюзию, чреватую печальным провалом. Я, конечно. был готов к церемонии, которую учинит мать по этому поводу. И боялся ее. Проще было бы вручить деньги отцу, но он все равно должен передать их матери, и это создаст еще более неловкое положение.

Как я и предполагал, мать заявила: «Тебе не следовало это делать». Она стояла с деньгами в руке с таким выражением, словно намерена вернуть их мне, не в состоянии принять. На мгновение я ощутил неприятное чувство: уж не думает ли она, что я украл деньги? Дело заключалось, однако, вовсе не в этом. Просто у матери была привычка, когда ей вручали подарок, будь то букет цветов, хрустальная ваза или ненужный халат, делать вид, что это уж чересчур, что она не стоит подобной доброты. «Вы не должны были так поступать!» – обычно говорила она, и это замечание приводило меня в бешенство. «Почему люди не могут делать что-то друг для друга? – спрашивал я в подобных случаях. – Разве тебе не доставляет удовольствие дарить людям подарки? Почему ты так говоришь?» И вот теперь она высказалась все с тем же деланным неодобрением: «Мы знаем, что ты не можешь себе этого позволить. Зачем это?»

«Но ведь я же сказал тебе, что заработал эти деньги, и заработаю еще намного больше! О чем ты беспокоишься?»

«Да, – сказала она, покраснев и с таким видом, будто я хочу обидеть ее, а не помочь. – Но ты уверен? Может, тебе потом не дадут работы. Может, потребуют вернуть деньги...»

«Ради Бога, прекрати! – вмешался отец. – Возьми их и дело с концом! Ведь они нам пригодятся, сама знаешь. Ты брюзжишь, когда у нас нет денег, и брюзжишь, когда получаешь их... Спасибо, сынок, – обратился он ко мне. – Я рад, что тебе повезло. Ты это вполне заслужил».

Мне всегда нравилось отношение отца к деньгам. Чистое и честное. Когда у него были деньги, он их отдавал, до последнего цента, а когда не было, брал в долг, если мог. Как и я, он не стеснялся просить о помощи, если нуждался в ней. Он считал само собой разумеющимся, что люди помогают друг другу, потому что сам первый приходил на помощь к тому, кто в ней нуждался. Чистая правда, что он был плохим финансистом; чистая правда, что портил дело. Но я рад, что он был таким; было бы странно представить себе его миллионером. Разумеется, из-за своего неумения толком вести дела он вынудил мать стать финансистом. Если бы она в благополучные годы не ухитрилась кое-что отложить на черный день, все трое давным-давно угодили бы в богадельню. Никто из нас не знал, сколько именно ей удалось уберечь от крушения, даже отец. Судя по тому, как она блюла экономию, сумма, вероятно, была очень незначительной. Ни крошки еды не выбрасывали в мусорный бак; сохраняли обрывки веревок и оберточную бумагу, даже старые газеты продавали на вес. В холодную погоду мать облачалась в драный свитер. Не то чтобы у нее не было других, ничего подобного! Другие она бережно хранила, переложив камфарными шариками, на тот случай, когда старый буквально расползется. Отыскивая что-то, я случайно обнаружил, что ящики в шкафу битком набиты разными вещами, которые еще могли пригодиться для худших времен. Во Франции я привык спокойно относиться к дурацкой привычке хранить одежду, мебель и другое барахло, но, столкнувшись с тем же самым в Америке, да еще у нас в доме, я испытал некий шок. Никто из моих друзей не заботился об экономии, ни у кого из них не было сентиментального пристрастия к старью. Это в принципе не свойственно американскому взгляду на жизнь. Ему свойственно расхищать, использовать и двигаться дальше.

Теперь, когда лед был сломан, мои визиты домой сделались постоянными. Удивительно, насколько упрощаются вещи, когда смотришь на них без страха. Только подумать, что я годами страшился даже мысли о возвращении в родной дом, надеялся умереть до того и так далее. А на самом деле оказалось так приятно появляться там время от времени, особенно когда я мог прийти с полными руками, что я обычно и делал. Их легко было осчастливить – я почти желал, чтобы обстоятельства складывались у них неблагоприятно, ведь тогда я мог доказать, что способен прийти на помощь. Сам факт моего присутствия, казалось, укреплял их готовность к борьбе с невзгодами и опасностями, которыми угрожало будущее. Их проблемы не отягощали меня, а приносили облегчение. То, чего они ждали от меня, не шло ни в какое сравнение с моими глупыми выдумками. Я хотел сделать больше, гораздо больше того, о чем меня просили. Когда я предложил приходить к ним каждое утро и промывать отцу мочевой пузырь, – я чувствовал, что мать делает это неумело, – они почти испугались. Они и слышать об этом не хотели, и тогда я пошел дальше, предложив нанять для них медсестру. Судя по выражению их лиц, они решили, что у меня с головой не в порядке. Они, конечно, не понимали, каким виноватым я себя чувствую, а если и понимали, то тактично скрывали это. Я был одержим стремлением приносить им жертвы, но они не нуждались в жертвах. От меня, как я не сразу понял, они хотели только одного – меня самого.

Иногда, уже под вечер, когда солнце еще пригревало, мы с отцом усаживались на заднем дворе и болтали о старых временах. Мои родные всегда гордились своим маленьким садиком. Когда я ходил по этому садику, разглядывая кусты и цветы, вишневое дерево и персик, который посадили уже после моего отъезда, то вспоминал, как я еще мальчишкой сажал своими руками каждый маленький кустик. Особенно сильное впечатление произвели на меня кусты сирени. Помню тот день, когда мне их подарили – я тогда гостил в деревне. Старая женщина сказала: «Они, скорее всего, тебя переживут, хвастунишка». В саду ничего не погибло. Я подумал, как было бы прекрасно, если бы всех нас похоронили в саду среди того, что мы посадили и чем так радостно любовались. Неподалеку рос огромный вяз. Я всегда любил это дерево, и особенно мне нравилось, как шумит густая листва, когда налетает ветер. Чем больше я на него смотрел теперь, тем сильнее действовала на меня его живая сила. Казалось, посиди я тут подольше, и дерево заговорит со мной, а я с ним.

Иногда мы сидели перед домом в небольшом дворике, который когда-то был зеленой лужайкой. Этот маленький мирок кишел воспоминаниями – об улице, о летних ночах, о мечтах и о планах сбежать отсюда. О драках с соседскими ребятишками, которые с дикарским азартом дразнили мою сестру помешанной. О проходивших мимо девушках – мне так хотелось их обнять. Теперь мимо проходили люди другого поколения, они принимали меня за пожилого джентльмена. Кто-то из них спросил отца: «Это ваш брат иногда сидит с вами?» Время от времени, завидев кого-нибудь, отец подталкивал меня и говорил: «Вон идет Дик (или Гарри) такой-то». Я поднимал голову и смотрел на мужчину средних лет, в котором я ни за что бы не узнал товарища своих детских игр. Однажды на углу дорогу мне преградил какой-то незнакомец; я попытался обойти его, но он упер руки в бока и уставился на меня так, словно хотел просверлить меня взглядом. Я решил, что это, возможно, детектив, который соображает, совершил он ошибку или нет. «Чего вы хотите?» – холодно спросил я, делая вид, что мне нужно идти дальше. «*Чего я хочу*? – отозвался он. – Какого черта, ты что, уже не узнаешь старых друзей?» «Будь я проклят, если знаю, кто вы такой!» – ответил я. Он продолжал стоять и пялиться на меня с широкой ухмылкой. «Ладно, зато я знаю, кто такой ты», – сказал он, и память неожиданно вернулась ко мне. «Вот именно. Но я тебя сразу узнал, Боб Уэйлен. Я просто хотел пошутить». Я бы в жизни не узнал его, не подстегни он мою память. Этот инцидент привел к тому, что, вернувшись домой, я немедленно подошел к зеркалу и вгляделся в свою наружность, тщетно пытаясь определить, какие перемены внесло в нее время. Отнюдь не удовлетворенный и все еще внутренне смущенный, я попросил дать мне мои ранние фотографии. Взглянул на одну из них, а потом на свое отражение. Это явно было не одно и то же лицо. Тогда я неожиданно почувствовал оправдание тому, что я столь небрежно обошелся с другом детства. Если подумать хорошенько, то мы с ним были ближе, чем братья. Я испытал сильное желание пойти и позвонить ему, предложить встретиться, чтобы вдоволь наговориться. Однако потом я вспомнил причину, побудившую нас прервать отношения, когда мы повзрослели. Боб стал невероятным занудой; в двадцать один год он являл собой точную копию своего отца, которого, кстати, ненавидел в детстве. Тогда я не понимал подобных вещей и приписывал это чистой лени. Какой прок ни с того ни с сего возобновить нашу дружбу? Я знал, что за человек отец Боба, так стоит ли тратить время на изучение сына? Единственное, что у нас было общего, – наша юность, а она давно миновала. И я выбросил Боба Уэйлена из головы. Похоронил его, как и всех тех, с кем я расстался.

Пока мы с отцом сидели у дома, перед нами разворачивался весь миниатюрный соседский мирок. Благодаря комментариям отца я составил себе достаточно полное представление о жизни этих людей, что было бы куда труднее сделать иным путем. Мне казалось просто невероятным, что отец знает такое множество народу. Кое-кто из тех, с кем он здоровался, жили достаточно далеко от нас. Обыкновенные добрососедские приветствия порой развивались мало-помалу в искреннюю дружбу. Я смотрел на отца как на счастливого человека. Он не страдал от одиночества, от недостатка посетителей. Постоянный поток приносящих продуманные маленькие подарки и слова ободрения вливался в дом и вытекал из него весь день. Одежда, продовольствие, лекарства, туалетные принадлежности, журналы, сигареты, сладости, цветы – все, кроме денег, лилось рекой. «Зачем тебе деньги? – сказал я однажды. – Ты и без них богат». «Да, я не могу пожаловаться», – слабо улыбнулся он.

«Хочешь, я принесу тебе несколько книжек почитать? – спросил я в другой раз. – Ты не устаешь листать журналы?» Я знал, что он никогда не читал книг, но мне было любопытно, как он мне ответит.

«Я привык читать, – сказал он, – но к сожалению, уже не могу сосредоточиться».

Я удивился, услыхав из его уст признание, что он читал книги. Или хотя бы одну книгу. «А что за книги ты читал?»

«Я не могу припомнить названия. Кажется, был среди них такой парень – Рескин»[7].

«Ты читал Рескина?» – воскликнул я в полном изумлении.

«Да. Но он очень уж сухой. Впрочем, это дело давнее».

Разговор переключился на живопись. Отец с искренним удовольствием вспоминал живописные полотна, которыми его босс, английский портной, украсил стены своего магазина. Отец добавил, что тогда все портные так поступали. «Тогда» обозначало восьмидесятые и девяностые годы. Судя по рассказам отца, в Нью-Йорке в то время художников была чертова пропасть. Я попытался выяснить, какие картины приобретали тогдашние портные. Расплачивались они, разумеется, одеждой.

Отец начал перечислять сюжеты. Был такой художник, к примеру, который изображал только овец. Но то были совершенно особые овцы – совсем как живые! Еще один рисовал коров, а еще один – собак. Отец спросил между прочим, знаю ли я работы Розы Бонар. Какие у нее чудесные лошади! А Джордж Иннес! Он был великим художником. «Да, – раздумчиво произнес отец. – Мне никогда не надоедало смотреть на них. Приятно видеть вокруг себя картины». Ему не нравилась современная живопись – слишком много пестроты и неразберихи. «Вот Добиньи[8], – сказал он, – был прекрасным художником. Утонченные печальные краски – есть о чем задуматься». Было одно большое полотно, которое особенно нравилось отцу, хотя он и не мог сейчас вспомнить, кто его написал. Во всяком случае, картина, которая произвела на него такое сильное впечатление, была, по общему мнению, создана руками мастера, но никто не хотел ее покупать. «Понимаешь, – объяснял отец, – она была чересчур грустной. Люди не любят таких вещей». Я поинтересовался, что было изображено на картине. «На ней был старый моряк, вернувшийся домой. Одежда его истрепалась, он выглядел угрюмым и печальным. Но сделано это было великолепно – я имею в виду выражение его лица. Никто ее не купил, все говорили, что она наводит уныние».

Он прервал свой рассказ, чтобы еще с кем-то поздороваться. Мне пришлось подождать несколько минут, пока он поманил меня к себе и познакомил с новым гостем. «Это мистер О'Рурк, – сказал отец. – Он астролог». Я насторожил уши и повторил: «Астролог?» Мистер О'Рурк скромно заметил, что он всего лишь начинающий. «Я знаю об этих вещах не слишком много, – произнес он, – но я говорил вашему отцу, что вы вернетесь и что после вашего возвращения дела изменятся к лучшему. Я понял, что вы, должно быть, человек умный – я внимательно изучал ваш гороскоп. Ваша слабость заключается в том, что вы слишком щедры, раздаете направо и налево».

«Разве это слабость?» – засмеялся я.

«У вас чудесное сердце, – сказал он, – и большой ум. Вы родились под счастливой звездой и многого добьетесь. Я говорил вашему отцу, что вы станете великим человеком. Вы прославитесь при жизни».

Отец должен был поспешить в дом – освободить мочеприемник. Я несколько минут поболтал с мистером О'Рурком. «Должен вам сказать, – говорил он, – что я каждый вечер молюсь за вашего отца. Уверяю вас, это очень помогает. Я вообще стараюсь помочь каждому, разумеется, если человек прислушивается ко мне. Некоторым людям помочь нельзя – они не дают вам сделать это. Сам я, надо заметить, не слишком счастлив, но обладаю силой помогать другим. На меня, видите ли, плохо влияет Сатурн. Я пытаюсь бороться с его влиянием молитвой, ну и, конечно, правильным образом жизни. Я говорил вашей матери, что впереди у нее пять хороших лет. Она родилась под особым покровительством святого Антония, ведь день ее рождения тринадцатого июня, не так ли? Святой Антоний никогда не остается глухим к тем людям, которые молят его о помощи.

«Чем он зарабатывает на жизнь?» – спросил я отца, когда мистер О'Рурк удалился.

«Он ничем не занимается, насколько я могу судить, – сказал отец. – Полагаю, он живет на пособие. Он немного странный, не так ли? Я подумываю, не отдать ли ему мое старое пальто, которое мать убрала в чемодан. С меня достаточно того, что я ношу. Ты, наверное, заметил, что мистер О'Рурк неважно выглядит».

По улице ходило немало странных созданий. Некоторые из них впали в религиозность из-за своих бед и печалей. Одна старушка послала отцу трактаты о Христианской науке. Муж старой женщины спился и бросил ее. Время от времени она заходила к моему отцу и объясняла ему писания Наставницы[9]. «Это не совсем чепуха, – говорил мне отец. – Я считаю, что все имеет свое обоснование. Во всяком случае, вреда это не приносит. Я слушаю их всех. Мать думает, что это глупости, но, знаешь ли, когда тебе нечем заняться, отвлекаешься, размышляя о подобных вещах».

Мне странно было наблюдать за тем, как церковь в конечном итоге забирает в свои руки каждого. Казалось, она выжидает подходящий момент, как зверь подстерегает добычу. Все члены семьи попали под влияние той или иной формы религии. На одном из семейных сборищ я был просто потрясен, когда один из старых дядюшек встал и произнес перед трапезой благодарственную молитву. Тридцать лет назад того, кто набрался бы смелости совершить подобное, высмеяли бы и сделали объектом бесконечных шуток. Теперь же каждый смиренно опускал голову и благоговейно слушал. Для меня это было невыносимо. Одна из моих тетушек стала диаконисой. Ей нравилось трудиться во имя церкви, особенно во время праздников, когда надо было готовить сандвичи. О ней с гордостью говорили, что она в состоянии навестить пятьдесят человек за день. Она также славилась умением упаковывать подарки. Однажды она невероятно поразила всех, одарив кого-то огромной коробкой для зонтиков. И как вы думаете, что обнаружили в этой коробке, когда ее открыли? Пять десятидолларовых бумажек! Как оригинально! Всяким таким штучкам она научилась в церкви, во время разных ярмарок и благотворительных базаров.

На одном из подобных семейных сборищ со мной произошло нечто необыкновенное. Мы отмечали чью-то годовщину в старом доме, который мой дед купил после приезда в Америку. То был случай встретиться со всеми родственниками сразу: присутствовало тридцать или даже сорок теток, кузенов, племянников и племянниц. Все мы, как и в прежние времена, должны были усесться за стол вместе. За большой деревянный скрипучий стол, ломившийся от всего, что только можно съесть и выпить. Эта перспектива радовала меня –

прежде всего тем, что я получал возможность снова увидеть старых соседей.

Пока вручали подарки, а эта церемония обычно затягивалась на несколько часов, я решил ускользнуть из дома и по-быстрому обследовать окрестности. Невольно я начал с поисков той маленькой улочки, о которой так часто грезил в Париже. На этой улочке я был только раз или два в жизни в возрасте пяти или шести лет. Грезы, как я скоро убедился, оказались гораздо живее реальной картины. В них содержались подробности, которых я теперь не находил, — не потому, что все вокруг сильно изменилось, а потому, что они и существовали лишь в моем воображении. Я шел по улице, и две реальности начали объединяться и формировать жизненное правдивое целое, которое, сумей я его точно зафиксировать, жило бы вечно. Однако самое любопытное в этом происшествии заключается не в соединении улицы моих грез с улицей реальной, а в открытии улицы, которую я совсем не знал, расположенной очень близко, но по какой-то причине ускользнувшей от моего детского внимания. Когда я шел по этой улице в предвечерней дымке, то задыхался от радости и удивления. Здесь передо мной была улица, в точности совпадавшая с той, идеальной, которую я тщетно искал в своих снах.

В повторяющемся сне о маленькой улочке, упомянутой мною вначале, видение всегда исчезало, едва я вступал на мостик через небольшой канал, но в реальной действительности не существовало ни мостика, ни канала. В этот вечер, миновав границу моих детских изысканий, я неожиданно вышел на ту самую улицу, которую мечтал отыскать столько лет. В ее атмосфере присутствовало нечто от иного мира, от другой планеты. Я точно помню предчувствие приближения этого другого мира. испытанное мною в то время, как я проходил мимо какого-то дома и увидел в окне молодую девушку, явно иностранного происхождения, склонившуюся над книгой за обеденным столом. В этой картине, собственно говоря, не было ничего особенного. Но едва мой взгляд упал на девушку, я почувствовал неописуемое волнение, а точнее сказать, предчувствие, что за этим последуют важные открытия. Казалось, девушка, ее поза, свет, падающий на книгу, и говорящая тишина, окутавшая окрестности, соединились, чтобы сотворить момент небывалой остроты, и я в неисчислимо короткий, как вспышка метеора, миг ощутил глубокое и спокойное убеждение, что все это предопределено, что есть справедливость в мире, что образ, который я уловил и тщетно пытался удержать, есть выражение священности и величия жизни, являемое лишь в минуты полного покоя. Я осознал, восторженно устремившись вперед, что радость и счастье, которые мы испытываем в бездонных глубинах сна, превосходящие любое, познанное нами наяву, несомненно порождаются волшебной гармонией между мечтой и реальностью. Когда мы снова поднимаемся на поверхность, это единство, эта гармония, составляющие весь смысл жизни, либо покидают нас, либо воплощаются неполно и слабо. В бодрствующем состоянии мы мечемся в беспокойном сне, во сне, который ужасает и смертельно пугает нас, потому что глаза наши открыты и мы видим подстерегающую нас ловушку, но не можем ее избежать.

Интервал между тем, как я миновал читающую девушку и бросил первый взгляд на долгожданную идеальную улицу, которую я искал в своих снах и никогда не находил, заключал в себе те же вкус и сущность, как и предчувствие в глубоком сне, когда кажется, что нет силы на земле, способной противодействовать исполнению мечты. Все содержание подобных снов основано на том бесспорном факте, что если ты уж выбрал дорогу, то знаешь, куда она тебя приведет. Я шел мимо ряда маленьких домиков, глубоко осевших в землю, и видел то, что человеку редко дано увидеть, – реальное воплощение своих снов. Для меня то была самая прекрасная улица в мире. Длиной всего в один квартал, слабо освещенная, избегаемая респектабельными гражданами, забытая всеми Соединенными Штатами, – крошечная общность чужеземных душ, обитающих вдали от большого мира, следующих собственным скромным путем и не требующих от своих соседей ничего, кроме терпимости. Медленно переходя от двери к двери, я заметил, что обитатели домиков переломляют хлеб. На каждом столе стояла бутылка вина, лежали ломти хлеба, сыр, маслины, фрукты. В каждом доме одно и то же: занавески раздвинуты, лампа зажжена, стол накрыт для скромной трапезы. Семья сидит в кружок у стола, ведут разговоры, добродушно улыбаясь друг другу, их движения свободны, их души щедры и открыты. Я подумал, что это и есть та жизнь, о которой я только мог мечтать. Порой мне выпадало счастье жить так, но на самое короткое время, а потом все разом рушилось. В чем причина? Разумеется, во мне самом, в моей неспособности понять подлинную природу рая на земле. Мальчиком я ничего не знал о жизни большого мира; привычка к замкнутости маленького мирка, клеточное существование в микрокосме глубоко укоренились во мне. Чем еще можно объяснить упорство, с которым я цеплялся сорок лет за воспоминания о таком-то соседе и вообще об этом ничем не замечательном месте на земном шаре? Когда мои ноги начали зудеть, а душа впала в беспокойство, я решил, что это большой мир призывает меня, побуждает найти более крупное и значительное место. Я пытал счастье во всех направлениях. И в этой стране, и за ее пределами. Неожиданно, когда я уже считал себя освобожденным, я снова оказался в малом кругу, из которого вырвался. «Малым кругом» я называю не только наше соседство, не только город, где я родился, но и все Соединенные Штаты. Я уже говорил где-то, что самым большим миром из тех, какие я повидал, стала для меня Греция, занимающая на карте такое малое место. Она была для меня домом, который мы все стремимся найти. Эта страна дала мне все, чего я мог пожелать. и тем не менее, по велению американского консула в Афинах я вынужден был вернуться, восприняв вмешательство этого консула как перст Судьбы. Таким поступком я, возможно, обернул себе на пользу то, что именуется слепым предопределением. Только будущее покажет, так ли оно на самом деле. Во всяком случае, я вернулся в узкий, ограниченный мир, от которого бежал. И по возвращении обнаружил, что все осталось прежним и даже более того. Как часто после возвращения я вспоминал о Нижинском, столь бездумно выведенном из транса![10] Что он должен был подумать об этом мире, к которому сознательно повернулся спиной, чтобы не стать безумцем, как все мы! Вы полагаете, он признателен своим фальшивым благодетелям? Останется ли он бодрствующим, периодически погружаясь в сон, как все мы, или предпочтет снова закрыть глаза и будет наслаждаться только тем, что он считает истинным и прекрасным?

В редакции одной из газет я как-то прочитал над дверью надпись большими буквами: «Напиши, что ты видел и что есть». Я удивился, обнаружив призыв, которому сам скрупулезно и неукоснительно следовал всю жизнь, на стене офиса большой ежедневной газеты. Я запамятовал, что слова эти взяты из «Апокалипсиса». *И что есть*! Над этими словами можно размышлять всю жизнь. Несомненно одно: «что есть» существует вечно. Я вернулся в маленькую общину, в сонный мир, в котором я вырос. В микрокосме содержится картина макрокосма, называемого нами миром. Для меня это мир спящий, в котором мечта заключена в тюрьму. Если в какой-то момент происходит пробуждение, мечта, смутно припоминаемая, быстро забывается. Этот транс, продолжающийся круглые сутки, лишь слегка тревожат войны и революции. Жизнь продолжается, как мы говорим, но жизнь подавляемая, унылая, прячущаяся в растительном однообразии нашего существования. Время от времени сон прерывается, наступает истинное пробуждение, но не долее, чем на секунду. Тот, кому, условно говоря, удается продлить бодрствование на целую минуту, неизбежно меняет течение мировой истории. На протяжении десяти или двадцати тысяч лет немногие отдельные личности пытались сдвинуть дело с мертвой точки, нарушить транс. Их усилия, если бегло окинуть взглядом современное состояние мира, успехом не увенчались. И, однако, пример их жизней позволяет нам прийти к заключению, что истинная драма человека на земле связана с Реальностью, а не с созданием цивилизаций, которые позволяют огромным массам людей похрапывать более или менее блаженно. Человек, который хотя бы отчасти сознает, что он делает, вероятно, не нажмет на спусковой крючок ружья и не станет принимать участие в изготовлении предметов такого рода. Человек, который хочет жить, не потратит даже крупицу времени на изобретение, создание и увековечение орудий смерти. Люди более или менее примирились с мыслью о смерти, но они также знают, что нет необходимости убивать друг друга. Они знают об этом отвлеченно, как и о других вещах, о которых охотно забывают, если возникает опасность, что сон их окажется нарушенным. Жить, не убивая, — эта идея могла бы наэлектризовать человечество, если бы оно было способно бодрствовать достаточно долго, чтобы проникнуться такой идеей. Но человек отказывается бодрствовать, потому что для этого он был бы должен стать совершенно иным, чем теперь, а даже думать о подобной трансформации для него невыносимо до боли. Если бы человек оказался в состоянии бороться со своей природой, если бы он мог осознать свое реальное наследие, он сделался бы настолько воодушевленным или настолько напуганным, что не позволил бы себе снова впасть в спячку. Жизнь превратилась бы в постоянный порыв к созиданию. Но сама мысль о скорых и бесконечных метаморфозах ужасает его. Он спит сейчас, не слишком удобно, но несомненно все более и более упорно, в утробе мироздания, которому только и нужно, чтобы он пробудился. При этом состоянии грандиозного застоя время и пространство превратилось в ничего не значащие общие представления. Они уже соединились, чтобы создать иную концепцию, которую человек, находящийся в оцепенении, пока не в силах ни сформулировать, ни объяснить. Но какую бы роль он ни играл в этом, в одном мы должны быть безусловно уверены: космос не спит. И если человек откажется принять свою роль, в запасе есть другие планеты, другие звезды, другие солнца, готовые продолжать эксперимент. Не важно, насколько ограниченный или всеобъемлющий, но если деятельность человека потерпит крах на Земле, она возобновится где-то еще. Военачальники говорят о возобновлении военных действий на том или другом фронте, но фронт деятельности человека включает весь космос.

В нашем сне мы открыли, как уничтожать друг друга. Отказ от этого приятного стремления лишь для того, чтобы спать более крепко, более спокойно, ценности не имеет. Мы должны пробудиться – либо уйти со сцены. Невозможно изобрести будильник, который помог бы совершить соответствующий трюк. Об этом можно рассуждать только в шутку. Часы как таковые есть доказательство неправильности мышления. Какая разница, когда вы встанете, если это всего лишь прогулка во сне?

Сейчас вымирание кажется полным блаженством. Долгий транс сделал нас равнодушными ко всему, что живет и бодрствует. Вперед! – кричат защитники великого сна. *Вперед к смерти*! Однако в День Судный мертвые встанут из могил, дабы обрести жизнь вечную. Отсрочить вечное невозможно. Все остальное мы можем совершить или не сумеем совершить, однако вечности нечего делать со временем, сном, неуспехом или смертью. Убийство – это отсрочка. А война есть убийство, независимо от того, прославляют ее как справедливую или нет. Я говорю о вещах, которые есть, не потому, что они существуют теперь, а потому, что они были всегда и пребудут вовеки. Жизнь, о которой грезит каждый, но не имеет смелости ее вести, не может быть проявлением настоящего. Настоящее – всего лишь ворота из прошлого в будущее. Когда мы проснемся, мы обойдемся без фикции моста, которого на самом деле никогда не было. Мы перейдем из нас в реальность с широко раскрытыми глазами. Мы понесем предназначенную нам ношу без помощи каких-либо орудий. Нам не будет нужды облетать вокруг Земли, чтобы обрести рай, который лежит у наших ног. Когда мы перестанем убивать, – не только по-настоящему, но и в сердцах наших, – только тогда мы начнем жить, но не раньше.

Я верю, что сейчас я мог бы жить в любом месте на земном шаре. Я смотрю на весь мир как на мой дом. Я живу на Земле, а не просто в какой-то одной ее части, называемой Америкой, Францией, Германией или Россией. Я предан всему роду человеческому, а не одной стране, расе или народу. Я в ответе перед Богом, а не перед президентом Соединенных Штатов, кем бы он ни был. Я здесь, на Земле, для того, чтобы строить свою собственную судьбу. Моя судьба связана с судьбой любого живого существа на этой планете, а может, и с судьбами обитателей других планет, кто знает? Я отказываюсь подвергать мою судьбу опасности из-за узких правил, которые призваны ее ограничивать. Я расхожусь с современными взглядами на убийство, на религию, на общество и наше благополучие. Я постараюсь жить в соответствии с собственным взглядом на вещи вечные. Я говорю: «Мир всем вам!» – и если вы этого мира не найдете, значит, вы плохо искали.

Макс

МАКС ВОШЕЛ В МОЮ ЖИЗНЬ В ПЕРВЫЕ ДНИ НА ВИЛЛА *Сёра, кажется, в 1934–1935-х, а может, и в 1936–1937 годах. Я изобразил его таким, каким он был, возможно, беспощадно и наверняка символично. Меня многие спрашивают, что произошло с Максом впоследствии. Не имею ни малейшего представления. Я допускаю, что он был убит немцами, когда они оккупировали Францию.*

Естественно, он был не первым в своем роде из тех, кого мне довелось встречать во времена моего бродяжничества. Он напомнил мне о моей службе в течение четырех с половиной лет в телеграфной компании, о тысячах покинутых и заброшенных, с которыми мне посчастливилось тогда познакомиться. Я говорю «посчастливилось», потому что именно от презираемых и заброшенных я узнавал о жизни, о Боге и о том, что ни одно доброе дело не остается безнаказанным.

Есть люди, которых вы сразу начинаете называть просто по имени. Макс – один из них. Есть люди, которые сразу притягивают к себе, – не потому, что они вам нравятся, а потому, что терпеть их не можете. Ваша неприязнь столь глубока, что возбуждает любопытство; вы вступаете с ними в общение снова и снова, чтобы лучше узнать их и пробудить в своей душе сочувствие к ним, которого на самом деле нет. Вы что-то делаете для них, но не из доброго к ним отношения, а потому, что страдания их вам непонятны.

Я помню тот вечер, когда Макс остановил меня на бульваре. Я помню, какую антипатию вызвало во мне его лицо и вся манера держаться. Я очень спешил в кино, когда эта бесконечно печальная еврейская физиономия возникла прямо передо мной. Кажется, он попросил у меня огонька или что-то в этом роде – неважно, так как было ясно, что это лишь предлог. Я сразу понял, что он собирается изложить мне повесть скорби, но я вовсе не хотел ее слушать. Я был краток и груб, почти оскорбительно груб, но это не произвело желаемого впечатления: он стоял столбом, едва не касаясь своим лицом моего лица, и присосался ко мне, как пиявка. Не дожидаясь, пока он приступит к своей истории, я предложил ему денег, разумеется, какую-то мелочь, в надежде, что он обидится и отстанет от меня. Но он и не думал обижаться; он присосался ко мне поистине, как пиявка.

Мне кажется, что с того вечера Макс начал ходить за мной по пятам. Первое время, натыкаясь на него, я считал это простым совпадением. Однако мало-помалу в душу мою закрадывались подозрения. Вечерами, собираясь выйти, я инстинктивно спрашивал себя: «Куда теперь? Ты уверен, что Макса там не будет?» Перед прогулкой я обдумывал, куда пойти, и выбирал место, посетить которое Максу и в голову бы не пришло. Я знал, что маршрут его странствий достаточно ограничен: Большие бульвары, Монпарнас, Монмартр, где склонны скапливаться туристы. К концу вечера Макс полностью вылетал у меня из головы. Я направлялся домой привычной дорогой, начисто забыв о Максе. И когда до отеля оставалось метров тридцать, он возникал передо мной, неизбежный, как судьба. В этом было нечто роковое. Он именно возникал словно из небытия, и я не в состоянии был угадать, откуда он взялся. Я неизменно видел, как он направляется ко мне с одним и тем же выражением лица, с одной и той же маской, нацепленной, как я понимал, специально для меня. Маской печали, мировой скорби, горя, освещенной тоненькой свечкой, которая как бы горела у Макса внутри, — святой, елейный свет, заимствованный им из синагоги. Я всякий раз знал, какими будут его первые слова, и смеялся, едва он произносил их, и этот мой смех Макс всякий раз принимал за изъявление дружбы.

«Как вы поживаете, Миллер?» — говорил он таким тоном, словно мы не виделись несколько лет. С этим *как вы поживаете* наклеенная на физиономию улыбка делалась шире, а потом, совершенно неожиданно, как будто Макс гасил тоненькую свечу у себя внутри, исчезала. За этим следовала другая привычная фраза: «Миллер, знаете ли вы, что со мной стряслось после нашей последней встречи?» Я отлично знал, что ровным счетом ничего не стряслось с ним за этот промежуток времени. Но я также знал по опыту, что скоро мы с ним будем сидеть где-нибудь и делать вид, будто за прошедший промежуток времени что-то стряслось. Если в эти дни или часы Макс только и делал, что гранил мостовые, все равно это было нечто новое, случившееся с ним. Предположим, стояла теплая погода или, наоборот, похолодало, — *это* стряслось с ним, имело отношение только к нему. Если он получал на один день какую-то работу, то уж тем более к этому следовало относиться как к необычайному событию. Все происходящее с Максом носило скверный характер. Иначе и быть не могло. Макс жил в постоянном ожидании, что дела пойдут хуже, и, разумеется, так оно неизменно и получалось.

Я настолько привык к Максу, к его постоянному невезению, что начал воспринимать его как некий феномен природы: он стал частью общего пейзажа, словно камни, деревья, писсуары, бордели, мясные лавки, цветочные киоски и так далее. Тысячи людей, подобных Максу, бродили по улицам, но Макс стал олицетворением всех. Он был олицетворением Безработного, олицетворением Голодного, он был олицетворением Нищего, он был Скорбью, он был Отчаянием, он был Поражением, он был Унижением. От всех прочих я мог отделаться, бросив монету. Но не от Макса! Макс сделался настолько близким мне, что отделаться от него было просто невозможно. Он был ближе мне, чем клоп в постели. Нечто под кожей, нечто в кровеносных сосудах. Когда он говорил, я слушал вполуха. Достаточно было уловить начальную фразу, и я мог продолжать мысль сам, *до бесконечности.* Все, что он говорил, было правдой, ужасающей правдой. Иногда я чувствовал, что единственный способ сделать эту правду известной — уложить Макса спиной на тротуар и позволить ему излагать его ужасающие истины. И что произошло бы, поступи я таким образом? Ничего. *Ничего.* Люди обходили бы его стороной или затыкали уши. Люди не хотят слушать эти истины. Они *не могут* их слушать, потому что все они твердят себе то же самое. Единственное отличие Макса в том, что он произносит эти истины вслух и таким образом как бы делает объективными, оставаясь лишь орудием выражения голой правды. Он так далеко зашел по пути страдания, что сам превратился в воплощенное страдание. Было страшно слушать его, потому что он, Макс, исчез, поглощенный своими муками.

Гораздо легче воспринимать человека как символ, нежели как факт. Макс был для меня символом вселенной, неустранимым условием ее существования. Ничто это не изменит. Ничто! Глупо даже думать о том, чтобы уложить Макса на тротуар. Это все равно что сказать людям: «Разве вы *не видите?*» Не видите что? *Вселенную?* Разумеется, они видят *вселенную*! Этого они стараются избежать, ее-то и пытаются *не видеть*. Каждый раз, как Макс приближался ко мне, я испытывал такое чувство, словно получаю в собственные руки весь мир, что он у меня прямо перед носом. Самое лучшее для тебя, Макс, часто думал я про себя, когда сидел и слушал его, это выключить твои мозги. Разрушить себя! Это единственный выход. Но от мира так просто не избавишься. Макс – это бесконечность. Придется убить каждого мужчину, каждую женщину и ребенка, уничтожить каждое дерево, каждый камень, дом, растение, животное, звезду. Макс содержится в крови. Он – болезнь.

Я все время говорю о Максе как о чем-то давно прошедшем. Я говорю о человеке, которого знал примерно год или чуть больше назад, до его отъезда в Вену, – я бросил Макса, оставил его на мели. В последней записке, которую я получил от него, была отчаянная мольба прислать «*медикаменты*». Он писал о том, что болен и что его хотят вышвырнуть из отеля. Я помню, как читал эту записку и смеялся над его ломаным английским языком. Я ни минуты не сомневался, что все написанное Максом – чистая правда. Но я приказал себе и пальцем не шевельнуть. Я молил Господа, чтобы Макс загнулся и перестал меня беспокоить. Когда прошла неделя и я не получил от него больше ни слова, я почувствовал облегчение. Я надеялся, он понял, что ожидать еще чего-то от меня бесполезно. Или он умер? Для меня это не составляло разницы – я хотел, чтобы меня оставили в покое.

Когда мне показалось, что я избавился от него раз и навсегда, я начал подумывать, что стоило бы написать о нем. Временами мне даже хотелось разыскать его, чтобы оживить впечатления, которые я намеревался использовать. Желание было порой настолько сильным, что я несколько раз порывался вызвать его к себе и послать деньги на дорогу. Ах, как я сожалел, что выбросил его последнюю записку с мольбой о «медикаментах»! Будь у меня в руках эта записка, я подарил бы Максу вторую жизнь. Теперь мне странно думать об этом, потому что все когда-либо сказанное Максом глубоко врезалось мне в память... Видимо, тогда я еще не был готов написать этот рассказ.

Вскоре мне пришлось на несколько месяцев покинуть Париж. О Максе я думал редко, вспоминая о нем как о немного смешном и жалком эпизоде своего прошлого. Я не задавался вопросом, жив ли он и чем занимается, если жив. Для меня он оставался символом, чем-то непреходящим, а не плотью и кровью, страдающим человеком. И вот однажды вечером, вскоре после моего возвращения в Париж, я в лихорадочной спешке разыскивал некую личность и внезапно буквально наткнулся на Макса. И какого Макса!

«*Миллер*, как вы *поживаете*? Где вы *пропадали*?»

Он все тот же, этот Макс, только небритый. Макс, восставший из могилы в прекрасном костюме английского покроя и в массивной велюровой шляпе с полями, загнутыми круто, как у манекена. Он одаряет меня все той же улыбкой, хотя она стала слабее и исчезает не сразу. Она словно свет очень далекой звезды — звезды, которая мигает в последний раз перед тем, как угаснуть навсегда. А отросшая борода! Она безусловно придает Максу гораздо более страдальческий вид, чем прежде. И кажется, смягчает выражение полного отвращения, которое окружало его рот неким слабым сиянием. Отвращение перешло в усталость, а усталость — в чистое, беспримесное страдание. Как ни странно, сейчас он вызывает во мне еще меньше жалости, чем раньше. Макс превратился в гротеск: страдалец и одновременно карикатура на страдание. Кажется, он и сам об этом знает. Он уже не говорит с прежней силой убежденности и вроде бы не уверен в собственных словах. Видимо, покончил с былой интонацией, потому что она стала рутинной. Он, вероятно, ждет, что я стану смеяться, как обычно, однако на деле смеется сам, как будто Макс, о котором он говорит, — какой-то другой Макс.

Костюм, прекрасный английский костюм, подаренный ему каким-то англичанином в Вене, Максу сильно велик! Он чувствует себя в этом костюме смешным и униженным. И никто Максу больше не верит — он одет *в такой прекрасный английский костюм*! Макс опускает глаза на свои ноги, обутые в полотняные туфли, грязные и рваные. Они мало подходят к костюму и шляпе. Макс сообщает мне, что туфли эти тем не менее очень удобны, но сила привычки вынуждает его добавить, что другая пара обуви в починке у сапожника, и, к сожалению, нет денег, чтобы выкупить их. Английский костюм, однако, гнетет его. Он превратился для него в зримый символ его нового невезения. Вытянув руку так, чтобы я мог пощупать ткань, Макс уже рассказывает, что происходило с ним все это время: как он поехал в Вену, чтобы начать новую жизнь, и как он обнаружил, что там еще хуже, чем в Париже. Правда, бесплатные столовые для нуждающихся там чище, это он вынужден признать. Правда, признать нехотя. Какой прок, если столовые чистые, когда в кармане у тебя ни гроша? Но Вена — прекрасный город и чистый, о, такой *чистый*! Он не может это отрицать. Хотя жуликов там полно. Чуть ли не каждый живет на чужой счет. Но чисто и красиво просто до слез, добавляет Макс.

Я гадаю, насколько длинной окажется его одиссея. Друзья ждут меня на противоположной стороне улицы, к тому же я ищу одного человека...

«Да, Вена», — рассеянно произношу я, тем временем краешком глаза оглядывая террасу.

«Нет, не Вена. Базель! — кричит Макс. — *Базель*! Я уехал из Вены месяц назад».

«Да, да, ясно. А что было потом?»

«*Что было потом*? Я же вам сказал, Миллер, они отобрали у меня документы. Я *сказал* вам, что они сделали из меня туриста!»

Услышав это, я разражаюсь смехом. Макс смеется тоже, но смех у него невеселый. «Можете вы себе это представить? Я — и вдруг *турист*!» — произносит он, издавая еще один тускловатый смешок.

Разумеется, это было еще не все. В Базеле, да, кажется, именно в Базеле Макса ссадили с поезда. Не хотели пропускать через границу.

«Я им говорю: в чем, собственно, дело? Разве я не *en règle*[*]?»

Я забыл упомянуть, что Макс всю жизнь старался быть *en règle.* Во всяком случае, его высадили из поезда и оставили в Базеле в самом затруднительном положении и без средств к существованию. Что делать? Он идет по главной улице, озирается в поисках дружелюбного лица — американца или на худой конец англичанина. И вдруг видит вывеску: «Еврейский пансион». Он заходит внутрь со своим маленьким саквояжем, заказывает чашечку кофе и рассказывает печальную повесть своей жизни. Ему в ответ говорят, что не стоит из-за этого огорчаться — это пустяки.

«Ладно, во всяком случае, вы вернулись», — говорю я, надеясь поскорее удрать.

«А что в этом хорошего? — возражает Макс. — Меня превратили в туриста, а как мне быть с заработками? *Скажите мне*, Миллер! Разве в этом костюме я выпрошу хоть грош? Я конченый человек. Если бы я хоть не выглядел так пристойно!»

Я окинул его внимательным взглядом с головы до ног. Это верно, он выглядит до нелепости прилично. Как человек, который только что поднялся с одра болезни, — он рад своему выздоровлению, однако еще недостаточно силен, чтобы побриться. И к тому же шляпа! До смешного дорогая шляпа, которая весит целую тонну, — да еще на шелковой подкладке! Благодаря этому головному убору Макс выглядит выходцем из старого еврейского местечка. А чего стоит его густая борода! Будь она чуть длиннее, Макс уподобился бы тем печальным, целомудренным, отрешенным созданиям, которые бродят по улицам гетто в Праге и Будапеште. Прямо-таки праведник. Поля шляпы завернуты вверх так круто и *высоконравственно.* Праздник пурим и правоверные мужчины, слегка опьяневшие от доброго вина. Грустные еврейские лица, обрамленные мягкими бородками. Каждую голову венчает шляпа. Свечи горят, раввин поет, звучат молитвенные причитания и всюду шляпы, шляпы с полями, завернутыми круто как бы в насмешку над тоской и скорбью.

[*] Законопослушный (*фр.*).

«Ладно, во всяком случае, вы вернулись», – повторяю я и пожимаю ему руку, но Макс не выпускает мою руку из своей. Он уже снова в Базеле, в «Еврейском пансионе», и ему рассказывают, как перейти границу. Там всюду были пограничники, и Макс не знает, как это вышло, что они с проводником миновали определенное дерево и никто их не задержал, тогда он понял, что находится в безопасности, и двинулся вперед. «Таким образом, – говорит он, – я снова в Париже. Паршивое это местечко! В Вене по крайней мере чисто. Там в очереди за благотворительной помощью стояли безработные профессора и студенты, а здесь только нищие бездельники, вшивые бродяги, того и гляди насекомых наберешься».

«Да-да, все это так, Макс», – поддакнул я и еще раз пожал ему руку.

«Вы знаете, Миллер, иногда мне кажется, что я схожу с ума. Я совершенно не сплю. Просыпаюсь в шесть часов и начинаю думать, чем заняться. Не могу оставаться в комнате, когда светло. Я должен выйти на улицу. Даже если я голоден, мне надо гулять, надо видеть людей. Я больше не могу быть один. Миллер, ради Бога, можете вы понять, что со мной происходит? Я хотел послать вам открытку из Вены, показать вам, что Макс помнит вас, но я забыл ваш адрес. И *как оно было*, Миллер, в Нью-Йорке? Лучше чем здесь, я полагаю? Нет? Тоже *crise*? Везде он, этот *crise**. Никуда от него не уйти. Вам не дают работы и не дают еды. Что прикажете делать с этими ублюдками? Иногда, Миллер, мне становится так страшно...»

«Послушайте, Макс, мне нужно идти. Не волнуйтесь, вы не покончите с собой... пока нет».

«Миллер, – улыбаясь, говорит он, – у вас такая добрая душа. Вы все время такой счастливый, я хотел бы всегда быть с вами вместе. С вами я поехал бы в любое место в мире... *куда угодно*».

Этот разговор имел место дня три назад. Вчера в полдень я сидел на террасе маленького кафе, подальше от прохода. Я намеренно выбрал такое место, чтобы никто не отвлекал меня от чтения рукописи. Передо мной стоял аперитив,

* Кризис (*фр.*).

однако я отхлебнул пока только глоток или два. Дочитав рукопись примерно до половины, слышу знакомый голос: «Миллер, как вы поживаете?»

И вслед за тем, как обычно, ко мне наклоняется Макс. Та же особенная улыбка, та же шляпа, тот же прекрасный костюм и те же полотняные туфли. Однако теперь он побрит.

Я приглашаю его сесть. Заказываю ему сандвич и стакан пива. Макс усаживается и показывает мне брюки своего прекрасного костюма – он вынужден подпоясывать их веревкой, чтобы не свалились. Он смотрит с отвращением на эти брюки, потом – на свои грязные полотняные туфли. И рассказывает мне о том, что происходило с ним за истекшие трое суток. Весь вчерашний день, говорит он, ему ничего не перепало из еды. Ни крошки. Потом посчастливилось прицепиться к группе американских туристов, и они пригласили его выпить с ними. «Я должен был соблюдать приличия, – говорит Макс. – Не мог же я им сказать напрямик, что голоден. Я ждал-ждал, когда они закажут еду, но эти поганцы, оказывается, уже успели поесть. Целый вечер я пил с ними на пустой желудок. Можете себе представить, что за весь вечер они ничего не съели?»

Сегодня я склонен потакать Максу. Это из-за рукописи, которую я читаю. В ней каждое слово на месте... Даже не верится, что это я написал такое.

«Послушайте, Макс, у меня есть для вас подержанный костюм, если вы не прочь пройтись до моего дома».

Лицо у Макса светлеет. Он немедленно сообщает, что сохранит прекрасный английский костюм для воскресных дней. Ему хотелось бы знать, есть ли у меня дома утюг. Потому что он намерен отутюжить для меня мой костюм... *все мои костюмы.* Я ему объясняю, что утюга у меня нет, однако я могу заполучить еще один костюм (как раз на днях мне обещали отдать ношеный костюм). Макс приходит в экстаз. Значит, у него будет целых *три* костюма! Он уже утюжит их в своем воображении. Его костюмы должны иметь хорошо отглаженную складку на брюках. Он говорит мне, что американца сразу узнаешь по такой складке. А если не по складке, то по манере ходить. Именно по этим признакам, добавляет Макс, он вычислил меня в первый же день. И руки непременно в карманах! Француз никогда не держит руки в карманах.

«Вы вполне уверены, что получите еще один костюм?» — спешит осведомиться он.

«Вполне уверен, Макс... Заказывайте еще сандвич и *demi**».

«Миллер, — говорит он, — вы всегда думаете о правильных вещах. Дело не в том, что вы мне даете, — самое главное, что это приходит вам в голову. Я получаю от вас *courage***».

Courage. Он произносит это слово на французский манер. Время от времени он вставляет в свою речь французские словечки. Они так же неуместны, как его велюровая шляпа. Особенно слово *misère****. Ну что ж, пусть будет *courage*! Макс снова говорит, что со мной он поехал бы в любое место в мире. Мы прекрасно спелись бы. (А я все время думаю, как бы мне от него избавиться!) Но сегодня в этом смысле все о'кей. Сегодня я хочу делать тебе добро, Макс! Он не знает, бедняга, что костюм, который я ему отдаю, просто чересчур велик для меня самого. Он считает меня щедрым парнем — ну и пусть считает. Я хочу, чтобы сегодня он боготворил меня. И это все из-за рукописи, которую я читал несколько минут назад. Написанное так хорошо, что я просто влюбился в себя.

«*Garçon*! Пачку сигарет — *pour le monsieur*****!

То есть для Макса. На мгновение он превратился в «*monsieur*». Он снова смотрит на меня со слабой, неуверенной улыбкой. *Courage*, Макс! Нынче я вознесу тебя на небеса, а потом сброшу, как грузило в воду! Господи Иисусе, я потрачу на этого ублюдка еще только один день, а там — привет! Я от него избавлюсь. Но сегодня я слушаю тебя, чертов педераст... вслушиваюсь в каждый нюанс. Выжму из тебя последнюю каплю сока — и пожалуйте *за борт*!

«Еще *demi*, Макс? Не стесняйтесь, заказывайте... эй, еще одну! И сандвич».

«Но, Миллер, можете ли вы себе это *позволить*?»

Он отлично знает, черт побери, что я могу себе это позволить, иначе не предлагал бы. Но такова его линия поведения со мной. Он забывает, что я не из тех парней на бульва-

* Поллитровая кружка пива (*фр.*).

** Отвага, смелость (*фр.*).

*** Здесь: несчастье, страдание (*фр.*).

**** Для этого господина (*фр.*).

рах, которые составляют его постоянную клиентуру. Или, может, относит меня к той же категории — откуда мне знать?

Слезы выступают у него на глазах. Когда я вижу такое, во мне просыпается подозрительность. Слезы! Обыкновенные маленькие слезинки из слезного мешочка. Каждая из них — жемчужина. Иисусе, если бы я мог заглянуть внутрь этого механизма и увидеть, как он это делает!

Прекрасный денек. Восхитительные девушки проходят мимо. Интересно, замечает ли их Макс?

«Слушайте, Макс, как вы устраиваетесь, когда вам надо перепихнуться?»

«Пере... Что вы этим хотите сказать?»

«Вы меня слышали. Перепихнуться! Разве вы не знаете, что это такое?»

Он улыбается все той же слабой, тоскливой улыбкой. Смотрит на меня искоса, как бы удивляясь, что я задал такой вопрос ему. С *его* нищетой, с *его* несчастьями, может ли он, Макс, быть повинен в подобных мыслях? Ну ладно, если сказать по правде, время от времени они его посещают. Дело человеческое. Но чего вы можете ожидать за десять франков? Это лишь вызывает в нем отвращение к самому себе. Он скорее предпочел бы...

«Да, я понимаю, Макс. Я точно понимаю, что вы имеете в виду...»

Я веду Макса с собой в издательство. Прошу его подождать во дворе, а сам захожу внутрь. Возвращаюсь я с пачкой книг под мышкой. Макс взял пачку — ему приятно нести эти книги, делать что-то реальное.

«Миллер, я считаю, что со временем вы будете иметь огромный успех, — говорит он. — И не обязательно потому, что напишете замечательную книгу, — иногда это просто везение».

«Точно, Макс, это чистая удача. Обыкновенное везение, вот и все!»

Мы идем по улице Риволи под аркадой. Где-то здесь есть книжный магазин, в витрине которого выставлена и моя книга. Это маленькое уютное помещение, и в окне полно книжек, обернутых в прозрачный целлофан. Мне хочется, чтобы

Макс взглянул на мою книгу в витрине. Хочется увидеть, какое впечатление это на него произведет.

А, вот он, этот магазинчик! Мы оба наклоняемся, чтобы прочесть названия. Так, «Камасутра», «Под юбкой», «Моя жизнь и любовь», «Там внизу»... Где же *моя* книга? Она обычно стояла на верхней полке, рядом со странной книжкой о бичевании.

Макс разглядывает иллюстрации на обложках, и ему, кажется, безразлично, есть на витрине моя книга или нет.

«Подождите минутку, Макс. Я зайду внутрь».

Я порывисто отворяю дверь. Привлекательная молодая француженка здоровается со мной, а я бросаю быстрый, отчаянный взгляд на полки и спрашиваю, есть ли у них «Тропик Рака». Француженка кивает и показывает мне книгу. Я чувствую облегчение. Интересуюсь, хорошо ли продается книга. Читала ли ее она сама? К сожалению, женщина не читает по-английски. Я топчусь на месте, надеясь услышать побольше о моей книге. Спрашиваю, почему она обернута в целлофан. Она объясняет почему. Но мне этого мало. Наконец я заявляю, что книга не подходит для *такого* магазина, как этот, она не из таких, которые у них продаются.

Продавщица смотрит на меня удивленно. Кажется, начинает сомневаться, в самом ли деле я автор этой книги, как я ей сообщил. С ней трудно вступить в контакт. Ни черта она не знает ни о моей книге, ни о какой-либо другой в этой лавке. Истинная француженка... Ладно, пора уходить. Я только теперь соображаю, что я небритый, что брюки у меня не глаженые и совершенно не подходят к пиджаку. Дверь открывается, и в помещение входит бледный, изысканно одетый молодой англичанин. Он выглядит сбитым с толку. Я выскальзываю на улицу, пока он не успел закрыть дверь.

«Слушайте, Макс, моя книга есть, там их полно, целый ряд. Продаются, словно горячие пончики. Каждый спрашивает мою книгу. Так она мне сказала».

«Я же говорил вам, Миллер, что вы добьетесь успеха».

Он, кажется, вполне убежден, этот Макс. Слишком легко убедился, чтобы это меня устроило. Я чувствую, что должен поговорить о своей книге, пусть даже с Максом. Я предлагаю ему выпить кофе в баре. Макс о чем-то задумался. Меня это беспокоит, я не хочу, чтобы он думал сейчас о чем-то еще, а не о моей книге. «Я подумал, Миллер, – внезапно заявляет он, – что вам надо бы написать книгу о моих злоключениях». Опять он погрузился в собственные заботы. Я спешу переключить его на другое.

«Видите ли, Макс, я *мог бы* написать книгу о вас, но я не хочу. Сейчас мне хочется писать о себе. Вы понимаете?»

Макс понимает. Он знает, что я должен написать о многом. И говорит, что я исследователь. Под этим определением он, без сомнения, разумеет, что я *исследую жизнь*. Да, это так – исследователь жизни. Я должен постоянно двигаться, везде бывать, тратить время, делать вид, что развлекаюсь, а на самом деле изучать жизнь, изучать людей. Макс начинает проникаться этой идеей. Писателем быть нелегко. Круглосуточная работа.

Макс задумывается. Разница между писательской и его жизнью – всего лишь разница между одним видом несчастья и другим. И он снова погружается в размышления о своих заботах, о том, что у него бессонница, что в мозгу у него механизм, который никогда не останавливается.

«А у писателя, как я полагаю, есть свои ночные кошмары», – вдруг произносит он.

Свои ночные кошмары! Я немедленно записываю эти слова на конверте.

«Вы это записали? – удивляется Макс. – Зачем? Что особенно хорошее я сказал?»

«Это было *великолепно*, Макс. Для меня такая мысль дороже денег».

Макс смотрит на меня со смущенной улыбкой. Быть может, я его разыгрываю?

«Да, Макс, – повторяю я. – Такое замечание стоит целого состояния».

Его мозг начинает работать. Он всегда думал, объясняет Макс, что писатель первым делом должен собрать побольше фактов.

«Ничего подобного, Макс! Ничего подобного! Чем меньше у тебя фактов, тем лучше. Самое лучшее вообще не иметь никаких фактов, вам ясно?»

Максу совершенно не ясно, однако ему хочется, чтобы его убедили. В мозгу у него жужжит что-то магическое. «Я и сам всегда так думал, — произносит он медленно, словно обращаясь к самому себе. — Книга должна идти от *сердца.* Она должна *трогать...»*

Это замечательно, думаю я, как быстро человек все схватывает. У меня на глазах меньше чем за минуту Макс сделал важное открытие. Надо же, совсем недавно мы с Борисом провели целый день, рассуждая об этом, выясняя значение «живого слова». Слово вырывается вместе с дыханием так просто — через открытый рот, но оно бесспорно *вдохновлено Богом.* Макс тоже понимает это — на свой лад. Что факты сами по себе ничто. За фактами должен быть человек, и человек должен быть *с Богом* и говорить как Господь Всемогущий.

А что если показать Максу мою книгу и дать ему прочесть несколько страниц в моем присутствии? Любопытно, поймет ли он. А *Борис*! Может, стоило бы представить Макса Борису. Опять-таки любопытно, какое впечатление Макс произведет на него. Это несомненно внесло бы некоторое разнообразие в мою жизнь. Скажем, прийти вдвоем на обед — вполне подходящий вариант. Я объясню Максу, когда мы будем подходить к дому Бориса, что Борис — мой близкий друг, писатель, как и я. «Не могу утверждать, что он сделает что-то для вас, но я хотел бы, чтобы вы с ним познакомились». Макса легко уговорить... почему бы и нет? К тому же Борис — еврей, это упростит дело. Хочется послушать, как они будут разговаривать на идише. Хочется увидеть, как Макс разрыдается перед Борисом. И увидеть, как заплачет Борис, тоже хочется. Возможно, Борис поселит Макса на какое-то время у себя — в маленьком алькове над лестницей. Забавно было бы поглядеть, как они станут жить вместе. Макс мог бы гладить одежду, бегать по разным поручениям и даже готовить. Да мало ли что еще он мог бы делать, оправдывая кормежку. Я изо всех сил стараюсь не выглядеть слишком восторженным. «Странный он парень, этот Борис», — объясняю я Максу, но Макс вовсе не кажется сильно обеспокоенным. Собственно говоря, не стоит вдаваться в подробные объяснения. Свести их вместе, а там будь что будет...

Борис выходит к двери в роскошной домашней куртке. Выглядит он неважно: очень бледный и болезненный, вид отрешенный, словно он глубоко погружен в себя. Но как только я упоминаю имя Макса, лицо Бориса светлеет. Он уже слышал о Максе.

Мне кажется, Борис благодарен мне за то, что я привел к нему Макса. Он весь – тепло и расположенность. Мы проходим в кабинет, где Борис сразу плюхается на диван и набрасывает теплое одеяло на свое хрупкое тело. Теперь в комнате два еврея, лицом к лицу, и оба знают, что такое страдание. Нет нужды ходить вокруг да около. Обращайтесь к страданию… и погружайтесь в него! Два типа страдания – я с восторгом любуюсь контрастом, который они являют. Борис полулежит на диване, самый элегантный из апостолов страдания, каких я встречал. Он словно воплощенная в человеческом облике Библия, на каждой странице которой запечатлены страдание, нищета, скорбь, муки, боль, отчаяние и падение рода человеческого. Макс устроился на краешке кресла, на его плешивой голове вмятина на темени, как будто само страдание рухнуло на него, как кузнечный молот. Макс силен, как бык. Но он не обладает силой Бориса. Он знает только *физическое* страдание – голод, клопов, жесткие скамейки, безработицу, унижения. В данную минуту он сосредоточен на том, как вытянуть из Бориса несколько франков. Он ерзает на краешке кресла и немного нервничает, потому что мы не даем ему возможности перейти к делу. Он жаждет поведать свою историю от начала до конца. Он ищет повода начать свою повесть. Борис между тем возлежит с комфортом на своем ложе скорби. Он хочет, чтобы Макс не спешил. Он понимает, что Макс пришел пострадать для него.

Пока Макс говорит, я озираюсь в поисках выпивки. Я решил получать полное удовольствие от этой встречи. Обычно Борис сразу спрашивает: «Что будешь пить?», но сегодня, занятый Максом, он и думать забыл о выпивке.

Я трезв, как стеклышко, и слушать в сотый раз повесть Макса у меня нет желания. Боюсь, что он смертельно надоест Борису со своими «фактами». Кроме того, Борис не любитель длинных историй. Все, что ему требуется, это короткая фраза, иногда и просто единственное слово. Я боюсь, что изложение Макса слишком скучно. Он уже снова в Вене, толкует о чистых столовых. Я знаю, что через некоторое время нам предстоит перебраться в Базель, из Базеля в Париж, потом речь пойдет о парижской жизни, о голоде, несчастьях, нищете, а далее последует новая генеральная репетиция. Я же хочу, чтобы он сразу кинулся в омут, в стоячую воду, в голодную тоску, в неприкрашенную клоповную депрессию, когда все люки закрыты и нет пожарной лестницы, нет друзей, нет *sortie**. Нет, Борис не станет слушать дальше; ему нужно нечто драматичное, нечто жизненно гротескное и ужасающе прекрасное и правдивое. Макс смертельно надоест Борису, я это предвижу.

Но я ошибся. Борис хочет выслушать всю историю, от начала до конца. Я полагаю, что у него сегодня такое настроение – порой он проявляет неистощимое терпение. Тем временем он наверняка продолжает свой внутренний монолог. Вероятно, обдумывает собственные проблемы, пока Макс говорит. Это для него отдых. Я пристально вглядываюсь в него. Слушает ли он? Мне кажется, что слушает. Иногда улыбается.

Макс обливается потом. Он не уверен, производит его рассказ впечатление или нет.

Борис слушает Макса так, словно находится в опере. Даже лучше, чем в опере, – вот так на диване, под теплым одеялом. Макс снимает пиджак; капли пота стекают у него по лицу. Я вижу, что в свое повествование он вкладывает все сердце и всю душу. Я сижу на краю дивана, время от времени бросая взгляд то на одного, то на другого. Дверь в сад открыта, и солнечный свет образует ореол вокруг головы Бориса. Макс сидит лицом к саду. Послеполуденный зной проникает в прохладный кабинет; он облекает в теплую, пушистую ауру слова Макса. Борис выглядит так уютно, что я не могу отказаться от искушения прилечь на диван рядом с ним. Я лежу и наслаждаюсь, слушая знакомую повесть скорби. Рядом со мной полка с книгами; я пробегаю по ним глазами, пока Макс плетет свое словесное кружево. Лежа вот так и слушая его рассказ со всеми подробностями, я могу лучше судить о впечатлении. Я улавливаю нюансы, которых прежде не замечал. Слова Макса, названия книг, теплый воздух, струящийся из сада, то, как сидит Макс на краешке кресла, – все это производит сильное и острое действие.

* Выход (*фр.*).

Комната, как обычно, в полном беспорядке. Огромный стол завален книгами и рукописями, карандашными заметками, письмами, на которые следовало ответить еще месяц назад. Комната производит такое впечатление, будто ее только что опечатали; писатель, обитавший в ней, скоропостижно умер, и не разрешается ничего трогать. Любопытно, что сказал бы Макс, если бы я сообщил ему, что этот вот человек, Борис, который лежит перед ним на диване, на самом деле умер. В точности то же думает и сам Борис – *что он умер.* Именно поэтому он и слушает так, будто находится в опере. Макс тоже должен будет умереть, каждой частью и клеточкой своего тела, если он хочет выдержать все это... На верхней полке стоят рядом три книги; их будто нарочно разместили в таком порядке: Библия, собственная книга Бориса и «Переписка Ницше с Брандесом»[1]. Только накануне вечером Борис читал мне из Евангелия от Луки. Он уверяет, что мы недостаточно часто обращаемся к Евангелию. Потом он читал последнее письмо Ницше – *«распятого»*. Долгие десять лет он был похоронен в гробнице собственной плоти, а мир пел ему хвалу...

Макс болтает без умолку. По профессии Макс – гладильщик. Он родился в окрестностях Лемберга, неподалеку от старой крепости. Их тысячи, таких же, как он: мужчины с широкими треугольными лицами и толстой нижней губой, с глазами точно две дырочки, прожженные в одеяле, со слишком длинным носом и крупными ноздрями, мужчины чувственные и меланхоличные. Тысячи печальных еврейских лиц; голова у каждого из этих уроженцев Лемберга глубоко вжата в плечи, скорбь глубоко заклинена между сильно развитыми лопатками. Борис кажется представителем иной расы, такой хрупкий, легкий, изящно гармоничный. Он показывает Максу, как писать по-еврейски; его перо легко скользит по бумаге. Макс держит перо, словно ручку метлы; он рисует буквы вместо того, чтобы выписывать их. А Борис пишет так, как он делает все, – легко, элегантно, четко, решительно. Сложности ему нужны, чтобы двигаться быстро и артистично. Голод, к примеру, для него слишком вульгарен и груб. Только глупые люди беспокоятся о голоде. Должен сказать, что и сад для него чужд. Китайская расписная ширма устроила бы его вполне и, может быть, даже больше. Что касается Макса, то он глубоко расположен к саду. Дайте Максу кресло и прикажите сидеть в саду – он просидит хоть целую неделю, если надо. Для Макса нет ничего лучше еды и сада...

«Даже не знаю, что можно сделать для такого человека, – произносит Борис, обращаясь, скорее, к самому себе. – Это безнадежный случай».

Макс согласно кивает. Макс – это случай, и он сам понимает это. Но безнадежный... это я не могу проглотить. Нет, никого нельзя считать безнадежным – до тех пор, пока в мире остается хоть немного сочувствия и дружелюбия. Случай безнадежен, это так. Но Макс – человек... нет, этого мне не понять! Для Макса-человека что-то можно сделать. Очередная кормежка, например, чистая рубашка... другая одежда... ванна... бритье. Не станем пытаться решать проблему, сделаем то, что необходимо сделать немедленно. Борис размышляет в том же направлении, но по-другому. Он произносит громко, будто Макса здесь вообще нет: «Разумеется, вы можете дать ему денег... но это делу не поможет...» *А почему нет*, спрашиваю я себя. Почему не деньги? Не пища, одежда, приют? *Почему нет*? Попробуем начать с самого начала, так сказать, с основных потребностей.

«Разумеется, – говорит Борис, – если бы я встретил его в Маниле, я мог бы что-то сделать для него. Тогда я мог бы дать ему работу...»

Манила! Господи Иисусе, для меня это звучит как полная дичь! На кой черт здесь Манила? Это все равно, что сказать тонущему человеку: «Ах, какая жалость, какая жалость! Ах, если бы вы позволили мне научить вас плавать!»

Каждый желает исправить мир; никто не хочет помочь соседу. Желают сделать из вас человека, не принимая во внимание вас самого. Все это глупо донельзя. И Борис тоже дурит, спрашивая у Макса, *есть ли у него родственники в Америке*. Знаю я всю эту чушь. Это первый вопрос, который задают социальные работники. Ваш возраст, ваши имя и адрес, ваше занятие и вероисповедание, а потом этак невинно: *ваши ближайшие живые родственники!* Как будто вы уже не прошли через это. Как будто вы не повторяли себе тысячу раз: «Я лучше умру! Я скорее умру, чем...» А они сидят такие ласковые, вежливые и выспрашивают о скрываемых именах, о тех тайнах, которых вы стыдитесь, о месте обитания родных, а потом немедленно отправляются туда, звонят в дверь и все выбалтывают, в то время как вы у себя дома дрожите и потеете от унижения.

Макс отвечает на вопрос. Да, у него есть сестра в Нью-Йорке. Он не знает, где она сейчас живет. Ему известно лишь то, что она переехала на Кони-Айленд. У него не было причины уезжать из Америки. Там он зарабатывал хорошие деньги. Он был гладильщиком и членом профсоюза. Но когда наступил экономический спад, он, сидя на скамейке в парке на Юнион-сквер, вдруг понял, что он ничто, пустое место. Они скачут на своих гордых лошадях и сталкивают тебя с дорожки. За что? За то, что ты безработный? Разве это была его вина? Разве он, Макс, сделал что-то против правительства? Это привело его в ярость, лишило самоуважения. Какое право они имели поднимать на него руку? Какое право они имели обращаться с ним, как с червяком?

«Я хотел стать человеком, – продолжает он. – Хотел зарабатывать на жизнь не только физическим трудом. Я подумал, что, может, я выучу французский и стану interprète*».

Борис бросает на меня быстрый взгляд. Я вижу, что это попало в цель. Мечта еврея – *не работать руками!* Переехать на Кони-Айленд – еще одна еврейская мечта. Из Бронкса на Кони-Айленд! Из одного ночного кошмара в другой! Сам Борис трижды объехал шар земной, – но это все то же вечное *из Бронкса на Кони-Айленд. Von Lemberg nach Amerika gehen*!** Давай, двигайся! Вперед, на подгибающихся ногах! Вперед! Вперед! Нет тебе покоя нигде. Нет комфорта. Нет конца тяжкому труду и нищете. Ты проклят и проклятым останешься. *Надежды нет*! Так почему бы тебе не броситься к нему в объятия? Почему? Думаешь, я стану возражать? Стыдишься? Чего ты стыдишься? Мы знаем, что ты проклят, и мы ничего не можем для тебя сделать. Мы жалеем тебя, все и каждый. Вечный Жид! Ты находишься лицом к лицу со своим братом и не обнимаешь его. Этого я не могу тебе простить. Посмотри на Макса! Он почти твой двойник. Объехав трижды вокруг света, ты встретился лицом к лицу с самим собой. Как же ты можешь

* Переводчиком (*фр.*).

** Уехать из Лемберга в Америку! (*нем.*).

сторониться его? Еще вчера ты стоял так же, как и он, дрожащий, униженный, словно побитый пес. А теперь ты здесь, ты в смокинге, и карманы у тебя полны денег. *Но ты тот же самый человек!* Ты не изменился ни на йоту, только набил себе карманы. *Есть ли у него родственники в Америке?* Есть ли *у тебя* родственники в Америке? Твоя мать, где она теперь? Она до сих пор в гетто? Все в той же вонючей комнатенке, из которой ты ушел, когда решил стать человеком? Ты удовлетворен тем, что преуспел. Но ты убил себя, чтобы решить эту проблему. А что если бы ты не добился успеха? Что тогда? Что если бы ты стоял тут на месте Макса? Могли бы мы отправить тебя обратно к твоей матери? А что говорит Макс? Что если бы он нашел свою сестру, то бросился бы ей на шею, трудился бы ради нее до смертного часа, стал бы ее рабом, ее собакой... Он работал бы и на тебя, если бы ты дал ему кусок хлеба и ночлег. У тебя нет для него работы, я это понимаю. Но не мог бы ты *создать* какую-нибудь работу для него? Поехать в Манилу, если надо. Снова заняться рэкетом. Но не проси Макса поискать тебя в Маниле три года назад. Макс сейчас здесь, он стоит перед тобой. *Разве ты его не видишь?*

Я поворачиваюсь к Максу. «Предположим, Макс, вы могли бы выбирать... Я имею в виду, что вы могли бы поехать куда угодно и начать новую жизнь. Куда бы вы поехали?»

Жестоко задавать Максу подобный вопрос, но я больше не в силах переносить эту безнадежность. «Послушайте, Макс, – я продолжаю, – я хочу, чтобы вы посмотрели на мир так, словно он принадлежит вам. Взгляните на карту и ткните пальцем в то место, где вы хотели бы оказаться. Какая от этого польза? *Какая польза*, говорите вы? Да просто такая, что если вы захотите достаточно сильно, вы можете поехать в любое место в мире. Стоит только захотеть. Покончив с отчаянием, вы в состоянии совершить то, чего не может совершить миллионер. Вас ждет корабль; вас ждет страна; вас ждет работа. Все, что угодно, ждет вас, надо только поверить в это. У меня нет ни цента, но я помогу вам уехать куда угодно. Я пойду со шляпой просить милостыню для вас. Почему бы нет? Это куда легче, чем просить милостыню для себя. Куда бы вы хотели уехать? *В Иерусалим? В Бразилию?* Скажите только слово, Макс, и я отстану!»

Макс наэлектризован. Он уже знает, куда бы хотел поехать. Мало того, он уже видит себя едущим. Остановка за малым — *деньги*. Но и это преодолимо. Сколько нужно, чтобы уехать в Аргентину? Тысяча франков? Это не так уж невозможно... Макс умолкает на минуту. Возраст, вот что его беспокоит. Хватит ли у него сил? *Нравственных* сил, чтобы начать заново? Ему сейчас сорок три. Он говорит об этом, как говорят о старости. (Тициан в девяносто семь лет только начал верить в себя, в свое искусство!) Макс крепок и здоров телом, невзирая на вмятину в задней части черепа, по которой пришелся удар кузнечного молота. Да, он облысел, но мускулист, глаза у него ясные, зубы... Ах, зубы! Он открывает рот и показывает мне гнилые пеньки. Только вчера он вынужден был обратиться к дантисту, так как у него ужасно распухли gencives*. И знаете, что дантист ему сказал? Нервозность! Всего лишь нервозность и только. Это просто потрясающе! Откуда дантисту знать, что он, Макс, нервный?

Макс наэлектризован. Внутри у него формируется небольшой комочек смелости. С зубами или без зубов, лысый, нервный, глупый, страдающий ревматизмом, колченогий — разве это имеет значение? Самое главное решить, куда ехать. *Только не в Иерусалим*! Англичане больше не пускают туда евреев[2] — их там уже слишком много. *Иерусалим для евреев*! Так было, когда они нуждались в евреях. Теперь у вас должна быть веская причина, чтобы попасть в Иерусалим, более веская, чем всего лишь быть евреем. Христос Всемогущий, что за издевательство! Если бы я был евреем, я надел бы себе веревку на шею и сам прыгнул за борт. Макс стоит передо мной во плоти. Еврей Макс. Невозможно избавиться от него, повесив камень ему на шею со словами: «Иди на дно, еврей!»

Я мучительно размышляю. Если бы я был Максом, если бы я был такой же побитой собакой, как еврей Макс... Что тогда? Вот именно, *что*? Я никоим образом не могу представить, что я еврей. Я просто должен представить, что я человек, что я голоден, доведен до отчаяния, что я на пределе.

«Послушай, Борис, мы должны что-то сделать! *Сделать* что-то, ты понимаешь?»

* Десны (*фр.*).

Борис пожимает плечами. Откуда ему взять такие деньги? Он спрашивает *меня*! Спрашивает *меня*, где ему взять деньги. Такие деньги. *Какие*? Тысяча франков... две тысячи франков... *разве это деньги*? А как насчет этой психованной американки Джейн, которая ошивалась здесь несколько недель назад? Она не дала тебе ни капли любви, даже ни капли бодрости. Оскорбляла тебя, как хотела, – каждый день. А ты давал ей деньги. Щедро, словно Крез. Этой маленькой сучке-золотоискательнице из Америки. Подобные вещи приводят меня в дикую ярость. Лучше бы она была обыкновенной шлюхой. Но она была хуже шлюхи. Она пускала тебе кровь и оскорбляла тебя. Называла грязным жидом. А ты продолжал сорить деньгами. Это может повториться хоть завтра, та же самая треклятая история. Любой может вытянуть у тебя деньги, если пощекочет твое тщеславие или будет безудержно льстить тебе. Ты говоришь, что ты умер, и с тех пор у тебя не жизнь, а затянувшиеся похороны. Но ты не умер и отлично знаешь это. О какой, черт возьми, духовной смерти речь, когда Макс стоит перед тобой? Умирай, умирай, умирай - хоть тысячу раз, но не отказывайся распознать живого человека. Не превращай его в проблему. Это плоть и кровь, Борис. *Плоть и кровь*. Он взывает к тебе, а ты притворяешься, что не слышишь. Ты намеренно изображаешь из себя глухого, немого и слепого. Ты мертв перед живой плотью. Мертв перед собственной кровью и плотью. Ты ничего не достигнешь ни в духовной жизни, ни в жизни плоти, если не признаешь Макса своим истинным братом. Твои книги там на полке... они смердят, эти твои книги! Какое мне дело до твоего больного Ницше, до твоего бледного, любящего Христа, до твоего истекающего кровью Достоевского! Книги, книги, книги. Сожги их! Тебе от них никакой пользы. Лучше вообще не прочесть ни единой строчки, чем стоять, как ты сейчас, и беспомощно пожимать плечами. Все, что говорил Христос, ложь, все, что говорил Ницше, тоже ложь, если ты не чувствуешь *живое слово*. Они бесчестны, лживы и больны, если ты извлекаешь из них сладкое утешение и не видишь человека, гибнущего у тебя на глазах. Что ж, иди к своим книгам и продолжай хоронить себя! Возвращайся к своим средним векам, к своей Каббале, к своей мелочно педантичной, извращенной геометрии. Нам от тебя ничего не надо.

Мы нуждаемся в дыхании жизни. В надежде, смелости, иллюзии. В человеческом сочувствии хотя бы на грош.

Мы наверху у меня дома, и в ванной льется вода. Макс разделся до своего грязного нижнего белья; его рубашка с фальшивой манишкой переброшена через подлокотник кресла. Раздетый Макс похож на шишковатое дерево, которое ценой страданий научилось ходить. Сильное тело, искривленное тяжелым трудом. Из Лемберга в Америку, из Бронкса на Кони-Айленд — орды и орды людей, изломанных, искривленных, скрюченных, словно их насадили на вертел и борьба бесполезна, потому что борись не борись, рано или поздно тебя съедят живьем. Я вижу всех этих Максов в воскресенье после обеда на Кони-Айленде: мили и мили чистого пляжа осквернены их изломанными телами. Они превратили прибрежные воды в сточную канаву для их пота и купаются в нем. Они валяются на пляже друг у друга на голове, сплетаясь, словно крабы с водорослями. Они покинули свои так называемые дома — лачуги, в которых ванная, уборная и кухня совмещены. В шесть часов начинается всеобщий исход. В семь они теснятся в подземке локоть к локтю, и вонь достаточно сильна, чтобы сшибить с ног даже лошадь.

Пока Макс принимает ванну, я достаю для него из шкафа чистые вещи. Достаю тот самый костюм, который мне дали. Мне он велик, но Макс будет глубоко мне признателен за этот костюм. Я ложусь, чтобы все спокойно обдумать. Что дальше? Мы втроем собирались пообедать вместе в еврейском квартале, поблизости от Сен-Поля. Потом Борис внезапно переменил намерение. Вспомнил о том, что кого-то уже пригласил пообедать. Я выпросил у него немного деньжат на обед. Потом, когда мы прощались, он вручил какие-то деньги Максу. «Вот, Макс, я хочу, чтобы вы это взяли» — с этими словами он выудил банкноты из кармана джинсов. Я поморщился, слушая, как он это произносит и как Макс от души его благодарит. Я знаю Бориса. Я знаю эту его самую худшую черту. И я прощаю его за это. Я прощаю его легче, чем мог бы простить самого себя. Я не хочу, чтобы вы сочли Бориса человеком скаредным и черствым. Он заботится о своих родственниках, платит долги, никого не обманывает. Если ему случается довести кого-то до банкротства, он делает это в соответствии с законом; он не хуже Моргана или Рокфеллера. Как говорится, он ведет игру по правилам. Но *жизнь*, именно жизнь, он не воспринимает как игру. Он добивается успеха во всех сферах только для того, чтобы под конец понять, что обманул себя. С Максом он добился успеха красиво. Он расстался с несколькими франками и получил за это искреннюю благодарность. Теперь, когда он остался наедине с самим собой, он, возможно, проклинает себя. Сегодня вечером он истратит в двадцать раз больше, чем дал Максу, чтобы избавиться от чувства вины.

Макс окликнул меня из ванной, спрашивая, можно ли воспользоваться моей расческой. Разумеется, можно! (Завтра я куплю себе новую!) Потом я глянул на ванну, в которой остатки воды с громким бульканьем исчезали в сливном отверстии. Вид грязных мыльных хлопьев на поверхности воды вызывает у меня приступ тошноты. Макс наклоняется над ванной, чтобы смыть со стенок грязь. Он наконец-то избавился от этой грязи, смыл ее с себя и очень хорошо себя чувствует. Я узнаю собственное ощущение. Вспоминаю общественные купальни в Вене – вонь, которая просто сногсшибательна.

Макс переодевается в чистое белье. Он улыбается – совсем другой улыбкой, чем та, которую я привык видеть у него на лице. Он стоит в чистом белье и пролистывает мою книгу. Он читает отрывок, в котором говорится о Борисе, о том, как он обовшивел и я брил ему подмышки, о том, как был приспущен флаг и все замерли, в том числе и я. Через это надо было пройти – и выйти *с песней*. Удача! Ладно, называйте это как хотите. Называйте удачей, если вам так лучше. Только я понимаю это иначе. Оно произошло со мной – *и я понимаю*. Это вовсе не значит, что я не верю в удачу. Никоим образом, но я не то имею в виду. Сказать, что я был рожден простаком – это, пожалуй, ближе к точности. Думая о прошлом, о том времени, когда я был малышом, мальчуганом лет пяти или шести, я осознаю, что ничуть не изменился. Я такой же чистый и невинный, каким был всегда. Я помню свое первое впечатление от окружающего мира: он представлялся мне добрым, *но пугающим*. Он и до сих пор кажется мне таким – добрым, но пугающим. Меня легко напугать, но я никогда не изменялся к худшему. Вы можете меня напугать, но не можете меня озлобить. Так уж я устроен. Это у меня в крови.

Я усаживаюсь писать письмо для Макса. Я пишу одной женщине в Нью-Йорк; эта женщина связана с еврейской газетой. Я прошу ее попытаться отыскать сестру Макса на Кони-Айленде. Последний известный адрес — где-то на сто пятьдесят шестой улице, недалеко от Бродвея. *«А фамилия, Макс?»* У нее две фамилии, у сестры Макса. Иногда она называла себя миссис Фишер, иногда — миссис Гольдберг. «А вы не можете припомнить дом? Он находился на углу или в середине квартала?» Нет, он не может. Он сейчас лжет, и я знаю это, но чего ради, спрашивается? Может, у него вообще нет никакой сестры? Что-то сомнительное есть в его истории, но это его дело, а не мое.

Еще более сомнительно то, что он делает теперь. Он достает фотографию, снятую в то время, когда ему было лет семь или восемь. Эта фотография почти полностью лишает меня почвы под ногами. Его мать — *очень красивая* женщина, во всяком случае, на фотографии. Макс стоит возле нее прямой, как столб, и немного испуганный; глаза у него широко открыты, волосы аккуратно причесаны на пробор, коротенькая курточка застегнута на все пуговицы до самого горла. Они стоят где-то в окрестностях Лемберга, на фоне большой крепости. На лице у матери отражается вся трагедия ее народа. Пройдет немного лет, и лицо Макса обретет то же выражение. Каждый новый младенец начинает с ясного, невинного выражения, нерушимая чистота крови делает влажными большие темные глаза. Дети остаются такими несколько лет, а потом внезапно, чаще всего во время пубертации, облик их меняется. Они становятся на ноги и принимаются за тяжелый труд. Волосы выпадают, зубы портятся, позвоночник искривляется. И мозоли, мозоли, мозоли на руках и на ногах. Руки вечно потные, губы дергаются. Голова низко опущена над тарелкой, пища поглощается большими, громкими глотками. Только подумать, что они начинали такими чистыми, на свежих пеленках...

Мы вкладываем фотографию в конверт для идентификации. Я прошу Макса добавить к письму несколько слов на идише. Он переводит мне то, что написал, и я почему-то не верю ни одному слову. Мы делаем сверток из его костюма и грязного белья. Макс беспокоится из-за этого свертка: вещи завернуты в газету и не перевязаны бечевкой. Он говорит, что ему не хочется возвращаться в гостиницу с этим неуклюжим свертком. Он желает выглядеть респектабельно. Все время, пока Макс возится с этим свертком, он меня прочувствованно благодарит. Мне кажется, он считает, что я дал ему недостаточно. Мне вдруг приходит в голову, что у меня есть шляпа лучше, чем та, которую Макс носит. Я достаю ее и примеряю. Показываю Максу, как надо носить шляпу. «Надо опустить поле спереди и хорошенько надвинуть на глаза. И слегка примять тулью, вот так!» Макс уверяет, что на мне шляпа сидит прекрасно. Жаль, что я с ней расстаюсь. Макс надевает шляпу на себя, и я замечаю, что он вроде бы вовсе не в восторге от нее. Кажется, он сомневается, стоит ли ее брать. Я веду его в ванную и лихо надвигаю ему шляпу на правый глаз. Потом я так же лихо сминаю тулью. Я понимаю, что Макс чувствует себя похожим на игрока или сутенера. Тогда я надеваю на него другую шляпу, его собственную, с круто загнутыми полями. Ясно, что он предпочитает ее, как ни глупо она выглядит. И тогда я принимаюсь взахлеб хвалить это дерьмо. Я говорю, что эта шляпа больше ему подходит. И пока он восхищается своим отражением в зеркале, я разворачиваю сверток, извлекаю из него рубашку и пару носовых платков и засовываю их обратно в шкаф. Потом я веду Макса в бакалейную лавку на углу и прошу продавщицу как следует завернуть вещи. Макс даже не благодарит ее за это. Он заявляет, что она обязана оказать мне услугу, поскольку все продукты я покупаю у нее.

Мы сходим на площади Сен-Мишель. Направляемся к отелю Макса на улице Лагарп. Время предвечернее, и стены домов сияют мягкой молочной белизной. Я чувствую себя в мире со всей вселенной. Это час, когда Париж действует на тебя, словно музыка. Дома, кажется, образуют ряды нотных знаков: они предлагают тебе причудливые менуэты, вальсы, мазурки, ноктюрны. Мы углубляемся в старейшую часть города, идем к Сен-Северену по узеньким, извилистым улочкам, знакомым Данте и да Винчи. Я пытаюсь объяснить Максу, в каком чудесном окружении он обитает, какие освященные веками древности сохранились здесь в изобилии. Я говорю ему о его предшественниках Данте и да Винчи.

« А когда все это было?» — спрашивает он.

«О, примерно в четырнадцатом столетии», — отвечаю я.

«Стало быть, — говорит Макс, — как не было тут ничего хорошего раньше, так нет и теперь. Для четырнадцатого столетия оно годилось, вот и все». Если мне это все по сердцу, он охотно поменялся бы со мной местами.

Мы поднимаемся по лестнице в его крохотную мансарду. Ступеньки лестницы покрыты ковром до третьего этажа, а выше они вощеные и очень скользкие. На каждом этаже прикреплены эмалированные таблички, предупреждающие жильцов, что стирать и готовить в комнатах запрещено. На каждом этаже знак, указывающий, где находится ватерклозет. Поднимаясь по ступенькам, вы можете заглядывать в окна соседнего отеля; его стены так близко, что, высунув руку в окно, вы можете обменяться рукопожатием с обитателем тамошней комнаты.

Комнатка маленькая, но чистая. Есть водопровод, в углу стоит небольшой комодик. К стене прибито несколько крючков для одежды. Над постелью горит желтоватым светом лампочка. Тридцать семь франков в неделю. Неплохо. Макс мог бы получить другую комнату за двадцать восемь франков, но там нет воды. Пока Макс жалуется на размеры комнаты, я подхожу к окну и выглядываю. Совсем близко от меня перегнулась через подоконник молодая женщина. Она тупо уставилась на то место противоположной стены, где кончается ряд окон. Кажется, она в трансе. Возле ее локтя разместились крохотные горшочки с цветами; под окном висит на железном крюке посудное полотенце. Женщина, по-видимому, совершенно безразлична к тому факту, что я на нее глазею. Ее комнатка, вероятно, не больше той, в которой находимся мы с Максом, но кажется, она дает женщине покой. Женщина дожидается наступления темноты, чтобы спуститься на улицу. Она наверняка ничего не знает о своих достойнейших предшественниках, однако прошлое у нее в крови, и она легче мирится с мрачным настоящим. По мере того, как сгущается темнота и кровь моя приходит в волнение, я начинаю испытывать почти священное чувство по отношению к комнате, в которой нахожусь. Быть может, нынче вечером, когда я покину Макса, он положит мою книгу на подушку и уставится в нее своим тяжелым взглядом. На титульном листе написано: «Моему другу Максу, единственному человеку в Париже, который поистине знает, что такое страдание». Когда я писал эти слова, у меня было такое ощущение, словно моя книга пускается в странное путешествие. Я думал не столько о Максе, сколько о других людях, которые прочтут эти строчки и удивятся. Я видел, что книжка лежит на набережной Сены, страницы ее истрепаны, помечены отпечатками пальцев, некоторые места подчеркнуты, на полях какие-то рисунки и пятна от кофе, и мужчина в большом пальто сует книгу в карман; путешествие, экзотическая страна, мужчина пишет мне письмо на экваторе; я видел ее лежащей под стеклом, и молоток аукционера опустился со стуком. Проходят века, лицо мира меняется. И снова два человека стоят в такой же вот комнате, возможно, в этой самой, и молодая женщина высовывается из соседнего окна, возле ее локтя стоят цветочные горшки, посудное полотенце свисает с железного крючка. И точно как теперь один из двух мужчин изношен до смерти; его комната – тюремная камера, и ночь не приносит ему ни отдохновения, ни надежды на облегчение участи. Слабый и обескураженный, берет он в руки книгу, которую дал ему другой. Но и книга не дает ему бодрости. В отчаянии он бросается на постель, и ночь накатывается на него, как чума. Чтобы увидеть рассвет, он должен умереть... Я стою в этой комнате рядом с человеком, которому нельзя помочь, и мое знание мира, знание мужчин и женщин говорит мне вещи жестокие и точные. Ничто кроме смерти не утолит тоску этого человека. Как утверждает Борис, ничего не поделаешь. Все бесполезно.

Мы снова спускаемся в холл, и в это время гаснет свет. И мне кажется, что Макса поглотила вечная тьма.

На улице еще не так уж темно, однако всюду зажжены огни. Улица Лагарп оживлена. На углу натянули какой-то тент; посреди улицы установлена лестница-стремянка, и рабочий в больших мешковатых штанах сидит наверху этой лестницы и ждет, когда помощник подаст ему раздвижной ключ или что-то в этом роде. По ту сторону улицы, напротив отеля, находится маленький греческий ресторанчик с большими терракотовыми вазами в окне. Вся улица напоминает театральную декорацию. Здесь каждый беден и болен, а под нашими ногами катакомбы, битком набитые человеческими костями. Мы с Максом обходим вокруг всего квартала. Макс тщится найти подходящий ресторан; он хочет поесть по prix fixe*, как говорят французы, то есть по твердой цене, на пять с половиной франков. Когда я делаю недовольную гримасу, Макс показывает на ресторан люкс, где каждое блюдо стоит восемнадцать франков. Ясное дело, он удивлен. Он утратил способность разбираться в ценах.

Мы возвращаемся к греческому ресторанчику и внимательно изучаем меню, наклеенное на окно. Макс опасается, что там очень дорого. Я бросаю взгляд внутрь через окно и вижу, что в ресторане полным-полно проституток и рабочих. Мужчины в шапках, пол посыпан опилками, свет приглушенный. Это такое местечко, где вас действительно хорошо накормят. Я беру Макса за руку и тащу его в ресторан. Оттуда как раз выплывает нам навстречу проститутка с зубочисткой во рту. У тротуара ее поджидает кавалер; они идут по улице к Сан-Северену, возможно, хотят попасть на bal musette** – бал с танцами под аккордеон – как раз напротив церкви. Данте, должно быть, тоже заглядывал сюда по временам чего-нибудь выпить. Все Средневековье смотрит на вас из дверей этого ресторана; я осторожно переношу ногу через порог. Макс тем временем уже уселся и штудирует меню. Его лысая голова блестит в желтом свете. В четырнадцатом столетии он был бы каменщиком или столяром: я вижу его на лесах с мастерком в руке.

В ресторанчике полно греков и греческого: официанты греки, хозяева греки, кухня греческая и язык тоже греческий. Я заказываю баклажаны в виноградных листьях, вкусные кружочки баклажанов, плавающие в соусе, – только греки умеют готовить это блюдо. Максу безразлично, что он ест. Он боится одного: как бы мне не пришлось платить слишком много. Я же лелею мысль удрать от Макса, как только с едой будет покончено, и прогуляться по окрестным улочкам. Я скажу Максу, что мне надо поработать, его это всегда впечатляет.

Примерно в середине трапезы Макс вдруг разоткровенничался. Я не знаю, что побудило его к этому, однако говорил он

* Твердая, фиксированная цена (*фр.*).

** Бал с танцами под аккордеон (*фр.*).

без умолку. Как я припоминаю теперь, он был с визитом у какой-то француженки, когда вдруг, без всякой видимой причины, разразился плачем. И каким плачем! Он не мог остановиться. Опустил голову на стол и рыдал, рыдал без конца, как обиженный ребенок. Француженка так волновалась, что хотела вызвать врача. Макс стыдился себя. Ах да, он припоминает, что послужило толчком к этому припадку. Он пришел к этой леди и был очень голоден. Время близилось к обеду, и Макс не выдержал – встал и попросил у хозяйки несколько франков. К его изумлению, она дала ему деньги немедленно. Француженка! И Макс внезапно почувствовал себя ничтожеством. Подумать только, что такой сильный, здоровый мужик как он клянчит у бедной француженки несколько су. Где была его гордость? Как он дошел до того, что обратился за милостыней к женщине?

Так это началось. При воспоминании об этом случае у Макса выступили слезы на глазах. В следующую минуту он уже всхлипывал, потом так же, как у француженки, опустил голову на стол и зарыдал. Это выглядело ужасно.

«Вы могли бы вонзить в меня кинжал, – заговорил он, успокоившись, – могли делать со мной все что угодно, но вы никогда не довели бы меня до слез. Теперь я плачу беспричинно, это находит на меня внезапно, и я не в силах сдержаться».

Он спрашивает меня, не считаю ли я его неврастеником. Ему сказали, что это всего лишь *нервный срыв. Нервное истощение, верно*? Макс снова вспоминает дантиста, который говорил ему, что все это пустяки, просто нервозность. Как же мог дантист говорить такое? Он боится, что это начало чего-то худшего. Может, он сходит с ума? Он хочет знать правду.

А что, черт побери, я могу ему сказать? Говорю, что все это пустяки, просто нервы.

«Это вовсе не значит, что вы сходите с ума, – добавляю я. – Это пройдет, как только вы встанете на ноги...»

«*Но я не в силах так подолгу быть один, Миллер!*»

А это меня уже настораживает. Я знаю, что за этим последует. Я должен чаще заглядывать к нему. Не деньги! Нет-нет, только не деньги, он подчеркивает это много раз. Он просто не в силах так подолгу быть один!

«Не волнуйтесь, Макс. Мы будем часто заходить к вам, Борис и я. Мы постараемся придать вам бодрости».

Кажется, он не слушает меня.

«Миллер, когда я возвращаюсь к себе в комнату, по лицу у меня начинает ручьем литься пот. Я не понимаю, что это такое. Как будто на лицо надета маска».

«Это оттого, что вы волнуетесь, Макс. Ничего страшного... И вы, наверное, пьете очень много воды».

Он начинает кивать часто-часто и смотрит на меня со страхом.

«Как вы догадались? – спрашивает он. – Что я постоянно испытываю жажду? Весь день бегаю к водопроводному крану. Я не знаю, что со мной происходит... *Миллер, я хочу спросить вас об одной вещи*: правду ли говорят, что, если ты здесь заболеешь, тебя убьют? Мне сказали, что если ты иностранец и у тебя нет денег, с тобой разделываются. Я думаю об этом целыми днями. Что если меня признают душевнобольным? Я надеюсь, что Господь не отнимет у меня разум. *Мне страшно, Миллер...* Я слышал такие жуткие истории об этих французах. Вы же знаете, какие они... вы знаете, что они спокойно дадут вам умереть у них на глазах. У них нет сердца! Только деньги, деньги, деньги. Боже упаси меня, Миллер, от того, чтобы я пал так низко, чтобы просить их о милосердии! Сейчас, наконец, у меня есть carte d'identitè*. Они сделали из меня *туриста*, эти ублюдки! Они попросту не думают о том, что человеку надо на что-то существовать. Я иной раз сижу и смотрю на проходящих мимо людей. Мне кажется, у любого из них есть занятие, кроме меня. И спрашиваю себя: *Макс, что в тебе не так*? Почему я должен весь день сидеть и ничего не делать? Это меня пожирает. В оживленный сезон, когда есть работа, первый человек, к которому они обращаются, это я. Они знают, что Макс – хороший гладильщик. *Эти французы!* Что они понимают в глажении? Макс должен показывать им, как это делается. А они платят мне по два франка за час, потому что я не имею права работать. Вот так используют белого человека в этой вшивой стране. Они превращают его в бездельника!

Примерно минуту Макс молчит, потом начинает снова:

«Вы говорили о Южной Америке, Миллер, о том, что там я мог бы начать все сначала и встать на ноги. Я пока не старый человек, я только *морально* подавлен. Двадцать лет я занимался

*Удостоверение личности (*фр.*).

тем, что гладил. Скоро я стану слишком старым для такой работы... моя карьера кончена. Если бы я мог найти какую-нибудь легкую работу, такую, где не пришлось бы орудовать руками... Вот почему я хотел стать interprète. После того, как вы двадцать лет держите в руках утюг, ваши пальцы утрачивают гибкость и подвижность. Я чувствую себя недовольным собой, когда думаю об этом. Целый день стоять у горячего утюга... а запах! Когда я о нем вспоминаю, меня начинает тошнить. Разве это правильно, чтобы человек по целым дням торчал над горячим утюгом? Зачем же тогда Господь дал нам траву и деревья? Разве у Макса нет права радоваться им? Должны ли мы быть вечными рабами нашей жизни – делать деньги, деньги, деньги?..»

На террасе кафе, после того, как мы выпили кофе, я отделываюсь от Макса. Ничего не решено, но я обещаю поддерживать с ним связь. Я иду по бульвару Сен-Мишель мимо Люксембургского сада. Думаю, Макс сидит там, где я его оставил. Я посоветовал ему посидеть там некоторое время, прежде чем возвращаться в свою комнату. Я знаю, что долго он там не просидит. Вероятно, уже встал и двинулся в свой обход. Это все-таки лучше – бродить в надежде выклянчить несколько су, а не сидеть на месте, ничего не делая. Сейчас лето, и в городе немало американцев. Беда в том, что у них не так много денег на расходы. Не то что в двадцать седьмом или двадцать восьмом годах, когда у них было полно наличных. Теперь они надеются хорошо провести время на пятьдесят франков.

Возле Обсерватории тихо, как в могиле. Возле обвалившейся стены маячит одинокая проститутка, настолько безразличная ко всему, что даже не подает знак. Возле нее куча мусора: сухие листья, старые газеты, консервные жестянки, обломанные ветки, окурки. Вид у проститутки такой, словно она готова свалиться на эту кучу дряни и на том покончить.

Я иду по улице Сен-Жак, и в голове у меня полный беспорядок. Эта улица являет собой одну длинную живописную трущобу. В каждой паршивой маленькой лачуге – радио. Словно галлюцинация доносятся из каждой темной дыры по обе стороны от меня приглушенные голоса американских эстрадных певцов. Это как нелепая комбинация из дешевой лавчонки и средних веков. Ветеран войны катится в кресле на колесах, сбоку пристроены его костыли, а позади него огромный лимузин дожидается, когда освободится проезд и можно будет мчаться дальше на полной скорости. Из радиоприемников все на той же волне доносится тошнотворный американский шлягер *«Я верю в чудеса!»*. Чудеса! Чудеса! Даже сам Господь всемогущий не мог бы совершить здесь чудо. *Ешь, пей, тело мое пострадало ради тебя*! В окнах магазинчиков, торгующих атрибутами религии, недорогие распятия напоминают о вечности. Бедный еврей был распят на кресте во имя того, чтобы мы обрели жизнь вечную. И мы обрели... цемент, и шины, и радио, и громкоговорители, и шлюх с деревянными ногами, и предметы потребления в таком количестве, что не стало работы для голодающих... *Мне так страшно подолгу оставаться в одиночестве*! На шестом этаже, когда он входит в свою комнату, пот льется ручьем у него по лицу — *как будто на нем маска*! Ничто не заставило бы меня заплакать, хоть воткните в меня кинжал, *а теперь я стал плакать без причины*! Я плачу и плачу и не могу остановиться. *Вам не кажется, Миллер, что я схожу с ума*? Сходит ли он с ума? Господи, Макс, я только и могу сказать вам, что весь мир сходит с ума. Вы безумны, я безумен, все безумны. Весь мир полон гноя и скорби. Вы завели свои часы? Я знаю, что у вас они есть, — видел, как вы доставали их из кармана жилетки. Неважно, что дела плохи, вы все равно хотите знать, который час. Я скажу вам, Макс, который теперь час — с точностью до секунды. *Осталось пять минут до конца.* Конец наступит ровно в полночь. И тогда вы спуститесь по лестнице, выбежите на улицу и сбросите с себя одежду. Все бросятся на улицу в чем мать родила. Для того они и натянули тент нынче вечером. Они готовились к чуду. Вы помните молодую женщину, которая высунулась из окна? Она мечтала о рассвете, о том, какой красивой она будет выглядеть, когда спустится вниз, в толпу, *и люди увидят ее во плоти.*

Полночь.

Ничего не произошло.

Восемь утра. Идет дождь. День как день.

Полдень. Почтальон приносит *pneumatique**. Небрежный почерк кажется знакомым. Я распечатываю письмо. Оно от Макса, как я и думал.

* Пневматическая почта (*фр.*).

«Моим дорогим друзьям Миллеру и Борису я пишу эти несколько строк встав с постели и сейчас три часа утра. Я не могу спать, очень нервный, я плачу и не могу перестать, в ушах у меня звучит музыка, но на самом деле я слышу крики на улице, я думаю это сутенер бьет шлюху – это ужасный шум, я не могу его вынести, из крана в раковину капает вода, я не могу уснуть и я читаю вашу книгу Миллер чтобы успокоиться, она занятная но просто нет терпения дождаться утра и я выйду на улицу как только рассветет. Ночь долгая и мучительная хотя я не очень голодный но я боюсь того что со мной может случиться – я себя уговариваю но не могу справиться с собой. Миллер я не хочу чтобы вы мне еще помогали. Я хочу сказать вам, ведь я не ребенок? У меня нет куража, неужели я теряю разум? Дорогой Миллер, не думайте что я в вас нуждаюсь из-за денег, я просто хочу общаться с вами и с Борисом, никаких денег, я нуждаюсь только в моральной поддержке. Я боюсь своей комнаты, я боюсь спать один – это конец моей карьеры? Так мне кажется. Я проиграл последнюю карту. Я жду утра чтобы выйти на улицу. Я прошу Господа помочь мне пережить эту ужасную ночь, да, это воистину ночь мучений. Не могу выносить жару и атмосферу моей комнаты. Я не пьян поверьте мне когда я пишу это письмо время идет быстрее и я словно разговариваю с вами и немного утешаюсь но я боюсь быть один. Что такое, это просто пошел дождь а я смотрю в окно, и мне хорошо, дождь говорит со мной но утро никак не приходит и этой ночи нет конца. Я боюсь французы уничтожат меня из-за болезни потому что я иностранец. Миллер, скажите мне правда ли что мне говорили будто французы уничтожают иностранца если он болен и у него никого нет и они его не лечат даже если есть шанс. Я боюсь как бы они меня не уничтожили, тогда я больше не увижу света дня. Но нет, я должен быть смелым и владеть собой но я не хочу сейчас выходить на улицу, полиция может составить фальшивый протокол, но мне надо выйти на улицу потому что я не могу оставаться в комнате, но я очень боюсь каждую ночь, я боюсь. Дорогой Миллер, можно мне повидаться с вами? Я хочу немного с вами поговорить. Мне не надо денег. Я схожу с ума. Искренне ваш Макс».

Берта

ЭТОТ ТЕКСТ ВОССОЗДАН НА ОСНОВАНИИ ЧЕРНОВОГО *оригинала под названием «Мара-Мариньян», который, как мне кажется, я написал незадолго перед отъездом из Парижа, хотя я мог написать его и в Нью-Йорке вскоре после возвращения из Европы. Дело в том, что я пытался восстановить эту историю так, как я излагал ее своему другу в Париже почти немедленно по следам событий. Должно быть, я переписывал все это раз пять или шесть. Потом рукопись затерялась и обнаружилась только через пятнадцать лет. Я решил включить рассказ в сборник под названием «Тихие дни в Клиши»*[1]*, но при подготовке текст пришлось немного изменить. Рассказ можно считать близким по теме «Мадемуазель Клод», – оба рассказа – личная дань проституткам Парижа. Нет нужды говорить, что это история истинная и «неприкрашенная».*

Это страничка из жизни проститутки, которую я встретил давным-давно однажды вечером на Елисейских полях. *Filles de joie**, промышляющие на этих блаженных полях, не из тех, кто работает на пустой желудок. Берта была исключением. Поэтому я и пишу о ней.

Я наткнулся на нее по дороге в кафе «Мариньян». На ней было блестящее черное платье, а вокруг шеи – узенькая меховая горжетка, заметно попорченная мышами. Было довольно прохладно, однако я этого почти не замечал, так как совсем недавно съел превосходный обед и принял, как говорится, полный мех вина. Я двигался не спеша в поисках спокойного местечка, где можно было бы приземлиться и выпить крепкого черного кофе.

Берта, видимо, заметила, что кто-то к ней приглядывается, – она находилась всего в нескольких футах от меня – и повернула голову, когда я ускорил шаг и приблизился к ней. В

* Девочки для радости (*фр.*).

этот вечер ботинки у меня были начищены до блеска – настоящее событие! – и я считал, что выгляжу, как миллион долларов. Шляпа заломлена набекрень, и это должно было подсказать девушке, что я американец. Иначе говоря, простак. При мне было больше денег, чем обычно, и как я уже сказал, я был озабочен только тем, чтобы найти приятное местечко, где можно приземлиться и выпить чашечку крепкого, горького кофе. Поэтому, когда она бросила: «Хелло, куда это мы держим путь?», я счел вполне естественным взять ее за руку и сказать: «А никуда. Давай посидим где-нибудь и выпьем».

До кафе «Мариньян» оставались считанные шаги; терраса была утыкана столиками с полосатыми зонтиками над каждым, хотя в этот вечерний час не было необходимости в тени. Меня с ходу заинтриговало настойчивое желание девицы говорить по-английски. Это был английский, который она подцепила то ли в Панаме, то ли в Коста-Рике, где заправляла ночным клубом. Она явно побывала во всех уголках Центральной Америки – и не в качестве проститутки.

Она начала долгое повествование о парне по имени Уинчел, который был членом какого-то «атлетического клуба» в Нью-Йорке. Настоящий джентльмен и обращался с ней прекрасно. Он представил ее своей жене, и они втроем побывали в Довиле и в других местах. Так она рассказывала. Думаю, рассказывала правду, потому что *существуют* психованные американцы вроде этого мистера Уинчела, которые разъезжают по всему миру и время от времени проявляют повышенный интерес к шлюхам. Иногда они даже пытаются сделать из проститутки настоящую леди. (Кстати, это не столь уж трудная задача, как многие воображают.) Но если, как это было в данном случае, шлюшка и в самом деле ведет себя как леди, жена неизменно начинает ревновать. Однако, как говорила Берта, этот Уинчел был настоящим принцем, да и жена ничего себе. Она, само собой, взвилась до небес, когда поступило предложение спать втроем в одной постели, но ее возмущение было вполне естественно. Берта охотно извинила ее.

Тем не менее Уинчел уже уехал, и деньги, которые он оставил Берте, кончились. Это произошло быстро, потому что не успел Уинчел исчезнуть, как вернулся Рамон. Он жил некоторое время в Мадриде, пытался управлять кабаре, открытым для Берты, но тут разразилась революция[2], и Рамону пришлось уносить ноги. Он добрый товарищ, этот Рамон, Берта ему верила безоговорочно. Теперь он тоже уехал, и Берта не имела представления, где он находится, но была уверена, что он пошлет за ней, как только дела пойдут на лад. «Я в этом убеждена», – повторяла она.

Все это время мы потягивали свой кофе. Берта вела повествование на том английском, который она, как я уже отмечал, подхватила где-нибудь в Панаме или Коста-Рике, а может, это был Сан-Сальвадор. Наконец, после короткой паузы она спросила, чем я занимаюсь в Париже и не голоден ли я. Я сказал, что никоим образом не голоден, поскольку совсем недавно принимал участие в великолепном пиршестве. Прежде чем ответить на другой ее вопрос, я поинтересовался, что она предпочитает, бренди или ликер. И заметил, что, выслушав мое предложение, Берта поглядела на меня немного странно, как-то чересчур пристально. На мгновение я почувствовал себя неловко. Я заподозрил, что она снова думает о мистере Уинчеле и о том, каким принцем *он* был. Ну и так далее. Я поспешил заметить как бы вскользь и со всей доступной мне небрежностью, что мистер Уинчел и я происходим из разных миров. Я намеренно уточнил это, чтобы Берта усекла что к чему. Потом я ей честно сообщил, сколько денег у меня в кармане, – сумма в конце концов была не колоссальная – и добавил беззаботно, что настроен их потратить.

Тут Берта наклонилась через стол и сказала, что она голодна, очень голодна. Я был изумлен. Я ожидал чего угодно, только не этого. В то же время мне это понравилось. «Почему бы нам не войти в зал? – предложил я. – Мы можем поесть прямо здесь». Большинство женщин, если они голодны, *очень голодны*, сказали бы «да». Но не Берта. Нет, она вовсе не мечтает поесть у Мариньяна, это слишком дорого. Почему бы нам не пойти в какой-нибудь дешевый ресторанчик, ей все равно куда, тут поблизости их полно. Я ей напомнил, что в этот час многие ресторанчики закрываются, но она настаивала, чтобы мы все-таки попытались.

Внезапно она позабыла о терзающих ее муках голода и, склонившись ко мне, словно собиралась доверить нечто деликатное, стала мне втолковывать, каким отличным парнем она меня считает, а за этим последовала история ее жизни в Центральной Америке, перемешанная с рассуждениями о мистере Уинчеле, Рамоне, революции и так далее. В конечном итоге это бурление свелось к тому, что она не создана быть проституткой, никогда к этому не привыкнет и всегда чертовски уставала из-за этого. Я первый мужчина, утверждала она, который отнесся к ней как к человеку. Первый мужчина за долгое, долгое время. Одно удовольствие, добавила она, сидеть и разговаривать вот так. Но тут наступил новый приступ голода, и Берта, слегка вздрогнув, поплотнее закутала горло в свой немыслимый драный мех. Руки у нее покрылись гусиной кожей. Нелепыми казались ее старания улыбаться и принимать беззаботный вид: голодна, но не слишком голодна, нетерпелива, но не слишком. А вот ее речь казалась нелепой слишком. Почти истерическая, подумал я. Только что она заявила, что мужчина, который берет ее, получает чистое золото, после чего выложила руки на стол ладонями вверх. «Посмотри на меня, – попросила она. – *Je ne suis plus belle** ». «Ты даже слишком красива», – сказал я. «Ничего подобного! – воскликнула она. – Когда-то я *была* красива, но больше уже нет. Я устала, вот в чем дело. Устала от всего. Я не гожусь для этого рэкета. Я всегда *зарабатывала* на жизнь...» И она снова показала мне свои руки.

Я подумал, что пора нам пойти и поискать тот самый уютный маленький ресторанчик, который, как она уверяла, мы непременно найдем. Я сказал об этом вслух, и Берта согласилась. «Хорошо, идем», – произнесла она и окинула террасу взглядом, как будто кого-то искала; это был быстрый взгляд украдкой, за которым последовала высказанная шепотом просьба: «Ты не мог бы подождать меня здесь несколько минут?»

Она быстро объяснила, что у нее назначено свидание с одним старым чудиком поблизости, в кафе на этой же улице. Она сомневается, что он еще там, уж слишком мы заболтались, но попытаться все же стоит. Это связано с небольшими деньгами. Она быстро от него отделается и вернется ко мне.

Я сказал, пусть идет, если так для нее лучше. Обещал подождать в течение разумного времени, но если она не вернется, то ничего страшного. Я наблюдал, как она переходит улицу и направляется в кафе, о котором упоминала. Я не думал, что она вернется, и не верил, что ее дожидается какой-нибудь богатый старый чудак. И еще я гадал, похожи ли все американ-

* Я уже больше не красива (*фр.*).

цы на мистера Уинчела – на взгляд обычного прохожего. Я чувствовал себя сейчас примерно так, как, вероятно, чувствовал себя мистер Уинчел в затруднительных случаях своей жизни.

К моему удивлению, Берта вернулась меньше чем через десять минут. Непонятно, то ли она была разочарована, то ли нет. Ровным голосом произнесла, что мужчины редко держат слово. Мистер Уинчел, само собой, это другое дело. Он всегда держал слово. Странно, однако, что он обещал регулярно писать ей и прислать еще денег, но вот уже три месяца, как от него нет известий. Она принялась рыться у себя в сумочке, чтобы достать открытку от него; она полагает, что если бы написать ему письмо на хорошем английском, такое письмо мог бы написать для нее я, то мистер Уинчел ответил бы. Но Берта не нашла открытку. А помнила она только то, что мистер Уинчел живет вместе со своей женой в атлетическом клубе. В эту минуту к нам подошел официант, и Берта заказала еще чашку черного кофе. Я подумывал, где же мы в такой поздний час найдем славный, уютный, удобный, недорогой ресторанчик. «Кофе полезно для нервов», – сказала Берта, растирая руки, чтобы восстановить кровообращение.

Я все еще раздумывал о мистере Уинчеле и о том странном атлетическом клубе, в котором он вроде бы проживает, и очнулся оттого, что Берта заговорила со мной, понизив голос: «Я не хочу, чтобы ты тратил на меня уйму денег. Мне не нужны твои деньги, мне нравится просто говорить с тобой. Ты не понимаешь, как это замечательно, когда с тобой обращаются как с человеком». Ее снова прорвало, и она снова заговорила о мужчинах, которых знала в Панаме и других местах, и как это ничего не значило, потому что они любили ее, а она любила их, и они будут помнить ее всегда, потому что, когда она отдавалась мужчине, он получал чистое золото. Она снова посмотрела на свои руки, потом улыбнулась мне слабой улыбкой и получше закутала горло своей горжеткой. Я посмотрел на нее серьезно, с нежностью, глубоко тронутый ее простыми словами. То была правда, которую она дарила мне, ничем не приукрашенная правда. Чтобы упростить для нее положение, я предложил – быть может, слишком резко, – чтобы она приняла от меня все деньги, какие были при мне, в подарок, а потом бы мы с ней разделили компанию. Таким образом я пытался довести до ее сознания мысль, что она мне ничем не обязана и я не претендую на благодарность за такую мелочь, как ужин. Я намекнул, что, может, она предпочитает побыть одна, пойти куда-нибудь и крепко выпить или просто выплакаться наедине. Я повернул дело таким образом потому, что она говорила о себе с предельным отчаянием. Казалось, она создала внутри себя какую-то другую Берту, молодую и талантливую, которая могла любить мужчину бескорыстно, не ожидая платы; эта другая Берта душила ее, превращала в существо возбужденное и истерическое. В довершение всего она почему-то умудрилась отождествить меня с мужчинами, которых она любила, которым отдавалась и которые, как она уже говорила, должны были помнить ее вечно. Из деликатности я попросил ее говорить по-французски; я не хотел, чтобы она уродовала печальные, нежные, мучительные мысли, выражая их на том английском, который она вывезла из Коста-Рики.

«Я тебе скажу, – выпалила она в ответ, – что если бы на твоем месте был кто-то другой, я давным-давно перестала бы говорить на английском. Для меня утомительно говорить по-английски. Но сейчас я не устала. Я считаю, что приятно говорить по-английски с человеком, который смотрит на тебя как на женщину. Бывает, когда я с мужчиной, он вообще не говорит мне ни слова. Ему безразлично, кто я, ему нужно только мое тело. Что я могу дать такому типу? Но ты попробуй меня и поймешь, какая я страстная. Настоящий огонь!»

В такси, уносящем нас к авеню Ваграм, она вдруг потеряла терпение. Пожелала узнать, куда это я ее везу. Звучало это почти панически. «Мы сейчас на авеню Ваграм», – ответил я, когда мы повернули туда с площади Этуаль. Она отреагировала так, словно в жизни не слышала о такой улице. Потом, обратив на меня взгляд, полный изумления, наклонилась и укусила мою губу. Укусила больно. Я притянул ее к себе и прижался губами к ее губам. Ее платье задралось, открыв колени; я скользнул рукой вверх по обнаженному телу. Она снова принялась кусать меня – сначала губы, потом шею, потом ухо. Потом вдруг вырвалась из моих объятий со словами: «*Zut alors*[*], подожди! Не торопись».

Намеренно или по рассеянности наш водитель проехал то место, которое я ему называл. Я перегнулся через спинку сидения и велел ему вернуться на площадь Ваграм. Когда мы

[*] Подожди немного (*фр.*).

вышли из машины, вид у Берты был ошарашенный. Мы стояли у большого кафе, похожего на кафе «Мариньян»; играл оркестр, на террасе за столиками было полно народу. Она не хотела заходить в зал, мне пришлось ее упрашивать.

Сделав заказ официанту, она извинилась передо мной и удалилась в уборную. Когда она вернулась, я невольно обратил внимание на то, насколько убого выглядит ее наряд. Ожидая, пока подадут суп, она достала длинную пилку для ногтей и принялась приводить ногти в порядок. Кусочки лака отлетали, и ногти после этой процедуры отнюдь не похорошели – лучше бы она их не трогала. Наконец принесли суп, и она отложила пилку в сторону. Рядом с пилкой лежала и расческа, на которой оставалось несколько волосков. Я поскорее намазал маслом ломтик хлеба для Берты, она взяла его и покраснела. Теперь она явно стыдилась своих рук, которые недавно так смело мне показывала. Они так и остались грязными, пальцы в пятнах от никотина.

Пока мы ждали заказанного ею *gigot**, она с жадностью съела несколько кусочков хлеба, опустив голову, словно стеснялась своего аппетита. Однако минуту или две спустя она неожиданно подняла глаза и сжала мою руку. «*Ecoute, chèrie***, – сказала она по-французски, но тут же перешла на английский. – То, как ты говорил со мной... Я никогда этого не забуду. Это для меня значит больше, чем если бы ты предложил мне тысячу франков. – Она запнулась на минуту, обдумывая, как лучше выразить свою мысль. – Ты ничего не говорил об этом, но если бы ты захотел... ну...»

Я прервал ее: «Давай не будем сейчас говорить об этом. Не то, чтобы я не хотел тебя... это было бы ложью... но не сегодня ночью».

Она опустила глаза. «Берта понимает, – произнесла она. – Берта не хотела бы испортить твой дружеский жест, но... – Она принялась рыться в сумочке. – Вот, в любое время, когда ты захочешь меня увидеть... Я имею в виду, что платить мне ты не должен, понимаешь? Ты мог бы позвонить мне... *завтра*, например... Я бы хотела пригласить *тебя* пообедать вместе». Она все еще продолжала рыться в сумочке в поисках клочка бумаги. Я оторвал кусок от большой бумажной скатерти на

* Жиго, жаркое из баранины (*фр.*).

** Послушай, дорогой (*фр.*).

столе, и Берта нацарапала на нем крупными неуклюжими буквами свое имя и адрес. Я сразу увидел, что фамилия у нее польская. Улицу с таким названием я не мог припомнить. «Это в квартале Сен-Поль, – объяснила она. – Но, пожалуйста, не заходи в отель, я там живу временно». Я снова взглянул на название улицы; что-то мне не помнилось, чтобы я видел в этом квартале улицу с таким названием. Да и в любом другом квартале тоже.

«Значит, ты полька?» – спросил я.

«Нет, – ответила она. – Я еврейка. Я родилась в Польше. Это не мое настоящее имя».

За едой я обратил внимание на мужчину за соседним столиком. Пожилой француз, казалось, полностью был погружен в свою газету. Однако время от времени он поверх этой своей газеты изучающим взглядом посматривал на Берту. Лицо у него было приятное, и выглядел он вполне прилично. Я понял, что Берта тоже заметила его присутствие и приглядывалась к нему. Мне любопытно было узнать, что она предпримет при данных обстоятельствах; я извинился и тоже спустился в туалет. Вернувшись, я по удовлетворенному и спокойному виду, с каким Берта попыхивала сигаретой, понял, что дело сладилось. Бросив взгляд на симпатичного француза, я увидел, что теперь он занят исключительно своей газетой. Ну что ж, все как надо.

Меня это не смутило и не расстроило. Я просто обдумывал, как мне улетучиться потактичней и поэлегантней, не создавая впечатления, что я еще один мистер Уинчел. Когда к нам снова подошел официант, я спросил у него, который час. Оказалось, что почти час ночи. «Мне пора идти, – сказал я. – Время позднее». Она положила свою руку на мою и посмотрела на меня с понимающей улыбкой. «Со мной тебе не надо притворяться, – проговорила она. – Ты такой добрый, ты все понимаешь, я просто не знаю, как тебя благодарить. Но не убегай вот так, *прошу тебя.* Он подождет. – Она кивнула на пожилого француза. – Давай пройдемся немного вместе».

Мы молча двинулись по маленькой боковой улочке. «Ты на меня не сердишься?» – спросила она немного погодя. «Разумеется, нет, – ответил я. – С какой стати?»

«Немногие мужчины поступили бы так, как ты», – сказала она, прижавшись ко мне на ходу, так что бедра наши соприкасались.

«Это нетрудно, – заметил я. – Само собой, если ты не влюблен».

Снова наступило молчание. Мы прошли почти целый квартал, не обменявшись ни единым словом.

«Давай пройдем здесь», – предложила она, когда мы дошли до улицы, которая полностью тонула в темноте.

Она крепче прижала меня к себе, мы шли нога в ногу. Я позволил Берте вести меня, как во сне, мимо темных стен безмолвных домов. Она что-то говорила хриплым голосом. Слова вылетали у нее изо рта, словно пена: они почти фосфоресцировали. Я не могу припомнить в точности, что она говорила, и не думаю, что *сама она* понимала, о чем говорит. Кажется, что-то неистовое о непреодолимой силе судьбы, и обращалась она скорее к себе, чем ко мне. Все это время она не отпускала мою руку, впиваясь в нее сильными пальцами, словно прикосновение ее тела могло придать особый смысл сс словам.

Внезапно она остановилась. «Почему ты не обнимешь меня? – вскричала она. – Почему не поцелуешь, как целовал в такси?»

Мы стояли возле какой-то двери. Я прижал ее к этой двери и обнял обеими руками. Она укусила меня за ухо. Я невольно отпрянул, но она обхватила меня за талию и, держа крепко, произнесла низким, жарким голосом: «Берта умеет любить. Тебе стоит только попросить, и ты получишь все, что пожелаешь. О, ты не понимаешь, что сделал для меня сегодня вечером. Ты не понимаешь, нет, не понимаешь».

Мы стояли вот так у двери, не знаю сколько времени. Кажется, целую вечность. Я не пытался отстранить ее. Она обнимала меня, кусала, льнула ко мне, как загубленная душа. И все что-то лепетала, словно исстрадавшийся ребенок.

Я чувствовал себя ужасно. Как будто я воспользовался ее слабостью, ее отчаянием.

Наконец мы разжали объятия, но кажется, обоим понадобилось для этого предельное усилие. Мы отошли от двери, и как будто очутившись в несуществующем пространстве, нигде, пожали друг другу руки. Я сказал: «До свидания» и пошел по улице. Вот так. Но едва я сделал несколько шагов, абсолютное молчание улицы внезапно стиснуло меня, точно в тисках. Я инстинктивно обернулся. Она была там, стояла на том же месте, где я ее оставил. И мы простояли так несколько минут, глядя друг на друга невидящими глазами. Я не мог разглядеть, что написано у нее на лице, я мог только предполагать это. Я вернулся к ней. Было необходимо сказать что-нибудь, неважно что именно. Мне хотелось сказать: «Возьми меня! Делай со мной, что хочешь! Не бросай!» Вместо этого я произнес: «Слушай, а что если его там уже нет?»

«Он там будет», – ответила она, однако слабый, неуверенный тон ее голоса опровергал слова.

«Послушай, Берта, – заговорил я, опуская руку в карман, – я ведь знаю, как это бывает. Лучше возьми вот. – Я втиснул ей в руку пачку банкнотов. – На всякий случай. – Я сомкнул ее пальцы над банкнотами; они лежали у нее в ладони, будто кучка сухих листьев. – Всего тебе хорошего. Bonne chance!*»

И я быстро пошел прочь.

Я дошел почти до угла, как вдруг услышал, что она меня зовет. Обернулся и увидел, что она бежит ко мне. «Ты ошибся! – задыхаясь, выкрикнула она и взмахнула у меня перед глазами крупной купюрой, которую сжимала в руке. – Посмотри!»

«Я не ошибся, – возразил я. – Это тебе».

«Mon Dieu!** – воскликнула она. – Этого много, слишком много. Ты не мог иметь в виду столько». С этими словами она подступила ко мне близко, очень близко и, обхватив меня руками, попыталась опуститься на колени.

Я рывком поднял ее. «Что с тобой? – сказал я, и голос мой был суров. – Неужели никто не относился к тебе прилично? *Никто*?»

Слова упали резко и грубо в безмолвную тишину. Я хотел попросить прощения, но не мог. Во рту у меня пересохло. И было поздно произносить другие слова. Она стояла, закрыв ладонями лицо, и вся содрогалась от рыданий. Они пугали, звуки этих рыданий, отражаясь эхом в гробовой тишине темной улицы. Я хотел обнять ее, хотел сказать ей что-то в утешение, но не мог. Я окаменел.

Потом я повернулся к ней спиной и пошел прочь. Все быстрее и быстрее я шел, пока трепетный звук ее плача не потонул в шуме ярко освещенных людных улиц.

* Удачи (*фр.*).

** Боже мой! (*фр.*).

Генри Миллер

ЭССЕ

АМФОРА

Вселенная смерти

ЭТОТ ТЕКСТ НА САМОМ ДЕЛЕ ПРЕДСТАВЛЯЕТ СОБОЙ *«коду» к моей работе о Д.Г.Лоуренсе, к потерпевшей неудачу книге, фрагменты из которой появлялись в разных изданиях. В течение более чем двух лет, начиная с пребывания в Клиши, я пытался изложить свою точку зрения на Лоуренса. Никогда еще я не работал столь упорно и усидчиво и в результате пришел к полной неразберихе. Пруста и Джойса я прочел еще в Америке, незадолго до своего отъезда в Европу. В Клиши я перечитал Пруста, на этот раз по-французски. (Я даже усадил одного австрийца, которого мы прятали от полиции, за обширные выписки из Пруста, которые я был намерен использовать впоследствии для работы.)*

В то время в моем представлении существовала связь между Лоуренсом, которым я главным образом интересовался, и Прустом и Джойсом. Теперь это для меня, скорее, безразлично. Связь заключалась, возможно, в том, что Лоуренс представлял жизнь, а двое других – смерть. Тогда у меня были планы насчет другой книги, которая так и не вышла в свет и в которой я собирался писать о тех, кто дарит жизнь, и о тех, кто питается смертью. Записная книжка того времени битком набита разного рода фактами, включая многочисленные цитаты из трудов «мыслителей».

Во время немецкой оккупации Европы этот текст был переведен на нидерландский язык и нелегально издан без моего ведома. Через несколько лет переводчик написал мне и прислал экземпляр своей работы; он сообщил также, что типограф был убит немцами за напечатание английского текста. Сам он лишь чудом избежал такой же судьбы.

Выбор Пруста и Джойса обусловлен для меня тем, что я считаю их наиболее представительными литературными фигурами нашего времени. Все, что происходило в литературе после Достоевского, происходило по другую сторону смерти. За исключением Лоуренса мы больше не имеем дела с живыми людьми, Слово которых есть нечто живое. Жизнь и творчество Лоуренса являют собой драму, которая сводится к попытке избежать смерти при жизни, смерти – если она осознана – приводящей к перевороту в нашем способе существования. Лоуренс познал эту смерть творчески, именно благодаря уникальному опыту его «неудача» совершенно иного порядка, нежели у Джойса и Пруста. Его тщетные усилия самореализации свидетельствуют о героической борьбе, и результаты этой борьбы плодотворны – во всяком случае, для тех, кого можно называть «аристократами духа».

Вопреки всему, что может быть высказано против Лоуренса как художника или как человека, он все еще остается наиболее живым и несущим жизнь из современных писателей. Пруст должен был умереть[1], чтобы начать свой великий труд; Джойс, хотя он еще жив, кажется даже более мертвым, чем когда-либо был Пруст. С другой стороны, Лоуренс все еще с нами: его смерть на самом деле всего лишь насмешка жизни. Лоуренс убил себя, стремясь разорвать оковы смерти при жизни. Мы получим тому убедительное доказательство, если проанализируем, к примеру, такое произведение, как «Человек, который умер»[2], давшее ему возможность, наслаждаясь обыденным течением жизни в тот период, прийти к состоянию мудрости, к полному тайны существованию, когда художник и человек приходят к примирению. Подобные люди воистину были редки в нашей западной цивилизации во все времена. Какие бы причины ни мешали в прошлом нашим гениям достигать подобного состояния совершенства, мы понимаем, что в случае Лоуренса бедность и бесплодность культурной почвы, на которой он родился, были причинами безусловно смертоносными. Только часть его натуры успела расцвести – остальное в нем было стиснуто и сдавлено стенками высохшего лона. В случаях с Прустом и Джойсом борьбы не было – они оба появились, глянули вокруг себя и вернулись обратно во тьму, из которой возникли. Родившись творческими личностями, они предпочли отождествить себя с историческим процессом.

Если существует решение жизненных проблем для всей массы человечества, в том биологическом континууме, к которому мы принадлежим, то, несомненно, почти нет надежды на это у творческого индивидуума, то есть художника. Для него проблема заключается не в том, как отождествить себя с массой, ибо это для него *истинная* смерть, а в том, как оплодотворить массы своим умиранием. Короче говоря, внести в наш негероический век трагическую ноту для него сейчас почти невыполнимая задача. Этого он может достичь лишь в том случае, если установит новую связь с миром, заново осознает смысл смерти (на чем зиждется все искусство) и творчески на это отзовется. Лоуренс понял это, и потому его творчество, каким бы условным оно ни выглядело чисто внешне, обладает качеством жизнеутверждения.

Тем не менее нельзя отрицать тот факт, что даже Лоуренс не был способен оказать сколько-нибудь видимое влияние на мир. Время сильнее людей, которых оно извергает. Мы находимся в тупике. У нас есть выбор, но мы не способны его сделать. Осознание этого побудило меня закончить мое длинное вступление к «Миру Лоуренса», дав этому последнему разделу название «Вселенная смерти».

Коль скоро творческая личность умирает, жизнь и смерть равноценны; это лишь вопрос контрапункта. Жизненно важно, однако, то, как и где такой человек встречает жизнь – или смерть. Жизнь может быть более мертвой, нежели смерть, а смерть, со своей стороны, может открывать дорогу к жизни. Вопреки стоячему болоту, в котором мы сейчас барахтаемся, Лоуренс остается блистательно живым. Нет нужды говорить, что Пруст и Джойс кажутся более выразительными: они *отражают* время. Мы не находим у них бунта – это капитуляция, самоубийство, и тем более горестное, что оно исходит из творческого источника.

Изучение двух этих современников Лоуренса позволяет нам увидеть процесс во всей его определенности и ясности. У Пруста полный расцвет психологизма – исповедальность, самоанализ, запрет на жизнь, превращение искусства в конечное оправдание и тем самым отделение его от действительности. Внутренний конфликт, в котором художник приносится в жертву. Огромная ретроспективная кривая назад, к утробе: подвешенность в состоянии смерти, умирание заживо для целей анатомирования. Приостановка вопрошания, никаких вопросов к грядущему, атрофия такой способности. Культ искусства ради него самого – не ради человека. Иными словами, искусство, рассматриваемое как средство спасения, как освобождение от страдания, как компенсация за ужас жизни. *Искусство как субститут жизни.* Литература отступления, бегства от жизни, невроза, но столь блестящая, что почти начинаешь сомневаться в действенности здоровья. До тех пор, *пока* не бросишь взгляд на этот «невроз здоровья», воспеваемый Ницше в «Рождении трагедии»[3].

У Джойса износ души прослеживается даже более определенно; по отношению к Прусту можно сказать, что он подготовил гибель искусства, но у Джойса мы уже наблюдаем весь процесс распада. «Кто, – говорит Ницше, – не только понимает слово «дионисическое», но и осознает *себя* в этом слове, тому не нужны опровержения Платона, или христианства, или Шопенгауэра, – *он обоняет разложение*». «Улисс» – это пеан[4] «человеку из мертвого города», гробокопательство, вдохновленное уродливым саркофагом, в котором лежит забальзамированная душа цивилизованного человека. Поразительно разнообразные и тонкие приемы искусства используются для прославления мертвого города. История Улисса – это история потерянного героя, излагающего утраченный миф; растерянный и одинокий, этот герой с ликом Януса бродит по лабиринту покинутого храма в поисках святилища, которое не может найти. Проклиная и понося породившую его мать, боготворя ее как шлюху, он ломает голову над бессмысленными загадками – таков современный Улисс. Он прокладывает себе путь сквозь мистерию множеств, этот герой, затерянный в толпе, поэт, отвергаемый и презираемый, пророк, взывающий и проклинающий, испачканный в навозе, изучающий собственные экскременты, демонстрирующий свой срам, потерянный, гибнущий мозг, аналитический инструмент, пытающийся восстановить душу. Через его хаос и непристойность, одержимость и комплексы, непрерывные, лихорадочные поиски Бога показывает Джойс отчаянное состояние современного человека, и этот человек, заключенный в клетку из стали и бетона, в конце концов признает, что выхода нет.

В этих двух представителях современности мы видим расцвет мифа о Гамлете-Фаусте, этой змеи с невырванным жалом во внутренностях человека, которая у греков представлена в мифе об Эдипе, а у всех народов арийской расы – мифом о Прометее. У Джойса не только лишенный силы, поблекший гомеровский миф обращен в пепел, но даже миф о Гамлете, который нашел высшее выражение у Шекспира, даже этот полный жизни миф, я бы сказал, стерт в порошок. У Джойса мы видим неспособность современного человека даже на сомнение: он предлагает нам подобие сомнения, а не его суть. У Пруста мы находим более высокую оценку сомнения, невозможности действовать. Пруст более *способен отразить* метафизический аспект вещей, отчасти благодаря традиции, прочно закрепившейся в культуре Средиземноморья, а отчасти благодаря собственному шизоидному темпераменту, позволившему ему объективно исследовать эволюцию жизненной проблемы от ее метафизического до ее психологического аспекта. Продвижение от неврастении к безумию, от трагического противоречия двойственности в человеке к патологическому раздвоению личности, как в зеркале, отражено в переходе от Пруста к Джойсу. В то время, как Пруст парил над жизнью в каталептическом трансе, взвешивающий, анализирующий и постоянно разъедаемый истинным скепсисом, который он сам и породил, Джойс уже бросился в бездну. Пруст еще задается вопросом о ценностях; у Джойса мы находим отрицание всех ценностей. У Пруста шизофренический аспект его творчества не столько причина, сколько результат его мировоззрения. У Джойса нет мировоззрения. Человек возвращается к первозданным элементам; его уносит космологический поток. Части его могут быть разбросаны по чужим берегам и чуждым странам, заброшены в некое будущее время. Однако человек как нечто цельное, как живое одухотворенное единство, распался. Это распад тела и души, нечто вроде бессмертия на уровне клеток, жизнь в которых поддерживается химически.

Пруст в своем классическом отступничестве от жизни – истинный символ художника нашего времени, больной гигант, который запер себя в обложенной пробкой могиле, чтобы использовать свои мозги без помех. Он есть олицетворение последней и роковой болезни: *болезни разума.* Джойс в «Улиссе» являет нам полную идентификацию художника с саркофагом, в котором тот хоронит себя. «Улисса» называли воплощением «оцепеневшего города». Я бы сказал иначе: это город мертвого мира. Под внешним динамизмом такого города скрываются потрясающая слабость, однообразие, невыносимая усталость. Таким образом, в произведениях Пруста и Джойса заявляют о себе одни и те же качества. Бесконечная протяженность времени и пространства, подчинение закону инерции как бы во имя искупления или компенсации отсутствия более высоких побуждений. Джойс выбирает Дублин с его изношенными, усталыми типами; Пруст – микроскопический мирок предместья Сен-Жермен[5], символ мертвого прошлого. Один изнуряет нас огромным размером созданного им искусного полотна; другой утомляет тем, что превращает окаменелость с ноготь величиной в средство познания вселенной. Для одного вселенная воплощена в городе, для другого – в атоме. Занавес никогда не опускается. Между тем мир живых мужчин и женщин теснится за кулисами, громко требуя места на сцене.

В этих эпических поэмах все имеет равную известность, равную ценность – духовную или материальную, органическую или неорганическую, живую или абстрактную. Строение и содержание этих произведений приводят на память интерьер лавки старьевщика. Попытка прийти в соответствие с пространством, освоить его, встроить себя в течение времени обречена в самой своей сути. Разум дичает. К нашим услугам бесплодие, онанизм и бессодержательная болтовня. И чем колоссальнее замысел произведения, тем чудовищнее провал!

По сравнению с этими мертвыми лунами как утешительны маленькие произведения, которые рассыпаны, точно яркие звезды! Рембо, например! Его «Озарения»[6] перевесят целую полку книг Пруста, Джойса, Паунда, Элиота и так далее. Разумеется, бывают времена, когда колоссальное произведение вызывает восторг, когда, как у Баха или Данте, оно выстроено по внутреннему плану в соответствии с органическим механизмом веры. В этом случае произведение искусства принимает форму и размеры кафедрального собора, подлинного древа жизни. Однако при деятелях культуры наших дней великие монументы повержены в прах, они лежат словно огромные окаменевшие леса, а весь ландшафт превращен в *натюрморт*.

Хотя мы, как утверждает Эдмунд Уилсон[7], «обладаем Дублином видимым, слышимым, обоняемым и осязаемым, осмысляемым, воображаемым, вспоминаемым», это, в глубоком смысле слова, вовсе не обладание как таковое: это обладание через посредство глухих закоулков мозга. Как натуралистическое полотно «Улисс» обращается только к чувству обоняния: он издает всеподавляющий запах покойницкой. Это не реальность природы и еще менее реальность пяти чувств. *Это больная реальность воображения.* Таким образом, если мы и обладаем Дублином, то лишь как тенью, бредущей по развалинам Трои и Кносса; историческим прошлым, извлеченным из геологических пластов.

Обращаясь к книге «Работа двигается»[8], Луи Жилле, страстный поклонник Джойса, говорит: «Видно, как связываются между собой темы в этой странной симфонии; люди сегодня – игрушки природы, как в начале творения; свои впечатления они превращают в мифы, включающие в себя фрагменты опыта, частицы реальности, которые удержались в памяти. Так создается легенда, некий вид вневременной истории, вобравший в себя осколки всех историй, и это можно назвать (заимствуя название у Иоганна Себастьяна Баха) кантатой для всех времен».

Слова звучат благородно, но они совершенно ошибочны. Вовсе не так создаются легенды! Люди, способные творить «вневременную историю», не из тех, кто создает легенды. Эти два типа не совпадают во времени и в пространстве. Легенда – это душа, вылившаяся в форму, поющая душа, которая не просто несет надежду, но содержит в себе некое обещание и его исполнение. Во «вневременном» перед нами предстает, с другой стороны, некое плоское пространство, мутный осадок, клоака без границ, без глубины, без света и тени – пучина, в которую погружается душа и тонет в ней безвозвратно. Это отмечает конец великой траектории, ленточный червь истории пожирает самого себя. Если это легенда, то она не выживет и, само собой, никогда не будет спета. Появление «Улисса» и книги «Работа двигается» едва ли случайно совпало с сухим анализом, археологическими раскопками, геологическими обзорами, лабораторными опытами над Словом. Комментаторы, это уж точно, только-только начали вгрызаться в Джойса. Немцы его прикончат! Они сделают его приятным на вкус, понятным, ясным, как Шекспир, *лучшим*, чем Джойс, *лучшим*, чем Шекспир. Ждите! Грядут мистагоги[9]!

Как хорошо сказал Жилле, «Работа двигается» представляет собой «картину текучих реминисценций, тщетных желаний и робких стремлений, которые бродят в нашей сонной, потерянной душе, включающей в себя и сумеречную жизнь мысли...». Но *кому* интересен этот язык ночи? «Улисс» был достаточно темным. Но «Работа двигается»?.. О Прусте мы по крайней мере можем сказать, что его близорукость послужила тому, что его произведения возбуждают, стимулируют: это все равно, что увидеть мир глазами лошади или мухи. Что касается деформации зрения Джойса, то она гнетущая, калечащая, принижающая: это дефект души, а не художественный, метафизический прием. Джойс с каждым днем слепнет все больше. Страсть ему заменяют книги; мужчин и женщин замещают реки и деревья – или призраки. Жизнь для Джойса, как говорит один из его поклонников, не более чем тавтология. Точно. В руках у нас ключ ко всему символизму поражения. Неважно, интересуется ли Джойс историей или нет, но сам он и *есть* история нашего времени, века, который скатывается во тьму. Джойс – слепой Мильтон наших дней. Но если Мильтон прославлял Сатану, то Джойс из-за атрофии зрения попросту подчиняется власти тьмы. Мильтон был бунтарем, демонической силой, голосом, который заставил себя слушать. Слепой Мильтон, как и глухой Бетховен, только набирал мощь и красноречие; внутренний глаз, внутреннее ухо все больше приходили в гармонию с космическим ритмом. Джойс – нечто совсем иное, это слепая и глухая *душа*: голос его звучит над пустынной землей, и отзвуки его – всего лишь эхо потерянной души. Джойс –заблудшая душа в бездушном мире. Его интерес обращен не к жизни, не к людям и поступкам, не к истории, не к Богу, но к мертвой пыли книг. Он верховный жрец безжизненной литературы наших дней. Он пишет иератическим[10] письмом, которое не в силах расшифровать даже его поклонники и последователи. Он похоронил себя под обелиском, и к надписи на нем нет ключа.

Интересно проследить в произведениях Пруста и Джойса, а также и Лоуренса, как среда, породившая каждого из них, определяла выбор протагониста и природу недуга, против которого они воюют. Джойс, выходец из среды духовенства, делает Блума, своего «среднего человека», или двойника, превосходной мишенью для насмешек. Пруст, родившийся в культурной семье среднего класса, но постоянно живший за пределами общества, будучи *терпимым*, делает Шарлюса, своего главного героя, предметом горького осмеяния. А Лоуренс, вышедший из низов, создает тип Меллора, который выступает в некоем разнообразии идеальных ролей, обычно как человек почвы, надежда автора на будущее, однако обращается он с ним не менее беспощадно. Все трое идеализируют в личности героя те качества, которые полностью отсутствуют у них самих.

Джойс, ведущий свою генеалогию от средневекового ученого, с кровью священника в жилах, снедаем своей неспособностью принимать участие в ординарной, повседневной жизни человеческих существ. Он создает Блума, тень Одиссея, Блума – Вечного Жида, символ гонимого ирландского народа, чья трагическая история так близка сердцу автора. Блум есть отражение внутренней обеспокоенности Джойса, его неудовлетворенности миром. Это человек, не понятый и презираемый миром, отвергаемый миром потому, что он и сам отвергает его. Нет ничего странного, как это могло бы показаться на первый взгляд, в том, что в поисках двойника Дедалу Джойс остановился на фигуре еврея; инстинктивно он выбрал тип человека, который всегда давал доказательства своей способности пробуждать страсти и предрассудки мира.

Изображая Дублин, Джойс на самом деле представил нам созданную ученым-священником картину мира как таковую. Грязный Дублин! Он хуже Лондона или Парижа. Худший из всех возможных миров! В этой грязной клоаке мира в его истинном обличье мы находим Блума, вымышленный образ человека улицы, грубого, чувственного, назойливо любопытного, но лишенного воображения – образованного простофилю, загипнотизированного абракадаброй научного жаргона. Молли Блум, дублинская проститутка, – даже более удавшийся образ обыкновенного человека. Молли Блум – некий архетип вечной женственности. Она отвергнутая мать, которую ученый и священник в Джойсе должен был уничтожить. Она истинная шлюха мироздания. По сравнению с ней Блум – фигура комическая. Как любой заурядный человек, он медаль без оборотной стороны. И, как любой заурядный человек, он особенно смешон, когда становится рогоносцем. Это наиболее устойчивый, наиболее основательный отпечаток собственной личности, который «средний» человек оставляет в душе этой женщины нашего времени, но она этот отпечаток не принимает всерьез.

Шарлюс, с другой стороны, колоссальная фигура, и Пруст создал его в колоссальной манере. Как символ умирающего мира привилегированной касты, ее идеалов, норм поведения и так далее Шарлюс был выбран, обдуманно или нет, из передовой линии вражеских рядов. Пруст, как мы знаем, находился вне того мира, который он так подробно описывал. Как предприимчивый маленький еврей, он пробивал себе путь или, вернее, пробирался ползком в этот мир – с бедственным результатом. Всегда такой застенчивый, скромный, неловкий, смущенный. Всегда немного смешной. Этакий культурный Чаплин! И что характерно, этот мир, в который он так пылко стремился войти, он в конце концов стал презирать. Это еще одно повторение извечной борьбы евреев с враждебным миром. Сначала нескончаемые усилия сделаться его частью, а потом, из-за невозможности в нем ассимилироваться, отрицание или разрушение этого мира. Но если это механизм, типичный для еврея, то он не менее типичен и для художника. И, будучи истинным художником, предельно искренним, Пруст выбрал лучший образец из этого чуждого мира для своего героя Шарлюса. Не стал ли он сам впоследствии, хотя бы отчасти, похожим на этого героя в неестественном своем стремлении ассимилироваться? Потому что Шарлюс, у которого был реальный прототип, не менее знаменитый, чем вымышленный персонаж, тем не менее есть воплощение позднего Пруста. Более того, он воплощение целого мира эстетов, которые ныне объединились под знаменем гомосексуализма.

Прекрасные фигуры бабушки и матери, разумная, трогательная, высоконравственная атмосфера дома, такая чистая и уравновешенная, такая целиком и полностью еврейская, противостоит эффектному, романтическому, чуждому миру Жантиля, миру, который и привлекает, и разъедает. Все это находится в резком контрасте со средой, из которой вышел Джойс. В то время как Джойс опирался на католическую церковь и ее традиционных мастеров толкования, полностью испорченный сухим интеллектуализмом его касты, в Прусте жила строгая атмосфера еврейского дома, зараженная влиянием враждебной культуры, наиболее прочно укоренившейся в западном мире, — французским эллинизмом. Мы имеем дело со стесненностью, неумением приспособиться к обстановке, с битвой в духовной сфере, отраженной в романе и пронизывающей всю жизнь его автора. Пруст был затронут французской культурой лишь поверхностно. Его искусство отнюдь не французское. Стоит только вспомнить о его искреннем восхищении Рескином. Рескин! Один из всех!

Описывая разложение его маленького мирка, микрокосма, который был для него вселенной, изображая распад личности своего героя Шарлюса, Пруст воспроизводит перед нами крушение внешнего и внутреннего мира. Любовная коллизия, которая вполне нормально начиналась с Жильбертой, переходит, как это случается сплошь и рядом в наши дни, в тот план искаженного чувства, при котором понятие пола как бы размывается, а сомнение и ревность, сорвавшись с обычных осей, начинают играть дьяволические роли. В то время как в мире Джойса полностью нормальная непристойность вливается в скользкий, мутный поток, в котором вязнет жизнь, в мире Пруста, наоборот, извращение, потеря пола распространяется, словно чума, и разъедает все.

В анализе и в изображении распада у Пруста и Джойса нет равных, за исключением, быть может, Достоевского и Петрония[11]. Оба *объективны* в своей трактовке, у обоих классические приемы литературной техники, при всем их романтизме. Они натуралисты и представляют нам мир таким, каким они его видят; они ничего не говорят о причинах и не делают из своих открытий никаких выводов. Они пораженцы, люди, бежавшие от жестокой, пугающей, отвратительной действительности в мир ИСКУССТВА. Дописав последний том с его памятным трактатом об искусстве, Пруст возвращается на свое смертное ложе, чтобы переработать страницы об Альбертине. Этот эпизод — сердцевина и наивысшая точка его великого произведения. Именно он образует арку над входом в Ад, в который спустился зрелый Пруст. Потому что если бы он, зайдя еще дальше в лабиринт, бросил взгляд на то, что оставил позади, он должен был бы увидеть в фигуре женщины свой образ, в котором вся жизнь отразилась, как в зеркале. Это был образ, который мучил его и лгал ему каждым своим пятнышком, потому что он проник в преисподнюю, где нет ничего, кроме теней и искажений. Мир, от которого он ушел, был мужским миром в процессе распада. Альбертина – это ключ, единственная нить в его руке, и эту нить, несмотря на все муки и горечь познания, он хочет удержать, не дать ей ускользнуть, ибо при ее помощи пробирается сквозь путаницу нервов, сквозь обширный подземный мир памятных чувств, в котором он слышит биение сердца, но не понимает, откуда оно идет и что означает.

«Гамлета» называли воплощенным сомнением, «Отелло» – воплощенной ревностью, и так оно, вероятно, и есть, *но* – эпизод с Альбертиной, созданный после промежутка в несколько столетий вырождения, представляется мне бесконечно более углубленным и сложным драматургическим анализом сомнения и ревности, чем «Гамлет» и «Отелло», а драмы Шекспира по сравнению с ним напоминают слабые наброски, которые позднее приняли форму и размеры огромной фрески. Ужасающие конвульсии сомнения и ревности, доминирующие в произведении, есть отражение той невероятной по напряженности борьбы с Судьбой, которая характеризует всю историю Европы. Сегодня мы видим вокруг себя тысячи Гамлетов и Отелло – таких Гамлетов и Отелло, какие и не снились Шекспиру: он вспотел бы от гордости, если бы мог встать из гроба. Тема сомнения и ревности, если оценивать только наиболее заметные ее аспекты, в действительности являет собой лишь отражение темы, намного более значительной, более сложной и разветвленной, которая обрела силу и *замутненность*, если можно так выразиться, в промежутке между Шекспиром и Прустом. Ревность – это маленький символ той борьбы с Судьбой, которая проявляет себя через сомнение. Яд сомнения, самоанализа, совестливости, идеализма, переливаясь в область секса, развивает удивительную бациллу ревности, которая, это ясно, будет существовать всегда, но которая в прошлом, когда жизнь шла интенсивно, занимала свое место и выполняла свою роль и свою функцию. Сомнение и ревность – те точки сопротивления, в которых великие люди оттачивают свою силу и созидают из нее свое возвышающееся сооружение, свой *мужской* мир. Сомнение и ревность превращаются в амок[12], потому что тело разрушено, дух ослаблен, а душа теряет свободу. И тогда микробы принимаются за свою опустошительную работу, и мужчины больше не знают, дьяволы они или ангелы, нужно ли избегать женщин или боготворить их, и есть ли гомосексуализм зло или благо. Сосуществование самых диких проявлений жестокости с безвольной уступчивостью приводит к конфликтам, революциям, всеобщей резне – *из-за пустяков, из-за ничего.* К примеру, как в последней войне. Утрата сексуальной полярности – лишь неотъемлемая часть более значительного распада, проявление духовной гибели, совпадающее с исчезновением великих людей, великих дел, великих причин, великих войн и так далее.

В том-то и состоит значение эпического произведения Пруста, что в эпизоде с Альбертиной перед нами проблема любви и ревности, изображенная в гаргантюанской манере; болезнь приобретает всеобъемлющий характер, раскрывая себя через извращение пола. Великие шекспировские драмы были всего лишь знамением недуга, который тогда только начинал свой ошеломляющий путь; в эпоху Шекспира он еще не вторгся во все пласты жизни и мог быть предметом героической драмы. Существовал человек и существовала болезнь, и конфликт становился материалом для драмы. Теперь яд находится в крови. Для таких, как мы, пожираемых вирусом, великие драматические темы Шекспира не более, чем хвастливая риторика, нечто вроде карточных домиков. Впечатление от них равно нулю. Нам сделали прививку. Но, читая Пруста, мы чувствуем изнашивание героического, исчезновение конфликта, капитуляцию, все сущее становится тем, что оно есть.

Я повторяю, что сегодня среди нас великие Гамлеты и великие Отелло, какие и не снились Шекспиру. Перед нами спелый плод, выросший из семян, посеянных старыми мастерами. Как некий удивительный одноклеточный организм в бесконечном процессе деления, эти типы наделили нас всеми разновидностями клеток, которые прежде входили в состав крови, костей, мышц, волос, зубов, ногтей и так далее. И вот в руках у нас чудовищный цветок, корни которого питались водой христианского мифа. Мы живем на руинах погибающего мира, среди той шелухи, которая должна сгнить для образования новой почвы.

Эта потрясающая картина мира как болезни, которую Пруст и Джойс явили нам, на деле, скорее, не картина, а исследование под микроскопом; то, что мы видим все в значительном увеличении, мешает нам признать это миром повседневности, в котором мы барахтаемся. Точно так же, как искусство психоанализа не может прочно встать на ноги, пока общество не сделалось достаточно больным, чтобы прибегнуть к этому специфическому методу лечения, мы не можем представить себе правдивый образ нашего времени, пока не возникнут в нашей среде уроды, настолько пораженные болезнью, что их произведения похожи на самое болезнь.

Опираясь в своих суждениях на дурно пахнущие страницы в произведении Пруста, американский критик Эдмунд Уилсон высказывает сомнение в достоверности повествования. «Когда Альбертина в конце концов покидает его, – пишет он, – эмоциональная жизнь в книге постепенно становится все удушливей под воздействием адского чада, который приносит с собой Шарлюс, – столь значительный процент персонажей трагически, ужасно и бесповоротно переходит к гомосексуализму, что мы начинаем считать повествование слегка недостоверным». Разумеется, оно недостоверно – с реалистической точки зрения! Оно недостоверно, как и все подлинные откровения жизни, потому что слишком правдиво. Мы перешли в высшую область реальности. Мы не автору должны дать нагоняй, но самой жизни. Барон де Шарлюс, подобно той же Альбертине, – фигура разъясняющая, на нем стоит задержать внимание. Шарлюс – лучшее создание Пруста, его «герой», если подобное произведение может иметь героя. Назвать поведение барона, его приверженцев и подражателей *недостоверным* значит отрицать состоятельность всей системы построений Пруста. В характере Шарлюса (производном от многих внимательно изученных прототипов) Пруст отразил все, что ему было известно об извращении, и это предмет, доминирующий в произведении, – что верно, то верно. Разве нам не известно, что первоначально автор подумывал дать своему творению общее название, определяющее краеугольный камень произведения, — «Содом и Гоморра»! Содом и Гоморра! Разве нет здесь легкого привкуса Рескина?

Во всяком случае, бесспорно, что Шарлюс — великое достижение Пруста. Шарлюс был для него наивысшим испытанием, как Ставрогин для Достоевского. Обратите внимание, насколько фигура Шарлюса, как и фигура Ставрогина, влияет на атмосферу, доминирует в ней даже тогда, когда персонажа нет на месте действия, как яд его существа вносит вирус в другие характеры, другие сцены, другие драмы; с первого момента появления в произведении и даже до того атмосфера насыщена его пагубными газами. Анализируя Шарлюса, высмеивая его и пригвождая к позорному столбу, Пруст, как и Достоевский, делает попытку выставить на обозрение себя самого или, быть может, понять себя.

В «Пленнице», когда Марсель и Альбертина спорят о Достоевском, Марсель делает слабую попытку дать удовлетворительные ответы на вопросы Альбертины; интересно, как мало Пруст представлял себе, что, создав барона де Шарлюса, он дал ей ответ, на который тогда был, по-видимому, неспособен. Спор, как можно припомнить, вертится вокруг пристрастия Достоевского к изображению уродливого, низкого, в особенности вокруг его предрасположенности к сюжетам о *преступлении.* Альбертина заметила, что Достоевский одержим идеей преступления, и Марсель после нескольких малозначащих высказываний о многосторонности природы гения прекращает обсуждение словами о том, что *эта* черта Достоевского мало его занимает, что он, по правде говоря, не в состоянии ее понять.

Тем не менее, когда дело доходит до изображения Шарлюса, Пруст проявляет себя как художник, способный сотворить силой воображения чудовищное существо. Шарлюс кажется настолько далеким от непосредственного жизненного опыта Пруста, что многие задавались вопросом, где он взял элементы для созданного им персонажа. Где? В собственной душе! Достоевский не был ни преступником, ни убийцей, Достоевский никогда не *жил* жизнью Ставрогина. Однако Достоевский был одержим *идеей* Ставрогина. Он *должен* был создать его, чтобы прожить свою *другую* жизнь — жизнь творца.

Мало что значит, если он и *знал* Ставрогина при своем многообразном жизненном опыте. Мало что значит, если у Пруста перед глазами была *реальная* фигура Шарлюса. Прототипы, если и не были отброшены, были безусловно радикально переработаны, трансформированы в свете внутренней правды, внутреннего видения. Во внутреннем мире Достоевского и Пруста существовали Ставрогин и Шарлюс, гораздо более реальные, нежели их прототипы. Для Достоевского характер Ставрогина был связан с поисками Бога. Ставрогин был идеальным образом его самого, который Достоевский ревниво оберегал. Более того — Ставрогин был богом в нем, самый совершенный образ Бога, какой мог дать Достоевский.

Однако между Ставрогиным и Шарлюсом существует огромная пропасть. Это разница между Достоевским и Прустом или, если хотите, разница между человеком Бога, чей герой есть он сам, и современным человеком, для которого даже Бог не может быть героем. Все творчество Достоевского беременно конфликтом, *героическим* конфликтом. В эссе «Аристократия» Лоуренс пишет: «Те, кто живы, составляют аристократию, которая не нуждается в загробной жизни. Тот, кто самый живой, есть Царь, независимо от того, признают ли это люди... Больше жизни! Больше *живой* жизни! Долой осторожных тупиц и тупые массы людей. Каждое творение стремится и должно стремиться к одной цели: к достижению более обширного и яркого цикла жизни. Именно в этом смысл существования. Тот, кто приближается к солнцу, и есть лидер, аристократ из аристократов. Иначе он, как Достоевский, приближается к луне нашего небытия».

Пруст еще в молодости отказался от этой борьбы. Так же поступил и Джойс. Их искусство основано на подчинении, покорности вялому потоку. Абсолют остается вне их творчества, подчиняет их, разрушает их, точно так, как в жизни идеализм подчиняет и разрушает заурядного человека. Но Достоевский, столкнувшись даже с более значительными силами разрушения, смело вступил в борьбу с тайной; во имя этого он распял себя на кресте. И хотя в его произведениях мы видим хаос и смятение, это *плодотворный* хаос, полное смыслов смятение; они позитивны, жизненны, одухотворены. Это аура потустороннего, непостижимого, и она бросает свой свет на изображенные Достоевским сцены и характеры – это вовсе не мертвая, ужасающая тьма. Нет нужды даже говорить, что у Пруста и Джойса темнота совершенно иного порядка. У первого мы вступаем в сумеречную зону разума, область, пронизываемую ослепительными вспышками, но постоянно сохраняющую ровную ясность, нестерпимо преследующую ясность разума. У Джойса мы находим разум мрачный, богатство мысли даже более невероятное, более ослепительное, чем у Пруста, словно внутренние барьеры души уже рухнули. Но это опять-таки *разум*!

Тогда как у Достоевского, хотя разум постоянно присутствует в его творчестве, всегда эффективный, мощно действенный, тем не менее это разум, удерживаемый в узде, подчиненный потребностям души. Он работает так, как и должен работать разум, – как техническое средство, а не как порождающая сила. У Пруста и Джойса разум кажется подобным машине, пущенной в ход человеческой рукой, а потом заброшенной. Машина действует бесперебойно или будет действовать до тех пор, пока ее не остановит другая человеческая рука. Поверит ли кто-то, что для каждого из этих людей смерть не более, чем случайная остановка? *Когда* наступила для них смерть? Формально один из них еще жив. Но не умерли ли оба еще до того, как начали писать?

У Джойса наблюдается особый недостаток, присущий современным художникам, – неспособность общаться со своей аудиторией. Надо признать, что это феномен не столь уж новый, но всегда значимый. Наделенный воистину раблезианским талантом в области словотворчества, удрученный засилием церкви, для которой его интеллект оказался бесполезным, обеспокоенный недостатком понимания со стороны семьи и друзей, одержимый образом родителей, против которых он тщетно восставал, Джойс искал выхода в возведении крепости, построенной из бессмысленного многословия. Его язык – это ужасающая мастурбация, продолжающаяся на четырнадцати языках. Это пляска дервиша на задворках сознания, оргазм не из крови и семени, а из шлака потухшего вулкана разума. Революция Слова, на которую творчество Джойса, кажется, вдохновило его последователей, есть логический результат этого бесплодного танца смерти.

Исследование Джойсом мира ночи, его одержимость мифом, сновидением, легендой, всеми процессами подсознания, его устремление прочь от настоящего практического самоосуществления и создание собственного фантастического мира – все это сильно напоминает дилемму Пруста. Оба они суть продукты сверхцивилизации, мы находим у обоих отрицание самой проблемы души, скептическое отношение к науке, хотя в их произведениях мы обнаруживаем не признаваемую ими зависимость от принципа причинности, краеугольного камня той же науки. Пруст, вообразивший, что создает книгу из собственной жизни, поэму из собственных страданий, демонстрирует посредством своего микроскопического и едкого анализа человека и общества положение современного художника, для которого не существует ни веры, ни смысла, ни жизни. Его произведение – это самый торжественный монумент разочарованию из всех, когда-либо возведенных.

В основании этого лежала его неспособность, признаваемая и многократно восхваляемая, справиться с реальностью – постоянное сетование современного человека. В самом деле существование его было смертью при жизни, именно поэтому его случай интересует нас. Ясно осознавая ужас своего положения, он создал для нас летопись века, узником которого оказался. Пруст сказал, что идея смерти сопровождала его непрерывно как идея его собственной идентичности. Эта идея связана, как мы знаем, с тем вечером, когда, как утверждает сам Пруст, «родители впервые посмеялись над ним». Этот вечер, от которого ведет исчисление «упадок воли», есть также дата его смерти. С тех пор он неспособен жить в мире – *принимать* мир. С той ночи он умер для мира, исключая те короткие перемежающиеся вспышки, которые не только освещают плотный густой туман его творчества, но и делают его работу возможной. Благодаря чуду, которое теперь достаточно знакомо психиатрам, он переступил порог смерти. Его творчество, как и его жизнь, было биологическим континуумом, отмеченным бессмысленными промежутками клинической смерти.

Нет ничего удивительного в том, что он, стоя на двух неравных ступенях и вновь осмысливая до максимальной степени те поразительные истины, которые озаряли его несколько раз в течение его жизни, продолжает развивать с непревзойденной ясностью и утонченностью мысли, выражающие его конечные и самые главные взгляды на жизнь и искусство, — восхитительные страницы, посвященные утраченному делу. Когда он говорит об интуиции художника, о необходимости для него подчиняться негромкому внутреннему голосу, избегать реализма и просто *переводить* то, что поднимается на поверхность из глубин, добиваясь выразительности, мы с огромной интенсивностью осознаем, что для него, для Пруста, жизнь не просто существование, но наслаждение утраченными сокровищами, бытие в ретроспекции; мы понимаем, что для него эта радость не что иное, как радость археолога, вновь открывающего памятники и руины прошлого, размышляющего над этими похороненными сокровищами и восстанавливающего в воображении ту жизнь, которая когда-то давала форму мертвым предметам. И как ни печально, понимая величие и благородство этих страниц, осознавать, что великое произведение родилось на основе страданий и недуга, нас возбуждает мысль о том, что в прочитанных строках нанесен смертельный удар той школе реализма, которая, прикидываясь мертвой, ожила под маской психологизма. В конечном счете Пруст смотрел на вещи с точки зрения жизни; его произведение полно смысла и содержательно, его характеры живые, хоть и кажутся деформированными вследствие его лабораторного метода анатомирования и анализа. По преимуществу Пруст был человеком девятнадцатого века, со всеми его вкусами, идеологией и с тем уважением к силе сознающего разума, которое было свойственно людям той эпохи. Его произведение ныне предстает перед нами как труд человека, показавшего нам абсолютные границы такого разума.

Кризис в области живописи, следствием которого было рождение школы импрессионизма, очевиден и в литературном методе Пруста. Процесс исследования средства как такового, подчинение внешнего мира микроскопическому анализу, сотворение таким образом новой перспективы и отсюда — иллюзии нового мира, это и есть контрапункт техники Пруста. Устав, как и художники, от реализма и натурализма, или, скорее, находя существующее изображение действительности неудовлетворительным, *нереальным*, Пруст, опираясь на исследования физиков, пытался путем искусного преломления инцидентов и характеров заместить современный ему психологический реализм. Его усилия совпали с появлением новой аналитической психологии. В поистине экстатических пассажах последнего тома его произведения – на страницах, посвященных функции искусства и роли художника, – Пруст достигает провидческой ясности, предсказывая конец собственного метода и появление совершенно нового типа художника. Так же как физики, которые в своих исследованиях материальной природы вселенной подошли к границам новой и загадочной области, Пруст, доведя силу анализа до последнего предела, подошел к границе между мечтой и действительностью, ставшей с тех пор достоянием истинно творческих художников.

Стоит нам обратиться к Джойсу, который появился через недолгое время после Пруста, как мы замечаем изменение в психологической атмосфере. Джойс, явивший нам в ранних своих произведениях романтическую и доверительную оценку «Я», внезапно смещается в новую область. Полотно, написанное им, при гораздо меньшей скрупулезности анализа, создает иллюзию существования даже более грандиозную, нежели у Пруста; мы теряемся здесь не в мире мечты, как у Пруста, но как теряются в незнакомом городе. Несмотря на все анализы, мир Пруста остается миром природы, миром чудовищной, но живой фауны и флоры. У Джойса мы попадаем в неорганический мир – царство минералов, окаменелостей и руин, мертвых болванов. Разница в технике более чем примечательна и означает совершенно иной порядок восприятия. Мы покончили со свойственной Прусту чувствительностью девятнадцатого века; впечатления мы получаем уже не через посредство наших нервов, уже не личная и подсознательная память воспроизводит образы. Когда мы читаем «Улисса», у нас возникает ощущение, что мозг превратился в записывающее устройство: мир словно двоится, когда мы пробираемся вместе с автором по огромному лабиринту города. Это бесконечное видение, в котором разум больного исследователя впадает в амок.

И точно, как и у Пруста, враждебность которого была направлена против маленького сообщества, первым унизившего его, сатира и горечь Джойса направлены против мира филистеров, вечным врагом которого он остается. Джойс не реалист и даже не психолог; он не пытается создавать характеры – у него есть лишь карикатуры на человеческую природу, *типы*, дающие ему возможность излить свою желчь, свою ненависть, возможность осмеивать и поносить. В основе всего этого лежит глубокая ненависть Джойса к человеческой природе – ненависть ученого. Принято считать, что им владеет невротический страх перед миром живых, миром мужчин и женщин, в котором он не в силах функционировать. Он бунтует не против установлений, но против рода человеческого. Человек для него нечто жалкое, смешное, гротескное. И еще в большей мере это относится к человеческим идеям – не то, чтобы он не понимал их, но они не представляют для него никакой ценности; они лишь связывают его с тем миром, от которого он отказался. У него средневековый разум, родившийся слишком поздно: у него есть вкус к затворничеству, к моральным нормам анахорета со всей мастурбационной структурой, отсюда вытекающей. Романтик, который хотел воспринимать жизнь реалистически, идеалист, чьи идеалы потерпели крах, он оказался перед лицом дилеммы, для него неразрешимой. Оставался лишь один выход – погрузиться в область фантазии. По мере того как он ткал материю своих вымыслов, он избавлялся от яда, скопившегося в его системе. «Улисс» похож на рвоту, извергнутую болезненным ребенком, желудок которого был перегружен сладостями. «Столь обильным оказалось извержение, содержимое изливалось столь неистово, – говорит Уиндэм Льюис[13], – что оно окажется вечным слабительным, памятником рекордному поносу». Несмотря на беспорядочное нагромождение фактов, явлений и случаев, рассказанных со всеми подробностями, мы имеем дело не с охватом жизни, не с *картиной* жизни. Здесь нет ни органичной концепции, ни жизненного смысла бытия. Перед нами *механика* разума, настроенного на мертвую абстракцию, *город*, сам по себе продукт абстракций.

Сравнивая этот город-мир, неясный, расплывчатый, аморфный, с куда более узким, но более цельным и все еще благоуханным, пусть и полностью упадническим миром Пруста, мы осознаем, какие перемены произошли в мире всего за несколько лет. Вещи, обсуждаемые в искусственном мирке предместья Сен-Жермен, не выдерживают никакого сравнения с тем, о чем ведутся разговоры на улицах, в пабах и борделях Дублина. Благоухание, подымающееся со страниц Пруста, – что это, как не аромат умирающего мира, последний тонкий запах того, что готово дать семена?

Когда мы, читая «Улисса», проникаем в Дублин и открываем для себя флору и фауну, зафиксированную памятью такого высокоцивилизованного и высокочувствительного существа, как Джойс, мы осознаем, что отсутствие запаха, деодоризация, есть результат смерти. Те, кто кажутся живыми людьми, ходящими, любящими, разговаривающими, пьющими, на самом деле не люди, а призраки. Драма заключается в разжижении; это даже не статичность, как у Пруста. Анализ более невозможен, так как организм не существует. Вместо исследования умирающего, однако еще не тронутого разложением организма, как у Пруста, мы обнаруживаем, что заняты исследованием существования клеток, ампутированных органов, поврежденных оболочек. Этнология, то есть примерно то, чем занимаются египтологи, изучающие останки останков. Описание жизни через мумии. Величественная гомеровская фигура Улисса, усохшая до незначительных размеров тени то Блума, то Дедала, бродит по мертвому и покинутому миру большого города; анемичные, искаженные и чахлые отражения того, что было некогда эпическими деяниями, которые Джойс разделил на эпизоды в своем знаменитом «основном плане» и которые остаются лишь подобием, тенью и могилой идей, событий и людей.

Когда наступит день и «аналитики души» явят нам окончательную интерпретацию «Улисса», значительность произведения Джойса поразит нас как великое открытие. Мы осознаем тогда полный смысл этого «рекордного поноса». Возможно, мы убедимся, что вовсе не Гомер, но *расстройство* реально формирует основной план, невидимую структуру произведения.

В знаменитой главе вопросов и ответов умышленно или бессознательно раскрывает Джойс пустоту души современного человека, этого убожества, превратившегося в собрание трюков, этой энциклопедической обезьяны, которая демонстрирует самую поразительную ловкость техники? *Являя-*

ется ли Джойс человеком, способным имитировать любой стиль – даже стиль учебника или энциклопедии? Эта форма юмора, вволю используемая Рабле, есть специфическое средство, при помощи которого интеллектуал наносит поражение докучливому моралисту, это растворитель, уничтожающий весь мир смысла. У дадаистов и сюрреалистов мощный нажим на юмор служил осознанным и обдуманным приемом для ниспровержения устаревших идеологий. Тот же феномен мы находим у Свифта и Сервантеса. Но приглядитесь к различию между юмором Рабле, с которым автора «Улисса» столь часто и несправедливо сравнивают, и юмором Джойса. Обратите внимание на разницу между потрясающим сюрреалистом Джонатаном Свифтом и теми жалкими иконоборцами, которые нынче с гордостью именуют себя сюрреалистами! Юмор Рабле был здоровым; обладая возбуждающим аппетит свойством, его юмор черпал вдохновение в Божественной Бутылке. А у наших современников он весь в голове, над глазами, – это злая, завистливая, рассудочная, губительная, не смешная веселость. Сегодня они смеются от отчаяния и от причин, порождающих это отчаяние. Юмор? Вряд ли. Рефлекторное подергивание мускулов, зрелище, скорее отвратительное, нежели вызывающее веселье. Род онанистического смеха... Те удивительные пассажи, в которых Джойс соединяет свои изобилующие испражнениями образы с невеселым весельем, таят в себе едкую и полную тоски скрытую тенденцию, сильно отдающую почтением и преклонением. Это напоминает, да еще как напоминает о фанатичных средневековых деревенских олухах, преклонявших колени перед Папой, чтобы он совершил над ними помазание дерьмом.

В той же главе загадок и головоломок звучит глубокое отчаяние, отчаяние человека, взявшего в оборот последний миф – *Науку*. Тот распад «эго», который проявляется в «Улиссе» и доходит до крайних пределов в книге «Работа двигается», не соответствует ли он внешнему, мировому распаду? Не имеем ли мы дело с точнейшим образчиком феномена, затронутого ранее, – с *шизофренией*? Распад макрокосма идет рука об руку с распадом души. У Джойса гомеровская фигура превращается в свою противоположность, мы видим, как она расщепляется на множество характеров, героев, легендарных персонажей, на туловища, руки, ноги, на реку, дерево, скалу и животное. Он проникает все глубже, глубже и глубже в многочисленные слои современного общественного бытия, непрерывно ищет свою утраченную душу, борется, как некий героический червь, за возвращение в утробу. Что он имел в виду, этот Джойс, когда, принимаясь за «Улисса», писал, что хотел бы «выковать в кузнице своей души еще не созданную совесть своего народа»? Когда он кричал: «Нет, мать, позволь мне быть, позволь мне жить!» – был ли то вопль страдания души, заключенной в темницу утробы? Открывающая книгу картина сверкающего утреннего моря, изображение пупка и мошонки и следующая за этим мучительная сцена с матерью – везде и всюду образ матери. «Я люблю все, что течет», – говорит он одному из своих почитателей, и в его новой книге мы находим сотни рек, включая и его родную Лиффи. Какая жажда! Какая тяга к воде жизни! Если бы он только мог вновь оказаться на далеком берегу, в другом краю, под другими звездами! Слепой бард... заблудившаяся душа... вечный странник. Жаждущий, взыскующий, ищущий то милосердное лоно, ту ночь, которая приняла бы его беспокойный, бесплодный дух! Как солнце, подымающееся каждый день из моря и снова исчезающее в нем, так и Улисс принимает свое положение в космосе, подымаясь с проклятием и ложась со вздохом. Солнце неизменно верно своему пути, так и мучимый раздвоенностью герой «Улисса» движется, но не над водами жизни и смерти, а по неизменным, монотонно печальным, пустынным, мрачным улицам большого города – грязного Дублина, сточной канавы мира.

Если «Одиссея» была памятью о великих деяниях, то «Улисс» есть забвение. Этот темный, беспокойный, бесконечный поток слов, в котором душа-двойник Джойса тащится, словно комок отбросов по канализационным трубам, эта чудовищная река гноя и экскрементов, вяло текущая через всю книгу в поисках выхода, в конце концов натыкается на преграду и, вздымаясь, словно приливная волна, заливает грязью весь мрачный мир, породивший этот эпос. Предпоследняя глава, написанная отчаявшимся человеком, похожа на взрыв плотины динамитом. Плотина, согласно неосознанной символике Джойса, – это последний барьер традиции и культуры – они могут указать путь тому, кто станет самим собой. Каждый идиотский вопрос – словно отверстие, просверленное безумцем и набитое динамитом; каждый идиотский ответ – детонация разрушительного взрыва. Джойс, обезумевший бабуин, задает здесь работу терпеливому муравьиному усердию человека, который окружил себя железным кольцом мертвой эрудиции.

Когда последние остатки взлетают на воздух, начинается потоп. Финальная глава – это свободная фантазия, подобной до сих пор не знала литература. Это запись всемирного потопа, за исключением того, что здесь нет ковчега. Сточная канава культурной драмы, которая снова и снова свершается без малейшего успеха в городе-мире; эта драма олицетворялась в образе великой Вавилонской блудницы и отозвалась в несвоевременных видениях Молли Блум, в ушах у которой звучат всплески черных вод смерти. Воплощение Женщины, Молли Блум кажется огромной и всевыносящей. Рядом с ней другие выглядят пигмеями. Молли Блум – это вода, дерево и земля. Она загадка, необъятная утроба, океан ночи, в который погружается потерянный герой, а вместе с ним и весь мир.

В Молли Блум, лежащей в полусонных мечтаниях на своей грязной, убогой постели, есть нечто, возвращающее нас в мир первобытных представлений. Она квинтэссенция великой блудницы, которая есть Женщина, квинтэссенция вавилонского сосуда мерзостей. Плывущая по течению, безвольная, вечная, всепоглощающая, она словно море. Как и море, она восприимчива, плодовита, прожорлива, неутолима. Она порождает, и она же разрушает; питает и опустошает. В образе Молли Блум, *по анонимному сигналу*, женщина возвращается к своему первоначальному назначению утробы и матрицы жизни. Она воплощение самой природы, в противовес иллюзорному миру, при помощи которого мужчина тщетно пытается возместить собственную недостаточность.

И наконец вот оно, триумфальное отмщение: с самоубийственным ликованием сводятся воедино все нити, проходящие через книгу; бледный, ничтожный герой, низведенный до состояния кишечного червя, проникает, как остренький маленький фаллос, в огромное тело женщины, возвращается в лоно природы, лишенный всего, кроме последнего символа. В долгой ретроспективной дуге мы видим траекторию полета человека от неизвестного к неизвестному. Радуга истории померкла. Великое разложение доведено до конца. После завершающей картины, в которой Молли Блум предается потоку воспоминаний на грязной постели, мы можем произнести слова из Апокалипсиса: «*И ничего уже не будет про́клятого*!» С этих пор – ни греха, ни вины, ни страха, ни подавленности, ни страстного желания, ни боли расставания. Наступил конец – человек возвращается в лоно.

об искусстве и будущем

В КНИГЕ, В КОТОРОЙ ПЕЧАТАЕТСЯ ЭТОТ ТЕКСТ, ЕСТЬ *подстраничная сноска: «Написано специально для Сирила Конноли». Как это получилось, я не в состоянии вспомнить. Наиболее вероятно, что Конноли, тогдашний издатель лондонского журнала «Горизонт», потребовал «литературный цветочный горшок» во имя старых времен. Я несколько раз встречал Конноли в Париже, а потом, когда я поселился в Биг-Сур[1], он нанес мне визит, – преимущественно ради того, как я узнал позже, чтобы посмотреть на морских выдр, или каланов, теперь очень редких; их можно было увидеть у подножия скалы, на которой мы тогда жили. Конноли был просто помешан на морских выдрах.*

Текст был написан в «Грин-Хаусе» в Беверли-Глен (Калифорния), и Джон Дадли, ныне покойный, заглядывал мне через плечо и то и дело давал советы. В то время я был в большей степени занят акварелью, нежели писательством. Тогда же я с увлечением читал Рембо и вел разговоры об астрологии. А еще пытался заинтересовать кого-нибудь постановкой фильма на сюжет «Дела Маурициуса» Вассермана[2]. При поддержке венского врача и судьи, жившего тогда в Голливуде, я написал сценарий, но никто не проявил к нему интереса.

Война еще продолжалась, мои гонорары из Европы перестали приходить, и я попал в затруднительное положение. Было занимательно рисовать акварели и вести разговоры с Кнудом Меррилдом, датским художником, который написал замечательную книгу под названием «Поэт и два художника» о Д.Г.Лоуренсе.

Для большинства людей прошлое – это не вчера и не пять минут назад, но отдаленные, туманные эпохи, некоторые из них исполнены величия и славы, другие же просто ужасны. Каждый реконструирует прошлое в соответствии с собственным темпераментом и жизненным опытом. Мы читаем об истории с целью подтвердить наши взгляды, а не узнать, что считают правдой ученые. Я подметил, что по поводу будущего так же мало общепринятых точек зрения, как и по поводу прошлого. В отношении к прошлому мы, как корова на лугу, — бесконечно пережевываем жвачку. Это не нечто законченное и упорядоченное, как мы порой наивно воображаем, наоборот, это нечто живое, постоянно меняющееся, и оно всегда с нами. Но будущее тоже всегда с нами, живое и постоянно меняющееся. Разница между ними, кстати сказать, совершенно фиктивная, заключается в том, что будущее мы создаем, а прошлое можем только воссоздавать. Что касается постоянно исчезающего понятия, именуемого настоящим, этой точки опоры, связанной одновременно с прошлым и будущим, то лишь те, кто имеет дело с вечностью и живет в ней, знают, что это все.

Сейчас, когда почти весь мир охвачен войной, положение горстки людей искусства — а мы, как мне кажется, никогда не были более, чем горсткой, — представляется, по сути, не имеющим ни малейшего значения. Накануне войны искусство, по общему мнению, переживало состояние опасного упадка. Такой была жизнь, могут сказать на это. Художник, всегда опережающий свое время, мог запечатлевать только смерть и разрушение. Люди обыкновенные, то есть не чувствующие и не думающие, считали произведения искусства своего времени патологическими, извращенными и бессмысленными. Именно потому, что картина политической жизни была столь мрачной, они требовали от своих наймитов, чтобы те изображали нечто светлое и приятное. Теперь всем одинаково трудно, и тем, кто понимал, и тем, кто не понимал происходящее, а что принесет будущее, зависит от того самого творческого начала, которое, к несчастью, обретает жизненность лишь во времена разрушения. Теперь каждого убеждают быть творцом — с оружием в руках.

Каждому, кто сражается во имя того, чтобы довести войну до победного конца, результат конфликта представляется по-разному. Возобновить жизнь, из которой был внезапно вырван, есть несомненно глубочайшее желание тех, кто принимает сейчас участие в бойне. И столь же несомненно, что их ждет величайшее разочарование. Образно это можно представить в следующем виде: человек свалился в пропасть, чудесным образом избежал смерти, а потом, когда начал карабкаться наверх, вдруг обнаружил, что весь склон горы исчез. Мир, который мы знали до сентября 1939 года, гибнет час за часом. Он погибал задолго до того, но нам это было неясно, во всяком случае, большинству из нас. Париж, Берлин, Прага, Амстердам, Рим, Лондон, Нью-Йорк – они по-прежнему будут на месте, когда объявят о заключении мира, и тем не менее они как бы перестанут существовать. Культурный мир, в котором мы плавали, хоть и без особой приятности, быстро исчезает, сомнений в этом нет. Культурная эра в Европе, как и в Америке, завершилась. Следующая эра принадлежит технарям; день мыслящих машин занялся. Помилуй нас Боже!

Окинув ретроспективу истории даже самым беглым, некритическим взглядом, мы поймем, что на каждой ступени цивилизации положение обыкновенного человека было чем угодно, только не положением цивилизованного индивида. Он жил, как крыса, – и в благополучные эпохи, и в скверные. Историю никогда не писали ради обыкновенных людей – только ради власть имущих. История мира есть история привилегированного меньшинства. Даже при всем своем величии она смердит.

Прекращение братоубийственной войны не означает, что мы сразу откроем чистую страницу. Еще один никудышный мир будет заключен, и возникнет еще одна передышка на десять или на двадцать лет, а потом мы снова пойдем на войну. И эту следующую войну снова назовут справедливой и священной, как и нынешнюю. Но какой бы ни была причина или природа грядущей войны, она будет не более похожа на нынешнюю, нежели нынешняя – на предыдущую, которую мы достаточно многозначительно именуем «мировой войной №1». В будущем нас ожидают только «мировые войны» – хотя бы это совершенно ясно.

Для тотальных войн характерно появление в общей картине нового элемента... Отныне любой и каждый станет к ней причастен, все без исключения. То, что Наполеон начал мечом, а Бальзак хвалился, что закончит пером, на самом деле дойдет до конца при соучастии всего обширного мира, включая примитивные расы, которые мы изучаем и бесстыдно, жестоко эксплуатируем. Чем более широкие масштабы приобретает война, тем глубже проникает мир в человеческие сердца. И если мы должны сражаться от всего сердца, то и жить мы обязаны тоже от всего сердца. Если новые формы ведения войны потребуют, чтобы в них были вовлечены все и все сущее под солнцем, то такой же будет и новая форма мира. Неспособность приносить пользу станет немыслимой. Она будет государственной изменой, вероятно, караемой смертью. Возможно, и более позорная участь ожидает негодных или неспособных к службе: вместо того, чтобы стать пушечным мясом, они станут просто фуражом.

Первая мировая война породила идею Лиги наций, международного арбитражного суда. Идея провалилась, поскольку не существовало истинной солидарности между так называемыми нациями, большинство из которых было всего лишь орудием наиболее сильных государств. Нынешняя война принесет с собой осознание, что все нации на земле состоят из личностей, а не из масс. Обыкновенный человек сделается новым фактором во всемирной общественной мании, которая охватит шар земной.

Относительно времени окончания настоящей войны сошлись на том (по крайней мере профессиональные пророки), что это произойдет в 1947 году. Но вполне вероятно, что в 1944 году война обретет свой истинный вид и перейдет в мировую революцию. Она выйдет из-под контроля тех, кто сейчас ведет «массы» на бойню. Некоторое время эти самые массы будут резать друг друга на свой собственный манер. Падение Германии и Италии ускорит разгром и обусловит отчуждение между британским и американским народами, потому что Англия, вернее, ее власть имущие, гораздо больше боятся победы России, нежели поражения Германии. Франция еще сыграет свою истинную роль. Возбужденная успехами Советов, она выйдет из берегов и, как во времена Французской революции, поразит мир своим духом и жизненностью. Во Франции прольется больше крови, чем в других частях Европы, прежде чем наступит конец.

Эра хаоса и смятения, начавшись в 1944 году, продлится почти до 1960 года. Все связи будут прерваны, классовые перегородки рухнут, деньги обесценятся. Это будет карикатура на марксистскую утопию. Мир увлечется вечно обещающими расцвет перспективами, которые якобы не сулят ничего, кроме добра. А потом, как-то внезапно, настанет конец этой оргии. Наступит достаточно долгое Katzenjammer*. И только после всего этого начнется реальная работа по консолидации, необходимой Европе, чтобы противостоять азиатскому вторжению, ожидаемому в конце столетия. С кульминацией этой войны Китай и Индия будут принимать весьма заметное и важное участие в мировых международных делах. Мы вывели эти страны из летаргии и будем расплачиваться за то, что пробудили их. Восток и Запад все-таки встретятся – в целой серии смертельно крепких объятий**. После этого рухнут барьеры между народами и расами и плавильная печь (Америка только претендует на то, чтобы считаться ею) станет реальностью. Тогда и только тогда находящийся в эмбриональном состоянии человек нового типа явится на свет, такой человек, у которого нет классового и кастового чувства, для которого не имеют значения цвет кожи или страна; ему не нужна собственность, нет прока от денег, у него нет архаических предубеждений по поводу святости дома или брака с сопутствующей ему рутиной развода. Родится совершенно новая концепция личности, такая, в которой преобладающей нотой будет коллективная жизнь. Короче, впервые за все время, прошедшее с начала истории, люди начнут служить друг другу, сначала исходя из просвещенного эгоизма, а в конечном счете – из великой концепции любви.

Отличительной чертой этой, если можно так выразиться, переходной эпохи будет ее мистическо-реалистическое качество. Это будет эра осознания, успеха и предвидения. Она создаст более глубокие и куда более неразрешимые проблемы, чем те, которые существовали раньше. Откроются

* Похмелье (*нем.*).

** Современная борьба с Японией скорее конфронтация конкурентов, нежели настоящих врагов. Но она послужит необратимому падению нашего негарантированного престижа на Востоке (*примеч. автора*).

необъятные горизонты, ослепительные и пугающие. Последующие конфликты будут все более и более принимать характер стычек между магами; по сравнению с этими стычками наши войны покажутся ничтожными и смешными. Черные и белые силы схватятся в открытую. Вражда будет сознательной и преднамеренной; начинаясь бодро и триумфально, она придет к печальному концу. Раскол возникнет не между объединениями наций или народов, а между двумя дивергентными элементами, четко определенными и сознающими свои цели; линия, их разделяющая, будет подвижной, словно течение зодиакальных созвездий в плоскости эклиптики. Проблемой на несколько последующих тысячелетий окажется проблема одной из энергий в ее теоретическом и предельном значении. Люди станут упиваться своим могуществом, высвободив силы земли такими способами, о которых ныне имеются лишь самые туманные представления. Укрепление новой индивидуальности, укорененной в коллективе (познав источники энергии, более мощные, чем Солнце, человек уже не боготворит Отца), разрешит мучительную проблему силы. Динамическое равновесие, основанное при признании нового творческого центра, упрочивается, допуская свободную игру всех текучих, потенциальных сил, замкнутых в человеческом теле. И тогда становится возможным глянуть вперед, на занимающуюся зарю того, что уже было описано как «Век изобилия»*.

Еще до того, как завершится теперешний конфликт, мы, похоже, увидим применение смертельного секретного оружия, на которое часто слышали намеки со всех сторон. В самом начале войны я описал (в неопубликованной книге об Америке) иронические возможности, которые влекут за собой открытие и употребление этого ужасающего орудия уничтожения. Противоречивое сочетание трагического и смешного, которое несет в себе эта идея, многозначительно. Это значит, что немыслимое и бесчестное уже стало гнетущей возможностью. Я не сомневаюсь, что людей науки принудят сдаться и открыть секрет, которым они владеют. Если японцы, не стесняясь, продолжают работать над своей программой сис-

* Название новой и еще не опубликованной книги Дэна Рудхаера (*примеч. автора*).

тематического одурманивания людей наркотиками, нет ничего невероятного в том, что мы со своей стороны пойдем еще дальше в создании более эффективного, безусловно более сильно и быстро действующего оружия уничтожения. Все доныне установленные правила ведения военных действий будут преданы забвению и отправлены на свалку. Это только естественное следствие исчезновения Гаагского трибунала, Линии Мажино[3] и наших любимых концепций мира, справедливости и безопасности. Это вовсе не означает, что мы стали более жестокими и циничными, более беспощадными и безнравственными, – просто после окончания прошлой войны мы сознательно или бессознательно (возможно, и то, и другое) работаем на войну. Современные способы ведения войны слишком неэффективны, слишком медлительны, слишком дорого обходятся в любом смысле слова. Что нам больше всего мешает, так это отсутствие лидеров, наделенных богатым воображением. Обыкновенные люди гораздо более логичны, беспощадны и тоталитарны по духу, нежели члены военной и политической клики. Гитлер, при всем том, что было высказано против него, вовсе не тот наделенный блестящим воображением демон, каким мы его считаем. Он всего лишь способствовал развязыванию тех темных сил, существование которых мы усердно старались не замечать. Благодаря Гитлеру сам Плутон вышел из своего подземного царства на поверхность земли. В Англии и Америке имеются куда более реалистичные, куда более беспощадные типы. Все, что их сдерживает, это страх перед последствиями: они одержимы образом бумеранга. У них в обычае действовать исподтишка, с пристыженным видом и нечистой совестью. Но эта самая совесть нынче полетела к чертям, уступив дорогу чему-то совершенно другому, тому, что лежало под спудом; греки обозначали это словом syneidesis. Как только перед этими людьми открывается многообещающая перспектива, они начинают действовать с прямолинейностью и беспощадностью мономаньяков.

Проблема власти – что с ней делать, как ее использовать, кто захватит ее или не захватит, – обретет пропорции, дотоле немыслимые. Мы вступаем в область непредсказуемого и не поддающегося учету в нашей повседневной жизни; точно так же, как и последние несколько поколений до нас, мы акклиматизировались в этой области благодаря игре воображения. Все идет к осуществлению, и жатва будет великолепной и ужасающей. Тех, кому подобные предсказания кажутся фантастичными, я попросил бы представить себе, что произошло бы, если бы мы вытянули на свет Божий те секретные патенты, которые хранятся в подвалах у наших неразборчивых в средствах эксплуататоров. Когда нынешняя безумная система эксплуатации рухнет, а она рушится не по дням, а по часам, силы воображения, до сих пор подавленные и скованные, поднимут бунт. Лик земли может совершенно перемениться в течение одной ночи, если мы наберемся смелости конкретизировать мечты наших изобретательных гениев. Никогда еще не было такого огромного количества изобретателей, как в этот век разрушения. Причем надо иметь в виду еще одно: гений – или просто изобретатель – как правило, на стороне человечества, а не дьявола. Вопиющий позор нашего века – использование гениальных людей для зловещих целей. Но подобная процедура всегда действует как бумеранг: в конечном счете гений мстит за себя.

В пределах следующих пятнадцати лет, когда великая чистка принесет свои плоды, гениальный человек сделает для высвобождения связанных спящих гигантов больше, чем было сделано за всю историю человечества. Появятся необычные новые обязанности, необычные новые возможности, необычные новые правила. Некоторое время будет казаться, что все идет шиворот-навыворот, и так оно и *будет* с нынешней точки зрения. То, что теперь находится внизу, поднимется наверх – и наоборот. Мир в буквальном смысле слова стоял на голове в течение тысяч лет. Столь сильным было давление сверху, что в самых глубинах сознания была как бы просверлена скважина. В опустевший сосуд жизни сейчас хлынули воды. Грабительское меньшинство, стремившееся устроить бытие по своим хитрым меркам, утонет первым. «Меньшинство», говорю я, но на деле имя ему легион. Губительные потоки смывают высших и низших; все мы неотъемлемая часть одной и той же плесени; все мы содействовали преступлениям человека против человека. Тот тип человека, который представляем мы, исчезнет полностью. Новый тип возникнет из остатков старого. Вот почему пробуждение спящей Азии сопряжено с такими судьбоносными последствиями для европейцев, или, точнее сказать, для людей западного мира в целом. Все это дерьмо, эти подонки и отбросы человечества, кули и неприкасаемые должны быть впитаны нашим током крови. Столкновение между Востоком и Западом похоже на слияние вод; когда неизбежно появится новая суша, старое и новое будут неразличимы.

Восток – это задница человечества. Мы запальчиво распространялись о равенстве и демократии, даже не оглядываясь, так сказать, на эту часть тела. Мы должны прижать этих презираемых и отвергнутых к своей груди, смешаться с ними, вобрать в себя их муки и страдания. У нас не будет истинного братства до тех пор, пока мы лелеем иллюзию расового превосходства, до тех пор, пока мы боимся дотронуться до желтой, коричневой, черной или красной кожи. Мы у себя в Америке должны начать со сближения с неграми, индейцами, мексиканцами, филиппинцами, со всеми неприкасаемыми, которых мы столь небрежно выбросили из головы, обсуждая «Билль о правах». Мы даже не начали по-настоящему приводить в действие «Прокламацию об освобождении»[4]. То же самое относится к Англии, империалистической Голландии и колониальной Франции. Россия предприняла первые действенные шаги в этом направлении, и Россия, это неоспоримо, неослабно проводит свое решение в жизнь.

Ну а как же искусство? Каково место и будущее искусства во всей этой неразберихе? Во-первых, мне кажется, что все, до сих пор называемое нами искусством, прекратит свое существование. О да, у нас по-прежнему будут появляться романы, и картины, и симфонии, и скульптуры, даже стихи – в этом нет сомнения. Но все это останется наследием иных дней, продолжением тяжелого сна, который кончится только с полным пробуждением. Культурная эра ушла в прошлое. Новая цивилизация, на создание которой уйдет несколько веков, а то и тысячелетий, будет не просто *другой* цивилизацией, но открытым пространством для воплощения в жизнь того, на что указывали все цивилизации прошлого. Город, который, как нам известно, был местом рождения цивилизации, перестанет существовать. Разумеется, сохранятся некие ядра цивилизации, но они станут изменчивыми и подвижными. Народы земного шара не будут изолированы один от другого в пределах государств и, свободно перемещаясь по земной поверхности, смешаются между собой. Не останется закрепленных на месте созвездий человеческих множеств. Правительства уступят дорогу менеджменту в широком смысле этого слова. Политики превратятся в такой же реликт, как вымершая в далеком прошлом птица дронт. Машины не будут доминировать, как иногда представляют себе; возможно, они пойдут на слом, но не прежде, чем люди разберутся в природе загадки, которая связывает их с их созданиями. Культ машин, их изучение и подчинение им – прямая дорога к соблазнам подлинного оккультизма. Эта проблема связана с более значительной проблемой власти – и собственности. Человек будет вынужден осознать, что власть должна быть открытой, заменяемой и свободной, что его цель заключается не в том, чтобы захватить власть, а в том, чтобы распространять ее.

В основе инстинкта искусства лежит желание власти, замещающей власть. Иерархически художник стоит между героем и святым. Три эти типа правят миром, и трудно сказать, который из них обладает большей властью. Но ни одного из них нельзя назвать знатоком или, если хотите, экспертом. Последний – это нечто вроде скрытой пружины власти, если можно так выразиться. Он остается анонимом, той тайной силой, у которой солнца заимствуют свою мощь и славу.

Если выразить это совсем просто, искусство – всего лишь камень, положенный для перехода к реальности; это преддверие, где нас подвергают обряду инициации. Задача человека – сделать произведение искусства из самого себя. Произведения, которые создает человек, не имеют ценности сами по себе; они служат пробуждению, не более. И, разумеется, это огромное дело. Но это еще не все. Человеку пробужденному все являет себя как творение. Если шоры сброшены и оковы разбиты, человеку нет нужды для восстановления себя предпочитать культ гения. Гений станет нормой.

На протяжении всей истории художник был мучеником, приносил себя в жертву своему произведению. В самом выражении «произведение искусства» ощутим запах пота и мучительного труда. С другой стороны, божественное творение не включает в себя подобное дополнительное качество.

Мы не думаем о поте и слезах в связи с сотворением мира; мы думаем о радости и свете, а главное, об игре. Но муки Христа на Голгофе превосходно иллюстрируют испытание, которому должен подвергнуться даже Учитель во имя создания совершенной жизни.

Через несколько столетий или раньше книги станут предметами прошлого. Было время, когда поэты общались с миром без посредства печати; настанет и время, когда они будут общаться с ним молча и не просто как поэты, но как провидцы. В наших безумных поисках все более ослепительных средств и способов общения мы проглядели именно общение. Художник громыхает грубыми инструментами. Он поднялся лишь на ступеньку повыше по сравнению со своим предшественником, пещерным человеком. Даже искусство кино, требующее услуг целой армии технических специалистов, являет нам всего лишь игру теней, почти такую же древнюю, как и сам человек.

Нет, к прогрессу не приведет ни употребление все более совершенных механических устройств, ни распространение образования. Прогресс придет в форме крупного научного открытия. Появятся новые формы общения. Новые формы предполагают новые желания. Величайшее желание сегодняшнего мира – разорвать оковы, лишающие нас свободы. Это желание пока даже нельзя назвать сознательным. Люди еще не разобрались, за что они сражаются. Это лишь начало долгой борьбы. Вполне вероятно, что нынешняя война ведется втемную. Вполне вероятно, что грядущая революция ввергнет нас в еще большую тьму. Но даже в самую черную ночь будет радостью и благом узнать, что мы соединили руки вокруг всего мира. Этого никогда не бывало прежде. Держаться за руки, разговаривать и молиться мы можем и в полной темноте. И мы можем ждать рассвета – неважно, как долго – уверенные, что ждем все вместе.

Ближайшие годы сулят нам лишь ложный рассвет, я в этом убежден. Мы не в состоянии быстро разрушить наши образовательные, юридические и экономические преграды, как и наши лживые религиозные суперструктуры. Пока все это не будет полностью сметено, у нас мало надежды на новый порядок вещей. С самого рождения мы живем в паутине хаоса, где все иллюзия и обман. Лидеры, которые возникают время от времени неизвестно каким чудом, эти самые лидеры, рвущиеся вперед исключительно ради того, чтобы вывести нас из состояния дикости, почти всегда кончают жизнь на кресте. Такое случается по обе стороны границы, не только во владениях тиранов Оси[5]. Насколько мы знаем, это может случиться и в Советской России. И это происходит пусть в менее эффектной, но во все более отвратительной и коварной форме в Соединенных Штатах, «на родине храбрых и в стране свободных». Бесполезно обвинять отдельных личностей или даже классы общества. Учитывая образовательный, юридический, экономический и религиозный фон современных культурных наций, такой результат приходится считать неизбежным. Жестокости Селина все равно, что детский лепет для того, кто в состоянии вглядеться в суть вещей невооруженным глазом. Часто, когда я вслушиваюсь по радио в речь кого-то из наших политиков, в рассуждения кого-то из наших знаменитых ученых, в проповедь кого-то из наших религиозных маньяков, в призывы кого-то из наших людей доброй воли, в пропаганду, вбиваемую в нас днем и ночью рекламными дьяволами, я гадаю, что подумали бы люди грядущего века, послушав это радио хоть один вечер.

Я не верю, что повторяющиеся циклы безумия, которые называют историей, будут продолжаться вечно. Я верю, что наступит великий перелом – в пределах нескольких ближайших столетий. Я полагаю, что век, который мы назвали веком техники, станет не более чем переходным периодом, каким был Ренессанс. Нам необходимо, разумеется, употребить все наши технические знания и умения для решения раз и навсегда проблемы удовлетворения основных потребностей каждого мужчины, женщины и ребенка. И нам следует радикально пересмотреть, это тоже ясно без слов, наше понимание потребностей, которое, в общем, грубо и примитивно. В связи с сопутствующей эмансипацией женщин, которую повлечет за собой великая перемена, разбуженный инстинкт любви преобразит каждую область жизни. Эра бесполых близка к завершению. Благодаря установлению новой и жизненной противоположности полов мы станем свидетелями рождения мужского и женского начала в каждой личности. Что в результате появится в сфере искусства, вряд ли представимо. Наше искусство было насквозь мужским, так сказать, кривобоким, односторонним. Оно было испорчено не признаваемым явно женским принципом. Это справедливо для искусства как древнего, так и современного. Тираническая, подспудная власть женщины должна прийти к концу. Мужчины заплатили огромную дань за свое кажущееся порабощение женщины.

Если мы отважимся представить себе разрешение этих самоочевидных проблем, отважимся представить себе конец псевдоцивилизации, просуществовавшей примерно десять тысяч лет, и рискнем вообразить перемену, столь же радикальную, как переход от каменного века к веку электричества, причем, надо иметь в виду, что двигаться в будущем мы будем не медленно, шаг за шагом, как это было в прошлом, а со скоростью ураганного ветра, то кто может сказать, какие формы выражения примет искусство? Лично я не в силах представить себе устойчивый тип художника. Я не вижу нужды в отдельном гении при таком порядке вещей. Я не вижу нужды в мучениках. Не вижу нужды в искуплении чужой вины. Не вижу нужды в яростной защите красоты ради меньшинства. Красота и Истина не нуждаются в защитниках и толкователях. Больше никто не станет предъявлять исключительные права на Красоту или Истину; они суть творения, в которых участвуют все. Они нуждаются лишь в том, чтобы их поняли; они существуют вне нас. В самом деле, когда мы думаем о конфликтах и расколах, которые встречаются в области искусства, мы понимаем, что они происходят из любви к Красоте и Истине. Культ эго есть единственная причина разногласий в искусстве, как и в любой другой области. Художник никогда не защищает искусство, он защищает лишь свою малую концепцию искусства. Искусство так же глубоко, высоко и обширно, как вселенная. Нет ничего, кроме искусства, если вы смотрите на это должным образом. Это звучит почти банально, однако необходимо постоянно подчеркивать: все есть творчество, все есть изменение, все есть поток, все есть метаморфоза. Но многие ли глубоко и искренне верят этому? Разве мы не приверженцы статики? Не всегда находимся в состоянии обороны? Разве не всегда стараемся ставить границы, возводить барьеры, налагать запреты? Не всегда попадаем в тиски «страха и трепета»? Не всегда освящаем, творим кумиры, предаемся мученичеству, обращаем в свою веру? Что за жалкий, постыдный духовный беспорядок – эти последние десять тысяч лет! *Цивилизованный*, говорим мы. Какое ужасное слово! Какой сбивающий с толку идиотизм прячется за этой высокомерной маской! О, я не думаю ни об этой войне, ни о предыдущей, ни об одной из войн, которые люди вынесли во имя этой самой *Цивилизации.* Я думаю о периодах между ними, гниющих, застойных эпохах мирной жизни, об ошибках и их рецидивах, о рептильной бездеятельности, о рытье вызывающих ужас кротовых нор, растущей плесени, кляпах, вонючих сорняках; я думаю о непрерывном фанатичном дервишеском танце, который продолжается во имя всего, что поддельно, нечестиво и недостижимо, думаю о садистско-мазохистском перетягивании каната, которое высшая власть затевает то тут, то там. Во имя человечности, когда же мы возопим: *«Довольно!»*

Существует предел всему, и я верю, что существует предел человеческой глупости и жестокости. Но мы еще не дошли до него. Мы еще не до дна испили горькую чашу. Возможно, лишь обратившись в законченных монстров, мы распознаем ангела в человеке. И когда противоречие станет ясным, мы, быть может, устремим взгляд в будущее с верой в появление человека нового типа, настолько же отличающегося от человека наших дней, насколько мы отличаемся от питекантропов. Не слишком много надежды на это, даже в отдаленной перспективе. Но были предтечи. Ходили по этой земле люди, которые при всем внешнем сходстве с нами, вполне вероятно, прилетали с другой планеты. Они появлялись поодиночке и на большом расстоянии один от другого. Но завтра они могут появиться группами, а через день – целыми полчищами. Рождение Человека последовало вскоре за сотворением неба. Новая звезда никогда не появляется в одиночку. С рождением нового человека движение вод даст нам возможность позднее понять, что он был всего лишь пеной на гребне могучей волны.

У меня есть странное ощущение, что следующим великим воплощением будущего станет женщина. Если мы стоим перед реальностью великого поворота, то женщина должна быть тем, кто укажет путь. Мужское владычество пришло к концу. Мужчины утратили связь с землей; они со звоном бьются в оконные стекла своих далеких от реальности суперструктур, словно слепые летучие мыши, гонимые бурей океанских глубин. Их мир абстракций несет невнятную чепуху.

Когда люди наконец объединятся во тьме, женщина еще раз осветит путь – указав на красоты и тайны, окружающие нас. Мы пытались убрать с глаз долой глубины ночи, а теперь поглощены этими глубинами. Мы прикидывались цельными, в то время как были раздвоенными, а теперь мы растеряны и бессильны. Или мы выйдем из тьмы все вместе, или не выйдем вообще. Выйдем не как союз братьев, а как союз братьев и сестер, как муж и жена, мужчина и женщина. Потерпев неудачу, мы погибнем и сгнием в недрах земли, и время пройдет мимо нас безостановочно и беспощадно.

Размышления о писательстве

КАК-ТО, ОТВЕЧАЯ НА АНКЕТУ, КНУТ ГАМСУН ЗАМЕТИЛ, что пишет исключительно с целью убить время. Думаю, даже если он был искренен, все равно заблуждался. Писательство, как самая жизнь, есть странствие с целью что-то постичь. Оно – метафизическое приключение: способ косвенного познания реальности, позволяющий обрести целостный, а не ограниченный взгляд на вселенную. Писатель существует между верхним слоем бытия и нижним и ступает на тропу, связывающую их, с тем чтобы в конце концов самому стать этой тропой.

Я начинал в состоянии абсолютной растерянности и недоумения, увязнув в болоте различных идей, переживаний и житейских наблюдений. Даже и сегодня я по-прежнему не считаю себя писателем в принятом значении слова. Я просто человек, рассказывающий историю своей жизни, и чем дальше продвигается этот рассказ, тем более я чувствую, что он неисчерпаем. Он бесконечен, как сама эволюция мира. И представляет собой выворачивание всего сокровенного, путешествие в самых немыслимых широтах, – пока в какой-то точке вдруг не начнешь понимать, что рассказываемое далеко не так важно, как сам рассказ. Это вот свойство, неотделимое от искусства, и сообщает ему метафизический оттенок, – оттого оно поднято над временем, над пространством, оно вплетается в целокупный ритм космоса, может быть, даже им одним и определяясь. А «целительность» искусства только в том и состоит: в его значимости, в его бесцельности, в его незавершимости.

Я почти с первых своих шагов хорошо знал, что никакой цели не существует. Менее всего притязаю я объять целое – стремлюсь только донести в каждом фрагменте, в каждой книге мое ощущение целого, возникающее как память о моих скитаниях, поскольку вспахиваю жизнь все глубже: и прошлое, и будущее. И когда вот так ее вспахиваешь день за днем, появляется убеждение, которое намного существеннее веры или догмы. Я становлюсь все более безразличен к своей участи как писателя, но все увереннее в своем человеческом предназначении.

Поначалу я старательно изучал стилистику и приемы тех, кого почитал, кем восхищался, – Ницше, Достоевского, Гамсуна, даже Томаса Манна, на которого теперь смотрю просто как на уверенного ремесленника, этакого поднаторевшего в своем деле каменщика, ломовую лошадь, а может, и осла, тянущего повозку с неистовым старанием. Я подражал самым разным манерам в надежде отыскать ключ к изводившей меня тайне – как писать. И кончилось тем, что я уперся в тупик, пережив надрыв и отчаяние, какое дано испытать не столь многим; а вся суть в том, что не мог я отделить в себе писателя от человека, и провал в творчестве значил для меня провал судьбы. А был провал. Я понял, что представляю собой ничто, хуже того, отрицательную величину. И вот, достигнув этой точки, очутившись как бы среди мертвого Саргассова моря, я начал писать по-настоящему. Начал с нуля, выбросив за борт все свои накопления, даже те, которыми особенно дорожил. Как только я услышал собственный голос, пришел восторг: меня восхищало, что голос этот особенный, ни с чьим другим не схожий, уникальный. Мне было все равно, как оценят написанное мною. «Хорошо», «плохо» – эти слова я исключил из своего лексикона. Я безраздельно ушел в область художественного, в царство искусства, которое с моралью, этикой, утилитарностью ничего общего не имеет. Сама моя жизнь сделалась творением искусства. Я обрел голос, я снова стал цельным существом. Пережил я примерно то же, что, если верить книгам, переживают после своей инициации приобщившиеся к дзен-буддизму. Для этого мне нужно было пропитаться отвращением к знанию, понять тщету всего и все сокрушить, изведать безнадежность, потом смириться и, так сказать, самому себе поставить летальный диагноз, и лишь тогда я вернул ощущение собственной личности. Мне пришлось подойти к самому краю и прыгнуть – в темноту.

Я упомянул о Реальности, но ведь я знаю, что приблизиться к ней невозможно, иначе как посредством писательства. Я теперь меньше познаю и больше понимаю, – но каким-то особенным, незаконным способом. Все увереннее удается мне овладеть даром непосредственности. Во мне развивается способность постигать, улавливать, анализировать, соединять, давать имя, устанавливать факты, выражать их – причем все сразу. То, что составляет структуру вещей, теперь легче открывается моему глазу. Инстинктивно я избегаю всех четких истолкований: чем они проще, тем глубже настоящая тайна. А то, что мне ведомо, становится все более неизъяснимым. Мною движет убежденность, которая не нуждается в доказательствах, равно как и в вере. Я живу для одного себя, но себялюбия или эгоизма в этом нет и следа. Я всего лишь стараюсь прожить то, что мне отпущено, и тем самым помогаю равновесию вещей в мире. Помогаю движению, нарождению, умиранию, изменению, свершающимся в космосе, и делаю это всеми способами, день за днем. Отдаю все, чем располагаю, отдаю в охотку, но и вбираю сам – все, что способен вместить. Я и венценосец, и пират. Я символ равенства, олицетворение Весов, ставших самостоятельным знаком, когда Дева отделилась от Скорпиона. На мой взгляд, в мире более чем достаточно места для каждого – ведь сколько их, этих бездонных провалов между текущими мгновеньями, и великих вселенных, населенных одним-единственным индивидуумом, и огромных островов, на которых обретшие собственную личность вольны ее совершенствовать как заблагорассудится. Со стороны внешней, когда замечают одни только исторические битвы и все на свете оказывается подчинено схваткам ради богатства и власти, жизнь выглядит как мельтешение толпы, однако по-настоящему она начинается лишь после того, как нырнешь вглубь, уходя с поверхности, и откажешься от борьбы, и исчезнешь из поля зрения остальных. Меня ничто не заставляет писать или не писать, и я более не знаю принуждений, и уже не нахожу в своих писательских занятиях ничего целительного. Все, что мною делается, сделано исключительно ради удовольствия – плоды падают на землю сами, дозрев во мне, словно на дереве. Мне решительно безразлично, как станут судить о них критики или обычные читатели. Я не устанавливаю никаких ценностей, просто исторгаю вызревшее, чтобы оно стало пищей. И ничего другого в моем писательстве нет.

Состояние изысканнейшего безразличия – вот логическое следствие эгоцентричной жизни. С проблемой существования в обществе я справился тем, что омертвел; истинная проблема не в том, чтобы выучиться обитать рядом с другими, как и не в том, чтобы способствовать процветанию своей страны, истинная проблема – это познать свое назначение и провести жизнь в согласии со строго организованным ритмом космоса. Выработав в себе способность без трепета мыслить такими понятиями, как космос и душа, овладев искусством постигать «духовное», но при этом избегая всяческих дефиниций, аргументов, доказательств, обязательств. Рай – он повсюду, к нему ведут любые дороги, если только пойти по ним достаточно далеко. Но продвинуться вперед возможно, лишь возвращаясь назад, затем направившись вбок, и вверх, и затем вниз. Нет никакого прогресса, есть только вечное движение и перемещение – оно идет по кругу, спиралеобразно, бесконечно. У каждого человека свое назначение, и единственный наш императив – это следовать своему назначению, приняв его, к чему бы это ни вело.

Не имею ни малейшего понятия, какие книги напишу я в будущем, даже какой окажется моя следующая книга. Мои замыслы, мои планы направляются самым ненадежным стимулом; я просто что-то набрасываю на ходу, выдумываю, уродую, деформирую, измышляю, изобретаю на пустом месте, преувеличиваю, путаю, корежу – и все в зависимости от настроения. Подчиняюсь я одним лишь своим инстинктам, своей интуиции. Наперед мне не известно ничего. Часто я описываю вещи, которых сам не понимаю, – зная, что в дальнейшем они прояснятся и обретут для меня некий смысл. Я верю в человека, который пишет, то есть в себя, в писателя. И не верю в слова, даже если их нанизывает самый искусный мастер, но верю в язык, а он нечто высшее по отношению к слову, поскольку слова создают только искаженную иллюзию, что он такое. Слова не существуют порознь, так они могут существовать только для ученых – этимологов, филологов и прочих. Отделенные от языка слова становятся мертвой шелухой, и из них не извлечь тайны. Человек открывается в своем стиле, в том языке, который он создал для себя. Для того, кто чист сердцем, все на свете – я в этом убежден – обладает прозрачной ясностью, даже если подразумевать самые эзотерические писания. Такому человеку во всем видится тайна, но эта тайна лишена мистичности, она естественна, соразмерна, обладает логикой и приемлема по своему существу. Понимание заключается не в том, чтобы разгадать тайну, но в том, чтобы ее принять, и насладиться жизнью, и жить с нею – жить ею самой, жить благодаря ей. Мне бы хотелось, чтобы мои слова свободно плыли, как плывет, не ведая маршрутов, сам мир, в своем петляющем движении попадая на совершенно непредсказуемые широты и долготы, оказываясь в незнаемых наперед условиях и климатических поясах, сталкиваясь с измерениями, которых никто не исчислит. Заранее признаю свою неспособность осуществить этот идеал. И меня это нисколько не удручает. В некоем высшем смысле сам мир заряжен неудачей, он представляет собой совершенный образ несовершенства, он есть сознание провала. Когда это понимаешь, провал перестает ощущаться. Творец, иными словами художник, подобен первоначалу мира, вековечному Абсолюту, Единому, Всему, и выражает он себя своим несовершенством. Оно – суть жизни, свидетельство ее неомертвелости. Приблизиться к конечной истине, в чем и заключается, по-моему, высшая цель писателя, можно лишь в той степени, насколько ему по силам отказаться от борьбы, насколько удается подавить в себе волю. Великий писатель – это олицетворение жизни, то есть несовершенного. Он делает свое дело без усилий, создавая видимость, что его труд безупречен, и путь его ведет от какого-то неведомого центра, расположенного, уж разумеется, не среди мозговых извилин, но, несомненно, являющегося центром, который улавливает ритм целой вселенной и оттого предстает столь же надежным, неизносимым, неистребимым, столь же прочным, независимым, анархичным, столь же бесцельным, как сама вселенная. Искусство не учит ничему, кроме понимания, как значительна жизнь. Великое произведение с неизбежностью должно быть по своему смыслу темно для всех, кроме горстки тех, кто, подобно его создателю, приобщился тайн. Содержащееся в нем сообщение по своей значимости вторично, а главное – это его способность увековечить. А оттого вполне достаточно, чтобы у него нашелся всего лишь один понимающий читатель.

Обо мне говорили, что я революционер, но если так, то произошло это помимо моей воли. Я не восстаю против установлений мира. О себе я мог бы сказать словами Блэза Сандрара[1]: «Я революционизирую». А это не то же самое. что быть революционером. Я мог бы жить и по ту сторону перегородки, разделяющей положительное и отрицательное. В общем-то мне кажется, что я поднялся над такими разделениями и создаю некую гармонию двух этих начал, выраженную — пластически, но не в категориях этики — в том, что я пишу. Считаю, что необходимо стоять вне сферы искусства и вне его воздействия. Искусство — только один из способов жизни, а жизнь щедрее, чем искусство. И само по себе оно не является жизнью, превосходящей обычную жизнь. Оно лишь указывает путь, а этого часто не понимают не только зрители, но и сам художник. Становясь целью, искусство себя предает. А художники чаще всего предают жизнь своими усилиями взять над ней верх. Они расщепляют то, что должно быть целым, как яйцо. Я совершенно убежден, что когда-нибудь все искусство исчезнет. Но художник останется, а жизнь будет не «областью искусства», но самим искусством, решительно и навсегда заместив собой то, что к искусству относится. Говоря по существу, мы, конечно, еще не начинали жить. Мы уже не животные, но, несомненно, еще не люди. С той поры, как возникло искусство, об этом твердил нам каждый великий художник, но сколь мало тех, кто это понял. Как только искусство обретет истинное признание, оно исчезнет. Ведь оно только подмена, язык символов, посредством которого воссоздается то, что мы не в состоянии выразить непосредственно. Но чтобы такое свершилось, нужно, чтобы человек стал по-настоящему религиозным: не прихожанином, а действительно носителем веры, истинным богом — без всяких метафор. И он им в конце концов неизбежно станет. А из всех троп, которые выводят к этой главной дороге, искусство самая важная, проложенная в самом надежном направлении и более всех других вознаграждающая путника. Художник, который, и вправду, понял свое назначение, по этой причине перестает быть художником. И все клонится к тому, что должно прийти это понимание, это ослепляющее, как вспышка, новое сознание, постигшее, что в сегодняшней жизни ничто, включая даже искусство, не способно к расцвету.

Кто-то сочтет все эти рассуждения мистификацией, но я лишь излагаю то, в чем сейчас действительно убежден. Разумеется, необходимо помнить, что есть неизбежное несоответствие между истинным положением вещей и тем, как мы осознаем это положение, даже наше собственное положение; впрочем, помнить надо и о столь же явном несоответствии между истинным положением вещей и тем, как его представляет себе кто-то другой. Но между субъективным и объективным жизненно важных различий не существует. Все иллюзорно и более или менее эфемерно. Все явления, включая человека с его мыслями о самом себе, – не более чем набор знаков, изменчивый и непостоянный. Твердых фактов, которых можно было бы придерживаться, нет. А оттого и в книге, даже если я осознанно буду стремиться к искажению и деформации, вовсе не обязательно конечный результат окажется дальше от истины, чем было бы в противоположном случае. Можно быть совершенно правдивым и искренним, при этом ничуть не скрывая, что врешь напропалую. Фикция, вымысел – они вплетены в самую ткань жизни. Истину ничуть не колеблют никакие яростные пертурбации духа.

Оттого, каких бы эффектов ни достигал я с помощью того или иного профессионального приема, они ни в коем случае не являются просто кунштюком, но точно передают колебания моего сейсмографа, фиксирующего хаотичный, многомерный, таинственный, непостижимый опыт, которым меня одарила жизнь, и пока я пишу книгу, этот опыт я переживаю наново – по-иному, может быть, еще более хаотично, непостижимо, таинственно. Так называемый пласт бесспорных фактов, являющихся отправным пунктом и все время воссоздаваемых, укоренен во мне очень глубоко, и, сколько ни пытайся, я не могу ни освободиться от него, ни что-то в нем переделать, ни выдать его за нечто иное. Но вместе с тем он *все-таки меняется*, подобно тому как меняется внешний облик мира – каждое мгновенье, с каждым нашим выдохом и вдохом. А из этого следует, что запечатлевать мир можно, лишь создавая двойную иллюзию, – ты останавливаешь движение и ты же доносишь его непрерывность. И вот этот, скажем, двойной трюк производит впечатление, что перед нами фальсификация, но ведь суть искусства и состоит в такого рода лжи, в том, что оно создает подвижную, метаморфическую маску. Ты бросаешь якорь посреди потока; ты соглашаешься носить маску лжеца, чтобы выразить истину.

Мне часто думалось, что надо бы написать книжку, объяснив, как у меня возникли те или другие страницы, может быть, даже одна какая-нибудь страница. Думаю, я мог бы написать довольно толстую книгу, в которой просто растолковывалась бы наудачу выбранная страница из моих произведений. Растолковывалось бы, как я задумал эту страницу, как она появилась, как менялась, в каких была рождена муках, сколько времени прошло, прежде чем мелькнувшая идея облеклась плотью, и какие мысли роились в голове, пока я это место писал, какой был тогда день недели, как я себя ощущал, как обстояло дело с моими нервами, как меня прерывали или я сам прерывался, какие разные лексические формулы подвертывались под перо, как я черкал и правил, на чем останавливался, с чего возобновлял, изменяя даже исходный импульс, а потом накладывая последний шов, словно хирург, старающийся скрыть, что операция прошла неудачно, и решая для себя, что непременно вернусь еще к этой странице, но никогда не возвращаясь, а если возвращаясь, то лишь к самому импульсу, который вовсе изгладился из памяти, но вдруг опять выплывает, хотя я уже успел написать несколько других книг. А можно было бы поговорить про несколько страниц, сравнив их одну с другой, и взять такие, которые для холодного критика являются олицетворением того или иного, но я бы привел их в замешательство, этих аналитичных критиков, я бы им показал, что страничка, вроде бы написанная с полной непринужденностью, на самом деле далась ценой предельного напряжения, тогда как другая – загадочная, словно лабиринт, и трудно читающаяся – вылилась, подобно тому, как бьет из земли гейзер, и писал я ее, словно подталкиваемый в спину попутным ветерком. Или я бы написал, как вот эту страницу я задумал, еще не встав с постели, и переделывал, одеваясь, а потом переделал еще раз, усевшись за стол. Или воспроизвел бы свой блокнот, чтобы все увидели, как теплые, живые, человечные слова рождаются из самых чужеродных им, самых искусственных стимулов. Воспроизвел бы обрывки фраз, попавшихся на глаза, когда я перелистывал какую-то книгу, и написал бы, что вот эти обрывки разбудили во мне воображение, — однако кто же на свете объяснит, каким образом это происходит, как свершается эта работа? Что бы ни говорили о произведении критики, даже самые лучшие, самые умные, умеющие убедить и доброжелательно, любовно расположенные к автору, — чего почти не бывает, — все равно их рассуждения чистая эфемерность, если знать истинную механику, истинный процесс рождения искусства. То, что написано мною самим, я помню, разумеется, не слово в слово, но достаточно ясно и верно; так вот, мои книги — что-то наподобие поля, которое я обследовал тщательно, как геодезист, и не в кабинете, вооружившись пером и графиками, а физически, ползая на четвереньках и на брюхе, прощупывая сантиметр за сантиметром, — и так долгие недели, все равно какая ни выдалась погода. Короче говоря, работа эта для меня и сейчас столь же будничнa, как была в самом начале, и может быть, даже более привычна. Финал книги я всегда воспринимал лишь сугубо физически: нужно переменить позу. Книга могла бы завершиться тысячью других развязок. В ней ни одна часть не была по-настоящему окончена, и я мог бы возобновить рассказ с любого места, продолжить его, прорыть новые каналы и туннели, построить новые дома, фабрики, мосты, населить это пространство новыми обитателями, изменив фауну и флору, причем все это не меньше, чем прежде, отвечало бы фактам, которых я коснулся в произведении. Собственно, ни завязки, ни финала у меня не бывает. Жизнь начинается в любой момент, когда происходит акт понимания; так и книга. Однако всякое начало — книги ли, страницы, абзаца, фразы, предложения — знаменует собой завязавшуюся новую жизненную связь, и вот в эту жизненность, непрерывность, вневременность, неизменность мыслей и событий я каждый раз ныряю заново. Любое слово, любая строка жизненно связаны с моим существованием — только мои, будь то какой-то поступок, случай, факт, какая-то мысль или эмоция, какое-то желание, бегство, томление, мечта, фантазия, причуда, вообще нечто недовершенное и бессмысленное, что застряло у меня в мозгу и оплетает его вроде рвущейся паутины. Хотя в общем-то не бывает ничего расплывчатого, туманного – даже такие «нечто» жестко очерчены, неразрушимы, определенны и прочны. И сам я вроде паука – все тку и тку, верный своему призванию и сознающий, что эта паутина выткана из вещества, которое есть я сам, а оттого никогда не подстроит мне ловушку и никогда не иссохнет.

Поначалу я мечтал о соперничестве с Достоевским. Надеялся, что раскрою перед миром неистовые и загадочные душевные борения, и мир замрет, пораженный. Но довольно скоро я понял, что мы уже прошли точку, запечатленную Достоевским, – прошли в том смысле, что дегенерация увлекла нас д а л ь ш е. Для нас исчезло само понятие души, верней, оно теперь является в каком-то химически преображенном и до странности исказившемся виде. Мы знаем лишь кристаллические элементы распавшейся и сокрушенной души. Современные художники выражают это состояние, видимо, даже откровеннее, чем писатели: Пикассо – замечательный пример в подтверждение сказанному. Оттого для меня оказалась невозможной сама мысль писать романы и столь же невозможным – примкнуть к разным литературным движениям в Англии, Франции, Америке, потому что все они вели к тупику. Со всей честностью признаюсь, что ощутил себя вынужденным, наблюдая разрозненные, распавшиеся элементы жизни, – я говорю о жизни д у ш и, не о жизни культуры, – соединять их по собственному моему рисунку, используя собственное мое распавшееся и сокрушенное «я» с той же бессердечностью, с той же безоглядностью, с какой готов я был использовать весь сор окружающего мира феноменов. Я никогда не испытывал ни враждебности, ни настороженности по отношению к анархии, воплощенной в преобладающих художественных формах, напротив, всегда радовался исчезновению былых норм. В эпоху, отмеченную распадом, исчезновение представляется мне добродетелью, более того, моральным императивом. Я не только никогда не испытывал ни малейшего желания что-то законсервировать, искусственно оживить или сберечь, оградив стенами, но скажу больше – смолоду считал, что распад – такая же чудесная и творчески заманчивая манифестация жизни, как и ее цветение.

Должен, видимо, признать, что к писательству меня тянуло, поскольку это было единственное, что для меня было открыто и что заслуживало приложения сил. Я честно испытал все иные пути к свободе. В так называемом реальном мире я был неудачником по собственной воле, а не по неспособности к нему приладиться. Писательство не было для меня «бегством», иначе говоря, способом отгородиться от повседневной реальности; наоборот, оно означало, что я еще глубже ныряю в этот замусоренный пруд – с надеждой добраться до родников, постоянно обновляющих плещущуюся в нем воду, не замирающих, вечно бьющих. Оглядываясь на свой путь, я вижу себя человеком способным взяться почти за любую задачу, за любое дело. К отчаянию меня привели монотонность и стерильность всего внешнего бытия. Мне нужно было такое царство, в котором я буду одновременно и господином, и рабом, а им могло стать лишь искусство. И я вошел в этот мир, не обладая никакими явными талантами, ничего не умея, ни к чему не годясь, – неловкий новичок, который почти онемел от страха и понимания грандиозности того, за что берется. Мне пришлось строить кирпичик за кирпичиком, изводить миллионы слов, пока на бумаге не появлялось то настоящее, доподлинное слово, которое я вытянул из своего сокровенного нутра. Я умел гладко говорить, и это мне мешало; у меня были все пороки просвещенного человека. Мне предстояло учиться думать, чувствовать, видеть совершенно по-новому, забыв про свое образование, на собственный лад, а труднее этого ничего нет на свете. Надо было броситься в поток, зная, что я, возможно, не выплыву. В большинстве своем художники бросаются в поток, сначала обзаведясь спасательным кругом, и чаще всего этот круг их и губит. Никому не дано странствовать по океану реальности, если отгораживаешься от опыта. Если в жизни что-то меняется к лучшему, то не путем приспособления, а благодаря вызову и способности откликнуться на слепое побуждение. «Дерзание не бывает фатальным», – сказал Рене Кревель[2], и эту сентенцию я запомнил навсегда. Вся логика, на которой держится вселенная, предуказана дерзанием или же творчеством, опирающимся на самую надежную, самую шаткую основу. Сначала такое дерзание отождествляют с волевым актом, но проходит время, и воля ослабевает, и остается автоматический процесс, который в свою очередь тоже надо прервать, остановить, чтобы утвердилась новая уверенность, ничего общего не имеющая со знанием, умением, навыком или верой. Дерзание дает возможность приобщиться к этой загадочной – сплошной Икс – позиции художника, которая одна тебя и оберегает в мире, и никому не выразить словами, что она такое, но тем не менее она есть и видна в каждом написанном тобой слове.

Мудрость сердца

НИКОГДА НЕ ЗАБУДУ ТОТ ВЕЧЕР, КОГДА МНЕ В РУКИ ПОпал *«Воинственный танец»**. *Я сидел в кафе («Букет Алезии»), когда вошел мой хороший приятель Дэвид Эдгар и навязал мне эту книгу. Я тогда жил, можно сказать, по соседству, на Вилла Сёра. Вскоре после этого я отправился в Лондон и там встретился с доктором Хоу – в его кабинете на Харли-стрит.*

Приблизительно в то же время я познакомился с двумя другими выдающимися психоаналитиками: доктором Отто Ранком и доктором Рене Альенди, чьи работы произвели на меня глубокое впечатление. И примерно тогда же мне попалась первая книга Алана Уоттса «Дух дзен-буддизма».

И где-то в ту же пору я в поисках места, откуда был бы лучше виден Юпитер, моя счастливая звезда, забрался на крышу своей студии, пришел в неописуемый восторг и, спускаясь по лестнице, оступился и рухнул вниз, вышибив дверь зеркального стекла. На другой день мой друг Морикан, о котором я написал в «Дьяволе в раю»[1]*, принес мне подробное астрологическое объяснение случившегося.*

Без преувеличения, интересное было время.

Каждая книга психиатра, в дополнение к философской основе его лечебной методики, в некоторой степени раскрывает суть проблемы, лицом к лицу с которой его ставит жизнь. Действительно, самый факт написания подобной книги есть с его стороны признание ложности ситуации, в которой находятся пациент и психоаналитик. В попытке посредством просвещения публики расширить сферу своего воздействия, психоаналитик косвенно сообщает нам о желании отказаться от ненужной роли целителя, которую ему навязали.

* Книга психоаналитика И.Грэма Хоу.

Хотя фактически каждый день он повторяет пациентам ту истину, что они сами должны исцелить себя, на практике количество пациентов растет с угрожающей быстротой, так что порой целитель бывает вынужден искать другого целителя — для себя. Некоторые психиатры всего лишь такие же жалкие, такие же измученные страхом человеческие создания, как их пациенты, которые обращаются к ним в поисках облегчения. Многие из них перепутали оправданное принятие на себя роли с самопожертвованием, с напрасным принесением себя в жертву. Вместо того, чтобы, к примеру, раскрывать тайну физического и душевного здоровья, они избирают более легкий путь, обычно имеющий разрушительные последствия, оставляя эту тайну своим пациентам. Вместо того, чтобы оставаться просто людьми, они пытаются исцелять и обращать в свою веру, стать дарующими жизнь спасителями для того только, чтобы в конце обнаружить, что распяли самих себя. Если Христос смертью на кресте проповедал идею самопожертвования, то это было сделано ради того, чтобы указать на важность этого сущностного закона жизни, а не для того, чтобы люди следовали Его примеру. «Распятие — закон жизни», — говорит Хоу, и так оно и есть, но это до́лжно понимать символически, а не буквально.

Повсюду в своих книгах* он обращается к созерцательному, или восточному, образу жизни и, можно также сказать, к подобного рода искусству. Искусство жизни основано на ритме: удача — неудача, прилив — отлив, свет — тьма, жизнь — смерть. С приятием жизни — хорошей и плохой, праведной и неправедной, твоей и моей — во всех ее проявлениях, застывшая оборонительная жизнь, которую клянет большинство людей, превращается в танец, «танец жизни», по выражению Эвлока Эллиса[2]. Истинное назначение танца — *метаморфоза.* Человек может танцевать с горя и от радости; он может танцевать просто так, безо всякой причины, как это доказала Элба Гуара. Но суть в том, что простой акт танца преображает элементы, его составляющие; танец, точно так же, как жизнь, несет в себе свой конец. Приятие этого обстоятельства, *любого*

* *Грэм Хоу И.* «Я — субъект и Я — объект», «Время и дитя», «Воинственный танец» (*примеч. автора*).

обстоятельства, рождает подъем, ритмический импульс к самовыражению. Умение расслабляться, конечно, первая вещь, которой должен научиться танцовщик. Это также первое, чем должен овладеть пациент, когда он оказывается один на один с психоаналитиком. Это первое, чему должен научиться любой человек, чтобы жить. Это чрезвычайно трудно, ибо означает самоотвержение, полное самоотвержение. Вся концепция Хоу основана на этой простой, но революционной идее полного и безусловного самоотвержения. Это религиозное мироощущение: *приятие* боли, страдания, несчастья и так далее. Это кружная дорога, которая в конце концов всегда оказывается самой короткой. Подобное миропонимание подразумевает усвоение жизненного опыта, самоосуществление, послушание и дисциплину: кривая временной дуги естественного развития предпочтительней быстрой, гибельной прямой. Это — путь мудрости, путь, который должен в конечном счете быть выбран, потому что все другие пути только подводят к нему.

Не много есть книг о мудрости — или, лучше сказать, об *искусстве жить*?, — которые подверглись бы столь тщательному изучению, как эти три книги. Профессиональный философ склонен смотреть на них с недоверием из-за откровенной простоты авторских умозаключений. В отличие от психоаналитика философ-профессионал редко получает радостную возможность видеть свои теории подвергнутыми испытанию. Что касается психоаналитика, то его мысль всегда насущна, как повседневные дела. Он подвергается испытанию в каждый момент своей жизни. В данном случае мы имеем дело с человеком, для которого писать — это тайное наслаждение, факт, могущий быть в высшей степени поучительным для многих писателей, тратящих часы, чтобы выдавить из себя мыслишку.

Хоу глядит на мир, который есть здесь и сейчас. Он видит его во многом таким, каким этот мир предстает перед пациентом, приходящим к нему за помощью. «Истина состоит в том, что мы больны, — говорит он и добавляет: — *Причина болезни в нас самих*». Если с нами что-то не так, заключает он, то это что-то не такого рода, чтобы можно было излечить его палкой или штыком. Исцеление достигается метафизическим путем, а не терапевтическим: дело не в том, чтобы обнаружить и удалить источник боли. «Это как если бы мы изменили карту самой жизни посредством изменения нашего отношения к ней», — поясняет Хоу. Это извечная умственная гимнастика, известная всем мудрецам, которая лежит в самой основе метафизики.

Жизнь, как все мы знаем, — битва, и человек, будучи частью жизни, сам есть воплощение битвы. Если он видит факт и приемлет его, он способен, невзирая на битву, изведать мир души и радоваться ему. Но чтобы прийти к такому концу, который есть начало (ибо мы еще не начинали жить!), человек должен усвоить доктрину приятия, или, что то же самое, безусловного самоотвержения, которое есть любовь. И тут я должен сказать, что, по моему мнению, автор идет дальше любых теорий жизни, какие до сих пор излагали психоаналитики; он показывает себя чем-то большим, нежели врачеватель, — художником жизни, человеком, способным избрать самый рискованный курс лечения: неколебимой верой. *Верой в жизнь*, позвольте тут же добавить, верой свободной и гибкой, равной всякой неотложной помощи и достаточно широкой, чтобы включить в себя смерть, как и другие так называемые беды. Ибо при таком широком и взвешенном взгляде на жизнь смерть уже не «последний враг» и не «конец»; если, как он подчеркивает, врачевателю и отведена роль, то это роль «повитухи» смерти. (Читатель, желающий продлить удовольствие, может заглянуть в «Тибетскую книгу мертвых»[3].)

Все представление о четырехмерной реальности, которое составляет метафизику Хоу, покоится на осмыслении приятия. Четвертый элемент — это Время, или, говоря иначе, о чем прекрасно знал Гёте, — *развитие*. Подобно тому, как семя развивается, растет в естественном ходе времени, так и мир растет, и так же умирает, и так же возрождается вновь. Это полная противоположность ходячему представлению о «прогрессе», запрягшем вместе дьявольских драконов воли, решимости, цели и борьбы или, скорее напротив, спустившем их с цепи. Прогресс, в его западном варианте, — это путь напрямик, через непреодолимые препятствия, это создание себе трудностей и помех на всем протяжении пути, а в итоге — саморазрушение. Идея Хоу — это восточная идея, пришедшая к нам с искусством джиу-джитсу, где само препятствие используется для его преодоления. Этот метод столь пригоден как для одоления того, что мы называем болезнью, или смертью, или злом, сколь и для одоления противника. Секрет состоит в знании, что силой можно *управлять*, так же как бояться ее – больше, чем что-либо другое, – ее можно обращать во благо или зло, на пользу или во вред в соответствии с желанием. Человек в его настоящем, полном страхов состоянии, похоже, имеет лишь единственное желание – бежать куда глаза глядят, и в этом состоянии он пребывает неизбывно как в кошмаре. Он не только отказывается признать свои страхи, хуже того, *он боится своих страхов.* Все кажется бесконечно хуже, чем есть на самом деле, говорит Хоу, «*просто потому*, что мы пытаемся убежать». Это настоящий Рай Невроза, смола страха и тревоги, в которой, пока не сделаем усилия освободиться, мы можем увязнуть навсегда. Воображать, что кто-то посторонний, в образе ли психоаналитика, диктатора, Спасителя или даже Бога, придет освободить нас, – чистое безумие. На всех спасательных шлюпок не хватит, и в любом случае, как указывает автор, нужнее спасательных шлюпок – маяки. Более полное, более ясное понимание, а не большее количество спасательных средств.

У этой философии жизни, в отличие от большинства философий, берущей свои положения *из жизни*, а не какой-либо теории, множество поразительно разнообразных источников. Позиция автора охватывает противоположные взгляды на мир; она достаточно широка, чтобы вместить всего Уитмена, Эмерсона, Торо, как и даосизм, дзен-буддизм, астрологию, оккультизм и так далее. Это глубоко религиозный взгляд на жизнь, признающий «верховенство незримого». Особое место здесь отводится темной стороне жизни, всему тому, что принято считать отрицательным, пассивным, недобрым, женским, таинственным, непостигаемым. «Воинственный танец» заканчивается следующим замечанием: «В любом случае приятие лучше, даже если мы имеем дело с враждебностью нашего противника. Нет иного прогресса, нежели тот, который был бы, если б мы могли примириться с ним...» Эта идея примирения, невмешательства, идея жизни в настоящем моменте, с полной отдачей, с безоговорочной верой в ход ее развития, который должен в главном всегда оставаться неведомым для нас, есть основной аспект его философии. Она за эволюцию, а равно и инволюцию и против революции. Она обращает внимание на душевную болезнь, как и на сон, грезу и смерть. Она не пытается устранить страх и тревогу, но стремится включить их в единое целое эмоционального бытия человека. Она не предлагает ни панацеи от наших болезней, ни блаженства на небесах; она видит, что проблемы жизни в корне неразрешимы, и милостиво приемлет этот факт. Именно в этом полном признании и приятии конфликта и парадокса мудрость Хоу совпадает со здравым смыслом. В основе тут лежат юмор, веселье, элемент игры – не мораль, но реальность. Это успокаивающая, очистительная, целительная доктрина – скорее раскрытой ладони, нежели стиснутого кулака, скорее самоотвержения, самопожертвования, нежели борьбы, завоевания, идеализма. Медленный ритмичный рост она ставит выше прямого действия, коим стремятся добиться мнимой нереальной цели, используя скорость и напор. (Не цель ли всегда связана со средствами?) Она пытается избавиться как от врага, так и от пациента, скорее приемля болезнь, нежели медицину или ее проводника; она ставит семя выше бомбы, преображение – выше решения и уникальность – выше нормы.

Кажется, все умные, и даже не умные, люди согласны с тем, что мы сейчас переживаем один из самых мрачных моментов истории. (Однако не очень осознается, что человек пережил немало подобных периодов в прошлом – и уцелел!) Есть такие, кто для собственного успокоения возлагает вину за наше положение на «врагов», кого только не причисляя к ним: Церковь, образование, правительство, фашизм, коммунизм, нищету, обстоятельства и так далее. Они тщатся доказать, что «правы», а кто-то другой «не прав». Для них общество состоит в основном из тех, кто отвергает их идеи. Но общество состоит из душевнобольных и преступников, как и из праведников и нечестивцев. Общество – это *все* мы «со всеми нашими достоинствами и изъянами и представлениями о жизни», как говорит Хоу. Общество больно, едва ли кто-нибудь станет отрицать это, и в этом больном обществе существуют врачи, которые «плохо представляют себе, зачем прописывают нам лекарства, мало во что верят, кроме героической хирургии и совершенно необъяснимой способности больного выздоравливать». Служителям медицины неинтересно заниматься нашим здоровьем, они ведут сражение с недугом и болезнью. Их деятельность негативна, как и деятельность других членов общества. Подобным образом не видно, чтобы политические деятели были расположены иметь дело с диктаторами-неудачниками, весьма возможно потому, что они сами диктаторы в душе... Такова картина нашего так называемого «нормального» мира, подчиняющегося закону «бесконечного регресса», по определению Хоу.

«Наука подробнейше изучает видимое, но ни во что не ставит незримое. Церковь раздирают внутренние распри, она переживает одну бесплодную ересь за другой, следуя дорогой бесконечного регресса, пока энергично служит алтарям эффективных институтов. Искусство эксплуатирует воспроизводство точных имитаций; его величайшая новация – «сюрреализм», гордящийся своей способностью избегать всяческих ограничений, налагаемых действительностью на здоровую психику. По сравнению с остальным образование более или менее свободно, но оригинальность личности здесь страдает от методов массового производства специалистов, и высшей награды удостаивается напористый талант. Несовершенное законодательство упорно требует агрессивного отношения к агрессивному поведению, тем самым ради установления справедливости нарушая права правонарушителей. Наши развлечения механизированы, чтобы мы не могли развлекаться самостоятельно. Кто сам не умет играть в футбол, те в болельщицком раже поощряют воплями и освистывают доблестные, но хорошо оплаченные усилия других. Кто не может ни скакать, ни рисковать, те ставят на лошадь. Кто не в силах выносить тишину, те без всяких усилий услаждают свой слух или идут в кинотеатр получить удовольствие от псевдопреимуществ синтетической киноверсии культуры нашего века. Такую систему мы называем нормальной и растим своих детей, что обходится нам так дорого, для жизни в этом безумном мире. Система грозит катастрофой, а мы ни о чем другом не думаем, как лишь бы поддержать ее, и шумно требуем мира, чтобы жить и радоваться ей. Потому, что мы живем внутри этой системы, она кажется нам такой же святыней, как мы сами. Этот образ жизни беглецов от реализма, этот хваленый дворец прогресса и культуры — их никогда не должны потрясти перемены. И это нормально! Кто так сказал? И что это значит — нормально?»

«Нормальность, — продолжает Хоу, — это рай для беглецов от реальности, ибо это концепция неизменности, ясная и простая». «Лучше, если мы сможем, — утверждает он, — оставаться наедине с собой и относиться вполне нормально к своей ненормальности, ничегошеньки не предпринимая, кроме того, что необходимо, чтобы быть самими собой».

Как раз этой способности оставаться в одиночестве и не чувствовать вины или беспокойства по этому поводу лишена средняя, нормальная личность. В ней преобладает стремление к внешней безопасности, обнаруживая себя бесконечной погоней за здоровьем, за счастьем, собственностью и тому подобным, и все же реальная безопасность невозможна, потому что никто не может защитить то, что защитить нельзя. Защитить возможно лишь воображаемое, иллюзорное, то, куда прячется душа. Кто, например, мог испытывать чувство жалости к св. Франциску[4] потому, что он отбросил богатые одежды и дал обет нищеты? Он, я думаю, был первым, кто просил не хлеба, но камней. Питаясь тем, что собирал нищенством, он обрел силу вершить чудеса, дарить радость, какую мало кто дарил миру, и — не последнее из проявлений его мощи — написал самый возвышенный и простой, самый яркий благодарственный гимн «Песнь солнцу». Приемли и радуйся! — внушает Хоу. Бытие — это горение в самом прямом смысле, и, если должен быть на земле мир, он наступит тогда, когда главным станет быть, а не иметь.

Всем нам знакомо выражение: «Жизнь начинается в сорок лет». Для большинства людей это справедливо, поскольку в среднем возрасте приходят ощущение и понимание того, какой срок жизни нам отпускает смерть. Смысл самоотречения, как объясняет автор, не просто в вынужденном согласии, в унизительной капитуляции перед неотвратимыми силами смерти, но, напротив, в изменении ориентиров, переоценке ценностей. Именно в этот критический момент в жизни личности мужское начало уступает женскому. Это обычный процесс, о котором, похоже, заботится сама Природа. Для пробудившегося индивида, однако, жизнь начинается *теперь*, в любой и каждый миг; она начинается тогда, когда он понимает, что является частью грандиозного целого, и через это понимание сам обретает цельность. В познании пределов и взаимосвязей он открывает свое вечное «я», дабы с этих пор идти по жизни, усмиряя душу и плоть и будучи полностью свободным. *Душевное равновесие, дисциплина, озарение* — вот ключевые слова учения Хоу о цельности, или святости, что то же самое, ибо смысл этих слов един. Здесь нет ничего существенно нового, но всем и каждому необходимо открыть это для себя заново. Как я уже говорил, с подобными мыслями встречаешься у таких поэтов и мыслителей, как Эмерсон, Торо, Уитмен, если называть только некоторые ближайшие к нам имена. В этой философии жизни китайцы воспитывались в течение тысячи лет, но, к сожалению, утратили эту философию под влиянием Запада.

То, что эта древняя философия жизни должна была быть подтверждена практикующим психоаналитиком, «врачевателем», кажется мне одновременно и логичным, и справедливым. Что может быть бóльшим искушением для врачевателя, чем сыграть роль Бога, — и кто лучше него знает природу и мудрость Бога? И. Грэм Хоу человек в расцвете сил, не жалующийся на здоровье, нормальный с ненормальной точки зрения, удачливый в том смысле, какой вкладывается в это слово, и более всего желающий жить своим умом. Он знает, что врачеватель — прежде всего художник, а не маг или Бог. Выражая публично свои взгляды, он пытается освободить людей от зависимости, которая сама есть выражение болезни. Его интересует не *врачевание*, но *бытие*. Он пытается не лечить, но возвращать способность радоваться жизни. Его усилия направлены не на уничтожение болезни, но на то, чтобы принять ее и, усвоив, слить воедино со светом и здоровьем, которые есть истинное наследие человека. В нем не чувствуется усталости, потому что его философия здоровья не позволила бы ему браться за непосильную задачу. Он все делает легко, соблюдая чувство меры, взвешенно, беря от жизненного опыта ровно столько, сколько способен усвоить. Если он очень толковый психоаналитик, что признают все, даже его недоброжелатели, то это не потому, что он такой *знаток*, а потому, что он такой *человек*. Он постоянно освобождается от лишнего груза, будь это пациенты, друзья, поклонники или собственность. У него, по замечательному китайскому выражению, «живой-и-ненасытный» ум. Он удерживается против течения, не тонет и не тщится перегородить поток. Он очень мудрый человек, живущий в мире с собой и всем светом. Это становится ясно сразу, достаточно просто пожать ему руку.

«Не нужно, – говорит он в конце «Воинственного танца», – болезненно воспринимать трудности, с которыми мы сталкиваемся, поскольку не так сложно понять, если попытаемся, что мы сами создаем их себе тем, что пытаемся изменить неизменяемое. «Ограниченный» человек так боится всего чрезмерного, но «Личность» жаждет этого; «Ограниченному» человеку не по вкусу очень многое, с чем он сталкивается в жизни, он считает это вредным, но для «Личности» все в жизни – хлеб насущный, у нее и дверь нараспашку для всех ее врагов; «Ограниченный» человек до ужаса боится, как бы не соскользнуть из света во тьму, из видимого в невидимое, но «Личность» понимает, что это всего лишь сон или смерть, а они-то и есть настоящее отдохновение; «Ограниченному» человеку необходимы «блага» или гольф, чтобы чувствовать себя хорошо, врачи или иные спасители, но «Личность» нутром понимает – истина парадоксальна и человек в большей безопасности, когда наименее защищен... Война жизни – это одно; война человека – это другое, это война с войной, война против войны, нескончаемый регресс наступательного и оборонительного аргумента».

По цитатам может показаться, что «Воинственный танец» я предпочитаю двум другим книгам, но дело не в этом. Может быть, ежедневное вовлечение в войну заставило меня ссылаться на эту книгу, в которой в действительности говорится о мире. Все три книги одинаково ценны и являют собой разные грани одной и той же безыскусной философии, которая, повторюсь, есть не учение, кое автор блестяще излагает и отстаивает, но жизненная мудрость, возвеличивающая жизнь. У нее нет иной цели, чем делать жизнь более похожей на жизнь, как ни странно это может прозвучать.

Всякий, кто углублялся в эзотерические доктрины Востока, непременно увидит, что взгляд на жизнь, изложенный в книгах Хоу, всего лишь повторение древней «Доктрины сердца». Элемент Времени, основополагающий в философии Хоу, – это новая, наукообразная формулировка следующего эзотерического постулата: нельзя следовать Путем, пока сам не станешь этим Путем. Может, никогда еще за всю свою историю человек не был дальше от Пути, чем в наше время. Век тьмы, как он назван в книге, – это переходный период, чреватый катастрофой и прозрением. Хоу не одинок в такой характеристике нашей эпохи: такого же мнения придерживаются честные люди повсюду. Это как точка равноденствия души, крайняя точка, которой мы можем достичь для того, чтобы не кончить полным крахом. Это тот миг, когда земля, если пользоваться иной аналогией, словно замирает, как маятник, перед тем как качнуться назад. В этом есть иллюзия «конца», стаза, по виду напоминающего смерть. Но это лишь иллюзия. Все в этой критической точке зависит от того, как мы воспринимаем этот момент. Если приемлем его как смерть, то можем возродиться и продолжить наше циклическое странствие. Если относиться к нему как к «концу», то мы обречены. Неслучайно, что в наше время должны были возникнуть известные нам разнообразные философии смерти. Мы находимся на распутье и можем смотреть вперед и оглядываться назад с бесконечной надеждой или отчаянием. Неудивительно и то, что в наше время должно было появиться столь много разнообразных концепций четвертого измерения. Негативный взгляд на жизнь, который на деле есть мертвый взгляд и который Хоу оценивает как «бесконечный регресс», постепенно уступает позитивному взгляду, которому доступно множество измерений. (Стоит уверовать в четвертое измерение, как открывается множество других измерений. Четвертое измерение – символичное, распахивающее горизонт бесконечного «выхода». С ним время-пространство приобретает всецело иной характер: каждое явление жизни отныне выглядит иначе.)

Умирая, зерно вновь испытывает чудо жизни, но в такой форме, которая непостижима для отдельного живого существа. Ужас смерти более чем вознаграждается неизведанными радостями рождения. Именно в этом, по-моему, различие между учениями о Глазе и Сердце. Ибо, как всем известно, расширяя область знания, мы лишь яснее видим горизонт нашего неведения. «Жизнь не в форме, но — в огне», — говорит Хоу. Две тысячи лет, несмотря на явленную нам истинную мудрость учения Христа, мы норовили жить по шаблону, старались оторвать мудрость от знания вместо того, чтобы почитать ее, старались победить Природу вместо того, чтобы принять ее законы и жить, повинуясь им. Так что вовсе не удивительно, что психотерапевт, в чьи руки ныне отдает себя, как овцу на заклание, больной и труждающийся, находит необходимым восстанавливать в правах метафизический взгляд на жизнь. (Метафизики не существовало со времен Фомы Аквинского.) Лечение – дело пациента, а не психоаналитика. Мы связаны невидимыми нитями, и сила обнаруживается или отмечается в слабейшем из нас. «Поэзию должны творить все», – сказал Лотреамон[5], и то же самое должно быть отнесено к реальному прогрессу. Мы должны умнеть вместе, иначе все тщета и иллюзия. Если мы оказываемся перед дилеммой, лучше остановиться и пристально вглядеться в нее, нежели пытаться поспешно и геройски преодолеть ее. «Истинная жизнь дает не просто, – замечает Хоу, – это приключение, рост, неуверенность, риск и опасность. Но в сегодняшней жизни мало возможностей испытать приключение, кроме как на войне». Это значит, что, день за днем уходя от реальных проблем, мы порождаем ересь, где с одной стороны – иллюзорная жизнь с комфортом безопасности и отсутствием боли, а с другой — болезнь, катастрофа, война и так далее. Мы сейчас проходим сквозь Ад, и было бы прекрасно, если б это был настоящий ад и мы действительно прошли через него. Мы, вероятно, не можем надеяться, пока не станем окончательными невротиками, избежать последствий нашего глупого поведения в прошлом. Те, кто пытается возложить ответственность за опасности, которые нам угрожают, на «диктаторов», могли бы с тем же успехом заглянуть в себя и спросить, когда они действительно «свободны», когда лояльны существующей власти или когда всего-навсего преданы какой-нибудь другой власти, возможно, еще не распознанной. «Преданность любой из систем, психологическая или какая-нибудь иная, – говорит Хоу, — предполагает паническое бегство от жизни». Те, кто проповедует революцию, тоже защитники статус-кво – своего собственного статус-кво. Всякое решение относительно болезней мира должно охватывать *все* человечество. Мы обязаны отказаться от своих излюбленных теорий, подпорок и поддержек, ничего не говорить о том, что нас защитит и чем мы владеем. Мы должны стать более ин-клюзивными, то есть открытыми, отказавшись от экс-клюзивности, то есть закрытости. Что нельзя познать и усвоить посредством опыта, накапливается в форме вины и создает сущий Ад, буквальное значение которого — место, где должно сгореть несгоревшее! Учение о реинкарнации включает в себя эту жизненную истину; мы на Западе насмехаемся над этой идеей, но тем не менее мы — жертвы единого закона. В самом деле, если кто-нибудь захотел бы попытаться изобразить это местосостояние, что могло бы послужить более точной его иллюстрацией, чем картина мира, который сегодня « у нас на руках»? Реализм Запада, не отвергнут ли он реальностью? Само это слово превратилось в свою противоположность, и подобное случилось со столь многими нашими словами. Мы пытаемся жить только при свете, а в результате нас объяла тьма. Мы постоянно сражаемся за справедливость и добро, но все равно повсюду видим зло и несправедливость. По верному замечанию Хоу, «если мы непременно желаем достичь идеалов и радоваться достигнутому, то это вовсе не идеалы, а фантазии». Нам необходимо раскрыться, расслабиться, дать себе волю, повиноваться глубинным законам своего существа, чтобы подойти к подлинной дисциплине.

Дисциплину Хоу определяет как «искусство приятия негативного». Оно основано на понимании дуалистичности жизни, на отделении относительного от абсолютного. Дисциплина высвобождает поток энергии; она дает абсолютную свободу внутри относительных ограничений. Человек развивается *вопреки* обстоятельствам, а не благодаря им. Эта жизненная мудрость, известная на Востоке, дошла до нас во множестве обличий, не последнее из которых — важная наука символов, известная как астрология. Здесь время и развитие — насущные элементы понимания реальности. По-настоящему, нет ни хороших или плохих гороскопов, ни хорошего или плохого «расположения звезд»; нет испытания людей или положений моралью или этикой, есть лишь желание постичь значение внутренних и внешних сил и их взаимодействия. Попытка, проще говоря, приблизиться к целостной картине мира и таким образом обрести устойчивость в движущемся потоке жизни, обнимающем познанное и непознанное. Каждый миг, в соответствии с этой точкой зрения, следовательно, хорош или надлежащ, он – лучший для всякого человека, ибо бесполезность его или плодотворность определяются отношением к нему. Мы сегодня можем видеть, как человек в самом подлинном смысле слова вырвал себя из жизненного процесса; он находится где-то на периферии его, крутится, как волчок, все быстрей и быстрей, все меньше способный различать что-нибудь вокруг. Пока он не будет готов к жесту приятия, не расстанется с железной волей, которая есть просто выражение его отрицания жизни, он никогда не станет вновь в ее центре и не найдет себя истинного. Не только у «диктаторов» *нездоровая психика*, но у всего этого мира людей; мы находимся во власти демонических сил, сотворенных нашим страхом и невежеством, мы инстинктивно всему говорим «нет». Сами наши инстинкты извращены, так что слово «инстинкт» теряет всякий смысл. Цельный человек действует не по инстинкту, а по интуиции, потому что «его желания находятся в согласии с законом, как и сам он». Но чтобы поступать интуитивно, человек должен повиноваться глубинному закону любви, который основан на абсолютной терпимости, закону, который позволяет вещам быть самими собой. Настоящая любовь никогда не усложняет, никогда не оценивает, не отвергает, не требует. Она возвращает жизнь милостью возрождаемого «бесконечного круговорота». Она сжигает, потому что ей ведом истинный смысл самопожертвования. Это – жизнь озаренная.

Идея «бесконечного круговорота», не только того, без чего жизнь не существует, но всего на свете, привносит, если такое возможно, магию в философию Хоу. Это наиболее практичный способ жития, хотя и кажется непрактичным. Согласимся мы с этим или нет, есть иерархия бытия, как и иерархия роли. Лучшие представители рода человеческого всегда были сторонниками «бесконечного круговорота». Они были сравнительно бесстрашны и не искали иного богатства и безопасности, кроме как внутри себя. Отказываясь от всего самого для себя дорогого, они находили путь к высшей ступени жизни. Их пример все еще вдохновляет нас, хотя мы следуем за ними больше из подражания, чем по велению сердца, ежели следуем вообще. Они никогда не пытались руководить, но только водительствовать. Настоящему лидеру нет надобности руководить – он согласен показывать путь. До тех пор, пока мы не станем сами себе лидерами, довольствующимися тем, какие мы есть сейчас, в процессе становления, мы всегда будем слугами и идолопоклонниками. Мы имеем только то, что заслуживаем; мы достигнем бесконечно большего, если умерим желания. Весь секрет спасения заключается в том, чтобы от слов перейти к делу, совершив переворот в самом себе. Вот этот поворот к целостности и вере, *переворот* в духовном смысле, есть мистическая движущая сила идеи четвертого измерения. Чуть выше я прибег к слову «спасение», но спасение как страх или смерть, когда в него поверили и когда его пережили, уже не «спасение». На самом деле спасения не существует, есть лишь безграничные области опыта, подвергающие нас все большим и большим испытаниям, требующие все больше и больше веры. Волей-неволей мы движемся к Непознанному и чем скорее и полнее отдадимся новому опыту, тем будет лучше для нас. Само слово, которое сегодня у всех нас на языке, – *переход* – указывает на растущее осознание, как и на предчувствие этого. А осознавать – значит крепко спать, перестать трястись и дергаться. Лишь тогда, когда мы преодолеем фантазии, желания и грезы, произойдет подлинное превращение, и мы проснемся возрожденными, мечта вновь станет реальностью. Ибо реальность и есть наша цель, как бы мы это ни отрицали. И мы можем достичь ее, лишь все больше раздвигая пределы сознания, пылая все ярче и ярче, пока даже сама память не исчезнет в огне.

КОММЕНТАРИИ

АЭРОКОНДИЦИОНИРОВАННЫЙ КОШМАР (THE AIR-CONDITIONED NIGHTMARE)

Под этим заглавием Миллер опубликовал двухтомное повествование, представляющее собой сложный сплав эссеистики, путевого дневника, автобиографической прозы и мемуаров, сохранив заголовок для его первой части, появившейся в свет в 1945 г. и два года спустя дополненной книгой «Помнить, чтобы помнить». Непосредственным толчком к созданию этого двухчастного произведения стало продолжавшееся около года путешествие по США, которое автор предпринял вскоре после возвращения на родину из Европы. Оно началось в октябре 1940 г., и его маршрут воссоздан на страницах обеих книг, составляющих дилогию.

[1] Найман, Гилберт – писатель и критик, издавал в Пуэрто-Рико журнал «Бетвин уорлдз», регулярно публиковавший тексты Миллера, написанные в 50-е гг. Дружеские отношения с ним, завязавшиеся после знакомства в Калифорнии в 1941 г., Миллер сохранил до конца жизни. Г.Найман – автор одной из первых академических работ о Миллере, появление которой означало признание важности этого литературного феномена.

[2] Вивекананда, Свами (1863–1902) – проповедник буддизма, ученик Рамакришны (1836–1886), выдающегося религиозного деятеля, сторонника объединения религий. Посетил в 1893 г. США и выступил на проводившейся в Чикаго сессии Парламента религий, экуменической организации, деятельность которой способствовала диалогу между духовенством, принадлежащим к различным конфессиям. Этой же задаче должна была служить основанная Свами в Америке Миссия Рамакришны, пропагандировавшая идею единого мира под знаком Веданты.

[3] Лоуэнфелс, Уолтер (1897–1980) – американский поэт. Его молодость прошла в Париже, где он принадлежал к числу друзей Миллера, избравшего его прототипом Кронстадта в «Тропике Рака». По возвращении в США Лоуэнфелс стал членом Коммунистической партии и активным сотрудником ее периодических изданий.

[4] Пустыня Пейнтид (букв. «Разноцветная») – плато в Аризоне, неподалеку от Большого каньона, который Миллер подробно описывает в конце книги. Находящаяся на высоте свыше полутора километров над уровнем моря, пустыня получила свое название из-за интенсивнос-

ти желтого и красного цвета, создаваемого глинами и осадочными породами.

[5] Я покидал Грецию... – Путешествие в Грецию, описанное Миллером сразу по возвращении в США («Колосс с Маруссе», 1941), было вынужденно прервано им из-за начавшейся в Европе второй мировой войны.

[6] Баттери – парк на южной оконечности Манхэттена, у впадения в океан реки Гудзон. Назван в память батареи, охранявшей гавань Нью-Йорка в колониальные времена. Поблизости впадает в океан Истривер, вторая из рек, между которыми располагается Манхэттен.

[7] Стелофф, Фрэнис – владелица книжного магазина и небольшого издательства в Нью-Йорке, выпускавшего авангардистскую литературу. Миллер познакомился с ней в 1936 г., когда ненадолго приезжал в США.

[8] «Новый курс» – программа, осуществленная в 1933–1939 гг. правительством Ф.Д.Рузвельта; ставила своей целью усиление государственного регулирования в социальной сфере, создание новых рабочих мест и постепенное преодоление опустошительных последствий мирового экономического кризиса начала 30-х гг.

[9] Раттнер, Эйб (1915 –1974) – художник и фотограф, знакомый Миллера по Парижу; вместе с ним Миллер возвращался в США после начала войны.

[10] Рузвельт,Теодор (1858–1909) – президент США в 1901–1909 гг., известен проводимой им экспансионистской политикой и меценатскими начинаниями.

[11] Америка... была создана людьми... – Первые заокеанские поселения были основаны в начале XVII века пуританами, которые подвергались жестоким гонениям в Англии.

[12] Марин, Джон (1870–1953) – американский художник авангардистской ориентации. Стиглиц, Альфред (1864–1946) – американский фотограф, превративший фотографию в вид искусства. Устроитель ряда известных художественных выставок. См. главу «Стиглиц и Марин».

[13] Сушон, Мэрион (1870–1949) – американский хирург, много занимавшийся и живописью; снискал известность как один из ярких примитивистов. См. главу «Доктор Сушон: хирург-художник».

[14] Колледж «Блэк Маунтин» («Черная Гора») в Северной Каролине известен как один из литературных центров: здесь в 40-е гг. сложилась одноименная поэтическая группа во главе с Чарлзом Олсоном (1910–1970), пропагандистом изысканных форм, которые, однако, не должны мешать естественности ритма, определяющегося дыханием произносящего стихи.

[15] Джемстаун, штат Вирджиния, был первым поселением заокеанских колонистов (1607).

[16] ...мы вступили в войну. – США, долгое время оставаясь верными доктрине изоляционизма, были вынуждены вступить во вторую мировую войну после внезапного нападения японцев на тихоокеанскую морскую базу Перл-Харбор 7 декабря 1941 г.

[17] Милль, Джон Стюарт (1806–1873) – английский философ-позитивист.

[18] ...подверглись ли мы на самом деле вторжению или нет. – Во время трансляции радиоинсценировки по роману Г.Уэллса «Война миров» в 1938

г. началась паника, так как многие слушатели решили, что это репортаж о реально происходящих событиях.

[19] Мормоны (члены религиозной секты Церковь Иисуса Христа Святых Последних Дней, основанной в 1830 г. и ныне насчитывающей около 4 млн. последователей) долгое время подвергались преследованиям, в частности, за проповедь полигамии.

[20] В штате Кентукки (форт Нокс) хранится золотой запас США.

[21] Патчен, Кеннет (1911–1986) – американский поэт и романист, в молодости был близок к авангарду, затем занимал левые политические позиции.

[22] Амманиты – секта, названная по имени священника Якоба Аммана, основана в Швейцарии в 1690 г. Переселилась за океан, в Пенсильванию, в 1714 г. Трактуя Библию буквально, члены секты отказываются пользоваться завоеваниями прогресса, даже обработку земли производят исключительно плугом и отличаются строгостью нравов.

[23] Линия Маннергейма – система укреплений на Карельском перешейке, возведенная по распоряжению маршала Финляндии Карла Густава Маннергейма (1867– 1951). Долгое время сдерживала продвижение Красной Армии в советско-финскую войну зимой 1940 г.

[24] Доре, Поль Гюстав (1833–1883) – французский художник, особенно известен иллюстрациями к Библии и к «Дон Кихоту».

[25] Французский писатель Луи-Фердинанд Селин (1894– 1961) – один из близких друзей Миллера в его парижские годы, автор нашумевшего романа «Путешествие на край ночи» (1932), который содержит шокирующе откровенные картины будничности современного большого города. Впоследствии подвергался преследованиям за свою позицию в годы войны и оккупации – ее сочли объективно близкой к коллаборационизму.

[26] Саут-Сайд – район трущоб в Чикаго, населенный главным образом чернокожими и пуэрториканцами.

[27] Фаррел, Джеймс Томас (1904–1979) – американский писатель, занимавший в 30-е годы левые позиции; его трилогия о выходце из Саут-Сайда Стадсе Лоннигане – одно из наиболее ярких достижений американского социально-обличительного романа.

[28] Игороты – народность, живущая на севере острова Лусон (Филиппины), где американские подразделения, осуществлявшие в 1899 г. колониальный захват бывших испанских территорий, встретили наиболее ожесточенное противодействие.

[29] Бубу – герой романа французского писателя Шарля-Луи Филиппа (1874–1909) «Бубу с Монпарнаса» (1901), изображающего жизнь социальных низов Парижа.

[30] Буффало Билл – прозвище знаменитого следопыта и охотника на бизонов Уильяма Коуди (1846–1917), героя многочисленных приключенческих романов.

[31] Гермес Трисмегист – обычное обозначение бога Гермеса (Меркурия) в античную эпоху.

[32] Великий освободитель – президент Авраам Линкольн (1809–1865), по инициативе которого была в 1863 г. принята поправка к Конституции, запрещающая рабовладение на всей территории США.

[33] Бетлехем (английское произношение названия библейского Вифлеема) – город в Пенсильвании, центр металлургии.

[34] Бахаисты – последователи учения Баха Алла (1817–1892), шиитской секты, подвергавшейся суровым преследованиям в Персии.

[35] Хилер, Хилари (1889–1974) – американский художник, теоретик искусства и музыкант; в начале 30-х гг. давал Миллеру уроки живописи в своей парижской мастерской; см. о нем главу «Хилер и его фрески».

[36] Райхель, Ганс (1907–1963) – немецкий художник, часто бывал у Миллера на Вилле Сёра; пьяные дебоши Райхеля в итоге привели к охлаждению между ним и Миллером.

[37] Гросс, Георг (1893–1959) – немецкий живописец и график, придерживался левой ориентации в политике и в искусстве.

[38] «Христианская наука» – религиозная организация, созданная в США в 1866 г., а с 1879 г. существующая как самостоятельная церковь. Основная ее доктрина, разработанная Мэри Беккер Эдди (1821–1910), заключается в проповеди исцеления физических недугов исключительно силой веры в Слово Христа.

[39] «Бхагавадгита» – одна из книг древнеиндийского эпоса. «Махабхарата» – большой цикл трактатов, в которых изложены философские основы индуизма.

[40] Девиз «Ad astra per aspera» – «К звездам через тернии» – начертан на знамени штата Канзас.

[41] Жионо, Жан (1895–1970) – французский романист, близкий Миллеру своим неприятием урбанистической цивилизации и призывами вернуться к патриархальному укладу жизни.

[42] Карко (Франсуа Каркопино-Тусоли, 1886–1958) – французский писатель, часто изображавший с отталкивающими подробностями жизнь парижского «дна».

[43] Розенкрейцеры – члены тайных религиозно-мистических обществ в Европе XVII–XVIII веков, являвшихся прообразом масонства.

[44] «Большой Мольн» – посмертно опубликованный роман французского писателя Алена-Фурнье (Анри Ален-Фурнье, 1886–1914), убитого на фронте в начале Первой мировой войны.

[45] Франкенштейн – персонаж одноименной повести (1818) Мэри Шелли (1797–1851), молодой естествоиспытатель, вырастивший в колбе гомункулуса и одаривший его жизнью. Этот сюжет много раз использовался в романах «черной серии» и фильмах ужасов.

[46] Абеляр, Пьер (1079–1142) – французский философ, богослов и поэт; переписка Абеляра с Элоизой, его ученицей и возлюбленной, считается одним из шедевров французской прозы. Родственники Элоизы, желая положить конец этой связи, оскопили Абеляра.

[47] Байу – названия рукавов Миссисипи в ее дельте, у Нового Орлеана.

[48] «Эванджелина» (1847) – поэма Генри Уодсворта Лонгфелло (1807–1882) о девушке из Новой Скотии (современная Канада) и ее возлюбленном, разлученном с нею многочисленными войнами с индейцами, происходившими на протяжении XVII века, и заброшенном судьбой в Луизиану, к устью Миссисипи.

[49] Клодель, Поль (1868–1955) – французский поэт католической ориентации, многие годы провел на дипломатической работе, был послом в США (1927 – 1933).

[50] ...портрет госпожи Браунинг... – Романтическая любовная история, закончившаяся бегством начинающей поэтессы Элизабет Баррет (1806–1861) в сентябре 1846 г. в Италию, где она обвенчалась с поэтом Робертом Браунингом (1812–1889), происходила при активном участии ее собаки, рыжего спаниеля по кличке «Флаш», героя одноименной повести (1933) английской писательницы Вирджинии Вулф (1882–1941).

[51] Штейнер, Рудольф (1861–1925) – австрийский философ-мистик, создатель доктрины антропософии. Блаватская, Елена Петровна (1831–1891) – русская теософка, известна своими толкованиями мистических доктрин индуизма. Граф Сен-Жермен (1716–?) – авантюрист, утверждавший, что лично ему являлся Иисус Христос.

[52] Калигари – врач-садист, герой известного экспрессионистского фильма немецкого режиссера Роберта Вине (1881–1938) «Кабинет доктора Калигари» (1919).

[53] Сведенборг, Эмануэль (1688–1772) – шведский философ- мистик.

[54] Биддл, Джордж (1896–1959) – американский искусствовед, выступал как художественный критик во влиятельных периодических изданиях.

[55] Вуд, Грант (1892–1942) – американский художник, один из зачинателей регионализма – течения в американском искусстве 30-х гг., противостоявшего абстракционистам и стремившегося к жизненно достоверному изображению будничной реальности.

Бентон, Томас Харт (1889–1975) – художник-регионалист, известный своими картинами, воссоздающими жизнь американского Юга («Рисовое поле в Луизиане») и Среднего Запада.

Парриш, Максфилд (1870–1966) – американский художник и иллюстратор, на взгляд Миллера, потакавший скверному вкусу массовой публики.

[56] Гуггенхеймовский стипендиат – Фонд Гуггенхейма, созданный на средства династии промышленников Гуггенхеймов в 1925 г., ежегодно присуждает стипендии, позволяющие молодым деятелям искусства осуществлять свои творческие замыслы. На средства этого Фонда был открыт в 1937 г. Музей беспредметной живописи в Нью-Йорке. Музей современного искусства, открывшийся двумя годами позже и ставший одной из богатейших картинных галерей мира, был создан на средства семьи Рокфеллеров.

[57] Де Сото, Эрнандо (1496? –1542) – испанский конкистадор, в 1539 г. высадился со своим отрядом во Флориде, проследовав до современной Алабамы и затем обратно во Флориду, где он искал «родник вечной молодости».

[58] На стороне Конфедерации – т.е. на стороне южан в Гражданской войне (1861 – 1865).

[59] Роджерс, Уилл (1879–1935) – американский писатель-юморист, артист цирка, эстрады и кино, начинал жизненный путь ковбоем, затем был канатоходцем и вел очень популярную юмористическую колонку в нескольких крупных газетах.

[60] Брайан, Уильям Дженнигс (1860–1925) – американский политический деятель, на рубеже XIX–XX вв. лидер популизма, массового фермерского движения, одним из лозунгов которого было введение в обращение серебряного доллара, что означало подрыв монополий, разбогатевших на золоте. Впоследствии – Государственный секретарь США и лидер Демократической партии.

[61] Конвент– в американской политической традиции партийный съезд для выдвижения кандидатов на президентских выборах.

[62] Консистория – штаб-квартира масонской организации.

[63] Элиф Леви (псевдоним аббата Альфонса-Луи Констана) – один из первых теософов и спиритов, пользовавшийся большой известностью в XIX веке. Николя Фламель (1330–1418) – профессор Сорбонны, щедрый филантроп; с его именем связывали открытие «философского камня». Раймон Люлль – в действительности испанский богослов, философ, алхимик и поэт Рамон Лулло (1235–1315).

[64] Джон Дадли, начинающий прозаик и художник, и его жена Фло (Флоренс), когда Миллер познакомился с ними, жили на берегу озера Мичиган в городе Кеноша.

[65] ...в самом сердце Юга. – В Боулинг-Грин (Вирджиния), где Миллер гостил у американской писательницы Кэресс Кросби (1892–1970); там же в это время жили писательница, парижская возлюбленная Миллера Анаис Нин и художник Сальвадор Дали с женой Галой.

[66] Дуглас, Норман – парижский приятель Миллера, человек, принадлежавший к кругу богемы, собиравшейся на Вилле Сёра.

[67] Бун, Дэниел (1734–1820) – первопроходец, охотник, прототип Кожаного Чулка в цикле романов Фенимора Купера.

[68] Американский легион – военно-патриотическая ветеранская организация, основанная в 1919 г.

[69] По преданию, в публичной мастурбации обвиняли другого греческого философа – Диогена.

[70] Имеется в виду ускоренная технология строительства судов для каботажного плавания в годы второй мировой войны: ввиду дефицита железа оно было заменено железобетоном.

[71] Кросби, Бинг (настоящее имя – Гарри, 1904–1977) – американский эстрадный певец и киноактер. Ламур, Дороти – популярная эстрадная певица 20-х годов.

[72] Каунт (настоящее имя Уильям) Бейси (1904–1984) – американский джазовый пианист, дирижер и композитор.

[73] ...письмо Нижинского Дягилеву. – Видимо, подразумевается какое-то из писем, связанных с уходом танцовщика Вацлава Нижинского в 1913 г. из балетной труппы Сергея Дягилева и его отъездом в Америку, фактически озна-чавшим конец блестящей карьеры (и отношений, связывавших его с Дягилевым), особенно после того, как было диагности-ровано неизлечимое душевное заболевание великого артиста.

[74] Варез, Эдгар (1885–1965) – американский композитор французского происхождения, пионер «конкретной музыки» с широким использованием электронных духовых и ударных инструментов, записей уличных

шумов, репродукторов, транслирующих радиопрограммы, и т.п. Одно из его наиболее известных произведений называется «Пустыни».

[75] Темпл, Шерли (р.1928) – американская киноактриса, особенно прославившаяся в ролях очаровательных маленьких девочек в 30-е гг. (снималась с трехлетнего возраста). Впоследствии видный деятель Республиканской партии.

Успенский, Петр Демьянович (1877–1947) – русский философ, мистик, изучал теософию и йогу, неоднократно путешествовал по Востоку; последние годы жизни провел в США.

Кришнамурти, Джидду (1897–1986) – индийский религиозный философ и поэт.

Мессершмитт, Вилли (1898–1978) – авиаконструктор, создатель основного вида истребителей ВВС Германии во второй мировой войне.

[76] Бретон, Андре (1896–1966) – французский писатель, лидер сюрреализма, которым Миллер был увлечен в годы своей писательской юности.

[77] «Бонуит Теллер» – дорогой магазин женской одежды в Нью-Йорке, центр авторского дизайна, в 30-е гг. предлагавший модели, несущие на себе отпечаток новейшей авангардистской эстетики.

[78] «Беседы у камелька» – цикл радиопередач, в ходе которых президент Рузвельт отвечал на вопросы слушателей.

[79] «Твайс э Йеа» – «полугодовой журнал литературы, искусства и гражданских свобод», издаваемый подругой А.Стиглица Дороти Норман, которая привлекла к участию в издании многих видных молодых писателей левой и авангардистской ориентации.

Розенфелд, Пол (1890–1946) – американский литературный и музыкальный критик, сотрудничавший в «Твайс э Йеа». Один из убежденных пропагандистов модернистской художественной культуры.

[80] Хунекер, Джеймс (1860–1921) – американский музыкальный критик, влиятельный в первые годы XX в.

[81] Тосканини, Артуро (1867–1957) – итальянский оперный и симфонический дирижер, с 1928 г. руководил нью-йоркской «Метрополитен-опера» и Филармоническим оркестром.

[82] Тетрацинни, Луиза (1871–1940) – итальянская оперная певица, часто гастролировала в США.

[83] Рудьяр, Дэн – астролог, с которым Миллер познакомился и сблизился в Калифорнии в 1941 г.; впоследствии писал и по вопросам философии искусства.

[84] Пансоноризм (от латинского «sonorus» – звучный) – в музыке означает максимальное звучание всех инструментов.

Звукоплерома – от ботанического термина «плерома», обозначающего первичную материю в точках роста растений.

Коуэлл, Генри Диксон (1897–1965) – пианист, композитор, музыковед, использовал «звуковые кластеры» (пучки): удары по клавишам кулаком или предплечьем.

[85] Милликен, Джордж Эндрюс (1868–1953) – американский физик, Нобелевский лауреат 1923 г.

[86] В 1933 г. судья Джон М.Вулси принял решение запретить распространение романа Дж.Джойса «Улисс», еще раньше подвергнутого такому же запрету в Англии, где первое легальное издание состоялось в 1936 г. За публикацию «непристойности» преследовался в начале 20-х гг. и чикагский журнал «Литл ревью», который первым поместил большие фрагменты этого произведения. В 1930 г. американский книготорговец С.Рот, в магазине которого были обнаружены экземпляры парижского издания «Улисса», был приговорен к трем месяцам тюрьмы.

[87] «Смерть в кредит» (1936) – роман Луи-Фердинанда Селина (см. комм. 25), история детства и юности героя его первой книги «Путешествие на край ночи» Фердинанда Бардамю, выросшего в ненавидимой им мещанской среде, которая описана с обилием травмирующих подробностей.

[88] Мобил – город в Алабаме, морской порт; поблизости от него в годы Гражданской войны (1861–1865) происходили бои между флотом северян под флагом адмирала Фэррагата и эскадрой Конфедерации.

[89] Масфелд, Джон (1878–1967) – английский поэт и эссеист.

[90] Бальбоа, Васко Нуньес (1475–1517) – испанский конкистадор, первым через Панамский перешеек достиг Тихого океана; казнен по ложным обвинениям. Кортес, Фернандо (1485–1547) – испанский конкистадор, завоеватель Мексики; последние годы жизни провел в опале. Понсе де Леон, Хуан (1460? –1521) – испанский мореплаватель, в поисках «родника вечной молодости» открыл в 1513 г. Флориду и дал ей нынешнее ее название. Был смертельно ранен отравленной стрелой во время экспедиции на остров Гваделупа.

[91] Стэмпид – поведение стада при внезапной опасности: оно обращается в бегство, сметая все на своем пути.

[92] Аватар – в индийской мифологии живое воплощение божества.

[93] Стейнбековский дуэт... – Имеется в виду повесть Джона Стейнбека (1902–1968) «О мышах и людях» (1937) , история двух кочующих по стране сельскохозяйственных рабочих, один из которых, Ленни, наделен исполинской физической силой и разумом ребенка.

[94] Сеговия, Андрес (1898–1987) – испанский гитарист и композитор, часто исполнял переложенные для гитары произведения классической музыки.

[95] В приводимом перечне фигурируют персонажи Миллера (Валеска Суррат из «Тропика Козерога»), его друзья и знакомые из круга парижской и американской богемы, названия фирм, деятели искусства и политики. Упомянуты актрисы Лесли Картер (1862–1937) и Джулия Марлоу (1860–1950), драматург и театральный антрепренер Дэвид Беласко (1854–1931), русская драматическая актриса Алла Назимова (1879–1945), выступавшая после 1917 г. на американской сцене, полька по происхождению, американская актриса Элена Моджиевска (1840–1909), французский художник-сюрреалист Ив Танги (1900–1955), переселившийся в США в 1939 г., – Миллер его знал по Парижу. Элеонора Дузе (1859–1924) – прославленная итальянская трагическая актриса. Ида Рубинштейн (1880–1960) – русская танцовщица, снискавшая большую европейскую славу выступлениями в труппе С.П.Дягилева (умерла в США). Маркиз Лафайет (1757–1834) – французский генерал, участник Войны за независимость заокеанских англий-

ских колоний. Ричард Беннет – премьер-министр Канады в 1930-е гг., был женат на актрисе.

[96] Свой интерес к Востоку Миллер полушутя объяснял монгольскими генеалогическими корнями.

[97] «Странник, играющий под сурдинку» (1909) – роман норвежского писателя Кнута Гамсуна (1859 – 1952), одного из литературных кумиров Миллера: история человека, ощущающего себя затерянным в потоке времени и природной жизни и неспособного воздействовать на ее ритмы.

[98] «Tertium Organum. Ключ к загадкам мира» – полное заглавие основного труда П.Успенского (см. комм. 55).

[99] Вблизи Геттисберга 3 июля 1863 г. произошла самая кровопролитная битва Гражданской войны, после которой поражение Юга стало только вопросом времени. Линкольн произнес по этому поводу свою геттисбергскую речь, ставшую выдающимся памятником демократической мысли.

Девахан – термин буддизма: одна из областей надчувственного мира, куда человек попадает, достигнув высшей степени просветленности и остановив колесо земных смертей и рождений.

[100] Две старинные статуи гигантов в Лондонской ратуше (название Гог и Магог восходит к именам библейского царя и его народа).

[101] В Америке того времени аптека представляла собой одновременно и закусочную, а также магазин нужных мелочей – журналы, косметика, товары бытового обихода.

[102] Дерен, Андре (1880–1954) – французский художник, начинал как кубист, в дальнейшем приверженец фовизма.

[103] Пассакалья – музыкальное произведение драматического или возвышенного характера, исполняемое в быстром темпе.

[104] Сковородная ручка – обиходное название территории, вклинивающейся между двумя областями, в данном случае – участок штата Техас между Оклахомой и Нью-Мексико.

[105] Меса Верде – заповедник в штате Колорадо, Национальный парк на месте крупнейших доисторических скальных пещерных поселений.

[106] Скалы-корабли, Ацтеки – заповедники на севере штата Нью-Мексико, где сохранились остатки индейских стоянок и деревень.

[107] Каллиопа – американский механический музыкальный инструмент, состоящий из набора резко звучащих паровых свистков, которые приводятся в действие клавиатурой.

[108] Сан-Квентин – тюрьма штата Калифорния неподалеку от Сан-Франциско; известна своими строгими порядками.

[109] Лурд – городок в Южной Франции. В его окрестностях, по рассказу крестьянской девочки Бернадетты Субирон, ей в 1858 г. несколько раз являлась Богородица. Грот Масабель в окрестностях Лурда с тех пор стал местом паломничества.

Кони-Айленд – в 20-е и 30-е гг. средоточие луна-парков и увеселительных заведений Нью-Йорка; находится в Бруклине.

[110] Остров Санта-Каталина расположен вблизи южного побережья Калифорнии.

[111] ...меньше чем через месяц. – В действительности вторая мировая война началась для США 7 декабря 1941 г.

...самому стать диктатором. – Вопреки Конституции, предусматривающей, что никто не может оставаться президентом страны больше чем два четырехлетия, Ф.Д.Рузвельт был, ввиду исключительной сложности политической ситуации, переизбран в 1940 г. на третий, а в 1944 г. – на четвертый срок.

Линдберг, Чарлз (1902–1974) – американский летчик, в мае 1927 г. совершил первый в истории беспосадочный перелет через Атлантический океан, став национальным героем. Выступал против политики Рузвельта, доказывая необходимость для США сохранить нейтралитет во второй мировой войне.

[112] Хтоническая (от греч. «хтонос» – земля) – относящаяся к хтоническим персонажам мифов, которые соединяют в себе и созидательную силу земли, и смертоносную мощь царства мертвых.

[113] Кносс – древний город в центральной части Крита, один из центров эгейской культуры; описан Миллером в книге «Колосс с Маруссп». Микены – город в Арголиде (Южная Греция), центр эгейской культуры; погиб от пожара около 1200 г. до н.э. Эпидавр – город в Пелопоннесе, культовый центр бога врачевания Асклепия.

[114] Лестница Иакова – патриарху Иакову привиделась во сне лестница, по которой с неба спускались ангелы.

[115] Голдман, Эмма (1869–1940) – американская анархистка. В 1910-е годы ее выступления с лекциями о Ницше, Достоевском, Ибсене, трактуемых в крайне социологическом духе, собирали огромные аудитории. О посещении этих лекций Миллер вспоминает на страницах своих автобиографических книг.

[116] Кокто, Жан (1889–1953) – французский поэт, романист, драматург, кинорежиссер и актер, одна из ярких фигур артистического Парижа между войнами.

[117] Бербанк, Лютер (1849–1926) – выдающийся селекционер, создатель грейпфрута.

[118] Босвелл, Конни (1917–1986) – эстрадная певица; ее карьера оказалась непродолжительной.

[119] Бриджес, Гарри (1901–1990) – американский профсоюзный деятель, в молодости активный участник и один из лидеров радикальной организации «Индустриальные Рабочие Мира».

Биарриц – фешенебельный курорт на юге Франции. Сьерра-Леоне – до обретения независимости (1961) мелкая английская колония в Западной Африке.

[120] Леон Чолгаш – анархист, застреливший 6 сентября 1901 г. президента Уильяма Мак-Кинли во время посещения Всеамериканской выставки в Буффало.

[121] Лорд Хау-Хау – презрительная кличка диктора немецкого радио, который вел пропагандистские передачи на английском языке в годы второй мировой войны; повешен по приговору военного трибунала в 1945 г.

[122] Свенсон, Глория (1899, по другим данным 1897–1983) – звезда американского кино, известная ролями волевых женщин, которые добиваются высокого положения в обществе.

Хаксли, Олдос (1894–1963) – английский писатель-сатирик, с конца 1930-х гг. жил в Калифорнии.

«Чатто энд Уиндус» – крупное английское издательство, располагающееся в Уимблдоне, светском районе Лондона.

[123] Ланг, Фриц (1890–1976) – немецкий кинорежиссер, в 1933 г. эмигрировал в США.

[124] Бульвар Сансет – главная, самая фешенебельная улица Голливуда.

[125] На парижской улице Вилла Сёра, в квартале богемы, Миллер обосновался с 1934 г.

[126] Морикан, Конрад (1887–1954) – французский оккультист, писал под псевдонимом Клод Валанс. Один из наиболее близких Миллеру людей в его парижском окружении.

[127] О'Кифф, Джорджия (1887 – 1986) – американская художница, сочетавшая в своих полотнах принципы узнаваемости и сюрреалистской деформации.

[128] Название выставки А.Стиглица, прошедшей в Нью-Йорке в 1936 г.

[129] В полумифическом жизнеописании китайского философа Лао-Цзы (VI в. до н.э.) сообщается, что, устав от интриг императорского двора, где он служил библиотекарем, мыслитель решил оставить свою должность и жить уединенно. Но начальник горного прохода Инь-Ся потребовал, чтобы Лао-Цзы сначала написал книгу, не соглашаясь без этого его пропустить, и так был создан главный текст даосизма «Дао дэ цзин» («Трактат о пути и добродетели»).

[130] ...судьбы худшей, чем у Эдгара По и Мелвилла. – Оба американских гения XIX в. не получили признания у современников и умерли прочно забытыми.

[131] Каури – океанский моллюск, раковины которого вплоть до XIX века имели хождение в качестве разменной монеты в некоторых землях Африки и Азии.

[132] Имеется в виду задуманная Миллером и М. Френкелем книга «о жизни и смерти», которая должна была состоять из их писем друг другу. Героем книги должен был стать Гамлет. Первая часть неоконченного произведения (его предполагавшийся объем – свыше тысячи страниц) была издана Френкелем в его издательстве в 1939 г.

Маниту – верховное божество в мифологии некоторых индейских племен.

[133] Рейд отрядов северян под командованием генерала У.Т. Шермана, летом и осенью 1864 г. совершивших бросок через тылы Конфедерации, означал окончательный подрыв боевой мощи Юга.

[134] Олд Доминион – так часто называют штат Вирджиния.

Грейт Смоуки – горный район в штатах Северная Каролина и Теннесси.

[135] Хадсон, Уильям Генри (1841–1922) – английский естествоиспытатель и автор многих романов, в том числе «Пурпурная страна»(1885).

А.Зверев, Е. Храмов

РАССКАЗЫ

ВОССОЕДИНЕНИЕ В БРУКЛИНЕ (REUNION IN BROOKLYN)

Впервые – в книге «Воскресенье после войны» (1944), сборнике эссе, рассказов и отрывков из тогда еще не оконченного романа «Сексус»

[1] Миллер вернулся в США на пароходе «Эксокорда» в середине января 1940 г.

[2] ...тот самый Генри Миллер. – Хотя ни одной книги Миллера, исключая сборник эссе «Космологический взгляд» (1939), на родине к этому времени не было издано, его скандальная известность как автора изданного в Париже и нелегально доставляемого в США «Тропика Рака» была достаточно широка.

[3] Я больше года не была в Нью-Йорке. – До войны Бруклин оставался отдельным городом, а собственно Нью-Йорком считали Манхэттен.

[4] Свинг, Реймонд Грэм; Хиттер, Габриэль; Кальтенборн, Эдуард – ведущие популярных радиопрограмм в 1930-е гг., строили свои передачи в форме доверительных бесед со слушателями, в ходе которых затрагивались злободневные социальные проблемы.

[5] ...заказал два выходных костюма. – Отец Миллера был портным и совладельцем небольшого ателье с пошивочной мастерской.

[6] Брак Миллера и Беатрис Сивас Уикенс, первой из его четырех жен, был заключен 15 июня 1917 г. Ни родители невесты, ни отец и мать Миллера не считали этот союз прочным и долговечным. Когда шесть лет спустя в жизни будущего писателя появилась Джун Смит, впоследствии вторая его жена и прототип самых известных героинь «Тропика Рака», «Тропика Козерога», «Сексуса», почва для разрыва с Беатрис была уже основательно подготовлена родственниками с обеих сторон.

[7] Рескин, Джон (1819–1900) – английский искусствовед, историк архитектуры и живописи, один из мыслителей, оказавших большое влияние на движение эстетизма, возникшее в Англии конца XIX в. (Оскар Уайльд, Обри Бердслей и другие). Отец Миллера, видимо, читал знаменитый двухтомный труд Рескина «Современные художники», завершенный в 1846 г.

[8] Бонар, Роза (1822–1899) – французская художница, известная пейзажами в манере Коро. Иннес, Джордж (1825–1894) – американский художник, примыкал к Школе реки Гудзон – направлению в живописи, прославившемуся романтическими пейзажами, впоследствии испытал влияние французских художников-барбизонцев (особенно известны его картины, созданные в конце XIX в.: «Вечер в Медфилде», «Осенние дубы»). Добиньи, Шарль Франсуа (1817–1878) – французский живописец и график, один из лидеров Барбизонской школы, знаменитой тонко нюансированными пейзажами.

[9] Наставница – Мери Беккер Эдди (1821–1910), лидер «Христианской науки»; ее основное сочинение – трактат «Наука и здоровье» (1875), доказывающий , что телесные недуги иллюзорны и поддаются исцелению силой духа.

[10] ...Нижинский, столь бездумно выведенный из транса. – Душевное заболевание Нижинского было диагностировано вскоре после того, как он покинул в 1913 г. труппу Дягилева. В своей книге воспоминаний «Театральная улица» (1930) солистка этой труппы Тамара Карсавина рассказывает, как на Рождество 1928 г. Нижинского привели в Париже на спектакль «Петрушка», в котором он некогда блистал, и заставили сфотографироваться с Карсавиной на фоне декорации этого балета. Предполагалось, что знакомая обстановка пробудит воспоминания, которые помогли бы артисту преодолеть депрессию, однако эксперимент кончился драматически: Нижинский не узнал ни Карсавину, ни Сергея Лифаря, тоже своего партнера по дягилевской труппе, и стало ясно, что из транса он не выйдет до конца жизни.

МАКС
(MAX)

Впервые – в сборнике «Космологический взгляд» (Нью-Йорк, «Нью Дирекшнз», 1939; первая книга Миллера, вышедшая в США).

[1] Брандес, Георг Моррис (1842 –1927) – датский литературовед, историк и философ, один из постоянных корреспондентов Ницше, определенное влияние которого он испытал. Душевное заболевание Ницше, которое было обнаружено в 1879 г., десять лет спустя свело его в могилу.

[2] ...Англичане больше не пускают туда евреев. – В 1920–1947 гг. Палестина была мандатной территорией Великобритании, регулировавшей потоки еврейских переселенцев в соответствии с политическими интересами Британской империи.

БЕРТА
(BERTHE)

Впервые опубликовано в томе «Избранное» («The Henry Miller Reader», 1959).

[1] «Тихие дни в Клиши» – сопроводительный текст к «Тропику Рака», написанный в июне 1940 г. и рассказывающий о двух годах, проведенных вместе с Альфредом Перле, ближайшим из друзей Миллера, в парижском пригороде Клиши.

[2] Революция в Испании, в ходе которой была свергнута монархия, началась в апреле 1931 г.

ЭССЕ

ВСЕЛЕННАЯ СМЕРТИ (THE UNIVERSE OF DEATH)

Впервые – в сборнике «Космологический взгляд» (1939).Книга об английском романисте Дэвиде Герберте Лоуренсе (1885–1960), творчество которого, отмеченное существенным влиянием доктрины психоанализа, а также интересом к патриархальным, добуржуазным формам социальной жизни и культуры, Миллер ощущал как одно из наиболее близких ему современных литературных явлений, осталась ненаписанной – писатель отошел от этого замысла в начале 1940-х гг.

[1] Пруст должен был умереть... – Имеется в виду прогрессировавшее заболевание Марселя Пруста, которое заставило его в последние пятнадцать лет практически полностью отказаться от жизни в обществе, отдавшись работе за письменным столом в кабинете, стены которого были обшиты пробкой, чтобы не доносился уличный шум.

[2] «Человек, который умер» (другое заглавие – «Сбежавший петух», 1929) – повесть Лоуренса, затрагивающая характерную для его позднего творчества тему несостоятельности и уродства механической цивилизации.

[3] «Рождение трагедии из духа музыки» (1872) – первая крупная философская работа Ницше, в которой обоснована идея двух типов культуры: «дионисийской» (жизненной, оргиастической, трагичной) и «аполлоновской» (созерцательной, рационалистичной и мертвенной).

[4] Пеан – в Древней Греции гимн в честь бога или по случаю войны.

[5] ...мирок предместья Сен-Жермен. – Эти кварталы Парижа традиционно считаются цитаделью аристократии, которая занимает существенное место в социальном космосе, воссозданном на страницах субъективной эпопеи Пруста.

[6] «Озарения» – цикл миниатюр (стихи и стихотворения в прозе) Артюра Рембо (1854–1891), напечатанный без его ведома в 1886 г. Гимн творческому ясновидению, прозревающему за обыденностью магический смысл явлений и вещей.

[7] Уилсон, Эдмунд (1895–1972) – американский критик и романист, одна из наиболее влиятельных фигур в литературе США XX века.

[8] «Работа двигается» – под этим заглавием с 1928 по 1937 г. были опубликованы двенадцать фрагментов из завершенного в 1939 г. последнего произведения Джойса «Поминки по Финнегану».

[9] Мистагоги – в Древней Греции так называли участников ритуальных празднеств, чьими устами, по поверью, вещали божества Олимпа.

[10] Иератический – жреческий, священный.

[11] Петроний (?–66 г. н.э.) – римский писатель, автор романа «Сатирикон», содержащего живые картины и обличительные эпизоды, в которых показана будничная жизнь империи.

[12] Амок – внезапно наступающее психическое расстройство.

[13] Льюис, Уиндэм (1882–1957) – английский художник, романист и критик, один из наиболее активных участников модернистского художественного движения.

ОБ ИСКУССТВЕ И БУДУЩЕМ (OF ART AND THE FUTURE)

Впервые – в книге «Воскресенье после войны».

[1] В Биг-Сур, штат Калифорния, на берегу Тихого океана Миллер поселился с 1944 г. вместе со своей третьей женой Яниной Лепской и оставался до конца жизни. Теперь в его доме размещается мемориальный центр.

[2] Вассерман, Якоб (1873–1934) – немецкий писатель, автор многочисленных романов, правдиво воссоздающих ситуацию «маленького человека» в мирс отчуждения и бесправия.

[3] Гаагский трибунал – международная организация, созданная в 1907 г. для рассмотрения правовых вопросов, связанных с ведением военных действий, прообраз Международного суда ООН по делам военных преступников. Линия Мажино – система мощных укреплений, возведенных в 1929 – 1934 гг. на границе с Германией под руководством французского военного министра А.Мажино; общая протяженность – около 380 *км.* Оказалась неэффективной с началом боевых действий во вторую мировую войну.

[4] «Билль о правах» – первые десять поправок к Конституции США, принятые первой сессией Конгресса США в 1791 г. и гарантирующие основные правовые свободы американских граждан. «Прокламация об освобождении», подписанная президентом А.Линкольном 22 сентября 1862 г., объявляла с 1 января 1863 г. свободными всех невольников, находящихся на территориях южных штатов.

[5] Ось – военно-политический союз гитлеровской Германии и фашистской Италии, заключенный в октябре 1936 г.; вскоре к нему присоединилась Япония, и образовалась «ось» Берлин – Рим – Токио.

РАЗМЫШЛЕНИЯ О ПИСАТЕЛЬСТВЕ (REFLECTIONS ON WRITING)

Глава из книги «Мудрость сердца».

[1] Сандрар, Блэз (1887–1961) – французский поэт швейцарского происхождения, в молодости близкий к дадаизму и школе «автоматического письма».

[2] Кревель, Рене (1900 – 1935) – французский поэт-сюрреалист; его стихи часто представляют собой запись видений и дорефлективных побуждений души.

МУДРОСТЬ СЕРДЦА (THE WISDOM OF THE HEART)

Глава из трактата о психоанализе, вошедшего в одноименную книгу, опубликованную в 1941 г. Публикуя ее в «Избранном» 1959 г., Миллер написал небольшое вступление.

[1] «Дьявол в раю» (1956) – книга воспоминаний о французском астрологе Конраде Морикане (1904–1954), с которым Миллера связывали сложные отношения: от близости в предвоенные годы до почти полного разрыва, которым закончился визит Морикана в США по приглашению Миллера весной 1947 г.

[2] Эллис, Эвлок (1859–1939) – английский романист, которому также принадлежат несколько книг о психологии сексуальных отношений.

[3] «Книга мертвых» – основной свод мифологических представлений народов Тибета; наиболее полное изложение содержится в английской версии, изданной под тем же названием (редактор У.И. Эванс-Венц, третье издание – 1957).

[4] Св. Франциск Ассизский (1181 или 1182 – 1226) в 1206 г. ушел из дома отца, торговца тканями в Ассизи (Умбрия), и посвятил себя проповеди «святой бедности» как формы любви к Богу.

[5] Лотреамон – под псевдонимом Граф Лотреамон в 1869 г. выпустил свою единственную книгу «Песни Мальдорора», сборник мистических и страшных историй, перемежаемых комментариями эстетического характера и медитациями в форме стихотворений в прозе, французский писатель Исидор Дюкас (1846–1870).

А.Зверев

содержание

АЭРОКОНДИЦИОНИРОВАННЫЙ КОШМАР

(пер. Евгения Храмова)

РАССКАЗЫ

(пер. Ларисы Лебедевой)

ЭССЕ

Генри Миллер

СОБРАНИЕ СОЧИНЕНИЙ

аэрокондиционированный кошмар. рассказы. эссе.

Директор издательства
А. И. Гантман
Ответственный редактор
М. Е. Топоринский
Редактор
О. Б. Авилова
Художник
А. Б. Коноплев
Корректоры
Н. А. Медведева
Ю. А. Евстратова
Компьютерная верстка
М. С. Терещенко
Менеджер
Л. Е. Хуторянская

Лицензия ЛР № 066298
от 04.02.99 (Б.С.Г.-ПРЕСС).
Лицензия ИД № 05296
от 06.07.2001
(НФ «Пушкинская библиотека»).
Подписано в печать 31.08.2001.
Формат 84x108 1/32.
Бумага офсетная.
Гарнитуры:
ITC NewBascerville.
ITC Bauhaus.
Усл. печ. л. 22,68.
Тираж 5000 экз.
Заказ № 391.

Издательство
Б.С.Г.-ПРЕСС
129090, Москва,
ул. Гиляровского,1
Тел./факс: (095) 207 53 62
E-mail: BSGPRESS@MTU-NET.RU

НФ «Пушкинская библиотека»
113184, Москва,
Озерковская набережная, 8

Отпечатано с готовых
диапозитивов на
ГИПП «Уральский рабочий»
620219, Екатеринбург,
ул. Тургенева, 13

ISBN 5-93381-036-3

9 785933 810360